David Grossman

Der Kindheitserfinder

Roman

Aus dem Hebräischen von
Judith Brüll

Carl Hanser Verlag

Die Originalausgabe erschien 1991 unter dem Titel
Sefer hadikduk hapnimi
bei Haleibbuz Hameuchad in Tel Aviv.

2 3 4 5 98 97 96 95 94

ISBN 3-446-17008-1

Satz: Fotosatz Reinhard Amann, Aichstetten
Druck und Bindung: Friedrich Pustet, Regensburg
Printed in Germany

Der Kindheitserfinder

»Und die das Geheimnis schlecht leben (und es sind sehr viele), verlieren es nur für sich selbst und geben es doch weiter wie einen verschlossenen Brief, ohne es zu wissen.«

Rainer Maria Rilke,
Briefe an einen jungen Dichter

1 Aaron stellte sich auf die Zehenspitzen, um besser sehen zu können, was unten geschah – wie sein Vater und seine Mutter hinausgingen, um am Ende des schwülen Hamsin-Tages ein wenig frische Luft zu schnappen. Sie sind so klein von hier aus. Er spürte den Geschmack von Staub auf den Lippen und in der Nase. Seine Augen glänzten. Es ist nicht schön, ihnen so zuzusehen. Wie – so. So von oben. Sie sind richtig winzig. Wie zwei Puppen. Die eine groß und dick und langsam, die andere klein und ganz spitz. Das ist nicht schön. Aber es ist auch komisch. Und was komisch ist, macht auch ein bißchen angst. Und es ist vor allem ärgerlich, daß auch Zachi und Gideon, die neben ihm stehen, seine Eltern so sehen. Aber sich von dem Anblick trennen, das kann er nicht. Los, kommt endlich, murrte Zachi, der seine dicke Nase an die Jalousie gedrückt hatte, sie wird gleich zurückkommen, und das wird unser Ende sein. Seht mal, flüsterte Aaron, da kommt auch Anderthalb Groschen. Er stirbt bald, sagte Gideon, schaut, wie gelb er ist, der Kaminer, man sieht sogar von hier, daß er sterben wird.

Die Mutter und der Vater blieben stehen, um mit Esther und Avigdor Kaminer von Eingang A zu sprechen. Fragt nicht, was das für Qualen sind, stöhnte Esther Kaminer. Der riesige Feigenbaum auf dem Bürgersteig zeigte und verdeckte sie abwechselnd, und das Gespräch gelangte nur in Fetzen zum Fenster im dritten Stock. Ein Wunder, daß er lebt, meinte sie und schüttelte den Kopf, der ihrem großen Mann bis zur Brust reichte, und die Mutter schnalzte mit der Zunge und sagte, man darf ihnen bloß nicht in die Hände fallen, sie brauchen uns nur, um für ihr Diplom zu lernen, und dabei zerschneiden sie uns in kleine Stücke; und der hochgewachsene Avigdor Kaminer, dessen Haupt stets gebeugt war, stand schweigend abseits und schaute mit verschlossener Miene auf seine plappernde Gattin, auf Vaters stämmige Beine, auf denen die kurzen Hosen spannten, auf die Reihe von Ameisen, die einen umgedrehten Käfer schleppten – und wie teuer das alles ist, klagte Esther Kaminer, all die Medikamente und Diäten, und daß man nach der Dialyse mit dem Taxi nach Hause fahren muß; mir scheint, die

Kaminer kann kaum noch abwarten, daß ihr Mann stirbt, sagte die Mutter zum Vater, als sie weitergingen. Aaron sah, wie sich ihre Lippen bewegten, und wußte, daß es das war, was sie gesagt hatte. Er kostet sie schon zuviel, aber es sieht ganz so aus, daß sie nach ihm an der Reihe ist, denn außer all den Päckchen, die sie immer mit sich herumträgt und überall fallen läßt, fällt ihr jetzt auch noch das ganze Haar aus, und wieviel sie auch zusammenleiht und spart, man kann schon da und dort ihren Schädel sehen unter der Frisur. Der Vater nickt immer, wenn sie redet, auch wenn sie verstummt ist, und jetzt bückt er sich, um irgend etwas vom Bürgersteig aufzuheben, eine alte Zeitung oder eine Obstschale, das kann man schlecht von hier aus sehen, und die Mutter steht aufrecht da und schaut ihm zu. Faß mich ja nicht an, nachdem du diesen Dreck angerührt hast, hat sie bestimmt zu ihm gesagt, denn sie entzieht ihren Rücken seiner Hand, und schau mal, wer da kommt. Aaron sah das säuerliche Lächeln auf ihren Lippen, mal sehen, ob er uns überhaupt guten Tag sagen wird, dieser Snob, guten Tag, Herr Strasznow, wie geht es Ihrer Gattin?

Da kommt dein Vater, sagte Aaron ohne jeden Ton in seiner Stimme. Los, wir gehen, meinte Gideon und rührte sich nicht von der Jalousie weg. Sein Vater: wie immer elegant gekleidet. Terylenhosen und eine Krawatte, auch an diesem schwülen Tag. Er ging mit seinen leicht tänzelnden Schritten an dem Vater und der Mutter vorbei, nickte, sein kleiner, fleischiger, stets zusammengekniffener Mund verzog sich einen Augenblick zu einer Miene des Widerwillens, das ist sein »Guten Tag«, es ist unter seiner Würde, aber den Vater drängte es plötzlich, ihn ein wenig aufzuhalten, »Kommen Sie von der ... na, von der Universität?«, und Gideons Vater verzog wieder die Lippen; ich gehe, ich gehe, flüsterte Gideon lautlos; diese Miene ging jedem Wort seines Vaters voran wie das Räuspern einer verbitterten Seele, er brummte dem Vater und der Mutter irgend etwas zu, wandte sich ab und ging weiter; nicht mal zum Lüften – hu! ah! – öffnet er den Mund, der Herr Doktor, der Intelligenzler, der keinen Groschen nach Hause bringt, und seine Frau muß sich die Finger mit Tipparbeiten ruinieren, murrte die Mutter innerlich, verabschiedete sich jedoch höflich und mit freundlicher Miene von Herrn Strasznow und wich ein wenig zurück wie vor einer Kälte, die ihn begleitete.

»Arik, merk dir – ich hab dir gesagt, daß wir verschwinden müssen«, sagte Gideon zu Aaron und entfernte sich von der Jalousie. »Aber wir haben doch noch gar nichts gesehen«, flüsterte Aaron, »was habt ihr euch denn so erschrocken?« Zachi und Gideon sahen einander an. »Hör mal, Arik«, fing Gideon wütend an und schaute auf seine Sandalenspitzen, »um die Wahrheit zu sagen ... ich wollte es dir schon vorhin sagen, bevor wir reingingen ...« – »Nicht jetzt!« brauste Aaron auf, und sein kleines Gesicht mit den scharfen Zügen lief rot an, »jetzt machen wir es genau so, wie wir es uns vorgenommen haben!« Er ging wieder ins Zimmer zurück, das jetzt noch wundersamer schien, Zachi und Gideon folgten ihm widerwillig, aber auch sie wurden augenblicklich wieder von dem leisen Atmen der geheimnisvollen Wohnung in Bann gezogen, und sie schritten schweigend über die weichen Teppiche und Brücken, die den Fußboden sprenkelten, schlüpften seitlich an dem schwarzen Wal vorbei, dem düsteren Flügel, der mit seiner aufgerissenen Kinnlade das ganze Wohnzimmer beherrschte; wer hätte ahnen können, daß mitten in ihrer Wohnsiedlung zwischen den dichtgedrängten, wie eine Linsensuppe dampfenden Wohnungen still und leise so ein bläulicher Eiswürfel schwebte. Aaron zeigte mit vorsichtigem Finger auf die drei schlanken Elfenbein-Neger, die auf einem der Bücherregale standen, blieb dann vor einer Gruppe kleiner Holzfiguren stehen, die wie eine Art Gemeinde auf der Kommode in der Ecke des Zimmers versammelt waren: nackte Männer und Frauen, die sich tanzend an den Händen hielten, ein kauender Junge mit in die Hand gestütztem Kinn, und ein Torso, der nur aus weiblichen Rundungen bestand – und dachte über seine Gitarre nach, die schon seit einem halben Jahr mit Sprüngen und gerissenen Saiten in ihrem Futteral lag; er hatte sich selber beigebracht, auf ihr zu spielen, er spielte sehr schön, seine Schwester Jochi meinte, wenn er spiele, habe er ein goldenes Leuchten in den Augen. Doch sie wollten ihm keine neue kaufen, und bis zu seiner Bar-Mizwa waren es noch anderthalb Jahre, und auch dann hatten sie andere Pläne für ihn. Ärgerlich ging er an den Wänden entlang, blieb mit in die Hüften gestützten Händen vor einem großen Bild stehen, einer Burg, die auf einen Felsblock gegossen war und mit ihm zusammen ins Meer fiel; Bilder hat die, nichts versteht man auf diesen Bildern, murrte er und ereiferte sich, seht euch das an, als hätte das irgendein Verrückter gemalt. Gideon bemerkte widerwillig, daß sein Vater das moderne Kunst nenne, und Aaron kam es vor, als hörte er dieses Wortpaar aus dem Mund von Gideons Vater, als breche es zwischen dessen Lippen hervor, ich würde einen Hammer nehmen und die Bilder mitsamt den Wänden zerschlagen, brauste er plötzlich auf, und seine beiden Freunde sahen ihn an, die betrügen einen damit, einfach so! Man sagt, daß das Kunst ist, aber es ist Betrug! Und als er einen hohlen, unreinen Klang im Inneren spürte, trat er zur Bekräftigung seiner Worte gegen die Fußbodenleiste und wich erschrocken zurück: es kam ihm vor, als brumme der Flügel und wolle ihn warnen.

Jetzt laßt uns verschwinden, jammerte Zachi wimmernd, wir haben genug gesehen. Wir haben nichts gefunden, und wir haben immer noch keine Beweise. Alles Unsinn, was du da sagst, daß sie keinen Schatten hat, setzte Zachi mit quengelnder Stimme fort. Natürlich hat sie keinen Schatten, sagte Aaron geistesabwesend, während er die Bücher auf den Regalen betrachtete, dicke, große Bände, in englischer Sprache geschrieben. Tatsache ist, daß wir sie nie ohne einen Sonnenschirm im Sommer und einen Regenschirm im Winter gesehen haben, Tatsache ist, daß sie, wenn wir sie beobachtet haben, nur im Schatten von Häusern oder Zäunen oder Bäumen gegangen ist, sie täuscht so alle. Zachi schnaubte ärgerlich, trat von einem Bein aufs andere und drückte sie in seiner Not aneinander. In seinem großen Gesicht, das aussah wie eine geschälte Kartoffel, in die ein Paar schwarze Perlaugen gesteckt worden waren, waren Wut und Feindseligkeit. Er ging zur Jalousie, schaute zwischen den Lamellen durch und wich erschrocken zurück.

Aaron, der die Bewegung gespürt hatte, eilte zum Fenster. Unten, zwischen den Blättern des Feigenbaums, tauchte ein dicklicher, schlaffer Mann auf und sah sich prüfend um. Gideon trat ebenfalls an die Jalousie. Der Mann ging zu einem winzigen grünen Fiat und stöberte in seinen Taschen. Obwohl Aaron ihn zum ersten Mal sah, wußte er sofort, wer er war, und spürte, wie sein Herz klopfte. Als er zehn Jahre alt war, hatte er zum ersten Mal gehört, daß sich Zachis Mutter, Malka Smitanka, einen Hausfreund hielt. Er verfolgte sie damals heimlich und beobachtete sie jedesmal aufmerksam, wenn sie das Haus verließ, sah von dem Hausfreund jedoch nichts. Der Mann zog seinen Hosengürtel zurecht, strich sich über das spärliche Haar und stieg ins Auto. Zachis Lippen murmelten die ganze Zeit über, vielleicht fluchte er, vielleicht rief er innerlich bis nach Afrika, bis zu seinem Vater, er solle sofort den Bulldozer stehenlassen, auf dem er für die Wasserwerkgesellschaft ›Mekorot‹ arbeitete, und im Eiltempo nach Hause zurückkommen. Die drei rührten sich auch jetzt nicht vom Fenster, als das Auto wegfuhr, und Aaron war ein bißchen traurig darüber, daß auch Gideon den Mann, den sich Zachis Mutter hielt, gesehen hatte, denn er wußte, wie schamhaft und vornehm Gideon in diesen Angelegenheiten war, sie sprachen nie über unanständige Dinge, und wenn Zachi fluchte oder seine Witze erzählte, lachten Gideon und Aaron höflich mit und sahen einander nicht an. Es verging eine Minute und vielleicht noch eine, und sie standen noch immer dort, aus Angst, eine falsche Bewegung zu machen oder ein falsches Wort zu sagen, bis Zachis Mutter auf den Balkon trat, ihren Morgenmantel zurechtzog und Zachi zum Essen hineinrief. Ihre Stimme klang etwas heiser und bitter. Sie gibt dem Jungen um fünf Uhr abends sein Mittagessen, sagte die Mutter, als der grüne Fiat an ihr vorbeifuhr, zur Bar-Mizwa werde ich sie nicht einladen, es fehlt gerade noch, daß sie mir direkt nach dem da die Hand drückt. Sie ruft dich, sagte Aaron leise.

Das ist meine Sache, brummte Zachi, ich bin nicht hungrig, kommt, laßt uns weitersuchen.

Sie wanderten noch einige Augenblicke berührend-nichtberührend in Edna Blums halbdunklem Wohnzimmer herum und begannen dann, scheinbar unabsichtlich, wie drei Fischchen in einer Flußströmung, dem Sog des schmalen Korridors nachzugehen, der sie bis ins Schlafzimmer zog, wo sie sich schweigend zerstreuten und hastig das sorgfältig bezogene Bett, den runden Spiegel, den verzierten Toilettentisch und das winzige Waschbecken berührten, das im Zimmer installiert war ... ein langer Nylonstrumpf lag schlaff auf einem rundlichen Stuhl. Zachi sah Gideon an, und Gideon sah Zachi an, und ein rötlicher Fleck lief über die Gesichter der beiden, doch Aaron sah nichts von alledem und faßte auch nichts an, weil er sofort völlig eingenommen wurde von dem riesigen Bild, das sich wie ein kompliziertes Märchen über die halbe Wand erstreckte. Zachi machte Gideon ein Zeichen, schau dir den an, und Gideon warf einen Blick auf das Bild und auf Aaron, lief zu ihm hin und zog ihn an der Hand, komm, Arik, das gibt nur Ärger, wenn du hierbleibst, doch Aaron schüttelte wie nebenbei Gideons Hand ab, stand da und starrte auf das sich aufbäumende Pferd in der Mitte des Bildes. Er spürte, wie die eigenen Lippen gegen seinen Willen in der Anstrengung des aussetzenden Atems die Zähne entblößten; das ist nichts, das ist bloß moderne Kunst; aber seine Augen traten wie die des würgenden Pferdes fast aus ihren Höhlen, und er nahm das riesige Bild in sich auf wie ein Ertrinkender, der vielleicht begreift, daß sich das ganze Meer in ihn ergißt. Schau dir den Arik an, er steht da wie angewurzelt. Arik, Arik. Aber dessen Blick weitete sich langsam und angestrengt, und nun sah er auch den toten Mann zu Füßen des Pferdes, seine Hand umklammerte ein Schwert, und sein Mund war zu einem Schrei aufgerissen; er sah die Gestalt des Ochsen, dessen Augen sich nicht an der richtigen Stelle befanden und trotzdem viel eher stimmten als die Augen der Natur; dann sah er die Gefolterten, die Geschundenen, und schließlich entdeckte er auch die Frau, er spürte, daß sie da war, noch bevor er sie sah, und strahlend eine Fackel hielt. Er versuchte sich noch einen Augenblick zu schützen, wovor, vor einem bloßen Bild, vor der Kunst, könnte man meinen, er trat schwerfällig zurück, verließ mit steifen Schritten den Raum, wo steckten die beiden, warum waren sie weggelaufen und hatten ihn allein gelassen, und fand sich wieder vor dem Bild und versank von neuem darin, hier ist nichts so, wie es auf einem Bild sein sollte. Selbst *ich* kann bessere Gesichter und Menschen und Pferde malen, aber ein neues Bild flackerte für einen Augenblick in ihm auf – ein hochgewachsener Mann mit hängenden Armen, der mit gebeugtem Kopf abseits stand, als sei er am Rand geknickt wie das Blatt vom Vortag in einem Kalender. Selbst einen Ochsen kann ich besser zeichnen nach all den Kühen, die ich von den Käseverpakkungen der ›grünen Kuh‹ abgemalt habe. Aber ihm traten Tränen in die Augen, langsame Tränen, die vielleicht in einem speziellen verborgenen Tränensack gereift waren. Was ist los mit dir, du Dummkopf, was weinst du wie ein kleines Mädchen? Ich weine nicht. Wenn der Vater dich jetzt sähe. Ja, ja, ich weiß. Er hätte wieder dieses Schnauben von sich gegeben. Soll er ruhig. Er hätte zur Mutter gesagt, soll er ruhig, aus dem Aaron wird uns noch ein Künstler! Ein Intelligenzler!

Gideon stand in der Tür und rief ungeduldig nach ihm. Er konnte diese Wohnung nicht länger ertragen. Aaron antwortete ihm nicht. Hilflos irrte Gideons Blick durch das düstere Wohnzimmer, blieb einen Augenblick auf einer großen, dicklippigen rosa Muschel haften, die auf der Kommode lag, wo hat sie dieses ganze scheußliche Zeug bloß gekauft, murrte er in Richtung Aaron, er soll endlich kommen, man wird uns noch erwischen, er lief fast weg, blieb stehen, wandte seinen Blick erstaunt zu der Muschel zurück, die ihm plötzlich wie ein lebendiges Wesen vorkam, das seine Lippen gerade um irgend etwas schloß, das in der Dunkelheit seines Gehäuses lag, ›ich bin weg‹, schrie er innerlich, ging schnell hinaus und nahm jeweils drei Treppen auf einmal, Zachi lief ihm hinterher und schüttelte die Beklemmung ab, die die Wohnung dieser Schrulle in ihm geweckt hatte mit all ihren Bildern und Möbeln, die aussahen, als hätte eine

Fliege sie gemacht, und beide wußten sie, daß sie von Aaron gleich etwas zu hören bekommen würden: Verstoß gegen die Anordnungen.

Doch Aaron blieb. Vorsichtig schüttelte er eine der Glaskugeln, Schnee fiel leise auf einen einsamen und traurigen Bergsteiger, und Aaron blieb bei ihm, bis der Sturm sich gelegt hatte. Auf einem langen Regal neben der Wohnungstür standen prachtvolle Puppen, die in Nationaltrachten gekleidet waren, er hatte solche Puppen auch bei Schimek und Itka gesehen, die viel ins Ausland fuhren, aber hier war eine ganze Ausstellung, schmucke Soldaten aus Griechenland und Schottland, Leibgardisten der Königin von England, Polizisten aus der Türkei und aus Frankreich, eine internationale Armee; und jedesmal kehrte er wie zufällig zu dem Bild zurück, stand mit ausgestreckten Armen, mit offenen Augen, mit geschlossenen Augen, mit dem Gesicht, mit dem Rücken davor und setzte sich ihm aus, und als er spürte, daß es ihm schon bis in die Augen stieg, zog er sich mit sonderbaren Bewegungen zurück, als tanze er und verlasse für einen Augenblick eine große, beleuchtete Bühne; er ging in die anderen Zimmer, irrte dort verloren herum, ein Gepard, ein Spion, stieß im Spiegel auf sich selbst, kratzte sich, die ganze Haut juckte ihn von dem Bild, er warf einen Blick über die Schulter, er hatte plötzlich das Gefühl, daß es von der Wand gestiegen war und hinter ihm herkam, und wenn man unten auf den Bildrand hinschaute, sah man eine Blume, die aus einem zerbrochenen Schwert in der Hand eines Toten herauswuchs, und daß das Bild eigentlich voller Augen war; er entfernte sich rasch, und wieder juckte der ganze Körper.

Die Wohnung von Edna Blum kam ihm sauber und rein vor. Sieh dir ihre Fußbodenleisten an, spie die Mutter in ihm, sieh nur, wieviel Staub überall herumliegt, sogar im Elendsviertel Mussrara würde man sich für so etwas schämen. Aber dieser Staub hier war für ihn wie feiner Sternenstaub auf einem verzauberten Haus, das in tiefen Schlaf gesunken war, bis ein Ritter kommen und die Stille zerstören würde, und dann – Aaron schauderte und schlang seine Arme um sich.

Vor dem Kühlschrank blieb er einen Augenblick stehen. Er zögerte. Ein Kühlschrank ist doch nicht irgendein Schrank, den man hundertmal am Tag öffnet und schließt. Wenn du irgend etwas von dort brauchst – dann bitte mich darum. Er packte den Griff, öffnete die Tür und war verblüfft. Ein hungriger Kühlschrank, sagte die strenge Stimme der Mutter zu ihm: der Kühlschrank einer Vegetarierin. Die Küche einer Junggesellin. Wie kann man bloß. Wie kann man bloß so, spürte er mit allen Fasern seiner Seele, wie – so, so leer, so weiß, und wo ist das Fleisch, und wo sind die Hühner und die Eier und die Milchflaschen, wo sind die Würste und das Gemüse und das Obst, und sogar die Medikamente und die Stuhlproben, und hier – nichts. Ein paar magere Gurken und kleine Tomaten. Ein Becher Joghurt und eine Flasche Milch. Ein Apfel, in einer Serviette verpackt. Magerkäse. Und trotzdem – schön. Rein. Er stand da, starrte in den Kühlschrank und wollte mehr wisssen, wollte diese Sprache lernen, die nonnenhafte Sprache, die sich mit einer Andeutung begnügte. Du vergißt dich. Sie wird zurückkommen und dich hier erwischen; sie wird mir nichts tun. Mein Ritter, endlich bist du gekommen. Irgend etwas in ihm jubelte. Er lief sogar rasch zur Toilette und pinkelte in aller Ruhe, und plötzlich wußte er, daß er sich an diesem Ort vielleicht auch gestatten würde, ohne Angst zu scheißen, wer weiß, und um dieses Gefühl auszuprobieren, ließ er die Hose herunter und setzte sich einen Augenblick, machte sich süß und zart, bewegte voller Wonne seine Füße, die in die kurze Hose verheddert waren, und da war noch ein kleines Bild, das dort an der Tür klebte, ein Stier, der in der Arena lag, und eine Frau aus dem Publikum, die ihn streichelte, ja, hier würde es mit Leichtigkeit gehen, hier würde es fließen und fließen. Danach zog er gebieterisch die Spülung und genoß den Strudel im Klosettbecken und hatte keine Angst, daß irgendwelches ekliges Zeug wieder hochkommen würde.

Bevor er ging, trat er ans Fenster und schaute wieder durch die Lamellen der Jalousien, sah den Vater und die Mutter von ihrem Abendspaziergang zurückkehren, gleich würden sie unter ihm verschwinden. Und siehe da, als sie schon am Feigenbaum standen, kam ihnen Edna Blum entgegen, lauf weg, lauf weg, er sah sie durch die Blätter des Baumes, zart, mädchenhaft, mit blondem, weichem Haar, das ist dein Ende, noch einen Augenblick, mal sehen, ob ich Nerven habe, guten Abend, Frau Blum, guten Abend, Frau Kleinfeld, Herr Kleinfeld, Sie sehen müde aus, Frau Blum, Sie arbeiten zu schwer; so ist das nun mal, man muß sich seinen Lebensunterhalt verdienen, Frau Kleinfeld; aber sehen Sie doch nur, wie blaß Sie sind – hast du gesehen, wie sie rot wurde, als sie dich angeschaut hat; das ist alles nur in deinem Kopf, Hindale – Sie müssen sich das Leben leichter machen, Frau Blum, Sie sind ja noch jung und haben das ganze Leben noch vor sich – gleich ist der Zug für sie abgefahren; sie ist noch ein junges Ding, Hindale; darüber laß du mich mal entscheiden, Mosche, du hältst sie vielleicht für ein junges Ding, aber ich schaue mir ihre Zähne an, und Zähne lügen nicht, sie ist mindestens achtunddreißig; vielleicht will sie gar nicht heiraten und keine Männer; sie will nicht? *Sie* will nicht? Hast du gesehen, wie sie dich angeschaut hat, wie sie dich schamlos mit den Augen verschlungen hat, und stellt sich noch blöd, sieht aus, als würde sie jeden Moment in Ohnmacht fallen, psch psch – also einen schönen Abend noch, Frau Blum, und wirklich, geben Sie ein bißchen acht auf sich, es ist doch ein Jammer so; ja, Sie haben recht, es stimmt, und Ihnen beiden auch noch einen schönen Abend; sie verabschiedete sich von ihnen, er sah sie von oben, fern, zart, jetzt hatte er noch genau eine Viertelminute, um hinauszugehen und mit seinem Dietrich abzuschließen, aber er wollte noch bleiben, um sie bis zum letzten Augenblick zu beobachten und sogar noch länger, da, jetzt betritt sie das Treppenhaus, jetzt steigt sie zum ersten Stock hinauf, lauf weg.

Warte.

Denn nachdem sie sich von der Mutter und vom Vater verabschiedet hatte, überlistete sie die beiden, sie überlistete sie vorsätzlich und ging nicht sofort in ihre Wohnung hinauf, sondern wartete anscheinend im Eingang des Treppenhauses, bis sie an ihr vorbeigegangen waren und sich bis zum zweiten Eingang entfernt hatten, dann kehrte sie mit vorsichtigen, leichtfertigen, vogelhaften Schritten zurück, Aarons Herz hüpfte vor Freude, auch sie spielt, auch sie hat Geheimnisse, und stand einen Augenblick mit ausgebreiteten Armen vor dem großen, verzweigten Baum, gab sich ihm hin, war sein Brautkind, atmete seinen süßlichen Duft ein, öffnete die Augen und schloß die Augen und legte eine zarte Hand auf den dicken Stamm. Doch plötzlich erschrak sie. Der Vater stand neben ihr. Er war zurückgekommen. Wie hatte er es gemerkt? Er kam vorsichtig näher und stellte sich neben sie. Doppelt so groß und breit wie sie. Ein Bulle und ein Reiher. Und wo war die Mutter? Die breiten Feigenblätter regten sich, verdeckten und entblößten ein wenig. Mosche? erklang ein Ruf aus der Ferne. Vaters Schultern spannten sich, sein Hals zog sich zwischen sie zurück. Dann hob er seine Hand und berührte behutsam einen der Äste. Eine Wolke kleiner Insekten flog auf und schwang sich in die Luft. Edna trat erschrocken zurück. Der Vater sah sie nicht an. Und Aaron drängte sich der sonderbare Gedanke auf, daß diese Wohnung, wenn der Vater sie beträte, um ihn herum einstürzen würde. Mosche, schrie die Mutter, die schon mit dem Schlüssel in der Hand im Treppenhaus stand, wo bist du? »Sehen Sie hier, Frau Blum«, sagte der Vater staunend, und die Blätter raschelten seine Worte bis zum Fenster im dritten Stock hinauf, »ich hatte schon vorher so ein Gefühl.« »Was für ein Gefühl, Herr Kleinfeld?« Sie neigte den Kopf ein wenig, sah ihn jedoch nicht an. Ein feiner Schleier rötete sich schlagartig auf ihrem schneeweißen Nacken, und nur Aaron sah ihn. »Der Baum ist krank«, sagte der Vater einfach. Sie sahen einander noch immer nicht an, sondern sprachen durch den Baum hindurch. »Mein Feigenbaum ist krank?« flüsterte Edna Blum erstaunt und traurig. Und dabei gehörte der Baum doch allen, der ganzen Siedlung.

Als die Mutter wenige Augenblicke später zurückkehrte, sah sie die drei Jungen und Edna Blum neben dem Feigenbaum stehen. Ihr genügte ein Blick. Etwas Trübes kreiste auf dem Grund ihrer Augen. Sie wandte sich hierhin und dorthin, konnte den

Vater jedoch nicht sehen. Dann hob sie das Gesicht und entdeckte seine dicken, rötlichen Fersen, die in den schwarzen Plastiklatschen zwischen den Zweigen hervorschauten. Mit verhaltenem Zorn rief sie in den Feigenbaum hinein. Zweige und Blätter regten sich und raschelten, dann tauchte der große, sonnige Schädel des Vaters auf: »Frag nicht, was hier los ist«, sagte er zu ihr, »der ganze Baum ist voller Wunden. Sie müssen saubergemacht werden.« Sie kniff die Lippen zusammen. Zog den Kragen ihrer Bluse enger um den Hals. Mit einer abrupten Bewegung drehte sie sich auf dem Absatz um und ging in die Wohnung hinauf.

2 Am nächsten Tag, nachdem der Vater von der Arbeit zurückgekehrt war und sich danach noch ein wenig bei dem rumänischen Apotheker aufgehalten hatte, duschte er, zog sich ein sauberes Unterhemd an und setzte sich ans Krippale, an das verkrüppelte Tischchen in der Speisekammer, um die Arznei für den Feigenbaum zu mischen. Er mixte verschiedene Pulver, löste sie in Wasser auf und zerdrückte dann ein dünnes Röhrchen und schnupperte daran; seine große Nase sog den bitteren Geruch ein, und das breite, rote Gesicht verzog sich in angespannter Konzentration. Die Mutter schaute ihm dabei über die Schulter und schnaubte verächtlich, wenn ein Baum krank ist, nimmt man ein Messer und schneidet die kranken Zweige ab, zack, zack und ohne Erbarmen, sagte sie, dann kommen die neuen Triebe von selbst. Wer auch nur ein Fünkchen Verstand und Instinkt hat, begreift das von ganz allein. Der Vater nickte langsam, klemmte die Zunge vor Anstrengung zwischen die Vorderzähne und goß ein paar Tropfen aus einem kleinen Fläschchen in die Schale in seiner Hand.

Dann stieg er auf den hohen, wackligen Franzuski und stöberte im Speicher. Eine regelrechte Staubwolke kam unter seinem Arm in die Küche. Die Mutter schaute ihm zu und lief plötzlich, als hätte sie der Schlag getroffen, hinaus und fand Großmutter Lili über das Geländer gebeugt, mit dem halben Körper schon im Jenseits, aber sicher bringt sie mich noch um, und sie zog sie am Arm in ihre Kammer neben dem Wohnzimmer zurück; leg dich jetzt hierhin, Mamtschu, es ist noch nicht Zeit zum Abendessen, warum schaust du mich so an, ich bin es doch, Hinda, was hast du bloß solche Angst, als würde man dich gleich schlachten, leg die Beine hoch, leg dich gerade hin, und weine nicht, du mußt liegen, da, schau her, wie schön es an deiner Wand ist, was für hübsche Farben, Papageien und Affen und Bäume, das hast alles du gemacht, Mamtschu, das ist dein Gobelin, jetzt schau ihn dir gut an und ruh dich aus, und die Mutter deckte Großmutter Lili bis zum Kinn mit der rot-schwarz karierten Schottendecke zu und stopfte die Ränder fest unter die Matratze. Zornig kehrte sie in die Küche zurück. »Gott behüte, wenn dich ein neuer Tschort reitet, Mosche«, schäumte sie vor Wut und klebte nasse Plastiktüten und Pergamentpapier auf die Kacheln, mit dem sie vorher Margarine eingewickelt hatte, »deine Mutter wäre beinahe vom Balkon gesprungen, und du gibst dich hier mit diesem Unsinn ab, du bist ein solcher Dickkopf, wenn man dich in tausend Stücke schneiden würde, würde jedes für sich noch weiter springen und schreien.« »Da ist es ja«, brummte der Vater aus der Tiefe des Speichers und tauchte aus ihm hervor, sein gelockter Kopf war ganz mehlig, und in seiner Hand hatte er ein nierenförmiges Holzbrett. »Ich habe doch gewußt, daß wir es dorthin getan haben.«

Vorsichtig stieg er von dem wackligen Franzuski herunter und säuberte Jochis alte Palette vom Staub. »Frag lieber zuerst Jochi, ob sie es nicht mehr braucht«, flüsterte die Mutter, »damit es nicht hinterher wieder einen Skandal gibt.« »Nehmt es, nehmt alles«, rief Jochi aus ihrem Zimmer, »eine Malerin werde ich sowieso nicht mehr, und eine Tänzerin auch nicht«, und drückte wütend ihre Schenkel zusammen, »schade eigentlich, daß ich aufgehört habe, malen kann man auch mit dicken Beinen.«

Der Vater ging aus dem Haus und trug vorsichtig die Palette mit der Salbe vor sich her. Draußen spielten Aaron und Zachi ›Verkehrschaos‹. Flink und geschickt und mit Verrenkungen wie ein Stierkämpfer wich Aaron auf seinem Fahrrad Zachis großem Rad aus; er war so auf seine eigenen Bewegungen konzentriert, daß er Zachis rot angelaufenes Gesicht gar nicht wahrnahm, und plötzlich wurde er mit voller Wucht auf die Straße geworfen, das Vorderrad des großen Fahrrads rammte ihn genau zwischen Vorder- und Hinterrad.

Sofort legte der Vater die Palette auf dem Zaun ab und lief zu ihm. Aaron schrie vor Demütigung, das ist dein Ende, du Dreckskerl, du Aas, kreischte er, Tränen schnürten ihm die Kehle zu, ich mach dich zu Hackfleisch, die kleinen Fäuste fuchtelten wild in den Armen seines Vaters, und seine Beine traten in die Luft, laß mich los, ich mach ihn fertig; Zachi stand da, auch er hob ein wenig halbherzig seine Fäuste, erschrocken über das, was passiert war, und verfluchte Aaron, der ihn verarscht hatte, anstatt fair zu spielen. »Willst du mich verarschen? Eh? Ja? Willst du mich verarschen?« wiederholte er wieder und wieder, hielt ein wenig inne, als suche er in seinem Innern nach anderen Worten, und als er sie nicht fand, drohte er wieder mit den Fäusten. Plötzlich bückte sich der Vater, packte ihn und hob ihn mit dem linken Arm hoch, und so fanden sich die beiden Jungen einander gegenüber, gefangen in seinen kräftigen Armen. Er ließ sie aufeinander losgehen und mußte lauthals lachen, gab jedoch acht, daß ihre Fäuste sich nicht trafen. Aaron zappelte mit allen Gliedern seines kleinen, muskulösen Körpers und überhäufte Zachi, seine Eltern und sein Fahrrad mit Schimpfworten, während Zachi gebetsmühlenartig sein »Willst du mich verarschen, eh? Willst du mich verarschen?« dagegenhielt, sein merkwürdiges Gesicht, das immer so aussah, als klebe es an einer unsichtbaren Fensterscheibe, um besser sehen zu können, war feuerrot vor Schmach. Plötzlich drückte der Vater die Körper der beiden kleinen Jungen fest an sich, und die unerwartete Enge ließ sie schlagartig verstummen. Er lachte Tränen und ließ sie auf den Boden rutschen, gab jedoch acht, sie voneinander fernzuhalten, doch das Quetschen ihrer Knochen hatte die Kampfesstimmung vertrieben, die beiden standen nun taumelnd und geschlagen da. Zachi kam als erster wieder zu sich und beschwerte sich von neuem über Aaron, der ihn andauernd verrückt mache und verarsche, und Aaron protestierte sofort, das Spiel sei nun mal so: du näherst dich, forderst den anderen heraus und weichst ihm wieder aus, ob es vielleicht seine Schuld sei, daß Zachi so tolpatschig und langsam und eine Schildkröte und eine Schnecke und ein Depp und ein Blödmann sei; einen Augenblick stand auch der Vater verwirrt und wie ausgeschimpft diesem Wortschwall gegenüber. »Also, genug jetzt! Sch!« knurrte er. »Wir haben dich sehr wohl verstanden mit deiner großen Klappe!« Und selber überrascht über den Zorn in seiner Stimme, strich er Aaron rasch über den blonden, weichen Schopf. Als er die betrübten Augen Zachi Smitankas sah, zog er ihn ebenfalls an sich und kraulte ihm genüßlich den kurzgeschorenen Borstenkopf. So standen sie ein paar Sekunden da, und die Kinder sogen auf, was seine großen Hände hergaben. Zachi schob sogar heimlich einen Fuß vor, so daß er sein dickes Bein leicht berührte und den Kitzel der Männerhaare darauf spürte.

»Jetzt geht und spielt, und wehe, wenn ich so was noch mal höre.« Aaron löste sich als erster vom Vater, und der klopfte Zachi freundlich auf die Schulter: »A-schokl, Jitzchuk, gib dir einen Ruck, heb das Fahrrad auf und fahr weiter. Ich schau von oben, daß nichts passiert.«

Dann kletterte er auf den Feigenbaum und setzte sich auf der untersten Verästelung zurecht. Aaron klemmte sein Vorderrad zwischen die Knie und versuchte, die Lenkstange geradezubiegen. Aus dem Dickicht der Blätter rief der Vater Zachi zu sich und bat ihn, ihm die Palette zu reichen. Aaron drückte wütend gegen die Lenkstange, bis ihm das metallene Schutzblech ins Bein schnitt.

Sobald der Vater zwischen die Blätter gekrochen war, spürte er, wie sein Herz sich weitete. Er lehnte sich an einen dicken Ast und atmete tief ein. Die handgroßen Blätter streichelten sein

Gesicht, drängten sich an ihn wie die Köpfe von Pferden, die Nähe suchen. Er spürte den Geruch des Feigenbaums in der Nase und ließ die Finger über den prallen Stamm gleiten. Ohne es zu merken, fielen ihm die Plastiklatschen von den Füßen. Zachi, der bis unter den Baum herangekommen war, schreckte zurück wie eine junge Katze.

Bedächtig und ernst wie ein Handwerker, der sein Werkzeug vor sich ausbreitet, ließ der Vater Knöchel um Knöchel seiner Finger knacken. Schließlich schüttelte er sich, richtete sich auf und schaute sich um. Auf dem gegenüberliegenden Zweig sah er die ersten Wunden: Risse, in denen es von weißlichen Würmern wimmelte. Die Wunden zogen sich bis hinauf in die Baumkrone, und der Vater folgte ihnen mit den Augen und hob den Blick bis zu Edna Blums Fenster im dritten Stock. Es kam ihm vor, als habe dort eine Gardine gezittert. Er verschränkte die Arme auf der Brust und dachte nach. Es würde keine leichte Arbeit werden.

Aus der Tasche seiner kurzen Hose nahm er eine Rolle Flanellstoff, die er vom Reservedienst mitgebracht hatte, und riß geschickt mit zwei Fingern ein Stück davon ab. Dann berührte er vorsichtig eine Wunde am Körper des Feigenbaums und spürte, wie tief der Abszeß in das Holz eingedrungen war. Er stocherte mit dem mit Stoff umwickelten Finger in dem Loch, die gelbliche, trübe Flüssigkeit blieb am Flanell kleben. Der Vater schnupperte daran und schüttelte verwundert den Kopf, zuckte mit den Schultern und warf das Stückchen Stoff hinunter. Zachi Smitanka kam vorsichtig näher, sah ängstlich auf die Füße des Vaters, die aus dem Baum hervorschauten, und hob den Stoffetzen auf. Als er daran roch, verzog er vor Abscheu das Gesicht. Dann aber hielt er sich den Stoffetzen noch einmal unter die Nase und atmete den Geruch tief und konzentriert und mit einer seltsamen Ehrfurcht ein.

Der Vater wickelte ein neues Stück Stoff um den Finger. Ein zartes Pfeifen kam aus seinem Mund, er suchte nach einer Melodie, die früher einmal tänzerisch und zigeunerhaft gewesen sein mochte, bei ihm jedoch langsam und ein wenig zerstreut klang; sofort schaute die Mutter aus dem Fenster und spionierte, was er zwischen den Blättern eigentlich machte. Sie wußte nur zu gut, wohin ihn seine Gedanken trugen, wenn er so pfiff. Er bohrte seinen Finger in ein Wundloch des Feigenbaums. Ein weißer, aufgeblähter Wurm zappelte blind auf seiner Hand, und er studierte ihn eingehend und pfiff dabei aus dem Mundwinkel. Als er noch jung war und ein barfüßiger Flegel, hatte ihn ein Kommunist aus dem Untergrund, ein gewisser Sioma Swatschniker, dazu verleitet, nach Rußland zu fliehen und dort in die Armee einzutreten, oij, Sioma, Sioma, verflucht sei dein Name, wie schön du gesprochen hast. Die Mutter schlug wütend das Fenster zu. Die ganze Sache mit dem Feigenbaum konnte sie gerade jetzt besonders gut gebrauchen. Mit vor Zorn klammen Fingern stand sie da und polierte die Fleischgabeln und -messer. Nur ein einziges Mal hatte ihr der Vater von seiner Kindheit in Polen, seiner Flucht nach Rußland, den drei Jahren beim Militär und von der Lagerhaft in Komi erzählt. Und nachdem sie die grauenvolle Geschichte seiner Flucht aus der Taiga und die Sache mit der Bäuerin, die in der kleinen Hütte eingesperrt war, aus seinem Mund gehört hatte, stand sie auf, legte ihre kleine, kräftige Hand auf seine Lippen und sagte, bis hierhin und nicht weiter, mehr will ich nicht hören, Mosche, wenn ich tot bin, kannst du es erzählen, wem immer du willst, dann kannst du durch die Straßen laufen und es ausrufen oder meinetwegen in den Zeitungen schreiben, aber hier im Haus will ich diese Dinge nicht mehr hören; und als die Kinder geboren wurden, mußte er ihr schwören, diese Zeit niemals zu erwähnen, sie brauchten nicht wissen, was für ein Tier ihr Vater gewesen war, und er versprach es ihr mit seinem langsamen, geduldigen Lächeln und der versöhnlichen Miene, die er stets für sie bereithielt. Aber jetzt hörte sie sein Pfeifen. Sie öffnete erneut das Fenster und klopfte einen Lappen auf dem Fensterbrett aus. Eine kleine graue Staubwolke stieg auf und verflog. Das Pfeifen hörte für einen Augenblick auf. Die Mutter verschwand wieder im Haus. Der Vater blies kräftig auf seine Hand. Der weiße Wurm fiel hinunter auf den Baumstamm. Er zertrat ihn mit der nackten Ferse, dann war ganz leise das Pfeifen wieder da und kräuselte sich in der Luft.

So arbeitete er, ernst und gründlich, volle zwei Stunden. Hin und wieder hielt er inne, um dem einen oder anderen Nachbarn sein Vorhaben auf dem Baum zu erklären oder Hindas Rufe vom Balkon zu beantworten. Als um halb sieben aus den umliegenden Wohnungen das Signal der Abendschau zu hören war, unterbrach der Vater seine Arbeit und hörte besorgt zu, aber es wurde keine Kursabwertung gemeldet. Aaron fuhr mit seinem Fahrrad auf der Straße und ignorierte ihn und ebenso Zachi. Ab und zu wandte er seinen hellen Kopf nach hinten und rief gedehnt nach ›Gummi‹, der dem Fahrrad unsichtbar hinterherlief. Zachi rührte sich nicht vom Baum weg und sammelte fleißig die schmutzigen Stoffetzen auf, die von oben herunterfielen. Es ist nicht gut, einen kleinen Jungen zurückzulassen und für Geld nach Afrika zu fahren, überlegte der Vater. Dann dachte er an Malka Smitanka, die ihren Jungen auf die Straße schickte, um sich ihrerseits mit diesem Kerl abzugeben. Was fand eine Frau wie sie überhaupt an so einem Phlegmatiker? Er war mit Sicherheit Beamter, oder vielleicht Rechtsanwalt. Hauptsache, er hat ein Auto, dachte er und seufzte über diese Verschwendung. Er rief Zachi und schickte ihn zu Hinda, um eine alte Klistierspritze aus Gummi zu holen, und nachdem der Junge gegangen war, dachte er an den Leberfleck in Malka Smitankas Dekolleté und an die kecken lockigen Haare in ihrer Achselhöhle. »Hier ist sie!« rief Zachi bald, schaute ihn mit seinem dunklen Gesicht an und hielt die Klistierspritze hoch, und Aarons Vater erschrak und schickte ihn gereizt noch einmal zu Hinda, um ihr auszurichten, daß er gleich nach Hause komme.

Während er auf Zachis Rückkehr wartete, lehnte er sich an den breiten Ast, zündete sich eine Zigarette an und zog genüßlich den Rauch ein. Von dort, wo er stand, war die graue Wohnsiedlung nicht zu sehen. Auch die schmale, holprige Straße nicht. Man konnte sich vorstellen, daß der Baum ganz woanders stand; und wäre der Vater ein wenig zur Seite gerückt, so hätte er ein anderes Fenster sehen können und eine Gardine, die manchmal zu zittern schien. Aber er bewegte sich nicht. Es war Juni, und auf den Zweigen begannen harte Gallenblüten auszutreiben. Ein süßer Duft umgab ihn. Er atmete tief ein.

Zachi kletterte flink auf den untersten Ast, um ihm die rote Klistierspritze zu reichen. Der Vater zwinkerte ihm zu, wollte den bissigen Ton wiedergutmachen und kraulte ihm genußvoll durchs Borstenhaar. »Setz dich her und schau mir gut zu«, sagte er.

Er blies mit der Klistierspritze in die erste Wunde, die er gesäubert hatte, bis die ganze Feuchtigkeit aus ihr entfernt war. Dann holte er den Pinsel, mit dem er zu Hause die Türangeln ölte, aus der Hosentasche und tauchte ihn in die Salbe. Sorgfältig begann er die Lippen der Wunde einzuschmieren. Der Junge betrachtete die große Hand, die sich sanft hin und her bewegte, und langsam öffnete sich selbstvergessen sein Mund. Unten fuhr Aaron freihändig auf seinem Fahrrad und rief ›Gummi‹ zu, er solle versuchen, ihn im Laufen einzuholen. Der Vater war mit dem Einschmieren der Wunde fertig. Er und Zachi sahen sich einen Augenblick an. Der Vater reichte ihm die Klistierspritze, »jetzt machst du pfuh, und ich tue die Salbe drauf«. Zachi nahm die Spritze voller Eifer in die Hand und begann mit ernster Miene zu pumpen, die Zunge vor Anstrengung zwischen den Zähnen. So arbeiteten die beiden schweigend, bis plötzlich Aarons goldener Schopf zwischen ihnen auftauchte und erbittert fragte: »Warum nur er? Ich will auch.«

Der Vater und Zachi schreckten ein wenig voreinander zurück, dann begann der Vater Aaron mit lauter Stimme zu erklären, was er hier genau tue und wie der ganze Heilungsprozeß verlaufen würde. Zachi zog sich in sich selbst zurück, schwieg und ließ nervös einen Finger nach dem anderen knacken. Aaron beobachtete es zerstreut. Ein leichtes unsichtbares Zucken lief über sein Gesicht, als er das trockene Knacken hörte. Und plötzlich hatte er eine Idee. Es war ihm anzusehen, daß er eine Idee hatte. Er hielt sich nicht einmal damit auf, sie ihnen zu erklären. Er glitt vom Baum, riß die Luftpumpe von seinem Fahrrad und kletterte mit strahlendem Gesicht wieder hinauf. Die Pumpe war tatsächlich eine gute Idee, eine ausgezeichnete Idee, sie trocknete schnell und wirksam eine Wunde nach der anderen; davor habt ihr echt langsam gearbeitet, erklärte Aaron und zog und blies, aber davor war es ruhiger, bemerkte Zachi flüsternd.

Sie arbeiteten fleißig, jeder säuberte eine Wunde für sich. Aaron redete, um das eingetretene Schweigen zu brechen, und es gelang ihm sogar, sie zum Lachen zu bringen: Er konnte Tiere und Menschen nachahmen, er hatte ein Talent dafür, und obwohl seine Stimme noch die eines Kindes war, er war ja erst elfeinhalb Jahre alt, konnte er Levy Eschkol und den Finanzminister Sapir ausgezeichnet nachmachen, und sogar Schmuel Rodensky mit seinem Sketch von Stejt-das-Gebäude-oder-stejt-es-nicht. Wenn er einmal angefangen hatte zu reden und die Leute lachten, war er nur schwer zu bremsen, aber allmählich verstummte er, beruhigte sich und versank wie die anderen im Zauber der Heilung.

Die Mutter trat auf den Balkon und rief Aarons Namen. Der Vater machte den Kindern ein Zeichen, still zu sein, und die drei versteckten sich hinter den Blättern. Wieder rief die Mutter; sie wisse doch, daß Aaron auf dem Baum sei, warte nur, warte, was du zu Hause von mir erleben wirst. Der Vater rundete seine Hände zum Trichter und stieß den Ruf eines Kuckucks aus. Die Kinder platzten vor unterdrücktem Lachen, und die Mutter, deren Kopf wachsam hin und her schnellte, drehte sich abrupt auf dem Absatz um und verschwand wieder im Haus. Der Vater lachte leise mit den Kindern, das ist nicht nett von uns, das ist gar nicht nett. Er sah zum Himmel auf und umklammerte mit beiden Schenkeln den warmen Baum.

3 Sieben Tage lang behandelte der Vater den Feigenbaum: er bohrte in seinen Wunden, wischte den Eiter fort und schmierte sie mit Salbe ein. Die Mutter trat immer wieder auf den Balkon und warf ihm vor – mit extra lauter Stimme, denn vor wem hatte sie sich hier schon zu schämen –, er sei ein Idiot, daß er nicht das Hauskomitee um volle Bezahlung für diese Fronarbeit bitte, und zwar mit gutem Geld, der Baum gehört doch allen, oder? Und er versöhnte sie jedesmal mit sanften Worten – und blieb auf dem Baum. Zachi, der immer zu spät kam, sah Aarons kleines Fahrrad an den Stamm des Feigenbaums gelehnt wie die Leiter eines Fremden am Fenster der Geliebten, drehte endlose Runden zu Füßen des Baumes und stieg nicht hinauf. Langsam und bedächtig kletterten der Vater und Aaron auf die höchsten Zweige, hielten sich bei jeder Wunde auf, steckten die Köpfe zusammen und berieten sich. Manchmal, wenn der Vater die Arme nach einem hohen Zweig ausstreckte, rutschte sein Unterhemd ein wenig hoch und entblößte unterhalb seines roten, behaarten Bauches eine glatte, blasse Wunde, eine Art Atempause in seiner kräftigen Körperlichkeit. Aaron konnte sich nicht satt sehen an ihr. Die ist bestimmt nicht vom Lager, von Komi, stieß er aus, als wüßte er es nicht, in Komi wärst du bestimmt an so was gestorben. So, mit List, pflegte er dem Vater in kleinen Portionen die verbotenen Erinnerungen zu entlocken, und der Vater lachte, wieso Komi, dort hätten sie mich wie einen Hund krepieren lassen, das ist noch aus Polen, als ich etwas älter war als du, vielleicht vierzehn oder fünfzehn, von der Blinddarmoperation, und schon vergaß er sich und sein Versprechen, das er der Mutter gegeben hatte, und erzählte Aaron von jenem fürchterlichen Winter in der Taiga, nicht mal die Toten konnten wir begraben, wie Marmor war die Erde, und er erzählte von den Dummköpfen, die versucht hatten, ohne Hilfe von außen aus dem Lager zu fliehen, und wie man sie am nächsten Tag von Wolfszähnen zerfleischt gefunden hatte, und wie die Menschen wahnsinnig wurden vor Hunger und Angst, sie verloren einfach den Verstand, so wie man ein Taschentuch verliert, und die Intelligenzler, pflegte der Vater mit

einer Spur von Schadenfreude zu sagen, die Intelligenzler, die uns Stalin in die Taiga schickte, die wurden am schnellsten wahnsinnig, nicht nur wegen dem, was sie dort durchmachten, alle machten doch das gleiche durch, ein Körper ist immer nur ein Körper, sondern wegen ... laß mich nachdenken ... der Vater zuckte mit den Schultern, ach, was weiß ich, warum die Intelligenzler in der Taiga wahnsinnig werden ... vielleicht haben sie nicht gedacht, daß es so schlimm werden wird, vielleicht ist das, was geworden ist, nicht das, was sie gedacht haben, vielleicht haben sie geglaubt, daß sich die Welt so einrenkt, wie sie meinen, daß sie sich mit Intelligenz einrenkt, nicht mit Stalin ... Der Vater lachte, und Aaron lachte mit ihm und ahmte gespannt seine Gesichtszüge nach.

Manchmal kam Edna Blum auf einen abendlichen Spaziergang herunter, hatte einen leichten Sonnenschirm in der Hand, der ihren Kopf beschattete, und kam zufällig bis zum Fuß des Baumes. Durch die großen Blätter hindurch bemerkte der Vater ihre Bewegung, die ihm entgegenglitt, schob die Zweige beiseite und begrüßte sie. Das tat er jeden Tag, und sie war jedesmal ganz überrascht und riß die Augen auf, als hätte sich ihr zwischen den Blättern ein furchterregender Riese gezeigt, aber sie wußte gleich, daß er gut war, daß es ein guter Riese war. Oh, Herr Kleinfeld, Sie haben mich aber erschreckt, und während eines langen Augenblicks des Schweigens, des Nichts, stand Edna mit der Hand auf dem Herzen da und staunte ihn an, als würde sie plötzlich von innen genommen, und sie warteten stumm, bis sie langsam, mit einem matten Lächeln und schlukkend, aus diesem Nichts zurückkehrte und sich nach dem Befinden ihres Feigenbaums erkundigte. In Aarons Augen war Edna wunderschön, mit Ausnahme ihrer Haut, die merkwürdig rosa aussah und fast durchsichtig, wie die Haut eines Kükens, dessen pochendes Herz man überall in seinen Fingern fühlt, ganz gleich, wo man es anfaßt. Eines Tages verriet sie ihnen, daß sie vielleicht nur wegen des Feigenbaums hier in dieser Siedlung wohnen bleibe; Aaron spürte sofort, daß sie einen Fehler gemacht hatte, wußte aber nicht, welchen. Und am nächsten Tag vertraute sie ihnen an, ihre Seele sei mit der Seele des Feigenbaums verbunden, genauso sagte sie es, sie fühle, daß sie dem Baum vor ihrem Fenster beinah ihr Herz ausschütten könne, und wieder schreckte Aaron zurück, als hätte jemand mit zerbrochener Kreide an die Tafel gekratzt, und er dachte wütend, sie sagt Dinge, die man fremden Leuten einfach nicht sagt, vielleicht, weil sie in Gesprächen mit den Nachbarn nicht geübt ist, dreizehn Jahre wohnt sie nun hier, aber sie zieht sich immer zurück und sondert sich ab, auch bei mir hat sie versucht, auf Abstand zu halten, diese Snobin, sagte die Mutter, aber ich habe sie gleich richtig angepackt und sie dazu gebracht, nett zu sein und wenigstens guten Tag zu sagen. Aaron senkte den Kopf, damit sie sein Gesicht nicht sehen konnte, und der Vater brummte irgend etwas, seine Wangen wurden röter und röter, und er trat mit seinem dicken Fuß gegen Aarons Knie: beherrsch dich. Edna Blum schien selber zu spüren, daß sie einen Fehler gemacht hatte, aber da sie an jenem Tag gut gelaunt war, verzieh sie sich sofort und verabschiedete sich herzlich mit dem Versprechen, morgen wiederzukommen. Als sie gegangen war, versuchte Aaron, Vaters Blick aufzufangen, um mit ihm zusammen zu lachen, aber zu seiner Verwunderung wich der Vater seinem Blick aus und machte auch keinerlei Bemerkung, sondern trieb ihn statt dessen an, Luft auf die Wunden zu blasen.

Edna Blum ging in ihre Wohnung hinauf und eilte atemlos zu ihrer Gardine. Eine leichte Brise wehte, die Blätter rauschten, und ihre Schatten raschelten auf Vaters Rücken und Schultern. Edna sah seinen dicken Hals, seinen sturen Nacken. Wie auf einem Bilderrätsel entdeckte sie einen Teil seines Bizeps, seines Schenkels; als er einmal seine Hand umdrehte, sah sie die Brandwunde wie das gesprenkelte Muster einer exotischen Schlange zwischen den Blättern durchgleiten. Neben seinen kräftigen Beinen waren die von Aaron, dünn und glatt, und Edna überlegte, wie dieser Junge wohl zum Mann heranwachsen würde. Mit einem seltenen übermütigen Funkeln in den Augen lief sie in die Küche, um einen Krug Limonade zuzubereiten. Mit einem Kichern und Rotwerden und Edna-was-ist-losmit-dir goß sie kaltes Wasser, Zitronenkonzentrat und Zucker zusammen und rührte energisch um. Aber als sie ans Fenster trat, schwand bereits ihr Mut, wie sollte sie ihn denn rufen, wie sollte sie ihren Körper vorbeugen und ihm den vollen Krug reichen ... augenblicklich verlor die Idee ihren Sinn. Sie ging mit dem vollen Krug im Zimmer auf und ab und war enttäuscht und verärgert über sich selbst.

Da breitete sich eine seltsame Stille in der Wohnsiedlung aus. Die Frauen in den dampfenden Küchen standen mit roten Gesichtern da, hoben erstaunt ihre Köpfe und hielten für einen Augenblick in der Arbeit inne. Die Männer, die in Unterhemden draußen auf den Balkons in ihren Liegestühlen dösten, setzten sich auf, nahmen die Zeitung vom Gesicht und lauschten. Wie aus weiter Ferne erhoben sich die Klänge einer Mazurka von Chopin, kamen näher und sanken von oben auf die graue Wohnsiedlung, auf all die verrosteten Geländer, den rauhen Verputz und die verbogenen Briefkästen herab, sanken und rieselten über den gelblichen, kränklichen Rasen. Fast zwanzig Jahre lang hatte Edna nicht mehr auf ihrem Flügel gespielt, und nun war die Musik zu ihr zurückgekehrt.

Auf dem Baum sahen sich Aaron und sein Vater einen Moment lang an und wandten sofort verlegen ihre Augen ab. Der Vater säuberte eine große Wunde, seine Hand bohrte langsam in ihr herum. Vielleicht sollte Aaron seine Eltern zur Bar-Mizwa doch um eine neue Gitarre bitten. Die Mutter hatte ihn einmal beobachtet, während er spielte, er erinnert sich immer wieder daran, vielleicht war das sein Fehler, er hatte nicht gemerkt, daß sie ins Zimmer gekommen war, anscheinend hatte sie lange dagestanden, ihn aufmerksam angeschaut und irgend etwas in seinen Augen gesehen, doch dann war sie über ihn hergefallen und hatte gesagt, er mache ihr ein Loch in den Kopf, er solle lieber hinausgehen und draußen spielen, statt gebeugt wie ein Buckliger über seiner Gitarre zu sitzen, dafür hätten sie ihm doch schließlich ein Fahrrad gekauft, ein halbes Gehalt des Vaters habe es gekostet, und es stimmte, das Fahrrad war toll, aber Aaron wollte irgend etwas anderes. Mehr. Was mehr, das kann er nicht erklären. Mehr als das. Noch mehr. Aber als Bar-Mizwa-Geschenk haben sie ihm schon versprochen, ein Sparbuch für ihn zu eröffnen, damit er sich und seiner Ehefrau in zwanzig Jahren eine Wohnung davon kaufen kann. Was interessiert ihn seine Ehefrau. Vielleicht werden sie trotzdem mit einer Gitarre einverstanden sein.

Seine Finger zupften wie von selbst an dem Baumstamm, zusammen mit Edna Blum. Dann berührten sie zerstreut das Kinn, die Windpockennarbe, die ihm geblieben war, weil er sich nicht zurückgehalten und sich gekratzt hatte; und der Vater wollte ihm etwas ganz Persönliches zur Bar-Mizwa schenken: das Rasierzeug mit dem Pinsel, dem Messer und der Blechschüssel, das ihm seit der Zeit gehört, als er im Sinai-Feldzug kämpfte, aber die Hauptsache ist die Gitarre; wieder zupfte er am Feigenbaum, wieder faßte er sich leicht verärgert an sein glattes Kinn, zupfte am Feigenbaum, und für einen Augenblick sah er wie ein kleiner Schriftsteller aus, der die Feder in seine besondere Tinte taucht und ein paar Worte schreibt, bis die Tinte ausgegangen ist, und so fängt vielleicht schon ein neues Chejndale bei ihm an.

Obwohl es noch anderthalb Jahre waren bis zu seiner Bar-Mizwa, waren die Eltern bis über beide Ohren ins Rechnen und Sparen vertieft, sie planten etwas Grandioses, teilte ihm die Mutter stolz mit, sie hätten vor, den königlichen Thronsaal zu mieten, einen professionellen Fotografen vom teuren ›Foto-Gvirtz‹ zu bestellen und sich diesmal nicht mit Onkel Schimek zu begnügen, dessen Hände zittrig geworden seien und der die Mutter auf den letzten Familienfesten so fotografiert habe, daß ein häßliches Gesicht wie von Moische Grunim herausgekommen sei. Jochi, deren Bat-Mizwa sehr bescheiden gewesen war, man hatte sie an einem Samstag zu Hause, im Kreise der Familie, abgehalten, platzte vor Neid, und bei mir habt ihr gespart, und die Mutter sagte ihr mit einer Spur von Schadenfreude, eine Bat-Mizwa sei eben nicht dasselbe wie eine Bar-Mizwa, dafür werde sie auf ihrer Hochzeit für alles entschädigt, aber erst mal wollen wir sehen, wo all deine Verehrer geblieben sind.

Manchmal, wenn Aaron nachts aufstand, um ein Glas Wasser zu trinken, sah er seine Eltern über das dicke Heft gebeugt dasitzen, das sie eigens zu diesem Zweck gekauft hatten, und rechnen. Auf der einen Seite des Tisches lagen, geschlossen und verschämt, die roten Mitgliedshefte der Krankenkasse von Vater, Mutter und Großmutter. Niemand hatte jetzt Geduld für sie, und die gelbroten Marken wurden achtlos eingeklebt, nicht mit dieser Sorgfalt und Hingabe wie früher. Das Bar-Mizwa-Heft war in grünliches Schrankpapier eingeschlagen und hatte einen kleinen, einfachen Aufkleber: *Aaron – Bar-Mizwa*, und die Eltern schrieben darin die Menüs sämtlicher Bar-Mizwa-Feiern auf, zu denen sie eingeladen wurden, schätzten die Preise, notierten Bemerkungen über Qualität und Größe der Portionen und stellten komplizierte Vergleiche an. In genau anderthalb Jahren würde ihre Hypothek auf die Wohnung abgezahlt sein, so daß sie mit Leichtigkeit eine schöne Anleihe würden aufnehmen können, und zusammen mit dem, was ihnen gelungen war, auf die Seite zu legen, und in der Hoffnung, daß Finanzminister Sapir ihnen mit einer allgemeinen Abwertung keinen Tritt in den Hintern gab, würden sie ihm *so* eine Bar-Mizwa feiern können – die Mutter klatschte in die Hände und drückte Aaron ans Herz, und eine feine, ungewöhnliche Glückseligkeit rieselte über ihr Gesicht, sollen ihnen allen die Augen ausfallen.

Jetzt trat sie auf den Balkon. Ihre Augen spionierten und gingen wachsam hierhin und dorthin. Sogar ihre Nasenlöcher weiteten sich. Als der Vater sie entdeckte, zog er Aaron mit der fast unmerklichen Bewegung eines Untergrundkämpfers zurück und stellte sich selbst so, daß ihn die Blätter vor ihr verbargen. Von dort, wo er saß, sah Aaron, daß ihre Fingerknöchel auf dem Geländer weiß wurden.

»Mosche!« brach es plötzlich aus ihr heraus, »wie lange willst du denn noch die Rotze vom Baum lecken?« Stille. Auch die Klavierklänge erstarben.

Der Vater zog seinen Hals zwischen die Schultern. Aber einen Augenblick später begann er sich wieder groß und breit aufzurichten, und eine blaue Ader schwoll in ihm an und pochte.

Aaron schrumpfte förmlich zusammen und beobachtete ihn ängstlich, so hatte er ihn noch nie gesehen, aber er, der Vater, hielt sich zurück, preßte seine großen Kinnladen zusammen und schmierte wieder schwerfällig und sehr behutsam die Wunden des Feigenbaums ein. Die Mutter wartete noch einen Augenblick. Plötzlich schlugen ihre Hände auf das Balkongeländer: »A-aron!«, und die eisernen Wellenschläge des Geländers schlossen sich und legten sich um ihn wie Ringe um einen Pfahl, »du kommst sofort nach Hause und probierst die Stiefel!«

»Aber es ist doch noch Sommer!« flüsterte Aaron seinem Vater zu.

Der Vater nickte langsam. Seine Augen waren noch voller Unruhe und Gefahr, aber mit dem Kinn begann er bereits seinen üblichen Schleier zur Beruhigung der Ehe hervorzuziehen: »Mutter hat es gern, wenn alles rechtzeitig fertig ist«, flüsterte er, »und vielleicht müssen wir dir dieses Jahr schon neue kaufen.«

Natürlich müssen sie. Seine Stiefel sind alt und abgewetzt. Zwei Jahre trägt er sie nun schon, und es sind Löcher darin, er braucht unbedingt neue: dieses Jahr hat er vor, mit Gideon und Zachi eine Zuchtfarm für Kaulquappen zu gründen und sie an ›Bonaparte‹ zu verkaufen, das erste französische Restaurant, das in Jerusalem aufgemacht hat.

»Was ist los, Aarontschik«, fragte der Vater in tröstendem Flüsterton, »wieso plötzlich diese Miene?«

Aaron wandte sein Gesicht ab, damit der Vater es nicht sehen konnte. »Und wie sie mit mir redet«, erbitterte er sich.

»Nimm's nicht so schwer, Aarontschik, sie hat dich lieb, und das ist alles aus Sorge, daß sie so redet.«

»Ich bin genauso groß wie Gideon, so groß wie die Hälfte der Kinder in meiner Klasse.«

»Sie möchte, daß du in allem der erste und beste bist. Eine Mutter ist eben eine Mutter.«

»Aber sie beleidigt mich.«

Der Vater strich ihm über den Kopf. Aaron sehnte sich nach dieser Berührung. Von oben schwebte wieder die Melodie herunter, vorsichtig, tastend, provozierend, wie das erste Keimen nach einem Waldbrand. Der Vater rührte sich nicht. Nur seine Hand streichelte weiter. Es war noch hell genug, um die Adern der Blätter zu sehen. Die Melodie schwebte langsam dahin und zog feine Fäden. Aaron schob einen großen Ast beiseite, und der Himmel zeigte sich ihm. Der tiefblaue Abendhimmel. Der Vater schaute ihn an, bis er ihm ein Lächeln abgerungen hatte.

»Und außerdem«, meinte der Vater, »war auch jener, wie heißt er noch, Napoleon, war auch Napoleon klein, und auch Sioma Swatschinker war ein Fertel, Tatsache!«

4 In der Küche sah Aaron die kleinen Füße seiner Mutter hoch oben auf dem Franzuski zappeln. Ihr Kopf steckte im Speicher. Als sie ihn hereinkommen hörte, schoß sie herunter, sie hatte sich eine rosa Gummibadehaube gegen den Staub über den Schädel gezogen, glaub ja nicht, daß ich dich nicht auf dem Baum gesehen habe, wir rechnen nachher ab, geh jetzt und hol ein Paar Wollstrümpfe aus der Schublade mit den Strümpfen im großen Schrank. Winterstrümpfe? murrte Aaron, jetzt? Mitten im Sommer? Und wie willst du die Stiefel anprobieren, barfuß? Aber in dieser Hitze Wollstrümpfe? Hör auf mich, ich weiß ganz genau, was ich tue.

Ärgerlich öffnete er die Tür des großen Schrankes im Schlafzimmer der Eltern. Hinter der Schublade mit den Strümpfen fiel ein brauner Umschlag auf den Schrankboden. Wie die Umschläge von Vaters Einberufungsbefehlen zum Reservistendienst, aber auf diesem befanden sich weder Name noch Adresse. In nachlässiger, unbekannter Handschrift stand darauf: *Alfons' Miezenzirkus*. Er schaute hinein und sah etwas, ein kleines Schwarzweißfoto, das auf die Rückseite einer Spielkarte geklebt war. Er wußte sofort, daß er etwas betrachtete, das er noch nie gesehen hatte, und daß es besser wäre, es sich nicht anzuschauen, und schaute sich ein zweites Foto an. Seine

Hände fingen an zu zittern. Mach zu und geh, dachte er hart. In einem sofortigen und strengen Beschluß. Mach zu und hau sofort ab, flüsterte er sich in einem Befehl der Selbstrettung zu. Er steckte die befremdlichen Karten in den Umschlag zurück, schloß ihn und legte ihn wieder an den Platz, wo er ihn gefunden hatte. Seine Finger zitterten so, daß er das dicke Paar Wollstrümpfe kaum halten konnte. Einen Augenblick noch stand er da, im Schlafzimmer seiner Eltern, was habe ich eigentlich gesucht, und sagte sich wieder mit gepreßter Stimme: jetzt schnell weg von hier. Und noch einmal, tadelnd: los, raus. Er stolperte, legte sich auf die Seite, rollte sich zusammen und versuchte ganz klein zu sein, und schlagartig wurde ihm klar, daß es ihm schon seit einiger Zeit nicht gutging. Daß sich die kleinen Zeichen und dummen Beweise in letzter Zeit häuften, vielleicht waren auch die gerissenen Saiten seiner Gitarre ein solches Zeichen, und vielleicht auch die Streitereien, die er mit Zachi hatte; aber was bedeutete das, Zeichen, und Beweise wofür, wer weiß, er verstand es nicht, er spürte nur, daß dies ein Augenblick war, ohne den es noch möglich gewesen wäre, irgendein großes Rad zurückzudrehen und die Zeichen und Beweise zum Verschwinden zu bringen, sie in dem großen, gewöhnlichen Lärm des Lebens aufzulösen. Er dachte es nicht, sondern hörte im Inneren nur eine leise, nüchterne Stimme, die traurig feststellte: ›nicht gut‹, und wie die Stimme eines Arztes klang, der seinen Kopf zur Seite neigt und eine Wunde betrachtet, ›nicht gut‹; vielleicht hatte er auch ›tz tz tz‹ gesagt, Aaron jedenfalls machte es angst, nicht wegen der Stimme und dem, was sie gesagt hatte, sondern wegen dieses tonlosen, nachdenklichen ›tz tz tz‹, und vielleicht hatte auch die Stimme nachdenklich und traurig den Kopf geschüttelt – wie die Eltern, als sie mit ihm einmal im Bus nach Tel Aviv gefahren waren und bei Bab-el-Wad einen schweren Verkehrsunfall gesehen hatten, doch plötzlich rebellierte Aaron, das spielt doch gar keine Rolle, steh auf, es ist einfach nur schlechte Laune, aber er stand trotzdem nicht auf.

Ein träger Sommerabend senkte sich herab und legte sich rings um die Wohnsiedlung, aus den Häusern stiegen Bratgerüche und der Duft fein geschnittener Salate, der frische Tau geschälter Gurken, die in Joghurt getunkt werden oder in Sahne, wenn es welche gibt, der Geruch von Zwiebeln, die in kleinen Schüsseln um die Heringe gelegt werden, von Eiern, die in den Pfannen brutzelten, und von Kümmelbroten, die auf den Abendbrottischen in Scheiben geschnitten wurden. Der Sommerhimmel verdunkelte sich langsam an seinen Rändern, und aus dem dritten Stock war wieder das Klavier zu hören – eine zaghafte, etüdenartige Melodie, heitere Töne, die mit einer Art hinauszögernder Wonne in betont langsamem Rhythmus gespielt wurden und plötzlich in wilden Crescendi ausbrachen. Der Vater stöhnte und sammelte sein Werkzeug ein. Er betrachtete seine Hände, die die Salbe gelb gefärbt hatte, und hielt einen Augenblick inne, um der Melodie zu lauschen, eine leichte Falte angestrengten Nachdenkens zog sich durch seine Stirn, wo haben wir das schon mal gehört, dann zuckte er die Schultern. Aus dem Haus war Hindas Stimme zu hören, die endlich Aarons Stiefel gefunden hatte und ihn dazu antrieb, sie anzuprobieren. Der Vater stieg vom Baum und sah Zachi betrübt auf seinem Fahrrad sitzen. »Wie, Sie waren die ganze Zeit allein auf dem Baum?« stieß Zachi hervor, und sein Gesicht legte sich in aufrichtiger Enttäuschung in Falten. Geh lieber nach Hause, meinte der Vater nur, es wird gleich dunkel, aber Zachi heftete seinen Blick auf die Lenkstange seines Fahrrads und meinte, er habe noch keine Lust hinaufzugehen. Aber es ist gefährlich, hier so ohne Licht herumzufahren, Jitzchuk. Ich, eh, ich habe kein Licht, ich, eh, der Dynamo ist mir kaputtgegangen. Erinnere mich morgen dran, dann bring ich das in Ordnung, nur nicht verzagen, Moische fragen. Der Vater fuhr Zachi beruhigend über dessen borstiges, widerspenstiges Haar, aber seine Gedanken waren zerstreut und seine Hand fahrig, und Zachi zog gekränkt den Kopf zurück, beugte sich über die Lenkstange und fuhr schnell und mit zusammengekniffenen Lippen davon: Hoffentlich kommt jetzt ein schnelles, blendendes Auto. Wie ein mächtiger, plötzlicher Faustschlag. Nach der Wegbiegung verringerte er das Tempo, hielt an, schaute nach links und rechts und trat dann mit aller Kraft gegen das Rücklicht des Fiats.

Die Mutter schob ihren Arm bis zum Ellbogen in die Stiefel und holte alte Zeitungsknäuel heraus. Langsam und erschöpft kam Aaron durch den Flur, er hoffte, daß sie jetzt nicht zu ihm hineinschaute, und er betete, daß im nächsten Moment alles stillstünde. Daß es eine lange Pause gäbe. Daß jemand kommen und alles langsam und geduldig erklären würde. Vor seinem inneren Augen tauchte Dudu Lipschitz aus seiner Klasse auf, der extrem schleppende und staksige Schritte machte, wobei sein albinohafter Schädel jeden Augenblick zur Seite zuckte. Der Vater kam von der Straße herauf und öffnete die Wohnungstür, indem er die Klinke mit dem Ellbogen herunterdrückte. Er hatte in beiden Händen und sogar im Mund Werkzeug. Aaron bemerkte ihn zu spät und erschrak. »Was ist los, Aarontschik, warum diese Trauermiene?« lächelte der Vater trotz des Pinsels, den er zwischen die Zähne geklemmt hatte, und Aaron sah ihn an und erschrak noch einmal, wenn er jetzt Gott behüte nur nicht ins Schlafzimmer geht und die Schublade mit den Wollstrümpfen öffnet und dahinterschaut. Doch der Vater ging an ihm vorbei ins Badezimmer, wo er die Palette, die Tiegel und die Mullrolle auf eine alte Zeitung legte, ich rasiere mich nur noch schnell, Hindale, dann setzen wir uns hin und essen. Wenigstens hatte er keinen Verdacht geschöpft. Aarons Beine führten ihn ins Zimmer seiner Eltern, verjagten ihn aber sofort wieder. Wohin jetzt. Seine Lippen waren trocken, verkrustet. Wie die Fotos beseitigen, ohne daß die Eltern es merken. Jeden Moment könnte einer von ihnen an den Kleiderschrank gehen, und dann, was dann?

Die Mutter kam aus der Küche, sah ihn an der Wand des Flurs lehnen und ging zu ihm: »Was ist los, Aarontschik, warum tust du so komisch?« Er winkte ab, alles in Ordnung. Offenbar ist er zu schnell vom Bett aufgestanden, und jetzt ist ihm ein bißchen schwindlig. Geht gleich vorbei. Sie nahm ihn in die Arme und drückte ihn fest an sich, wie immer, wenn er sich nicht gut fühlte, bis er durch ihr Fleisch hindurch ein panisches, beunruhigendes Pochen fühlte, das so heftig war, daß es ihm für einen Augenblick wie ein mechanisches Vibrieren vorkam, »Mama, du erstickst mich!« Sie lockerte sofort und mit Sanftheit ihre Umarmung, und er schmiegte sich wieder an sie, er spürte die Konturen ihres Körpers, der schon ein wenig weich und schlaff um die Hüften war, ihren Busen, den Schweißdunst in ihrer Achselhöhle, riß sich plötzlich verwirrt von ihr los und hütete sich davor, sie jetzt auch nur mit den Fingerspitzen zu berühren. Sie öffnete die Augen und stieß ein merkwürdiges Lachen aus: »Bist du schon zu groß, um deine Mutter zu umarmen? Na, geh jetzt und probier die Stiefel an, sie sind auf dem Mülleimer in der Speisekammer.« Dann ging sie kichernd ins Badezimmer, um dem Vater irgend etwas zu erzählen.

Er steckte die Arme in die Stiefelschäfte, holte noch ein paar Zeitungsknäuel heraus und faltete eines auseinander, um sein Gesicht vor der Welt zu verbergen. Sein Blick fiel auf eine Nachricht in einem verschnörkelten Rahmen, er las-und-las-nicht von einem jungen Schmied aus einem Dorf in Armenien, der erkrankt und schließlich gestorben und in einem Holzsarg in der Erde begraben worden war; in der Nacht dann hatte der Friedhofswächter dumpfe Schläge aus dem Bauch der Erde gehört und war geflohen, und am nächsten Morgen kam die Polizei, öffnete den Sarg und fand den Schmied mausetot, aber mit verzerrtem Gesicht und abgebrochenen Fingernägeln, und an den Seitenwänden des Sarges Dutzende von tiefen Kratzern, »um Himmels willen«, sagte die Mutter direkt an seinem Ohr, »wie lange sollen wir denn noch auf Eure Hoheit warten? Probier sie endlich an und Schluß.«

Er setzte sich langsam auf das kleine Benkale. Streckte die Hand besonders langsam nach der Sandale an seinem Fuß aus. Wo waren wir stehengeblieben. Dudu Lipschitz hat einen Vater, der im Innenministerium arbeitet, er ist ein hohes Tier dort, Dudu wird nur seinetwegen jedes Jahr in die nächste Klasse versetzt. Eine gnädige Stimmung regte sich plötzlich in Aaron, und er dachte ausführlich über Dudu Lipschitz nach, als stünde ihm auf einmal viel überflüssige Zeit zur Verfügung, in der er der

Gesellschaft eine alte Schuld zurückzahlen konnte. Es wäre interessant zu wissen, ob Dudus Kopf auch im Schlaf jeden Augenblick hin und her springt, tak! tak! Der zu große Kopf mit dem mißtrauischen Gesichtsausdruck und die Augen, die wie zwei kleine Tiere aus ihrer Höhle spähen ... Nur eines erweckt Dudu Lipschitz zum Leben, und das ist Anat Fisch. Die hübsche und böse Anat, die einen Freund in der neunten Klasse hat. Während des Unterrichts starrt Dudu sie immer lächelnd an. Er zahlt für einen Bleistift von ihr oder für ein Blatt aus ihrem Heft mit Sandwichs, und seine Augen werden feucht, wenn man ihm ihren Pullover bringt, damit er ihn anfassen, streicheln und beriechen kann. An Wintertagen steht er plötzlich auf und geht aus dem Klassenzimmer, und wenn es geklingelt hat, findet man ihn auf dem Gang an ihren Mantel gedrückt. Aber sie, gemein wie sie ist, schaut ihn nicht einmal an. Augen hat sie! Wie die Augen der Ägypterinnen auf den Bildern. Aaron fummelte langsam am Riemen der Sandale. Die Haustür wurde wütend aufgestoßen und zugeschlagen: Jochi kam vom Ballettunterricht bei Rina Nikowa zurück, warf sich in ihrem Zimmer aufs Bett und brach in Tränen aus. In letzter Zeit weinte sie jedesmal, wenn sie vom Ballett kam. Durch das Badezimmerfenster über seinem Kopf hörte Aaron, wie sein Vater vor sich hin summte, während er sich das Gesicht mit Rasierschaum einseifte. In ungefähr anderthalb Jahren wird alles an mich übergehen, dachte er, der Rasierpinsel und das Messer und die glänzende Blechschüssel, aber jetzt weckte dieser Gedanke keinerlei Erwartung in ihm, im Gegenteil, das Versprechen und die Gewißheit, daß er das alles bekommen würde, bedrückten ihn plötzlich und entfernten ihn von seinem Vater, und für einen Augenblick sah er, wie dessen Arm von einer unsichtbaren Hand gepackt und im richtigen Winkel gebogen wurde, um Aaron das Rasiermesser zu reichen, und im nächsten Augenblick stand elegant und mit toupierten Haaren die Mutter neben ihm und strahlte übers ganze Gesicht, und während sie noch den Gästen zulächelte, streckten sich ihre Finger aus und tasteten unter seinem Kinn nach der Narbe, die ihm im Alter von sieben Jahren von den Windpocken geblieben war, und sie verkündete mit lauter und klarer Stimme: »Hab ich's nicht gesagt? Der Bart fängt schon an, die Narbe zu bedecken!« Aaron schüttelte ärgerlich den Kopf, um ihren Fingern auszuweichen: Schon damals, als sie ihm das zum ersten Mal gesagt hatte, nachdem er gerade erst von der Krankheit genesen war, rebellierte irgend etwas in ihm gegen den Ton in ihrer Stimme, als habe sie ihn in eine enge Zelle gesperrt und selbstgefällig mit dem Schlüsselbund gerasselt.

»Für mich ohne Brot«, sagte Jochi mit roten Augen, setzte sich, versuchte die Tränen zu unterdrücken und zitterte dabei am ganzen Körper.

»Eine Mahlzeit ohne Brot? Ohne Brot kann man nicht leben.«

»Ich habe gesagt, ohne Brot!« bebten Jochis Lippen. »Du hättest hören sollen, was für eine Standpauke mir die Nikowa gehalten hat.«

»Jocheved«, sagte die Mutter mit einschmeichelnder Stimme und wischte sich die Hände an der Schürze mit dem Känguruh darauf ab, »Rina Nikowa versteht was vom Tanzen, und das ist schön und gut so, aber ich verstehe, was Pubertät ist und was Wachsen heißt.«

»Schau, schau dir das an!« schrie Jochi verbittert, streckte ihr Bein neben dem Tisch aus und schlug sich mit der Handfläche auf den Schenkel, genau dahin, wo das Bein anfing.

»Das kommt davon, daß du immer alles im Stehen ißt«, erklärte die Mutter in Ruhe, »ich habe dir tausendmal gesagt ...«

»Und heute hat sie mich in die zweite Reihe versetzt!«

»Jochile«, sagte die Mutter leise, »du bist in dem Alter, in dem du dir die Grundlage für dein ganzes Leben aufbauen mußt. Später kannst du immer noch abnehmen, aber jetzt ist das die Grundlage für alles.«

Jochi schüttelte den Kopf, sagte aber nichts, um nicht in Weinen auszubrechen.

»Eine Scheibe?« fragte die Mutter. »Mit Butter und ein bißchen Matjeshering?«

Jochi schüttelte entschieden den Kopf und zog ihn sofort ein, als wartete sie auf den Schlag. Mit gleichgültiger Miene öffnete die Mutter das Glas mit den Heringen, schwenkte es ein wenig in der Luft und tat drei schöne Stückchen in ein Schälchen. Dann bestrich sie eine Scheibe Brot mit einer dicken Schicht duftender Butter. Jochi drehte ihren Blick zur Wand. Von seinem heimlichen Sitzplatz in der Speisekammer aus sah Aaron den Ausschlag, die rotgelben Pickel auf ihrer Stirn und den Wangen, bald würde die Tante sie wieder besuchen, alle würden wieder nervös und muffig sein, schon seit Monaten machten sie sich jedesmal schon im voraus Sorgen, seit Jochi die Tante ins Klo geworfen und es diese Bescherung gegeben hatte, mitten im Abendbrot hatte die Mutter plötzlich mit dem Messer zur Tür gezeigt, richtig blaß war sie geworden und hatte keinen Ton herausgebracht, alle hatten sich umgedreht und gesehen, wie eine große Wasserzunge aus der Toilette heraus durch den Korridor in die Küche gekrochen kam, der Vater war sofort losgestürmt, hatte am Haupthahn hantiert, war in die Speisekammer gelaufen und hatte die Zange aus dem Werkzeugkasten geholt, während das Wasser aus dem Klo weiter floß und floß; bis zur Schulter hatte der Vater den Arm ins Klobecken getaucht, um die Verstopfung zu suchen, das Klo hatte immer noch mehr Dreck und ekliges Zeug ausgespuckt, es war nicht aufzuhalten, bis er schließlich einen rosafarbenen, triefenden Klumpen herauszog, der wie ein lebendiges Stück Fleisch aussah, und verblüfft und ohne zu begreifen dastand. Die Mutter riß ihm den tropfenden Klumpen aus der Hand und schwenkte ihn haßerfüllt und vorwurfsvoll vor Jochis Nase, muß denn die ganze Welt auf dem Kopf stehen, wenn die Prinzessin von der Tante besucht wird, Millionen von Frauen haben es vor dir durchgemacht, und auch bei mir ist es Gott sei Dank zur rechten Zeit so gewesen, warum können alle anderen Frauen ihre Sache für sich behalten und nur du hast es nötig, daß dir die ganze Welt Bravo zuruft; während ihrer ganzen Predigt schwenkte sie den im Zangenmaul tropfenden Mullkloß wie ein Chirurg, der einen Tumor entfernt hat, und schrie mit so furchtbarer Stimme, daß Jochi seitdem Probleme mit den Ohren hatte, ihr Ohrenpfeifen; und Jochi, die sonst kein Lemmele, kein Lämmchen, war und mit der sich niemand gerne anlegte, schwieg und wurde puterrot. Aber seitdem paßte sie auf mit der Tante, Tatsache, es kam nie wieder vor, und auch Aaron lernte, sich vor der Toilette in acht zu nehmen, und die Mutter sagte, »nun, Aaron, was ist, wie lange sollen wir noch dastehen und warten, der Tisch ist lange gedeckt.«

Er schaute sie alle an und dachte zerstreut darüber nach, wie angenehm die Küche zu dieser Stunde war, wenn die ganze Familie lärmend am Tisch saß und aß und redete, doch jetzt, von seinem Platz in der Speisekammer aus, schrumpfte diese schöne Idylle vor seinen Augen zusammen wie ein Bild, das vom Feuer verzehrt wird, arktischer Frost und Nebel bildeten sich an seinen Rändern, matte, abstoßende Gestalten zeichneten sich flüchtig in dieser Düsternis ab, flackerten auf und erloschen, ein nackter Körper, das Gewirr von Körperteilen, ein riesiger Hund über einer Frau – Aaron nahm den linken Stiefel in die Hand, in der kein Tropfen Blut war, befühlte achtlos das abgewetzte Innere, das einen pelzigen Geruch verströmte, und ließ seinen bedrückten Blick zu Jochi schweifen, die eingesunken dasaß und mit ihrem kleinen Finger Brotkrümel zusammenschob und flink aufpickte; dann ließ er den Abschiedsblick zu seiner verwirrten Großmutter Lili wandern, die ganz plötzlich, und dabei war sie noch keine Sechzig, senil geworden war und jetzt wirr vor sich hin murmelnd durch die Zimmer ging; vor einem Jahr war sie noch wach und fröhlich gewesen, ja sogar leichtsinnig und kindisch, aber plötzlich war irgendein kleiner Schlauch in ihrem Kopf verstopft, und alles war aus; Aaron dachte mitleidig an die gewaltige Anstrengung der Eltern, vor allem der Mutter, Großmutters Krankheit geheimzuhalten, wie schafft sie es nur, sie vor der ganzen Welt zu verbergen, sogar die Freunde, die jeden Samstagabend zum Kartenspielen zu ihnen kommen, haben noch nichts gemerkt, und er erinnerte sich auch, daß heute Dienstag war, dienstags servierte die Mutter als Nachtisch immer gezuckerte Bananen in Sahne, denn am

Dienstag, dem dritten Tag, sah Gott zum zweiten Mal, daß es gut war, und obwohl Aaron die zerdrückten Bananen nicht besonders mochte, so liebte er doch diesen Augenblick und Mutters Gesicht, und er fühlte einen Stich im Herzen und ihm wurde bitter und schwer, wo waren wir stehengeblieben, worüber haben wir nachgedacht, ach ja: über seine Sammlung von Filmen, über die Negative, die er manchmal im Hof von ›Foto Lichtman‹ findet, oder die Zelluloidfetzen, die er hier und dort aufgesammelt hat; er hat auch einen langen Streifen aus einem richtigen Film, auf den Bildern ist eine große Frau mit weißen Augen, weißen Lippen und schwarzem, wallendem Haar, das heißt, daß sie in Wirklichkeit eine Blondine ist, sie steht in der Tür und spricht mit jemandem, der sich nicht auf den Bildern befindet, und in den Untertiteln sagt sie: »Mach dir nichts vor, Rupert, jeder ist ersetzbar«, und was wird sein, wenn die Großmutter stirbt, auch sie ist einmal ein kleines Mädchen gewesen, und selbst wenn es Milliarden von Menschen auf der Welt gibt, eine wie sie gibt es nur einmal, und er versuchte wieder, ganz vorsichtig, obwohl er wußte, daß es aussichtslos war, nachzuprüfen, ob er tatsächlich gesehen hatte, was er gesehen hatte, und stöhnte aus tiefstem Herzen, es war ihm bisher nie aufgefallen, wie zerbrechlich ihr einfaches, gewöhnliches Leben war und wie sehr es von der großen gemeinsamen Anstrengung und von unbedingter Treue abhing, er wurde von Mitleid für sie erfüllt, Mitleid für ihre Unbekümmertheit, daß sie keinen Moment daran dachten, was hier, in allernächster Nähe von ihnen, in der Schublade hinter den Wollstrümpfen tickte. Langsam und vorsichtig beugte er sich vor und streifte die Sandale vom Fuß, schlief jedoch scheinbar gleich wieder über seinem ausgestreckten Bein ein, o Gott, wer hat uns das bloß ins Haus gebracht, und noch dazu wohin, direkt ins Zimmer der Eltern, und dann hatte er einen erschütternden Gedanken, denn jetzt, da er die Karten mit den Bildern entdeckt hatte, war er selber Gott behüte zum Mittäter geworden, vielleicht würde man seine Fingerabdrücke auf den Karten entdecken, die er zufällig berührt hatte, und der Spion, der sie hineingeschmuggelt hatte, würde möglicherweise versuchen, ihn irgendwie zu benutzen, ihn zu erpressen, manchmal wurde in der Zeitung ja über solche Fälle berichtet, wer weiß, wozu so einer fähig ist, und wie würde Aaron die anderen davon überzeugen können, daß er tatsächlich unschuldig war, vollkommen unschuldig.

Das alles dauerte nur ein paar Augenblicke, doch Aaron spürte, daß ihm die Lebenskraft ausging und ihm anscheinend etwas Unglaubliches widerfahren war, etwas wie in den Büchern, die aus fremden Sprachen übersetzt wurden, in denen Kinder plötzlich völlig schutzlos aus dem Elternhaus verstoßen wurden und ihr Leben auf dem Spiel stand, eine leichte Beute für das Schicksal. Sein Vater kam aus dem Badezimmer. Schaum bedeckte sein Gesicht, ganze Berge von Schaum, in denen der Mund verschwand. Aaron machte sich klein, wie um sich zu verstecken, und spürte, wie seine Seele schrumpfte und schal wurde, wie eine Art matter Nebelfleck, der sich zitternd zu einem feinen Faden verdünnte; vorsichtig schob er seinen Fuß in den Stiefel, seinen weißen, kindlichen Fuß, und merkte, daß alle ihn plötzlich anstarrten, auch Jochi drehte sich auf ihrem Stuhl um, und sogar die Großmutter kam näher und schob ihr Gesicht vor, und Aaron bückte sich und schrumpfte noch mehr zusammen, und das Blut in seinem Körper wich rasch aus sämtlichen Gliedern, hinterließ kaltes, stumpfes Fleisch und wurde an eine Stelle unter seinem Herzen gesaugt.

Na, na, meinte der Vater schwerfällig; was na, na, fragte die Mutter knapp; na, daß er reinpaßt, sagte der Vater, und seine untere Lippe schob sich über die obere und seine Stirn runzelte sich; ich sehe selber, daß er reinpaßt, sagte die Mutter, so was sieht man Gott sei Dank auf einen Blick; vielleicht ist der Strumpf zu dünn, sagte der Vater, sein Mund klaffte rot in den Bergen von Schaum; das ist ein Strumpf für den Winter, sagte die Mutter, ich habe ihm extra gesagt, er soll einen dicken Strumpf nehmen; aber die hat er doch schon zwei Jahre getragen, wurde der Vater plötzlich laut; sag es ihm, nicht mir, meinte die Mutter, ohne Aaron anzusehen; aber ich will ein Paar neue! flüsterte Aaron; nicht im Traum kriegst du neue, entgegnete die Mutter und riß ihm den Stiefel vom Fuß, wenn mir hier Haare wachsen, dann kriegst du neue, sagte sie und deutete mit den Augenbrauen auf ihre Handfläche, dann stopfte sie die Knäuel der Zeitungen vom vergangenen Jahr mit ärgerlichem Gebrumm in seine Stiefel zurück, na los, stieß sie ihn mit einer Handbewegung fort, geh dir die Hände waschen und komm zu Tisch, und wehe dir, wenn du jetzt nicht alles aufißt, was ich dir vorsetze.

5 Es gab Rosaline, und es gab Natalie, es gab die Lizzi vom Affen, die blinde Angela und Roxanna, die Aaron von allen am meisten liebte und verehrte, und es gab auch Alfons, den Zwerg mit der Peitsche, den Direktor des Miezenzirkus. Unter jedem Bild standen wie eine Art Untertitel mit Kugelschreiber ein paar Worte auf hebräisch: »Hü! Auf zum Galopp der Begierde!« hieß es auf dem Bild, wo Ringo, »der schwarze Zuchthengst«, mit der pummeligen Lizzi zu sehen war, und auf dem Bild mit Fritz dem Schimpansen und der blinden Angela, die sich alles ertasten mußte, stand: »Jetzt sieht sie bestimmt ...« Die Handschrift war ungelenk, und es wimmelte von Fehlern, die Aaron empörten und ihn noch mehr bedrückten als die Bilder, die voller Fettflecken waren: die Korruption hatte wie Schimmel nach den Bildern auch die Worte befallen, in denen sie sich sogar noch verdorbener widerspiegelte. Er entdeckte, daß die Buchstaben der Zeitung, die Alfons auf einem der Fotos studierte, während Rosaline zwischen seinen behaarten Beinen hockte, keine hebräischen waren. Als er das Foto mit Hilfe einer Lupe eingehender betrachtete, stellte er fest, daß es auch keine englischen waren, es war unbeholfene, eckige Schrift. Das Datum auf der Zeitung war nicht zu erkennen, aber die Lupe machte auf den meisten Fotos große, fettige Fingerabdrücke sichtbar, vor allem auf denen, auf denen Roxanna zu sehen war. Mit den Augen eines Falken, eines Kriminalkommissars

spionierte Aaron die Bilder aus und stellte schließlich fest, daß die finanzielle Lage des Zirkus sehr schlecht sein mußte; die Stöckelschuhe, die die lachende Natalie trug, erschienen plötzlich, auf dem Bild, auf dem sie von der silbernen Trompete Gebrauch machte, auch an den Füßen der blinden Angela, und der Futternapf von Fritz dem Schimpansen war auch auf dem Bild, wo Natalie dem auf Ringo galoppierenden Alfons als lebender Sattel diente. Jedesmal, wenn die Eltern aus dem Haus gingen, lief Aaron zu der Schublade mit den Wollstrümpfen. Er haßte es, sich die Bilder anzuschauen, aber er konnte es sich auch nicht verkneifen. Er sah Bild für Bild durch und schwor sich, daß dies das letzte Mal war, aber wenige Augenblicke später stöberte er schon wieder in der Schublade und schaute sie, eins nach dem anderen, hastig durch, als würde irgend etwas passieren, wenn er einmal Gott behüte irrtümlich eins überspränge, als könnte plötzlich eine riesige nackte Hand aus ihnen herauskommen und ihn am Kragen packen, steckte sie dann schnell in den braunen Umschlag zurück und saß noch einen Augenblick erschrocken da, als hätte er sie gerade zum ersten Mal gesehen, diese Männer und Frauen, bei denen Freude oder Wonne nicht zu entdecken waren, nichts, keine Spur davon, sie wirkten wie schlechte Schauspieler in einem Theaterstück, wie Sklaven eines unsichtbaren Kaisers, wie sie sich da mit gestreckten, entblößten Gliedern aufeinanderstürzten, sich ineinanderschlangen und wanden, die Münder aufsperrten, die Zähne wie zu einem letzten Lächeln entblößten und die Augen aufrissen wie bei einem Krampf ...

Die Gedanken fraßen Aaron von innen her auf. Wer hat sie ins Haus geschleust, und wer sind diese Mädchen, wer hat sie fotografiert und wo, und ist es möglich, daß dieser Zirkus noch immer, bis zum heutigen Tag, irgendwo auftritt, vielleicht ganz in der Nähe, vielleicht in irgendeiner Seitengasse der Arbeitersiedlung, und gewisse Erwachsene magisch anzieht und aus ihren Häusern lockt, ihre Augen sonderbar glänzen läßt und dazu bringt, irgendeine dubiose Steuer an jenen Kaiser zu zahlen ... Eines Nachts wachte er erschrocken auf: der Lärm eines fernen Knalls, vielleicht der Auspuff eines Autos, hatte ihn geweckt, und er lag wie erstarrt in seinem Bett und spürte ganz deutlich, wie jemand irgendwo ganz in der Nähe, am Rand der Siedlung, hastig den Mast des Zirkuszelts aufrichtete, hörte verhaltenes Rendezvousgeflüster und Sklaven, die mit gespenstischem, ersticktem Stöhnen die Zeltplane hochzogen; von irgendwoher leuchtete ein rötliches Licht, das Rund der Manege verwandelte sich in ein trübes, rotes Auge, in das Innere eines großen Mundes, und der abscheuliche Alfons, der fast gänzlich unter einem schwarzen Zaubererhut versteckt war, knallte mit seiner langen Peitsche, und die vier Mädchen sprangen mit mechanischem Gehorsam durch den brennenden Reifen, nachdem sie ihre Haut mit Öl eingerieben und ihre Gesichter gestrafft und geschminkt hatten...

Wem um Himmels willen soll er das erzählen. Zachi und Gideon sind seine besten Freunde, aber mit Gideon wird er darüber nicht sprechen können. Er kann nicht plötzlich dieses stolze Schweigen zwischen ihnen zerstören, entweihen. Und Zachi, ach Zachi, mit Zachi ist es einfach anders, war es immer schon anders, und jetzt noch mehr, das ist wahr, das wird ihm immer klarer und macht ihn traurig, nicht wegen Zachi, sondern hauptsächlich wegen der Veränderung an sich. Und außerdem spürt er, daß dieser Zachi vielleicht ein zu großer Experte, ein geradezu gefährlicher Experte in diesen Dingen ist und möglicherweise unanständige und unvorsichtige Worte von sich geben und das Ganze noch mieser machen könnte.

In der Klasse starrt Aaron auf seine Bank. Die Lehrerin Rivka Bar-Ilan erzählt von einem Rabbi, der während der Belagerung Jerusalems aus der Stadt geflohen ist; sie redet mit monotoner Stimme, bewegt kaum die Lippen. »Hat Rabbi Jochanan Ben-Sakkai den Belagerten geraten, sich den Römern zu ergeben, weil er ein Verräter war?« Sie schaut ins Klassenbuch, das sie in der Hand hält, und sucht nach Namen: »Michael Karni, was meinst du.« Aaron versenkt sich wieder in seine Gedanken. Michael Karni sitzt weit weg von ihm. Er ist ein sehr großer Junge, aber ein Schwächling und Weichling und ohne

Rückgrat. Die lächelnde Rina Fichman, die neben ihm sitzt, versucht ihm die Antwort aus dem Mundwinkel zuzuflüstern. »Keine Teamarbeit, bitte«, sagt die Lehrerin mit ihre einschläfernden Stimme und läßt ihren müden Blick über die Reihen schweifen. »Nun, Michael Karni?«

Michael grinst vor Verlegenheit. »Rabbi Jochanan Ben-Sakkai«, beginnt er langsam, als würde ihn in den Augen der Lehrerin schon das Aussprechen des Namens freisprechen. Aber diese verzieht mit einem leichten Zucken den Mund und macht irgendein Kreuzchen ins Klassenbuch. »Chanan Schwiki.« »Was ist, Frau Lehrerin?« Der arme Chanan sitzt halb liegend über seine Bank gebeugt und hat eifrig auf ihr herumgemalt, sein Kopf ruht auf dem linken Oberarm, und seine Hand ist darüber gebogen wie der Kopf eines Papageis. Aaron versucht wieder zu sich zu kommen und sich an die Frage zu erinnern. Es war von irgendeinem Verräter die Rede. Aber von wem. Der Kreis zieht sich immer enger um ihn. Diese Lehrerin. Die nie wütend wird. Und immer in demselben gleichgültigen Ton spricht. Und kleine Kreuzchen ins Klassenbuch macht, wer drei zusammen hat, wird zum Direktor geschickt.

Es ist die fünfte und vorletzte Stunde, danach kommt Mathe, und dann geht's nach Hause. Meirke Blutreich in der Fensterreihe fängt mit seinen Brillengläsern die Sonnenstrahlen. Er hat einen schwärzlichen, langen dünnen Bartflaum, der sich von seinen Schläfen zum Kinn hinunterzieht, und manchmal, wenn er sich meldet, kann Aaron den dunklen Schatten in seiner Achselhöhle sehen. Er hat schon mehrmals vor der Turnstunde in der Umkleidekabine versucht, etwas zu sehen, es jedoch nicht geschafft, und die neuen Regeln verlangen, daß nur dreimal in vollem Licht als Beweis gilt, den man dann allerdings akzeptieren muß. Aaron schickt einen Finger los und läßt ihn vorsichtig über seine Backenknochen gleiten. Doch dort ist alles glatt und warm und kükenhaft. Die Lehrerin fragt Zachi Smitanka, und der weiß es natürlich auch nicht, aber als sie das Kreuz in ihr Buch einträgt, dreht er sich um und grinst die Klasse blöd an, als habe er die Lehrerin überlistet. Noch vierundzwanzig

Minuten bis zum Klingelzeichen, zeigt Gidi Kaplan der Klasse an, indem er zwei Finger und vier Finger über seinen Kopf schnellen läßt. Er hat eine Frisur wie ein Filmstar, und die Mädchen sagen, daß er nach dem Haarewaschen mit einem Netz schläft. Aaron wirft einen Blick auf die Linien, die in seine Bank geritzt sind: vierundzwanzig Minuten, das ist schon nach der mittleren Kerbe. Dann prüft er in der zweiten Reihe nach: noch fünfzehn Tage bis zu den großen Ferien. Fünfzehn Tage mal fünf Stunden macht fünfundsiebzig Stunden. Nicht schlimm.

Chanan Schwiki, der Spaßvogel, bückt sich kurz, hält einen roten Luftballon an den Mund und bläst ihn auf. Dann setzt er sich mit Unschuldsmiene wieder aufrecht hin und versteckt die Luftballonblase unter dem Tisch. Sofort ist was los. Die rothaarige Alisa Lieber nimmt ihre Brille ab und steckt die Bügel in den Mund. Aaron beobachtet sie, sie hat die Bügel oft im Mund, und in diesem Augenblick begreift er, daß sie ihren kleinen Mund auf diese Weise breiter machen möchte. Er richtet sich auf und wird hellwach, sein Blick konzentriert sich, zum Glück ist die Lehrerin gerade mit Gidi Kaplan beschäftigt, sonst müßte sie gegen ihren Willen auf etwas reagieren: auf einen Funken inmitten der Trostlosigkeit, die sich vor ihr erstreckt. Tatsächlich! Alisa Lieber dehnt die ganze Zeit ihre Mundwinkel! Sie schämt sich für ihren Mund! In letzter Zeit scheinen sich Aaron Dinge zu offenbaren.

Plötzlich ist ein kurzer, kräftiger Knall zu hören: der Luftballon. Augenblicklich erwacht die Klasse und bricht los. Die Kinder lachen und protestieren, Meirke Blutreich, der Radaumacher, läuft geduckt seine Reihe entlang und versetzt Michael Karni einen so heftigen Schlag in den Nacken, daß diesem Tränen in die Augen schießen, und Rina Fichman, die neben ihm sitzt und ihn immer in Schutz nimmt – die beiden kichern immer miteinander wie zwei Mädchen –, steht auf und weist Meirke Blutreich schreiend zurecht. Rivka Bar-Ilan schlägt mit dem Klassenbuch auf den Tisch, es ist ein rhythmisches, trockenes Schlagen. Einmal, zweimal, dreimal, ohne jede Wut. In ihren Augen ist nur Müdigkeit und Verachtung für dieses primitive Gekreisch. Es ist zwecklos: die Klasse bricht aus und tobt, die Klasse brodelt vor Scheinheiligkeit, zwischen den Reihen werden Flüche ausgetauscht, Lachsalven gehen hin und her und zwischen einigen Jungen und Mädchen auch ein paar glühende Blicke, ein Sturm elektrischer Blitze, die sie sich in der Langeweile entladen.

Aaron sitzt still da. Gerade in solchen Augenblicken ist er in letzter Zeit der ruhigste von allen. Er betrachtet die Kinder mit offenen Augen. Vielleicht ist das gerade gut so. Vielleicht ist es ein Zeichen, daß er sich verändert. Daß er erwachsen wird. Gideon sitzt auch so da. Ruhig und aufrecht. Aber in seinen Augen liegt ein kritischer, ja sogar überheblicher Blick, ein Blick, den Aaron nicht mag. Nächstes Jahr wird Gideon anfangen, Jugendgruppen der Vereinten Bewegung zu leiten. Aus der Pfadfindergruppe ist er ausgetreten, weil es keine ideologische Bewegung ist, was aber nicht heißt, daß er die Absicht hat, seinen Wehrdienst in einem Pionierkibbuz zu leisten. Gideon hat Prinzipien, und alles ist auf die Minute genau geplant: in sechseinhalb Jahren wird er zur Luftwaffe gehen und Pilot werden wie sein Bruder Menni. Danach will er Zivilpilot bei El-Al werden. Bei ihm ist alles wichtigwichtig – und trotzdem respektiert man ihn. Er stört nie im Unterricht, und alle wissen, daß das nicht aus Feigheit so ist, sondern aus Prinzip. Manchmal wundert sich Aaron, wie es Gideon geschafft hat, das alles zu lernen, und wann er so verantwortlich und entschlossen geworden ist, sie sind doch ihr ganzes Leben lang, von Geburt an, zusammengewesen.

Die Klasse beruhigt sich wieder. Gidi Kaplan signalisiert: achtzehn Minuten. Und: Wir haben durch diese Aktion Zeit herumgebracht. »Also, Rabbi Jochanan Ben-Sakkai war weder ein Feigling noch ein Verräter«, erklärt die Lehrerin, »sondern ein Förderer des Friedens, und als er erkannte, daß die Einwohner der belagerten Stadt bald verhungern würden, beschloß er, heimlich die Stadt zu verlassen und mit dem römischen Feldherrn Titus Vespasianus zu reden. Und jetzt sagt mir bitte, wie gelang es Rabbi Jochanan Ben-Sakkai, ich hab dich gesehen,

Zachi, aus der belagerten Stadt zu fliehen, ja, Zachi, was willst du?«

Zachi, der sich die ganze Zeit über aufgeregt und mit Eifer gemeldet hat, erstarrt, seine erhobene Hand sinkt langsam herunter. Beschämt und wütend über sich und seinen dumpfen Verstand, kauert er sich auf seinen Stuhl und schweigt. Rivka Bar-Ilan sieht ihn an und seufzt. Dann fragt sie einen anderen Jungen, und Zachi dreht sich um, und sein Mund verzieht sich wieder zu einem dümmlichen Grinsen, als sei ihm ein Streich gelungen. Aaron prüft in seinen Bankritzen nach: in siebzehn Minuten wird er in der Ritze des Pferdes sein. Da wären noch, der Größe nach, ein Esel, ein Fuchs, ein Hund (die letzten Minuten sind dicht gedrängt), eine Katze, eine Maus, eine Fliege (das ist die letzte Minute, und jetzt die halben Minuten): eine Mücke, eine Amöbe, eine Bakterie, ein Atom. Und neben dem Atom, das man nur erahnen kann, ist groß und donnernd eine riesige Glocke gemalt, auf der geschrieben steht: Frei geboren.

Aber noch ist Zeit. Er darf sich nicht hinreißen lassen. Daran denken, daß die Phase des Pferdes nie vorübergehen wird. Gidi Kaplan kreuzt seine Hände über dem Kopf und signalisiert: Überraschung! Dreizehn Minuten! Wir sind schon eine ganze Minute beim Fuchs gewesen und haben es nicht gemerkt.

In der letzten Reihe, neben der Wand, sitzt Dudu Lipschitz, ganz allein. Sein großer Kopf schnellt immer wieder nach links: tak! tak! Wie ein Rasensprenger. Ein riesiger Kopf. Hell. Sein Haar ist fast weiß. Aaron hat schon einen Weg gefunden, ihn anzuschauen, ohne daß man es merkt. Er wirft einen langen, nachdenklichen Blick nach hinten und absorbiert Dudu mit den Augen: das rosa Gesicht, ständig verzerrt wie ein bitteres Zwinkern, und die Augen, die unter weißen Brauen aus ihren Höhlen blinzeln. Worauf muß er nur immer so böse sein. In letzter Zeit stellt Aaron verschiedene Überlegungen über ihn an: zum Beispiel, ob er ein eigenes Zimmer zu Hause hat. Und wann diese Veränderung bei ihm angefangen hat, oder ob seine Mutter, als sie mit ihm schwanger war, vielleicht nicht aufgepaßt hat und einer Kreatur wie ihm über den Weg gelaufen ist, und ob seine Eltern ihn lieben. Ab und zu stellt er sich auch Fragen wie: ob seine Mutter vielleicht einen Schrei ausgestoßen hat, als sie entdeckte, daß ihr Kind eine Mißbildung ist, ob er jüngere Geschwister hat, die seine Eltern in die Welt gesetzt haben, um sich zu trösten, und wie sich ein Junge fühlt, wenn seine kleinen Geschwister anfangen, klüger und lebenstüchtiger zu werden als er. Aaron wendet sich noch einmal vorsichtig um. Dreht den Kopf sofort zurück. Einen Augenblick schien ihm, als habe Dudu Lipschitz etwas gemerkt. Wieso gemerkt. Aaron setzt sich gerade hin und konzentriert sich auf die Lippen der Lehrerin. In seiner Sammlung gibt es einen Film, der genau wie Dudus Negativ aussieht: ein Junge mit besonders großem, weißem Kopf, der leicht gebeugt an einem Tisch sitzt. Manchmal hält Aaron den schwarzen Film gegen das Licht und vertieft sich in ihn, sucht nach dem verwischten Glanz, der fast alle diese dunklen Gestalten umgibt: er versucht sich vorzustellen, wie Dudus Vater plötzlich ins Zimmer kommt, auf Dudu, der gebeugt am Tisch sitzt, zugeht und seine Hand auf den hin und her springenden Kopf legt, wie Aarons Vater manchmal bei ihm, wenn auch aus ganz anderen Gründen. Zu Hause, vor dem Spiegel, legt Aaron seine eigene Hand auf den Kopf und läßt ihn hin und her springen. Seltsam, die Berührung der Hand, seiner Hand, beruhigt ihn sofort, der Kopf hört auf zu springen. Noch einmal: da kommt Dudus Vater, der hohe Beamte beim Innenministerium, von der Arbeit nach Hause, geht zu Dudu, der in seinem Zimmer sitzt und aus dem Fenster starrt und den Kindern neidisch und wütend beim Spielen zuschaut, während er sehnsüchtig an seine Anat Fisch denkt, und sein Vater legt ihm zärtlich eine Hand auf den Schädel, und dieser knochige, spitze Schädel springt einmal und noch einmal, und der Vater vergrößert quasi seine Hand, bis sie wie eine warme Kappe auf seinem Kopf liegt, und allmählich wird der Kopf des Jungen ruhig, das nervöse Springen hört auf, der Kopf wird förmlich zu der Hand hingezogen, schmiegt sich an sie, und einen Augenblick lang kann Aaron im Spiegel sehen, wie sich Dudus wütende Gesichtszüge entspannen, wie sie weich werden und sich nach Ruhe sehnen. Er steht da und betrachtet erstaunt sein spitzes Gesicht, das so darauf versessen ist zu begreifen: das bist du. Das ist der Junge, der du bist. Das ist das Gesicht, das du hast. Er schließt fest die Augen und reißt sie dann auf, als wäre er überrascht, nun auf sein eigenes Gesicht zu stoßen, er weiß, daß er ein bißchen geschummelt hat, daß er vorher schon eine ganz bestimmte, amerikanische Miene aufgesetzt hat, aber trotzdem – ein Irrtum ist ausgeschlossen: bei ihm, Aaron, ist etwas Lebendiges, ein Wunsch im Gesicht, eine Zukunft. Wieder verzieht er für einen Augenblick seine Miene und konstatiert: wie merkwürdig, daß eine kleine Grimasse schon ausreicht, um auch in den eigenen Gesichtszügen eine Mißbildung herauszulesen, wie in einer Art Tiefenkarte. Er schickt seine Hand los und läßt sie sein Gesicht gewaltsam zurechtrücken, glattbügeln, was durcheinandergeraten ist.

Varda Koppler dreht sich die ganze Zeit auf ihrem Stuhl hin und her, sucht nach Augen, die sie ignorieren kann. Sie ist ein kleines, dünnes Mädchen, aber ihr beginnen schon klitzekleine Brüste zu wachsen, und sie spannt alle Augenblicke ihre Bluse. Sie hat ein erwachsenes Gesicht, eine große, energische Nase und große, brennende Augen, und das alles sitzt auf dem Körper eines Kükens. Komisch. Wie ein Lagerfeuer auf dem Zündkopf eines Streichholzes. Interessant, wie Mädchen ihre Brust fühlen, oder ist es für sie nichts Besonderes, so wie es für ihn zum Beispiel die Schulter ist, oder das Knie? Varda trägt an jedem Finger einen Ring. Sie möchte schon erwachsen sein, wechselt Briefe mit einem Soldaten aus dem Golani-Regiment und kennt Militärgeheimnisse. Kobi Kimchi, der neben ihr sitzt, schaut sie an und seufzt, und Aaron denkt träge, wir sind unser Leben lang zusammen, schon seit dem Kindergarten, und jetzt scheinen wir uns ein bißchen voneinander zu entfernen, die anderen mit neuen Augen zu betrachten.

Aber warum ist er traurig geworden. Warum ist ihm jetzt schwer ums Herz. Auf dem Ausflug im vergangenen Jahr saß die ganze Klasse nachts, nachdem die Lehrer in der Jugendherberge schlafen gegangen waren, am Ufer des Sees Genezareth.

Die Kinder machten ein Lagerfeuer, lachten leise, redeten fast bis zum Morgengrauen und schliefen dann nacheinander auf einem Haufen ein, ein rhythmisch atmender Körper, als wäre in der Mitte eine große Lunge verborgen. Aaron öffnete am Morgen als erster die Augen. Das Wasser des Sees war glatt und klar, und die Morgendämmerung vibrierte wie nach der ersten Berührung einer Saite. Für einen kurzen Augenblick war es vorstellbar, daß sich jeder nach Belieben einen Körperteil aus dem Haufen zog …

Zwölf Minuten.

Diese Stunde geht nie zu Ende. Und danach noch eine Stunde Mathe. Fünfzig Minuten. Noch mal anfangen, rückwärts zählen, alles geht wieder von vorne los. Und in der Pause muß er die Antworten auf zwei Fragen abschreiben, die er gestern nicht mehr geschafft hat. So daß ihm nicht einmal zehn Minuten für den Fußball bleiben. Ein Arbeiter reißt eine Wand in drei Tagen ab, wie viele Tage braucht der Arbeiter, um ein Haus abzureißen, das … Er dreht sich um und versucht sich so zu setzen, daß er die Uhr von Adina Ringel sehen kann. Noch immer zwölf Minuten! Diese Stunde, sag ich euch, wird noch eine Ewigkeit dauern. Sie werden ihr ganzes Leben hier verbringen, während andere Kinder Pausen haben und nach Hause gehen und groß werden und zum Militär gehen und heiraten, nur seine Klasse bleibt hier und gerät in Vergessenheit, und wenn dann endlich das erlösende Klingelzeichen ertönt, werden sie sich hinaustasten, verwirrt und verblüfft mit den Augen blinzeln und wie eine Bande zitternder Greise über den beleuchteten Hof tappen, mitten durch die neue Generation. Er lacht in sich hinein. Damit man ihm von außen nicht ansieht, daß er wach ist. Die bescheuerte Dorit Alusch, die neben ihm sitzt, glotzt ihn mit ihren trüben Kuhaugen an. Muh.

Noch immer zwölf Minuten! Vielleicht sind die Uhren stehengeblieben! Vielleicht hat irgendein verrückter Zauberer ein generelles ›Stillgestanden‹ befohlen? Wie bringt man nur volle zwölf Minuten hinter sich? Er hat wieder nicht aufgepaßt, und man hat ihm sein Lächeln angesehen. Aber der Trick mit dem

Wegdenken hilft, wirklich. Jetzt ist er sehr weit weg von hier. Ein lebenslänglicher Häftling im Gefängnis Tel-Mond. Nachman Farkasch. Oder, noch besser, sein eigener Vater. In der Ukraine, in der Roten Armee, drei Jahre lang bewacht er Waffenlager im Schnee, erfriert fast vor Kälte, springt von einem Bein aufs andere, in einem Monat wird er endlich entlassen, in einer Woche, in einem Tag, in zwölf Minuten, was für eine Freude, und plötzlich, oh, wer sind die beiden, zwei schweigende Männer, die ihn bitten, sie für fünf Minuten zu begleiten, dann fahren sie acht Tage lang mit dem Zug, er ruckelt mit dem Stuhl vor und zurück, sie sagen kein Wort, und in Moskau: Gefängnis, Taganka, Lubjanka, Folter und Schläge, Aaron liegt ohnmächtig da, und der Inspektor mit dem Lächeln des Todesengels macht ein Steak aus seinem Gesicht, und Aaron, woran denkt er jetzt, was hält ihn am Leben, nur seine Erinnerungen an die Schule, an seine Klasse, daran klammert er sich mit seinem restlichen Verstand, auch als man ihn nach Komi schickt, in die eisige Taiga, um Bäume für neue Eisenbahnlinien zu fällen, ach, Sioma, verflucht sei dein Name, Sioma, wie schön hast du gesprochen, und um ihn herum sterben die Menschen wie Fliegen, an Hunger, an Krankheiten, und verlieren den Verstand, so wie man ein Taschentuch verliert, und er haut zu mit der Axt und denkt sehnsüchtig an seine geliebte Klasse, es gab dort eine, wie hieß sie nur, Varda Koppler, eine Kleine mit brennenden Augen, und einen Gidi Kaplan gab es auch, und Eli Ben-Sikri, den Verbrecher, wir saßen da und büffelten zusammen, hatten ein hübsches Klassenzimmer mit Bildern an den Wänden, eine Landkarte Israels, alles war hell und offen, es gab Pausen, und Aaron spürt, daß er wieder ein bißchen auflebt, wirklich eine gute Methode, wo waren wir stehengeblieben, und um ihn herum sterben die Menschen links und rechts, und die Toten werden bei uns den ganzen Winter über nicht begraben, man kann die Erde nicht aufbrechen, so tief gefroren ist sie, hart wie Marmor, und wer das Gesetz bricht, der wird eine Nacht lang ins Totenlager gesteckt, das reicht, von dort kommt man nur als Verrückter heraus, eine ganze Nacht lang, volle acht Stunden im Totenlager, aber er gibt noch nicht auf, er kämpft, er dichtet sich von innen ab, indem er dort im Lagerhaus, im Ekel, schnell und mit List an den Krieg denkt, den er einmal geführt hat, als er noch jung war, fragt nicht welchen, irgend jemand hatte Bilder ins Haus gebracht, und Aaron war ohne jede Hilfe, ganz allein stand er ihm gegenüber, diesem fremden Agenten, der sich eingeschleust hatte, hätte er doch damals wenigstens mit Jochi darüber gesprochen! Aber nein. Er kichert. Zu Hause wird darüber nicht gesprochen. Bei ihnen ist noch nie ein unanständiges Wort gefallen. Und noch nie die Schlafzimmertür der Eltern abgeschlossen worden. Auch wenn Aaron mit Jochi allein ist, reden sie nicht über »solche Dinge«. Selbst als die Tante aus der Toilette herausgeholt wurde und Aaron so merkwürdig zumute war und er Jochi so gerne etwas gefragt hätte, kam er sich ihr gegenüber ein bißchen wie ein Verräter vor; auch er hatte sie vorwurfsvoll angeschaut und nichts gefragt und nichts gesagt, als hätte er gespürt, daß sich in solchen Dingen jeder auf sich selbst verlassen muß. Und tatsächlich, er muß alleine kämpfen: er weiß ja nicht einmal, wer sein Feind ist. Jetzt braucht er sofort Dunkelheit, Kälte, das Knarren der Knochen, die Toten rühren sich. Ihre Knochen knacken in der Kälte, man wird verrückt von diesem trockenen Knacken, stellt euch vor, wovor er sich damals gefürchtet hat, was ihm damals Sorgen gemacht hat: ein paar lächerliche Spielkarten mit unanständigen Bildern; einmal hat er in seiner Panik und Verzweiflung dem Feind sogar eine Falle stellen wollen, dem Agenten, der bei ihnen zu Hause herumspioniert hat, er hat einen gelben Faden auf den Rand des Umschlags geklebt und den Umschlag wieder an seinen Platz zurückgelegt. Und ist den ganzen Tag lang nicht aus dem Haus gegangen und hat heimlich Ausschau gehalten, wer alles das Schlafzimmer betritt, und zu horchen versucht, ob jemand die Schranktür öffnet. Und am nächsten Tag ist er wieder zur Schublade, hat hinter die Wollsocken gelangt und war erschüttert: der Faden war nicht mehr da. Dabei hätte Aaron schwören können, daß kein Fremder das Haus betreten hat. Er streckt sich nervös auf seinem Stuhl. Erinnere dich. Erinnere dich, wie es damals war. Sehne dich danach! Klammere dich daran! Und einmal, vor Jahren, Aaron war damals sieben oder acht, kam er ins Haus gelaufen und sah, wie der Vater die Mutter an die Wand des Wohnzimmers und in die Ecke drängte, wie er sie gewaltsam und mit beunruhigender Kraft umarmte und drückte, merkwürdig, daß ihm das jetzt einfällt, und sie bemerkte Aaron über die Schulter seines Vaters hinweg und versuchte, ihn mit einer heftigen Bewegung und einem messerscharfen Zischen von sich zu stoßen, *der Junge*, doch der Vater wollte sich nicht von ihr trennen, vielleicht konnte er es auch gar nicht; Aaron hat gelernt, daß so etwas mit Hunden passiert, und auch sein Vater kam nicht los, sein Kopf schien sich schon zu entfernen, aber der Körper blieb noch kleben und preßte und drückte, als habe er ein eigenes Leben, als sei der Vater gar nicht verantwortlich für das, was er tat, als würde er von einer höheren Gewalt geschüttelt, genug jetzt, hör auf! Der Junge! fauchte sie ihn an, und erst da gelang es dem Vater endlich, sich von ihrem Körper zu trennen, und er stand rot und beschämt und keuchend in der Wohnzimmerecke, auf seinem Gesicht erschien ein tückisches, niederträchtiges Grinsen, als wäre es in seinen Tiefen in irgendeine verborgene, zähe und trübe Flüssigkeit getaucht worden, und seine Arme, die Aaron eben noch unnatürlich lang vorgekommen waren wie die eines Menschenaffen, begannen wieder auf ihre frühere Länge zu schrumpfen. Seitdem ist das, Gott sei Dank, nie wieder passiert: Aaron bemüht sich, immer laut zu husten, bevor er die Wohnung betritt, ein kleines Signal, an das er sich schon so gewöhnt hat, daß er sich erst jetzt, in diesem Augenblick, an seinen Ursprung und Zweck erinnert, aber von jetzt an kann er es sich wirklich abgewöhnen, es ist ja nie wieder etwas vorgekommen, und an den Donnerstagabenden, wenn sie alle zusammen mit dem Großreinemachen beschäftigt sind und die Mutter mit einem Messer über den Ritzen der Fliesen hockt, Jochi Klosett- und Waschbecken scheuert, die Großmutter sich an Fenstern und Fußbodenleisten zu schaffen macht und der Vater den Boden aufwischt, sitzt Aaron in der Küche auf dem Faruk, dem roten Taburett, schält die Kartoffelech für den Schabbat-Tschulent, und sein Herz flattert vor Angst und Mitleid, aber was soll er machen. Was kann er machen.

Elf Minuten. Ist erst eine Minute vergangen? In dieser Zeit ist er durch die halbe Welt gewandert, und erst eine Minute. Er drückt seinen Rücken gegen den unbequemen Stuhl. Neben ihm sitzt Dorit Alusch, in die Zachi verliebt ist und für die Aaron weder etwas Gutes noch etwas Schlechtes empfindet. Die beiden haben nichts, was sie verbindet. Sie sitzen schon monatelang zusammen. Nizza Knoller, die Klassenlehrerin, hat ihn von der hintersten Reihe hierher versetzt, weil sie ihn auf einmal hinter Chanan Schwiki nicht mehr sehen konnte, seitdem haben sie kaum ein Wort gewechselt. Sie kaut seit der ersten Stunde denselben Kaugummi und zeichnet in allen Unterrichtsstunden das Gesicht eines Jungen mit glatten langen Haaren, die ihm über die Stirn fallen. Es ist das einzige Gesicht, das sie zeichnen kann. Sie zeichnet es tausendmal. Nicht mal einen Schnurrbart malt sie dazu. Was weiß er über sie, fast gar nichts. Ihr Vater hat einen Stand auf dem Markt, und auf dem Stand steht eine Wanne mit Wasser, er verkauft eine Taucherpuppe, die, wenn man sie aufzieht, Arme und Beine bewegen kann, das ist sein Patent. Vielleicht ist Dorits Haus voll mit solchen Puppen. Aaron hat Lust, ihr die Zeichnung wegzunehmen und sie kreuz und quer vollzukritzeln. Bis das Papier zerreißt. Was würde zum Beispiel passieren, wenn er einfach ein Streichholz anzünden und die Zeichnung verbrennen würde? Sie würde eine neue zeichnen. Ja. Vielleicht wird sie sich in ein paar Jahren gar nicht mehr erinnern, daß ein gewisser Aaron Kleinfeld neben ihr gesessen hat, vielleicht werden sich die Millionen Stunden, die sie hier zusammen gesessen haben, aus ihrem Gedächtnis gelöscht haben. Plötzlich tritt er mit seinem Fuß gegen die Bank. Wenigstens hat sie ihre Hand bewegt und ihn böse angesehen. Vielleicht wird ja doch etwas bleiben.

Zehn.

Voriges Jahr haben sie im Englischunterricht das Present continuous gelernt. Aaron war von diesem Patent, das es im

Hebräischen nicht gab, ganz begeistert: I am going, I am sleeping. Gideon begriff nicht, was so wunderbar daran war. Gut, er war ohnehin gegen alles, was nicht israelisch und nicht zionistisch war, und er regte sich damals über die Briten auf, die einem das Leben bis auf den heutigen Tag schwermachten, und sagte, wenn wir nur einen Funken nationalen Stolzes hätten, würden wir ihre Sprache gar nicht erst lernen. Aaron wollte mit ihm diskutieren und ihm beweisen, daß es auch im Hebräischen alle möglichen Probleme und Ausnahmen gebe, verstummte jedoch und dachte genüßlich: »I am ju---mping ...«, und in seinen Gedanken machte er einen langen, langen, fast unendlichen Sprung, in dem man in dem Augenblick, da man ihn beginnt, mit absoluter Konzentration und Hingabe versinkt und ganz alleine ist, ju---mping, als hätte man sich in einer Glasglocke eingesperrt, und diejenigen, die draußen sind, stellen sich irrtümlich vor: hey, he is nur jumping; aber innen drin, in der abgeschlossenen Glocke, passieren Dinge, passieren so unwahrscheinlich viele Dinge, daß jede Sekunde eine volle Stunde dauert, und nur man selbst kennt die Geheimnisse, die sich offenbaren, wenn man die Zeit in Zeitlupe erlebt; alles, was man in der Glasglocke erlebt, ist privat, und draußen glotzen die Leute, klopfen an die Glocke und wundern sich, was da drinnen passiert, aber sie sind eben draußen, sie und ihre Gesichter und ihr Schweißgeruch und ihr Dreck, und er fragt sich wieder, wie er sich bald schon – in anderthalb Jahren ungefähr, sagen wir: vor seiner Bar-Mizwa – fühlen wird, wenn auch ihm am ganzen Körper harte, schwarze Haare wachsen, vielleicht werden seine ja blond sein, weil er blond ist, aber trotzdem hart; wie ist das, wenn es anfängt, vielleicht gibt es eine starke und verborgene Macht, die die Haare gewaltsam von innen hinausstößt, wie die Kaktusfeigen, die man mit zwei Daumen aus der Schale drückt. Ob dieses Stoßen und Bohren der Haut weh tut? Er schwört sich, daß er sich, wenn er erwachsen und groß und behaart ist und eine Haut hat, die so hart und rauh ist wie die seines Vaters, an den Jungen, der er jetzt ist, erinnern wird, ihn sich tief einprägen wird, denn vielleicht gibt es ja Dinge, die beim Wachsen in Vergessenheit geraten, es ist schwer zu definieren, aber es gibt bestimmt irgend etwas, das alle Erwachsenen (nicht im Gesicht oder im Charakter) ein bißchen gleich macht, irgend etwas, das es bei allen gibt, etwas, zu dem alle *gehören* und dem sie sogar gehorchen, und wenn Aaron einmal so sein wird, so groß wie sie, wird er sich mindestens einmal am Tag zuflüstern: I am go---ing, I am pla---ying, I am Aaroning, genauso wird er sich daran erinnern, daß er trotz all dieser allgemeinen Dinge auch ein bißchen der private Aaron ist. Acht Minuten. Vertieft, wie er war, hat er gleich zwei auf einmal übersprungen.

Es gibt Kinder, mit denen er seit dem Kindergarten zusammen ist, ohne sie eigentlich zu kennen. Zum Teil sind sie einfach Ochsen und zum Teil vielleicht viel klüger als er. Schalom Schaharabani, zum Beispiel. Ein Junge, der es versteht, nicht aufzufallen. Ein richtiger Weltmeister im Nichtauffallen. Ihm werden nie Fragen gestellt. Aber wenn man mit ihm spricht, merkt man, daß er gar nicht dumm ist, daß er geplant vorgeht. Er will nicht aufs Gymnasium. Sein Vater hat eine Fabrik für Grabsteine in Givat-Schaul, und Schalom wird dort arbeiten und ordentlich Geld machen. Neben solchen Kindern fühlt sich Aaron ein bißchen kindisch, wie einer, der seine Zeit mit Unsinn vergeudet. Manchmal, auf Klassenfesten, wenn Aaron seine Imitationen zum besten gab, oder als er mit den Houdini-Vorführungen anfing und alle Kinder vor Begeisterung tobten, sah er die ganze Zeit das Gesicht Schalom Schaharabanis vor sich und dessen Verachtung für ihn, der den Beifall anscheinend nötig hatte, der sich an dieser flüchtigen und billigen Liebe rieb und nicht begriff, woraus das Leben gemacht ist.

Er läßt seinen Blick langsam über die Reihen schweifen. Wird er sich daran einmal erinnern müssen? Eli Ben-Sikri, zum Beispiel. Noch keine zwölf und sieht schon aus wie ein ausgemachter Krimineller. Er hat müde und argwöhnische Augen, die die ganze Zeit hin und her huschen, und richtige Falten quer über die Stirn, und sein Mund ist die ganze Zeit in Aktion: entweder er leckt mit der Zunge die Lippen, oder er hält seine dünne

Goldkette zwischen den Zähnen oder raucht seinen Kuli wie eine Zigarette; sein Körper bewegt sich, dreht sich, ist immer unruhig. Wie ein großer eingesperrter Kater. Was weiß ich über ihn. Nichts. Wir haben erst einmal im Leben miteinander gesprochen, als er mir den Dietrich verkaufte, und auch da hat er nur unanständiges Zeug geredet. Sogar die Lehrer haben Angst, sich mit ihm anzulegen. Vielleicht werde ich mich einmal damit brüsten können, daß dieser berühmte Gangster mit mir gebüffelt hat.

Aber wer werde *ich* sein. Was werde ich sein. Wer weiß, vielleicht wird jetzt gerade irgendwo auf der Welt ein Baby geboren, das in zwanzig Jahren meine Ehefrau ist. Oder vielleicht ist sie schon geboren und lernt in irgendeiner Schule irgendwo auf der Welt, weiß nichts von mir, kann sich nicht vorstellen, daß ich ein Sparbuch für sie habe, hat vielleicht schon einen Liebsten und weiß nicht, daß das nur eine Phase ist, und langsam werden ihr und mein Schicksal sich mit Hilfe einige kleiner Tricks aufeinander zubewegen. Er lächelt und schaudert ein wenig vor Spannung, vor heimlicher Wonne, wer weiß, vielleicht befindet er sich jetzt schon mittendrin in seinem Schicksal, die Mutter wußte ja auch nichts vom Vater, sie war in Jerusalem und zog alle ihre kleinen Geschwister groß, und er arbeitete in der Taiga, im Eis, und ganz langsam näherten sie sich einander und stellten plötzlich fest, daß sie eigentlich ihr Leben lang füreinander bestimmt waren, was für ein Glück, daß sie sich schließlich begegneten.

Er schaut sich vorsichtig um. Wer sie wohl sein wird. Als er sieht, daß die dicke Naomi Feingold ihn anschaut, wendet er sofort die Augen ab und spürt, wie er rot wird. Manchmal kommt es ihm vor, als würde sie sich für ihn interessieren. In der Klasse wechseln sie kein Wort, aber einmal im Jahr, auf der jährlichen Schülerfahrt, faßt Naomi Mut und drängt sich in seine Gruppe, die Gruppe der Erfolgreichen. Er mag sie nicht: Sie plappert ununterbrochen, in jeder Situation, in jeder Gesellschaft, bis sie alle überzeugt hat, daß man ihr gar nicht zuzuhören braucht, erst dann beruhigt sie sich und zeigt, was sie wirklich ist – ein

Mädchen, das nicht verletzt werden möchte. Und die ganze Zeit ißt. Und die ganze Zeit lacht. Ohne jede Scham lacht sie darüber, wie sie aussieht und wie fett sie ist und was für ein Faulpelz, in einigen Details erinnert sie ihn ausgerechnet an Jochi, beide haben die gleiche Kartoffelnase, bei beiden hinterlassen die kurzen Hosen rötliche Streifen auf den Oberschenkeln. Vielleicht ist sie in ihn verliebt. Ist ihm doch egal. Ihr Humor geht ihm auf die Nerven, denn er weiß schon von Jochi, daß diese Selbstverspottung, von der alle so begeistert sind und schwärmen, Naomis erste, aber auch ihre letzte Rückzugslinie ist; aber was bleibt ihr danach. Nur ein gebrochenes Herz und Schmach, und vielleicht auch Haß. Er schaut wieder vorsichtig zu ihr hinüber und sieht, wie sie mit verträumten Augen Gidi Kaplan anschaut, Gott sei Dank bin ich sie los, aber er spürt auch einen kleinen Stich im Herzen.

Oder Anat Fisch. Anatfisch. Man darf nicht nur ihren Vornamen sagen: sie schaut einen dann an, als hätte man ihre Privatsphäre entweiht. Anat Fisch, der ein Junge aus der Neunten nachläuft, Moisch Sik, der ihr sogar angeboten hat, mit ihm in den Ferien mit Schlafsäcken nach Eilat zu fahren, die ganze Schule tuschelt schon davon, aber Anat hat es nicht eilig, sich zu entscheiden. Sie ist sehr entwickelt und hat, heißt es, einen BH hinten mit drei Haken, um das ganze Gewicht zu halten. Wenn sie zu den Partys der Neunten geht, trägt sie Stretchhosen von der Sorte ›Bums mich‹. Sie hat keine Scham. Den ganzen Unterricht über sitzt sie total ruhig da und reagiert weder auf heiße Blicke noch auf die Zettel, die ihr Awi Sasson, der Schwachkopf, zuwirft. Sogar die Lehrerin wird bei Anat Fischs ägyptischem Blick verlegen. Aaron hat bemerkt, wie sie, die Lehrerin, sich jedesmal hinten an die Frisur faßt, um nachzuprüfen, ob auch alles in Ordnung ist, wenn Anat Fisch ihren Blick auf sie heftet, und dann ist einen Augenblick lang zu spüren, daß auch die Lehrerin früher ein kleines Mädchen gewesen ist und selber in so einer Klasse gelernt hat, Aaron legt seinen Kopf zwischen die Hände und betrachtet sie eingehend, kein hübsches Mädchen, große Nase, blasses Gesicht, bestimmt wurde sie gehänselt und ausgelacht. In ihrer Klasse hat es sicher auch so eine Schöne und Kaltherzige gegeben wie Anat Fisch, ganz sicher, seht nur, wie sie darauf achtet, Anat Fisch nicht in die Augen schauen zu müssen, alles fügt sich irgendwie zusammen, alle Generationen, alle Gesichter, ja, interessant, wer von den Erwachsenen, die er kennt, einmal so war wie er. Und er denkt an seinen Vater, und der war es nicht.

Die Hintern auf den harten Sitzen fangen an zu hüpfen. Unter den Stühlen werden Beinpaare gekreuzt und getrennt. Die Augen sind auf Gidis Kopf geheftet, über dem jede Minute eine Hand mit fünf, vier, drei Fingern schwebt. Varda Koppler und Kobi Kimchi pflanzen ihre Ellbogen auf die Grenzlinie in der Mitte der Bank, wer die übertritt, der stirbt. Zachi Smitanka, Meirke Blutreich und Chanan Schwiki melden sich übereifrig, um den schlechten Eindruck wiedergutzumachen. Dorit Alusch kaut und schreibt um das Gesicht, das sie gemalt hat: »Dorit Alusch, Klasse 6c, Grundschule Beit Hakerem, Jerusalem, Israel, Asien, die Welt, die Galaxis ...«, schaut auf und starrt aus dem Fenster: Was ist sonst noch draußen, was kommt nach der Galaxis? Michael Karni und Rina Fichman schreiben sich Zettelchen und kichern wie zwei Mädchen. Naomi Feingold knabbert unter der Bank Salzstangen. Anat Fisch dreht sich langsam um und heftet einen Haifisch-Blick auf Awi Sasson, der ein Gummi auf sie abgeschossen hat, bis er schamvoll die Augen senkt. Aber inzwischen entflammt ihr gegenüber Dudu Lipschitz, er schickt ihr ein unglückliches, ergebenes Lächeln, wie furchtbar sein Gesicht mit diesem Lächeln aussieht, und sie schaut durch ihn hindurch, als existiere er gar nicht, wenn sie ihm wenigstens einen Wink gäbe, daß er existiert, empört sich Aaron, er haßt sie und schwört, sich an ihr zu rächen, ihr irgend etwas zu stehlen, das ihr kostbar ist, und es Dudu Lipschitz zu geben, er haßt sie und verehrt sie dabei jedoch auch ein bißchen wegen ihrer Schönheit, wegen dieser Kälte, die von ihr ausgeht, weil ein verrückter Junge sie so sehr liebt – und inzwischen wurde Rabbi Jochanan Ben-Sakkai in den Sarg gelegt, und seine treuen Schüler führten ihn an den Wachposten vorbei durch die Tore der belagerten Stadt, und so gelang es ihm, aus ihr zu entkommen, danach gründete er das neue Zentrum in Javne. Die Zerstörung des Tempels, die Zerstörung des Tempels, noch zwei Minuten. Die rothaarige Alisa Lieber verausgabt sich und gähnt mit weit offenem Mund. Miri Tamari hat eine behaarte Warze auf ihrem Handrücken, die sie die ganze Zeit mit der anderen Hand verdeckt. Ein Blick nach hinten. Der Kopf springt noch immer. Als gebe es einen Apparat in ihm, eine Sprungfeder, die ihn hin und her schnellen läßt. »Und nach der Zerstörung des Tempels gründete Rabbi Jochanan Ben-Sakkai das neue geistige Zentrum in Javne.« Die Klingel. Und Jubel. Ein riesiges Kind mit achtzig Händen und Füßen bricht auf einmal durch die schmale Tür, und die Lehrerin Rivka Bar-Ilan weicht zurück, weicht ihnen aus, und hat eine Spur dumpfer Angst in den Augen.

Mehr als alle anderen liebt Aaron Roxanna. Er mag Rosaline und Natalie und hat Mitleid mit Angela, aber obwohl er schon immer gewußt hat, daß es sein Lebensziel ist, eine Blinde zu heiraten und für sie ihre Augen zu sein, kann er es nicht ignorieren, daß er auf einigen Fotos den Anflug eines Lächelns, einen Hauch von Vergnügen um Roxannas Lippen gesehen hat. Er versucht, dieses Lächeln mit seinen Lippen nachzuahmen, hört aber sofort wieder damit auf, weil es in der lärmenden Bande, die mit ihm nach Hause geht, jemand bemerken könnte. Fünfzehn Jungen und Mädchen aus seiner Siedlung, der Arbeitersiedlung, gehen zusammen durch das Einkaufszentrum, bewegen sich in einem Wirbelsturm, dessen Mittelpunkt meistens Aaron ist, Aaron mit seinen Erfindungen und Imitationen und seinen Witzen und Ideen, aber in der letzten Zeit macht es ihm mehr Spaß, sie von der Seite zu betrachten, von hinten.

Langsam bewegt sich die Bande nach Hause: Gideon und Zachi und die Kaugummi kauende Dorit Alusch, die zwei Köpfe größer ist als die beiden; die kleine Varda Koppler mit dem Erwachsenengesicht und Ringen an jedem Finger, die geht, als gehöre sie nicht mehr dazu; ganz am Ende Jael Kedmi, ein Mädchen aus einer der unteren Klassen, deren Mutter sie versprochen haben, sie auf der Straße im Auge zu behalten, aber niemand spricht mit ihr, und sie läuft demütig hinterher, nur ihre schwarze Mähne ist zu sehen; dann Michael Karni, schleppend, groß und schlapp, er geht, als habe er kein Rückgrat in seinem langen Körper, und lächelt und redet nur, wenn er mit Rina Fichman zusammen ist, Aaron bemüht sich immer, seinem elenden, Nähe suchenden Blick auszuweichen; und schließlich die rothaarige Alisa Lieber, die in sich selbst versunken dahingeht und fortwährend ihre Lippen mit der Zunge befeuchtet ... Schau gut hin, staunt Aaron: jeder hier ist in sich selbst zurückgezogen, in Gedanken versunken und still und sogar traurig, und trotzdem ist unsere Bande laut und scheinbar fröhlich; sie betreten miteinander durch die neue automatische Tür den Supermarkt, Aaron achtet stets darauf, mit noch jemandem durchzugehen, er traut diesen ganzen Robotern nicht, und die Bande zieht an den Regalen vorbei, so viele Farben gibt es hier und keinen Geruch, denkt Aaron, und sie bleiben alle zusammen stehen, um zuzusehen, wie Babajof einen Karpfen mit einem Schlag tötet, der Körper springt weiter wie ein Automat, und die Bande macht zwischen den hohen Theken kehrt, Aaron bleibt noch einen Augenblick, um zuzusehen, wie die Sprünge des Fisches aufhören, und der Leiter des Supermarkts, dessen linker Ärmel armlos herunterhängt, kommt und schreit sie an, schhhh! Und sie antworten ihm im Chor: Schhh! Schhhlimme Schhhüler! und hauen grölend ab, Aaron gelobt sich, bis zur Bar-Mizwa einmal ganz allein durchzugehen. Als sie den Supermarkt verlassen, sieht er den hinkenden Binjumin, den Sohn des Friseurs, der am Eingang des Friseurladens herumsteht und Aaron schon von weitem verflucht: vor einem Jahr hatten sie einen Streit, Aaron hatte ihn verprügelt und war dann über ihn hinweggestiegen, und nun rächt sich Binjumin mit Flüchen, doch es fällt alles auf ihn zurück, und Scheiße auf sein Glück, und schon umringt die Bande Murdoch, den blinden, verrückten Bettler, der die Leute segnet oder verflucht, das hängt ganz vom Almosen ab. Und wieder, wie an jedem Tag, sucht Zachi auf der Straße nach einem Nagel oder einer Schraube oder der

Unterlegscheibe einer Schraubenmutter, schleicht sich zu dem Bettler und sagt mit tiefer Stimme: »Bleibt mir gesund, Herr Murdoch!« Der Bettler erwacht zum Leben, sein Gesicht tastet hoffnungsvoll nach der Stimme, seine Hände zittern unaufhörlich. Zachi zielt mit dem Metallstück in die verrostete Büchse, ein leichtes Scheppern, und das Gesicht des Blinden strahlt: »Gott segne Euch und Eure Familie! Gott vergelt's Euch doppelt für Eure guten Taten, Gesundheit und Leibesfrucht und Erfolg in all Eurem Tun!« Die Kinder stehen um ihn herum und platzen vor Lachen, Gideon hat es schon aufgegeben, Zachi eine Moralpredigt zu halten, und Aaron, der sich früher mit Gewalt zurückhalten mußte, um nicht loszuprusten, weil er Gideon nicht verletzen wollte, muß jetzt daran denken, wie Murdoch nachts, bei sich zu Hause, wenn er überhaupt ein Zuhause hat, die Münzen auf dem Tisch ausschüttet, wie seine krummen Finger die Beute des Tages befühlen, und was er dabei empfindet, wenn er Zachis Schraube berührt. Alles erscheint mit wunderbarer Klarheit vor seinen Augen, als wäre er dabei: das schmutzige Zimmer, die nackten Wände, die hungrigen Kinder, Murdochs Lippen, die vor Schmach und Enttäuschung beben ... »Los, kommt schon!« schreit er plötzlich, treibt die Bande an und geht schnell und mit erhobenem Kopf voraus, und irgendeiner schaut ihm nach und macht eine leise Bemerkung, und eine andere Stimme oder mehrere stoßen ein unterdrücktes Lachen aus.

Roxanna ist anders als die anderen Mädchen, das fühlt er, während er mit energischen Schritten vor der Bande hergeht, denn es ist eine Ernsthaftigkeit und sogar eine leise Verantwortung in ihr, die sie unterscheidet von der Umgebung. Auf ihrer rechten Wange hat sie eine längliche Warze, die ihrer Schönheit vielleicht ein wenig abträglich ist, aber in Aarons Augen macht sie das sogar noch schöner. Als sei der Makel notwendig, um sie ihm näherzubringen. Und es gibt ein Bild, auf dem Roxanna, in dem offenen Kittel einer Barmherzigen Schwester, den Zwerg und Fritz zusammen stillt. Aaron hat das Bild oft und oft betrachtet und sie jedesmal auf eine ganz andere Weise gesehen.

Eins ist sicher: in Roxannas Gesicht ist keine Spur von billiger Begierde, im Gegenteil. Gestern hat er das Foto verschämt geküßt und zugesehen, wie der Abdruck seiner Lippen langsam verdunstet, und gedacht, daß trotzdem, auch wenn es diesen Zirkus gar nicht gibt und alles nur Schmutz und Fälschung um des Geldes willen ist, irgendwo auf der Welt so eine Roxanna existiert, die man fotografiert hat, daß es dieses Mädchen tatsächlich gibt, und er zweifelt nicht, daß sie ein unglückliches Mädchen ist, das aus Armut oder Naivität oder Selbstaufopferung in die Hände des Schurken Alfons gefallen ist, und wenn Aaron größer wäre, wenn er Geld und Macht besäße, hätte er tatsächlich sein Leben dafür hergegeben, sie aus seinen Klauen zu retten, denn wer weiß, wie lange ihr der starke Charakter in dem Schmutz noch Kraft gibt. Und wieder schaut er ein Foto nach dem anderen durch, vielleicht würde er diesmal mehr verstehen und aufhören, so sehr darunter zu leiden.

Einmal in drei Tagen, darauf gibt er acht, schließt er sich mit den Bildern im Badezimmer ein, um heimlich, mit zarten, hinauszögernden Bewegungen und mit Hilfe von Mutters siebzigprozentigem Alkohol, die Flecken der großen, fettigen Fingerabdrücke zu entfernen, die hauptsächlich *ihre* Bilder beschmutzen. Sanft und besorgt säubert er sie von Kopf bis Fuß. Er pflegt sie schon seit fast zwei Wochen so und überlegt dabei jedesmal, ob es sich lohnen würde, sich zu reiben, so wie man es wahrscheinlich mit solchen Bildern tut. Aber wenn er eine Hand nach unten schickt, weiß er, daß es eine Lüge wäre. Daß es nicht wirklich sein muß. Daß er noch leer ist.

Er bleibt stehen: er schaut sich um und sieht, daß er allein ist. Seine lieben Freunde haben ihn vorausgehen lassen, und jetzt ist er allein. Ist ihm doch egal. Vielleicht sind sie ja auch einen anderen Weg gegangen. Sollen sie ruhig. Einen Augenblick ist er beleidigt, daß Gideon mit den anderen gemeinsame Sache gegen ihn gemacht hat. Dann zuckt er die Schultern: er hat jetzt wichtigere Probleme.

Doch am Nachmittag, als der Vater auf den letzten, den höchsten Ästen des Feigenbaums arbeitet, die Mutter und Jochi einkaufen sind und die Großmutter mit der Schottischen gut zugedeckt im Bett liegt, läuft Aaron zur Schublade und stöbert darin mit geübter Hand herum, und ihm stockt das Herz: Roxanna ist verschwunden. Alle Mädchen sind spurlos verschwunden. Der Zirkus hat über Nacht all seine Visionen eingesammelt und ist untergetaucht. Der Verräter hat das Versteck gewechselt.

6 Es war Sommer, es war Winter, dann kam der Frühling. Fast ein Jahr war vergangen. Mitten im Fußballspiel gegen die Klasse 7a wurde er gerufen, die Stimme seiner Mutter trug vom Haus bis zum Spielfeld unten im Tal. Er war wütend und schämte sich, bemerkte aber auch etwas Fremdes und Neues in ihrer Stimme, einen unbekannten Unterton, ließ seine Freunde allein und lief verschwitzt und begeistert vom Spiel nach Hause, schwitz, schwitz, sagte seine Mutter und steckte ihm zwei Finger zwischen Kragen und Nacken, brenn, brenn, schau, wie dein Gesicht aussieht – hu ha –, wie ein Wahnsinniger muß er immer dem Ball hinterherrennen, ich habe nicht gesehen, daß Zachi oder Gideon sich die Beine so ausreißen für einen Ball, aber klar, sie haben Verstand, sie haben ja einen Esel, der die ganze Arbeit für sie macht, und können ruhig danebenstehen und sich innerlich über dich totlachen, murmelte sie wie zu sich selbst, während sie den Bindfaden zu lösen versuchte, der um ein großes, in braunes Packpapier gewickeltes Paket gebunden war, und ihre Finger zitterten vor diffusem Zorn, schließlich, puh, cholera, biß sie den Bindfaden durch und zischte dabei Sätze durch die Zähne, die voller gegen ihn gerichteter Vorwürfe waren, was schaust du mich so an; hab ich gar nicht; schau lieber dich selber an; aber ich habe dich doch gar nicht angeschaut, was ist das für ein Paket; noch ein halbes Jahr ist es bis Bar-Mizwa, und er geht noch immer unter den Tischen durch; von wem ist dieses Paket; zieh die Schultern hoch, heb deinen Kopf, du siehst ohnehin schon wie eine halbe Portion

aus. Endlich hatte sie es geschafft, den Bindfaden zu lösen, und nahm Kinderhemden und -hosen aus dem Papier, die ihm fremd und doch bekannt vorkamen. Ihn durchzuckte der Gedanke, daß sie jemandem gehörten, der schon tot war. Sie drückte ihm ein braun-weiß gestreiftes Hemd in die Hand. Da, geh's anprobieren.

Wieso anprobieren. Ich probiere keine alten Sachen an. Er stand mit vorgezogenen Schultern und heißem Gesicht da und war in Gedanken noch ganz auf dem Spielfeld: wenn er die Jungen auch nur für einen Augenblick verläßt, das weiß er, wollen sie sofort und unverzüglich wilde Fortschritte machen und irgendeine entscheidende Stelmachsche Taktik ausprobieren, und mittendrin begann ein dumpfer feiner Schmerz in ihm zu sägen und ließ Gott sei Dank bald wieder nach, und seine Mutter sagte, das sind keine alten Sachen, die hat Gutsche aus Tel Aviv geschickt, die sind von Giora; von Giora? Wieso von Giora? Weil er sie nur einen Sommer lang getragen hat, na, zieh sie endlich an und laß sehen.

Er schaute sie noch immer verständnislos an. Giora war sein Cousin, zu dem er jedes Jahr in den großen Ferien fuhr, und ein paar Wochen lang konnte man tatsächlich meinen, daß er von Geburt an zu der Tel Aviver Bande gehörte. Als er neun war, brachte er ihnen bei, kleine Lichtengel zu sehen: Man drückt fest auf die Augäpfel und wartet einen Augenblick; es gibt Engel, die sofort verblassen, und andere, die länger bleiben, je nachdem, wieweit man bereit ist, seinen Augen weh zu tun. Und er verriet ihnen heimlich, daß er sich darauf trainierte, der erste israelische Stierkämpfer zu werden. Und ein Jahr später machte er sie mit dem Jerusalemer Spiel ›Alambulik‹ bekannt, sie brachten ihm im Schwimmbad ›Die Töpfer kommen‹ bei, und er zeigte ihnen Chodorows Sprung vom Spiel gegen Wales, wenn der Körper der ganzen Länge nach waagrecht durch die Luft hechtet, um eine Bombe abzufangen, die in Kniehöhe an den rechten Pfosten geschossen wird, und während des Monats, den er dort war, machten alle Torwarte den Sprung nach, sogar wenn man in die Ecke schoß; und wenn ihr Sprung dem originalen Sprung ähnelte, verzieh man ihnen sogar das durchgegangene Tor. Und voriges Jahr war Houdini dran, der Weltmeister im Entfesseln, der in Amerika lebte: Aaron zeigte ihnen, wie er sich aus den dicken Seilen befreite, die man um seine Hand- und Fußgelenke band; und als sie ihm nicht glaubten, zwang er sie, ihn in eine alte, stinkende Kühltruhe zu sperren, die am Strand lag, und darumherum eine Schnur zu binden und die Truhe in einen leeren Zuckersack zu stecken, dann gingen sie auf seinen Befehl fünfzig Schritte zurück, und als sie schon dachten, daß er ersticke ohne Luft, und anfingen, sich gegenseitig zu beschuldigen, daß sie sich darauf eingelassen hatten, sahen sie, wie er aus der Truhe stieg und ihnen lachend und keuchend entgegenlief, Ideen hat dein Aarontschik, schrieb Tante Gutsche an die Mutter, allein schon von seinem Lachen kann man dick werden.

Und die Tel Aviver Bande machte ihn ihrerseits mit dem Meer bekannt. Im Sommer fuhr Aaron zwar jeden Samstag mit der Familie und den Freunden der Eltern, die sie vom Kartenspielen kannten, nach Askelon ans Meer, aber dort war es immer voll und der Strand gesprenkelt mit schwarzem Teer, und es wurde ein unanständiger Witz nach dem anderen erzählt und laut gerülpst. Abgesehen davon sah Aaron die Leute, die er kannte, nicht gern in Badeanzügen und halbnackt, und außerdem sagten sie immer ›*ein verletztes Kebab läßt man nicht im Stich*‹, was soviel hieß wie: man fährt nicht mit Essen in der Kühltasche nach Hause zurück, und drängten ihn, bis zum Überdruß zu essen. Sein Vater war ein hervorragender Schwimmer, wenn er ins Wasser ging, schaute wegen seiner gewaltigen Schläge und seiner Spritzkriege und der Späße, die er trieb, der ganze Strand auf, der Vater stürzte sich tauchend auf seine Kartenspielerfreunde und versuchte, ihnen die Badehose herunterzureißen, oder er tauchte ihre Frauen unter, bis sie aus den Wellen auftauchten und jauchzten und kreischten, bis ihnen die Tränen kamen; Aaron achtete stets darauf, nicht im Wasser zu sein, wenn sein Vater hineinging, er hatte einen kleinen Geheimschwur, daß jeweils nur einer von ihnen beiden drin sein durfte, außerdem hatte er den Verdacht, daß sein Vater ins Wasser pißte und seine Pisse nach Aaron suchte, auch nachdem der Vater wieder hinausgegangen war; einmal, als Aaron ruhig vor sich hin schwamm, nur er, fern von allen unter dem offenen Himmel, packte ihn plötzlich die Angst, daß ihn etwas im Wasser verfolgte, und obwohl er wußte, daß das nicht sein konnte und nur Einbildung war, spürte er, wie dieses Etwas im Schatten der Wellen unter ihm dahinglitt, sich trübe und glitschig wand und in den Wellen herumspionierte, zuerst dachte er, es sei sein Vater, der unter ihn getaucht war, um ihn zu erschrekken, und einen Augenblick lang fürchtete er sich sogar noch mehr, schlug mit aller Kraft mit Händen und Füßen um sich und schluckte Wasser, und plötzlich fühlte er, wie sich etwas Starkes und Elastisches fest um seine Hüften schlang wie eine dicke, muskulöse Hand, als würde ein riesiger, auf dem Meeresgrund stehender Elefant seinen Rüssel ausstrecken, um ihn in die Tiefe zu reißen, und als er endlich mit letzter Kraft den Strand erreichte, wußte er, daß es keine Einbildung gewesen war, daß irgend etwas Merkwürdiges passiert war, die Freunde der Eltern liefen zu ihm und fragten, was denn los sei, hast du plötzlich vergessen, wie man schwimmt, und wickelten ihn in ein Handtuch und rieben ihn trocken, sein Vater lag zeitunglesend unter dem Sonnenschirm, und als Aaron kam und sich in seinem Handtuch neben ihn setzte, sah er nicht einmal auf, und Aaron sagte mit vor Kälte zitternder Stimme, ich hatte nur einen Krampf, doch der Vater antwortete nicht, und Aaron wimmerte, das kann doch wohl jedem mal passieren, aber der Vater schaute ihn nicht an, drehte sich auf die andere Seite und vergrub sich in die Zeitung.

Die Tel Aviver Kinder nahmen ihn mit an einen Strand, der menschenleer war, wo nur sie und die Dünen und die Felsen waren, die aussahen wie Mondgestein. Sie zeigten ihm, wie man richtig schwimmt, nicht so zappelig wie ein Jerusalemer, und brachten ihm sogar bei, mit offenen Augen zu schwimmen, und je länger er in diesem Tel Aviver Meer schwamm, desto mehr spürte er, wie seine Seele sich ausdehnte und wuchs und grenzenlos wurde. In den Nächten, als er auf dem schmalen Balkon von Gutsche und Ephraim schlief und die Wellen hinter der Jalousie und den Moskitonetzen rauschen hörte, bewegte er die Arme und Beine weiter und spürte im Halbschlaf, wie er vom wogenden Meer hinein- und hinausgespült wurde. Er träumte auch tagsüber: Er plante eine Unterwassereisenbahn, öffentliche Stierkämpfe, aber gegen Haie, er experimentierte tagelang mit der Verbrennung von Meeressand, um Glas zu erzeugen, wie die alten Phönizier; er schickte Flaschenpost an Schiffbrüchige, die auf einsamen Inseln gestrandet waren, und hinterließ Köder, um die Meeresjungfrauen anzulocken. Jeden Sommer verliebten sich die Tel Aviver von neuem ins Meer – dank ihm. Seine Haut bräunte sich, und sein blondes Haar glänzte golden. Sein Cousin Giora, ein paar Monate jünger als er, war schüchtern und schweigsam nach außen und verwöhnt und kapriziös zu Hause, und in ihren wöchentlichen Briefen nach Jerusalem deutete Gutsche an, daß er vielleicht ein wenig neidisch sei auf Aarontschik, dem alle Herzen zuflögen, aber das macht nichts, schrieb sie ihrer Schwester Hinda, er soll ruhig ein bißchen lernen, im Leben zurechtzukommen, unser einziger Sohn, der es gewohnt ist, daß ihm alle zu Diensten sind.

Im vergangenen Jahr, gegen Ende der großen Ferien, baute Aaron mit den Tel Aviver Kindern ein Floß. Drei Wochen lang arbeiteten sie von morgens bis abends, entwarfen es nach Aarons Ideen, ließen ein paar kleine Modelle zu Wasser, probierten verschiedene Sorten Holz für die Masten aus und stahlen von Wäscheleinen Laken und Bettbezüge, die als Segel dienen sollten. Einen Tag vor dem offiziellen Stapellauf beendeten sie die Arbeit früh und gingen ins Wasser, um sich zu erholen. Auf einmal schoß ein schmales graues Boot vorbei, das die Wellen wie ein Messer teilte und die Kinder fast überfuhr. Sie schauten überrascht, da sich nur selten ein Boot an ihren Strand verirrte. In dem Boot saßen zwei Personen: eine junge Frau und ein wesentlich älterer Mann mit einem skeletthaften Schädel, über den sich eine dünne, gelbe, kränkliche Haut spannte. Der

Mann zeigte mit dem Finger auf sie und sagte mit lauter, unangenehmer Stimme etwas zu der Frau, er hatte einen fremden Akzent, die Worte knirschten in seinem Mund. Die Frau raffte den Saum ihres grünen Kleides, um es nicht naß zu machen, und lächelte den braungebrannten Kindern zu, die, dicht zusammengedrängt wie ein Schwarm Fische, im kühlen Wasser standen, es schien, als würde sie lächeln, sie aber nicht wirklich wahrnehmen. Vielleicht ist sie seine Gefangene, dachte Aaron erregt, sie kann doch unmöglich freiwillig bei so einem Gnom sein. Der Alte warf eine Münze aus einem dicken Portemonnaie ins Wasser. Die Kinder schauten einander erstaunt an. Irgendeiner verfluchte ihn leise. Der Alte stieß ein verhaltenes Lachen aus und entblößte seine angefaulten Zähne. Auch die Frau lächelte, und Aarons Herz zog sich zusammen, weil er sah, daß sie freiwillig bei ihm im Boot saß. Der Alte nahm noch eine Münze heraus und sagte mit seiner widerlichen Stimme: »Das teuer! Viel Geld wert!« Mit der Geste eines Kartenspielers oder eines Gangsters schnippte er die Münze mit dem Daumen in die Luft, sie stieg nach oben und fiel dann senkrecht ins Wasser: die Kinder tauchten ihr wie auf Kommando mit weit aufgerissenen Augen hinterher, während der Schatten des Bootes über sie hinwegglitt. Es war Aaron, der die langsam auf den Grund trudelnde Münze entdeckte und sie mit dem Mund auffing. Er spürte die Kälte zwischen den Lippen und schob die Münze unter die Zunge. Als er auftauchte, war das Boot verschwunden: »Wenn du etwas findest, dann steck es in die Tasche und sei still«, hatte ihm die Mutter oft gesagt, und als er einmal unten im Tal einen Tennisball fand und Gideon, der dabei war, es nicht gesehehen hatte, sagte er gleich, noch bevor ihn die Lektion seiner Mutter zum Schweigen bringen konnte, der Ball gehöre ihnen beiden, und er spürte, daß er sie damit besiegt hatte. Aber jetzt schien die Münze seine Zunge zu lähmen, und bei der ersten Gelegenheit steckte er sie in die Badehose und spürte sofort ihre sonderbare Kühle in der Lende.

Wind setzte ein und blähte die Wellen auf. Der Himmel trübte sich schlagartig, und Aaron sprang auf und schlug vor, das Floß vom Stapel zu lassen. Die Kinder fürchteten, der Wind könnte es forttreiben, doch Aaron, der wußte, daß sie recht hatten, spürte, daß er sie aufmuntern mußte und daß vor allem nur er etwas gegen die Enttäuschung ausrichten konnte, die ihnen so deutlich anzusehen war. Er begann auf sie einzureden, beschrieb begeistert die Jungfernfahrt und wie das Floß durch die Wellen schneiden würde – wie er damals bloß redete! –, und die Kinder hörten ihm zu, selbst die Hartnäckigen unter ihnen verstummten allmählich mit ihren Einwänden, obwohl sich die Wolken am Horizont zusammenbrauten und es schon klar war, daß es gefährlich sein würde, jetzt ins Wasser zu gehen. Hauptsache, er würde die schlechte Laune besiegen, dachte Aaron, dieses Pech wegreißen, das auf den Seelen klebte. Aber sie waren noch immer nicht wirklich überzeugt, und seine ganze Begeisterung reichte nicht aus, um ihre kleine Bedrückung zu besiegen. Sie standen da, traten von einem Fuß auf den anderen, bohrten ihre Zehen in den Sand, wippten hin und her, kratzten sich im Nacken und sahen ihn nicht an. Einen Moment lang war er ihnen wieder fremd, gerade seine gelungene Anfeuerungsrede schien sie plötzlich voneinander zu trennen, und er spürte, wie ihn diese Fremdheit mit einer eiskalten Schere aus einem hellen, leuchtenden Bild herausschnitt. Mit einem Kloß im Hals bat er sie, einen Augenblick zu warten und sich nicht von der Stelle zu rühren. Er lief zum Kiosk hinter dem Hügel, wo er mit seinem Geld (aber nicht mit der Münze) ein Fläschchen echten Cognac kaufte, kehrte zu ihnen zurück und präsentierte den Schatz: Jetzt lassen wir es vom Stapel, rief er jubelnd, in seiner Stimme war eine Spur von Angst, aber die Kinder ließen sich von dem Strahlen auf seinem Gesicht mitreißen.

›Kapitän Hook‹ wurde nachmittags um halb vier mit einem Fläschchen Cognac vom Stapel gelassen und ging fünf Minuten später in einem Strudel unter. Alle Kinder konnten sich retten und erreichten japsend und niedergeschlagen das Ufer. Es hatte Gott sei Dank nur einen gefährlichen Augenblick gegeben, als Aaron zusammen mit seinem Cousin in den Wirbel des Strudels gerissen wurde. Es kam Aaron vor, als stieße ihn Giora nach unten, um sich selbst zu retten. Der Wind wehte nun in heftigen, kalten Böen, und die Kinder schlangen die Arme um ihre Körper und zitterten vor Kälte. Niemand gab ihm die Schuld, aber ihm war, als hätte jemand in einem düsteren, geschlossenen Raum mit seiner großen Pranke eine Kerzenflamme gelöscht.

Aber das wird mir zu klein sein, murmelte er und schaute verwirrt und hilflos auf das Hemd, das ihm in den Schoß, ins Gesicht gedrückt wurde. Er spürte, daß sich irgend etwas hinter der schlechten Laune der Mutter verbarg, und dachte, daß er, wenn er sich beeilte, es noch schaffen würde, zurück aufs Spielfeld zu kommen und zu helfen, den Sieg sicherzustellen, es gab keinen besseren Torschützen als ihn. Genau in diesem Augenblick kehrte der Vater vom Balkon zurück, und auch Jochi kam herein und fragte die Mutter, wo das Wachs zur Enthaarung sei, und Aaron fiel eine ähnliche Situation ein, das war im vergangenen Winter, als er seinen Fuß in den kleinen Stiefel gesteckt hatte. Schweiß sammelte sich auf seinem Hals, schnell, dachte er, bevor meine Finger zu zittern beginnen. Er zog sein verschwitztes Hemd aus und das andere an, und als er kurz in dem gestreiften Schatten gefangen war und mit zappelnden Armen nach der Kragenöffnung suchte, begann er zu keuchen, als würde ihm jemand aufs Herz drücken, um ihn zu erwürgen, und ein fremder und doch bekannter Junge begann sich durch einen milchigweißen Nebel hindurch abzuzeichnen: weißhäutig und konserviert, wieso konserviert, aber das war das Wort, das ihm einfiel, und ein feines und kaltes Schaudern breitete sich langsam in ihm aus, bis es ihn von innen gänzlich umschloß, ein weißer Junge, der fast bläulich vor Blässe war und langsam in eine felsige Mondlandschaft tauchte.

Er versuchte blindwütig, mit dem Kopf nach oben zu stoßen, fand jedoch die Öffnung nicht, seine Arme zappelten, wie dünn sie sind und wie glatt, die Mutter und der Vater können sie jetzt ungestört betrachten, und der menschliche Fötus im Naturkundezimmer der Schule, der in einer trüben Konservierungsflüssigkeit schwimmt und sich allmählich auflöst, öffnet kurz seine großen, verklebten Kaulquappenlider und grinst ihn an. Mit einem Ächzen stieß er durch die Kragenöffnung. Der Vater und Jochi waren verschwunden. Gioras Hemd reichte Aaron fast bis zu den Knien, und die Beine schauten unter ihm hervor wie Streichhölzer.

Tante Gutsche hatte einen kurzen Brief beigefügt, daß ihr Giorik allmählich aus allen seinen Kleidern herauswachse, wie mit Hefe gedeiht er mir, sogar Ephraim wirkt jetzt wie ein Rosinchen neben ihm, stell Dir vor. Und das sind gute Sachen, Hindale, wie neu, sie sind kaum getragen, es wäre schade, sie wegzuwerfen. Bei uns in der Familie gibt es kein Kleines mehr nach dieser Generation der fünf Cousins, sollen sie gesund sein, vielleicht bist Du so gut, die Sachen zur Rabbinerin Karasso zu bringen, damit sie sie den Armen in Jerusalem gibt, mit denen ich mich doch irgendwie verbundener fühle, schrieb Gutsche, die mit der Mutter in Jersualem aufgewachsen war und dort in den Tagen der Belagerung und der Sparmaßnahmen Armut und Hungersnot erlebt hatte, und sie schloß mit Grüßen an alle und in der Hoffnung, Aarontschik bald wieder, im Sommer, bei ihnen zu sehen.

Die Mutter stand mit verschlossenem Gesicht vor ihm. Plötzlich fühlte er, daß er jetzt unbedingt umarmt werden wollte. Eine Umarmung so wie früher, als er klein war. Als sie zurückwich, fiel irgend etwas zu Boden und zerbrach. Vielleicht war ihr Ellbogen an irgendeinen Gegenstand gestoßen, vielleicht war das Hemd verflucht und wie ein lebendiges Wesen gewachsen, er konnte sich beim besten Willen nicht erinnern, was in Scherben gegangen war. Vielleicht die Vase mit den goldenen Äpfeln, die ihnen Rivtsche und Dov zur Hauseinweihung geschenkt hatten. Vielleicht war es auch die Schale, die Schimek und Itke von ihrer Reise aus Holland mitgebracht hatten, mit dem blauen Hirsch und der Gazelle, die einander im Kreis jagten und mit den Läufen den Schwanz des anderen berührten. Aber auch die Schale tauchte wieder an ihrem üblichen Platz auf, und es war keine einzige Klebestelle an ihr zu entdecken. Einen letzten Augenblick noch blitzte eine Sehnsucht in den

Pupillen seiner Mutter auf. Aaron konnte fast mit Händen greifen, wie aus dem bis zum Bersten gespannten Augenblick metallene Federn schossen. Er sah, wie die etwas schlaffen Wangen seiner Mutter sich mit einer langsamen, ungewollten Bewegung strafften, dann gehe ich jetzt wieder aufs Spielfeld, ja? sagte er vorsichtig zurückweichend und achtete darauf, ja nicht auf den Boden zu schauen, hinderte die Augen wie ein Bergsteiger, der sich davor hütet, in den Abgrund zu schauen, mit seiner ganzen Willenskraft daran, sich dorthin zu verirren. Kann ich jetzt aufs Spielfeld zurück, fragte er wieder ängstlich. Seine Mutter hatte die Ellbogen an ihren winzigen Körper gepreßt, ihre Lippen waren blaß. Draußen waren laute Stimmen zu hören, seine Freunde haben das Spiel anscheinend ohne ihn beendet und singen mit den Spielern der gegnerischen Mannschaft ein Freundschaftslied. Wieso singen sie, seit wann wird überhaupt am Ende eines Spiels gesungen, und noch dazu mit der ganzen Mannschaft und so laut und im Chor, wann haben sie das überhaupt geübt, und er sah seine Mutter flehend an. Sie spaltete sich vor seinen Augen der Länge nach, bis der weiße Kern ihres Hasses zum Vorschein kam: Ich fange wirklich an zu glauben, sagte sie zu ihm, daß du uns das absichtlich antust.

7 Ein oder zwei Wochen später lagen Aaron, Gideon und Zachi in der Dämmerung auf ihrem Felsen unten im Tal. Der Felsen war braun, riesig, schwielig und mit wilden Sträuchern bewachsen, Aaron hatte sein Gesicht an ihn gepreßt, und der Stein flößte ihm die Wärme des kommenden Frühlings ein.

Sie ließen sich von der Trägheit der Dämmerung tragen und unterhielten sich mit schläfrigen Stimmen zum wer weiß wievielten Mal über den Spion Mordechai Luk, der vor ungefähr einem Jahr in einem Koffer versteckt auf dem Flughafen in Rom geschnappt worden war, und über seinen Goldring mit dem Siegel eines auf den Hinterbeinen stehenden Löwen, in dem man

Gift oder Mikrofilme verstecken konnte. Aaron stützte sich kurz auf die Ellbogen, habt ihr schon einmal daran gedacht, daß es eine Bombenidee wäre, auf der Schulfeier Ende des Jahres einen geschlossenen Koffer auf die Bühne zu stellen und Houdini zu machen. Und schon sah er die ganze Szene vor sich: wie Zachi und Gideon ihn in Onkel Schimeks alten, schwarzen Koffer einschließen, diesen mit einem Strick verknoten und mit dem großen bucharischen Tuch vor dem Publikum verbergen würden, wie sie mit dem Mund einen Trommelwirbel nachmachen und die Klassenkameraden dasitzen, sich die Augen aus dem Kopf schauen würden, wie er im Koffer hocken, einen Finger nach der Schuhsohle ausstrecken, mit zwei Fingern Vaters Rasierklinge und die von der Mutter geklaute Nagelfeile herausziehen und die zerbrochene Laubsäge aus seiner großen Manschette nehmen würde, ja, und dann gäbe es ein paar Sekunden der Angst, denn die Finger würden schwitzig werden und die Säge vielleicht herunterfallen, finde die mal im Dunkeln!, ein paar Mädchen würden anfangen zu schreien, man solle ihn endlich herausholen, und ein paar Jungen gerade zur Bühne stürzen, da plötzlich würden sie verblüfft sehen, daß er es geschafft hat, daß er draußen ist, daß er lebt, jubelnd die Arme hochreißt und frei ist. Zachi kicherte leise, es klang irgendwie geringschätzig, und in Aarons Eingeweiden flackerte einen Augenblick ein spitzer Schmerz auf. Was hältst du davon, fragte Aaron Gideon, legte sich wieder hin und preßte das Gesicht auf den Stein, vielleicht sollte ich jetzt schon anfangen, die eine Nummer zu proben? Wir könnten sie ›Der Mann im Koffer‹ nennen. Was sagst du dazu? Gideon sagte, er sei nicht sicher, ob er diesen Sommer soviel Zeit habe wie voriges Jahr. Was heißt das, du hast nicht soviel Zeit, erschrak Aaron. Ich organisiere dieses Jahr auf dem Karmel das Zeltlager für die unteren Klassen, sagte Gideon. Aber bis zu den großen Ferien sind es doch noch anderthalb Monate, flüsterte Aaron überrascht, und wir haben doch auf jeder Klassenfeier irgend etwas Besonderes gemacht. Gideon antwortete nicht. Zachi sagte, ihn interessierten jetzt mehr als alle Aufführungen und Vorstellungen die Spiele um die Schulmeisterschaft im kommenden Jahr. Das fehlt gerade noch, daß wir die achte Klasse ohne Pokal abschließen. Was hat das eine denn mit dem anderen zu tun, schrie Aaron, wir holen uns den Pokal, es gibt keine bessere Mannschaft als unsere, aber die Houdini-Vorstellung, was ist mit der, und Gideon sagte, wir werden schon sehen, reg dich nicht gleich so auf, wir werden schon sehen, was hast du bloß in letzter Zeit.

Sie verstummten. Aaron kochte vor Wut. Am allerschlimmsten war Zachis Schadenfreude über die schlechte Stimmung zwischen ihm und Gideon. Reg dich ab und denk nach. Provoziere sie jetzt nicht. Sag es ihnen nicht, aber dann sagte er es doch, schluckte und sagte mit hoher, angespannter Stimme, sie müßten diesen Sommer einen Spion schnappen. Zachi gab wieder sein trockenes, prustendes Kichern zum besten. Aaron überhörte es mit aller Gewalt und sagte, das Land sei voll von fremden Agenten, jede Woche werde einer geschnappt, der einen militärischen Stützpunkt fotografiert oder Informationen gesammelt habe, und nur sie drei säßen faul herum, irgendwann werde sich noch herausstellen, daß der Student, der Untermieter in Gideons Wohnung, verzweigte Kontakte zu arabischen Staaten habe, immerhin hätten sie schon eine arabische Zeitung mit Kugelschreiber-Anstreichungen gefunden, die er in den Müll geworfen habe, und was hätten sie mit dieser Information gemacht? Nichts. Gideon sagte sofort: Laß ihn in Ruhe, er lernt bloß Arabisch, er ist kein Spion. Er sagte es mit Entschlossenheit und Wut. Er haßte den Untermieter, der in ihr Haus kam, als würde er schon immer dort wohnen, und immerzu in schallendes und rollendes Gelächter ausbrach, lauthals im Badezimmer sang und sich einschmeichelte, indem er sich anbot, alle Hausarbeiten zu erledigen, und außerdem brachte er Gideons Mutter jeden Freitag Blumen. Na dann, schlug Aaron matt vor und zwang sich weiterzureden, dann wird vielleicht der aus der leeren Wohnung im dritten Stock dieses Jahr endlich auf Heimaturlaub kommen, und es wird sich herausstellen, daß er in Wirklichkeit ein sowjetischer Agent ist. Aaron wartete, aber Zachi überraschte ihn und schwieg. Es war ein schweres, von großer Stille durchtränktes Schweigen und viel schlimmer als sein trockenes Kichern. Aaron ignorierte auch das und sagte, als wäre es schon eine ausgemachte Sache, dann werden wir eben schichtweise im Hinterhalt liegen und seine Wohnung bewachen. Ja, dieses Jahr wird er kommen, ich spüre es in den Knochen. Endlich stützte sich Zachi mit den Ellbogen auf: Dann erklär mir bitte, wie dort ein Spion wohnen soll, wollte er mit langsamer, betonter Stimme wissen, wie soll sich ein Spion in einer Wohnung aufhalten, die vielleicht schon seit zehn Jahren keiner mehr betreten hat, in der kein einziges Mal die Jalousie oben war und an die nicht mal Post geschickt wird, und jedes Jahr verschwenden wir die halben Ferien damit, sie zu beobachten! Eh? Was? Aaron kniff die Lippen zusammen und sagte, er habe das starke Gefühl, daß es diesmal soweit sei, ihr werdet sehen, das wird unser Glücksjahr, sagte er. Klaaar, sagte Zachi, du und dein Gefühl; und Aaron fühlte sich erleichtert und wußte nicht einmal weswegen, vielleicht war es ihm ganz angenehm, daß Zachi über die Sache mit seinem Gefühl herzog und nicht über die Sache mit dem Glück.

Und weil Gideon sie kurz darauf mit zusammengekniffenen Lippen anherrschte, sie sollten endlich aufhören, er habe es langsam satt, hoffte Aaron, daß Gideon auf ihn und seine Idee zurückkommen würde, und sei es nur als Geste, als Zeichen seiner Treue. Du machst dir was vor. Aber vielleicht doch. Vielleicht besteht das Tausendstel einer Chance, daß doch ... Er stützte sich wieder auf: zwischen Gideons zusammengekniffenen Lippen steckte ein langer Stengel Fenchelkraut.

Noch vor einem Jahr hatte Gideon hier gelegen, das Gesicht hingebungsvoll an den großen Felsen gepreßt und das Kinn angestrengt nach vorn gestreckt wie der mutige und entschlossene hebräische Junge auf der Zeichnung, er hatte damals seinem Bruder Menni sehr ähnlich gesehen. Die Gesichtszüge auf dem Felsen zu verewigen war wie immer Aarons Idee gewesen, und er hielt schon über ein Jahr damit durch, obwohl er begriffen hatte, daß es sinnlos war, na und, schon als er damit anfing, wußte er, daß es einfach nur eine Phantasie war, aber er spürte im Grunde seines Herzens, daß er jetzt sogar bei Unsinnigkeiten nicht verlieren durfte, daß um ihn herum etwas vorging, das sich nicht mit Worten beschreiben ließ und trotzdem passierte, das immer gewaltiger und komplizierter wurde, sich jedoch hütete, entdeckt zu werden; schon deswegen mußte Aaron hartnäckig bleiben und einstweilen alle Bastionen und Stellungen halten, seien es die unwichtigsten. Deswegen lag er auch jetzt noch auf seinem üblichen Platz, die Wangen leicht aufgeblasen, die eine wie an den Felsen gelötet, bis das Gespräch oder Zachis Wut oder der Schmerz über Gideons heimliche Desertion ihn seine Verpflichtung vergessen ließ.

Gideon hob träge eine Hand und schaute auf die Uhr, er mußte gleich zum Unterricht bei dem Rabbiner, der ihm ein Bibelkapitel für die Bar-Mizwa beibrachte. Zachi war schon Bar-Mizwa; er lächelte überlegen und herablassend und sagte, er lege jeden Tag Gebetsriemen, und fügte lachend hinzu: ganz tief in den Schrank; alles, was er sagte, schien Aaron gegen ihn gerichtet und auf ihn gemünzt zu sein. Zachi setzte sich mit einem tiefen, kehligen Seufzer auf; jetzt wird er gleich anfangen, die Finger knacken zu lassen, Aaron summte vor sich hin, um das dumpfe Knacken nicht hören zu müssen, er hatte dafür eine besondere innere Stimmtechnik entwickelt, und Gideon stieß plötzlich ein breites Gähnen aus, stand seufzend auf und streckte sich bis in die Fingerspitzen. Aaron warf ihm einen Blick zu, auf wen will er jetzt Eindruck machen mit diesem Seufzen und Strecken. Gideons kindliches, offenes Gesicht war in den letzten Wochen oft von einer Art dunklen Strenge überschattet. Aaron wußte nicht einmal, warum sich ihm deshalb das Herz zusammenzog. Er entsandte wieder einen schnellen Kundschafterblick zu ihm hin: noch kein Flaum. Aber eindeutig eine innere Verhärtung, eine Stählung, die einen Schatten auf das Licht der brennenden Kerze seiner Seele zu werfen schien, und sein Kiefer war kraftvoll und trotzig vorgeschoben, als wären neue Linien darin gezogen, das ist schon fast Mennis Kinn, und auch die Backenknochen haben anscheinend begonnen, sich unter der Haut zu verschieben, und dabei waren wir doch die ganze Zeit zusammen.

Aaron setzte sich auf und ließ plötzlich ein leichtes Stöhnen hören, es rutschte ihm förmlich heraus, und er verschluckte es sofort erschrocken und zog seine Strümpfe hoch, damit man den mageren, kahlen Teil des Beines zwischen Strumpf und Hose nicht sah. Ohne allzugroße Enttäuschung stellte er fest, daß ihm auch heute kein einziger der Gesichtszüge seiner Mutter auf dem widerspenstigen Felsen gelungen war, die er im vergangenen Jahr mit so viel Mühe zu verewigen angefangen hatte. Das wird nie im Leben was, sagte Zachi, und genau in diesem Augenblick überlegte Aaron, daß ein solches Werk, wenn überhaupt, von ganzem Herzen kommen müsse, daß es ihm jetzt schwerfalle, das Gesicht seiner Mutter zu machen, und daß er sie lieber so in Erinnerung behalten wollte, wie sie vor zwei, drei Jahren war, sanft und freundlich. Seine Hand kramte fieberhaft zwischen den Zetteln und verfaulten Zwiebelstreifen zum Schreiben einer Geheimschrift, den Kerzenstummeln für ihre Entzifferung und den Zigarettenkippen, die er für seine Sache sammelte, in der Hosentasche, bis er endlich einen der flachen Streichholzbriefe fand, die in den Flugzeugen verteilt wurden; er riß ein Streichholz ab und entzündete es mit einer schnellen Bewegung am Felsen. Nur er konnte es so anzünden, aber wieso hatte er es jetzt angezündet. Vielleicht als eine Art Fortsetzung der Diskussion. Er betrachtete das Feuer und holte tief Luft.

Zachi Smitanka hatte die ganze Aktion mit der Verewigung seines Vaters, des Traktoristen von ›Mekorot‹, begonnen; so kannst du ihn wirklich in Erinnerung behalten, hatte Aaron zu ihm gesagt, war ganz aus dem Häuschen von Zachis Idee und froh über die Gelegenheit, über ihn gerührt sein zu können. Zachi hatte sich damals vor ihm aufgebaut, ihn mit einem Blick angesehen, der sich plötzlich in unerklärlicher Feindseligkeit verdüstert hatte, und gesagt, dann mache ich ihn nicht, dann mache ich meinen Bruder. Und war zu dem Gesicht seines älteren Bruders Cheskel übergegangen, der einen Lieferwagen hatte und besonders vorstehende Backenknochen; und als er es satt hatte, auch noch die Kinnladen zu zeichnen, versuchte er, das breite Gesicht seiner bulgarischen Mutter auf den Felsen zu kritzeln, aber mit ihr hielt er es nur fünf Minuten aus und ging sofort zu einem seiner Onkel über, und so ging es ein paar Tage lang weiter, von den Gesichtszügen sämtlicher Familienmitglieder zum Großteil der Fußballspieler von Beitar Jerusalem, und von dem Komiker-Trio ›HaGaschaschim‹, ›Die blassen Späher‹, zum Generalstabschef Jitzchak Rabin, Sean Connery und Cassius Clay, und dann hatte er es satt, sich für andere anzustrengen, und teilte Gideon und Aaron mit, daß er von jetzt an nur noch sein eigenes Gesicht verewigen wolle, im guten wie im schlechten. Im schlechten, warf Aaron ein, es war noch zu der Zeit, als Gideon über seine Witze lachte, und im selben Augenblick hörte Zachi mit der ganzen Sache auf und fing an, die Idee zu verspotten und Gideon dagegen aufzuhetzen, und schon am nächsten Tag war Aaron allein auf dem Felsen.

Gideon sah auf die Uhr. Viertel vor, sagte er wütend. Warum habe gerade ich das längste Kapitel bekommen. Aaron murmelte: »Da flog einer der Seraphim zu mir und hatte eine glühende Kohle in der Hand, die er mit der Zange vom Altar genommen hatte. Und rührte meinen Mund an und sprach ...« Er hatte zwar noch nicht angefangen, beim Rabbiner zu lernen, aber schon in seinem Kapitel gelesen. Es gefiel ihm. Er dachte: bald ist Sommer, und sie werden mich zwingen, wieder zu Giora nach Tel Aviv zu fahren, aber dieses Jahr können sie mich von mir aus umbringen, ich fahre nicht. Die drei standen noch einen Augenblick da, ohne etwas zu sagen, traten von einem Fuß auf den anderen und zerrupften Salbeiblätter, als würden sie sich von irgend etwas verabschieden wollen, und das war genau der Augenblick, sie wie nebenbei zu fragen, ob sie etwas Neues von Dudu Lipschitz gehört hätten, vor Pessach hatte er noch in ihrer Klasse gesessen, aber als sie aus den Ferien zurückkehrten, war sein Stuhl leer, und die Klassenlehrerin Nitza Knoller sagte bloß, er habe sie verlassen und sei in eine passendere Institution übergewechselt, sie sprachen kein einziges Mal mehr von ihm, niemand in der Klasse erinnerte seitdem auch nur mit einem einzigen Wort oder einer Andeutung an ihn, als hätten sie eine Abmachung getroffen; wer hatte ihnen beigebracht, so zu schweigen, es hatte einen Jungen gegeben, und jetzt gab es ihn nicht mehr, und wie in *Des Kaisers neue Kleider* hatte auch Aaron sich davor gefürchtet, derjenige zu sein, der als erster fragt. Zachi pflückte mit der Hand winzige Nüsse von einem kleinen Baum und fing an zu kauen und zu spucken. Aaron wandte sich ab und schaute in die Ferne. Das Tal erschien ihm plötzlich nebelhaft und fremd. Er zog seine Hose, Gioras Hose, hoch, weil sie noch ein bißchen zu groß war, aber auch, weil es ihm das gleiche Gefühl gab, wie wenn er die Nase hochzog, um nicht plötzlich loszuweinen. Dann bringe ich also einen großen Koffer mit, sagte er mit harter Stimme. Ich nehme den schwarzen Koffer von Onkel Schimek, und ihr macht ihn zu und wickelt eine ganze Rolle Bindfaden darum herum, und innerhalb von drei Minuten bin ich draußen. Ja, so machen wir das. Zweiundvierzig Verse, stöhnte Gideon, ich werde schon heiser, wenn ich sie nur lese. Sofort steckte Aaron seine Hand in die Hosentasche und hielt ihm das Honigbonbon hin, das er für ihn gekauft hatte; Gideon und Zachi wechselten einen kurzen Blick, dann wandte Gideon sich ab und murmelte, daß das doch nicht nötig gewesen sei. Laß den Quatsch, Kleinfeld. Aaron steckte seine Hand in die Hosentasche zurück. Er hütete sich davor, beleidigt zu sein. Er hat ihm einfach nur ein Bonbon angeboten. Ihr werdet sehen, das wird die größte Nummer, die ich je gemacht habe, stachelte er sich selbst an, und ihm war, als besteige er einen rutschigen Berg, ihr werdet schon sehen. Morgen gehe ich in *Goldfinger*, sagte Zachi wie zu sich selbst, wobei er seine Armmuskeln anspannte und sie eingehend prüfte; aber der ist doch erst ab sechzehn, wandte Aaron erstaunt ein; kommst du mit? fragte Zachi Gideon; aber man wird euch nicht reinlassen, wandte Aaron wieder ein, sie kontrollieren bestimmt die Personalausweise; kommst du morgen mit in *Goldfinger*? fragte Zachi noch einmal; ich überleg's mir, antwortete Gideon vorsichtig und wich den Blicken der beiden aus, und Aaron registrierte diese Vorsicht genau. Schluß jetzt, ich hab schon hundert gegessen, sagte Zachi, spuckte die Schalen aus und hielt ihnen eine Handvoll Nüsse hin: Nehmt. Gideon nahm eine Handvoll und kaute nachdenklich, Aaron schüttelte den Kopf; aber früher hast du diese Dinger doch gemocht, sagte Zachi mit gekünstelter Stimme; früher war früher, entgegnete Aaron; iß, das ist gut für dich, sagte Zachi in aufmunterndem Ton und schob seine Hand immer weiter vor bis unter Aarons Gesicht. Aaron wich zurück und wandte sich ab; Mensch, was ist denn los, fragte Gideon, Zachi grinste vor sich hin, ballte die Hand zur Faust und warf die Nüsse so weit er konnte. Aaron blieb verblüfft stehen.

Dann schlug Gideon vor, einen Wettlauf bis zur Siedlung zu machen. Sie gingen in Startposition. Moment, sagte Aaron und wechselte das Bein, und eine Sekunde später bat er sie noch einmal zu warten und wechselte wieder zurück, doch auch das war ihm unbequem, aber er fragte jetzt nur, ob es ihnen etwas ausmache, wenn er im Stehen starte. Du gewinnst ja sowieso, sagte Gideon, und Aaron stellte sich hin und spannte seine Muskeln, Gideon rief Achtung, fertig, los, und die drei stürmten die Böschung hinauf, Aaron war den beiden wie immer bald ein ganzes Stück voraus, obwohl sie längere Beine hatten als er, und während er lief, fiel ihm das Gerücht ein, das über den Meisterschwimmer Gerschon Scheffa erzählt wurde; Scheffa, hieß es, rasiere sich vor dem Wettkampf die Beine, damit die Haare die Reibung mit dem Wasser nicht vergrößerten, und vielleicht war Aaron deshalb schneller als die beiden. So wurden nun sogar seine kleinen Siege eine Art Beweis für irgend etwas und eine Schmach, aber vielleicht lief er auch nur deshalb so schnell, weil er, seit Gideon ›los!‹ gerufen hatte, immer mehr in Panik geriet, denn bei diesem Los! brach sie auf eine Art, die keinen Zweifel zuließ, brach Gideons Stimme wirklich.

8 Jeden Donnerstagabend nach dem Großreinemachen nimmt der Vater ein schönes Bad. Wenn er herauskommt, ist sein Gesicht rot und glänzend, und er sagt, immer im gleichen Ton: »Ahh, das tut Israel gut.« Dann legt er sich mit nacktem Oberkörper und einem Handtuch um die Hüften auf dem Sofa im Wohnzimmer auf den Bauch. Aaron sitzt unterdessen in der Küche auf dem Faruk vor einem Haufen Kartoffeln, die für den Schabbat-Tschulent geschält werden sollen. Er ist für diese Arbeit der Experte im Haus.

Inzwischen waschen sich die Mutter und Jochi die Hände, ziehen sich bequeme Hauskittel an, holen Handtücher, Watte und den siebzigprozentigen Alkohol und gehen zum Vater. Auch die Großmutter kommt. Sie liebt dieses Sauberkeitsfest, und noch mehr liebt sie es, sich mit Vaters Rücken abzugeben. Es ist ein kleines Wunder, sagt die Mutter mit feucht werdenden Augen, wie unsere Mamtschu zu Ehren des Großreinemachens und von Vaters Rücken wiederaufersteht. Und tatsächlich – wenn Eimer und Schrubber und Wischlappen geholt werden, fangen ihre Augen an zu glänzen. Sie steigt aus dem Bett und fleht murmelnd und gestikulierend, man solle ihr die Putzwolle geben, um die Fußbodenleisten sauberzumachen. »Alle Achtung, Mamtschu«, sagt die Mutter und führt sie an ihren Platz, in die Küchenecke, wo sich unter Ofen und Spülbecken immer besonders viel fettiger Schmutz ansammelt. Dort setzt sie die Großmutter auf das Taburett und bringt ihre Arme mit kreisenden Schrubbewegungen in Gang, so, so, sehr schön, fester, bis der Großmutter die Bewegung in Fleisch und Blut übergegangen ist und sie anfängt, allein zu putzen. Die Mutter steht noch eine Weile daneben und schaut, ob sie auch wirklich an der ganzen Wand putzt und vorankommt. Es kann nämlich passieren, daß sie innehält, träumt und die Arbeit sofort vergißt.

Wenn das Großreinemachen beendet ist, wird das ganze Putzzeug auf dem Küchenbalkon versammelt, Besen, Wischer, Bürsten, Wischlappen, buntgefederte Staubwedel, Schwämme, Putzwolle, auf der noch ein wenig Glanz schimmert, schweißtriefende, von ihrem wütenden Tanz auf dem Fußboden erschöpfte Scheuerlappen, die zum Trocknen über die Eimer gespannt sind. Die drei Frauen drängen sich um den Vater, stekken ihre Köpfe zusammen und beraten aufgeregt. Die Mutter hat Falkenaugen und sieht einen Mitesser aus einem Kilometer Entfernung. Dann hört Aaron einen kleinen Kriegsschrei, und die Frauen beratschlagen, wie man ihn fertigmachen – mit dem Finger zerdrücken oder mit spitzen Fingernägeln – und aus welcher Richtung man ihn angreifen soll. Die Mutter drückt ihn aus. Der Vater gibt ein schmerzvolles Stöhnen von sich. Die Großmutter macht mit Watte sauber, und Jochi desinfiziert mit siebzigprozentigem Alkohol. Inzwischen begibt sich die Mutter wieder auf die Suche. Wenn sie einen Pickel mit gelbem Kopf finden, ist das ein regelrechtes Fest: sie beschreiben ihn dem Vater, verfluchen ihn, warnen vor der Gefahr, die er birgt, vergrößern ihn mit ihrem Reden, schrecken mit Ausrufen der Abscheu vor ihm zurück und genießen schon im voraus die Erleichterung, die der Vater empfinden wird, sobald er ihn losgeworden ist; Aaron spürt mit einem leichten Lecken der Lippen ihre Erregung.

Es fällt ihm schwer, sich auf das Kartoffelschälen zu konzentrieren. Langsam und vorsichtig he is verschwinding in seine Gedanken. Doch das Stöhnen des Vaters, das nicht nur ein Stöhnen des Schmerzes, sondern auch ein Stöhnen tiefster Wonne ist, erreicht ihn auch dort. Und nachdem sie mit seinem Rücken fertig sind, möchte der Vater mit ihm reden, was nicht heißt, daß der Vater das unbedingt möchte, aber die Mutter hat ihn schon dreimal mit ihrer Senfstimme – Jochi hat diesen Namen erfunden –, die sie wie aus einer Tube herausquetscht, gefragt, wann er endlich mit Aaron reden wird, Aaron weiß genau worüber, sie können ihn seinetwegen umbringen, aber er fährt nicht.

Er schneidet schnell und wütend, die halbe Kartoffel geht mit der Schale ab. Er wird nicht fahren. Er wird in den Gazastreifen fliehen, in ›Radio Kairo‹ wird jedem, der das Leben in Israel satt hat, dort ein Paradies versprochen. Er lacht. Aber nach Tel Aviv wird er nicht fahren. Sie können ihn nicht mehr herumschicken, als wäre er noch ein kleiner Junge. Er ist bald Bar-Mizwa. Er schneidet, daß die Schalen und Spritzer nur so fliegen. Von Pessach bis zum Ende des Schuljahres haben sie kein Wort mehr darüber verloren, er hatte schon gehofft, sie hätten es vergessen oder aufgegeben, und plötzlich, vor einer Woche, teilt ihm die Mutter mit, daß er die ganzen Ferien nach Tel Aviv soll, so hat es der Vater entschieden, und damit hat sich's; aber ich will hierbleiben; darüber gibt es nichts mehr zu diskutieren, du mußt fahren, dich erholen und gesund werden; ich bin doch nicht krank; aber dort kriegst du Sonne und Kraft und wirst groß und stark, sagt die Mutter mit verstellter Stimme, einer, der so etwas zu schätzen weiß, wäre an deiner Stelle schon halb wahnsinnig vor Freude; er versucht noch zu verhandeln, seine Bar-Mizwa sei zu Beginn des Winters, wie solle er es da schaffen, das Kapitel zu lernen; ein kluges Köpfchen hast du ja, sagt die Mutter mit verhohlenem Spott, du wirst es bestimmt schaffen; Aaron geht in sein Zimmer und setzt sich aufs Fensterbrett, ein Fuß wie üblich auf dem mit einer Decke verhüllten ›Friedman‹-Kühlschrank. Er schaut auf die Straße, auf der ein paar kleine Kinder ›Stillstehen‹ spielen, und ist ratlos. Vor Schawuoth, dem Erntedankfest, ist noch ein Kleiderpaket für die Armen eingetroffen, Gioras Hemden reichen Aaron fast bis zu den Knien, ganz zu schweigen von den Hosen, in denen er regelrecht ertrinkt. Die Kinder verschwinden, die Straße ist leer. Plötzlich hört er hinter sich ein schnelles Schlurfen. Vielleicht die Mutter, um ihm mitzuteilen, daß sie es bereut. Daß sie ihn nur auf die Probe stellen wollte. Aber es ist nur die Großmutter, sie ist von oben bis unten in die rotschwarz karierte Schottische gewickelt. Ihre Lippen bewegen sich lautlos, das ganze Gesicht zittert. Was will sie von mir. Geh, leg dich hin, Großmutter, es tut dir gut zu liegen. Dann wirst du nicht müde. Sie wirft einen ängstlichen Blick zur Tür, packt seine Hand und drückt ihm etwas hinein, was das wohl sein mag, drückt ihm etwas ganz tief in die Hand, zieht ihre Hand zurück, steht stolz vor ihm und drängt ihn mit einem Augenzwinkern, nachzuschauen. Er schaut nach. Aber seine Hand ist leer. Er zeigt sie ihr. Vielleicht gehst du dich jetzt ein bißchen ausruhen. Ihr Gesicht färbt sich rot. Sie nimmt seine Hand, dreht sie hin und her, stochert zwischen den Fingern und stößt erstickte Seufzer und Rufe der Verblüffung aus. Sie hat mir etwas geben wollen. Was war es, Großmutter? Wieder schaut sie mit einem hastigen, panischen Blick zur Tür. Wie sie sich vor der Mutter fürchtet! Vielleicht hat sie gehört, daß die Mutter mich nach Tel Aviv schicken will. Vielleicht hat sie mir irgendein Abschiedsgeschenk gebracht. Sie packt noch einmal seine Hand. Beugt sich vor und untersucht sie aus der Nähe. Ihr warmer Atem auf seiner Hand, Großmütterchen, Großmütterchen kocht ein Süppchen, aber sie hat ihm nie ein Süppchen gekocht, nichts hat sie gekocht, und ihn auch nicht verwöhnt, nicht schön, jetzt so von ihr zu denken, wo sie schon fast, genug, geh, leg dich hin, Großmutter, schau auf deine Wand, sieh dir dein Bild an, deinen Gobelin, komm, ich bring dich hin. Doch plötzlich leuchteten ihre Augen, und ein breites, babyhaftes Grinsen ging über ihr Gesicht, und sie begann fieberhaft in der Tasche ihres Kittels zu stöbern, kehrte sie um, was wühlt sie da bloß, gleich wird sie ganz in die Tasche reinkriechen und in ihr verschwinden, doch plötzlich kam sie wieder zum Vorschein, ihr Gesicht strahlte, sie hielt einen winzigen Faden zwischen den Fingern, also wirklich, ein einfacher kleiner Faden, vielleicht nur Schmutz aus der Tasche, oder ein Faden vom Kittel, aber der Kittel ist blau, und das ist ein gelber Faden, das heißt, ein goldener Faden, was will sie von mir, fehlt nur noch, daß die Mutter der Schlag trifft, wenn sie sieht, daß die Großmutter nicht in ihrem Bett ist, sondern hier bei ihm und mit ihm flüstert, nimm es zurück, Großmutter, ich brauche es nicht. Sie weist ärgerlich seine Hand zurück, was ist das, Großmutter? Ist das ein besonderer Faden? Soll ich ihn aufheben? Aber die Großmutter antwortete nicht; sie hüllte sich wieder flink in die Schottische, zog sie über den Kopf und kehrte mit kleinen, trippelnden Schritten in ihr Bett zurück, weiß der Himmel, was sie gemeint hat, vielleicht ist der Faden ein Goldschatz. Oder aber er hat sie einmal, als er klein war, darum gebeten, ihm irgend etwas mit diesem Faden zu nähen, und jetzt ist in dem Durcheinander in ihrem Kopf diese Bitte wieder aufgetaucht wie ein Brief, der jahrelang auf der Post herumgeirrt ist. Aber ich habe sie nie um etwas gebeten, überlegte er erbittert und rupfte am Ende des Fadens herum, sie war auch schon ein bißchen sonderbar, bevor diese Probleme im Kopf anfingen, nur dank der Mutter konnte man sie überhaupt aushalten, es war die Mutter, die einen Menschen aus ihr machte und ihr beibrachte, wie man sich in Gesellschaft fremder Leute zu benehmen hatte – nicht zu laut lachen, den Leuten nicht immer die Wahrheit sagen –, sie hatte ihr geholfen, sich zurechtzufinden, und trotzdem: vor einem Jahr war sie noch Teil des Hauses, man war an sie gewöhnt, und nun war sie es nicht mehr, manchmal vergehen Tage, in denen ich sie gar nicht sehe, die ganze Last mit ihr hat die Mutter, wir haben sie ausschließlich der Mutter überlassen. Das Stückchen Faden war zerrupft und hatte sich fast aufgelöst, er hatte nur noch einen goldenen, glitzernden Hauch zwischen den Fingern und spürte die leicht nagende Beunruhigung, daß die Großmutter vielleicht fühlte, daß es ans Sterben ging, möglicherweise haben Menschen in solchen Situationen die Instinkte eines Tieres, und vielleicht wollte sie ihm ein Geschenk geben, irgend etwas Kostbares von sich. Ja, vielleicht ist das eine Art Erbschaft oder ihr Testament, er lachte betrübt, die arme Großmutter, sie hat ihr Leben lang gestickt und gestickt, und was hinterläßt sie mir am Ende als Erbschaft – einen Faden. Er schaute, was er noch zwischen den Fingern hatte, und sah nichts, aber aus irgendeinem unerklärlichen Gefühl des Respekts steckte er seine Hand trotzdem in die Hosentasche, als bewahre er dort etwas auf.

»Wie oft muß man dich rufen?« Seine Mutter stand plötzlich neben ihm, und er behielt die Hand jetzt verkrampft in der Tasche. »Was gibt es denn da zu erschrecken? Was für nervöse Zuckungen du bekommen hast!« Sie musterte ihn kurz mit ihrem durchdringenden Blick, und ohne daß er es wußte, verschloß sich eine Kammer in ihm, wurde hastig eine Tür zugeschlagen, schrumpfte etwas zusammen. »Was schaust du mich so an.« »Wie – so?« »Vielleicht brauchst du jetzt auch noch eine Brille.« »Wieso? Ich sehe ausgezeichnet!« »Mit diesen Augen, so? Wie ein Chinese?« ahmte sie ihn nach und schüttelte tatsächlich verwundert den Kopf: »Ach, alle Schätze der Welt würde ich hergeben, um einmal da reinzugehen, wo du träumst, mit dieser Miene.« Sie verzog wieder das Gesicht; I am träuming, dachte er, nur ich bin dort. Nur ich.

»Und wie du schälst, was für Sibalech du mir übrigläßt – Winzlinge. Nicht mal auf der Hochzeit meiner Feinde würde ich so ein Tschulent servieren. Mach jetzt alles sauber hier, schäl nicht weiter, mach den Dreck weg, dein Vater will dir etwas sagen, stimmt's, Mosche?«

Der Vater war in die Küche gekommen, ohne Aaron anzuschauen. Die Mutter ging hinaus und trieb Jochi an, ihr zu helfen, Mamtschu ins Bett zu legen. Aaron sammelte langsam die Kartoffelschalen vom Fußboden und von der Zeitung auf, und der Vater setzte sich an den Tisch, zog ruhig die Mitgliedshefte der Krankenkasse zu sich her und begann, die letzten rotgelben Quittungsmarken einzukleben, wobei er immer wieder nachprüfte, ob alles in Ordnung war, ob sich die Marken der letzten Jahre alle in ihrem Rahmen befanden, ob sie noch gut festklebten oder irgendein Monat übersprungen worden war. Aaron hatte die Schalen aufgesammelt und stand wartend da. Der Vater vertiefte sich ins Heft und schwieg. Er sah ihn immer noch nicht an.

Und plötzlich wußte Aaron, daß es keinen Grund gab, sich zu fürchten. Ja, ausgerechnet jetzt würde der ersehnte Augenblick kommen: Sein Vater wird sich erheben, ihm in die Augen schauen und ihm etwas zuflüstern, das Kodewort, das vom Vater an den Sohn vererbt wird, vom König an den Prinzen, oder er wird ihn an einer geheimen Stelle berühren, die nur Väter kennen, und das wird natürlich einen Augenblick weh tun, das muß weh tun, ohne Schmerz geht nichts, wie bei der Beschneidung, er schloß beinah die Augen vor Erwartung, vielleicht gibt man dem Jungen einen plötzlichen Hieb, vielleicht sogar einen Faustschlag direkt in den Bauch oder ins Gesicht, vielleicht wird mit einem Messer eine schnelle Narbe unten in den Bauch geschlitzt, eine Narbe wie beim Vater, ohne Narkose, man spürt einen scharfen, fürchterlichen Schmerz, aber wer diesen Schmerz aushält, ist gewappnet. Kann sich auf den Weg machen. Der Vater erhob sich, und Aaron streckte sich und stand stramm. Der Vater ging zum Spülbecken, zündete den Gasherd an. Vielleicht macht man ein Brandmal an irgendeiner geheimen Stelle am Körper, wie ein neues Kalb, das zur Herde kommt. Der Vater beugte sich über die brennende Gasflamme und zündete seine Zigarette an. Schau hin, lerne gut, und wenn der Tag kommt, wirst auch du wissen, wie du es mit deinem Kind machen mußt. Endlich fing sein Vater an zu sprechen, und Aarons Herz schmolz vor Dankbarkeit, daß sein Vater eine so stammelnde und unbeholfene Sprache hatte, daß er so einfach und aus einem Guß war, nicht wie andere Väter, die er kannte, sonderbare, fragwürdige Väter, die mit gespaltener Zunge redeten wie eine Schlange; sein Vater brummte irgend etwas über Tel Aviv, über die Ferien, über das Privileg des Reisens, Aaron senkte demütig und erleichtert den Kopf. Der Vater verhaspelte sich in umständlichem Gemurmel und schwerfälligen Gesten: Aaron müsse der Familie helfen, er sei groß genug, ihn darum zu bitten; Stille trat ein. Augen starrten verblüfft, und Augen wichen aus. Nun, was schaust du mich so an; wie so; so, wie ein ich weiß nicht wer, wie so ein, ein Revisor; wie sich herausstellte, wollte der Vater, daß Aaron auf dem Weg gebrauchte Busfahrkarten nach Tel Aviv und zurück aufsammelte, der Arbeiterrat zahle dafür Spesen, ohne Fragen zu stellen, und das sei gutes Geld.

9 Wie befürchtet, machte es in diesem Sommer keinen Spaß in Tel Aviv. Giora bemühte sich um ihn noch viel mehr als früher, er ließ ihn wirklich keinen Augenblick allein, klebte überall wie ein Schatten an ihm, drängte sich immer ganz nah an ihn, redete ununterbrochen mit seiner neuen Stimme auf ihn ein, verströmte dabei seinen neuen Schweißgeruch und fuchtelte die ganze Zeit mit den Händen und hob sie hoch, wenn es nötig war und auch wenn es nicht nötig war, daß sogar ein Blinder es sehen konnte. Den ganzen Sommer lang versuchte Aaron, ihm auszuweichen; er weigerte sich entschieden, ans Meer zu gehen, um die alten Bande zu treffen, und zu seinem Erstaunen war auch Giora bereit, auf das Meer zu verzichten – seinetwegen. Er erklärte Aaron, daß es eine Zeichensprache gebe, die Jungens in ihrem Alter kennen müßten: Wenn man den Weibern die Hand drückt und seinen Daumen in ihrer Hand von rechts nach links bewegt, dann ist das ein Zeichen, und wenn man seine Zunge vor einer Frau von der rechten zur linken Wange schiebt, ist das auch ein Zeichen. Fast alles ist ein Zeichen. Und es gibt Mädchen, die oben herum aussehen wie Sophia Loren, aber in Wirklichkeit nur einen Büstenhalter mit Füllung anhaben, und darunter seien sie ein Brett. Die Mutter kam zu Besuch und meinte, es sei wichtig, daß Aaron dableibe, um gesund und stark zu werden. Sie trug ein neues geblümtes Kleid und hatte einen leichten Schweißgeruch, den Aaron nicht kannte. Sie setzte sich in den Sessel ihm gegenüber und erzählte ihm die Neuigkeiten von zu Hause, wir haben den Puritz, das Sofa, zum Polsterer gegeben und überlegen, ob wir im Winter nicht ein bißchen renovieren sollen, und mit dem Buffet muß irgend etwas geschehen, nicht direkt auswechseln, wir haben es jetzt achtzehn Jahre und es sieht immer noch aus wie neu, aber vielleicht ein bißchen auffrischen, und auch ein neuer Anstrich im Wohnzimmer muß überlegt werden, die halbe Decke ist mit feuchten Flecken übersät. Sie redete mit ihrer Zellophanstimme auf ihn ein, auch dieses Wort hatte Jochi erfunden, als würde sie mit den Nachbarn im Treppenhaus sprechen, und hielt die Kaffeetasse die ganze Zeit direkt vor den Mund, von

Aarons Schule sei ihnen mitgeteilt worden, daß Nitza Knoller auch nächstes Jahr seine Klassenlehrerin sei, das ist doch wirklich eine gute Nachricht, und unsere Jochi bereitet sich mit voller Energie auf ihr Vorabitur vor, die Mutter hat ihr schon die ganzen unverständlichen Formulare für den akademischen Militärdienstaufschub gebracht, und sie und der Vater haben beschlossen, daß es für die Großmutter das beste sei, irgendwo zu sein, wo man sie in ihrem gegenwärtigen Zustand besser pflegen und ihr ein warmes Gefühl von Zuhause geben könne. Aaron fiel ihr ins Wort und flehte sie an, ihn wieder mit nach Hause zu nehmen. Er versprach, ihr von jetzt an bei der Versorgung der Großmutter zu helfen, sie zu waschen und sogar abzuwischen. Die Großmutter überläßt du mir, sagte die Mutter plötzlich mit ihrer alten Stimme, kümmer du dich zuerst um dich selbst. Gutsche hörte mit verschlossenem Gesicht zu und sagte, sie habe das Gefühl, daß er diesmal, eppes, nicht so viel Spaß habe. Er sitze oft viel lieber zu Hause und lese, statt mit den Freunden hinauszugehen. Die Mutter war verblüfft, und ihr Gesicht spannte sich, was heißt das: er liest, ich habe ihn noch nie ein Buch in der Hand halten gesehen, und überhaupt, er ist doch gar nicht imstande, fünf Sekunden ruhig an einem Platz zu sitzen. Als Gutsche sah, daß die Mutter sich Sorgen machte, lächelte sie und meinte, sie seien sicher, daß sich bis zum Ende der Ferien alles einrenken werde.

Bis zum Ende der Ferien waren es noch: einundvierzig Tage. Alle zwei Wochen kam die Mutter zu Besuch. Ephraim räumte ihr seinen Platz im Ehebett und schlief auf einer Matratze in Gioras Zimmer. Im Bett der Frauen wurde die halbe Nacht getuschelt und geplappert. Aaron hörte durch das Brummen des Ventilators hindurch, wie die beiden auf jiddisch sogar über seinen Vater und über Ephraim tratschten. Noch nie hatte er seine Mutter mit einer so kehligen und abstoßenden Stimme lachen gehört. Er konnte – mit dem leckenden Feuer der Glut im Bauch – spüren, wann die Mutter die fließende Grenze zwischen Frau und Mädchen hin und zurück passierte, und dann kamen ihm wie bei einer Übelkeit die Dinge hoch, die er zu Hause gefunden hatte, als er in allen Ecken nach Roxanna und den anderen verschwundenen Mädchen suchte. Oij, Gutsche, sagte die Mutter am nächsten Tag beim Abschied während des Menkischtsech, des Sich-Abküssens, nur bei dir kann ich noch aus vollem Herzen lachen, wie früher, als ich noch jung war.

Giora ging neben Aaron und redete und redete. Seine Worte gingen ohne Punkt und Komma ineinander über und wurden zu einem eintönigen Summen. Über den Straßen Tel Avivs lag eine schwüle Hitze, und das glühende Sonnenlicht zerplatzte von Zeit zu Zeit in roten Punkten auf den Flammenbäumen. Sie blühen jedes Jahr um diese Zeit, dachte Aaron, und jedes Jahr um diese Zeit werden die Katzen läufig. So wie man einen Wasserhahn nur gegen die Uhrzeigerrichtung aufdreht. Und eine Schraube nach rechts einschraubt und nach links herausdreht. Oder vielleicht auch umgekehrt. Er tastete nach der Münze in seiner Hosentasche, die er vergangenes Jahr unter Wasser aufgeschnappt hatte: eine Münze aus einem anderen Land, die so abgegriffen war, daß keinerlei Zeichen oder Schrift auf ihr zu sehen waren, eine ungültige Münze, entschied Aaron, er hatte sie nun fast schon ein Jahr in der Tasche und schon tausendmal wegwerfen wollen, es aber irgendwie doch nicht gewagt, aber wenn ich wieder am Meer bin, werde ich sie an genau derselben Stelle versenken, an der ich sie aus dem Wasser gefischt habe. Giora schritt energisch aus und war guter Dinge. Er zeigte Aaron einen alten, zerfledderten Ausschnitt aus der Zeitschrift *Für die Frau*, den er stets in der Hosentasche aufbewahrte: »Das Schaumgummi, das bisher als Einlage von Büstenhaltern diente, macht neuen Materialien Platz: in Karos genähtes Dakron, oder Büstenhalter, denen eine hauchdünne Schicht von Fiberglas Form verleiht.« Das war auf der Ben-Jehuda-Straße, und Aaron ging in eine Telefonzelle und rief seinen Vater bei der Arbeit an. Wenn du dort schon wie ein kleines Mädchen heulst, was wirst du dann erst beim Militär sagen, fragte ihn sein Vater, in letzter Zeit erwähnte er immer wieder mit einer merkwürdigen Schadenfreude, was Aaron beim Militär erwartete, wo man endlich einen Mann aus ihm machen würde. Giora, der vor der

Zelle auf ihn gewartet hatte, las sofort weiter: »Die neuesten Büstenhalter des Modeschöpfers Rudi Gangreich, der den Monokini kreierte, werden diesen Sommer in drei verschiedenen Farbtönen erhältlich sein: schwarz, weiß und hautfarben.« Aaron blieb stehen und sah ihn müde an. Giora grinste und sagte, daß er bei dem letzten Teil, dem mit der Hautfarbe, innerhalb von einer Sekunde spritzen könne, und dein Kumpel leiht dir die Zeitung jederzeit. Aaron lehnte höflich ab, und Giora faltete die Seite sorgfältig zusammen, steckte sie in die Tasche zurück und redete weiter und erklärte Aaron, was Neunundsechzig ist und daß Frauen zwei Löcher in der Möse haben, eins zum Pissen und das andere für die Hauptsache, doch Aaron hörte kaum noch zu, da er spürte, daß sein ganzes Reden und Zwinkern auf etwas anderes, noch Unklares gerichtet war. Giora stieß ihn mit einem komplizenhaften Grinsen an, auch Frauen haben Zeichen, um zu zeigen, daß sie geil sind, sagte er, wenn sie ganz schnell mit den Wimpern klimpern, so, dann ist das ein Zeichen, und wenn sie sich von einer Seite zur anderen schnell die Lippen lecken, ist das auch ein Zeichen. Und Frauen, die sich eine Feder an den Hut stecken, sind total geil. Er erzählte ihm von einer Marokkanerin aus seiner Nachbarschaft, die die Matratze der halben Straße war und dann mit einem Touristen verheiratet wurde, in der Hochzeitsnacht hatte sie in ihrer Handtasche eine lebendige Taube versteckt, der sie, ohne daß es der Ehemann merkte, den Hals umdrehte, um das Laken rot zu färben. Aaron vertiefte sich in Gioras Gesicht, konnte jedoch nicht feststellen, was es war, vielleicht nur eine Trübung, eine leichte Aufrauhung der Gesichtshaut oder formlose Flecken, die zu beiden Seiten des Mundes auf den Wangen lagen, Hautflächen, die plötzlich wie zu Wachs geronnen schienen, als gehörten sie nicht zu Giora, als wären sie tot; Giora bemerkte seinen Blick und wollte ihm helfen, ihm seine rätselhaften Anspielungen noch mehr erläutern: Und wenn eine Frau ein dünnes Goldkettchen um den Fußknöchel trägt, dann ist das ein sicheres Zeichen, daß sie lesbisch ist. Und wenn eine plötzlich Pickel im Gesicht hat, dann ist das ein Zeichen, daß sie ihre

Tage hat. Er sah Aarons Blick, und ein gemeines Lächeln erschien auf seinem Gesicht, laß mal, entzog sich Aaron, laß uns ans Meer gehen und deine Freunde treffen, und er hoffte, daß sich Gioras Zotigkeit dort ein wenig legen würde, aber gerade dort wurde alles noch viel schlimmer. Die Tel Aviver Kinder hatten sich sehr verändert. Einige rauchten ganz ungeniert. Und ließen Sprüche los, die, mit ihren neuen Stimmen, noch provozierender und aufreizender klangen. Aaron stand wie ein Trottel da und spürte, daß sie sich um ihn bemühten wie um einen älteren Onkel oder einen Touristen, der die Sprache nicht verstand. Er wünschte sich, daß wenigstens Gideon ihm treu bleiben und daran denken würde, jeden Tag die Tabletten zu nehmen, die Aaron ihm für seine Augen dagelassen hatte, aber jedesmal, wenn er an ihn dachte, durchzuckte ihn die Erinnerung an seinen letzten Tag in Jerusalem, den Tag nach den Zeugnissen, beide hatten als Notendurchschnitt ein ›sehr gut‹, die Tradition war gewahrt worden, und Zachi Smitanka zog auf ihrem Felsen ein Taschentuch aus der Hosentasche und zeigte es stolz Gideon; bei mir ist es noch nicht so gelb, flüsterte Gideon rasch und warf Aaron einen verschämten Blick zu, den Blick eines schlechten Gewissens; zeig's mir auch, zeig's mir auch, hüpfte Aaron hinter den beiden von einem Bein aufs andere und versuchte einen Blick auf das Taschentuch zu werfen; Zachi drehte sich kurz zu ihm um, hielt es ihm flüchtig hin und steckte es gleich wieder ein; in letzter Zeit hat er ein wirklich ekelhaftes Selbstbewußtsein bekommen und behandelt einen nur noch mit Verachtung, es gibt kein anderes Wort dafür, mit Verachtung und mit Haß, als habe er seit Jahren schweigend und zähneknirschend auf diese Gelegenheit gelauert, aber warum, warum rächen sie sich jetzt alle; Mensch, wirklich, laß sehen, rief Aaron und streckte die Hand aus; heh, heh, warnte Zachi mit einem Lächeln, nicht die Ware anfassen! Aaron hätte ihm beinah gesagt, daß er auch ein Geheimnis habe, einen Schatz, den er ihm im Austausch dafür zu zeigen verspreche – den ersten Milchzahn, der ihm ausgefallen war, oder vielleicht gerade den letzten, den, der sich geweigert hatte auszufallen –, verstummte aber noch rechtzeitig. Gideon wollte den gelblichen harten Fleck in der Mitte des Taschentuchs noch einmal sehen und fragte mit verschämtem Interesse, ob es denn nicht weh tue, wenn es herauskomme; Zachi gab ein langsames, anhaltendes Kichern von sich und sah ausgerechnet Aaron an, als er mit Filmstimme sagte, daß es weich und irre sei, wenn es herauskomme; laß mich anfassen, laß mich anfassen, bettelte Aaron, der keine Rücksicht mehr auf seine Ehre nahm, und Zachi riß sperrangelweit den Mund auf und sagte: Hoppla! Afrika erwacht, er hielt Aaron blitzschnell das Taschentuch hin, das ist eins von gestern, ganz, ganz frisch, gnädige Frau, und zog es ihm gleich wieder vor der Nase weg, und Aaron lief ihm nach, stolperte und strauchelte über Steine und Sträucher und hielt die Augen auf das Taschentuch geheftet; das sieht wie irgendein neuer Stoff aus, versuchte es Aaron in seiner Not, und Zachi fing an zu lachen und zeigte ihm den Vogel, und Gideon kehrte ihnen den Rücken zu, und seine Schultern begannen vor angestrengter Zurückhaltung zu zucken; vielleicht sollten wir ihn für den Nobelpreis für Physik vorschlagen, rief Zachi ausgelassen, während er Aaron im Kreis herumführte; woher hast du das, fragte Aaron und wußte, daß er sich zum Gespött machte und alles immer schlimmer wurde; es gibt eine Menge von dem Zeug, kreischte Zachi vor Vergnügen, vielleicht möchtest du die geheime Fabrik sehen; ich möchte es anfassen, nur anfassen, flehte Aaron und hörte häßliche Laute der Zurückhaltung zwischen Gideons Lippen, und dann hörte Zachi auf zu lachen. Mit langsamer, einladender Geste reichte er Aaron das Taschentuch und erlaubte ihm, es anzufassen. Aaron legte seinen Finger auf den klitzekleinen, harten Fleck. Als er ihn berührte, begriff er alles, sein Finger zitterte auf dem Fleck, einen Augenblick lang war seine Schmach vergessen, und der Fleck gehörte nicht dem dummen Zachi. Er hütete sich mit Gewalt, mit der Würde des stolzen Bettlers, sich diesen Moment zu verderben.

Doch nun saß er angezogen zwischen den halbnackten Tel Aviver Kindern und hörte ihnen mit hohlem Lächeln zu. In der Bande, die im vergangenen Jahr ausschließlich aus Jungen bestanden hatte, waren jetzt auch Mädchen. Wenn sich die Jungen miteinander unterhielten, boxten sie sich aus heiterem Himmel genau in den Bizeps, wo es am meisten weh tat, doch zum Glück machte das niemand mit Aaron. Neben ihm versuchten zwei Jungen flüsternd, Giora zu überreden, ein Huhn aus Gutsches Tiefkühlfach zu stehlen, und erinnerten ihn daran, daß bis jetzt jeder ein Huhn geklaut und nach Gebrauch wieder zurückgelegt hatte, ohne daß irgend jemand etwas gemerkt hätte. Aaron stand auf, ging zum Wasser und befühlte die ungültige Münze in der Hosentasche. Hinter ihm begann ein Junge das Lied ›Taschen-Pingpong‹ zu summen, genau wie Zachi, und die ganze Bande grölte vor Lachen. Aaron ging weiter zum Wasser, wie kommt es, daß alle im ganzen Land genau die gleichen Dinge kennen, sagen und machen, als wären sie an ein und denselben Strom angeschlossen, dann fiel ihm der Satz ›die Vögel des Himmels tragen die Stimme fort‹ ein, und sofort, wie um sich zu ärgern, mußte er an ein gefrorenes, gerupftes Huhn mit zusammengebundenen Beinen denken und an das runde Loch, das unten klaffte, und wie die Hand der Mutter in das Loch eindrang und bohrte und mit blutigen Händen den Brei der Gedärme herausriß; er schüttelte wütend den Kopf und schleuderte dieses Bild mit aller Kraft in die Welle, die gerade zurückrollte, nahm die ungültige Münze aus der Tasche und bereitete sich darauf vor, sie ins Meer zu werfen: auf daß du in den schwärzesten Tiefen versinkst und nie mehr auftauchst, Amen, doch plötzlich kam jemand und stellte sich neben ihn, Giora, und Aaron schaffte es gerade noch, die Münze in seiner Hand zu verstecken.

Reg dich nicht auf über diesen Unsinn, kicherte Giora, obwohl die Sache mit dem Huhn ursprünglich seine Idee gewesen sei, so ein Geistesblitz, und er sah Aaron an, als sei das Wort ›Geistesblitz‹ eine versteckte Stichelei gegen ihn, ein Teil einer heimlichen Rache, doch Aaron war in diesem Augenblick über den Gedanken beunruhigt, ob er sich dadurch, daß er die Fotos mit siebzigprozentigem Alkohol von den großen, fettigen Fingerabdrücken gereinigt und sie desinfiziert und poliert hatte, dem fremden Agenten verraten habe; er versuchte mit aller Gewalt, auch diese quälende Frage in die ablaufenden Wellen zu werfen, doch Giora, der ebenfalls auf die Wellen schaute, ließ nicht lokker und erzählte ihm von der Regel der italienischen Fußballspieler, am Abend vor dem Spiel keine Frau zu bumsen, um keine Kraft zu verlieren, zum Beispiel Gianni Rivera, der Star der Mannschaft, Aaron wich einen klitzekleinen Schritt zurück, damit seine Schuhspitzen nicht naß wurden, mit dem geht es seit der Verlobung mit dieser heißen Schauspielerin immer mehr bergab, man muß sich einfach mit aller Kraft aufs Meer konzentrieren und ihn und sein Geschwätz nicht beachten, dachte Aaron und versuchte wieder mit aller Gewalt, die schlechte Laune, die sich in letzter Zeit in seiner Seele angestaut hatte, mit den Wellen fortzuschicken, wochenlang hatte er nach den Bildern gesucht, in allen Ecken des Hauses hatte er gestöbert, bis er sie auf einmal entdeckte – und über die Unverfrorenheit und Kaltblütigkeit des Agenten, der sie auf dem Boden von Vaters Werkzeugkasten versteckt hatte, staunte, es war zum Verrücktwerden, in den Werkzeugkasten hatte er sie getan, in den Werkzeugkasten, an dem sich der Vater mindestens einmal am Tag zu schaffen machte, weil es jeden Tag irgend etwas zu richten und in Ordnung zu bringen gab im Haus, ein Glück, daß der Vater ein Talent dafür hat und alles selber reparieren kann, daß er das Haus in Schuß hält, Elektrokram und Wasserhähne und Jalousien, eine Schraube lockert man rechtsherum, eine ausgebrannte Glühbirne dreht man entgegen dem Uhrzeigersinn aus der Fassung, so, wie man einen Wasserhahn aufdreht, früher wußte er das alles, ohne auch nur eine Sekunde nachzudenken, nimm es, nimm es fort von mir, Welle, und Giora stand neben ihm und erzählte mit einer Stimme, die den Lärm der Wellen übertönte, von einem aus der Bande, Arnon Schielauge, dem es zum ersten Mal in seinem Leben gelungen sei, die Hand auf ein Mädchen zu legen, doch als sie ihm sagt, daß sie zwar auch gerne will, aber leider ihre beschissenen Tage hat, hat er sie getröstet, daß sie doch gar keinen Grund hat, so zu denken, weil das Leben doch eigentlich ganz schön ist, Giora lachte, wandte aber trotzdem sein Gesicht keinen Augenblick von den Wellen ab, als wollte er sie hypnotisieren, damit sie immer wieder zum Ufer zurückkehrten, und Aaron neben ihm: weg mit euch, haut ab, und wie die Fotos dann aus dem Werkzeugkasten verschwanden, nach einer Woche irrsinniger Sucherei wieder auf dem Boden der Schublade unter Vaters Papieren und Quittungen auftauchten und von dort in die Erste-Hilfe-Tasche in Vaters Reservedienst-Rucksack verlegt wurden; als Aaron sie dort entdeckte, betete er, daß es in der nächsten Zeit keinen Krieg gab, aber das Weib bleibt stur und sagt, Mensch, ich hab wirklich die beschissenen Tage, aber Schielauge diskutiert und diskutiert, sie soll doch nicht so pessimistisch sein; Aaron stöhnte laut, die Wellen, die Giora zurückhypnotisierte, wurden immer stärker und frecher und trüber, und je weiter er mit winzigen Schritten zurückwich, desto mehr jagten sie ihm nach und stürzten sich mit ihrem ganzen Dreck, mit Algen und Plastiktüten und allem möglichen ekligen Zeug auf seine Schuhe, und Giora sagte, gleich fängt die Flut an, und Aaron warf ihm sofort einen kurzen Blick zu, um zu sehen, ob er auf irgend etwas anspielte, auf einen Vorfall im vergangenen Jahr, als das Meer plötzlich stürmisch geworden war, weil er insgeheim den Verdacht hegte, daß damals, unter Wasser, das Problem bei ihm angefangen hatte, vielleicht war nicht genug Luft in sein Gehirn geströmt, aber er traute sich nicht zu fragen, weil er die ganze Zeit befürchtete, daß Giora ihm auf etwas anderes antworten oder ihm irgendein unanständiges, ansteckendes Geheimnis verraten würde, auf das er anscheinend die ganze Zeit zusteuerte mit seinen Anspielungen und seinem Grinsen und den wie Kork aussehenden Flecken auf den Wangen und um seinen Mund, daß er ihn mit seinem ganzen Gesicht, das dick und rötlich geworden war vor lauter Kichern, auf etwas aufmerksam machen wollte, und Aaron steckte die Münze heimlich in die Hosentasche zurück, weil er wußte, daß Giora sie auf irgendeine Art und Weise wieder aus dem Meer zurückbrächte, und sagte matt, ich geh jetzt nach Hause und ruh mich ein bißchen aus. Komm, sagte Giora, ich begleite dich.

Sie gingen durch die von der Hitze betäubten, fast menschenleeren Straßen, Aaron schleppend und mit gesenktem Kopf und Giora mit schnellen, ausholenden Schritten, um weiterzukommen, zu erobern, zu verschlingen; und wenn eine Frau plötzlich mit ihrer Tasche in der Hand das Zimmer verläßt und auf die Toilette geht, dann ist das nicht einfach, weil sie austreten will, sondern weil sie Watte für ihre Tage in der Tasche hat, und er warf Aaron einen Blick zu, kicherte und sah wieder so aus, als versuche er, Aarons Dumpfheit zu sprengen, um etwas einzuschleusen, eine offenbar wichtige und vielleicht gefährliche Mitteilung, man kann nie wissen, aus welcher Richtung es einen trifft, alles und jeder eine kann sich plötzlich als etwas anderes, Fremdes entpuppen, und Aaron verschloß sich wieder, I am denking, zog sich tief in sich zurück und dachte über die Dinge nach, die sich ihm gezeigt hatten, als er in allen Ecken des Hauses nach den Fotos suchte, die immer wieder aufgetaucht und verschwunden waren, der bunte Kugelschreiber zum Beispiel, den er in einem alten Brillenetui in einer Schublade des Krippale in der Speisekammer fand, in dem ein Mädchen in einer Flüssigkeit schwamm, wenn man den Kuli senkrecht hielt, fiel ihr Oberteil herunter und ihr Busen wurde sichtbar. Und an einem anderen Platz fand er alte, vergilbte Fotografien seiner Großmutter Lili, und auf der Rückseite der Fotos stand etwas in polnischen Buchstaben, auf einem umarmte Großmutter Lili im Badeanzug einen fremden, halbnackten Mann, der leidenschaftlich und herrisch ihre Hüfte umschlang, in ihren Augen und auf den Lippen, die sich dem Mann öffneten, war etwas Unerträgliches. Es gab auch Fotos von ihr auf einer Bühne, die Großmutter in schwarzen Schuhen mit Absätzen und in einem gewagten, frühlingshaft geblümten Kleid, und im Mund eines Herrn aus dem Publikum, der sie anstarrte, schimmerte ein feiner Speichelfaden. Ganz hinten im Medizinschrank, auf der Seite der Mutter, fand er einen schwarzen, weichen Büstenhalter mit Blümchenmuster, den er nicht kannte, obwohl er manchmal in ihrem Zimmer war, wenn sie sich auszog, sie schickte ihn nie hinaus, ihre Brüste waren klein und weiß, und er schaute sie verstohlen an; sie erschienen ihm wunderbar, und er hätte ihre weiche Schwere oft gern an seiner Wange gespürt, doch sie ging mit ihnen um, als zöge sie einen anderen Menschen an, und stopfte sie mit einer ungeduldigen Gebärde in den Büstenhalter. Zwischen den Häusern der Ben-Jehuda-Straße wurde kurz ein dünner hellblauer Streifen sichtbar. Aaron blieb unvermittelt stehen, als hätte jemand entschieden und befehlend seinen Namen gerufen, und begann in Richtung Meer zu gehen. Giora sah ihn an und lachte, Dussel, du gehst ja in die verkehrte Richtung. Egal, murmelte Aaron mit zusammengekniffenen Lippen, er hatte das Gefühl, als ob er gleich das ganze Mittagessen erbrechen müßte. Sie gingen also zum Meer zurück, und Giora deklamierte an seiner Seite mit lauter Stimme die Sprüche, die Meirke Blutreich so gerne auf seine Schulhefte schrieb, es gibt nichts, was dem Willen widersteht, aber es gibt etwas, das der Wille zum Stehen bringt, und so weiter, und er verriet ihm auch, daß sich die japanischen Sumo-Ringer von Kindheit an darin übten, ihre Hoden nach innen zu drücken, in den Bauch, damit sie keine Schläge abbekamen, und von all dem Unsinn, den Giora redete, hörte sich gerade dieser Satz wahr und richtig an, interessant, von welchem Alter an man wohl mit solchen Übungen anfangen kann, und Giora war nicht zu bremsen und meinte, er könne allein anhand des Geruchs erkennen, ob eine Frau, die auf der Straße an ihm vorbeigehe, geil sei oder nicht, Aaron schleppte sich mit zusammengepreßten Beinen und winzigen Schritten hinter ihm her und fächelte sich mit der Hand Luft zu, hoffentlich bin ich am Meer, bevor es hier eine Überschwemmung gibt; das Päckchen fettiger, nach Medizin riechender Gummis, das er sorgfältig zusammengefaltet in einem der Armeestrümpfe seines Vaters gefunden hat, das Versteck mit den Ausgaben der Wochenzeitschrift *Diese Welt* auf dem Speicher in der Toilette, die oberste Ausgabe auf dem Stapel war von vergangener Woche und ein halbes Kreuzworträtsel in Mutters Handschrift ausgefüllt, ein alter Brief von Sehava, Jochis bester Freundin, die mit ihren Eltern nach Amerika ausgewandert war und ihr von dort ein auf ein Blatt Papier geklebtes schwarzes, stark gekraustes Löckchen geschickt und stolz danebengeschrieben hatte: »Meine erste Locke!« – das alles waren kleine, belanglose Dinge, und jedes einzelne war für sich betrachtet weder eine Drohung noch ein allzugroßes Rätsel, aber ihre Zusammensetzung war ebenso fremd und ihre gemeinsame Heimlichkeit genauso beängstigend wie die bedrükkende Erkenntnis, daß irgendwo im Hintergrund des Hauses ein schwarzes metallenes Netz gespannt war, in dem sie alle gefangen waren, sich wanden und im Dunkeln und in aller Heimlichkeit und Schande und furchtbarer Einsamkeit das bezahlten, was sie – anscheinend – schuldig waren, jetzt nicht daran denken, die Zeit wird noch kommen, er ist jetzt in keiner guten Phase, noch ist Zeit! Er rannte jetzt fast zum Meer. Giora immer vor ihm, sein Gang energisch, die Nase nach vorne gestreckt. Er geht schon richtig wie Onkel Ephraim, dachte Aaron. Da, die ist geil, sagte Giora, als eine Frau mit einem bunten Federhut an ihnen vorbeikam, Schlaumeier, sagte sich Aaron, er weiß es wegen der Federn, und die ist auch geil, sagte Giora, aber diesmal gab es keine Federn, und die auch, und die auch. Es stellte sich heraus, daß alle geil waren. Die beiden gingen jetzt fast im Laufschritt und irrten zwischen zerfallenden, von Feuchtigkeit zerfressenen Häusern durch enge Gassen, bis sie schließlich am Strand standen, der übersät war mit Plastiktüten und Zigarettenstummeln und leeren Bierflaschen, die aus dem Sand hervorschauten. Giora wandte sich sofort von Aaron ab, bohrte seine Augen in die Wellen, als wollte er sie zu sich herziehen, und erklärte Aaron, daß Männer mindestens dreimal pro Woche bumsen müßten, sonst würden sie vor Überdruck platzen; Aaron wehrte ab, so gut er konnte, doch Giora gab nicht auf, es gibt einen Reim auf englisch, den du unbedingt lernen mußt, if you want to be a brother, put your father on your mother, und plötzlich sprach er mit einer anderen Stimme, ruhig und gespannt, als nähere er sich behutsam irgendeiner Sache, als wollte er Aaron mit Andeutungen und Pfeilen und Heiß-und-Kalt auf etwas hinweisen, als sollte Aaron endlich irgend etwas begreifen oder gestehen, aber was, und Giora verzog ungeduldig das Gesicht und fügte mit der vorsichtigen, tastenden Stimme hinzu, daß eine Frau, die man in der Nacht bumse, am Morgen singe, das sei bekannt, sagte er, und eine hühnerhafte Einfalt stand ihm im Gesicht. Aaron schaute ihn flehend an, sag endlich, verrat endlich, worauf du anspielst, aber Giora sah ihn nicht an, sondern heftete seinen Blick eisern auf die Wellen und fing an, mit den Fingern zu knacken, ein Knöchel nach dem anderen, Aaron schauderte, und einen Augenblick lang konnte er sich vorstellen, wie Giora seine Finger einzeln auseinandernahm, sie mit einem Knacken einen nach dem anderen aus der Hand riß, danach die Gelenke seiner Hände und Arme abtrennte und ordentlich in den Sand legte, dann die Schultergelenke und die Wirbel des Rückgrats ... ja: alles schien plötzlich zerlegbar, abschraubbar, austauschbar auf eine absolute und anonyme Weise, und mit erstickter, verzweifelter Stimme stammelte er, er habe tatsächlich einmal gehört, daß, eh, daß sie, das heißt seine Mutter, am Morgen singe.

Giora sah ihn an und machte Augen wie ein Raubtier. Das Meer war vergessen, es beruhigte sich und zog sich zurück. Aaron bereute, daß er nachgegeben und es verraten hatte. Und noch dazu wie! Giora stand nun dicht neben ihm und fragte: »Jeden Morgen? Wirklich jeden Morgen? Und was singt sie? Eh? Was?« Aaron merkte, daß er etwas Kostbares beschmutzte, doch seine Schwäche und Verwirrtheit und auch sein Ärger darüber, daß man ihn so im Stich gelassen hatte, überwältigte ihn. Immer wenn sie morgens die Jalousie in meinem und Jochis Zimmer hochzieht, erzählte er, singt sie ›Der Morgen naht, die Arbeit ruft‹. Giora schüttelte den Kopf wie ein Lehrer, der einem begriffsstutzigen Schüler anzudeuten versucht, daß das nicht die richtige Antwort sei, sie aber, wenn er sich nur noch ein klein wenig anstrengt, bestimmt herausfinden wird. »Ehrenwort, genau das singt sie.« »Aber wenn sie das jeden Morgen tut«, sagte Giora ernst, »dann kann es nicht vom Bumsen sein.« Aaron war abgestoßen von der Art und Weise, in der über seine Eltern geredet wurde. »Aber«, rief Giora mit triumphierender Freude, wie um Aaron, der dem Schatz immer näher kam, zu ermutigen, »aber vielleicht gibt es Tage, an denen sie etwas anderes singt?« Aaron überlegte, und plötzlich spürte er wieder die Welle, die in ihm schäumte und gleich hochsteigen und endlich erbrochen werden würde, vielleicht würde er sich dann ein wenig erleichtert fühlen. »Ja … manchmal singt sie, na, was aus Opern … Aus *Carmen* …« »Hör auf, mich zu verarschen!« brauste Giora auf. »Woher kennt sich deine Mutter mit Opern aus?!« »Aber das ist eine Oper, die sie wirklich mal gesehen hat«, wehrte sich Aaron, »bevor sie geheiratet hat … sie hat sie hier in Tel Aviv gesehen …« Und wie aus dem Meer stieg vor seinen Augen groß und grinsend das Gesicht seines Vaters auf, doch es grinste nicht ihn an, sondern sie, ja, genauso sieht er aus, wenn er die Mutter verspottet, die ihre enttäuschte Opernliebe beweint, als wollte sie auf diese Weise ihre wahre Natur verleugnen, und wie sehr sich Aaron auch bemühte, das Gesicht seines Vaters auszulöschen, vor allem den Vater wollte er jetzt nicht sehen, so deutlich spiegelte er sich trotzdem zwischen den Wellen: eine riesige zerknitterte Plane, die abwechselnd auftaucht und wieder versinkt. Wie er ihr zuhört, wenn sie zum tausendsten Mal erzählt, wie sie sich von ihren dürftigen Ersparnissen eine Busfahrkarte und eine Eintrittskarte für die Oper kauft, das war in den Tagen vor der Staatsgründung, noch bevor sie den Vater kennenlernte, der in den Straßen Jerusalems verhungerte, in den Tagen, als die Fahrt nach Tel Aviv noch lebensgefährlich war, und schon sieht Aaron Vaters zusammengekniffene Augen, die auf den Moment lauern, in dem sich ein Hauch von Sehnsucht auf das Gesicht der Mutter legt; und sie beschrieb mit zarter, angenehmer Stimme die prachtvollen Stühle im Opernhaus am Meeresufer, den Samtvorhang – Aaron murmelte die Wörter mit den Lippen nach, sie war so sanft und hübsch, wenn sie Samt sagte, die eleganten Abendkleider und die riesigen Hüte der Schlachta und der Jekketes, der feinen polnischen und deutschen Damen; und auf einmal war ein boshaftes Funkeln in Vaters Augen: »Eure Mutter ist gar nicht so, wie ihr denkt«, kicherte er plötzlich, »in Wirklichkeit ist sie eine Intelligenzlerin! Wenn sie mich nicht geheiratet hätte, wäre sie heute jemand Wichtiges und in der Boheme, wie, wie, wie Beethoven, oder Mozart, oder diese Schauspielerin ... Rubina.« »Wenn du irgend etwas nicht verstehst«, erregte sich die Mutter, »denkst du gleich, daß es Betrug ist; es gibt alles mögliche, was man genießen kann! Nicht alle sind so wie du!« »Klaaar! Sie genießen es, fünf Stunden lang dazusitzen und die ganze Zeit nur hihohiha hihohiha zu hören!« Und dann beugt sich der Vater vor, dicht vor ihr zurückschreckendes Gesicht, und beginnt häßlich zu wiehern und das Gesicht zu verziehen, hihahiho! Wie um irgendeine Verräterin daran zu erinnern, wer sie in Wirklichkeit ist, aus welchem Stoff sie gemacht ist, und er lächelt sie an, aber in seinen Augen ist keine Heiterkeit, als stünden harte Dinge zwischen den beiden, hihahoho! Hihohaho! Er kommt mit seinem Gesicht immer näher, bis die Mutter anfängt nachzugeben, die weniger harten Muskeln in ihrem Gesicht beginnen zu zittern und zu zucken wie die Angehörigen eines wilden Stammes, die dem verlockenden Rhythmus nicht widerstehen können, wenn die uralte Trommel geschlagen wird. Hihahoho! schnarrt der Vater, hihohahi!, wie ein Wildesel, der den Schwanz aufrichtet und brüllt, und Aaron schaut die Mutter an und betet, gib ihm diesmal nicht nach, laß dich nicht von ihm besiegen, aber durch die Tränen ihrer Wut und Schmach hindurch beginnt sie schon zu lachen, bereitet sie sich schon auf ein Geständnis ihrer Anmaßung vor, ihrer elenden Absicht, zu desertieren, sich die Pfauenfeder in den Kamm zu stecken. Und Aaron neben ihr, im Stich gelassen, ihr Gesicht dicht an Vaters Gesicht, und auch ihrer Kehle wird jetzt dieses Schluchzen, dieses Eselsgebrüll entrissen, hihohiha, blökt sie matt durch ihren Schluckauf und ihre Tränen, besiegt und unglücklich über ihren Verrat an *Carmen*, hihohiho, wird sie immer wieder vor ihm auf die Knie gezwungen, und dann nähern sich die Gesichter der beiden, die Gesichter von Mutter und Vater, die Gesichter von zwei Wilden, und einen Augenblick, einen fremden und furchtbaren Augenblick lang, sieht Aaron, sieht er mit eigenen Augen die rauhe, innere Saite, die sein Vater zu zupfen versteht. »Und sie singt wirklich aus

Opern, deine Mutter?« hört er Gioras Stimme aus der Ferne kommen, »um sieben Uhr morgens?«

Schlagartig wurde ihm alles klar: die Hände seines Vaters erhoben sich wasser- und algentriefend vor seinen Augen aus den Wellen, gewaltige Hände, die einmal wie die Hände eines Affenmenschen gewesen waren, er sah die Finger, die tröstend über seinen, Aarons, Kopf strichen, die Wunden des Feigenbaums berührten und fettige Abdrücke hinterließen, ja, auf den Fotos, und Giora, der mit größter Aufmerksamkeit die inneren Zweifel und Windungen auf Aarons bebendem Gesicht verfolgt hatte, sagte nun mit einem Anflug von Ehrfurcht: »Hör mal, dann ist dein Vater ja ein echter Hammer.«

Mit brüllendem Zorn stürzte sich Aaron auf ihn, um ihn zu verprügeln. Giora wich einen Augenblick erschrocken zurück, aber dann begann er ihn kichernd und mit vorgetäuschter Angst zu foppen, den kleinen Aaron, der vor ihm herumhopste, hielt ihm die Hand hin und zog sie flink zurück, schlug ihm ab und zu von oben auf den Schädel, jedesmal einen harten, schmerzhaften Schlag, der nichts Spielerisches oder Spaßhaftes mehr hatte, einen grausamen, eiskalten Mordshieb, um ihn an ein paar Dinge zu erinnern, und deklamierte dabei im Takt ›ein Vogel vögelte ein Vögelein‹, und Aaron drehte sich wie betrunken mit zu kurzen Armen und Beinen und blind vor Tränen im Kreis, noch nie hatte ihn jemand bei einer Schlägerei besiegt, noch nie hatte er wirklich Angst gehabt, noch nie hatte jemand in der Klasse gewagt, sich mit ihm anzulegen, und als er acht Jahre alt war, hatte er Zachi auf der Straße flachgelegt, so hatte ihre Freundschaft eigentlich angefangen, Zachi hatte seitdem richtig an ihm geklebt, aber jetzt macht ihn Giora im Schnellkurs mit allem bekannt, was ihn erwartete, mit der Vorsicht und der berechnenden Vermeidung von Gefahren, mit dem Sich-Einschmeicheln bei Muskelprotzen, der demütigenden Selbstverspottung mit schiefem Grinsen und der Dürftigkeit seiner eigenen Kraft – mit einer abrupten Bewegung fing Giora ihn von hinten, bog ihm den Arm um, warf ihn mühelos in den Sand und setzte sich ihm auf den Rücken. Aaron stockte der

Atem nicht wegen des Gewichts, sondern weil er schlagartig von der Erkenntnis zerschmettert wurde, daß sich ein solches Gewicht überhaupt in einem Jungen seines Alters befinden konnte.

»Bitte um Entschuldigung.«

Aaron verbarg sein Gesicht im warmen Sand und unterdrückte die Tränen.

»Bitte um Entschuldigung.«

Der Schmerz in seinem Arm war unerträglich. Er wird mir noch den Arm brechen, und dann werden sie mich vielleicht wieder nach Hause nehmen.

»Sag mir nach« – Gioras Gesicht war dicht neben dem seinen –: »If you want to be a brother, put your father on your mother.« Sein Gesicht war rot, rot vor Hohn und Haß. Warum haßt er mich. Was habe ich ihm getan.

»Ich schwör dir, ich bring dich auf der Stelle um. Sag es nach.«

Aaron schwieg. Ein neues Gefühl schwoll in ihm an wie eine Giftblase: Schadenfreude über sich selbst. Über seinen Körper. Soll man ihm ruhig weh tun. Soll man ihn ruhig zerschmettern. Ihn foltern.

»If you want to be a brother ...«

Geschieht ihm recht, geschieht ihm recht. Weil er seine Eltern an Giora verraten hatte. Weil er sich unwidersprochen Gioras Unsinn angehört hatte. Wegen allem. Wegen all seinen Fehlern, von Anfang bis Ende, ein Fehler nach dem anderen, er selbst war ein Fehler, in den großen und in den allerkleinsten Dingen, wie zum Beispiel, daß er nicht mit dem Vater zu Peretz Atias gehen wollte, um bei ihm im libanesischen Fernsehen Catch zu sehen, vielleicht hätte er dort ein paar Tricks gelernt, obwohl ihn diese aufgeblähten Riesen abstießen, alles rächte sich jetzt an ihm, und Giora half dabei.

»Sag es mir nach, oder ich mach dich auf der Stelle fertig ...«

Aaron schrie auf vor Schmerz. Der Arm schien wie abgeschnitten. Direkt neben der linken Schulter. Giora erschrak und sprang auf. Kam langsam zurück, um nachzusehen, ob

Aaron noch lebte, und lief davon. Aaron blieb noch ein paar Augenblicke liegen. Leer, ohne Gedanken, der Kopf im schmutzigen Sand. Am Ufer wirbelten ein paar Vogelfedern auf. Mit einem geöffneten Auge sah er die Wolken, die sich rosa zu färben begannen. Vielleicht würde er sich später einmal nach einem solchen Augenblick sehnen, wenn er einsam und frierend über die verschneite Taiga floh und den Verstand im Herzen der gleichgültigen Eisöde verlor. Er schloß die Augen.

Schließlich erhob er sich, bewegte mit großer Mühe vorsichtig seinen schmerzenden Arm. Wenigstens hatte er sich nicht entschuldigt. Wenigstens hatte er den Reim nicht laut nachgesprochen, sich nicht den Mund schmutzig gemacht. Er klopfte sich den Sand ab, er würde Judo lernen müssen, drei, vier Tricks würden genügen. Mit weichen Knien schleppte er sich zum Haus von Gutsche und Ephraim.

Nach fünf Wochen, am Ende der siebenundfünfzigtägigen Ferien, kehrte Aaron nach Hause zurück. Auf dem Busbahnhof von Tel Aviv sammelte er ergeben und dumpf zwanzig gebrauchte, schmutzige Busfahrkarten vom Boden auf.

Auf der Heimfahrt, während die eintönig gelbe Landschaft vor seinen Augen zurückrollte, dachte er über seine Bar-Mizwa nach, die in wenigen Monaten, zu Beginn des Winters, stattfinden würde, und über die zahlreichen Gäste, die kommen würden, um ihn sich aus unmittelbarer Nähe anzuschauen. Der Autobus begann das schmale Tal von Bab-el-Wad hinaufzurattern, und die dickleibige Fromme, die neben ihm saß und ihn verdrießlich aus den Augenwinkeln beobachtete, wandte sich plötzlich an ihn und meinte ärgerlich, er solle das Fenster öffnen, es sei stickig hier. Er versuchte es zu öffnen, schaffte es aber nicht, seine ganze Kraft war erschöpft; daraufhin streckte die Dicke links und rechts von ihm ihre kräftigen behaarten Arme aus und öffnete das Fenster mit einem Ruck. Trotz der frischen Luft fiel ihm das Atmen schwer. Er öffnete den obersten Hemdknopf, fühlte sich aber noch immer nicht erleichtert. Die hohen Berge umschlossen ihn von beiden Seiten, und der Schrott von verrosteten Panzerwagen am Straßenrand verschwamm vor seinen Augen. Die Frau beugte sich zu ihm und fragte mit lauter Stimme, ob er sich nicht wohl fühle. Auch der Fahrer betrachtete ihn unter seiner Schirmmütze hervor mit vorwurfsvollen Augen im Spiegel, und die Fahrgäste begannen zu tuscheln; sie verdächtigten ihn, das Andenken an die Gefallenen nicht gebührend zu ehren. Er versuchte, sich mit aller Gewalt zu beherrschen, um ihnen zu beweisen, wie patriotisch er war, aber das Rütteln des Busses setzte ihm so zu, daß er es gerade noch schaffte, die braune Papiertüte aus dem Koffer zu nehmen, die Tante Gutsche ihm genau dafür mitgegeben hatte. Die Frau neben ihm erhob sich, raffte ihr Kleid und setzte sich auf einen anderen Platz. Aarons Gesicht brannte. Auf dem Busbahnhof in Jerusalem verbarg er sein Gesicht in der Tüte, bis der letzte Fahrgast ausgestiegen war, und dachte plötzlich, daß die Eltern schon seit ziemlich langer Zeit nicht mehr die große Anleihe erwähnt hatten, die sie aufnehmen wollten, um seine grandiose Bar-Mizwa zu finanzieren.

10

Drei Tage nach seiner Rückkehr lieferten die Eltern Großmutter Lili ins Krankenhaus Hadassa ein. Sie hatten es in aller Heimlichkeit geplant, nicht einmal Jochi verrieten sie etwas. Den Ambulanzwagen bestellten sie für den Nachmittag, wenn sie im Ballett sein würde, Aaron schickten sie zum Großeinkauf in den Supermarkt, um ihn zu verschonen, aber er kehrte zu früh zurück, genau rechtzeitig, um zu sehen, wie die Mutter und der Vater und der Fahrer versuchten, die Großmutter in den Ambulanzwagen zu heben.

Er bemerkte den Aufruhr schon von weitem, und sofort, als hätte er sich schon viele Tage lang darauf vorbereitet, wußte er, was dort vorging. Trotzdem ging er nicht hin. Was hätte es auch genützt. Sie war verloren. Mit verschlossener Miene schritt er am Ambulanzwagen vorbei. Auch sie, die Mutter und der Vater, sahen ihn vorbeigehen und schauten ihn nicht an, und er stieg mit angespanntem, steifem Rücken und vom Schreien und Weinen der Großmutter verfolgt in die Wohnung hinauf, stellte die Körbe in der Küche auf der kleinen Anrichte ab – und dann konnte er nicht mehr und lief ans Fenster, um sie hinter der Gardine zu beobachten.

Sie tobte, die Großmutter, schlug mit Händen und Füßen um sich, kreischte und fluchte und kratzte jeden, der sie anfaßte. Für einen Augenblick kamen ihr die alten Worte zurück, und da man nicht wissen konnte, ob sie bei Verstand war oder nicht, war es besser zu glauben, daß sie ihn verloren hatte: auf offener Straße, vor den Augen der ganzen Nachbarschaft, schrie sie, daß man sie im Stich lasse, sie habe ihr Leben lang wie ein Sklave für sie geschuftet und sich den Rücken mit dem Sticken der Kisselech ruiniert, die Hinda für ein Vermögen in die ganze Welt verkaufe, ohne ihr auch nur einen Groschen zu geben, damit sie sich ein neues Kleid oder ein paar Ohrringe kaufen könne; die Mutter versuchte sie zu beruhigen und schickte ein erschrockenes, entschuldigendes Lächeln nach allen Seiten aus, aber die Großmutter stieß auf hebräisch und polnisch energische Verwünschungen gegen sie aus, zwanzig Jahre habe sie geschwiegen, kreischte sie, aber wenn sie den Mund aufmachen und erzählen würde, was sogar Maurizi, so nannte sie den Vater, nicht wisse, wäre im Handumdrehen die Polizei da und würde Hinda wegen Mordes verhaften.

Als sie dieses entsetzliche Wort sagte, wurde das Gesicht der Mutter einen Augenblick bleich wie das Gesicht einer Toten, dann aber versteifte sich ihr ganzer Körper, und sie fuhr ihr über den Mund: »Du hast keine Spur von Scham!« spie sie. »Und so wie du mit sechzehn warst, so bist du auch noch mit sechzig! An dir ist vom Leben nichts hängengeblieben!« Die Großmutter verzog ihr Gesicht und sagte mit Nachdruck und ungewöhnlicher Klarheit: »Und du – du warst schon mit sechzehn wie sechzig! Tot! Tot!« Aaron, der den beiden zugehört hatte, wimmerte in seinem Zimmer ängstlich hinter der Gardine, seine Finger steckten tief in den Ohren, er spürte, daß beide recht hatten. Seine Mutter lebte wirklich so, wie die

Großmutter gesagt hatte: als wäre das Leben nur aus dem Lehm von Katastrophen gemacht, denn was ist das Glück, hatte die Mutter in der Nacht des großen Unfalls zu Jochi gesagt, das sind doch nur Augenblicke. »Und das nach all den Jahren, in denen ich dich in meinem Hause gehalten und dich gefüttert habe!« schrie die Mutter, und das spärliche Haar flog ihr wie das Haar einer Gorgo ums Gesicht. »Und ich dich angezogen und gewaschen und dir den Arsch geleckt habe, ist das dein Dank?! Ist das dein Dank?!« Der Vater versuchte zwischen den beiden zu vermitteln und warf ihnen hin und her irrende Blicke zu, aber die beiden waren wie die Furien: vor den Augen aller Nachbarn, vor den Augen der Kinder, sogar Zachi stand an sein Fahrrad gelehnt da, und die bescheuerte Sophie Atias mußte natürlich genau in diesem Moment zum Lebensmittelladen hinuntergehen, und das auch noch in ihren rosa Zapatos, na sicher, um zu sehen, wie sich die Aschkenasim streiten, und als der Ambulanzwagen mit dem Vater und der Großmutter endlich abfuhr, wurde es totenstill in der Straße, und Aaron fiel ausgelaugt auf sein Bett.

Er lag lange Zeit reglos da. Er hörte, wie die Mutter im Zimmer auf und ab ging, im Flüsterton zischte, als bringe sie irgendwelche Argumente vor, beschuldigte, sich rechtfertigte, sich die Nase schneuzte. Er steckte den Kopf unter das Kissen, auch diesen Bezug, wie alle Kissenbezüge im Haus, hatte Großmutter Lili bestickt: Hunderte, vielleicht Tausende von Kissen- und Deckenbezügen, farbenprächtige Papageie mit langen Schwänzen, reichverzweigte Palmen, Schmetterlinge in flammenden Farben, tropische Fische ... Wenn sie nicht stickt, ist sie verloren und verwelkt, aber wenn sie sich über ihre bunten Fäden beugt, dann ist es, als hätte man sie an den Strom angeschlossen, pflegte die Mutter zu sagen und betrübt zu seufzen, was sollen wir mit allen Kissen machen, Mamtschu, wer wird das alles kaufen, aber die Großmutter achtete nicht auf sie, sondern stickte und stickte mit Begeisterung, mit Hingabe, das Haus füllte sich mit kleinen, pummelig-weichen Kissen, was hatte sie sonst schon zu tun, sie ging fast nie aus dem Haus, saß ihr Leben lang auf dem Puritz und stickte, naschte Schokolade und leckte sich die Finger wie ein kleines Mädchen, auch wenn Gäste da waren, oder sie las *Pscheglond* und studierte aufgeregt den Klatsch und die Geschicke der Prominenz. Die Mutter ließ sie nichts machen im Haus, nur am Großreinemachen durfte sie sich beteiligen, und in die Küche ließ sie sie nicht hinein, denn in ihrer Küche war nur für eine Platz. Aber wieso läßt sich eine Frau wie Großmutter Lili im Haus einsperren und beschäftigt sich den ganzen Tag lang nur mit ihren Fäden und Bezügen, hatte Aaron einmal seine Schwester gefragt, als es mit der Großmutter bergab zu gehen begann, und Jochi hatte einen ihrer weisen Blicke auf ihn gerichtet, und ein feines Funkeln war kurz in ihren müden, gelangweilten Augen aufgeflackert, gib gut acht, Brüderchen, hatte sie zu ihm gesagt, und schau, wie sie stickt. Schau dir ihr Gesicht an, schau dir ihre Hände an, und am besten – schau dir ihre Stickereien an. Aaron hatte Jochi damals angesehen und gedacht, wie klug sie ist, und es gewagt, sie vorsichtig zu fragen, warum sie sich immer so anstelle; wie so; so, neben der Mutter, ein bißchen ... wie Theater; was für Theater, ich verstehe dich nicht; ein Theater ein bißchen von einer, na ja, von einem Blödmann, und er erschrak über seine Frechheit und zog sich in sich selbst zurück, aber plötzlich waren Jochis Arme um ihn geschlungen, und sie drückte ihn an sich, und ihr angenehmer, vertrauter Geruch stieg ihm in die Nase, und sie flüsterte irgend etwas an seinem Hals, du bist ein sehr kluger Junge, Aaron, du bist in vielem viel klüger als ich, aber ich weiß etwas, was du nicht weißt, sie kicherte oder stotterte, ihm schien, als würde sein Hals etwas feucht, ich weiß, wie man in diesem Haus zu leben hat.

Stille. Der Vater ist noch nicht vom Krankenhaus zurück und Jochi noch immer beim Ballettunterricht. Und die Mutter geht. Von Wand zu Wand. Auf und ab. Er steckt den Kopf wieder unter das Kissen, und als er die eingewobenen Fäden riecht, erinnert er sich an etwas, das hier, in diesem Zimmer, auf diesem Bett geschehen ist, nicht schön, jetzt daran zu denken, sie ist doch schon beinahe tot und eine Heilige, er war damals sechs oder sieben, und die Eltern waren wie jedes Jahr ins Hotel Frank gefahren, Großmutter Lili war bei ihm und Jochi geblieben, um auf die Wohnung und auf sie beide aufzupassen, Unsinn, Jochi war diejenige, die aufpaßte, sie war damals zehn Jahre alt und schon erwachsener als die Großmutter, und sie, die Großmutter, hatte damals eine Vorstellung gegeben, ja, wie merkwürdig ihm das jetzt vorkommt, aber es ist tatsächlich so gewesen, hier im Zimmer hat sie eine Vorstellung gegeben, er erschrak, als er sich daran erinnerte, man soll nur die schönen Augenblicke mit ihr in Erinnerung behalten, sie war auf sein Bett gestiegen und hatte ihnen vorgespielt, wie sie nach dem Krieg aus dem Internierungslager in Zypern entlassen wurde und mit dem Schiff ins Land kam, und wie – und das war das Allerschlimmste, warum hatte Jochi es ihr erlaubt, warum hatte sie die Großmutter nicht gleich unterbrochen –, wie sie zum ersten Mal der Mutter begegnet war.

Aaron wußte nicht mehr, wie es dazu gekommen war, sein Gedächtnis brachte nur noch die Erinnerung daran zustande, wie Großmutter Lili ihr Kleid bis zu den Knien hochrollte, mit einem arglistigen Kichern auf sein Bett kletterte und in ihrer verstümmelten Sprache und ihrem babyhaften Tonfall ankündigte, daß sie ihnen jetzt zeigen werde, wie sie sich zum ersten Mal »mit eurer Hindale« traf.

Er hatte Jochi damals einen fragenden Blick zugeworfen, er war noch zu jung, um etwas zu sagen, und zu jung, um alles zu verstehen, erschrak jedoch über den Ausdruck, der plötzlich auf Großmutters Gesicht erschien. Jochi überlegte einen Augenblick: schon als sie noch klein war, hatte sie die Großmutter zu ihrer Vertrauten gemacht und sich über die Mißbilligung gefreut, die das bei ihrer Mutter auslöste, und vielleicht hatte sie jetzt auch Aaron gegenüber eine heimliche, doppelte Absicht, wer weiß, vielleicht wollte sie deswegen, daß er sah und hörte, was die Großmutter tat. Die Großmutter jedenfalls legte ihre Hände wie im Gebet vor das Gesicht und schien sich in die Erinnerung zu versenken. Nach einer Weile ließ sie langsam die Hände wieder sinken, lächelte und begann barfuß auf dem Bett auf und ab zu gehen. Auch im Alter waren ihre Bewegungen noch vornehm und weich, man sah ihr an, daß sie sich an die Tage erinnerte, als sie auf der Bühne getanzt hatte. »Ihr hättet sollen sehen, was für ein Zopf ich damals hatte!« sagte sie zu den Kindern, »ein schwarzer, dicker Zopf! Vom Kopf bis zum Tuches, bis zum Hintern, hing er runter!« Sie strich mit der Hand sehnsüchtig über den Kopf und die kurzen Haare, die ihr seit Jahren von der Mutter geschnitten wurden. »Und wie ich habe getanzt Polka-Walzer im Café-Theater! Und dort es gab ein Kavalier, Moritz Wolfin, der lachte immer – die Schickse tanzt mit die schwarze Schwanz von ein Pferd hinten!« Sie warf ihren greisen Kopf zurück und lachte. Aaron rückte ein wenig näher an seine Schwester. »Und Moritz Wolfin er hat geöffnet mein Zopf im Bett Haar um Haar, wie eine schwarze Decke unter mein Körper«, erzählte Großmutter Lili mit heiserer Stimme, »und hat gesagt zu mir, das ist die Nacht, Lili, und du bist mein Halbmond ...«

Er sah Jochi mit offenem Mund an. Sie lächelte, weil sie die Geschichten über die ausschweifenden Jugendjahre von Großmutter Lili, die mit sechzehn von zu Hause weglief und sich einer Schauspieltruppe anschloß und unverheiratet mit dem Vater schwanger wurde, bereits kannte, wehe, wenn die Mutter erfährt, daß die beiden das wissen, noch heute dreht sich ihr der Magen um, daß in Vaters Personalausweis nicht der Name seines Vaters steht, »jetzt schaut her, Kindelech«, sagte Lili: »ich war einundvierzig, als ich kam in unser Land Israel. Maximum zweiundvierzig, und so eine Schönheit, daß sogar nach die drei Jahre im Pivnitza, unter der Erde, ohne Licht bei die Polen, und nach Lager in Zypern, ich war noch jung und voller Blut, meine Augen Feuer und der Körper Champagner, so daß alle Männer haben Kopf umgedreht nach mir, um zu sehen Taille von mir, und was für Brüste ich hatte, Jochi! Wie sie standen! So! Und was für Beine ich hatte, Jochile ...«, und wieder hob sie das Kleid ein wenig und betrachtete sehnsüchtig und nachsichtig ihre Beine, die immer noch schön waren, »und sogar Leutnant Stanley, der mir gab Zertifikat in sein Zelt in Zypern, er hat gesagt, daß er nur glaubt Zertifikat von Lächeln und von Teint, und so ich kam mit Schiff hierher« – sie segelte ein wenig auf dem Bett und machte ein kleines verträumtes Babygesicht – »ich schaue von Schiff nach unten und sehe dort, auf der Erde, steht mein Maurizi, und alle seine gelockte Haare, was er hatte in Polen – ab! Kaputt! Und neben Maurizi steht eure Mutter, die Hindale«, sie sprach den Namen mit einem feinen Lächeln aus, Aaron sah Jochi protestierend an, doch die erwiderte seinen Blick nicht. »Und er, Maurizi, er steht mit Jackett von alte Mann, und ich ihn nicht gesehen seit er gewesen vielleicht sechzehn, als er sich hat herumgetrieben und ist heimlich geworden ein Kommunist und weggelaufen nach Rußland, er nie Brief geschrieben, und in die ganze Krieg ich nicht wußte, er lebt? er tot? Und ich habe ihm nur gegeben ein Wisch, so« – sie streckte den Kopf vor, hob ein wütendes, forschendes Auge und taute wieder zu einem Lächeln auf – »und so ich sah, daß unser Maurizi war gestorben. Kaputt. Weil er, in Polen, er war stark und sogar ein bißchen ein Meschuggener, ein Tier, und ein Kavalier, weil er schön war, mit ein Lächeln und Zähne von ein Jan Kipura. Und wenn wir sind gegangen zusammen engagé, so daß man gedacht, wir sind verheiratet, und er war stark, Jochi, und er konnte hauen, daß sogar der Pole hat nicht gedacht, daß er ist ein Jidowsky, und die Eltern von die Chenjokes, von die fromme Bengel, sie gekommen zu mir, haben geweint und geschrien, daß er sie reißt an die Kurkutschungim, die Schläfenlocken, aber jetzt auf Schiff ich ihn habe angesehen, und dort war einer!« Sie hob wieder ein Auge und kniff es boshaft zusammen. »Und schon ich wußte: kaputt! Und als ich auf Erde runterging, lief er nach mir und sagte, Mama, Mamilein, Mamtschu, und ich gleich gelegt Hand auf sein Mund: Scha! Still! Nicht sagen Mamtschu! Nur sag: Lili. Weil ich nicht wollte, daß alle sollen wissen, daß ich Mutter von diesen Erwachsenen bin, auf Zypern mir alle gegeben Maximum neununddreißig. Und er, der Maurizi, sagte so, mit armer Stimme –«, sie verzog das Gesicht und setzte mit teuflischer Begabung den schwerfälligen, etwas klumpigen Gesichtsausdruck des Vaters auf; Aaron kicherte gegen seinen Willen und spürte, wie sein Gewissen ihn plagte. Er sah wieder flehend zu Jochi, doch Jochi ignorierte ihn weiter und schaute mit großer Konzentration zur Großmutter, als würde sie etwas Wichtiges, äußerst Nützliches lernen, »– und jetzt bitte mach Bekanntschaft mit meine Frau, mit der ich habe geheiratet hier in unser Land Israel, sie ist fast eine Sabre, sie gekommen von Polen mit zwei Jahre, und sie heißt Hinda Mintz, und jetzt Kleinfeld, was sie hat bekommen von mir.« Großmutter Lili verstummte einen Augenblick und nickte vor sich hin, als erinnere sie sich, und als halte sie etwas zurück: »Und eure Mutter, sie hat gelegt kalte, nasse Hand auf mich und gesagt, jetzt ich werde dich auch nennen Mamtschu, und vergiß bitte nicht, daß er jetzt hier in unser Land Israel nur genannt wird Mosche und nicht Maurizi. Tfu!« spuckte Großmutter Lili trocken aus. Ihr Gesicht war spitz geworden vor Haß. Aaron erschrak und preßte sich an Jochi. Die Großmutter sah seinen Gesichtsausdruck und stieß ein tiefes, kehliges Lachen aus. Er mochte dieses Lachen nicht. Er fühlte sich betrogen, so eine Großmutter zu haben, wie – so eine, eine, die nicht verwöhnt, die nicht liebt, die ihn nicht fühlt und mit Jochi einen sonderbaren, komplizenhaften Blick wechselt.

Die Augen der Großmutter verschleierten sich wieder in einem feinen Nebel der Erinnerung; ihre dünne, braune Hand kletterte gedankenlos zu ihrem kleinen Schädel hinauf und strich erstaunt über den geschorenen Schopf: »Und so fing alles an«, sagte sie leise, und nun mit einer ganz anderen Stimme, einer Stimme, die Aaron erschütterte, »so traf ich eure nette Mutter!« Wieder verkrampfte sich ihr Gesicht wie vor der Geburt eines Weinens, »So traf ich sie, und so sie hat mich gemacht klein wie ein Bleistift, den man steckt hinters Ohr.« Aaron spürte, wie Jochis Arm sich neben ihm spannte. »Sie war kleiner wie ich, vielleicht sechsundzwanzig, bis heute man kann nicht genau wissen, wie alt, und Maurizi sie hat erzählt, sie ist einundzwanzig, und er hat sofort alles gefressen, und ich war Maximum zweiundvierzig, aber sie hatte ihr Hebräisch und ihr Verstand, eine Gebildete, die vielleicht ein Jahr gelernt in Seminar für Kindergärtnerin, aber das heißt gebildet, und was hatte ich, Jochile? Nur meine Figur und meine schöne Zähne und die Kavaliere, und wie sie hat genommen mein Zopf und abgeschnitten!« sagte die Großmutter erstaunt, als gehe sie der Sache erst jetzt auf den Grund. Jochi stand rasch auf, ging zu Großmutter, die immer noch auf dem Bett stand, und schlang die Arme um ihre Hüfte. »Wie sie nahm die Schere und ihn abschnitt! Zack! Zack! Und wie –«, sie erstickte an ihrem Schluchzen, und ihr ganzer Körper bebte, »und wie sie hat gelacht über meine Kavaliere in Tel Aviv, wo wir haben gewohnt! Casanovas! Verbrecher! Hochstapler! Geht nach Hause zu eure Frau und eure Kinder! Und sie waren so nett ... so gut ... liebten zu lachen, zu schreiben Gedichte für Lili ... und haben gemacht Olympiade von Poeten für Lili ... und haben getrunken Champagner von Lilis Schuh ... aber nach Hause mit euch, Bohemiens! Casanovas! Musikanten! Artisten!« Die Großmutter klammerte sich mit ihrem winzigen Körper an Jochi, die doch erst zehn Jahre alt war. »Und noch etwas ich will euch sagen ...«, sie wischte sich wie ein kleines Kind mit dem Handrücken die Tränen und den Rotz ab, »einer von tausend Musikanten wird vielleicht am Ende so ein ... ein Mozart ... und einer von tausend Poeten wird am Ende ein Mikkiewicz, aber wenn hier in Hindas Haus ein Shakespeare oder Yehudi Menuhin geboren wird, dann würde man bestimmt von ihm sagen, daß er ist ein Artist und ein Bohemien und eine Schande ...« Aaron wußte nicht, warum sie das sagte, und wollte es auch nicht wissen, er wünschte sich nur, daß dieses bedrückende Schauspiel ein Ende nehmen würde und er zu Gideon und Zachi fliehen konnte.

»Und es gibt noch mehr Dinge, Jochile, die man nicht erzählen darf ...« »Genug, genug, Omilein, genug geweint.« Er wollte nichts mehr hören. Wer weiß, welche Geheimnisse die Großmutter seiner Schwester anvertraut hatte in den Nächten, in denen sich Jochi zu ihr ins Bett gestohlen und die beiden miteinander getuschelt und gekichert hatten, bis die Mutter der Sache ein Ende bereitete, »... und du sollst wissen, daß deine Mutter ist ein zu starker Mensch, Jochile ... und man muß aufpassen mit ihr, man muß nett und klein sein mit ihr, und guten Morgen, Hindale, und gute Nacht, Hindale, und Schluß, und wie sie mir einmal in die Kischkes, in die Gedärme drang, so wie, sagen wir, in die Kischkes von ein Huhn, nicht von ein lebendige Mensch ...« Mit einer schnellen Handbewegung hinter dem Rücken der Großmutter signalisierte Jochi ihm zu verschwinden. Ausgerechnet jetzt hörte er eine finstere Bedrücktheit in Großmutters Stimme, ein bitteres Geheimnis, etwas, das sich hinter ihrer kleinen Stirn regte und ihm zurief dazubleiben, aber Jochis Hand fegte ihn entschieden fort. Er stand an der Tür, die Klinke in der Hand: »... wie sie mich ganz fest an meine Hand nahm und mich steckte in die Badewanne, mit so kochendes Wasser, daß Rauch aufstieg, und jetzt, Lili Mamtschu, holen wir dir den ganzen Dreck von deine Kavaliere raus ...« Ihre Stimme brach ab, und heftige Schauder schüttelten ihren Körper. Aaron floh Hals über Kopf aus dem Haus.

Eine Tür wurde geöffnet und zugeschlagen. Er erstarrte: Jochi war nach Hause gekommen. Sie machte zwei Schritte. Blieb stehen. Er stellte sich vor, wie sie in der Luft schnupperte. Plötzlich drehte sie sich um und betrat Großmutters Kammer. Wie hatte sie es gemerkt. Sie hätte es nicht zugelassen, die Großmutter einfach so fortzuschaffen. Einen Augenblick war es vollkommen still. Die Tür des Hussein, des kleinen Schränkchens in Großmutters Kammer, wurde geöffnet und langsam wieder geschlossen. Die Mutter rührte sich nicht in ihrem Zimmer. Dann wieder Jochis Schritte.

»Aaron.«

»Was ist.«

»Sieh mich an.«

»Was.«

»Nicht so. Heb den Kopf.«

»Ist's so recht?«

»Haben sie sie weggebracht?«

»Laß mich in Ruhe. Ich weiß nichts.«

»Ihr Pyjama und ihr Morgenmantel sind nicht da. Haben sie sie aus dem Haus geworfen? Hast du es gesehen?«

»Nein. Ich war im Supermarkt. Sie haben mich einkaufen geschickt.«

»Paß bloß auf. Paß auf, daß du mich nicht anlügst.«

Sie ging nicht zur Mutter. Sprach weder im guten noch im bösen mit ihr. Fragte nicht einmal, wohin man die Großmutter gebracht hatte. Um sieben Uhr abends kam der Vater verschwitzt und schweigend zurück. Ein frischer, tiefer Kratzer blutete auf seiner Wange, aber er ließ sich von der Mutter nicht verbinden. Auch er machte den Mund nicht auf. Die Mutter deckte mit rotem, geschwollenem Gesicht den Tisch, aber ihre Augen waren trocken. Jochi saß schweigend da, Aaron wich ihrem Blick aus. Seht nur, wie dumm ich bin, flüsterte die Mutter, ich habe fünf Teller hingestellt. Und plötzlich wurde sie aus ihrem Schweigen katapultiert, was willst du von meinem Leben, schrie sie Jochi an, was schaust du mich so an; Aaron war entsetzt, die Mutter darf Jochi doch nicht anschreien, sie darf es schon seit fast zwei Jahren nicht, weil Jochi dieses Pfeifen im Ohr hat. Zwanzig Jahre habe ich sie bei mir im Haus gehabt! Zeig mir noch eine Frau, die bereit wäre, ihre Schwiegermutter bei sich zu Hause zu haben! Und zwar in allen Ehren! Wer hätte ihr noch solche Ehre erwiesen wie ich? Wer hätte sie überhaupt angeschaut, wenn er gewußt hätte, wer und was sie ist! Ihre Stimme zitterte und erstickte, und sie verbarg ihr Gesicht in der Känguruhschürze, nicht einmal jetzt weinst du, bohrten Jochis Augen stumm, nicht einmal um die Großmutter; diese Freude werde ich niemandem machen, vor allem dir nicht, Jocheved; und im letzten Jahr, als sie schon ganz verdreht war, wer hat sie da gepflegt? Schau mich nicht so an! Jochi sagte noch immer keinen Ton, legte nur ihre Hand auf das linke Ohr und saß weiter mit ausdrucksloser Miene da; wer hat ihr die schmutzige Unterwäsche gewaschen? Wer hat ihr fünfmal am Tag die Beine massiert? Und was hast du für sie getan? Was hast du gemacht, außer ihr aus der Zeitung vorzulesen und ihr den ganzen Tag lang Nachrichten aus der Welt zu erzählen, als könnte sie zwischen Nasser und Levy Eschkol unterscheiden! Also, ich will kein Wort hören! Kein Wort!

Und Jochi sagte kein Wort. Sie rührte nicht einmal ihre Gabel an. Der Dampf, der vom Püree aufstieg, umnebelte ihre Augen. Der Vater hielt seinen Kopf über den Teller gesenkt, auch er sah die Mutter nicht an. Aaron kostete ein bißchen, doch das Essen blieb ihm im Hals stecken. Nicht einen Krümel würde er herunterbekommen. Die Mutter hatte es anscheinend geahnt und knallte ihm eine Hühnerkeule auf den Teller. Man kann das Bein des Hühnchens genau sehen. Hoffentlich hat er den Mut, kein Fleisch mehr zu essen. Ab morgen fängt er an, Vegetarier zu sein. Wie kann man überhaupt irgend etwas essen, was einmal gelebt hat. Er kaute winzige Bissen und hamsterte sie. Wer weiß, wo sie jetzt ist und wer sie pflegt. Und ob sie etwas kapiert. Er schaute aus den Augenwinkeln zur Mutter. Sie stocherte mit der Gabel im Essen und aß nicht, ihre Lippen bewegten sich, als würden sie argumentieren. Er versuchte, sich zurückzuhalten, aber sein Blick stahl sich immer wieder zu Großmutter Lilis leerem Stuhl. In Gegenwart von Fremden durfte man nicht Großmutter sagen, nur Lili. Das hatte sie ihm schon früh beigebracht. Jochi hatte ihm einmal verraten, daß das nicht ihr richtiger Name sei, daß sie sich diesen Namen ausgedacht habe, als sie im Nachtlokal gearbeitet habe. Merkwürdig, daß der Vater darauf bestanden hatte, daß sie bei ihnen wohnte. Manchmal hätte man meinen können, daß sie nur deshalb bei ihnen war, damit die Mutter jemanden hatte, den sie die ganze Zeit pflegen, dem sie Manieren beibringen konnte, und nun war sie nicht mehr da. Gerade jetzt, wo man noch viel mehr spürte, was für eine sonderbare Großmutter sie war. Eine Kind-Großmutter, ein Stück Teig, das nicht genug gebacken war, und nur wenn sie ihre bunten Kissenbezüge stickte, wurde sie ein anderer Mensch, es machte einem angst, ihr zuzusehen, ihre Lippen murmelten lautlos, tausend Gesichter hatte sie dann, Verachtung, Angst, Rache, als stickte sie eine blutige Geschichte und nicht einen grünen Dschungel mit Papageien und Affen und blauen Fischen, auf deren Bäuchen rote und goldene Kugeln glänzten, langsamer, Mamtschu, flehte die Mutter oft, ich weiß nicht mehr, wem ich die Kisselech noch verkaufen soll, der Galanteriewarenladen bestellt keine mehr, doch die Großmutter sah sie nicht einmal an, und die Mutter stand vor ihr und rang mit ungewöhnlicher Demut die Hände, und warum ausgerechnet diese kräftigen Farben, Mamtschu, versuchte sie sie von Zeit zu Zeit zu überzeugen, warum nicht ruhige, kultivierte Farben, warum dieses Lila und Türkis und Gold wie bei den Arabern, das sind anständige Leute, die Kissen für ihr Wohnzimmer wollen, Mamtschu, ich verkaufe sie doch nicht an Zigeuner. Die Großmutter schnaubte nur und vernichtete die anständigen Leute mit einem Nasehochziehen, und Aaron fiel die funkelnde Verachtung auf, die jedesmal in ihren Augen und auf ihrer Nasenspitze tanzte, wenn sich die ganze Verwandtschaft zu einem Fest einfand und die Großmutter sich absonderte und die ganze Bagage von der Seite beobachtete und voller Abscheu gegen das frömmelnde Gekreische war, in das die Frauen ausbrachen, wenn Rivtsches Mann Dov einen seiner unanständigen Witze erzählte; nimm doch Rücksicht, flehte die Mutter ängstlich, wobei sie sich hütete, der Großmutter, die die Sticknadel in der Hand hielt, zu nahe zu treten, und versuch es wenigstens ohne dieses Rot. Stille. Die Hand der Mutter flatterte auf ihrem Mund, ihre Augen stierten reuevoll ins Leere. Die Großmutter hörte auf, sich zu bewegen. Der rote Faden schwebte noch einen Augenblick in der Luft und erstarrte. Sie sah auf. Richtete einen einzigen Blick auf die Mutter, ein finsteres, verwundetes Tier regte sich und brüllte, und die Mutter wich zurück, schrumpfte zusammen, als habe man sie an eine alte Sünde erinnert.

Auch nach dem Abendbrot sagte niemand ein Wort. Jochi setzte sich an ihren Tisch und schrieb wutschäumend, vielleicht eine Hausaufgabe, vielleicht an ihre Brieffreunde, Aaron lag auf seinem Bett. Wie still es im Haus ist. Wo die Großmutter jetzt wohl sein mag. Was kriegt sie mit von dem, was man mit ihr gemacht hat. Vom Balkon der Geruch von Vaters Zigarette. Vielleicht wird der Rauch aufsteigen und in die Ferne getragen. Bis zu ihrem Fenster an ihrem neuen Ort. Sie wird ihn riechen, wie eine Mondsüchtige aufstehen und zurückkommen. Vielleicht sollte man ihr noch mehr Gerüche des Hauses schicken. Den Geruch von Joich mit Lokschen, von Hühnerbrühe mit Nudeln. Den Geruch der Mottenkugeln in den Schränken. Den Geruch der Handcreme Anuga. Den Geruch von Popcorn, das der Vater macht. Die Bananen in Sahne am Dienstag. Vielleicht hätte man in der Tasche ihres Kittels Brot verstecken sollen wie bei Hänsel und Gretel, damit sie es heimlich zerkrümeln und aus dem Fenster des Ambulanzwagens werfen kann, um nachher den Weg zurück zu finden. Oder einen Faden, den sie hinter sich ausrollen könnte. Er hörte ein scheuerndes Geräusch. Vom Wohnzimmer. Obwohl nicht Donnerstag war, putzte die Mutter. Sie scheuerte die Fußbodenleisten mit Putzwolle und machte mit einem Messer in den Ritzen zwischen den Steinfliesen sauber. Was wird jetzt an den Donnerstagen ohne die Großmutter sein. Denn zum Großreinemachen war sogar die Großmutter zum Leben erwacht. Schade, daß ich sie nicht wirklich geliebt habe.

»Jochi.«

»Was ist.«

»Was machst du?«

»Geht dich nichts an.«

»Was hast du ihnen immer so viel zu schreiben?«

Schweigen. Sie schreibt so schnell, daß der Kragen ihrer Bluse zittert.

»Erzählst du ihnen Dinge von zu Hause? Zum Beispiel über Großmutter?«

»Laß mich in Ruhe, ich warne dich, laß mich in Ruhe, sonst –«

»Sonst geht es dir an den Kragen«, ergänzt er ihren Lieblingssatz bei solchen Gelegenheiten. »Sag mir nur eins.« Er verstummt vorsichtig, schätzt seine Chancen und ihre Wut ab, verzichtet.

»Na, wird's bald, meine Zunge vertrocknet schon.«

»Unwichtig. Ich hab's vergessen, was ich fragen wollte.« Warum trifft sie sich nie mit ihnen, mit ihren Brieffreunden. Aber jetzt schweigt er besser.

Er zog sich im Liegen aus, und obwohl es noch früh war, deckte er sich zu und versuchte einzuschlafen. Langsam wurde es Nacht. Auch Jochi zog sich aus und stieg ins Bett. Aus dem Zimmer der Eltern drangen plötzlich erstickte, unbekannte Laute. Aaron fuhr zusammen: der Vater weinte. Ein hartes, tiefes Weinen, das atemlos aus ihm herausgedrückt wurde. Aaron lag erstarrt in seinem Bett. Dann wurde das Weinen weicher, als sei es schon durchgedrungen durch die Felsschichten. Aaron stand auf und trat ans Fenster, drückte sein Gesicht ans Moskitonetz und fühlte mit der Zunge den säuerlichen Metallgeschmack. Das ist das erste Mal, daß ich meinen Vater weinen höre, flüsterte er sich feierlich zu. Ein schmaler, fahler Mond stand am Himmel, ganz nah bei der Wohnsiedlung. Ich habe nie gewußt, daß er so an ihr hängt, sagte Aaron leise. Jochi schälte sich ein Stück aus ihren Decken, ihr Gesicht war hart: »Er doch nicht«, sagte sie. »Er hat sie gänzlich der Mutter überlassen. Von dem Augenblick, als sich die drei trafen, hat er sie zwischen sich und Mutter geworfen.« »Warum weint er dann?« »Nicht um die Großmutter, glaub mir.«

Aaron nickte, verstand jedoch nicht. Es tat ihm nur leid um den Vater, der dort wimmerte, und er spürte, wie die beiden neuen Leiden, das Leid um die Großmutter und das Leid um den Vater, in ihm verschmolzen, und in beiden war eine Abschiedstrauer, und der Abschied vom Vater war mit einer leichten, unklaren Enttäuschung vermischt, aber auch mit einer Erleichterung, als wäre ein Platz in der Welt frei geworden, jemand war kleiner geworden und hatte sich verringert, und nun würde ein anderer vielleicht erleichtert aufatmen können.

Als die Mutter auf den Balkon trat, wich Aaron mit einer leisen, geübten Bewegung zurück und beobachtete sie: sie hielt sich am Geländer fest, atmete tief ein, reckte das Kinn zum Himmel und sog mit all ihrer Kraft die Nacht ein, und einen Augenblick schien es, als schrumpfe der schmale Mond noch mehr zusammen, als erschöpfe er sich und bleibe für immer eine Sichel.

Um vier Uhr morgens war plötzlich ein Hämmern und Kratzen und ersticktes Weinen hinter der Tür zu hören. Der Vater stürzte sofort aus dem Bett und flüsterte mit seinem dicklippigen Mund verwirrt ein paar polnische Wörter, und als er die Tür öffnete, stand Großmutter Lili vor Kälte zitternd im Kittel des Krankenhauses Hadassa und in fremden Hausschuhen da, wer weiß, wie sie hierhergekommen ist, wer weiß, wo sie sich verwirrt und von Krämpfen geschüttelt die ganze Nacht lang herumgetrieben hat, nicht einmal den Vater erkannte sie, und als er die Arme ausstreckte, um sie zu umarmen, schreckte sie vor ihm zurück, und als die Mutter mit blassem Gesicht und aufgerissenen Augen, aber auch mit einem gerührten Zittern der Erleichterung und der Freude eines kleinen Mädchens über den Sieg des Guten hinzukam, stieß die Großmutter einen kurzen, messerscharfen Schrei aus; erst als Jochi auf sie zuging, sanken ihre Schultern nach vorn, neigte sich ihr Kopf ein wenig, und sie sank in ihre Arme, umschlang ihren Hals mit ihren dünnen Armen und lallte wie ein Säugling.

11

Um fünf Uhr nachmittags spielte Aaron wie üblich mit Pelé auf dem schmalen Asphaltstreifen hinter der Siedlung. Er tat das schon über eine Stunde lang, und das Spiel fing an, ihn zu langweilen. Gideon war nicht zu Hause, und mit Zachi allein wollte er sich nicht treffen. Deshalb saß er bald allein auf der schmalen Treppe, die zum Wizo-Park führte, warf mit großen Pinienzapfen und kaute lustlos trockene Pignolen. Die Zeit rührt sich nicht. Rührt sich nicht. Am Himmel standen schon die grauen Wolken des Monats November, und auf die Stromkabel hatten sich Vögel gesetzt, die sich in der Kälte aufplusterten. In Atias' Speisekammer hingen die abgenommenen Moskitonetze, und Avigdor und Esther Kaminer standen in ihrer Abstellkammer und reinigten den Docht ihres Fireside-Ofens. Aaron versuchte, mit dem Finger im Sand eine beeindruckende Unterschrift seines Namens zu entwerfen, eine, die vielleicht später einmal von Fußballfans gesammelt würde. Er mochte seinen Namen nicht, Aaron, Aaron, Aaron, er sprach ihn ein paarmal mit Betonung und Konzentration aus, seinen strengen Namen mit dem tiefen ›O‹, der ihn wie ein schwerer Mantel einhüllte, Aaron, Aaron, und er spürte, wie ein feines Pochen, wie sein Ich in diesem Namen lebte und ihn rief, wie es in der Tiefe dieses finsteren Namens schimmerte wie eine glänzende Pupille, wie ein jubelndes ›I‹, das sich in einem ›O‹ verbarg, doch je öfter er seinen Namen sagte, desto mehr entfernte sich das Ich, desto mehr verblaßte es, desto schneller verblaßte es, zu schnell, wie ein kleines Streichholz, das sich entzündete, Feuer spie und sofort erlosch, merkwürdig, er zwang sich mit Gewalt, dieses Spiel fortzusetzen, nur so, zum Spaß, und sagte noch ein paarmal den Namen, suchte in ihm nach dem Flakkern, und dann kam ein Augenblick, als er ›Aaron‹ sagte und sich nichts in seinem Herzen regte, und da hörte Aaron auf.

Dann rief er noch ein paarmal ›Gideon‹, vielleicht war Gideon schon zurückgekommen, pfiff er seinen unsichtbaren ›Gummi‹ mit dem Pfiff herbei, den nur Hunde hören können, und unternahm hinter der Wohnsiedlung ein paar Sturmangriffe mit ihm, und als ihm der Atem ausging, setzte er sich, um sich auszuruhen. Es ist bestimmt schon zehn nach fünf. Die Zeit rührt sich nicht. Zu seiner Bar-Mizwa hat man ihm eine Uhr versprochen, ein Geschenk von Großmutter Lili. Von ihren Ersparnissen. Von dem, was die Mutter von den Kissen beiseite gelegt hat. Aber vielleicht weiß sie gar nichts davon. Auf wen wartet er? Ach ja, auf Gideon. Oder soll noch jemand kommen? Ein Gast, oder ein Verwandter, von weit her? Gemessen an seiner Erwartung müßten eine Menge Leute kommen. Massen. Unsinn. Er kraulte ›Gummi‹ am Bauch, grub seine Hände genüßlich in das flauschige Fell und kitzelte ihn an der Stelle, die den Hunden das Bein hochschnellen läßt, sogar wenn das Gehirn des Hundes das Bein nicht bewegen will, kann man es von außen bewegen wie einen Apparat, und dann machte er einen Sandhügel, sah sich verstohlen um, um sicherzugehen, daß ihm niemand zuschaute, nur Anderthalb Groschen standen in ihrer

Abstellkammer mit dem Rücken zu ihm, interessant, ob Kaminer überhaupt lang genug leben wird, um sich noch an dem Ofen zu wärmen, oder ob das nur Esther Kaminer tun wird, inzwischen sieht es so aus, als bestehe er darauf, am Leben zu bleiben, und Aaron blies schnell in das Häufchen und sagte: es werde ein Mensch, aber er hatte wie immer zu fest gepustet, und der Sand verstreute sich und flog in alle Winde. Heute gelingt mir nichts. Wie geht sie noch, die Frage? Kann Gott einen so hohen Berg machen, daß selbst er ihn nicht übersteigen kann. Er dachte eine Weile über die Frage nach, bis er sie satt hatte. Er rief leise, zu sich selbst, Gi-deon. Wenn er religiös wäre, würde er jetzt vielleicht zu Gott beten und ihn darum bitten, sich in dieser Angelegenheit zu seinen Gunsten einzuschalten. Aber er hatte schon lange aufgehört zu glauben, noch als er klein war und gesehen hatte, daß seine Eltern zu den hohen Feiertagen in die Synagoge gingen, aber den Schabbat nicht einhielten. Wie geht das? Und einmal bekam er von seinem Vater eine Ohrfeige, weil er den Gästen verraten hatte, daß der Vater Wurst mit Butter zusammen aß, das soll einer verstehen. Interessant, wie spät es ist. Er rollte ein Blatt zusammen, machte eine Pfeife daraus und spielte ›Hirsch, Hirsch mit Geweih‹ auf ihr und danach alles, was er von Jesaja, Kapitel 6 behalten hatte, das er für seine Bar-Mizwa bei einem haarigen Rabbiner mit einem schmalen Gesicht lernte, der Aaron angeschrien hatte, als der es gewagt hatte zu fragen, ob Gott immer recht tue. Gideon, Gi-deon, na, wird's bald. Er zählte die Tage: nach seiner Rechnung muß er heute Techina und Thunfisch essen und auch ein Stück Torte, und morgen, plangemäß, Joghurt und Gemüse. Eigentlich paßt für morgen auch Hühnerbrühe. Und vielleicht ißt er tatsächlich nicht genug. Man braucht Möhren für die Augen, Käse für die Knochen, Huhn für die Muskeln. Aber vielleicht braucht man noch etwas anderes, zum Beispiel, um die Willenskraft zu stärken. Und wie wird er den Milchzahn los, der ihm so fest im Mund sitzt und nicht ausfallen will. Er zog einen kleinen, roten, runden Spiegel aus seiner Gesäßtasche und betrachtete den Zahn. Weiß und winzig saß er zwischen zwei neuen Zähnen fest. Mitten im Mund. Er weiß, wie er lachen muß, damit man ihn nicht bemerkt. Sogar das Lachen hat er sich schon erzogen. Er drehte den Spiegel um. Vielleicht sollte er den Namen von Anat Fisch in die Rückseite ritzen und ihn Dudu Lipschitz nach Hause bringen. Er hatte ihn unter Lebensgefahr aus ihrer Schulmappe gestohlen. Dazu hatte er Mut, aber zu Dudu Lipschitz nach Hause zu gehen, an seine Tür zu klopfen und das Gesicht seines Innenministeriumsbeamtenvaters zu sehen und zu sagen, das ist für Dudu von Anat Fisch, damit er ein schönes Andenken von ihr hat in der neuen Institution, in der er sich jetzt befindet, dazu hatte er keinen Mut mehr. Er betrachtete sich im Spiegel. Schob die Zunge zwischen die Lippen. Jetzt hat er drei Lippen. Vielleicht wird er einmal eine Vorführung über Lippenkunst geben. Er verzog den Mund hin und her. Einen Augenblick spürte er, wie Anat Fischs kalte, verächtliche Augen, ihre ägyptischen Augen ihn anstarrten: wie ein Vollidiot kommt er ihr vor. Sie kann ihm gestohlen bleiben. Es ist sicher schon zwanzig nach fünf. Er fühlte, daß seine Lippen hart waren. Interessant, daß es keine Lippenmassage gibt. Fischers Fritz fischt frische Fische, frische Fische fischt Fischers Fritz. Nicht schlecht. Er versuchte auch Hejwiwo, hejwawo, hejwiwowawowu, und machte so schnell wie der Teufel efti befti kalabalabefti, wie schön die Tausenden von kleinen Muskeln in der Zunge arbeiten, in ein paar Minuten wird er hinaufgehen und bei Gideon anklopfen. Vielleicht geht Gideon ihm aus dem Weg. Eine blöde Idee. Er lief durch Gideons Hauseingang auf die Straße, ging dort kurz auf und ab, ein Fuß auf der Straße, der andere auf dem Bürgersteig, das kann ihm angemessen vor, so würde er immer gehen, er wußte genau, wie Gideon ihn ansehen würde, mit welcher Geringschätzung, als beschäme er ihn damit persönlich, und warf wie beiläufig einen Blick auf Gideons Balkon. Er war leer. Interessant! Ob er tatsächlich mit Zachi in *Dr. No* gegangen ist. Er lief hinter das Haus zurück und trainierte dort das eindrucksvolle Hinfallen von Soldaten, die von einer Kugel in den Rücken und einer Kugel in den Bauch getroffen werden; er lag leidend und voller

Selbstmitleid auf der Erde, bis er plötzlich aufsprang und die ganze Gegend mit seiner Maschinenpistole beschoß. Vielleicht würde einer seiner Onkel kommen? Aus Tel Aviv? Oder vielleicht aus Cholon? Irgend etwas würde jedenfalls passieren. Er sah, wie Sophie Atias, die junge Frau von Peretz Atias, den Müll heruntertrug, sie ging in ihren rosa Pantoffeln, bei deren Anblick sich Mutters Magen umdrehte, wackelte schwerfällig und mit leicht gespreizten Beinen dahin, erst im dritten Monat, noch keinen Bauch, und versucht schon Eindruck zu schinden. Er beschloß, ein Kavalier zu sein, lief ihr nach und bot sich an, ihr den Mülleimer zu tragen. Wieso denn, Aaron, lachte sie mit ihren schneeweißen Zähnen, gib ihn mir, ich bin stark, ich auch, Gott sei Dank, er griff nach dem Metallhenkel des Eimers, er hatte noch nie so viel mit ihr gesprochen, laß mich, Aaron, sagte sie ohne zu lächeln, aber es tut dir nicht gut, zu schleppen, stieß er aus, während er mit ihr um den Henkel rang, paß auf, du verschüttest alles, schrie Sophie plötzlich schrill, riß ihm den Henkel aus der Hand und ging schnell weiter. Aaron blieb wie angewurzelt stehen, er war ein wenig erschrocken, das fehlte ihm noch, daß sie wegen seiner Hilfsbereitschaft eine Fehlgeburt hatte. Er lief ihr nach und wartete draußen bei den Mülltonnen, bis sie kommen würde, stand blaß und gespannt und fast mit militärischer Strammheit da, um zu sehen, was jetzt geschehen und ob sie ihn noch anschauen würde. Sie kam heraus und ging an ihm vorbei, was ist los mit dir, murrte sie plötzlich, ohne ihn anzuschauen, sie zischte die Worte fast drohend und grob, es klang nicht wie von einer Erwachsenen, die zu einem Kind spricht, und auch nicht wie von einer verheirateten Nachbarin, plötzlich sah man, wie jung sie selber noch war, plötzlich brach das einfache und verängstigte und wilde Mädchen aus ihr heraus, es hieß, daß sie Peretz Atias, der ein eingefleischter Junggeselle war, in eine verzwickte Situation gebracht hatte, wie sonst wäre sie zu einer möblierten Wohnung mit all dem elektrischen Zeug gekommen; manchmal saß sie mit Peretz und dem Vater und Aaron und ihrem kleinen Sohn vor dem Fernseher, um Catchen zu sehen, und einmal meinte sie lachend, es sei wichtig, daß Peretz sich diese Kämpfe ansehe, weil sie ihn heiß machten, und kniff ihn dabei in die Seite, und die drei lachten; Aaron war nie in den Sinn gekommen, daß sie nicht viel älter war als er selbst; erst jetzt spürte er etwas, das neu war für ihn, vielleicht war es ihre Angst, daß man herausfinden könnte, was sie war, vielleicht sah sie ihn deswegen nicht an, bestimmt nur deswegen, diese Primitive. Er beobachtete, wie sie sich wie eine Ente watschelnd entfernte, dann ging er wieder hinter der Siedlung auf und ab, trat leicht gegen die Gasballons, trank ohne Durst – nur der Zeremonie wegen, wie ein Hund, der an einem Baum pinkeln würde – aus dem hohen Wasserhahn, sah einen glänzenden, auf dem Rücken liegenden Käfer und eine Reihe von Ameisen, die aus ihm herauskam. Gideon, Zachi und er hatten schon viel zu lange das von ihm gegründete KURLK vernachlässigt, das *K*ommando zum *U*mdrehen auf dem *R*ücken *l*iegender *K*äfer. Am Anfang waren sie brav die Strommasten entlang gegangen und hatten jeden Käfer umgedreht, um ihn vor dem sicheren Tod zu retten, bis Zachi es satt hatte und auch dieses Projekt in Vergessenheit geriet, und der Teufel soll Sophie Atias holen, wenn sie so eingebildet ist, daß es ihr nicht paßt. Hoffentlich schaut sie die ganzen neun Monate lang nur ihren Peretz Atias an, damit ihr ein Kind mit Glatze und schmalem Schnurrbart herauskommt. Wer soll heute kommen, was soll heute passieren. Vielleicht gibt es eine Verlosung. Vielleicht hat er überhaupt vergessen, daß heute der große Tag irgendeiner Verlosung oder eines Preisausschreibens ist? Er blättert die Termine schnell im Kopf durch: es sind nicht die Tempo-Flaschenstöpsel für ein Wochenende zu zweit im Hotel ›Wellen des Genezareth‹, und auch nicht die Eisstiele mit den Buchstaben darauf, die das Wort ›Fahrrad‹ ergeben sollen, und bis zu den Toto-Ergebnissen sind es noch drei Tage, also, heute keine Verlosung. Fünfundzwanzig nach fünf. Und wenn sie doch in den Film gegangen sind. Er stieß auf eine alte, zerfledderte Packung El-Al-Zigaretten und untersuchte sie eingehend. Er schnupperte: kein Zwiebelgeruch, aber man kann nie wissen. Er zündete ein Streichholz aus dem Briefchen an, das ihm Onkel Schimek aus dem

Flugzeug mitgebracht hatte. Er erhitzte die Oberfläche der Zigarettenpackung. Nichts. Aber vielleicht handelte es sich um eine Geheimschrift von der hartnäckigen Sorte. Er fand den Zwiebelstreifen in seiner hinteren Hosentasche, zerdrückte ihn über den vier Ecken der Packung und schmierte den Saft rund um den Rahmen – sein Privatpatent! –, denn er ahnte schon lange, daß, wenn die unsichtbare Zwiebel die sichtbare Zwiebel röche, sie sich nicht zurückhalten könnte und sich ihm zeigen würde, doch der Saft brachte kein mit unsichtbarer Tinte geschriebenes Zeichen zum Vorschein, aber vielleicht mußte er auch nur seine alt gewordene Zwiebel auswechseln.

Drei Katzen liefen gemessenen Schrittes an ihm vorbei.

Er war so niedergeschlagen, daß er aufsprang und ihnen hinterherlief, wie mit dem Instinkt eines Kindes, wie mit der Hingabe eines Kindes. Die Katzen schlüpften durch das Loch im Zaun des Wizo-Parks, und Aaron versteckte seinen Ball in der Mulde der Pappel unter Blättern und schoß ihnen nach, hob im Laufen zwei spitze Steine auf, bis er sah, daß eine der Katzen Mutzi-Leben war. Er stellte sofort das Feuer ein und blieb stehen. Mutzis Mutter hatte sie vor ungefähr zwei Jahren im Heizkeller der Wohnsiedlung geworfen, und die Nachbarn waren zusammengekommen, um sich das Schauspiel anzusehen. Mutzi wurde nach fünf Jungen geboren und war besonders winzig und schlapp, und alle schnalzten traurig mit der Zunge, in ihrem Zustand wäre es vielleicht besser gewesen, sie wäre tot geboren, sagte Esther Kaminer mit falscher Stimme, und alle wußten, wovon sie redete. Aber der Vater bückte sich, hob das blinde Kätzchen auf und eilte nach Hause. Dort gab er es Aaron, schob dem Tier eine kleine Pipette in den Hals und begann behutsam zu pumpen. Die Pipette füllte sich mit einer gelblichen Flüssigkeit, und plötzlich zuckte das Junge und regte sich. Man muß ihm einen Namen geben, dachte Aaron, man muß ihm auf der Stelle einen Namen geben. Der Vater wiederholte die Prozedur, seine Hände waren flink wie die eines Musikanten. Aaron durchstöberte seinen Kopf nach Namen, kannst du jetzt an nichts anderes denken als an einen Namen, schrie er sich lautlos an, es ist besser, ihm keinen Namen zu geben, um sich nicht zu sehr an ihn zu binden, aber er gab nicht auf, er flüsterte, versuchte es mit den Lippen, Puppi, Muschi, Schachmatt (weil es schwarzweiß war), Miezi. Der Vater wies Aaron an, das Körperchen zu reiben, und Aaron tat es langsam und aufgeregt und entschied sich schließlich für Mutzi, kein besonders ausgefallener Name, ein absolut unausgefallener Name, aber es eilte, und er flüsterte Mutzi, Mutzi und gab dem Kätzchen mit größter Zärtlichkeit etwas von seiner Körperwärme ab und pustete flehend und hingebungsvoll wie auf eine fast erloschene Kohle; das Kätzchen sträubte plötzlich seine vorstehenden Rippen. Es erstarrte einen Augenblick, und Aaron stockte das Herz. Das winzige Junge rang mit all seiner Kraft mit irgend etwas Unsichtbarem und Gewaltigem, das versuchte, es zu überwältigen, aber dann befreite sich das Kleine, zappelte, schnurrte und begann zu atmen. Der Vater und Aaron sahen einander an und lächelten. Eine ganze Woche lang fütterten sie das Kätzchen mit der Pipette, bis es kräftig war. Wie sich herausstellte, war es ein Weibchen, und Aaron fügte dem Namen feierlich den Anhang ›Leben‹ hinzu, wie es der Minister Mosche Schapira getan hatte, als er durch ein Wunder vor dem Tod gerettet wurde.

Sie war wirklich schön, Mutzi-Leben. Geschmeidig und kräftig, schwarz und weiß. Er hatte sie schon lange nicht mehr gesehen, sie hatten sich im Streit getrennt, doch jetzt war er nicht mehr böse auf sie, er sah sie nur lange und liebevoll an und wollte kehrtmachen, denn in seinem Alter machte man sich eigentlich nichts mehr aus Katzen. Aber da miaute die Katze plötzlich, legte sich auf den Rücken und begann ihren Nacken zärtlich an der Erde zu reiben, und erst da kam ihm der Gedanke, daß die anderen beiden Katzen brünstige Kater waren, und er blieb kichernd stehen. Die Kater wandten ihre Augen nicht von ihr ab, und sie setzte sich auf die Hinterbeine und begann die Innenseite ihres Schenkels zu lecken. Die Kissen ihrer Pfoten waren rosa und geschwollen. Der gelbe Kater heulte vor Schmerz. Die Katze betrachtete ihn, dann fuhr sie mit der

Zunge den ganzen unteren und oberen Oberschenkel entlang, bis ihr Mund den kleinen Mund berührte, der sich dort geöffnet hatte. Aaron räusperte sich, seine Kehle war plötzlich ausgedörrt. Er spürte, wie sich die Kater beim Anblick des rosigen Inneren sträubten. Der große, schwarze Kater erhob sich und kam mit geducktem und gemessenem Gang näher. Sein Körper war in einer fast militärischen Zackigkeit von Präzision und Spannung gefangen. Aber sein Schwanz schwang langsam hin und her, und Aaron spürte, wie sich die Bewegungen dieser tigerhaften Schlange um seine eigenen Hüften wanden und schlossen. Er bückte sich langsam, bis er auf den Knien hockte. Mit seinen Händen teilte er die wilden Weizenhalme und beobachtete die Tiere.

Einen Moment lang rührten sie sich nicht. Aaron hörte die Geräusche des Abends aus der Wohnsiedlung hinter ihm. Das Klirren von Geschirr, ein Lied aus dem Radio, rauschendes Wasser in einer Toilette. Er hörte, wie Edna Blum mit ihren Eltern auf ungarisch telefonierte und die Stimme gegen sie erhob, wie üblich, er hörte, wie Fenster geschlossen, Jalousien heruntergelassen wurden. Dann sprang der Gelbe los und schlug dem Schwarzen auf die Wange, unterhalb des Auges, und die beiden rollten im Staub: gewalttätig und finster, einander zerfleischend, und ihrem Innern entriß sich ein tiefes, düsteres Heulen. Aaron hockte auf allen vieren, stöhnte vor Überraschung und Erregung, und sogar sein trotziges ufzeluches Gehirn wurde einen Augenblick von vitalem, schäumendem Blut durchflutet, das sein Herz so lange, zu lange, vor ihm verborgen hatte. Schließlich kapitulierte der Schwarze, zog geduckt davon und ließ seine Schmach hinter sich. Keuchend und ganz und gar heiß vom Terror des Kampfes näherte sich nun der Gelbe und begann dicht am Ohr der Katze zu jaulen. Mutzi-Leben wandte ihr Gesicht ein wenig von ihm ab, sie sah aus, als müsse sie es sich erst noch überlegen, aber dann antwortete sie mit dem gleichen Jaulen, woher hatte sie auf einmal diese Stimme, und da erinnerte er sich wieder, Mutzi-Leben war noch ganz jung, ein längliches, schlankes und geschmeidiges Kätzchen, ein einziger gespannter Muskel, an dem sich ein dreieckiger Kopf befand, den man mit einer Hand umfassen konnte, Aaron beschloß damals, das Tier vegetarisch großzuziehen und erlaubte niemandem, ihm Fleisch oder Knochen zu geben, er hatte sich in den Kopf gesetzt, zu beweisen, daß es möglich sei, daß eine Katze aufhören könne, ein Raubtier zu sein, er überlegte sogar, sie zu dressieren und mit zwei Tauben auftreten zu lassen, um seine Houdini-Vorführung abwechslungsreicher zu machen; die Eltern lachten damals über ihn, und wie sie lachten, auch Gideon glaubte nicht wirklich, daß so etwas möglich sei, aber Aaron beharrte darauf, natürlich, wenn etwas unmöglich ist, wird er das Gegenteil beweisen, und ein paar Wochen, vielleicht zwei Monate lang sperrte er Mutzi-Leben im Bunker ein, brachte ihr eigenhändig das Futter und sah stolz, wie sie an ihm hing, wie sie nur ihn mit den Augen suchte, sich genüßlich zwischen seinen Beinen rieb, und das alles, ohne daß er ihr auch nur ein Bröckchen Fleisch gab; aber eines Tages kam er in den Bunker und fand sie nicht, er entdeckte ein Loch im Gitter der Lüftungsluke, aber er vertraute ihr immer noch und stritt sich mit den Eltern, bis ihm die Tränen kamen; sie liebten es geradezu, ihn damit zu ärgern und ihm genüßlich zu beschreiben, wie sich Mutzi hinter seinem Rücken über Mülltonnen hermache, was für Hühnerfuß-Feste sie in den Nächten feiere, und als er schrie, daß sie ihn anlögen und anfing, mit Händen und Füßen auf den Boden zu schlagen, lachten sie und sagten, laß uns einen Versuch machen, ruf deine Vegetarierin, und dann werden wir schon sehen. Er weigerte sich, aber der Vater öffnete die Tür und machte psss, Mitzi-Leben kam sofort mit aufgerichtetem Schwanz, kuschelte sich schnurrend an ihn und rieb sich an seinen Beinen; Aaron begann regelrecht zu toben, man solle sie in Ruhe lassen, doch der Vater packte ihn mit einem schallenden Lachen, umklammerte ihn mit den Armen, so daß Aaron nur noch die Beine zum Treten blieben, auch die Mutter lachte, es war ein sonderbares Lachen, das aus der Tiefe ihrer Kehle gurgelte, und nahm ein Stück rote, triefende Leber aus dem Kühlschrank; Aaron drehte durch – Leber für eine Katze zu verschwenden! – und rief Mutzi-Leben von ganzem Herzen zu, daß sie aufpassen solle, daß der Fraß sie vergiften würde, und Mutzi-Leben kam näher und schnupperte an der Leber, die auf dem schäbigen Teller von Gamliel und Rochales Service lag, und plötzlich schärften sich ihre Züge, ein elektrisches Knistern durchlief ihren Körper vom Kopf bis zur Schwanzspitze, und sie packte die Leber mit fletschenden Zähnen, es kam ihm vor, als wären es nicht ihre gewöhnlichen Zähne – da ließ der Vater ihn mit einem stummen Lächeln los, wechselte einen Blick mit der Mutter, und die beiden schauten ihn an, als prüften sie etwas; und er, er ging auf Mutzi-Leben zu und erschrak: aus ihrem Inneren, nicht aus ihrem Maul, aus ihrem Inneren hörte er einen Laut, den er nicht kannte, ein kehliges Jaulen, sie wurde plötzlich wie eine fremde Katze, hielt die Leber zwischen ihren Zähnen, die sie immer mehr entblößte, ihre aufgestellten Ohren warnten ihn, ihr Rücken krümmte sich, und so entfernte sie sich rückwärts und geduckt aus dem Haus, Aaron brach in bittere Tränen aus, lief hin, lief her, beweinte seine Houdini-Vorführung, die ihm auf diese Weise versaut worden war, schlug auf einen weichen Körper, seine Mutter, die ihm verzieh, was verzieh, alles verzieh, und ihn an sich drückte, mitleid- und liebevoll an sich drückte und die Erinnerung an den gekrümmten Rücken und an den tiefen Laut, den er jetzt wieder hörte, besänftigte, aber jetzt regte er sich nicht mehr darüber auf. Die Ohren der beiden Katzen legten sich nach hinten, als wollte ihnen jemand die Kleider ausziehen, und Aaron kroch auf dem Bauch zu ihnen, sein Gesicht streifte das hohe Gras, die Katze und der Kater näherten einander ihre dreieckigen Köpfe, ihr Gesang wurde tiefer und heiserer, und Aaron fiel es schwer, sich zu beherrschen. Mutzi-Leben drehte ihren Kopf zu ihm um, und er unterdrückte beschämt die Aufregung, die ihm im Halse steckte. Die Katze blinzelte verdrießlich, riß sich los und lief davon, der Kater ihr nach, und hinter den beiden Aaron. Eine Großmutter, die mit ihrem Enkelkind im Sandkasten spielte, beobachtete ihn von weitem, und er tat, als wäre er ein kleiner Junge, ein kleiner Junge, der den Katzen nachlief, und verschwand hinter ihnen im Gestrüpp der Rosmarinbüsche. Dort fand er sie wieder, sie standen dicht beieinander wie ein schwermütiges Liebespaar.

Als er mit seiner unkätzischen Unbeholfenheit in ihr Territorium eindrang, wandten sie ihm mit großer, hoheitsvoller Langsamkeit ihre schnurrhaarigen Dreiecke zu, die sich einander näherten und verschmolzen, und dann standen sie auf einmal hintereinander. Sie musterten ihn kühl, und er neigte und verbeugte sich vor dem majestätischen Zepter der beiden Katzenhoheiten. Sie setzten sich in Bewegung und liefen an ihm vorbei.

Er hinterher. Sie überquerten Wege, übersprangen Zäune. Aaron blieb keuchend und schnaubend stehen, was ist los mit dir, was rennst du plötzlich Katzen hinterher. Die Katzen gingen in aller Ruhe, in nachdenklicher Übereinstimmung mit ihren Körpern. Sie fanden eine Ecke, um sich abzusondern, um sich vor ihm zu verstecken, und er, der vor Demütigung einen Stich im Herzen spürte, stolperte beinah über sie. Sie richteten erstaunte Augen auf ihn. Dann schauten sie sich an, und Aaron wußte, wie er jetzt in ihren Augen aussah. Ein Blick blitzte auf, Ohren bebten, irgend etwas wurde beschlossen. Auf einmal rafften sich die beiden auf und liefen auf die Straße. Aaron beschloß, sofort mit dem Nachlaufen aufzuhören. Was interessierten ihn schon Katzen. In seinem Alter. Sieh mal, wie du dir schon das Hemd zerrissen hast. Mit aller Kraft stürmte er los und sprengte ihnen nach.

Er lief ihnen die ganze Hechalutz-Straße hinterher, nahm die Kurve, folgte ihnen bis zur Gai-Straße hinunter und war überrascht, sie ins Tal hinunterlaufen zu sehen. Wieso gehen sie da runter. Katzen gehen nie da runter. Er lief atemlos, mit feuerrotem Gesicht, während er ihnen stumm zurief, sie sollen langsam machen, das sei zu schnell für ihn, er wußte, daß er etwas tat, was man nicht tut, was man einfach nicht tut, doch er wußte auch, daß er nicht aufhören konnte. Die Katzen blieben einen Augenblick stehen, jetzt dreh um und geh zurück, verlier ehrenvoll, und liefen weiter. Aaron hinter ihnen her, er wurde Schicht um Schicht bloßgestellt, irgend etwas stieg abwechselnd in ihm auf und verebbte und überflutete seinen Verstand, aber es war ihm inzwischen egal, und dabei hat diese Mutzi-Leben doch früher einmal in seinen Händen gelegen, ihren ganzen Körper hat er mit einer Hand umfaßt, und jetzt läuft sie mit aufgerichtetem Schwanz vor ihm her, und wenn sie mit dem Hinterteil wackelt, ist ihr rosa Ding zu sehen, und der gelbe Kater zeigte mit seinen Ohren darauf, wartet wenigstens einen Augenblick auf mich, nehmt Rücksicht, aber sie blieben nicht stehen, trödelten höchstens ein bißchen, um ihn näher kommen zu lassen und dann gleich wieder davonzulaufen, und so kamen sie an dem verrußten Gelände vorbei, auf dem die Pfadfinder alljährlich ihr Einweihungslagerfeuer für die Kinder der vierten Klasse machten, und an dem Fußballplatz, und an dem großen Felsen und der Höhle, in der er manchmal pinkelt; er sah nichts mehr, atmete nur noch mit Mühe, suchte angestrengt im Dämmerlicht nach den Augen, die sich jede Sekunde zu ihm umwandten, gelbe Tropfen, zäh wie Harz, die ihm aus jedem Gestrüpp zublinzelten und zuzwinkerten, bis er bemerkte, daß sie nicht mehr vor ihm, sondern links und rechts neben ihm liefen wie zwei streng dreinblickende Begleiter eines Verurteilten, und so führten sie ihn zwischen sich über das kleine Abwasserflüßchen bis zum Schrottplatz, und dort brach er zusammen.

Als er wieder zu Atem kam, sah er, daß die Katzen verschwunden, mit der Dunkelheit verschmolzen und in ihr untergetaucht waren. Er lag auf der Erde, seine Brust hob und senkte sich. Über ihm ragte der rundliche Schatten des uralten Topolino auf. Im vergangenen Jahr hatte er in dem Auto trainiert, aber es war keine wirkliche Houdini-Herausforderung gewesen. Es war leicht, aus allen Türen herauszukommen, und er hatte seinen Plan aufgegeben, das Wrack in die Mitte des Tals zu schleppen und auf der Feier am Ende des Schuljahres damit aufzutreten. Er versuchte, sich von der Erde hochzuziehen und sich auf das Auto oder auf den Kühlschrank zu stützen, der daneben stand, konnte jedoch nicht die Kraft dazu aufbringen. Nächstes Jahr wird er ihnen schon zeigen, wozu er fähig ist. Er wird einen Koffer mit Eisenschlössern auftreiben und mit ihm üben. Vielleicht wird er sich aus einem zugenagelten und in eine Zeltplane gewickelten Faß befreien. Oder aus einem großen Glasbehälter. Er begann zu kichern: was für ein Dummkopf er ist, Katzen hinterherzulaufen. Er kam schwerfällig auf die Beine und stieg langsam die Böschung zur Wohnsiedlung hinauf. Das war was. Das war ein Spaß. Richtig hypnotisiert hatte er diese Katzen.

Er kletterte bis zum Bürgersteig vor der Wohnsiedlung hinauf. Prüfte mit den Augen da, prüfte dort. Keine Spur von Gideon. Merkwürdig. Er ging durch seinen Eingang hinter das Haus. Auf den Asphalt neben die Mülltonnen schrieb er seinen Namen und den Anfang seines Nachnamens, bis ihm die Pisse ausging, weil sein Name so lang war. Welche Angst er diesen Katzen eingejagt hat. Welche Ausdauer. Er schüttelte einmal, schüttelte zweimal, den letzten Tropfen bekommt immer die Hose.

Und plötzlich, ohne daß er es merkte, klopfte er an die Wohnungstür im zweiten Stock, und Menni, Gideons Bruder, öffnete ihm in einem Turnhemd und sagte, Gideon ist nicht zu Hause, aber komm rein und warte, er wird sicher gleich kommen. Aaron sagte, er sei nur auf einen Sprung vorbeigekommen, um nachzusehen, und Menni warf ihm einen flüchtigen Blick zu und meinte, klar, klar, und ging wieder auf dem Teppich turnen. Aaron setzte sich auf das große Sofa. Jetzt spürte er, wie erschöpft er vom Laufen war. Macht nichts. Gut für die Kondition. Er blätterte zerstreut im *Guinness Buch der Rekorde* in englischer Sprache und blinzelte hin und wieder zum Teppich, um zu sehen, wie die kleinen, nußharten Muskeln von Menni hüpften, der an seiner Kondition arbeitete, um Pilot in der israelischen Luftwaffe zu werden. Aaron las mühsam die Bildunterschriften: Der schnellste Mann der Welt; Das größte Omelett; Der Mann, der sich den längsten Nagel wachsen ließ. Gideon kam nicht. Deddi, der Student, der bei ihnen zur Untermiete wohnte, war schon zweimal hereingekommen, um zu fragen, ob Mira schon zurück sei. Er wartet auf Mira genau so, wie ich auf Gideon warte, dachte Aaron. Er legte sich auf das Sofa, schloß die Augen, verzog sich in sein I am träuming und dachte dabei an Mira, Gideons kleine, lächelnde Mutter, deren Gesicht stets hinter einer dunklen Lesebrille versteckt war, und sah jetzt ausgerechnet ihren Mund vor sich, der rot und breit und weich aussah, wie spät ist es, schon zwanzig vor sechs.

Mennis rhythmische Atemstöße machten ihn nervös. Mensch, was für ein Kraftkerl, dieser Menni, sagte er sich im Jargon seiner Klassenkameraden. Die Worte gefielen ihm nicht. Mennis Ohren waren genau wie die Ohren von Gideon und die seiner Mutter, klein, aufrecht, spitz. Und sein Schweißgeruch war scharf und konzentriert, wie der Geruch im Umkleideraum der Turnhalle, nachdem die achte Klasse mit dem Umziehen fertig war. Die meisten Jungen aus seiner Klasse hatten noch keinen solchen Geruch. Nur Awi Sasson hatte ihn schon, und Chanan Schwiki, und natürlich auch Ben-Sikri, der Kriminelle, vielleicht kommt es bei denen sogar schneller, aber – auch Meirke Blutreich, Meirke Gantz und ... er zählte sie an den Fingern auf. Eigentlich sind es gar nicht so wenige. Dann muß also auch der Geruch auf die Liste, die er im Kopf vorbereitet, verfluchte Dreckskerle. Was fluchst du, rügte er sich, was fluchst du plötzlich wie ein ich-weiß-nicht-wer. Wie sie. Aber auf der großen Uhr auf dem Buffet ist es schon Viertel vor sechs, und vielleicht ist Gideon tatsächlich zur ersten Vorstellung von *Dr. No* gegangen.

»Oh, Aaron, ich sehe, du bist auch da«, sagte Gideons Vater, der plötzlich eingetreten war, aus seinem Bademantel schauten seine langen, dünnen und behaarten Beine hervor, »Gideon ist noch nicht da. Möchtest du vielleicht eine gute Tasse Tee?«

Gideons Vater sagte ›Aaron‹ mit gutturalem ›A‹, wie im Radio, es klang lustig, das heißt – lächerlich. Einmal hörte Aaron ihn zu Gideon sagen: »Ich werde dich immer wie ein Vater lieben, aber wenn du auch meine Freundschaft willst, mußt du dich ihrer würdig erweisen.« Aarons ganzer Körper zog sich zusammen, als er diese Worte hörte, die mitten in einer gewöhnlichen und dummen Diskussion zwischen Gideon und seinem Vater gesagt wurden. Wie kann man nur, fragte sich Aaron erregt, wie kann man nur so reden, so überkandidelt, wie kann man so etwas überhaupt laut zu einem anderen Menschen sagen, und wenn es der Sohn ist.

»Nimm, iß, genier dich nicht.« Aus einer Schublade holte Gideons Vater eine längliche Schachtel mit Katzenzungen hervor. Aaron zuckte höflich mit den Schultern, wie man es ihm beigebracht hatte. Hier erschien ihm diese Höflichkeit sinnvoll, hier war das nicht die übliche Heuchelei, hier war das Kultiviertheit.

»Iß. Iß. Gideon mag diese Schokolade auch sehr. Er ißt keine andere.«

Er spricht mit gekünstelter Stimme, mit der Stimme von jemandem, der eine hohe Meinung von sich hat, sich aber auch über sich selbst lustig macht. Und er sieht die ganze Zeit angespannt aus, beschäftigt. Bei ihm gibt es keinen Augenblick, der einfach nur da ist. Keinen Augenblick der Ruhe. Wie kommt Gideon mit ihm zurecht. Und außerdem arbeitet er nicht. Er ist nicht bereit, wie alle anderen von acht bis vier zu arbeiten. Darum sind sie gezwungen, einen Untermieter aufzunehmen, und Gideons Mutter, Mira, muß sich ihre Finger mit Tipparbeiten ruinieren. Gideon hat ein- oder zweimal erzählt, daß sein Vater seit ein paar Jahren an etwas arbeite, an irgendeiner Forschungsstudie oder einem Buch oder einer neuen Idee, aber die ganze Siedlung weiß, daß er ein Nichtstuer ist. Manchmal, in den Morgenstunden, sieht man ihn mit seinem tänzelnden Gang durch das Tal zur Universität gehen, und vielleicht sitzt er dort sogar wirklich in der Bibliothek. Aber meistens hockt er den ganzen Tag zu Hause, kocht, bügelt und hängt die Wäsche auf, ich würde eher sterben, sagt Aarons Mutter, als einen Mann bei mir im Haus zu haben, der mit meinen Töpfen hantiert und den ganzen Tag zwischen meinen Beinen herumfuhrwerkt.

Gideons Vater ist lang und dünn, der Körper schlaff und ein wenig eingefallen und seine Gesichtshaut vorzeitig gealtert, aber sein kleiner Mund ist schön und außergewöhnlich wohlgeformt, geschlossen und zusammengekniffen, als könnte ihm jeden Augenblick ein Geheimnis entschlüpfen. Er schämt sich nicht, ›Gid-eon‹ wie der jemenitische Radioansager Mosche Chowaw mit einem gutturalen ›O‹ auszusprechen und seinen Sohn vom Balkon aus auch so zu rufen, als wäre Gideon aus der Bibel und nicht einfach ein Junge aus der Wohnsiedlung, ›Gideon!‹, die ganze Siedlung hört es, und vor allem Aarons Vater, der nach der Arbeit mit der Abendzeitung *Maariv* auf dem Gesicht auf dem Balkon liegt und die Füße lüftet. Aaron geht sofort ins Haus. Er sieht, wie die Zeitung auf dem grinsenden Gesicht seines Vaters zittert, und verflucht Gideons Vater.

Und noch etwas Merkwürdiges: wenn man ihn draußen sieht, denkt man, er sei ein Snob. Er schaut auf alle herab, und statt Schalom zu sagen, verzieht er den Mund. Aber wenn die beiden allein in der Küche sitzen, ist es fast angenehm mit ihm. Er kümmert sich sehr um Aaron, schenkt ihm Tee aus einer geblümten Porzellankanne ein und stellt ihm ernsthafte Fragen über sich und seine Ansichten und alle möglichen Dinge, einen Augenblick könnte man meinen, daß es den Erwachsenen wirklich wichtig ist, was in den Kindern vorgeht und welche Meinungen und Gedanken sie haben. Nicht daß Aaron glücklich ist, eine halbe Stunde lang in der Küche zu sitzen und auf Gideon zu warten – vielleicht wird man sie aus Versehen nicht um ihre Personalausweise bitten und sie hineinlassen –, aber trotzdem, es ist schon auch angenehm mit Gideons Vater, mit dem feinen Tee und den Katzenzungen, die auf der Zunge zergehen und süß in ihn einsickern, und es kommt ihm vor, als habe er bei Vitas Wettbewerb ›Königin für einen Tag‹ gewonnen, und ein berühmter Mann oder ein Schauspieler, der einen berühmten Mann spielt, empfange ihn zu einem Gespräch von gleich zu gleich.

Der Untermieter steckte seinen Lockenkopf in die Küche und fragte, ob Mira noch immer nicht zurück sei. Aaron drehte sich um, damit er ihn besser sehen konnte. Deddi erklärte, er brauche das Material, das er ihr zum Tippen gegeben habe. Aaron hatte den Eindruck, als erkläre er ein bißchen zuviel. Gideons Vater sah den Untermieter mit etwas spöttischen Augen an: »Der Herr Student hat recht wenig Geduld heute ... vielleicht ist er so gnädig, eine gute Tasse Tee mit uns zu trinken?« Der Student murmelte verlegen irgendeine Ausrede. »Aber sicher, sicher doch«, ließ sich Gideons Vater mit seiner hohen, langgezogenen Stimme vernehmen: »Der Herr möchte Mira, er braucht Mira, und ich biete ihm Tee an. Wasser gab er, als er Milch forderte ...« Der Student winkte ab, lächelte unglücklich und verschwand. Aaron sah, wie das Lächeln auf den Lippen von Gideons Vater verflog. Schweigen.

Nach ein paar Augenblicken konnte sich Aaron nicht länger zurückhalten, drehte sich um und warf einen Blick auf die Uhr auf dem Buffet. Halb sieben. Jetzt muß man sich auf den Weg machen, wenn man die erste Vorstellung sehen will. Jetzt überlegt jemand, ob er soll oder nicht. Schnell schnappte er sich noch eine Katzenzunge, kaute und schluckte sie hinunter, ohne den Geschmack zu genießen. Und aß gleich noch eine, mit strenger Miene. Dann schaute er auf die leere Schachtel, erschrak und entschuldigte sich. Was für ein Benehmen. Gideons Vater nickte, diesmal ohne Bosheit und sogar mit gewissem Interesse. »Ist nicht schlimm, Aaron. Ich wußte, daß du sie mögen wirst.« Woher wußte er das? Anhand von was? Aaron wollte vor Scham im Erdboden versinken. Er war gänzlich mit Schokolade vollgestopft. Ein süßer, flüssiger Brei, der immer klebriger im Bauch lag. Gideons Vater sagte mit seiner hohen Stimme: »Je größer man wird, desto mehr erkennt man, wie kompliziert und freudlos das Leben ist, was?« Aaron starrte ihn an, er konnte nicht glauben, daß er diese Worte gehört hatte, er war sicher, daß er nicht richtig gehört hatte. Gideons Vater hatte eine entnervende Art, Dinge zu sagen, die man sich nachher stundenlang von der Seele kratzen mußte – wie Scheiße, die am Schuh festklebt. Mit welchem Recht mischt er sich überhaupt ein, kochte Aaron. »Ah«, sagte Gideons Vater und sah direkt in Aaron hinein, dessen Seele zu zappeln begann und auszuweichen suchte, »es ist nicht leicht, nicht leicht. Ich erinnere mich genau an mich selbst. Wenn du mich fragst: von außen sieht es so aus, als vergingen all diese Jahre nur mit Plappern und Spielen und Freuden und Vergnügen, als hörten wir alle ein und dieselbe Melodie, und dann stellt sich heraus, daß das ganze Leben nicht ausreicht, um zu verdauen, was damals mit uns geschehen ist, und die Einsamkeit, ja, und die Schmach! Aber da ist Gideon ja schon«, sagte er mit einer ganz anderen Stimme, und Aaron war verblüfft, »trinkst du eine gute Tasse Tee mit uns, Gideon?«

Gideon war müde und gereizt. Er ist so nahe bei mir gewesen und hat nicht gemerkt, was ich durchgemacht habe. Aaron warf Gideon einen einzigen Blick zu und wußte sofort, daß Gideon dem Drängen Zachis, mit ihm in den Film zu gehen, nicht nachgegeben hatte. Man sah seinem Gesicht noch das Gespräch mit Zachi an. Man konnte es riechen. Also hatte Aaron diesmal durch sein Ziehen am heimlichen Strang gewonnen. Aber er empfand keine Freude darüber. Im Gegenteil: es schien, als würde allein Aarons Anblick reichen, um Gideon zum Schäumen zu bringen. Er warf den blauen Seesack, den er in letzter Zeit immer mit sich herumtrug, in eine Ecke, lehnte es ab, Tee zu trinken, und trank in großen Schlucken Wasser. Gurgel, dachte Aaron und notierte es sich im Kopf, Gurgel zum zweiten Mal, im vollen Licht. Und dieser Eifer, in dem richtige Gier steckt. Oder Rücksichtslosigkeit. Auch das muß man sich merken.

»Ich geh mich ein bißchen ausruhen«, sagte Gideon, sah die Schachtel mit den Katzenzungen, öffnete sie, war enttäuscht, sah seinen Vater, der mit verschlossenem Gesicht dasaß, fragend an und verschwand. Aaron erhob sich, begann etwas zu sagen, setzte sich aber wieder und fühlte sich beschämt. »Gideon scheint in letzter Zeit ein wenig erschöpft zu sein«, sagte Gideons Vater, woraufhin Aaron sofort die Augen abwandte. »Vielleicht weißt du ja, was los ist?« Aaron wich aus, so gut er konnte, schluckte seine Spucke hinunter und schüttelte entschieden den Kopf. He is läutering, dachte er ohne Freude. »Er gähnt die ganze Zeit, er ist die ganze Zeit verschlafen«, sagte Gideons Vater, und seine Augen irrten umher, Gideons Vater beugte sich vor und senkte die Stimme, »erzähl mir bitte: geht mein Gideon schon mit Mädchen aus?« Er stieß plötzlich ein elendes, ergebenes Kichern aus, und es war, als würden die feine Maske der Grausamkeit, der Spott von seinem Gesicht geschält. »Er erzählt mir nicht sehr viel, mein Gideon, du weißt, wie das ist, du verrätst deinen Eltern bestimmt auch nicht alles, aber mir ist es wichtig, zu wissen, wie er mit Mädchen ist. Interessiert er sich überhaupt für sie? Ist es möglich, daß er mit ihnen ausgeht, uns jedoch erzählt, daß er seine Zeit mit dir und Zachi verbringt?« Er sprach hastig, schob sein Gesicht immer mehr an Aarons Gesicht, der zurückschrak und ihn ängstlich anschaute. Einen Augenblick sah Aaron etwas vor sich, das wie das Negativ von Gideons Vater schien – die weißen, aussätzigen Augen, die Lippen, die vor Angst erbleichten. Etwas Quälendes, Ungelöstes lag wie das Geheimnis einer Krankheit, die tief im Innern sitzt, in dem, was von diesem Mann zu ihm herüberkam, Aaron wußte nicht, was er antworten sollte. Er konnte nicht verstehen, wovor er sich so sehr fürchtete, und er schleuderte ihm beinahe ins Gesicht, daß er und Gideon sich überhaupt nicht für diese Dinge interessierten. Noch ist Zeit, schrie er innerlich, noch ist Zeit!

Gideon kam mit den raschen, aggressiven Bewegungen, die Aaron angst machten, in die Küche zurück. »Laß uns zum Felsen runtergehen«, befahl er. »Gideon«, hob sein Vater noch einmal sanft an. »Ich komme gleich zurück«, knallte Gideon ihm ins Gesicht, und Aaron dachte: *gleich*, er hat keine Zeit für mich. Er will mich nur von hier weghaben. Mich von seinem Vater trennen. Aber für wen von uns beiden schämt er sich mehr. »Los, wir gehen.« Gideon ging hinaus, kehrte zurück, um seinen Seesack zu nehmen, wieso nimmt er diesen Seesack mit, lud ihn auf die Schulter, ging aus dem Haus. Aaron folgte ihm und lächelte entschuldigend und in einer sonderbaren inneren Verbundenheit Gideons Vater zu, der jetzt äußerst hilflos aussah.

12 Sie liefen die Treppen hinunter, und Gideon nahm mit unterdrückter Wut jeweils drei Stufen auf einmal. Dann gingen sie wortlos am Stamm des Feigenbaums vorbei, den die Gärtner von der Stadtverwaltung eines Tages gefällt hatten – sie meinten, einer namens Eisen hätte angerufen und sie gebeten, einen kranken Baum zu fällen, dabei gab es gar keinen Eisen in der Wohnsiedlung –, und überquerten die Straße im Laufschritt, Gideon rannte einfach hinüber, ohne nach rechts und nach links zu sehen, und Aaron erinnerte sich, wie sie einander früher, eigentlich vor nicht allzu langer Zeit, auf der Straße gerettet hatten, manchmal hatten sie sich sogar, scheinbar unabsichtlich, in Gefahr begeben, damit einen der andere retten und man ihm mit klopfendem Herzen danken konnte. Sie liefen ins Tal hinunter. Ein kalter Novemberwind schlug ihnen ins Gesicht. Gideon ging mit langen, festen Schritten vor ihm her, unter seinem albernen Seesack gebeugt. »Er ist schon wieder in *Dr. No* gegangen«, meinte er klagend zu Aaron, ohne ihn dabei anzuschauen. »Aber er hat ihn doch schon zweimal gesehen«, rief Aaron ihm zu, während er sich bemühte, ihn einzuholen, und beide wußten, daß in diesem Versuch der neue Stand der Dinge enthalten war; Aaron kam ins Straucheln und dachte: meine Beine sind zu kurz.

Auf einmal drehte sich Gideon abrupt zu ihm um. Einen Augenblick hoffte Aaron, daß er das, was sich ganz leise zwischen sie geschoben hatte, wieder ausmerzen sollte, doch Gideon zischte ihm ins Gesicht:

»Schau her, Kleinfeld –«

»Arik! Arik!« schrie Aaron so erbittert, daß Gideon augenblicklich ruhiger wurde und sich sofort zu seiner alten Treue aufgerufen fühlte, zu ihren vier Blutsbrüderschaften, zu dem Basaltstein, den sie einmal in der Höhle vergraben hatten.

Sie setzten sich sofort dort, wo sie gestanden hatten, auf den Pfad, der zum Felsen führte, und dämpften damit die Ergriffenheit, die sie beide überfallen hatte. »Aber du heißt doch Kleinfeld, oder?« meinte Gideon etwas vorsichtiger.

Aaron ließ Erde durch seine Finger gleiten und schwieg. Er

spürte, daß seine Stimme zittern würde, wenn er jetzt redete. In letzter Zeit nannten sich die Jungen aus der Klasse gegenseitig beim Nachnamen. In Tel Aviv hatte das schon in den großen Ferien begonnen, und nun fing man auch hier damit an. Strasznow und Smitanka, Blutreich und Schwiki – alle möglichen gutvermengten Zutaten eines frischen und herrlichen Kuchens begannen sich jetzt allmählich zurückzuziehen, um ihr einsames, karges Selbst zu sein: Riklin und Schaharabani und Kolodni. Namen, die zu Umschlägen amtlicher Schreiben, zu Scheckheften, zu Einberufungsbefehlen gehören. Zu der trockenen und rauhen Haut, die den Menschen wie ein Leichenhemd einhüllt.

»Warum bist du dann nicht mit ihm in den Film gegangen?«

»Ich hatte keine Lust heute.«

Das heißt: morgen ja. Aber er würde standhalten. Er mußte den Tag morgen nur vernünftig planen. Damit er am Nachmittag nicht allein dastand. Er würde sich in der Befreiung aus Verschlossenem üben. Er hatte schon zu lange sein Houdini-Training vernachlässigt. Aber irgend jemand mußte doch bei ihm sein, um ihn einzuschließen.

»Dann komm doch auch mit«, schlug Gideon halblaut vor.

»Ich hasse James Bond.« Schweigen. Beherrsch dich, du Esel. »Und du kannst mich umbringen, aber ich kapiere nicht, wieso du dir auf einmal alle diese britischen Filme mit den Partygirls und dem Unsinn über Spione und so ansehen willst.«

»Du sollst wissen, auch die Jungs vom –«, er senkte die Stimme und sah sich vorsichtig nach allen Seiten um, »– vom Sicherheitsdienst sehen sich diese Filme bei ihrer Ausbildung an. Menni hat das gesagt. Man kann viel daraus lernen. Es fördert das Denken und die Instinkte.«

Was weißt du von Spionen, dachte Aaron müde, was weißt du von Geheimhaltung, von Vorsicht, davon, jeden Augenblick in Alarmbereitschaft zu sein, mit einem vor Angst verkrampften Herz, stets so zu tun, als gehörte man dazu, sich zu verstellen, verlassen zu sein, stets im Feindesland.

»Komm doch mit und sieh selbst.«

Und auch: die Angst vor Leuten, die jemanden schnell nach

dem Äußeren einordnen müssen: Platzanweiser im Kino, zum Beispiel; eine neue Krankenschwester, die in die Schule kommt; kurzsichtige alte Frauen, die mit ihm reden, als wäre er ein kleiner Junge; eine stellvertretende Lehrerin, die ihn gestern, ohne jede Vorwarnung, von seinem Platz in der dritten Reihe auf einen Platz in der ersten umsetzte; Kinder aus der ersten und zweiten Klasse, die ihn mit unverhüllter Verständnislosigkeit anstarren, wenn er zwischen den Kindern aus seiner Klasse geht – aber vielleicht kommt ihm das nur so vor; und grobe, gestreßte Turnlehrer an Sporttagen; und der ständige Rabe, der aus den Mülltonnen frißt, und der sich nicht sicher ist, ob Aaron schon in dem Alter ist, in dem man keine Steine mehr werfen muß; oder Großmutter Lili, die plötzlich vorschlug, ihm ein Feuerwehrauto zur Bar-Mizwa zu kaufen – gut, sie ist vielleicht ein bißchen verdreht.

Schweig weiter. Beiß dir von innen in die Wangen. »Und außerdem«, kam ihm die Bitterkeit trotzdem über seine Lippen, »außerdem wird man dich nicht reinlassen. Die stehen ja dort und prüfen die Personalausweise.«

»Wir werden sehen«, sagte Gideon und hätte es gar nicht zu sagen brauchen, sagte es auch nicht im richtigen Ton. Aber es war schon eine gewisse Trübung am Himmel und um sie beide herum, und Aaron dachte, was für ein zartes Wort für eine so beschissene Sache wie Flaum, und er schaute um sich, um seine Augen zu trocknen, blickte durch den Abendnebel auf ihr kleines Tal, ließ seine Augen über den riesigen, kantigen Felsen schweifen, über den ewigen Fluß der Abwässer, die von der Wohnsiedlung hinabliefen, über den riesigen Schrotthaufen mit dem verrosteten, kaputten Topolino und dem stinkenden alten Kühlschrank ... Wovor hat sie sich, Sophie Atias, so gefürchtet bei ihm, was kann er ihr schon verderben, und ohne es zu wollen, entfuhr ihm, daß er vorhabe, morgen wieder in die Wohnung im dritten Stock einzudringen, um nachzuprüfen, ob sich jemand dort eingerichtet habe. Dann schluckte er und fragte Gideon, ob er bereit sei, auf Beobachtungsposten zu sitzen, während er in die Wohnung gehe.

Er hatte diesen Blick schon einmal auf Gideons Gesicht gesehen: nahe der Stelle, an der sie jetzt saßen, bei der Zeremonie ihrer Aufnahme bei den Pfadfindern vor drei Jahren. Die älteren Jungen aus der Neunten hatten ein schönes Lagerfeuer angezündet, es mit Fackeln umgeben und Feuerschriften auf langen Holzstangen vorbereitet, die in der Ferne zu sehen waren. Alle Eltern waren gekommen und standen am Rand des Tales, um die Zeremonie zu verfolgen, und die neuen Anwärter erschienen in gebügelten Khaki-Anzügen. Nach den Reden und Begrüßungen stellten sich die Neuntkläßler in einem geschlossenen Kreis rings um das Feuer auf, ihre Hände mutig ineinandergeschlungen, und der Leiter erklärte, daß die jungen Anwärter den Kreis durchbrechen müßten, um der Aufnahmen bei den Pfadfindern würdig zu sein. Aarons Bande lachte aufgeregt, denn es ging die Legende von einem Jungen aus jedem Jahrgang um, dem es nicht gelang, in den Kreis einzubrechen, und der dann in eine andere Jugendgruppe gehen mußte.

Aaron, der sich in der ersten Sturmwelle befand, kämpfte mit einem schmächtigen Neuntkläßler, trat ihn mit aller Kraft, drang ein und setzte sich ans Feuer. Einen Augenblick saß er da und atmete erleichtert auf, doch dann spürte er plötzlich, wie seine sonderbare Kraft in ihm erwachte, der wonnige Kitzel tief im Innern, der ihn manchmal dazu bewegte, anzugeben und eigenartige Dinge zu tun, manchmal jedoch auch seine wunderbarsten Ideen gebar, eine Art Bedürfnis, noch einen hochmütigen Strich auf das Bild zu setzen, das er so herrlich zeichnen konnte, oder noch eine kokette, überflüssige und gefährliche Windung vor dem leeren Tor zu machen, bevor er hineinschoß. Auch Gideon war es gelungen, die Mauer zu durchbrechen, und er setzte sich strahlend und keuchend neben ihn. Aaron betrachtete mit großer Aufmerksamkeit die glühenden, kleinen spitzen Ohren von Gideon. Und von seinem Bruder Menni. Und von ihrer Mutter. Die Familienohren. Die Kinder verspotteten Gideon wegen seiner Ohren, an jenem Abend aber, am Lagerfeuer, neben Gideons ruhigem Stolz, studierte Aaron sie, als würde er sie erst jetzt, zum ersten Mal, richtig sehen, die Präzision ihrer Gestalt und die treue Zugehörigkeit, die sie stumm ausstrahlten, wie eine aus Knorpeln gemachte Abstammungsurkunde, eine, die man zu Recht erhält und aufrichtig weitergibt. Gideons Kinder werden bestimmt auch solche Ohren haben, sie werden keine Wahl haben, und Aaron spürte plötzlich ein unerklärliches Grummeln der Wut, der Belästigung in sich; vielleicht blies das Lagerfeuer in seine Richtung und raubte ihm den Atem; er rutschte, sich noch nicht seiner selbst bewußt, leicht würgend, unbehaglich auf seinem Platz herum, um ihn her die ganze Zeit der Lärm der Stürmer und Abwehrer und das Knallen des Feuers, doch das alles hörte Aaron nicht, er stand auf, überlegte nicht, was er tat, spürte nur ein Zucken der Unruhe in sich; etwas, das ihn rief, das ihn zum Zuhören aufrüttelte: denn es gibt einen schmalen Pfad, der sich zwischen den sichtbaren Dingen windet und schlängelt, und Aaron allein wird auf ihm wandeln; und aus den vertrauten Buchstaben kann man stets neue, geheime Worte bilden; er wurde aus sich selbst wie fiebrig aufgestört, einen Augenblick stand er verwundert und verwirrt, und die Kinder, die bereits saßen, sahen ihn schon erstaunt an. Vielleicht dachten sie, er fühle sich nicht wohl, aber er fühlte sich wunderbar. Es steckte eine Erklärung in alledem, doch er wußte nicht wofür, und auch ein Protest, doch er wußte nicht wogegen, und vor allem die Wonne über eine neue Möglichkeit, die zwischen den Drähten, die dort gespannt waren, zappelte und jubelte, mit sich rang und floh, es sich wieder überlegte und zurückkehrte; und inzwischen könnte sich irgend etwas lösen, erweichen, offen und fließend werden, ja, so, so will er es, mit der freien Bewegung hin und zurück durch die befestigte Mauer. Und er erinnerte sich, daß seine Eltern jetzt dort oben, am Rand des Tales, zwischen allen anderen Eltern standen, sein Vater und seine Mutter, gewiß mit ernster Miene und feierlich, und von ihm erwarteten, daß er der Familie keine Schande machte, und einmal wird auch er so am Rand eines Tales stehen, groß und schwer und verantwortungsvoll und wissend, was bevorsteht, und sein Junge wird laufen und die Mauer durchbrechen, und er wird der Familie keine Schande machen, von Generation zu Generation, in einer langen und schmalen Reihe, ohne Deserteure und ohne Verräter. Und dann schoß er endlich los. Das war Freiheit – die Freude, die ihn durchströmte, als er einen Augenblick später mit ausgebreiteten flatternden Armen wie ein kleines Flugzeug aus dem Kreis herausbrach; Freiheit, aber auch Ausgestoßenheit; denn er wurde sofort besiegt, von der Willkür der Zeremonie und der Grausamkeit ihrer Diener bezwungen, plötzlich hatten sich alle der Zeremonie unterworfen, alle anderen, die er selbst in seinem Übereifer aus einem Guß gestaltet, ihnen ihre Bestimmung verraten und einen Namen gegeben hatte. Mag sein, daß es damals wirklich bei ihm angefangen hatte; aber er war doch erst zehn Jahre alt, das gestreifte Hemd war noch über Gioras Körper gezogen gewesen, und zu Hause wurde geplant, wie man den Fotografen vom teuren ›Foto Gvirtz‹ bestellen und auf die Box von Schimek verzichten würde, dem die Hände zitterten, und in den Nächten rechneten die Mutter und der Vater die Preise der verschiedenen Menüs aus. Und ausgerechnet dann tat Aaron, was er tat, er sprengte die Mauer der Neuntkläßler von innen, lief ein paar Schritte zwischen die Sträucher der haarigen Kassie, blieb stehen, drehte sich zur Mauer um und stürmte vor den verblüfften Augen aufs neue hinein.

Er warf sich gegen die Mauer und wurde zurückgeschlagen. Denn die verärgerten Neuntkläßler preßten jetzt ihre Körper aneinander und schubsten ihn unter rhythmischem Gebrüll zurück. Andere Kinder, die bei den vorhergehenden Sturmangriffen gescheitert waren, nutzten den Moment, um mühelos in den Kreis einzudringen. Wieder und wieder warf sich Aaron gegen die Mauer, doch schon bald war er müde und geschlagen und konnte seine Durchbruchversuche nicht mehr richtig plazieren. Die reichlichen Schläge, die er von ihnen bekommen hatte, schmerzten nicht mehr, sondern belästigten nur noch, als klopfe ihm jemand ständig auf die Schulter, um seine Aufmerksamkeit auf irgend etwas zu lenken. Wenn er anhielt, um Luft zu holen, und sich im Dunkeln duckte, konnte er die Kinder, die im Kreis um das Feuer saßen, erkennen. Er sah, wie sich Gideon und Zachi unterhielten, worüber haben sie jetzt zu reden, sie sollen kommen und etwas tun, sie sollen ihm helfen. Schon bereute er seine Leichtfertigkeit, er machte immer wieder solchen Unsinn, vor allem aber sickerte ihre Rachsucht wie Gift in ihn; die Schnelligkeit, mit der sie sich alle eingereiht hatten. Ihr erbarmungsloser Klassenfanatismus. Er stürmte in sie hinein, und sie antworteten ihm mit ihren Körpern, die nun wie aus einem Guß waren. Völlig außer Atem, der Schweiß lief ihm über die Augen, erhob er sich erneut und rannte gegen sie an, faßt mich an, seht, ich bin warm; hej hopp, jubelten sie alle zusammen; das war ihre einfachste und wirksamste Waffe, und das war seine schwache Stelle; er fiel wieder hin und stand wieder auf und stürmte los, blind, kreischend, und sie, sie machten, ohne etwas zu verstehen, mit dem sechsten Sinn der Masse präzisen Gebrauch ausgerechnet von jenem kostbaren, josephschen Mineral der Auserwähltheit, das sonst immer ihm zur Verfügung gestanden hatte. Sie opferten ihn, Aaron, für ihre Einheit.

In jenem Augenblick wandte sich Gideon endlich in seine Richtung und sah ihn mit leerem Blick an; Aaron hielt einen Moment in seinem zwanghaften Lauf zum Kreis der Körper inne und stand verblüfft und verletzt vor dem Unrecht, denn Gideon hatte schnell, zu schnell, außerdem aus einer totalen Verkennung des Eigentlichen, an der dummen Schwäche von Aaron festgehalten und ihn erbarmungslos disqualifiziert. Und schon wußte er genau, wie er während dieser ganzen Zeit in Gideons Augen aussah: wie einer jener Piloten, die nicht im Kampf fallen, sondern während sie über dem Stützpunkt ihre Siegesschleife ziehen. Mit einem Schlag wurden Aaron die Beine weich, und das ganze Bild verwelkte vor seinen Augen, denn wenn sich Gideon derart in ihm täuschte … völlig resigniert wandte er sich ab und entkam in die Dunkelheit.

»Sag mal«, fragte Aaron mühsam und nach Worten suchend, um das schwere Schweigen zu füllen, »wie steht es mit deinen Augen?« Gideon antwortete mit strenger Höflichkeit, danke, noch immer beschissen. Er spüre eine Schwäche im linken und sehe die ganze Zeit einen krummen kleinen Faden vor dem Auge, seine Mutter versuche ihn zu überreden, sich bei der Krankenkasse untersuchen zu lassen, aber er sei sicher, daß es von selbst vorübergehen werde. Aaron meinte sofort, vielleicht solle er jede Woche drei von den Tabletten nehmen statt zwei; Gideon entgegnete, er fürchte sich ein bißchen vor einer solch großen Menge, die ihm vielleicht eher schaden als nützen werde. Was soll hier schaden, sagte Aaron mit distanzierter Stimme, mit von der Lüge schmalen Lippen, meine Großmutter und meine Mutter nehmen es doch seit Jahren jeden Tag und brauchen deshalb keine Brille. Er steckte seine Hand in die hintere Hosentasche, wühlte ein wenig in ihr herum und zog ein Pergamentpapier hervor, in das eine kleine, gelbliche Pille gewickelt war. Gideon streckte schon die Hand aus, um sie entgegenzunehmen, und Aarons kurzes Hinauszögern bewegte die Bläschen der Wasserwaage zwischen ihnen, früher hätte er das nicht bemerkt, es kam alles auf dieselbe üble Sache zurück: hier lernte er, unfreiwillig, die Sprache des Landes, in das er verbannt wurde; und scheinbar unschuldig fügte er hinzu, das sind ziemliche Arschlöcher dort, bei der Aufnahmeprüfung für Piloten, und spürte in seinem Innern die eisige Verkrampfung in Gideon. Ich habe gelesen, daß sie jetzt solche Instrumente haben, an die man eigentlich gar nicht denken darf, die einem in die Augen und in die Seele kriechen, er hatte Gideon die Pille noch immer nicht gegeben, und Gideon hielt seine Hand weiter hin, tat jedoch so, als bemerke er die Verzögerung nicht. Ein rauher Bogen rieb an der neuen Saite der Bosheit. Plötzlich wandte Aaron den Kopf nach hinten und pfiff nach ›Gummi‹, »komm, komm, braver Hund«, sagte er und kraulte ihn unter dem Kinn und auch an jener Stelle auf dem Bauch, die bei den Hunden von außen das Zucken im Bein auslöst, und er spürte, wie Gideon kochte und mehr als genug hatte, jedoch nichts sagte, weil er die Pille brauchte. He is läutering, dachte Aaron zornig. »Vielleicht hörst du endlich mit dem Unsinn auf, Aaron«, rief Gideon plötzlich, »was soll dieser Blödsinn mit dem Hund, der bestimmt schon krepiert ist, wen willst du damit beeindrucken?!« Aaron wandte sich ihm langsam zu und sagte mit zitternder Stimme, er habe das Recht, alles mit ›Gummi‹ zu machen, was er wolle; und Gideon, der versuchte, wegen der Tabletten einen kühlen Kopf zu bewahren, meinte, Aaron wisse ganz genau, daß seine Mutter ›Gummi‹ schon vor zwei Jahren aus dem Haus gejagt habe, nachdem sie gesehen hatte, wie er die Hündin von Botnero neben den Mülltonnen bestiegen hatte, doch Aaron blieb stur und sagte zu Gideon, er werde ›Gummi‹ auf seine Art weiter großziehen, bis dessen Zeit zum Sterben käme, in ungefähr zwölf Jahren, das sei eine ganz private Angelegenheit und habe niemanden zu stören; Gideon sah ihn an und sagte, Ehrenwort, ich verstehe dich manchmal wirklich nicht, und Aaron preßte die Lippen aufeinander und wollte schreien – und was ist mit dir und deinem dummen Seesack, wen willst du beeindrucken, wenn du ihn auf dem Rücken trägst wie einer vom Kommando, und wozu hat sich dein Freund eine Goldkette gekauft und ein Taschenmesser mit sechs Klingen, mit dem er die ganze Zeit herumspielt und es auf- und zuklappt; er wußte nicht, wie ›Gummi‹ mit dem dummen Seesack und dem Taschenmesser zusammenhing; er wußte nur, daß er es nicht leiden konnte, überflüssige Gegenstände lange in der Hand zu halten; daß er es haßte, wenn Sachen und Gegenstände an seinem Körper klebten. »Los, nimm schon, nimm!« hob er plötzlich die Stimme, deprimiert über diese Situation, die er gar nicht gewollt hatte. Er fühlte sich wie ein Kranker, dem jeden Augenblick ein anderes, merkwürdiges Symptom seiner Krankheit bewußt wird.

Gideon schluckte sie hastig, ohne Wasser.

»Hör mal«, sagte er plötzlich, »ich … ich glaube nicht, daß ich diesmal mitmachen werde.«

Aaron starrte ihn einen langen Augenblick an, bis er begriff, daß Gideon von der Sache mit dem Beobachtungsposten und dem Hinterhalt sprach. »Bist du auch schon ein Feigling geworden? So wie Zachi? Sehr schön«, sagte er wie ein Schauspieler, der irrtümlich Zeilen aus einem anderen Stück deklamiert und nicht aufzuhören wagt.

»Mann, du weißt sehr gut, daß es nicht Angst ist.« Sie schwiegen wieder, versanken in sich selbst, als versiege ihre Kraft von einem Satz zum anderen. Aber die Erwachsenen, überlegte Aaron matt, tragen gerne Gegenstände am Körper, eine Brieftasche zum Beispiel, oder alle möglichen Sorten von Kugelschreibern, Papiere und Handtaschen, Münzen und Ketten und Ringe und Etuis und Schlüsselanhänger, in letzter Zeit zerbreche ich zu viele Bleistifte, verliere Kulis – er fuhr sich ärgerlich mit der Hand übers Gesicht, und gestern beim Abendbrot hatte er wieder ein Glas fallen gelassen; und in der Schule hatte er sich den Finger in der Tür eingeklemmt; und daß er jedesmal zögerte und ein paarmal daneben zielte, bis es ihm gelang, den Strohhalm in den Flaschenhals zu stecken, interessant, ob das wohl schon jemand bemerkt hatte, und diese Woche hatte der Vater ihn gebeten, eine ausgebrannte Glühbirne auszuschrauben, und als er sich in der Drehrichtung irrte, war sie ihm in der Hand zerbrochen.

»Ich denke jetzt gerade daran«, sagte Gideon, »ich denke daran, wie wir, seit wir ganz klein waren, solche Sachen gemacht haben. Wie du in den Ferien jedesmal einen neuen Spion oder einen vergrabenen Schatz für uns gefunden hast, oder wie wir monatelang an dem Versuch gearbeitet haben, einen neuen Stoff zu erfinden, den noch niemand entdeckt hat.« Er begann, die Einzelheiten dieser Erlebnisse aufzuzählen in der Absicht, streng mit Aaron zu sein, ihn zu ernüchtern, vielleicht sogar zu ärgern, aber sein Gesicht und seine Worte wurden gegen seinen Willen weicher: »Oder als du uns davon überzeugt hast, daß dieser arme Mann, Kaminer, ein Werwolf ist ...« Gideon lachte vorsichtig, und auch Aaron lächelte: »Und wir sind zu ihm in die Wohnung rein ...«, »... und haben dort ein Haar einer Damenperücke gefunden«, erinnerte sich Gideon. »Siehst du! Eine Frau, die vielleicht gefressen wurde!« »Ja, klar, und es gab dort auch eine große Tischlerfeile, und du hast es geschafft, uns davon zu überzeugen, daß sie benutzt wurde, um Zähne zu schleifen ...« »Und was ist mit dem Kalender? Wie erklärst du dir den Kalender?« »Welchen Kalender?« »Den mit den roten Zeichen in der Mitte jeden Monats, genau wenn Vollmond war!« Gideon schüttelte den Kopf und meinte, ach, Arik, Arik, was für Ideen du damals hattest, und Aaron dachte, ich hätte sie jetzt auch, es hängt alles nur von dir ab. »Und das letzte Mal waren wir bei dieser Edna Blum. Erinnerst du dich?« Aaron nickte stumm. Wenn Gideon wüßte, daß er mindestens einmal die Woche, manchmal noch öfter, dorthin zurückkehrte, würde er denken, Aaron sei verrückt geworden. »Ist der Schlüssel noch bei dir? Der Dietrich?« Aaron zog ihn sofort hervor und zeigte ihn Gideon. Den Dietrich hatte er vor drei Jahren von Eli Ben-Sikri gekauft, der ihm die Geheimnisse des Schlüssels schon in jenem Alter und anhand unanständiger Beispiele beigebracht hatte, über die sich Aaron jedesmal, wenn er Elis Rat für ein neues Schloß brauchte, sehr aufregte. Im Austausch für den Dietrich gab er Eli den Schlüssel für den Bunker der Siedlung, den langen schmalen Keller, der als Lagerraum für alle möglichen Gegenstände der Bewohner diente, für die sich in den engen Wohnungen kein Platz fand. Und seitdem begann der Keller geräumiger zu werden, die Bewohner brachten immer mehr Sachen dorthin, und ein Wunder geschah, denn es war stets Platz dort, und Aaron zitterte vor Angst, wenn er daran dachte, was passieren würde, wenn sie es merkten.

»Und als er plötzlich von seiner Dialyse zurückkam, der Kaminer, und uns beinahe erwischt hätte?« »Zum Glück hatte ich Zachi auf den Beobachtungsposten gestellt«, sagte Aaron stolz: Aaron, dessen Operationspläne noch nie gescheitert waren. »Du hast Zachi immer draußen gelassen«, kicherte Gideon: »Eh? Was? Stimmt das etwa nicht?«

Die beiden sahen sich mit einem feinen Lächeln voller Verbundenheit und Nähe an, und einen Augenblick war Feuerpause. »Und als du beschlossen hast, daß Peretz Atias ein Mitglied des Ku-Klux-Klan ist«, stöhnte Gideon fröhlich, den

Faden der Gnade noch ein wenig spannend; und Aaron spürte plötzlich, daß auch Gideon sich vor der Erfüllung seines Auftrags drücken wollte: »Und als du von irgendeinem Fremden auf der Straße behauptet hast, er sei ein ägyptischer Spion, und wir ihn so lange verfolgten, bis er sich selbst verdächtig vorkam ...«

Aaron räusperte sich, um das Gefühl der Sehnsucht loszuwerden: »Und wer ist Jigal Plusser?«

»Jigal Plu ... klar: siebenundzwanzig Jahre alt.«

»Vierundzwanzig.«

»Vierundzwanzig. Er floh nach Ägypten, um Spion gegen Israel zu werden. Und verliebte sich in die Frau von ... na ... von Altschuler, der dort bereits inhaftiert war! In welchem Gefängnis?«

»Abassije! Und wer saß noch mit ihnen im Gefängnis?«

»Moment, nicht sagen ... Viktor Gerschon aus Pardess-Chana. Und Nissim Abussarur.«

»Nicht schlecht. Und auch Arnold Frank, und sag mir, wie hieß der ägyptische Ermittler?«

»Hmm ... das habe ich vergessen.« Gideon zuckte die Schultern.

»Das hast du vergessen? Colonel Schams von der ägyptischen Abwehr.«

»Richtig. Schams ... und du hast uns darauf gedrillt, seinen Verhören und Folterungen standzuhalten ... Spione und Verräter waren so eine richtige Manie von dir, was?«

»Die ist mir immer noch ein bißchen geblieben«, kicherte Aaron, »und du erinnerst dich doch, oder, was wollte ich noch von ihm, eh, daß ich selbst jetzt manchmal überlege, wer dieser junge Kerl war, von dem es hieß, er schaue wie ein Kibbuznik aus, den man in eine Einzelzelle gesteckt hat?«

»Von dem man sagte, daß es nicht zu glauben sei, daß einer, der aussieht wie er, gegen uns spionieren will.«

»Und woher kam dieser ... Schimon Kramer?«

»Mir ist gerade eingefallen«, lächelte Gideon, »daß du einmal angefangen hast, uns damit verrückt zu machen, du seist vielleicht selbst ein Doppelagent, erinnerst du dich?«

»Nein. Schimon Kramer kam aus Rischon Lezion. Und auch er ging über die Grenze nach Gaza, um sich dem ägyptischen Geheimdienst anzuschließen.«

»Ehrenwort, du hast die ganze Zeit versucht, uns das Gefühl zu geben, du wüßtest irgendein Geheimnis von einem Spion ... du hast Zeichen in die Erde gemacht, um Flugzeugen und Spionen zu signalisieren ...« Ein sonderbarer, scharfer Blick blitzte kurz in Gideons Augen auf, und Aaron wandte hastig das Gesicht ab: »Du irrst dich, die Zeichen waren etwas anderes«, sagte er rasch. »Die Zeichen habe ich mir ausgedacht, als wir im Ferienlager in der Schule böse aufeinander waren. Der große Krach in der Fünften.«

»Richtig!« jubelte Gideon getäuscht und irregeführt: »Wir hatten einen Streit, worüber bloß? Damals waren wir uns sicher, daß das der Weltuntergang sei.« Es war der Weltuntergang. Aber als sie sich versöhnten, verwandelte sich ihre Freundschaft: aus einer Kindheitsgewohnheit wurde eine bewußte Wahl. Sie lachten leise. Sie lachten jedoch ein bißchen zuviel. Der Seufzer eines Nachrufs auf diese Freundschaft wehte zwischen ihren Worten. Aaron wußte nicht, was es war, das sich in den letzten Augenblicken verändert hatte, aber einen Moment lang wagte er zu hoffen, daß Gideon Mitleid mit ihm haben würde.

»Ja, ja ...«, erinnerte sich Gideon und fuhr sich mit der Hand durchs Haar, »du hattest dir ein kompliziertes System ausgedacht, du hattest Zeichen, sieben Zeichen, erinnerst du dich?«

»Wirklich?« fragte Aaron vorsichtig. »Interessant, daß ich mich gar nicht erinnere.«

»Wie, du erinnerst dich nicht? Da war doch die Sache mit dem Hemd, dem roten Hemd mit dem Abzeichen des Ferienlagers, und du hattest entschieden, daß, sollte es während der Zeit, in der wir zerstritten waren, irgendeinen Notfall geben, man dieses Hemd an die Wäscheleine hinter dem Haus hängen mußte, damit der andere sofort zum Felsen käme. Du hast alles getan, damit kein Streit länger als eine Woche dauerte.«

»Ja? Und was gab es noch?«

»Es gab noch … die Blätter abschneiden, die drei unteren rechts, von der großen Pflanze neben meinem Hauseingang, dem Feigenbaum. Das war das erste Zeichen. Und für den zweiten Tag hattest du ein anderes Zeichen … ja, den Wasserhahn hinter dem Haus tropfen lassen, das war auch ein Zeichen, daß es einen Notfall gab und der andere zum Felsen kommen mußte, sogar während eines Streits. Gleich nach der Mittagsruhe, hast du angeordnet, Punkt vier Uhr.«

»Sieh mal an, wie ich mich an nichts erinnern kann«, sagte Aaron mit zurückhaltender Stimme.

»Sicher! Und einen Schwanz auf die alten Pfeile der Wegweiser zeichnen, weißt du das nicht mehr?«

»Nein. Erinnere mich daran. Nur so, zum Spaß.«

»Und … die Löcher für das Spiel mit den Aprikosenkernen, die Vertiefungen der Kanalisationsdeckel mit Sand füllen. Ich werd verrückt, daß du dich nicht erinnerst. Dabei hast du doch ein wunderbares Gedächtnis für diese Dinge.«

»Ich fange an, mich zu erinnern. Ganz vage«, sagte Aaron, die Worte bewußt einteilend. »Aber sag mal, war da nicht noch ein Zeichen, ein letztes Zeichen, daß ich, sogar wenn ich am anderen Ende der Welt bin und du es mir gibst, sofort zum Felsen kommen muß?«

»Es bringt mich um, daß du alles vergessen hast. Du! Hör zu!« Er lachte. Mit verkniffenem Gesicht verfolgte Aaron seine Lippen. »Wir haben ausgemacht, daß, wenn es um Leben und Tod geht, derjenige, der den anderen braucht, auf den Felsen klettert und mit einem Spiegel SOS an dessen Zimmerdecke signalisiert.«

»Interessant. Und wie ging es, dieses SOS, erinnerst du dich noch? Denn ich habe es bestimmt vergessen.«

Gideon zog die Brauen zusammen: »Es war so: drei Punkte. Dann Strich, Strich, Strich, und noch drei Punkte: ein schnelles Signal, ein langsames und dann wieder ein schnelles. Das Morsealphabet werde ich im Leben nie vergessen.«

»Alle Achtung«, sagte Aaron. Er lehnte sich ein wenig zurück und atmete tief ein. Irgend etwas in seinem Gesicht schien sich ein wenig beruhigt zu haben.

»Menschenskind, was für Ideen du hattest.«

Jetzt schweig. Beherrsch dich. »Glaub mir, das war viel besser als dein James Bond«, verdarb er es.

»Das waren Zeiten ...«, seufzte Gideon und hörte auf zu lachen. Und Aaron sprach ihm nach, das waren Zeiten. Wieder entstand eine Pause. Gideon gähnte tief, und Aaron schaute einen langen Augenblick in seinen aufgerissenen Mund; warum Gideon erschöpft sei, verlangte dessen Vater zu wissen, warum er in letzter Zeit so müde sei. Er soll schon den Mund zumachen, flehte Aaron innerlich, er soll ihn zumachen. Panisch stöberte er in seinen Gedanken, um irgend etwas hervorzuholen, das ihn die Angst und die Schuld vergessen lassen würde, das die hauchdünne Flamme nähren würde, die eben einen Moment lang zwischen ihnen aufgeflackert war. Was sollte er sagen. Er wußte doch schon, daß am Ende dieses Gesprächs der Schlag kommen würde. In seiner Not steckte er die Hand in die Hosentasche, Gott sei Dank, er fischte die Münze heraus. Gideon besah sie sich: »Sieht wie ein einfaches altes Geldstück aus, an dem jemand mit einem Stein gerieben hat.« »Aber vielleicht ist das eine seltene Münze?« meinte Aaron. »Ich halte sie einfach nur für ungültig. Bitte doch meinen Vater, einen Blick auf sie zu werfen. Er hat eine Sammlung aus der ganzen Welt.« »Eine Sammlung aus der ganzen Welt, das hatte ich vergessen. Sieh mal, wie ich heute alles vergesse.« Er spielte um Zeit. Er brachte noch die Kraft auf zu sagen, man könne sie vielleicht, was hältst du davon, Murdoch als Almosen geben, und ließ sofort ein ausdrucksloses Lächeln über sein Gesicht gleiten, meinte, er wisse, daß es unfair sei, einen Blinden so zu beschwindeln, und Gideon, der jetzt achtgab, ihn nicht anzuschauen, sagte, Murdoch merke ohnehin nicht, was man ihm hinwerfe, und Aaron flüsterte, er merkt es wirklich nicht. Sogar für Nägel und Muttern segnet er einen, sagte Gideon wie erwartet; ja, ja, sogar Nägel und Muttern, wiederholte Aaron achtlos und matt das Ende von Gideons knappen Sätzen, als wollte er sie ein wenig verlängern, als würde auf diese Weise ein verstohlenes Händestreicheln zwischen den Worten gewechselt.

Sie verhüllten und offenbarten sich einander noch ein wenig, bis sie aufhörten und verstummten. Aarons Kopf sank zwischen die Schultern, und sein schmaler Nacken wurde sichtbar. Er wartete, doch Gideon sagte noch immer nichts. Aaron hatte keine Kraft mehr, zu warten. Er verstand nicht, wie eine solche Situation, in der Gideon ihm so fremd und gefährlich war, möglich sein konnte. Zerstreut berührte er den blauen Seesack, streichelte sein weiches Futteral. Gideon blickte überrascht auf seine Finger. Aaron zog erschrocken die Hand zurück.

»Und ausgerechnet jetzt, wo die Chance besteht, einen richtigen Spion, sogar einen Killer zu sehen, gebt ihr klein bei, sehr schön ...« Er wußte nicht, warum er diesen Unsinn von sich gab. Er versuchte, die Miene eines Beleidigten aufzusetzen, aber seine Stimme war ziemlich dünn und weinerlich, und auf seinem Gesicht, das plötzlich wie ausgelöscht wirkte, zeichneten sich einen Augenblick die Züge fremder, zerklüfteter Abgründe ab. Hätte Gideon ihn jetzt angeschaut, hätte er auch nur einen Augenblick hingeschaut, hätte er das ganze Ausmaß seiner Not sehen können. Aber Gideon, mit dem Egoismus, den Kinder vielleicht brauchen, um von einem Augenblick zum nächsten zu existieren, und der erstaunlichen Anonymität, in der es ihnen gelingt, lange und treue Freundschaft zu wahren, mit diesem Überrest eines uralten Instinkts der Vorsicht, der vielleicht aus den Zeiten stammt, in denen Kinder massenweise starben – Gideon wandte den Blick von ihm ab und war gerettet. Er wandte den Blick in die Ferne und blieb zartfühlend und fair. Da wußte Aaron, daß ihm keine Hoffnung geblieben war.

»Zachi sagt, daß er diese Spiele schon ein bißchen satt hat«, begann Gideon zu tun, was ihm auferlegt worden war, und fügte rasch und edelmütig hinzu: »Die imaginären Spiele.«

Er hätte auch die ›albernen‹ oder, am allerschlimmsten, die ›kindischen Spiele‹ sagen können. Und Aaron, dankbar und gedemütigt zugleich, wußte, daß Gideon diese Mitteilung auf sich genommen hatte, um ihm die Grobheit von Zachis Worten zu ersparen.

»Ich habe Abenteuer für euch erfunden«, flüsterte Aaron, und seine Unterlippe zitterte.

»Abenteuer sind eine sehr schöne Sache ...«, wand Gideon sich; während der eingetretenen Stille steckte Aaron die Hand in die Hosentasche und berührte rasch seine Zwiebelscheibe, die ihm jede Geheimschrift und jeden verborgenen Gedanken verriet, und sofort hörte er Gideons Gedanken in seinem Innern: Aber wir befinden uns vor einem wirklich großen Abenteuer. Dem größten. Er ließ die Zwiebel los, als habe er sich verbrannt.

»Und bei den Houdini-Auftritten willst du auch nicht mehr mitmachen? Ist es das?« Besser alles jetzt hören. Ohne parteiisch zu sein. Doch es hatte stets ein heimlicher Schutz darin gelegen, daß Gideon derjenige war, der ihn vor dem Auftritt einschloß und fesselte.

»Erklär mir nur«, sagte Aaron vernichtet, »damit ich es auch verstehe, denn ich bin vielleicht etwas schwer von Begriff, erklär mir also langsam und deutlich, warum es vor einem Jahr und vor zwei Jahren erlaubt war und Spaß machte, sagen wir, in fremde Häuser zu gehen, und warum jetzt auf einmal nicht? Erklär mir, was hat sich geändert?«

»Damals war es anders«, wich Gideon wieder aus, und seine Beherrschung geriet bereits ein wenig ins Wanken.

Was anders, wie anders, o Gott, mach, daß es dieses Jahr einen Spion gibt, nur um es ihnen, um es allen zu beweisen, nur um mit einem Schlag dieses ganze Durcheinander in Ordnung zu bringen ... und siehe da, jetzt preßte Gideon den Mund zusammen auf eine Weise, in der eine Art letzter, rührender Entschuldigung eines Gladiators lag, der gezwungen ist, seinen Bruder vor den Augen der blutrünstigen Menge zu töten, aber wo war die Menge, und wer war diese unsichtbare Menge, die sie aufeinander hetzte, und wo saß der Kaiser; und Aaron blickte auf und sah, wie zwischen Gideons Gesichtszügen noch einen letzten Augenblick seine Liebe zu ihm zum Ausdruck kam, als versuchte er, Aaron mit aller Gewalt zu wecken, steh auf, steh auf, flüsterte er ihm durch die Glasglocke zu, die über dem schlafenden Aaron lag, steh auf, denn wir treten die große Reise an; doch Aaron lag um sich selbst gerollt, blutlos, fast fleischlos; wenn du mir treu bist, dann warte auf mich so lange, wie es nötig ist, und Gideon wich immer weiter in einen hellen Eingang zurück, in dem sich ein starkes und wuchtiges Fahrzeug abzeichnete, ein großer Lastwagen oder sogar ein Panzer, und auf dem Fahrzeug konnte man im blendenden Licht alle lärmenden Mitschüler erkennen, Jungen und Mädchen, mit Rucksäcken und Paketen am Körper, mit Stöcken und Seilen und Taschen und Taschenmessern in den Händen, nein, nein, ich kann jetzt nicht kommen, wisperte er, und in seinen Augen lag Bedauern und Trauer, versteht doch, ich verlasse euch jetzt vermutlich für längere Zeit, ich vergrabe mich in mein Unglück. I am verpupping. »Hör mir einen Augenblick zu, Arik.« Gerade seine Vorsicht und sein Edelmut waren es, die Aaron auf die Knie zwangen. »Hör zu, es ist zu deinem Besten, du mußt dich, du mußt dich einfach zusammenrei …«

»Zum Teufel mit dir!« fiel Aaron ihm ins Wort. »Zum Teufel mit euch allen! Ich werde allein reingehen! Allein!« Und er stand auf und lief fort, stieß nur einen erstickten Schrei vor dem verblüfften Gideon aus, lief blindlings in das dunkle Tal, in den riesigen, finsteren Rachen, innerlich schreiend und würgend, daß er immer und ewig weitermachen werde, daß er – jawohl – in Häuser hineingehen werde, daß er sich aus Kisten und Koffern und Autos befreien werde, daß er bleiben werde in alle Ewigkeit.

13

Am Schabbatvormittag eines milden Wintertages wurde Aaron zur Thora aufgerufen. Als er die Thorarolle mit ihren verzierten Buchstaben vor sich sah, löste sich seine Spannung, und er sang und jubelte von ganzem Herzen: »Da flog einer der Seraphim zu mir und hatte glühende Kohle in der Hand, die er mit der Zange vom Altar nahm …« Der Vater stand neben ihm, unbeholfen in seinen Gebetsschal gewickelt, das Gesicht rot und aufgeschwollen, und stammelte dem Finger des Rabbis folgend die für ihn bestimmten Abschnitte nach, und Aaron jauchzte: »Und er rührte meinen Mund an und sprach: Siehe, hiermit sind deine Lippen berührt, daß deine Schuld von dir genommen werde und deine Sünde gesühnt sei.« Der winzige Rabbi, dessen Gesichtszüge sich vor Konzentration stark angespannt hatten, wandte die Augen nicht von ihm ab. Vielleicht erinnerte er sich an die freche Frage über die göttliche Gerechtigkeit; mit argwöhnischem, bitterbösem Blick verfolgte er den strahlenden Aaron, der mit ausgestreckten Armen vor seinem Vater im Regenschauer der Bonbons tanzte, die ihnen von der Frauenloge zugeworfen wurden, und Aaron wurde plötzlich, im Eifer seiner Freude, von diesem Blick getroffen.

Danach kehrte die Familie nach Hause zurück, vor der Tür warteten schon die beiden kleinen Orthodoxen, die zu Fuß aus Mea Schearim gekommen waren und in einem alten Kinderwagen einen riesigen Topf Kugel, Nudelauflauf, mitgebracht hatten, der zum Warmhalten in Handtücher gewickelt war. Die Mutter eilte mit Jochi in die Küche, um den Kugel zu schneiden und letzte Korrekturen an den Speisen vorzunehmen, und Aaron setzte sich auf das Fensterbrett in seinem Zimmer, einen Fuß auf dem Friedman-Kühlschrank, schaute auf die Straße, und immer wieder kam ihm der Gedanke an den flüchtigen, geringschätzigen Blick seines Rabbis. Als er den Volkswagen von Schimek und Itke sah, die aus Natania gekommen waren, stieg er vom Fensterbrett und legte sich rücklings aufs Bett.

Zwei Wochen vor der Bar-Mizwa hatte die Mutter einen seiner Schuhe zu einem persischen Schuster auf dem Markt gebracht und ihm genaue Anweisungen gegeben, aber der Idiot hatte trotzdem zu große Schuhe angefertigt, so daß Aaron gezwungen war, zwei Einlagen zu tragen. Die Mutter hatte ihm auch neue dicke Strümpfe gekauft, sie um seine Faust gerollt und gesehen, daß sie zu groß waren, aber das eine Mal könne er sie gewiß anziehen. Aaron betrachtete damals den um seine Faust gewickelten Strumpf und sagte, er habe gelernt, daß das

Herz des Menschen so groß sei wie seine Faust. Die Mutter warf einen Blick auf seine Faust und riß ihm den Strumpf herunter, tfu, du wirst doch nicht alles glauben, was man euch dort beibringt. Als er die Schuhe anzog, merkte er plötzlich, daß er größer war. Er bückte sich und sah, daß sie einen speziellen Absatz hatten. Die Mutter vertiefte sich genau in diesem Augenblick in einen Schmutzfleck, den sie auf seinem Hemd gefunden hatte, schmierte ein wenig Spucke darauf und rieb fest. Aaron schwieg. Sieh da, auch er fing schon an, sich selbst zu verraten, und er haßte sich für dieses Schweigen.

Paarweise, einige auch mit ihren Kindern, fand sich die Familie ein. Jochi kam ab und zu in sein Zimmer, lächelte ihm aufmunternd zu und übergab ihm die Geschenke, die in der Redaktion eingetroffen waren, so sagte sie. Er bekam *Hundert Persönlichkeiten* und *Auf jede Frage eine Antwort*, ein hebräisch-englisches Wörterbuch, zwei Eßgeschirre fürs Militär mit Näpfen und einem Becher, die sechs Bände von Churchills Schriften, und von Itke und Schimek das *Guinness Buch der Rekorde* auf englisch, wie sie es ihm einmal versprochen hatten, als er sich noch dafür interessierte. Aber was sollte er jetzt damit anfangen. Vom Wohnzimmer her war bereits großer Lärm zu hören, aber er beschloß, noch ein wenig allein zu bleiben, sich zu organisieren. Ihm war heiß in dem dicken Pullover, den die Mutter extra für ihn gestrickt hatten, der würgenden Fliege, dem Neueinwanderer-Jackett mit den Schulterpolstern, das man ihm gekauft hatte – sie würde ihm streifenweise die Haut abziehen, wenn er es wagte, irgend etwas abzulegen, bevor der letzte Gast gegangen war. Er lag auf dem Bett und blätterte freudlos in dem Buch der Rekorde, genau demselben, das Gideon besaß, das er schon in- und auswendig kannte, und dank dem er, könnte man sagen, einer der besten in der Klasse in Englisch war; jetzt las er wieder von dem Bauern, der eine Gans bis zu einem Gewicht von achtundfünfzig Kilogramm gemästet hatte, und von dem Zwergbaum, den man in Japan züchtete, und von Igor Makrelko, dem größten Mann der Welt, der mit dreiundzwanzig Jahren starb, denn Menschen seiner Sorte leben nicht lange, und er gähnte kräftig, um seiner Langeweile Nachdruck zu verleihen. Es klingelte an der Haustür, und Aaron hörte, wie seine Eltern Rouga und Loniu, die Eltern seines Cousins Omri, und direkt nach ihnen Ephraim und Gutsche, die aus Tel Aviv gekommen waren, hocherfreut begrüßten. Er wartete einen Augenblick gespannt, ja, nein, ja, nein, aber es war ein ›Ja‹. »Ephraim!« sagte Aarons Mutter mit zukkersüßer, unnatürlicher Stimme, »ich muß sagen, Giora hat dich ja schon längst hinter sich gelassen!«

Er schob sein Jackett, den Pullover und das Hemd über dem Handgelenk hoch und schaute sich die Uhr an, die Großmutter Lili ihm gekauft hatte, eine große, schwere Doxa, die von zwei drehbaren Metallringen eingefaßt war. Der Idiot von Schuster auf dem Markt hatte dem Lederband noch drei Löcher hinzugefügt, und nun lag die Uhr schön um das Handgelenk. Großmutter Lili wußte nicht einmal, daß sie ihm das teure Geschenk von ihren Ersparnissen gekauft hatte, die die Mutter für sie auf die Seite gelegt hatte. Zu Ehren der Bar-Mizwa hatte die Mutter ihr den Puritz aufgepolstert, sie mit dem bunten bucharischen Schal an ihm festgebunden und allen erklärt, die Großmutter könne sonst herausfallen. Die meisten Gäste sahen damals zum ersten Mal ihren rapiden Verfall, und die Mutter erlaubte sich endlich, das, was sie auf dem Herzen hatte, loszuwerden und Rouga und Rivtsche zu erzählen, was für eine Hölle sie und der Vater durchmachten und daß die Großmutter sich nicht mehr auf den Beinen halten könnte, und sie verriet zum ersten Mal, außerhalb der engsten Familie, daß sie vielleicht keine andere Wahl haben würden, als sie in ein Heim oder in die geriatrische Abteilung eines Krankenhauses zu geben, nicht ins Hadassa-Hospital, wo man kein bißchen Verantwortung hat, nein, sie würde sie ins Bikkur-Holim-Krankenhaus tun, dort hätte sie auch ein paar Beziehungen, dort würde man sehr gut auf sie aufpassen und den ganzen Tag lang, und vor allem in der Nacht, kein Auge von ihr wenden. In seinem Zimmer stützte sich Aaron auf die Ellbogen und lauschte, aber keiner von den Gästen widersetzte sich der Idee, Großmutter Lili wegzubringen.

Selbst Jochi, die in der Küche stand und von der die Mutter wußte, daß sie zuhörte, selbst sie schwieg, sie hatte sich auch schon damit abgefunden, daß die Großmutter von hier weg mußte, so schnell hatte sie aufgegeben, und keiner von den Gästen, die rings um den Puritz standen, fragte, ob ein Facharzt sie je gesehen habe, ob man sie überhaupt ernsthaft untersucht habe, Aaron selbst hatte diese Fragen nie gestellt, ja, ja, auch er wußte ganz genau, wozu die Ärzte die Menschen brauchten, um sie in Stücke zu schneiden und sich an ihnen auszubilden, und trotzdem, in dem Schweigen, das rings um die Großmutter entstand, die mit gesenktem Kopf dasaß, fehlte ihm sehr die Stimme von jemandem, die frische Stimme eines Kindes, das fragen würde, warum man nicht versuchte, sie zu behandeln, sie zu heilen, vielleicht gibt es neue Medikamente, sie ist doch gar nicht so alt, sie ist erst sechzig, und in diesem Alter kann man noch Menschen retten, aber nur ein langes und schweres Schweigen verschanzte sich dort, und sogar ohne die Zwiebel zu berühren hörte er sie alle innerlich seufzen und sagen, ja, ja, so ist das, wenn es soweit ist, dann ist es soweit, wenn es geschehen, ist, dann mußte es anscheinend geschehen, das bestimmt der Himmel, was ist der Mensch wert, heute ist er hier und morgen dort.

Da klingelte es an der Tür, und Gamliel und Rochale traten ein; mit Gamliel sprach die Mutter schon seit ungefähr zwanzig Jahren nicht mehr, seit sie Vater geheiratet hatte, die Freude flammte von neuem auf, Küsse und Jauchzer und Komplimente und Gelächter, und so war im Grunde das Urteil über die Großmutter besiegelt. Aaron, in seinem Zimmer, stieß plötzlich ein erstauntes Gelächter aus: Das ist es. Es ist aus. Finito la comedia. Er drehte sich auf die Seite, zog die Knie an und spannte mit aller Kraft die Bauchmuskeln. Langsam beruhigte er sich. Er streckte die Beine aus. In der Uhr, die ihm Großmutter Lili gekauft hatte, befanden sich zwei weitere winzige Uhren: wenn man auf den linken Knopf drückte, öffnete sich eine blaue Fläche, dann konnte die Uhr die Unterwassertiefe messen – soll das Meer zusammen mit diesem ganzen Sommer krepieren, sie können ihn umbringen, aber er wird dieses Jahr nicht hinfahren –, und wenn man auf den rechten drückt, kann man die Uhrzeit in Alaska und in Amerika und in Rußland sehen, und wie gerade die Lage in Japan ist. Die Uhr hatte er schon eine Woche vorher bekommen, und seitdem lebte er nach New Yorker Zeit, die sieben Stunden nach hinten verschoben ist, und sieben Stunden sind eine lange Zeit.

Er wird gleich herauskommen. Er hört, daß sich alle dort drängen und daß es heiter zugeht. Jochi kommt ins Zimmer und bringt noch ein Geschenk. Gamliel und Rochale haben ihm Fischers *Geschichte Europas* in drei Bänden mitgebracht, die sie mit Ermäßigung von ihrem Betriebsrat bekommen haben, meint die Mutter dann später am Abend, als sie aufschreiben, was jeder mitgebracht hat, und wir haben schon ein Set davon im Haus, noch von Joschis Bat-Mizwa, die Bücher wandern sowieso direkt auf den Speicher, damit sie im Wohnzimmer nicht den Staub anziehen. Jochi kniet sich neben ihn und streichelt sein vom Schweiß feuchtes Haar. Sie gibt acht, ihm nicht auf die Pelle zu rücken. Aber nächstes Jahr geht sie zum Militär, und dann bleibt er allein zurück. Auf ihrer Stirn und ihren Wangen blüht es schon wieder rot und gelb, und die Mutter hat natürlich bereits eine Bemerkung gemacht, wie es sein könne, daß sie sie nicht daran erinnert habe, daß der Termin genau auf ihre Regel falle, und jetzt würde sie für immer so auf den Fotos bleiben, sie wisse doch genau, wann sie ihre Tage habe, in diesen Dingen gebe es keine großen Überraschungen, das käme pünktlich wie eine Uhr und müsse im Leben eingeplant sein. Jochi bläst auf seinen Schopf, bemüht sich, ihn zum Lachen zu bringen. Sie hat ihm ein herrliches Geschenk gemacht: sie hat ihre gesamten Ersparnisse investiert, um ihm eine Yamaha-Gitarre zu kaufen. Drei Jahre, nachdem die vorige, die einfache, einen Sprung bekommen hat und die Saiten gerissen sind und die Eltern sich geweigert haben, sie reparieren zu lassen, hat er plötzlich eine neue, professionelle Gitarre. Es ist wirklich kaum zu glauben: er, der sein Leben lang an jedem Preisrätsel, jedem Preisausschreiben, jeder Verlosung teilnimmt, nur um eine Yamaha zu gewinnen, hat eine zu seiner Bar-Mizwa bekommen!

Jochi folgt seinem Blick zum schwarzen Futteral: »Spielst du mir etwas vor?« »Nachher. Wenn sie gegangen sind.« Sie kichern angestrengt. Er schaut ihr in die Augen. Wie sich ihr Gesicht verändert hat. Früher hatte sie ein hübsches, aufgewecktes Mädchengesicht. Ein Spaßvogel war sie. Jetzt hört man sie kaum noch zu Hause. Sie ißt und schläft und wird dick: sie hat den Appetit vom Vater bekommen und von der Mutter den Magen mit den Verstopfungen.

»Sei stark und komm raus, Aaronlein.« »Ich habe keine Kraft für sie.« »Sag mal, willst du vielleicht eine kleine Massage?« »Eine Massage, jetzt?« »Ruck, zuck. Nur um dich ein bißchen zu beruhigen.« »Nein, nein, wieso?« Allein der Gedanke, daß jetzt jemand seinen Körper berühren könnte, schreckte ihn ab. »Aaronlein.« »Was ist?« »Am Ende wirst du doch herauskommen müssen.« »Nur noch eine Sekunde. Geh nicht.« »Sie lieben dich alle da draußen.« »Ja.« Sie schwiegen wieder. »Jochi.« »Ja, mein Süßer.« »Was war das, was du mir einmal gesagt hast. Daß du weißt, wie man in diesem Haus leben muß.« »Unwichtig.« »Es ist nicht unwichtig.« »Nicht jetzt. Sie warten auf dich.« »Jochi.«

Sie blickte in seine Augen, die sie anflehten. Zerzauste ihm wieder das Haar »Das ist nur so. Das ist so wie ... wie soll ich es dir erklären«, sie ließ seine Strähnen durch ihre Finger gleiten und bemerkte, daß er schon etwas weniger blond war wie früher, »wie, nehmen wir einmal an, in der Wüste, okay?« »Okay.« »Wo es keinen Schatten gibt, nur eine furchtbare Sonne, eine Sonne, die überall eindringt.« Sie verstummte, sah glühende, fingerförmige, schnüffelnde Sonnenstrahlen vor sich, die in alle Spalten ihres Lebens gesteckt wurden, die Briefe öffneten, in ihrem heimlichen Tagebuch blätterten, hinter die Tür lugten, wenn sie in ein Seelengespräch mit Sahava vertieft war, der einzigen Freundin, die sie je hatte, aber dann fuhr Sahava nach Amerika, und Jochi blieb allein. Und versuchte nicht mehr, eine neue Freundin zu finden. Denn die Hitze erschöpfte: »Und in der Wüste, Brüderchen ...«, murmelte sie und bohrte kleine Kreise in sein Haar, aber vielleicht ist er zu jung, um so mit ihm zu reden, aber vielleicht wirst du ihn so retten, gib ihm einen Hinweis, das bist du ihm schuldig, du selbst hast ihn doch in all den Jahren als Köder benutzt. »Aua, Jochi!« »Entschuldige«, sie löst ihren Finger aus der verwickelten Strähne, das ist eine Lüge, das ist nicht wahr, ich habe ihn immer liebgehabt, ich war nie eifersüchtig auf ihn; vielleicht warst du nicht eifersüchtig, aber du hast ihn als Köder benutzt; Unsinn, er war wirklich immer in allem begabter als ich; richtig, als man sagte, er ist klug, hast du gesagt, er ist ein Genie; genau, ich war nie eifersüchtig, bewegen sich Jochis Lippen, sie vergißt sich, wie eine Erwachsene; als man der Mutter sagte, daß er schön malt, war ich die erste, die sagte, daß er ein Picasso wird; ein Köder, um die Gedanken von dir abzulenken; das ist nicht wahr. Ich war immer stolz auf ihn; und wenn er auf der Gitarre spielte, erinnerst du dich, was du da sagtest? Ja ... daß er ein Leuchten ... ein besonderes Leuchten in den Augen hat ... ich habe es in Gegenwart der Mutter gesagt ... gib's zu, gib's zu, auch du hast dich ihm gegenüber schuldig gemacht; sie betrachtete ihn mit Bedauern, wie er so auf dem Bett lag, in seinen lächerlichen Kleidern, mit dem Öl der Schande ihrer Mutter einbalsamiert; »denn in der Wüste«, sagt sie leise, »in der Wüste wachsen die Pflanzen vorsichtig, schützen sich vor der Sonne. Sie lassen kleine, zusammengefaltete Blättchen sprießen, damit die Sonne sie nicht versengt. Es ist hart in der Wüste.« Sie verstummt. In seinen Augen sieht sie, daß er es nicht verstanden hat. Vielleicht ist er wirklich zu jung.

»Jochi.«

»Ja, Aaronlein.«

»Schau mir einen Moment in die Augen.«

»Warum?«

»Ist mein Blick anders? Hat sich mein Blick verändert? Sag die Wahrheit.«

Sie fragt nicht einmal, wovon er redet. Sie blickt ihm in die Augen und schweigt.

»Ich glaube, früher hatte ich einen Blick, so wie Hunde oder Katzen ihn haben. Einen unschuldigen Blick.«

»Man wird erwachsen.«

»Nein, das ist es nicht.«

Sie steht auf, damit er ihr Gesicht nicht sieht, täuscht ein Lächeln vor. »Ich werde es in deinem Heft aufschreiben.« Sie kramt in ihrer Schublade, holt ein dickes Heft heraus, früher hat sie alle seine Weisheiten aufgeschrieben.

»Laß das, was bin ich denn, ein kleiner Junge?«

»Nur so. Damit wir uns daran erinnern können. Später einmal wirst du es lesen und deine Freude haben.«

Er steht auf, beugt sich über ihre Schulter und sieht die letzte Eintragung, die sie gemacht hat: »21. Januar 1962: Aaronlein ist zehn Jahre und einen Monat alt. Er erzählte uns eine von ihm selbst erfundene Geschichte, warum die Bambis braun sind. Einmal, in uralten Zeiten, waren die Bambis bunt wie die Pfaue. Da ging das junge Bambi mit seinen Eltern und der gesamten Herde, bis sie an einen Sumpf kamen, und die ganze Herde legte sich hin und weinte, weil sie den Sumpf nicht überqueren konnte. Das Bambi machte sich als erstes auf und rief ihnen zu, daß es ihnen beibringen würde, über den Sumpf zu springen, ohne unterzugehen, und seine Eltern flehten es an, es nicht zu tun, weil Gott es bestrafen würde ...«

»Genug, das reicht!« Aaron schlägt ihr das Heft zu. Sein Gesicht ist streng und blaß: »Ich will nicht, daß du weiterschreibst. Das war ein Heft für Kinder. Schluß damit.« Aber innerlich ist er verblüfft: hat er drei Jahre lang nichts gesagt, das wert war, aufgeschrieben zu werden? Ist er schon drei Jahre so?

Jochi legt das Heft an seinen Platz zurück. Sie steht mit hängenden Armen vor ihm. Draußen nimmt der Lärm zu, und es werden schon Rufe laut, daß man endlich den Helden des Tages sehen wolle.

»Ich werde hinausgehen und ihnen sagen, daß du gleich kommst, gut?«

Er wird gleich kommen. Er schaut auf die Uhr. Bei uns dort ist noch Nacht. Ungefähr fünf Uhr morgens. Man kann wenigstens beim teuren ›Foto Gvirtz‹ anrufen und sie im letzten Augenblick bestellen. Was ist schon dabei. Draußen ist alles schon ein Gewirr von Schreien und Lachen. Die meisten Gäste sind von außerhalb der Stadt gekommen, aus Natania, aus Cholon, aus Tel Aviv, ein Teil von ihnen hat Aaron schon fast zwei Jahre nicht gesehen, seit der Bar-Mizwa von Gidi, dem Sohn von Chomek und Chassia. Er war damals elf Jahre alt. Was hat er in diesen zwei Jahren gemacht. Wie hat er seine Zeit vergeudet. Er starrt auf die Quadrate des Wohnzimmerteppichs, den man für die Dauer der Feier in sein Zimmer gebracht hat. ›Wichtig‹ wird dieser Teppich zu Hause genannt, weil der Mann, der ihn verkaufte, nicht aufhörte, von sich selbst zu reden und sich wichtig zu machen. Zwei Jahre. Mein Gott. Wenn man alle Zentimeter und Kilogramm addieren würde, die die Kinder in der Klasse während dieser Zeit zugelegt haben, könnte man einen Wal daraus machen. Er grinst: Stell dir vor, keines der Kinder würde sich verändern, aber im Klassenzimmer, sagen wir zwischen der zweiten und der dritten Reihe, würde ein großer, glitschiger, öliger, schnaufender, anschwellender und anwachsender Wal liegen. Er rollt sich wieder auf seinem Bett zusammen. Übt den Sumo-Trick. Draußen fragt Dov, der Mann von Rivtsche, mit seiner dicken Stimme, was mit dem Helden des Tages los sei, warum man ihn versteckt halte, und die Mutter ruft als Antwort aus der Küche, er solle inzwischen die Zunge essen, die sie vorbereitet habe, sie wisse, wie sehr er ihre Zunge liebe. Allein der Gedanke mache ihm den Mund wässerig, jubelt er, und Aaron denkt an Leale, die älteste Tochter von Dov und Rivtsche, die man nie gesehen hat, sie ist seit der Geburt in einer Anstalt, und man darf nicht einmal fragen, wie es ihr geht.

Plötzlich klopft es an seiner Tür. Onkel Schimeks kahler Schädel mit den gefährlichen braunen Flecken, die sein Körper immer weiter wachsen läßt, schaut herein. Aaron steckt rasch die Hand in die Jackettasche und berührt die neue, frische Zwiebel, die er für diesen Tag vorbereitet hat. Jetzt sieht Schimek ihn. Jetzt betrachtet Schimek ihn aus der Nähe. Jetzt denkt Schimek. Aaron zerdrückt die Zwiebel mit aller Kraft und senkt die Augen. Schimek schweigt. Schimek denkt insgeheim, durch die Zwiebel: »Schon zwei Jahre habe ich ihn nicht mehr gesehen, unseren Aarontschik, und in Gedanken habe ich ihn bis an die Decke wachsen lassen.« Ja, ja, erwidert Aaron; er weiß, daß man auf ihn wartet, er macht hier nur etwas zu Ende, und dann kommt er, um mit den anderen zu feiern. »Soll ich dir etwas zu essen bringen? Deine Mutter, gesund soll sie sein, hat Essen vorbereitet – a Mechaje, eine Wonne!« Und mit seinen dicken Lippen küßt Schimek drei seiner Finger. Aaron sagt, das ist nicht nötig, wirklich, aber nun drängt sich Rouga, Lonios Frau, klein und flink wie eine Ratte, hinter Schimek. »Ich gebe nicht auf!« sagt sie zu Schimek mit ihrem krummen Fazialis-Mund, »wir sind aus Haifa gekommen!« Schimek gelingt es trotzdem, die Tür vor ihr zu schließen, und Aaron hört die beiden draußen tuscheln. Durch die Zwiebel flüstert Rouga zu Schimek, sie habe vor, hereinzuschauen, als wenn nichts wäre, und dabei nachzusehen, ob es stimmt, was man sich erzählt. Und Schimek entgegnet ihr: Es ist noch viel schlimmer, als ich dachte. Der Saft der zerdrückten Zwiebel tropft auf die Finger. Rouga sagt jetzt, daß sie nur für einen Augenblick hineingehen wolle, um nachzusehen, ob er auch im Kopf ein Krüppel sei. Schimek antwortet laut und mit Absicht: »Das wird dir nichts helfen, Rouginka, ich habe auch schon versucht, ihn zu überreden.« Aber Rouginka entscheidet: »Das überläßt du mir« und betritt Aarons Zimmer mit ihrem schiefen Lächeln, sie wird keine Gelegenheit auslassen, mir in der Galle herumstochern, sagte die Mutter nachts zum Vater, als sie die Liste machten, sogar in die Gedärme würde sie sich reinwühlen, dieser Blutegel.

Rouga sprach heiter und scheinbar einfach so mit ihm, und Aaron blieb halb liegend auf seinem Bett und sah sich gezwungen, ihr mit den kompliziertesten Wörtern, die er kannte, zu antworten. Als er ihren Blick auf sein dünnes, glattes Bein über dem Knöchel geheftet sah, war er sogar gezwungen, »zu meinem Leidwesen« zu sagen, und dieses »Leidwesen« zuckte zwischen ihnen wie das Schwänzchen, das eine Eidechse abwirft, um das Raubtier von sich abzulenken. Auch als sie über seine Klugheit staunte und sich davon überzeugt hatte, daß er wenigstens im Kopf in Ordnung war, sah Aaron sehr wohl, was sie dachte. Nur ihr Lippenstift lächelte ihn an. Sie schnupperte ein wenig in der Luft und ging ein Fenster öffnen, ist dir nicht stikkig hier, Aarontschik, ist dir nicht heiß so, und sie machte auch eine Bemerkung, daß es leicht nach Zwiebel rieche, und lächelte ihn wieder an, komm, Aarontschik, alle warten schon, sie werden noch denken, daß du böse auf uns bist oder so, und du mußt dir meinen Omri ansehen, ihr habt euch vielleicht schon zwei Jahre lang nicht mehr gesehen, und früher seid ihr doch so gute Freunde gewesen, noch heute haben wir eure Fotos vom Purimfest, als ihr euch als Max und Moritz verkleidet habt. Aaron blickte verstohlen auf die Uhr. Vielleicht ist es irgend jemandem in New York schon gelungen, etwas zu erfinden. Vielleicht befindet sich in einem Flugzeug, das sich der Küste unseres Landes nähert, ein neues Medikament.

Rouga packte ihn regelrecht am Arm und zog ihn geschäftig aus dem Zimmer. Sicher, zischte die Mutter in der Zwiebel, damit sie alle meine große Freude mit mir teilen können. Als er im Flur stand, hörte er, wie Schimek alle Cousins für ein Familienfoto arrangierte und fragte, was mit dem Helden des Tages sei. Aaron entschuldigte sich bei Rouga und ging einen Augenblick auf die Toilette, um zu pinkeln. Nichts Neues war ihm dort gewachsen. Schimek schrie die Cousins an, gerade zu stehen, sich nicht zu bewegen, nicht zu atmen, Aaron versuchte sich vorzustellen, wie sie zusammen aussahen, groß und kräftig wie die Bäume eines Urwalds, oder wie eine Mauer, die Freistöße abfängt, mit den Händen, die unten schützen, er legte ein Stück Papier auf das Wasser, damit er nicht an der Kette ziehen und spülen müßte und es eine Überschwemmung gäbe. Jemand klopfte ungeduldig an die Tür. Er ging hinaus und machte der Mutter Platz, die sich rasch zusammen mit Großmutter Lili hineinzwängte. »Frag nicht, was sie angestellt hat«, schäumte die Mutter, ihr Gesicht war zusammengekniffen und sie sah ihm nicht in die Augen, »so eine Schande vor den Gästen! Na, komm schon rein, Mamtschu!« Und sie schloß sich mit der Großmutter ein.

Dann holte Aaron tief Luft und betrat das Wohnzimmer, wo

er ausgerechnet auf Giora stoßen mußte, und er spürte sofort, wie er noch mehr schrumpfte und sich verkleinerte und ihm das Blut ausging, und der brennende Punkt in seinem Bauch, unter dem Herzen, rötlich zu flackern begann. Dann streckte er sich, so gut er konnte, wußte jedoch, daß alle nur ihn ansahen und alles wußten, und sank wieder zusammen. Aber er hatte keine Wahl, denn er war schon dort, vor aller Augen. Er stemmte die Hände in die Hüften und ließ sie wieder sinken; er streckte ein Bein aus und zog es zurück; er verschränkte die Arme auf der Brust; erst vier Monate waren vergangen, seit er den Sommer bei Giora verbracht hatte, und jetzt erkannte er ihn kaum wieder. Ohne aufzusehen, stand er vor ihm und versuchte, ein Gespräch mit seiner Gurgel zu führen. Eine lebhafte Gurgel, die sich wie eine Pumpe hob und senkte und Giora die richtige Stimme gab. Er bemühte sich, die Onkel und Tanten und deren Söhne, die daneben standen und ihn beobachteten, und die plötzliche Stille, die sich über das ganze Haus gelegt hatte, vollkommen zu ignorieren. Erst jetzt ging ihm auf, warum seine Mutter es so eilig hatte, sich mit der Großmutter in der Toilette einzuschließen. Giora fragte ihn, ob er nächsten Sommer wieder zu ihnen komme, und Aaron sah ihn verblüfft an, denn er erinnerte sich, wie Giora ihn provoziert hatte, und antwortete, daß er diesen Sommer, im Hinblick auf die achte Klasse, höchstwahrscheinlich, zu seinem Leidwesen, sehr beschäftigt sein werde, doch während er sprach, wußte er plötzlich, daß, wenn er nach Tel Aviv fahren würde, Giora nicht mehr so grausam zu ihm wäre wie im letzten Sommer; daß die Quälerei von damals wahrscheinlich in einem Augenblick großer Veränderung, der Ablösung von etwas Gewaltigem ausgebrochen war. Und das hatte Giora jetzt hinter sich.

Er plauderte weiter mit ihm, als sähe er nichts um sich herum, wobei er immer wieder an seiner kleinen, würgenden Fliege zupfte. Mit krampfhafter Arroganz fragte er ihn nach diesem und jenem Jungen, erwähnte wie beiläufig das untergegangene Floß, und versuchte herauszufinden, ob Giora sich schuldig oder verlegen fühlte, denn irgendwo, in der Tiefe seiner dumpfen Gedanken – das ist nicht wahr, das ist eine Lüge, schöne Worte – hatte er schon tausendmal darüber nachgedacht und versucht, jenen Moment zurückzubringen, manchmal dachte er während des ganzen Unterrichts nur daran, und er war ganz und gar nicht davon überzeugt, daß sein großes Problem nicht damals angefangen hatte, in den Augenblicken, als kaum noch Sauerstoff in sein Gehirn gelangte und vielleicht irgendeine Stauung, ein Pfropfen entstand; ja, unaufhörlich ließ er jene Augenblicke aufsteigen, jene mörderische Entschlossenheit in Gioras Gesicht, im gräulichgrünen Wasser, wie er erbarmungslos auf Aarons Kopf gestiegen war, um sich selbst zu retten, wie er dazu imstande war, Aaron im Handumdrehen zu seinem Feind zu machen, und wer weiß, ob Giora nicht damals, in jenem Augenblick, angefangen hatte, sich zu verändern, das zu werden, was er heute war, als sei jener Augenblick eine geheime Prüfung für beide gewesen und Giora habe sie bestanden; doch Giora erinnerte sich kaum noch, er tat zumindest so, und Aaron, verblüfft über dieses Talent, seine Gefühle so zu verbergen, konnte nicht lockerlassen, und fragte ihn, scheinbar unschuldig, ob er sich an ihre Ausflüge in der schwülen Hitze durch die Straßen Tel Avivs erinnere. Giora zuckte die Achseln und sagte, nun ja, das waren Zeiten. Zum Abschluß dieses Gesprächs, das sich gegen den Willen beider hingezogen hatte, drückte Aaron dem überraschten Giora die Hand mit jener Ernsthaftigkeit, die er sich in letzter Zeit angewöhnt hatte, als befände er sich bereits in irgendeiner verborgenen und endgültigen Sphäre der Reife, in der man sein Äußeres, seinen Körper, gar nicht zu beachten habe, da der es wegen der bekannten Fahrlässigkeit gewisser minderer Faktoren vorläufig nicht geschafft habe, einen belanglosen, routinemäßigen bürokratischen Vorgang abzuschließen.

Giora ging mitten auf der Feier mit seinem Vater weg, um ein Treffen der Pfadfinder in Tel Aviv zu besuchen. Tante Gutsche stellte sich auf die Zehenspitzen, um ihn auf die Wange zu küssen. Kaum war er gegangen, beeilte sie sich schon zu erzählen, daß er eine Verehrerin habe, eine halbe Stunde stehe er vor dem

Spiegel, bevor er aus dem Haus gehe. Tante Rouga sagte: »Na und?« und erzählte halb flüsternd, damit es auch alle hörten, von ihrem Omri und seiner hübschen Blondine. Die Frauen, sah Aaron, all diese dicken, mehligen Frauen, kicherten wie kleine Mädchen, als sehnten sie sich insgeheim auch danach, Omris hübsche Blondine zu sein, und Aaron spürte mit dem Brennen der glühenden Kohle in sich, daß das alles eng mit jenem Satz von Fotokarten verbunden war, der noch immer an verschiedenen Verstecken im Haus auftauchte und verschwand, wenn er überhaupt noch Lust hatte, danach zu suchen, und gewiß auch mit jener Umarmung und dem niedrigen Lächeln sowie mit der Art und Weise, in der sich die Mutter auf der Straße heimlich an den Vater schmiegte, sich einschmeichelte, hos di gesejn, hast du die gesehen? Hast du gut hingeschaut? Er drehte sich abrupt zum Fenster um und versetzte sich auf Befehl ins ›I am denking‹, tauchte ab in sich selbst; früher war das so, als betrete er einen belebten, bunten Markt, Gedanken und Ideen hüpften und wirbelten vor ihm her, und jetzt bestand der Genuß darin, daß dort alles bei ihm ruhig war, still und leer, und man sich beruhigen, sich richtig ausruhen konnte. Er drückte die Stirn an die Scheibe und sah den Abhang des Tales, die kleine Ruine. Als er sich ein wenig zur Seite neigte, konnte er auch die Höhle erkennen, in der er mit Gideon zusammen den Basaltstein vergraben hatte. Es war ihm nie gelungen, Gideon zu erklären, wozu der Stein notwendig war, er hatte aber trotzdem darauf bestanden, denn auch nachdem sie alle erdenklichen Bündnisse geschlossen hatten, Zettel geschluckt und Wein getrunken, Zeichen in Bäume gekerbt, sich in die Hand geschnitten und Blut vermischt hatten, brauchte Aaron noch etwas Zusätzliches, Unergründliches, das wie ein Rätsel und Wunder auf dem Grund ihrer Freundschaft schimmern würde; er fragte sich, ob der Stein wohl noch dort war. Ein paar Augenblicke klammerte er sich noch an diese Erinnerung, spürte jedoch schon, daß er rasch wieder auftauchte, gegen seinen Willen von dort hinausgeworfen wurde. Es ist natürlich klar, wie dumm er gewesen ist, daß der Vater die Karten mit den Mädchen nicht nur vor ihm, sondern auch, wieso hat er das nicht vorher kapiert, vor der Mutter versteckt hat, klar, das ist die Erklärung für diese ganze Heimlichkeit und Rätselhaftigkeit, er hat sie auch vor ihr versteckt, denn wenn die Freunde Freitag abends kommen, um mit ihnen Rommé zu spielen, haben die Eltern ganz andere Karten, das weiß Aaron genau. Freitags ist er immer zu Hause. Er und Jochi. Wie zwei alte Leute, platzt die Mutter heraus, wie Munisch mit Salman, und sie fleht Jochi an, sich wenigstens mit Aaron im Zimmer einzuschließen, wenn die Freunde kommen. Wer weiß, ob sie nicht vielleicht sogar versucht hat, sie mit Geld zu bestechen, warum nicht, alle diese krummen Dinge sind doch auch auf krumme Weise miteinander verbunden. Vor einigen Monaten ereignete sich ein Vorfall, er und Jochi waren in ihrem Zimmer eingeschlossen, sie lagen auf ihren Betten und taten so, als läsen sie in den Büchern, die Gäste im Wohnzimmer spielten Rommé um Groschen und Schillinge und sprachen über ihre Kinder, die Mutter natürlich auch, sie konnte sich nicht beherrschen und mußte unbedingt erzählen, wie beliebt ihr Aaron und ihre Jochi in ihren Klassen seien, und wie begehrt sie seien, und von ihren Vergnügungen und ihren Partys, und seit wir das Telefon bekommen haben, ruft jede Minute ein neuer Verehrer für Jochi an. Aaron und Jochi lagen wie versteinert da und starrten auf ihre Bücher, bis Jochi aufstand, plötzlich sprang sie vom Bett auf, ihr Gesicht war blaß, steh einen Augenblick gerade, Aaron, laß mich dich anschauen. Sie musterte ihn mit dem Auge einer Expertin, knöpfte ihm energisch den obersten Knopf seines Schlafanzugs zu und kämmte ihm einen schönen, ordentlichen Seitenscheitel. Dann zog sie sich das Golda-Meir-Kleid an, in dem sie einen großen Hintern hat, setzte sich ihre alte Brille auf, die sie seit Jahren nicht mehr angerührt hatte, und als wäre das alles nicht genug, wühlte sie im Schrank, fand dort ihre alte Zahnspange und steckte sie sich in den Mund, und so marschierte sie mit Aaron geradewegs zur Mutter ins Wohnzimmer; bei dieser Gelegenheit, wieso hat er das nicht vorher begriffen, sah er ihre Karten, gewöhnliche, bunte Karten, ohne irgendwelche Fotos auf der Rückseite. Er starrte auf die Fensterscheibe: also versteckt er die Bilder auch vor der Mutter! Und was versteckt er noch? Und wer ist er in Wirklichkeit? Hinter sich hörte er, wie Rouga den Frauen etwas zuflüsterte, und sofort erhob sich ein großes, heiseres Gelächter. Schrecklich, sagte Gutsche, erst gestern waren sie noch Kinder und man konnte sie sogar in die Damenkabine mitnehmen, und heute sind sie schon ganze Männer. Ich kann mich nicht erinnern, daß das in unserer Zeit so früh geschah. Ach wo, rief Rouga, in ihrem Alter waren wir noch unschuldig, nichts wußten wir vom Leben, und ich, gestand Itke mit einem verschmitzten Flüstern, ich wußte ja nichts bis zur Hochzeitsnacht, als Hindale, sie soll gesund sein, zu mir kam und mir eine Lektion über die ganze Sache erteilte, sie hat mich damals zu Tode erschreckt, weil ich noch dachte, die Kinder kommen – sie senkte die Stimme noch mehr, und Aaron isolierte sich rasch mit ›I am denking‹, damit sich nicht einmal ein Flüstern einschleichen konnte, und hörte nur die Explosion ihres wilden Gelächters; Rivtsche, die vor lauter Lachen fast erstickte, ließ beinahe die blaue Schale mit dem Hirsch und der Gazelle, die einander jagten, fallen und machte sich das Kleid vorne mit der Mayonnaise schmutzig, die von ihrem kleinen dreieckigen Sandwich tropfte, Aaron verkrampfte sich schon im voraus vor den Scherben, aber die Mutter fing die Schale noch rechtzeitig auf, sogar ohne hinzusehen, ihre schnelle Hand schoß nach hinten und fing sie in der Luft auf, lauf und wasch dein Kleid sofort mit ein bißchen Seife und Wasser aus, Rivtsche, und als sie sich von ihrem Lachen beruhigt hatte, sagte sie, ihr seid alle große Schlauköpfe, ihr könnt von Glück reden, daß ihr nur Söhne habt, aber ich habe die Plage einer heranwachsenden Tochter, und fragt nicht, was das ist; aber du hast es wenigstens geschafft, Hindale, schmeichelte ihr Zippora, eine ferne Verwandte, die drei Söhne hatte, denn du hast eine Tochter und einen Sohn, genau wie es nach dem Verstand und auch nach der Thora sein muß; deine Söhne, entgegnete die Mutter, wie es Sitte war, werden dir fertige Töchter ins Haus bringen; so Gott will, wird dies auch bald bei dir der Fall sein, sagte Zippora; na, na, sagte die Mutter und dämpfte ihre Stimme, verlaßt euch auf meine Jochi, daß auch sie nicht untätig ist, und sie kniff ihr Auge zu einem großen, häßlichen Zwinkern zusammen, das ihr das halbe Gesicht nach unten zog. Ein Glück, daß Jochi in diesem Augenblick in der Küche war.

Wann wird das endlich alles zu Ende sein? Ihm war keine Kraft mehr geblieben vor lauter Ausweichen und trügerischem Lächeln und Zwiebelgeflüster; aber auch wegen der Anstrengung, die er bislang nicht gewohnt war: denn diesmal, zum ersten Mal, spürte er nicht nur, sondern begriff mit seinem Verstand, wie kompliziert jedes Gespräch zwischen zwei Menschen war und wie zahlreich die verborgenen Fäden, die am Ende jedes Lächelns gespannt waren. Jochi kam mit einem weiteren Tablett voll Hühnerfleisch aus der Küche, wer weiß, wie viele Hühner für seine Bar-Mizwa sterben mußten, und die Mutter beeilte sich, es ihr abzunehmen, doch Jochi gab nicht nach, und die beiden schritten einen Augenblick zusammen mit dem hochgehaltenen Tablett, lächelten allen zu, und da sie sich nicht entscheiden konnten, zu wem sie gehen sollten, marschierten sie direkt zu ihm, dem Helden des Tages, iß ein bißchen von den Mägen, meinte die Mutter zu ihm, sie schmecken gut, nein, nein, sagte Jochi liebenswürdig, iß ein Flügelchen, aber die Mägen sind mir heute wie Butter geworden, redete ihm die Mutter wohlwollend zu, die Flügelchen sind auch köstlich, beugte sich Jochi über ihn; verlegen wich er vor den Hühnerteilen, die ihm regelrecht ins Gesicht geschoben wurden, zurück, du wirst sehen, wie die Mägen auf der Zunge zergehen, drängte ihn die Mutter und stieß Jochi mit der Schulter weg, du mußt die Flügelchen probieren, flüsterte ihm Jochi mit hastiger Stimme wie eine Verschwörerin ins Ohr, und der aufsteigende Duft verschleierte ihm beide, und er schien sich in ihre Haut zu verflüchtigen, um in dicken Soßetropfen wieder aus ihnen hervorzutreten, hört auf, ich habe genug gegessen, ich will nicht mehr! Er wich wütend zurück, wieso fallen die beiden über mich her, noch dazu vor allen Leuten. Er stand mit dem Rücken an die Wand gepreßt, verwirrt und erhitzt, seine Augen irrten nach allen Seiten, bis er sich zu seinen Gedanken zurückzwang, es tat ihm gut nachzudenken, es beruhigte ihn, es erfüllte ihn mit Liebe für die Anwesenden, wo waren wir stehengeblieben, ja, daß er immer dachte, das sei Heuchelei, die übliche Scheinheiligkeit der Familie, aber ausgerechnet heute schien sich eine feine Kruste von seinen Augen gelöst zu haben und er sah etwas Neues vor sich, ein zartes Gewebe von Schönheit und sogar von Erbarmen, denn alle hier kannten die Geheimnisse des anderen, jeder einzelne war eine Geisel in den Händen des anderen, war ihrer Gnade oder ihrer Grausamkeit ausgeliefert. Wieso denkst du an solche Dinge, denk an Dinge deines Alters. Das geht alles auf dein Problem zurück, das ist nur ein weiterer Beweis dafür. Es sieht nur so aus, als würdest du etwas gewinnen. Du verlierst nur mehr und mehr. Aber es war soviel Klugheit und Vorsicht nötig, um einem Menschen etwas zu sagen, das ihn nicht verletzen, nicht beschämen würde, zum Beispiel vorhin, als die Mutter über die Frauen sprach, die glücklich sein könnten, keine Töchter zu haben, aber sie sagte das, scheinbar zufällig, erst in dem Moment, als Rivtsche, die Mutter der armen Leale, in die Küche ging. Das war ein kleiner Gnadenakt, ganz bestimmt; doch war die Luft auch voll mit winzigen Pfeilen, mit Sätzen, die in den Raum geworfen wurden, dort ein paar Augenblicke verharrten und erst dann mit einem giftigen Knall zerplatzten, mit zweideutigen Komplimenten; aber auch mit liebevollem Augenzwinkern gemeinsamer Geheimnisse, mit Worten, die vorsichtig und mitfühlend umgangen wurden, all diese Dinge bemerkte er jetzt, und er begrüßte sie mit Staunen und Zuneigung. Auch ihm würden sie heute vermutlich keine Verletzung zufügen, von der er sich nicht würde erholen können.

Drei seiner Cousins kamen vom Balkon herein, warfen einen Blick auf ihn und brachen ihr Gespräch ab, geh und stell dich zu ihnen hin, aber sie sind noch zu jung, sie kennen diese Regeln noch nicht so wie er; geh und beteilige dich an ihrem Gespräch, an der Diskussion, was bei einem Fahrrad vorzuziehen sei, Handbremse oder Pedalbremse, wie weit die Kugel eines Luftgewehrs fliegt. Aber Schimek wird sie zusammen fotografieren und verewigen. Er wandte das Gesicht zum Fenster und tat so, als vertiefe er sich in die Landschaft, streck die Schultern, versuch Spaß zu haben. Die ganze Zeit auf der Hut sein, die ganze Zeit unter Spannung stehen, mit Tricks, vor Großen, vor Kleinen, vor Großen und Kleinen zusammen, es fehlte ihm gerade noch, daß zum Beispiel einer von den Jungen zuhörte, wenn Aaron mit einem Erwachsenen redete, er wußte genau, wie er sich dann anhörte. Wenn er andererseits gezwungen war, sich mit einem von ihnen, von den Jungen, zu unterhalten, achtete er die ganze Zeit nur darauf, in seiner gewöhnlichen, seiner früheren Sprache zu reden, und spürte, wie unecht er war, wie ein Tourist, der versuchte, sich bei den Einheimischen beliebt zu machen, wie ein Spion im Feindesland, der um sein Leben kämpfte. Er stieß vor der Fensterscheibe ein Kichern aus, wer weiß, sagte sein Kichern, was für ein Leben du haben wirst. Er wandte sich sofort von der Scheibe ab. Seine Hand berührte nervös seine Brust, seine Hüften. Wer weiß, wieviel Leben überhaupt in diesem Körper steckt.

Der kleine Onkel Lonio, Rougas Ehemann, fand eine Schallplatte von Leo Pold im Plattenschrank und legte sie auf, dann nahm er eine volle Weinflasche, setzte sie sich auf die Stirn und tanzte im Takt. Die Frauen scharten sich um ihn und klatschten in die Hände. Rivtsches Mann Dov stand mitten in der Männerrunde, eine fette Hühnerkeule in der Hand, und erzählte ihnen seine unanständigen Witze. Rivtsche rief ihm zu, er solle aufpassen und leise reden, auch kleine Töpfe hätten Ohren, und schaute verlegen zu Aaron hin. Aus den Augenwinkeln verfolgte er die Männer, die mit ihren Mündern Dovs Witze verschlangen. Schwerleibig waren sie alle, müde sahen sie aus, wie geduldige, schwermütige Arbeitspferde. Aaron hatte noch nie zuvor bemerkt, wie ausgeprägt ihre Gesichtszüge waren, von strenger Hand gemeißelt, Denkmäler des Kummers und der harten Erfahrungen, von denen stets ein lauwarmer Dunst der Niederlage und Trostlosigkeit aufstieg. Dabei waren sie doch alle einmal in seinem Alter gewesen. Vielleicht haben sie am

Anfang auch so ausgesehen wie er. Er wird nie so aussehen wie sie. Die Mutter rief dem Vater mit verkrampfter Freundlichkeit zu, er solle ihr helfen, Mamtschu in Jochis Bett zu legen und sie mit der Schottischen zuzudecken, vor lauter Müdigkeit weiß sie nicht mehr, daß sie müde ist, unsere Mamtschu, aber der Vater wurde von Rivtsches Dov in Bann gehalten, der von einem Hasen erzählte, der zu den Tieren des Dschungels zurückkehrte und ihnen verriet, daß der Löwe nun endlich wisse, wie es gemacht wird. Ein unzüchtiges Lächeln der Erwartung war über Vaters Gesicht geschmiert. Seine Unterlippe, die in der Mitte leicht gespalten war, bewegte sich zusammen mit Dovs Lippen. Aaron stellte das Glas Saft ab, das seit Anfang der Feier in seiner Hand geklebt hatte, und ging zur Mutter, um ihr zu helfen, Mamtschu in sein Zimmer zu ziehen. Als sich die Tür hinter ihnen schloß und sie die Großmutter mit der Decke an der Matratze festbanden, sagte die Mutter zornig, morgen, so wahr sie lebe, morgen schaffe sie sie aus dem Haus, sie brauche sie hier so notwendig wie die Pest, er solle gehen und sich ansehen, was sie ihr jetzt auf der Toilette angerichtet habe, seit sie in ihr Leben gekommen sei, verderbe sie ihr jede Freude.

Aaron blieb noch einen Augenblick, um seine Großmutter zu betrachten. Mitleidig streichelte er ihr Porzellangesicht, in das sich nie eine Falte eingenistet hatte, denn dumme Leute altern nicht, und sie öffnete kurz ihre trüben Augen, versuchte, ihn zu erkennen, als wollte sie ihm etwas sagen, vielleicht erinnerte sie sich gar nicht, woher die Worte kamen. Vielleicht irrte sie dort in ihrem Innern herum, weinte und lachte und suchte den Ausgang. Genauso hatte sie ausgesehen, als sie kam, um ihm seine Erbschaft zu geben. Den Goldfaden. Schade, daß er ihn nicht aufgehoben hatte. Er hätte ihn ihr jetzt zeigen und sie ein wenig aufheitern können. Einem plötzlichen Drang folgend, aus Dummheit, legte er seine Hand auf ihren Mund, vielleicht um ihr anzudeuten, von woher die Worte kamen, und ihre weichen, überraschend geschmeidigen Lippen klammerten sich an seinem Finger fest. Es dauerte nur einen flüchtigen Augenblick, in dem sie an seinem Finger lutschte, mit der verzweifelten

Kraft eines Säuglings an ihm saugte. Verblüfft zog er die Hand zurück.

Ihre Lippen tasteten blind weiter. Sein Finger war feucht von der peinlichen Nässe des Lebens, und er schaffte es gerade noch rechtzeitig, ihn zu verstecken. Die Mutter war gekommen und stand in der Tür, sie spürte etwas, begriff nicht: »Du läßt Großmutter in Ruhe, hast du gehört? Hast du mich gehört!« flüsterte sie ihm zornig ins Ohr, »ihre Pflege überläßt du schön uns. Tu du lieber Dinge, die sich für dein Alter gehören, hast du verstanden!« Er wurde wieder ins Wohnzimmer gejagt und stand einen Augenblick verwirrt und irritiert da. Irgend jemand klopfte ihm auf die Schulter und erschreckte ihn, noch bevor er es schaffte, die Muskeln seiner Schultern anzuspannen, um ihre Dürftigkeit zu tarnen. »Was soll das, warum bist du so ein Zerfloigener?« rief Onkel Lonio aus, der selbst klein und rund wie ein Knopf war: »Was soll das, Hindale«, krähte er, und alle hörten es, »kochst du dem Helden des Tages nicht, wie es sich gehört?« Und einige Monate später kennzeichneten diese Worte, die Lonio gesprochen hatte, den Anfang vom Ende von Aarons Sprüngen am großen Felsen im Tal, denn in der Tiefe seiner Brust fing dort das dumpfe Schluchzen eines harten Weinens an, das eher ein Rohstoff der Seele war als ein Tränenausbruch. Er stand auf und sprang und fiel, er zerkratzte sich an Büschen, verletzte sich an Steinen, seine Augen waren von Tränen geblendet, aber es gelang ihm nicht, es zu tun, und darum versuchte er sich alles ins Gedächtnis zu rufen, was ihm in den letzten zwei Jahren geschehen war, die ganze Vielfalt von Gesichtern und Erfindungen und möglichen Ursachen seines Problems, aber immer drehte sich seine Hand im letzten Augenblick und wurde gerettet. Und erst am Ende, als seine Kräfte erschöpft waren und er sich nur noch darauf besann, daß er stehen und fallen, stehen und auf die Hand fallen mußte, und es ihm manchmal nur so vorkam, als richte er sich auf und stehe, stieg in ihm plötzlich die Erinnerung an jene Augenblicke bei seiner Bar-Mizwa hoch, als die kluge und flinke Tante Rivtsche ihren Lonio am Arm packte und leise sagte, was willst du von dem

Jungen, gib ihm Ruhe heute, und Lonio ihre Hand abschüttelte und meinte: »Dafür sind wir ins Land Israel gekommen mit der Sonne und den Vitaminen und den Apfelsinen?« Und Rivtsche hielt ihn wieder fest und sagte leise und mit gespannten Lippen, los im nuch, Lonio, laß ihn, was denkst du, daß hier irgend jemand etwas mit Absicht tut? Und Lonio winkelte den Arm am Ellbogen an und sagte: »In seinem Alter muß er doch schon bald anfangen, rums rums zu machen!« Er sah sich mit einem breiten Grinsen um, und Rivtsche trat dicht an ihn heran und fauchte, so wie die Frauen in der Familie zu fauchen wußten, mit blauem, verzehrendem Feuer, ich glaube, ich habe auch bei dir zu Hause gesehen, daß die Bügel in der Diele recht niedrig hängen, Lonio, aber er entschlüpfte ihr wieder, von einer tollen Kraft getrieben, und stellte sich wieder vor Aaron auf, der völlig gelähmt war, der, beispielsweise, in New York wohnt, Aaron, der von diesem bedauerlichen Vorfall nur in der *Frau* gelesen hat, Aaron, der eine ganze Nacht lang im Totenlager in Komi eingesperrt ist und sich sehnsüchtig an die schöne Bar-Mizwa erinnert, die für ihn veranstaltet wurde, Lonio stand vor ihm und schrie lauthals: »Nimm dir ein Beispiel an meinem Omri! Schau ihn dir an! Die reinste Kraftmaschine! Die reinste Kraftmaschine!« Und der gepeinigte Aaron schaute dem winzig kleinen, kugelrunden Mann in die Augen und las in ihnen mit einem Schlag die ganze Rache, die der Onkel durch seinen Sohn an der Natur nahm, und einen Augenblick konnte er fast Mitleid und Verständnis für diesen dummen Mann empfinden, in dessen Innerem das Geflecht der Manieren und der Familienregeln aufgebrochen war, und der scheinbar endlich seinen Schrei durch den beklemmenden Kloß, der allen im Halse steckte, ausgestoßen hatte, und das war, einige Monate später, der gesegnete Augenblick, in dem das Leid und die Ausgestoßenheit sein trotziges, unbeugsames Hirn überwanden und Aaron mit aller Kraft sprang und wie eine leere Hülle am Fuß des riesigen Felsens aufschlug und mit einer Mischung aus Erschütterung und Erleichterung hörte, wie der Knochen seines Arms brach.

14 Und noch ein Jahr verging. Und nichts. Wie der Schleim eines Eies, das die Mutter mit gleichmäßigen Bewegungen in den Teig rührte, vergingen seine Tage, vermengten sich mit der Zeit. Draußen herrschte ein seltsamer Winter: eiskalt, voller Stürme und schneidender Winde und ohne einen Tropfen Regen. Und schon sprach man von einer Dürre. Ein arktischer Wind, sagten sie im Radio, und Aaron schauderte.

Es ist Abend, und er sitzt in der Küche auf dem Faruk, schält Kartoffeln für den Schabbat-Tschulent. Das Küchenfenster klappert die ganze Zeit wegen des Windes. Es wird schon um fünf Uhr dunkel, und alle schließen sich in ihren Häusern ein. Ein angenehmer Geruch von Heizöl füllt die Zimmer, und wenn es vollkommen still ist, kann man hören, wie der alte Friedman-Kühlschrank atmet. Aber hauptsächlich hört man den Vater von ganzem Herzen brummen und stöhnen. Die Mutter und Jochi bearbeiten im Wohnzimmer seinen Rücken, die Mutter von unten und Jochi von oben, und in der Mitte treffen sie sich. Ohne die Großmutter geht es schneller. Sie bestand immer darauf, zu helfen, steckte ihr Finger überall hinein, kicherte wie ein kleines Mädchen, kitzelte den armen Vater plötzlich in der Achselhöhle, und manchmal, erinnert sich Aaron, während er schnell schält, sich mit aller Gewalt konzentriert, denn in letzter Zeit hat sich bei ihm ein sehr merkwürdiges Zirpen eingestellt, manchmal, wenn sie besonders gut gelaunt war, drängte sie sich zwischen die Mutter und Jochi, legte sich plötzlich auf den Vater und sang ihm ein polnisches Lied in den Rücken, wobei sie ein listiges Auge auf die Mutter warf, und der Vater lauschte ihr und begann sich zu winden vor Kitzel oder unterdrücktem Lachen, vielleicht war das eines der Lieder, die die Mutter ihr verboten hatte zu singen, vielleicht war es aus ihren Tagen in den Nachtlokalen dort; es ist ein schmales, gepreßtes Zirpen, wie durch zusammengekniffene Lippen, und das ist dann ein Zeichen für ihn, er weiß schon, hat schon begriffen, wann dieses Zirpen bei ihm auftritt, zum Beispiel, wenn er irgend etwas benutzt, wenn er einen Gegenstand hält, wenn seine Finger ein Gefäß oder ein Gerät berühren, einen Fremdkörper, und wer weiß, vielleicht sogar Menschen, dann beginnt gleich das Zirpen, wie elektrischer Strom, der nicht richtig fließen kann, wie ein ›tz tz tz‹ als Warnung, oder als Spott, durch zusammengekniffene Lippen, und sofort werden seine Finger schwach, öffnen sich langsam, werden gelähmt, als habe er kein Recht dazu. Auf diese Weise ist ihm gestern beim Essen ein Glas zerbrochen, es ist ihm einfach aus der Hand gefallen, das Zirpen kam, und Aaron ließ das Glas nicht los, das Zirpen hielt an, die Finger begannen zu zittern und schwach zu werden, und es geschah, die Mutter sah, wie es geschah, sie stand da und schaute, wie seine Finger zitterten, wie sie sich langsam vor ihren Augen öffneten – wer weiß, ob sie das Zirpen nicht gehört hat. Und jetzt, das mit dem Messer, mit dem Stöhnen – Meirke Blutreich hat es schon in der Achselhöhle, das heute war der dritte Beweis, im vollen Licht, in der Turnstunde, und dreimal ist schon ein endgültiger und offizieller Beweis; das Zirpen ist beharrlich, rast herum, tanzt, hinter dem Ohr, auf der linken Seite, nach innen, und Chanan Schwiki ist schon eindeutig zu einem Adamsapfel berechtigt, erstaunlich, wie schnell er bei ihm gekommen ist, erst gestern hat ihn Aaron zum ersten Mal bemerkt, aber da war schon klar, daß er absolut und offiziell ist, als wäre er über Nacht herausgeschossen; aber Aaron beschloß trotzdem, fürs Protokoll sozusagen, es erst nach zwei weiteren Beobachtungen in einem Zeitabstand von einem Tag zu bestätigen. Genug, genug! Er läßt das Messer los, läßt es aus der Hand fallen. Gott sei Dank. Ein bißchen Ruhe. In der Küche ist es kalt. Was ist das für ein Unsinn, daß es Zentralheizung und einen Radiator in jedem Zimmer gibt, und alle Nachbarn trotzdem schon seit drei Jahren Heizöfen benutzen, um sich an der geschiedenen Pinkus zu rächen, die über Botenero wohnt und dem Hauskomitee nichts für eine Zentralheizung zahlen will. Wo waren wir stehengeblieben. Er zählt rasch an den Fingern ab: bei siebzehn Jungen in seiner Klasse ist es bereits mindestens an einer Stelle aufgetreten. Die Liste der Achselhöhlen ist die längste. Aber interessant, daß es auch welche gibt, zum Beispiel Assa Kolodni oder Chaim Sasportas, die es zwar massenweise in der Achselhöhle haben, einen ganzen Wald, aber fast nichts an den Beinen, was beweist, daß es auch im Körper Entscheidungsprozesse verschiedener Art gibt, daß es vielleicht auch so etwas wie, sagen wir, Flexibilität gibt, und vielleicht, warum eigentlich nicht, vielleicht dort einfach ein Durcheinander herrscht, wie in großen Büros, wie beim Militär, beim Reservedienst. Stell dir vor, stell dir nur mal vor, daß morgen früh irgend jemand dort Ordnung macht und alles zu Ende ist. Sicher. Sicher. Er hält inne. Lauscht. Nichts. Gott sei Dank sind wir es los. Er nimmt vorsichtig das rote Messer, damit das Messer es nicht merkt, und damit Aaron es nicht merkt. Aber man kann nicht schummeln. Da ist es wieder. Wie durch ganz fest zusammengekniffene Lippen. Die Ursachen von Problemen kennen keine Grenzen. Manchmal kommt es ihm vor, als rede das Zirpen zu ihm. Es ist schwer zu verstehen, was es sagt. Es schilt ihn oder droht. Er schaut vorsichtig ins Wohnzimmer. Der Vater liegt dort, sein ganzer Körper windet sich vor Genuß unter den Händen der Frauen, und anhand der Tiefe des Stöhnens weiß man, daß das Ende naht, daß es gleich kommt, hmmm, summt er gegen das Zirpen, er hat ein besonderes, ein sehr hohes, innerliches Summen, das sein ganzes Innenleben vibrieren läßt, und dann verschwindet auch das Zirpen für einen Augenblick. Immmm, spitzt er seine Stimme hauchdünn an, wie ein schneidender Strahl, und spürt, wie die Zähne dumpf in der Mundhöhle summen, schnell, keine Sekunde der Stille zulassen, und wie die Mutter immer böse wurde, wenn der Vater und Lili Polnisch sprachen, das die Mutter nicht verstand, und bevor sie ihn heiratete, hatte sie ihm eine Bedingung gestellt, daß er nur noch Hebräisch sprechen dürfe; aber es gibt Dinge, die ich nur auf polnisch sagen kann, herrschte sie der Vater einmal an, bei dem großen Streit, den sie nach Jochis Bat-Mizwa hatten, das ist meine und ihre Sprache, und ich kann gar nichts sagen auf hebräisch! Aber du hast es versprochen! fuchtelte sie mit dem Finger warnend und vorwurfsvoll vor seinem Gesicht herum, denn die Großmutter hatte auf der Bat-Mizwa eines ihrer Lieder gesungen und der Vater hatte sich ihr angeschlossen, und plötzlich sah man ihnen an, daß sie Verwandte waren, die Augen der beiden glänzten mit ein und demselben Licht, und auch als das Lied zu Ende war, plauderten sie auf polnisch weiter, so wie sie es noch nie zuvor getan hatten, sie setzten sich in eine Ecke und redeten laut, fielen einander ins Wort, und die Mutter ging zwanzigmal an ihnen vorbei, sie kochte vor Wut, Aaron hatte den Vater noch nie so oder überhaupt mit Großmutter Lili reden gehört, mit solcher Begeisterung und Melodik, und nachdem die Gäste gegangen waren, gab es einen Streit, daß die Wände nur so zitterten, ›tz tz tz‹, flüstert die leise, schlangenhafte Stimme, und Aaron verringert sofort seine Bewegungen. Fast hätte er sich in den Finger geschnitten.

Und in diesem Augenblick, als sich der Vater schon vom bordeauxfarbenen Sofa erhoben, genußvoll gestöhnt und sich die kurze Hose und das Hejmische, das Haushemd, angezogen hatte, das versehentlich in ein verwaschenes Blau verfärbt worden war, war ein Klopfen an der Tür zu hören. Es war ein so schwaches Klopfen, daß sie zuerst gar nicht merkten, daß überhaupt geklopft worden war, vielleicht klopfte wieder das Fenster in der Speisekammer, vielleicht knallte Sophie Atias eine Tür zu, so wie es bei ihnen üblich war, doch dann kam noch ein Klopfen, und danach landete ein hastiger Schlag an der Tür, entsetzt und vor sich selbst erschreckend, und die ganze Familie lief hin und öffnete und sah die Nachbarin Edna Blum auf der Schwelle stehen, in einen riesigen Mantel gehüllt, sie versuchte zu lächeln, und ihre Lippen bebten, blau vor Kälte. Aaron stockte das Herz, das ist mein Ende, sie hat es herausgefunden, ich habe Zeichen hinterlassen, sie ist gekommen, um es ihnen zu erzählen. Das Kartoffelmesser war noch in seiner Hand. Edna Blum zögerte einzutreten. Sie fing schon draußen auf dem Abtreter zu reden an. Der Vater, in dem verwaschenen Hejmisch, richtete sich plötzlich auf und sank wieder ein wenig zusammen, bat um Entschuldigung, daß er so aussehe, schlüpfte in die Wohnung, um sich ein anderes Hemd anzuziehen. Eine feine Falte des Staunens legte sich schräg über das rechte Auge der Mutter. Aber kommen Sie doch herein, Fräulein Blum, was stehen Sie so in der Tür, wie kann ein so seltener Besuch wie Sie stören, trinken Sie eine Tasse Kaffee?

Edna trat zögernd ein, machte kleine Verbeugungen vor Jochi, vor dem ovalen Bild des Großvaters, des Vaters der Mutter, das auf dem Buffet stand, vor dem neuen Kronleuchter, vor jedem Gegenstand und Ding im Zimmer. Aaron ging hinter ihr. Wie sollte er es erklären. Womit sollte er anfangen. Vielleicht sollte er jetzt weglaufen, solange sie noch nichts wissen. Vielleicht sollte er hinfallen und sofort ohnmächtig werden. Was kann man einem Ohnmächtigen schon antun. Vielleicht sollte er sie mit dem Messer erstechen und danach sich selbst, aber sofort setzte das Zirpen ein, wie um ihn zu verspotten; wenn einer nicht weiß, wie man eine Schraube ein- und ausschraubt oder ein Glas in der Hand hält, wie soll er es dann plötzlich schaffen, seinen ganzen Körper zu beseitigen, er würde sich höchstens ein neues lächerliches Gebrechen zufügen. Edna Blum warf einen staunenden Blick auf das Wohnzimmer mit dem aufgepolsterten Puritz und dem Methusalem und dem großen neuen Kronleuchter, sie hatten eine kleine Renovierung vorgenommen nach der Großmutter, das war vermutlich das erste Mal, daß sie die Wohnung eines Nachbarn von innen sah, sie kam ja nicht einmal zu den Versammlungen des Hauskomitees, und die Mutter spürte das und wies mit einer weiten, noch größeren Geste als sonst auf das Wohnzimmer und entschuldigte sich, daß so ein Durcheinander herrschte, alles war ordentlich und blitzblank wie immer, es war ja Donnerstag, man hätte vom Fußboden essen können, und sie brüstete sich ein bißchen mit dem frischen Anstrich, mit dem neuen Buffet, in dem es eine moderne Bar für alkoholische Getränke gab, ein weiches Licht ging dort jedesmal hinter einem rötlichen Vorhang an, wenn die Tür geöffnet wurde, und die Flaschen spiegelten sich in den Spiegeln, warum legen Sie nicht ab, Fräulein Blum, nein, nein, schauderte Edna Blum und vergrub sich noch tiefer in ihrem schweren Mantel, während sie mit aufgerissenen Augen auf die moderne Bar blickte, aber vielleicht, begriff Aaron plötzlich, vielleicht wundert sie sich, wieso es so ein großes Buffet gibt und überhaupt keine Bücher.

Der Vater kehrte zurück, er trug das blau-weiß Karierte, sein Haar war gekämmt, feucht vom Wasser. Das Gesicht der Mutter veränderte sich nicht im geringsten; Edna Blum setzte sich behutsam auf die Kante des Sofas; sie faltete ihre rosigen Hände, bewegte den Kopf hierhin und dorthin, stieß ein angedeutetes Kichern aus und sah dabei aus, als führe sie einen erregten und peinlichen inneren Dialog; nur die Röte ihrer Wangen zeugte von den Gedanken, die in ihr glühten. Der Vater setzte sich ihr gegenüber auf den Methusalem, seine großen Hände hielten krampfhaft die gerundeten Armlehnen fest. Sehen Sie, Fräulein Blum, meinte er plötzlich unnötigerweise, wobei er vergeblich versuchte, seine breiten Beine zu verstecken, ich trage sogar im Winter kurze Hosen im Haus; er lächelte ihr töricht zu, drinnen ist mir warm, als hätte ich einen Ofen in mir, im Sommer und im Winter. Edna richtete verwunderte Augen auf ihn, und er verstummte. Die Mutter räusperte sich und wartete. Wieder hüllte sich Schweigen um sie. Aaron hustete ununterbrochen. Er hatte plötzlich einen Husten bekommen. Die Mutter warf ihm einen zornigen Blick zu, sie macht bei ihm aus jeder Sache gleich ein Chejndale, aber er mußte wirklich husten, und er tat es aus Leibeskräften. Vielleicht ist er krank. Vielleicht stirbt er bald.

Edna Blum beugte sich vor, berührte zerstreut die Zitrone, die in der Schale auf dem Tisch lag, und zog die Hand erschrokken zurück. Als wäre sie an Gier oder an einer unerhörten Unhöflichkeit gescheitert. Die Familienmitglieder rutschten und ruckelten auf ihren Stühlen herum; Aaron stieß wieder ein trokkenes, nervöses Husten aus, die Einleitung zu einem furchtbaren Hustenanfall, der ihn gleich packen würde, wenn er sich anstrengte, würde er vielleicht einen Tropfen Blut spucken. Und mit Blut diskutiert man nicht. Aber er wußte, daß er keine Chance hatte. Daß dies seine letzten Augenblicke mit ihnen waren. Keine Erklärung würde sie überzeugen können, warum er bei ihr die Toilette benutzt hatte, sie bereiten sich ja ohnehin die ganze Zeit innerlich darauf vor, daß jemand kommen und ihnen endlich die furchtbare Botschaft über ihn mitteilen würde. Plötzlich barsten die Worte aus ihrem Mund, sprühten mit hoher, gespannter Stimme hervor, danach zog sie sich sofort wieder in sich selbst zurück und schrumpfte gänzlich zusammen. Aaron hörte auf zu husten, sein Mund öffnete sich leicht.

»Aber ich bin kein ... kein Handwerker, der weiß, wie ... nein ...« Der Vater lachte unsicher, überrascht, »Sie brauchen einen richtigen Fachmann, und ich mache nur so kleine Reparaturen. Nichts weiter.« Er verstummte verlegen. »Ich glaube, Herr Kleinfeld, ich bin mir eigentlich fast sicher, daß Sie es genau so machen können, wie es gemacht werden muß.« Sie kicherte und zwinkerte, ließ den Nacken leicht erzittern wie ein Vogel, der Wassertropfen abschüttelt. »Und ich habe gehört, wie Sie den Strom bei Herrn Atias und die Rohre in der Küche von Frau Botenero in Ordnung gebracht haben. Ich bin überzeugt, daß Sie es schaffen werden, Herr Kleinfeld.« »Aber das waren kleine Arbeiten«, flüsterte der Vater vorsichtig und blickte dabei aus den Augenwinkeln zur Mutter hin, sieht sie, wie sehr er sich bemüht, das Angebot abzulehnen? Sie hatte ihm noch immer nichts mit ihrem Blick erwidert, sie überlegte noch, ihre Augen vertieften sich in die transparente, anämische Haut der Edna Blum, in ihre Augenlider, die rot und geschwollen wirkten, in ihre Zähne – vierzig, entschied die Mutter, nicht einen Tag weniger –, in ihre dünnen Hüften, Mosches Hände können sie ja mühelos umschließen, ein Leib, der nicht gebärt hat, Brüste, die nicht gestillt haben ... »Mosche arbeitet gut, das ist sicher«, meinte sie bedächtig, abwägend und prüfend, »aber er ist wirklich kein Experte für das, worum Sie bitten, und außerdem leidet er im Winter immer ein bißchen am Rükken, ich weiß nicht, was ich Ihnen sagen soll, Fräulein Blum, vielleicht versuchen Sie, jemand anders zu finden? Jeder Mensch ist doch irgendwie ersetzbar, oder?«

Aaron sah, wie Edna Blums Augen sich weiteten, aufleuchteten. Sie schüttelte den Kopf mit einer gelassenen, ungewöhnlichen Geste: »Das stimmt nicht ganz, Frau Kleinfeld, vielleicht ist keiner wirklich ersetzbar.« Sein Herz ging zu ihr aus, weil sie so schön und edel gesprochen hatte, selbst wenn sich das Gespräch um eine so einfache und langweilige Sache drehte. Aber auch die Mutter lauschte den seltsamen Funken, die in Edna Blums Stimme tanzten: sie schüttelte den Kopf und lachte nicht mehr.

»Ich werde gut dafür bezahlen«, sagte sie.

»Von Geld ist doch gar nicht die Rede«, stammelte der Vater.

»Wieviel würden Sie denn zum Beispiel zahlen, Fräulein Blum?« fragte die Mutter plötzlich kühl, und ihr kaufmännisches Auge wurde schmäler, schätzte ab.

»Sogar ... fünfzig Pfund ...«, stieß Edna Blum aus; man sah ihr an, daß sie selbst über die Summe erschrak, die sie vorgeschlagen hatte, trotzdem schüttelte sie mit einem trotzigen Zittern den Kopf. Rote Flecken breiteten sich auf ihrem Hals aus. Sie duckte sich. Man konnte, ohne sie zu berühren, fühlen, wie feucht ihre zarten, rosigen Finger waren, dieselben Finger, die an jenem Tag auf dem Klavier gespielt hatten. Der Vater stieß ein Stöhnen aus, und die große blaue Vene an seinem Hals pochte stark. Mit fünfzig Pfund kann man den Balkon vor dem Winter abdichten, kann man anfangen, die Küche zu renovieren; kann man ein gebrauchtes Moped kaufen, um morgens damit zur Arbeit zu fahren ... Die Mutter lehnte sich zurück und schluckte. Der Vater murmelte vor sich hin, das ist wirklich zuviel, Fräulein Blum, aber auch er war verblüfft und vertiefte sich in seine Finger. Die Mutter hatte noch immer keinen Ton von sich gegeben. Ihre Pupillen irrten hin und her. Ihr Kopf zitterte plötzlich. Ein leichter Schatten huschte wie ein geduckter Marder unter ihren Lippen vorbei. So? In einem solchen Sturm, bei dem sich kein Hund hinauswagt, hat die Schönheit ihr warmes Haus verlassen und ist hierhergekommen? Was brennt es ihr plötzlich so? Edna Blum wand gequält den Hals unter dem argwöhnischen und erbarmungslosen Blick der Mutter. Dieser Blick, dieses Betasten! Mühsam hob Edna die Lider, sah der Mutter in die Augen, wartete ihr Urteil ab; sie und der Vater kamen Aaron damals so vor, als warteten sie auf den Segen der

Mutter für irgend etwas, das zehnmal komplizierter und ernster war als das Einreißen einer Wand zwischen dem Schlafzimmer und dem Wohnzimmer der Edna Blum.

»Und wann denken Sie zu zahlen?« Die unverblümte, grobe Anrede erschütterte Aaron; ihm wurde auf einmal klar, daß es sich hier um irgend etwas handelte, das nicht ganz anständig war, das die Höflichkeit überflüssig machte, und es tat ihm leid um Edna Blum und um die Sache, der sie sich hier, in seinem Haus, aussetzen mußte. Denn es gab Menschen, das spürte er, die so ein Benehmen aushalten konnten, und andere, die sich nach und nach damit abgefunden hatten, aber Edna sah sehr verletzlich aus. Er war verblüfft, daß sie sich sofort an den Ton der Mutter gewöhnt hatte, daß sie nicht aufgestanden und – die Tür hinter sich zuschlagend – gegangen war; nur ihr langer schlanker Hals wand sich gequält weiter, als schlucke sie ständig die harten Schalen ihres Stolzes hinunter: »Wenn Herr Kleinfeld bereit ist, die Arbeit auf sich zu nehmen, zahle ich die eine Hälfte sofort und die andere nach Abschluß der Arbeit«, sagte sie und verfiel in eine Fachsprache, die sie an ihrem Arbeitsplatz aufgeschnappt hatte, im Büro des Notars Lombroso, dessen Name, den sie hundertmal am Tag aussprechen mußte, allein schon ein Grauen in ihr wachrief, als rage der schwarze, zukkende Schwanz einer schweren Fisches aus ihrem Mund hervor.

»Herr Kleinfeld wird jeden Dienstag nachmittag bei Ihnen arbeiten, bis er die Arbeit beendet hat«, entschied die Mutter, »und ich oder der Junge oder Jocheved werden mit ihm in der Wohnung sein, um ihm zu helfen.«

Edna Blum senkte ergeben den Kopf. An ihrem rosigen Arm hingen ein paar Reifen, die die ganze Zeit klirrten und ihr großen Kummer bereiteten. Sie faltete ihre Hände und versuchte, sie zu verstecken, so gut es ging; Aarons Herz ging wieder zu ihr aus und rief sie noch einmal und noch einmal, wie der Kuckuck einer Uhr.

Dann öffnete sie ein kleines, rotes Portemonnaie aus Leder, das sie bei sich hatte, plagte sich lange mit dem Reißverschluß, gluckste verlegen, errötete, nahm Geldscheine heraus. Einen

Augenblick hielt sie die Scheine hilflos in der Luft, und als sie sah, daß die Mutter die Hand nicht ausstreckte, um sie entgegenzunehmen, legte sie sie vorsichtig auf die Tischkante, von der sie sofort auf den Boden fielen.

»Du wirst ihr die Wand abreißen, und wir werden uns einen neuen Kühlschrank kaufen, der alte stinkt schon, und dann werden wir die ganze Sache vergessen, ich pfeif auf sie«, sagte die Mutter nachher, als sie die Eier wütend in der Pfanne verrührte, und war aufgebracht darüber, daß sie sich von dem Geld der Ungarin hatte verlocken lassen; habt ihr gesehen, wie sie geht: wie eine lebendige Tote! und wie sie spricht, ti ti ti ti, zischte die Mutter, indem sie mit feinem und boshaftem Talent das Gebaren eines schüchternen Kranichs nachahmte, aber auch diese gallige Boshaftigkeit brachte ihr keine Ruhe: sie hatte zwar oft gesagt, man habe sie nicht unter dem Ofen großgezogen, doch diesmal spürte sie einen schneidenden Schmerz im Bauch, und sie spürte, daß sie einen großen Fehler gemacht hatte.

15 An einem grauen, trocken-heißen Montag machte sich der Vater daran, die Wand abzureißen, die im Haus der Edna Blum Schlafzimmer und Wohnzimmer trennte. Die Arbeit hätte zwei Tage dauern sollen. Er fing nachmittags um halb fünf an, nachdem er von seiner Arbeit in der Abteilung für Bäckereiarbeiter im Arbeiterrat von Jerusalem zurückgekehrt war, ordentlich gegessen und seine Mittagsruhe gehalten hatte. Dann zog er sich das blaue Anjel-Hemd an, das noch aus den Tagen seiner Arbeit in der Anjel-Bäckerei stammte, nahm seinen Werkzeugkasten, Aaron sah genau hin, keine verlegte Roxanna fiel heraus, stieg in den rußigen Heizkeller hinunter, lud sich die riesige Og-Leiter auf die Schultern, die er eigenhändig im Jahre 48 gebaut hatte, als er der Mutter und sich ihre erste Wohnung im Romemma-Viertel gebaut hatte, und begab sich

mit schweren, bedächtigen Schritten zum Eingang A, in den dritten Stock, in ihre Wohnung. Hinter ihm marschierte Jochi, die Arme voll mit Stapeln alter Zeitungen, um den Putz, der von der Wand fallen würde, einzusammeln; hinter ihr ging Aaron, der den Meißel nur mit Mühe in einer Hand halten konnte; so kehrte er in ihre Wohnung zurück, aber diesmal offen und mit Erlaubnis, und vielleicht würde er es sogar dort, direkt neben der Mutter und dem Vater, wagen, wer weiß. Hinter Aaron, in der Nachhut, die Mutter in ihrem düsteren, braunen Priesterkleid, grimmig und argwöhnisch wie eine Glucke, das Haar zu einem festen Knoten zusammengesteckt, die braune Stricktasche unter den Arm geklemmt und in der Hand eine große, mit Tee gefüllte Thermoskanne, denn, entfuhr es ihr, bei dieser Spinnerin würde sie doch nichts zu trinken bekommen.

Edna Blum öffnete ihnen feierlich die Tür, und bei ihrem Anblick setzte Aaron der Atem aus: Sie hatte sich für die Arbeit ganz schlicht gekleidet, Jeans und eine gelbe Bluse, die am Saum leicht aufgetrennt war und sanft über ihre kleinen Brüste glitt; ihr feines, hellblondes Haar umschmeichelte ihre Züge wie ein Strahlenkranz, und ihr Gesicht war von einer derart selbstverständlichen und strahlenden Ausgeglichenheit, wie gemeißelt und geschliffen, daß es ihm so vorkam, als sei ihre lebhafte Schönheit nichts anderes als eine Krankheit; die Eltern und Jochi sahen nicht auf ihr Gesicht: sie starrten auf ihre langen, nackten, fast durchsichtigen Füße – die Füße eines Vogels, der nicht oft landet. Edna führte sie hinein und schlug ihnen vor, sich auf die weißen Ledersessel zu setzen, die ein entsetzliches Geräusch von sich gaben. Vor ihnen, auf dem niedrigen weißen Wohnzimmertisch, standen Schälchen mit Tortenstükken, die sie bei Krawitz, dem Gauner, gekauft hatte, der drei Eier hineintut, wo acht notwendig sind, hast du etwa gedacht, die Balebuste, die Hausfrau, wird dir zu Ehren den ganzen Tag mit einer Schürze in der Küche stehen? Und eine Kanne mit gelblich-durchsichtigem Saft und eine so hübsche Obstschale wie auf einem der Bilder in ihren dicken Alben, man hätte sie für unecht halten können. Die Mutter – seine höfliche Mutter, die bei Fremden nie etwas probierte – streckte plötzlich die Hand aus, wühlte in dem Haufen Obst, als suche sie auf dem Markt Ware aus, griff sich eine reife Guajave heraus und biß hinein. Edna Blum verkrampfte sich vor heimlichem Schmerz und bot der Mutter ein Tellerchen für die Schalen an, oder für die Reste, flüsterte sie, und die Mutter, sie sagte absichtlich, begriff Aaron plötzlich, sagte absichtlich, den Mund voll von dem Saft und Fleisch der duftenden Guajave, sie esse Guajaven immer mit allem Drum und Dran. Edna sah sie ängstlich an und nickte matt. Dann bot sie Aaron und Jochi eine weiße Schachtel mit Rachat-Laqum an, Zuckerbonbons, die mit einer feinen Schicht Puderzucker bestäubt waren. »Das habe ich aus Izmir mitgebracht«, murmelte sie und fügte wie ein Geständnis hinzu: »Ich verreise jedes Jahr im Sommer.«

»Nein, danke. Das ist nicht gut für ihre Zähne«, entschied die Mutter, »und Herr Kleinfeld will endlich anfangen.«

Edna Blum wurde immer kleiner. Sie entschuldigte sich und erklärte, daß sie auf diese Weise dem Beginn der Arbeit ein bißchen Festlichkeit verleihen wollte, aber die Mutter sandte ihr einen Blick zu, der sie sofort verstummen ließ.

Zuerst nahm der Vater die Bilder von der Wand und lehnte sie vorsichtig an eine andere. Das sind nur Reproduktionen, bemerkte Edna bescheiden, und die Mutter stieß einen leisen, häßlichen Pfiff der Bewunderung aus, der nur Jochis und Aarons Ohren erreichte, das sind die Tänzerinnen von Degas, und das ist Magritte, und das ist natürlich der Stuhl von van Gogh, und hier ist etwas von Dalí, und das ist einfach abstrakt, und das ist ein Stilleben von Renoir oder Gauguin; der Vater trug die Bilder auf den Armen, Aaron half ihm nicht, wegen des Zirpens, er saß nur in dem weißen Ledersessel und betrachtete die hellen Rechtecke, die an der Wand geblieben waren, und erinnerte sich an seine Großmutter Lili und ihren dicken, alten und trockenen, in eine Zeitung gerollten Zopf, den er auf dem Boden des Mülleimers gefunden hatte; vielleicht bleiben solche hellen Flecken noch eine Zeitlang auf der Welt, auch nachdem der Mensch schon gestorben ist.

Der Vater nahm den schwarzen Bücherschrank auseinander. Ehrfürchtig sammelte er die Kollektion der Glaskugeln mit den Schneeflocken ein, Edna hatte aus jedem Land, in das sie gereist war, eine Kugel mitgebracht; wenn Aaron heimlich hierherkam, schüttelte er gern alle auf einmal, das war so eine Zeremonie von ihm; ein schwermütiger, ermüdender Märchenzauber überkam ihn beim Anblick all der einsamen Gefangenen, der Bergsteiger, Schwäne, Clowns, Orchideen, Ballerinen und Kinder, die einander aus den Glaskugeln in den leisen Schneestürmen anblickten, und dann nahm der Vater die dicken Alben herunter, in denen Aaron in Ednas Abwesenheit unermüdlich geblättert hatte, sie enthielten auch Bilder und Zeichnungen von nackten Männern und Frauen, aber in ihnen war nichts Unanständiges, auch keine Fremdheit oder Trostlosigkeit; dann trug der Vater mit großer Sorgfalt, die Zunge zwischen den Zähnen, das zarte Prisma und den Krug weg, dessen lange Lippen wie zu einem himmlischen Kuß geschwungen waren und in dem sich ein Strauß getrockneter Immortellen befand, und die Prinzessin hat keinen Finger krumm gemacht, sie hat dich die ganze Arbeit allein machen lassen, als wärst du ihr Sudanese, aber die Mutter sagte nicht die Wahrheit: Edna Blum nahm dem Vater jeden Gegenstand ab und stellte ihn an den von ihr vorgesehenen Platz, und alle Anwesenden im Zimmer verfolgten immer wieder jenen pikanten Augenblick, da ihre schlanken Finger die des Vaters berührten, der mit aller Gewalt versuchte, diese seltsame Berührung, eine Art luftiges Streicheln, nicht zu spüren und sich ganz in die Arbeit, die Arbeit versenkte. Erst als er den geschnitzten alten Neger in die Hand nahm, sahen alle, daß er sich nicht beherrschen konnte, denn er strich verstohlen mit dem Finger über dessen wohlgeformtes, weises und trauriges Gesicht, über die breite, platte Nase, die dicken Lippen; die Mutter schnaubte verächtlich, und der Vater richtete sich etwas auf. Mit verschlossener Miene reichte er die anderen Figuren weiter: die schwarzen Holzskulpturen, die Edna von ihren zwei Reisen nach Kenia mitgebracht hatte, die eines schlanken, in Gedanken versunkenen Knaben, und die angedeuteten Formen weiblicher Rundungen, die in einen Baumstamm geschnitzt waren; wenn Aaron sich hier allein aufhielt, wurde er manchmal übermütig und ahmte ihre Haltungen und Posen nach, strich mit den Fingerspitzen über ihre rundlichen, lebhaften Gesichtszüge. Manchmal spürte er, daß sein großes Geheimnis hier nicht das war, was er auf ihrer Toilette machte, sondern daß er mit jenem Bild und mit ihren Büchern und Skulpturen zusammen war. Ein Wonnegefühl machte sich breit in ihm: vielleicht sollte er gleich dableiben wie ihre Skulpturen, und wenn sie dann in der Nacht von ihrem Spanischkursus oder dem Kursus für Blumenarrangements zurückkehrte, würde sie ihn entdecken und ihm gestatten, bei ihr zu bleiben. Ab und zu würde sie an ihm schnitzen, bis er durch ihre Hände vollendet sein würde.

»So, wir sind fertig«, keuchte Edna schließlich, als die Wand nackt und etwas unzüchtig dastand.

Der Vater grinste, und seine kräftigen Zähne blitzten weiß zu ihr hin: »Jede Medaille hat ihre Kehrseite, Fräulein Blum, es gibt doch sicher auch auf der anderen Seite der Wand Bilder oder Sachen, hab ich recht oder nicht?«

Und Edna, Edna war es wirklich und wahrhaftig nicht in den Sinn gekommen, was sich hier, in ihrem Haus, ereignen würde. Ihr Gesicht wurde grau und fiel ein: sie hatte vorgehabt, eine Wand abzureißen, der Entschluß hatte sie gewaltige Anstrengung gekostet, sie hatte all ihre Seelenkräfte aufbringen müssen, um sich vorzustellen, wie der Meißel von einer Seite in die Wand geschlagen würde, aber sie waren nicht stark genug gewesen, um die Wand auch zu durchbrechen. Der riesige Raum, der hier entstehen würde! Jetzt stand sie da mit hängenden Armen, den Kopf gesenkt.

»Fräulein Blum«, sagte der Vater mit sanfter, für ihn ganz ungewöhnlicher Stimme, »vielleicht haben Sie nicht genau überlegt, was hier passieren wird ... eine Wand einzureißen, das ist Schmutz und viel Krach und Durcheinander. Vielleicht ist es besser, wenn wir alles an seinen Platz zurückstellen und schön auf Wiedersehen sagen, und nichts ist passiert, wirklich.«

Er versuchte sie zu beschützen; die zarte Frau, die sich wie ein Embryo in der Hülle ihrer Haut bewegte: die beiden standen sich nun gegenüber, und Aaron sah plötzlich, wie gut sein Vater früher ausgesehen haben mußte, bevor er sich in sein Fett und seinen üblichen Gesichtsausdruck zurückgezogen hatte, und die Mutter, sie sah es auch, und es verschlug ihr die Sprache, denn so hatte sie ihn einst gesehen, und ihr Herz zog sich zusammen, sie wußte nicht, ob sie ihn jetzt noch weiter ansehen, in sich aufnehmen, sich an ihn schmiegen oder sich von seinem Anblick losreißen und den Augenblick für immer verlieren sollte, er war damals sehr jung gewesen, um etliche Jahre jünger als sie, und als sie ihm zum ersten Mal Ende 46 in Jerusalem begegnete, war er noch nicht schön, so hungrig war er, abgemagert bis auf die Knochen, und verwirrt, aber er hatte eine hohe Stirn, und er strahlte etwas aus, Leidenschaft und Freiheit, die Sehnsucht eines kleinen Jungen, eines großzügigen Strolchs, mitten auf der Straße hatte sie ihn gefunden, von der Straße habe ich euren Vater geholt, er schlief auf einer ausgehängten Tür, halbtot war er, als ich ihn fand; denn er war auf unwegsamen Wegen von den Steppen Rußlands ins Land gekommen, ohne Verwandte oder Bekannte und ohne die Sprache zu verstehen, die Mutter war damals schon eine alte Jungfer, fünfundzwanzig war sie, eine Vollwaise, die für fünf kleine Brüder und Schwestern sorgte, und sie hob ihn auf und brachte ihn ins Haus und erzählte, wie sie die bösen Zungen der Nachbarn und einiger der Verwandten ignorierte, denen sie bis heute nicht verziehen hat, mit Gamliel und Rochale hatte sie sich erst auf Aarons Bar-Mizwa versöhnt, und volle fünf Monate lang, mit Tücken und mit Drohungen, hinderte sie ihn daran, das Haus zu verlassen, plötzlich kehrte alles zurück, stieg alles wieder auf und wurde lebendig, und das ausgerechnet hier, im Haus dieser Person, wie ein lebendiger Quell brach es durch die Krusten der Vergessenheit und des Kummers und der Müdigkeit der Jahre, selbst das Herzklopfen, das die Mutter für ihn empfunden hatte, flattert einen Augenblick, und Hinda, wie Hinda eben ist, lachte Gutsche, bis ihr die Tränen kamen; als Gutsche Jochi von jenen Tagen erzählte, schämte sich nicht, ihr zu sagen, daß die Briten Jagd auf kommunistische Spione machten, die sich im Land versteckten, und dein Vater, nebbich, der Ärmste, war ihr hörig; er schmierte Honig auf den Boden, auf den sie ihren Fuß setzte, und am meisten bewunderte er, wie sie für uns, die Kleinen, sorgte, wir waren fünf, die ihr am Hals hingen, fünf Küken, ohne Vater und ohne Mutter, nur Hinda und Hinda, und wie er schaute, wenn sie uns fütterte oder anzog oder Schulaufgaben mit uns machte, und damals dachten wir, daß er sich bestimmt nach seiner Mutter sehnte, gut, damals kannten wir Lili noch nicht, und erst als Lili kam, begriffen wir, daß es genau umgekehrt war; daß deine Mutter so streng mit uns war, gerade das hat ihm, glaube ich, gefallen, und dann, wie schrecklich, begann er einfach ein bißchen, ein kleiner Junge zu sein, so wahr ich lebe, du hörst richtig, Jochile, er begann sich zurückzuentwickeln, um sich von deiner Mutter verwöhnen zu lassen, sie mit dem Essen zu ärgern, Verstecken und Fangen mit uns zu spielen, richtig wie ein ausgewachsener Junge, und es gab tatsächlich einen Augenblick, erinnerte sich einmal die Mutter, als ich nach einem schweren Arbeitstag im Haushalt der reichen Leute von Rechavia zurückkam, was ich damals nicht alles für eine Scheibe Brot und die paar Oliven tat, und ihn mit Gutsche und Rivtsche und Itke und Rouga und Issar auf dem Fußboden herumpurzeln sah, und er lachte, als gäbe es keine Sorgen auf der Welt, und ich bekam einen Stich hier, im Herzen, daß ich ihn vielleicht zu sehr verdorben hatte und man ihn jetzt schnell wieder vorwärtsbringen mußte, und seitdem begann ich streng mit ihm umzugehen und ihm Hebräisch beizubringen; und in den Nächten, im Schein einer Öllampe, Jochi, saß ich da und zeigte ihm Buchstaben und Wörter, wir waren jung, und ich erlaubte ihm nicht, Polnisch zu sprechen, damit er nicht daran denken würde, was einmal war, damit er nicht seine Zeit vergeuden und sich zurücksehnen würde; wenn er etwas auf polnisch sagte, fragte ich nach, und dann sagte er es noch einmal, und ich fragte noch einmal nach, bis er sich fügte; und wie wart ihr die ganze Zeit zusammen, ohne zu heiraten, fragte Jochi sie leise, sehnsüchtig, wo denkst du hin, Jochile, nicht mal mit dem Finger hat er mich berührt, sagte die Mutter, und Hochmut war in ihren Augen, nicht er und erst recht nicht irgendein anderer vor ihm, nicht so wie die Mädchen von heute, die das Kompott vor der Vorspeise reichen, und ich werde dir nicht erzählen, daß er es nicht versucht hätte, gut, er ist ein Mann, aber du kannst sicher sein, daß ich auf der Hochzeit wie ein Apfel für ihn war, in den er als erster biß, aber anderes Essen aß er durchaus bei ihr, erzählte Gutsche, und sieh deine Mutter nicht so skeptisch, was sie in einem Finger hat, das haben wir alle zusammen nicht im Kopf, sie wußte, wie man sich einen Mann hält, manchmal aß sie selbst nichts, aber ihm gab sie vom Feinsten, und auch wir, die Kleinen, genossen es, was heißt genossen, verrückt wurden wir, wer hat damals in Jerusalem, während der Belagerung, von frischen Eiern zum Frühstück gehört, wer hat von Hühnchen gehört, stell dir vor, Jochile, sie fuhr in den Kibbuz Kirjat-Chaim und schnitt dort fünfzig Mädchen die Haare, zack zack zack, und dafür bekam sie ein elendes Hühnchen, das vor Hunger gestorben war, und welche Delikatessen sie daraus machte; sie röstete es auf einem Petroleumkocher, als andere Leute Knollen vom Feld aßen, aber deine Mutter kochte uns mit Kartoffeln gefüllte Knisches und Kreplach, und ringsherum starben alle fast vor Hunger, aber deine Mutter, wenn sie etwas will, dann hält sie nichts davon ab, Jochile, und in der Tat, meinte die Mutter nachdenklich, und ein Hauch von Wonne überzog ihr Gesicht, es vergingen vielleicht ein paar Wochen, und dein Vater begann zu genesen, die Löcher in seinen Wangen füllten sich ... Jochi betrachtete mit Staunen und Mitleid die Mutter, die mit verschränkten Armen in Edna Blums Wohnzimmer saß, für einen Augenblick schutzlos, von Erinnerungen hingerissen, die sie mit großem Geiz, in seltenen Augenblicken der Gnade teilte, was gewesen ist, ist gewesen, wenn ich in Rente gehe, werde ich meine Memoiren schreiben, um alles zu erzählen, und dann – oho, oho, Jochi, aber jetzt ist nicht die Zeit dafür, und Kinder wollen ohnehin nicht daran denken, was mit ihren Eltern war, bevor sie geboren wurden, und warum sie so geworden sind, wie sie geworden sind, das ist bekannt, lachte sie jedesmal, wenn Jochi schrie, daß niemand in diesem Haus sie verstehe, daß es heutzutage nur für Kinder das da, die Psychologie gebe, und für Eltern nicht, aber auch ohne daß die Mutter viel erzählte, konnte Jochi aus ihrer Miene und aus Bruchstücken von Rivtsches Geschichten, von Gutsches Gekicher herauslesen, wie der Vater nach und nach dick zu werden begann, wie aus dem Skelett ein Mann wurde, er war selbst über sein Aussehen verblüfft; als er im Arbeitslager in der Taiga zu hungern und abzumagern begonnen hatte, war er ungefähr achtzehn Jahre alt gewesen, und erst jetzt, bei der Mutter, erfuhr er sich zum ersten Mal als ganzer Mann, und du hättest ihn vor dem Spiegel sehen sollen, Jochile, gluckste die pummelige Gutsche, und wie er sich stundenlang kämmte und Brillantine ins Haar schmierte, ja, ja, dein Vater, und einmal kam die alleinstehende Chemda Kotlarski zu uns herein, um drei Löffel Mehl zu holen, denn was holte man damals schon, und sah ihn so, halbnackt, ein zerbrochenes Fenster richten, und sie begann dumm zu lächeln und vergaß, wieder zu gehen, nun ja, und deine Mutter, Jochi, deine Mutter nahm den Hochzeitsschmuck deiner Großmutter, die du nie gekannt hast, aus dem Kipat, aus der großen Truhe, ihre schöne und prachtvolle Kleidermitgift, und die Uhr aus Gold und die Haarspangen aus reinem Silber, und auch einen Buchara, den wir dort zusammengerollt aufbewahrten, und zog in den Kampf, wie man so sagt, und verschwand ganze Tage lang, wo warst du, Hinda, sie schweigt, erzählt nichts, erst Jahre später habe ich es von ihr erfahren, und mir wurde ganz schlecht, in die Gassen der Altstadt ist sie gegangen, zu jener Zeit fürchteten sich die Juden schon, dort hineinzugehen, und noch dazu eine Frau allein, und auch auf den Markt von Bethlehem, stell dir vor, und in die Kasba von Hebron, sie war verrückt, aber so eine ist sie, wenn sie sich etwas in den Kopf setzt, läßt sie nicht locker. Und einmal putzte sie sich wie eine Schönheitskönigin heraus, wohin gehst du, Hinda, sie antwortete nicht, und sie ging zu jenem Arschloch, verzeih mir den Ausdruck, zu Professor Meislisch in Rechavia, und bot ihm Vaters Gebetbuch für die hohen Feiertage zum Verkauf an, wenn ich das gewußt hätte, hätte ich sie umgebracht, ein venezianisches Gebetbuch, für das unser Vater zu sterben bereit gewesen wäre, gab sie her, da siehst du, was die Macht der Liebe ist, und von jedem dieser Ausflüge kehrte sie völlig erschlagen und zitternd und gelb zurück, aber sie sagte kein Wort und rollte sofort ihr Kleid hoch und begann von dort, wer weiß woher, den ganzen Markt hervorzuholen, und dann verhängte sie die Fenster mit Decken und stopfte einen mit Knoblauch getränkten Lappen ins Schlüsselloch der Haustür, damit bei den Nachbarn, Gott behüte, nicht der Neid oder der böse Blick erwachte, wir wohnten doch so eng beieinander dort in Kerem-Abraham, und dann begann sie zu kochen, Jochi, und du hättest das Leuchten in ihrem Gesicht sehen sollen, wenn dein Vater dann um sie strich, das Essen und auch sie ein bißchen mit den Augen verschlang, der Ärmste, er war hungrig, und sie fütterte ihn mit einem kleinen Löffel aus dem Topf, suchte ihm die fettesten Stücke heraus, ließ ihn von der Soße lekken, ja, du hörst richtig, und was für einen Blick er dann in den Augen hatte, wie ein Tier, das seinem Retter dankt. Meine Mutter hat ihn mit dem Löffel aus dem Topf essen lassen? Ja, stell dir vor, aber das war natürlich nur bis zur Hochzeit, denn fünf Monate später heirateten sie ja, und deine Mutter erwarb sechzig Eier, ja, du hörst richtig, so eine grandiose Hochzeitstorte hatte es in Jerusalem noch nie gegeben, und du hättest die Gesichter der Gäste sehen sollen, als sie die Torte sahen, und noch mehr, als sie deinen Vater sahen, Hinda fuhr sich mit matter Hand über das verschleierte Gesicht, wie ihnen allen die Augen ausfielen, als sähen sie ein Zauberstück, ein Wunder, wie sich mein armer Flüchtling, das Fertel, verwandelt hatte, sogar einen kleinen Kropf hatte er bekommen, lächelte sie vor sich hin. Als sie wie eine Königin zwischen den verblüfften Gästen umherging, heimlich die Blicke verfolgte, die dem Vater zugeworfen wurden, lachte ihr das Herz: denn sie sah dort Staunen und Groll über die große Verschwendung, die sich in seinem Fleisch verbarg, seine Augen verschwanden regelrecht zwischen den Bergen seiner gemästeten Wangen, und all das in den Tagen der wirtschaftlichen Not, in denen Goldschmiede an der Verkleinerung von Eheringen reich wurden, aber keine einzige Frau gaffte ihn noch mit offenem Mund an. Keine einzige alleinstehende Nachbarin schluckte bei seinem Anblick vor Gier, und wenn sie es doch tat – wußte die Mutter nachsichtig –, dann geschah es aus verwirrtem Hunger, aus Gefräßigkeit, die sich irrtümlich hineingeschlichen hatte, und nur sie, nur Hinda verstand es, in ihn hineinzusehen, seine vergessene Schönheit und seine Männlichkeit aus der Fülle seines Fleisches hervorzuholen, wie jemand, der ein kostbares Mineral aus einem Felsen gewinnt, aber in diesem Augenblick begriff sie, und ihre Seele wurde erschüttert, als drehten sich Messer in ihrem Magen um, daß auch Edna Blum *ihn*, den schönen und vergessenen Mosche, sah, und daß er es war, dem sie jetzt ein sanftes Lächeln schenkte, und Jochi und die Mutter und Aaron sahen ihr Lächeln wie ein kostbares Öl einsickern, in den schier unverwundbaren Panzer eindringen, mit dem sich seine Seele verkrustet hatte.

Die beiden, Edna und der Vater, gingen ins andere Zimmer, in Ednas Schlafzimmer. Mit einer hochgezogenen Augenbraue schickte die Mutter Jochi hinterher. Aaron blieb bei der Mutter. Er wollte gern mit dem Vater gehen, blieb aber. Vielleicht aus Treue zur Mutter, vielleicht aber, weil er dort, wie zum Beispiel auch im Meer, nicht mit dem Vater zusammensein konnte; er saß schweigend da, ihren funkelnden Augen ausweichend, wie sitzt du da, streck den Rücken, hör auf, die Nase hochzuziehen, und jetzt ist der Vater dort, sieht zum ersten Mal ihr Schlafzimmer und das Bild mit dem Stier, und es gibt dort auch eine Frisierkommode und ein winzig kleines Waschbecken, das man ihr in einer Ecke eingebaut hat, es ist unklar wozu, und dann steht da natürlich das große Bett in der Mitte, manchmal wagte er es, sich einen Augenblick daraufzulegen, ein außerordentlich bequemes Bett, sagte er sich, als Ausrede für das Gefühl, das ihn darin überkam, als würde er augenblicklich in eine Schlafhöhle entführt, als hätte der Schlaf dort einen weichen und warmen und zärtlichen Rachen, ein Bett, in dem einem die Hand einschläft, wenn man mit ihr darüberstreicht. Einmal hatte er nicht aufgepaßt und war eingeschlafen, und erst das Signal der Nachrichten aus einer der anderen Wohnungen hatte ihn eine Viertelstunde vor Ednas Rückkehr geweckt, stell dir vor, sie wäre gekommen und hätte dich schlafend in ihrem Bett vorgefunden.

Ein knarrendes Geräusch war jetzt von dort zu hören, und auch ein Stöhnen und Kichern und Keuchen, sie rücken anscheinend das Bett in die Mitte des Zimmers. Angenommen, der Vater fiele aus Versehen hinein. Aaron grinste innerlich: der riesige Vater liegt mit ausgestreckten Armen und Beinen für immer eingeschlummert auf diesem Bett. Was dann? Dann hätte er, Aaron, keine Wahl, dann müßte er die Wand einreißen. Er unterdrückte ein Lächeln, damit die Mutter sich nicht aufregen würde, aber sie achtete nicht mehr auf ihn. Sie saß kerzengerade auf dem weißen Sofa und verfluchte sich, daß sie wegen ihrer Geldgier in eine so elende Falle gegangen war. Eine grüne Filztafel hängt am Kopfende des Bettes, instruierte Aaron den Vater von weitem, an die Fotos geheftet sind, auf denen Edna Blum an fernen Orten, in fremden und seltsamen Ländern zu sehen ist; einmal im Jahr verreist sie, und dann hat er zwei Wochen lang ein Klo für sich, hier trägt sie einen koketten Strohhut, da eine zylindrische Kopfbedeckung, hier wird sie vor dem Hintergrund einer japanischen Pagode oder eines afrikanischem Totem fotografiert, da versteckt sie sich schelmisch hinter einer riesigen Sonnenbrille auf einem von Tauben wimmelnden Platz, dort beugt sie sich aus einer Seilbahn über grüne Weiden; an der Filztafel stecken auch Eisenbahnbilletts, bunte Ansichtskarten, Eintrittskarten für Museen, Theaterprogramme, Quittungen von drei, vier Hotels, eine Streichholzschachtel, auf der anstelle des Etiketts ein Foto von ihr und einem Mann mit dunklem Gesicht und sanft gezwirbeltem Schnurrbart zu sehen ist. Die Bilder waren an verschiedenen Orten aufgenommen worden, aber in Ednas Augen war immer ein und derselbe Ausdruck, dem Aaron erst heute zum ersten Mal begegnet war, als sie ihnen die Tür öffnete: auf der Schwelle eines seelischen Ausbruchs angesichts soviel übermächtigen Glücks.

Die drei kehrten zurück, auch Jochi war rot im Gesicht und wich den Augen der Mutter aus. »Wir können mit der Arbeit anfangen«, brummte der Vater, die Augen auf den Boden gerichtet.

»Einen Moment, bitte!« rief Edna Blum, ging hinaus und kehrte mit einem Fotoapparat zurück: »Für die Nachwelt«, erklärte sie der Mutter, die fast erstickte.

Sie war wieder sehr aufgeregt, ihre Seele wie ein kleines Feuerwerk, und ihre Finger zitterten. Sie bat den Vater, den Meißel festzuhalten und ihn hoch in die Luft zu schwingen. Er war hilflos vor ihr; sie blickte in die Linse der Kamera, sah ihn und hielt ihn so fest. Was hätte ich machen sollen, sie beleidigen? Du hast doch gesehen, wie sie war. Und wenn sie dir gesagt hätte, wie eine Katze zu miauen, hättest du dann auch für sie miaut? Dann rief Edna mit hoher Stimme: »Birdy, Birdy!« oder so ähnlich, und der Vater wurde mit Blitzlicht übergossen, und einen Augenblick wirkte er kleiner und gedrungener, als er war, erstarrt und erschrocken wie ein wildes Tier, das gefangen wurde. Edna Blum sagte flüsternd: »Jetzt, bitte«, sank in einen weißen Ledersessel, rollte sich zusammen, als hätte sie überhaupt keine Knochen im Körper, und begann mit einer säuglingshaften Gebärde am Daumen zu lutschen, und ein verträumter Ausdruck erschien und schwebte auf ihrem Gesicht, als befände sie sich bereits jenseits von sich selbst, als wäre ihr zartes Wohnzimmer nicht mit all jenen fremden, schweigsamen Leuten gefüllt, deren Gesichter aussahen wie die von ewigen Kartoffelfressern.

16 Die drei Laute ertönten gleichzeitig: der Hammer schlug in die aufbrechende Wand, im selben Augenblick, nach Wochen der Dürre, rollte plötzlich ein dumpfer Donner am Himmel, und zwischen diese beiden Geräusche fuhr Edna Blums sonderbarer Schrei.

Mit vierzig, am Ende eines tristen, rotäugigen Geburtstags, hatte sie als panisches Geschenk an sich selbst plötzlich beschlossen, eine Wand in ihrer Wohnung einzureißen. Der Vater schlug zum zweiten Mal, und Edna schrie wieder auf. Was bedeutete, daß sie in diesem Jahr nicht genug Geld haben würde, um ins Ausland zu fahren, was bedeutete, daß sie vielleicht, gerade weil sie es wagte, irgend etwas hier zu zerstören, in alle Ewigkeit in dieser Wohnung bleiben würde; und in einer solchen Wohnung, in der es von jetzt an nur noch ein großes Wohn- und Schlafzimmer gab, würde kein Kind mehr aufwachsen.

Er schlug wieder und wieder, und sie schrie besinnungslos, ihre Hand flatterte neben ihrem Körper, sie wollte, daß er einen Augenblick aufhöre, versuchte, ihn aufzuhalten, zu atmen, aber es war ihr nicht möglich, wieder zu sich zu kommen, der Vater schlug erbarmungslos, und die drei, die ihr gegenübersaßen, beobachteten sie mit ängstlichen Augen. Die Mutter bewegte zögernd die Hand, als signalisiere sie dem Vater, einzuhalten, aber er war schon entschlossen bei der Arbeit, oder tat jedenfalls so, taub gegen ihr grelles Schreien, und erst als die Wand schon ziemlich demoliert war, wandte er sich langsam zu den Frauen und zu Aaron um und wischte sich mit dem Handrükken den Schweiß von der Stirn. Wie schön alle seine Bewegungen waren: von dem Augenblick an, als er Hammer und Meißel in die Hand nahm, schien er wie an eine Quelle der Vitalität und Harmonie angeschlossen; er lächelte Edna Blum zu und sagte: »Das wär's.« Sie senkte den Kopf.

Er arbeitete eine volle Stunde und hielt nur zweimal inne: zuerst zog er sein blaues Arbeitshemd aus und war im Unterhemd. Dann, ohne den Zuschauern das Gesicht zuzuwenden, zog er auch das Unterhemd aus. Sein Schweißgeruch beherrschte den

Raum, aber es war die Mutter, nicht Edna, die schließlich aufstand, um ein Fenster zu öffnen. Als sie dort stand, blickte sie hinaus und sah, wie sich einige der Nachbarn aus der Siedlung unten auf dem Bürgersteig versammelt hatten, Peretz und Sophie Atias mit ihrem neuen Baby, das Ehepaar Kaminer, Felix und Slata Botenero, die ihre kleine Hündin besorgt auf dem Arm hielten, und alle sahen nach oben, wie um eine verschlüsselte Botschaft zu hören. Pschi! spuckte sie fast hinunter. Sie kamen ihr vor wie Fische, die ihre abscheulichen Münder in der Hoffnung auf Nahrung über dem Wasser rundeten. Der Vater bemerkte den Ausdruck auf ihrem Gesicht. Er trat ebenfalls ans Fenster und füllte es aus. Er lächelte den Nachbarn zu, schwang vor ihren Augen den Hammer gegen den grauen, anschwellenden und stürmischen Himmel, keine Sorge, Leutchen, lachte er den unten Stehenden zu, während er mit seinem Drei-Kilo-Hammer die dicken Bäuche herausforderte, gleich werden wir ihnen hier ein Donnerwetter zeigen, er warf noch einen spitzbübischen Blick nach unten, ein bißchen Paul Newman flackerte auf, das Fenster leerte sich, und der Vater ließ wieder die ganze Siedlung erbeben.

Edna Blum saß in ihrem Sessel, einem ihrer weißen, wunderschönen jungfräulichen Ledersessel; erst nachdem sie ihr vom Geschäft nach Hause gebracht worden waren, hatte sie es gewagt, sich auf sie zu setzen, und sie mußte mit Entsetzen ihr abscheuliches Geräusch hören, das vertraute Kichern des materialisierten Dämons, der sie quälte. Ihre Augen waren halb geschlossen, ihre Lippen leicht geöffnet, als sei sie auf irgend etwas in ihrem Innern konzentriert. Hin und wieder bot sie der Mutter oder Aaron mit matter Hand an, von den Erfrischungen zu kosten, die sie vorbereitet hatte, aber es war allen klar, daß es nur eine letzte und hohle Schale der Höflichkeit und Zivilisiertheit war, die ihre Hand bewegte.

Und der Vater schlug zu wie ein Schmiedehammer. Schwere Brocken von Stein und Kalk fielen rings um ihn und häuften sich zu seinen Füßen. Manchmal verschwand er hinter einer dichten weißen Staubwolke und kam erst nach und nach wieder zum Vorschein. An jenem Tag schlug er hunderte Male auf die Wand. Er ersetzte den Drei-Kilo- durch einen Fünf-Kilo-Hammer, und gelegentlich bearbeitete er die Wand mit Meißel und Schraubenzieher. Jeder seiner Schläge war zuverlässig und präsise, sprach seinen Respekt für die leblose Materie, seine Hochachtung für den Gegner und die Einhaltung der Kriegsrituale aus. Man konnte deutlich sehen, daß auch die Wand auf ihre Art die Kraft des Vaters anerkannte; daß sie sich ihm beherrscht, aber schmerzvoll immer mehr auslieferte, sich durch ihre groben Steine, die Stromkabel, die in ihr wimmelten, die verrosteten Eisenrohre, die an den Rändern freigelegt wurden, in ihrem Unglück zu erkennen gab. »Eine dicke Wand«, sagte der Vater, als er einen Augenblick innehielt, um Atem zu schöpfen, »früher konnte man noch bauen, wie es sich gehört. Heute macht niemand mehr solche Wände.« Er klopfte die Wand wie einer, der einem braven Pferd auf die Brust klopft. Edna Blum erzitterte.

Jeder Schlag erschütterte sie, als würde er in ihre Eingeweide gerammt. Erst als das Einreißen der Wand tatsächlich begann, merkte sie, wie sehr sie dieses Haus in den dreizehn Jahren, in denen sie darin wohnte, verinnerlicht hatte: denn es gab die Edna des Schlafzimmers, es gab die Edna des Wohnzimmers, und es gab die Edna der Küche, und in jedem dieser Räume war sie eine andere, in jedem Zimmer, das sie betrat, ging noch immer, nach all den Jahren, eine winzige Veränderung in ihr vor, überkam sie eine andere Stimmung, flogen andere Späne an den Magnet; und es gab bestimmte Dinge und Menschen, an die sie nur in diesem oder jenem Zimmer denken konnte, im Licht einer ganz bestimmten, geliebten Lampe und in keinem anderen, und selbstverständlich waren Räume, in denen es keinen Wasserhahn gab, das heißt, in denen nicht einmal die Möglichkeit bestand, daß klares Wasser in ihnen verfügbar wäre, weniger geschätzt von ihr, und darum ließ sie sich, gleich als sie einzog, für teures Geld auch in der Ecke der Diele sowie auf dem Balkon kleine Waschbecken und Wasserhähne installieren, und ein winziges, zeremonielles Waschbecken wurde sogar in einer Nische ihres Schlafzimmers eingebaut; und dann die Bilder, ihre Reproduktionen, sie fand es angenehm, dieses Wort wie ein langsam auf der Zunge zergehendes Bonbon auszusprechen, sie besaß auch ein Original, ein Gemälde, das sie in Montmartre von einem riesengroßen, bärtigen Maler gekauft hatte, eine stürmische See und das Fragment eines zerschellten Schiffes, ein Zopf hing von seinem Nacken herab, und ein Ohrring aus Gold funkelte an seinem Ohr, und seine Augen durchbohrten sie; es versetzte sie ein wenig in Spannung, dieses Gemälde, und es fiel ihr schwer, sich zu entscheiden, ob das wirklich Kunst war. Und die Bücher: auch wenn sie den größten Teil nicht gelesen hatte, nicht einmal einen kleinen Teil, das Lesen ist ein heiliges Werk, besser auf vollkommene Ruhe warten, liebte sie es, sie um sich zu spüren wie eine Mauer vor der Außenwelt; und dann die Sammlung der Glaskugeln mit den Schneeflocken zum Schütteln und Träumen, und die Kollektion der Puppen in ihren Nationaltrachten, die sie aus jedem Land, in das sie gereist war, mitgebracht hatte, und ihr niedlicher, eleganter Schreibtisch, auf dem in musterhafter Ordnung alle Hefte des *National Geographic* lagen sowie die Hefte ihres *Projekts*, wie sie es, ganz bescheiden, im stillen nannte, und natürlich die Teppiche, die einundzwanzig Teppiche, Läufer, Brükken und Matten, die sich dichtgedrängt über die ganze Wohnung ausbreiteten, ein kleiner Teppich aus jedem Land, und wenn sie barfuß über sie lief, ging sie leichten Schrittes von Mexiko nach Portugal, von Kenia nach Finnland, Kamelwolle und Schafswolle und Tigerhaut und Webstoff, als wandelte sie in einem bunten Briefmarkenalbum, und es gab die Edna mit sechsundzwanzig Jahren und die Edna mit dreißig Jahren und die Edna eines bitteren Liebesabenteuers mit einem verheirateten Mann, der sie betrogen hatte, du hast dich selbst betrogen, und die Phase der Verzweiflung, die danach kam, gesichtslose Männer, die bestimmte Dinge mit ihr anstellten; sie war damals wie ein verängstigtes Kind in einer Geisterbahn; sie befreite sich aus diesem Zustand und versank dabei in Stumpfheit, und ihre Einsamkeit versteinerte sie zusehends gegenüber der Umwelt, wie war sie nur früher dazu fähig gewesen, die Stadien durchzumachen, die zwei Fremde und zwei Verlegenheiten vom Erhabenen zum Tierischen führen, und nur einmal im Jahr, im Ausland, schloß sie ein inneres Auge und ergab sich diesem großen Wunder, daß zwei Körper, die aus so fernen und unterschiedlichen Ländern kamen, sich so schön ineinanderfügten, las sich einen Liebhaber für die Nacht auf, sie erlaubte ihm nur nicht, sie auf den Mund zu küssen; einmal verliebte sie sich auch, in Lissabon, ›Lisboa‹, sagte sie hungrig, in einem düsteren Touristenlokal, in das sie sich hineingewagt hatte, was für einen Mann aller Männer du dort eine ganze Nacht lang hattest, wie du ihm die Sinne geraubt hast, bis er schwor, seine Frau zu verlassen, alle seine Kinder, und wie du ihn überzeugt hast, vernünftig zu sein, mutiges, großmütiges Mädchen, das du bist. Und es gab die Edna des Universitätsstudiums, der nur eine Seminararbeit zum Abschluß fehlte, und die Edna nach der Operation des winzigen Tumors in der Gebärmutter, und jene, die eine ganze Woche lang Teigkrümel für das nackte Junge zerkaute, das in ihr Nest fiel und in ihrer Hand starb, und es gab die Edna der Exaltiertheiten und der Depressionen, der Einsamkeit und der Angst – hier hast du geweint, hier hast du ihm einen Brief geschrieben, hier hast du eine ganze Nacht lang gesessen und nicht gewagt, sie zu schlucken, und siehe da, mit ein paar Hammerschlägen eines Mannes brach alles auf und türmte sich übereinander, ihre Wand, die Kammern ihrer Seele.

Um sechs Uhr abends rief die Mutter »Genug!«; ihre Stimme war heiser vom Staub und von ihren leisen Flüchen, und es schien, als habe sie während all der vergangenen Stunden dieses eine Wort geschrien. Der Vater hörte es. Sein roter, von Schweißperlen schimmernder Nacken zog sich zusammen. Er schlug noch ein paarmal, einen Augenblick lang schien es, als rebelliere er. Als würde er nicht aufhören wollen. Sie bewegte ihre Lippen, doch es kam kein Ton heraus. Der Vater schlug langsamer. Hielt an. Ließ den Hammer los. Augenblicklich wurde seine Gestalt wieder dick und unterwürfig. Als er die Bruchstücke der Wand und den Staub und die Kalkschichten zusammenkehren wollte, winkte Edna matt und halb ohnmächtig ab und meinte, das sei nicht nötig. Gehen Sie jetzt. Morgen um die gleiche Zeit. Der Vater warf ihr einen erstaunten Blick zu: in der letzten Stunde hatte er sich nicht umgewandt und daher die Phasen der Veränderung ihres Gesichts nicht gesehen. Auch sein eigenes Gesicht war anders als sonst, Aaron konnte nicht sagen, wie anders, aber genauso sah er aus, unser Mosche, als er das von den Arabern verlassene Haus in Romemma gebaut und ausgebessert hat.

»Die Leiter laß ich hier«, sagte er.

»Ja, sie soll bei mir bleiben«, flüsterte Edna.

»Morgen komme ich noch mal«, sagte er unnötigerweise.

»Ich werde auf sie aufpassen«, murmelte sie lautlos.

»Und was ist mit dem Regen?« fragte er mit zu lauter Stimme und eilte ans Fenster, wobei er den rechen Arm massierte. Doch die Wolken hingen immer noch schwer am Himmel und schnitten Grimassen wegen der in ihnen geborgenen Last. Jenseits von ihnen, über fernen, felsig ragenden Bergen und weiter hinaus, grollte der Winter persönlich und galoppierte mit all seinen Kutschen: ein finsterer, majestätischer Feldherr, der in eine entlegene Provinz eilt, aus der Stimmen des Protests laut geworden sind. Und eine stille, verblüffte Karawane trat aus Edna Blums Haus in den kalten Abend hinaus, die Mutter an der Spitze, hinter ihr Jochi, und ihnen folgend Aaron. Der Vater trottete am Ende, mit gesenktem Kopf, wie ein Ochse, der am Abend in den Stall zurückgebracht wird.

17

Das Abendessen war in unerträgliches Schweigen gehüllt. Der Vater aß und schlang und bat um mehr, die Anstrengung hatte seinen Appetit anscheinend sehr gesteigert, und die Mutter häufte ihm das Essen mit vorsichtigen, hastig zurückgezogenen Bewegungen auf den Teller wie jemand, der die Flammen eines gefräßigen Feuers speist. Sie beobachtete ihn mit verschlossener Miene, als er sich über den Teller beugte, nur seine rötliche Stirn war zu sehen, alle Geräusche des Schmatzens und Schnaufens und Schluckens kamen von dort. Nach dem Essen trug Aaron den Müll hinunter, und schon als er den Eimer von der Mutter in die Hand bekam, wußte er Bescheid; nachdem er ihr Gesicht und ihren Blick zur Seite gesehen hatte, wußte er es. Bei dem großen verrosteten Heizölkanister blieb er stehen, duckte sich im Halbdunkel, steckte die Hand in den Eimer. Mit Abscheu tastete er im feuchten Müll, bis er es gefunden hatte: festes Packpapier, zusammengerollt und mit einer Schnur umwickelt. Er nahm es heraus, öffnete es und schaute hinein: ein Paar Schuhe lagen darin, elegante schwarze Schuhe mit abgelaufenen Absätzen. Er schnupperte flüchtig an ihnen, fand jedoch keine Spur von Champagnerduft. Den Müll warf er weg, die Schuhe brachte er in sein Versteck im Heizkeller. Er verbarg sie neben dem bunten Sommerkleid, neben dem gestreiften Badeanzug, neben dem dikken, abgeschnittenen Zopf, der schon verschimmelt war.

Die Eltern hatten die Großmutter schon vor über einem Jahr eingeliefert, gleich nach der Schande, die sie ihnen auf seiner Bar-Mizwa bereitet hatte. Auch dieses Mal hatte es ihnen die Großmutter nicht leichtgemacht, wie ein Tier hatte sie mit ihnen gekämpft, gespuckt und geflucht, aber dann waren ihr keine Worte mehr geblieben, nur ein Schreien und Röcheln der Verzweiflung, und die Mutter hatte dem Vater in Ruhe helfen können, sie in den Ambulanzwagen zu verladen. Danach, zu Hause, zog die Mutter das karierte Braune an und verstaute Sandwichs und Becher mit saurer Sahne, Tomatensaft in der Flasche und ein paar Riegel Schokolade, die die Großmutter besonders gerne mochte, in Pergamentpapier und Nylontüten, band Gummis darum, schrieb auf jedes Sandwich, was es enthielt, packte alles in die große Tasche und fuhr mit Jochi und Aaron ins Krankenhaus.

Die Großmutter lag schon auf der Station, sie hatte eine Beruhigungsspritze und betäubende Medikamente bekommen und war ruhig. Sie schaute die Besucher mit matten Augen an und erkannte sie nicht. Ich bin es, Aaron, flüsterte er verblüfft, und kurzzeitig fröstelte er vor Angst, sieh mal, ich bin es, aber sie erinnerte sich nicht an ihn. Die Mutter, die ein Taschentuch in der Hand hielt, bereit, sofort in Tränen auszubrechen, sprang über ihren Schatten und begann, sie zu pflegen, ihr den entzündeten Eiter aus den Augen zu wischen, das Kissen aufzuschütteln, ihre geschwollenen Beine zu massieren. Ohne sich zu ekeln, liefen ihre Hände über die ganze Großmutter, von oben bis unten, wie die Arme einer flinken Spinne. Eine Krankenschwester mit böser Miene und pockennarbigem Gesicht brachte das Abendbrot und schickte sich an, sie zu füttern, doch die Mutter nahm ihr das Tablett mit einem zuvorkommenden Lächeln aus der Hand, wusch das Gebiß der Großmutter im Waschbecken, schob es ihr vorsichtig in den Mund und bewegte den Kiefer ein wenig, bis die Zähne an ihrem Platz saßen, setzte sie in ihrem Bett auf, nahm ihren Kopf, bog ihn leicht nach vorne und begann sie löffelweise mit Dickmilch zu füttern, einen Löffel nach dem anderen, geduldig und beharrlich.

Tag für Tag kam die Familie ins Krankenhaus. Manchmal aß Aaron sein Mittagessen allein und kam dann nach. Am Bett der Großmutter fand er jedesmal die Mutter und den Vater, auch Jochi. Die Großmutter lag winzig und verloren in dem großen Bett. Sie rührte sich kaum. Vielleicht spürte sie nicht einmal die ganze Geschäftigkeit um sich herum, all die Bemühungen der Eltern, ihr ein gutes Gefühl von Zuhause zu geben. Sie hatte ein kleines Schränkchen, und die Mutter arrangierte es ihr, wie nur sie es konnte: sie verstaute darin Großmutters Kittel, ihre Seife, ein Glas, um das Gebiß hineinzulegen, einen Kissenbezug von zu Hause, eine bestickte Serviette, ihren Lieblingskamm, Verbände für ihre geschwollenen Beine, eine Handcreme, eine besondere Creme für ihr Gesicht und eine Wärmflasche – alles, was sie brauchte, ein Vergnügen, es zu sehen. Besorgt und hingebungsvoll saßen die Eltern vor ihrem Bett, Jochi und Aaron an ihrer Seite, und ohne ein Auge von der Großmutter zu lassen, sprachen sie leise über alltägliche Dinge, über die neuesten Nachrichten in der Welt, über die junge Tochter von Anderthalb Groschen, die das Glück hatte, sich mit dem Sohn eines Mitglieds der Buskooperative zu verloben, der schon eine Aktie besaß, dem aber verheimlicht wird, daß ihr Vater krank ist, denn Nieren sind erblich, und über den neuen Apparat, der, erzählte der Vater, Leuten wie ihm, die gerne Toto spielen, alle Probleme löst, einen automatischen Spieler, der selber eins, zwei oder X wählt; hört auf mich, in hundert Jahren wird alles automatisch sein, man wird keine Menschen mehr brauchen, man wird alle ersetzen, und alles wird nur Roboter und Roboter sein, und die Mutter erzählte von der neuen Abteilung mit allerlei Delikatessen, die im Supermarkt der Siedlung aufgemacht hatte, Lachs und Ikre und Käse mit grünem Schimmel, siebzehn Pfund für zweihundert Gramm, vom bloßen Schauen wird einem schlecht, aber trotzdem gibt es einem irgendwie ein angenehmes, modernes Gefühl von Kultiviertheit, von Ausland. Ab und zu stand sie auf, um der Großmutter das Kissen aufzuschütteln, die Körperstellung zu ändern, die Nase zu putzen. Sie pflegte sie mit Hingabe und Eifer und verließ sich auf niemand so recht; deswegen hatte es schon im Krankenhaus Streit gegeben, mit den Krankenschwestern und auch mit Jochi, bis die Mutter schließlich in einer Sache nachgab und Jochi die Großmutter kämmen durfte; und Jochi kämpfte wie ein Löwe und ließ nicht zu, daß die Mutter der Großmutter das Haar abschnitt, als es anfing, lang zu werden, und die Aufgabe des Vaters, außer seiner Anwesenheit, bestand darin, sie aus dem Bett zu heben, damit man ihr das Laken glattziehen oder den Topf unterschieben konnte, und so stark er auch war, sein Gesicht wurde trotzdem puterrot, schwer wie ein Stein ist sie geworden, unsere Mamtschu, stieß er aus, sie sieht aus wie ein Küken, wiegt aber eine Tonne, und Aaron, dessen Aufgabe lediglich war, darauf aufzupassen, daß ihr kleiner Zeh, der bockige, der unabläßlich auf den Nachbarzeh kletterte, an seinen Platz zurückgebracht wurde, Aaron überlegte, daß das vielleicht daher käme, daß kein Lebensgeist mehr in der Großmutter war, denn im Lebensgeist ist anscheinend Leichtigkeit enthalten, aber ein paar Minuten später sahen sie, wie der listige Zeh wieder anfing, sich zu krümmen und nach oben zu schleichen.

Er kannte bereits alle Labyrinthe des Krankenhauses. Wenn er um vier Uhr in die Kantine ging, schlüpfte er auch in die anderen Stationen, lugte in die Krankenzimmer, ging wie aus Versehen durch die Gänge, die NUR FÜR PERSONAL bestimmt waren, er hatte ein Spiel, ein Spiel mit den Ritzen zwischen den Fliesen, im vierten Stock gab es große Fliesen, und er ging einmal am Tag dorthin, schritt mit gleichgültiger Miene an den Kindern vorbei, sie hatten blaue Kittel an, nicht alle sahen krank aus, wenn sich eines von ihnen an ihn wandte und ein Gespräch mit ihm anknüpfen wollte, antwortete er nicht, er Tourist, er kein Hebräisch, er ging zwischen ihnen bis ans Ende der Station, wartete einen Augenblick im Gang und kehrte wieder zwischen ihnen, zwischen ihren zwei Reihen zurück und unterhielt sich unterdessen mit einem Spiel gegen sich selbst – er paßte peinlich genau auf, nicht auf die Ritzen der Fliesenquadrate zu treten. Die Ärzte und Krankenschwestern auf Großmutters Station kannten ihn inzwischen. Jeden Tag sah er auf der Tabelle an der Wand nach, wer der verantwortliche Arzt und wer die diensthabenden Krankenschwestern waren, und ließ sich von Herzen gerne für kleine Botengänge einspannen, leistete Hilfe in allem, worum er gebeten wurde, und als sie sahen, daß man sich wirklich auf ihn verlassen konnte, erlaubten sie ihm auch, Anrufe entgegenzunehmen, und er nahm den Hörer ab und sagte laut: Neurogeriatrie, guten Tag. Zu Purim versprach er, den Patienten und Ärzten unentgeltlich, wieso unentgeltlich, die haben doch reichlich Geld, diese Krankenhäuser, eine Houdini-Vorstellung zu geben, wie sie sie noch nie gesehen hatten, er wartete ungeduldig auf die Vorstellung und plante sie zigmal im Geiste, er hatte schon unheimlich lange keine öffentliche Vorstellung mehr gegeben und sah sich schon vor den Augen der Ärzte und Patienten aus Kisten, Truhen und geschlossenen Schränken entkommen, aus allen Stationen würde man herbeiströmen, und jetzt meine Daaamen und Herrrren, würde der penible Krankenhausdirektor sagen – jetzt wird uns der Wunderknabe, der israelische Houdini, seine atemberaubenden Kunststücke vorführen, und zwei robuste Pfleger würden ihn in einen jener großen Medizinschränke einschließen, auf denen ein Totenkopf mit zwei Knochen gezeichnet ist. Und Aaron ist drinnen, in Handschellen, er erstickt fast, ein besorgtes Raunen geht durch das Publikum, nur sechzig Sekunden Sauerstoff hat er dort drinnen, flüstert der Direktor unter seinem schwarzen Zylinder, und aus dem Hosensaum zieht Aaron mit schwitzenden Fingern die kleine Säge, die er im Bastelunterricht geklaut hat, sägt die Seile durch, noch dreißig Sekunden, zählt der Krankenhausdirektor, und sein Gesicht verfinstert sich vor Sorge; und drinnen, im Dunkeln, im muffigen Geruch der Medikamente, erstickt Aaron fast, beruhigt sich selbst, daß das nur ein Schrank sei, bloß ein Schrank aus Metall, aber trotzdem gehen Rache und Bosheit von ihm zu Aaron aus, so wie ein überaus höflicher Verkäufer sehr boshaft sein kann, so wie ein Lehrer rachsüchtig und trotzdem scheinbar fair sein kann, tut mir leid, mein Junge, ich habe meine Anweisungen, mir wurde gesagt, ein versiegelter Eisenschrank zu sein; und aus dem Etikett seiner Cordhose fischt Aaron seinen Dietrich, bewegt den sagenhaften Schlüssel kaltblütig, ach was, kaltblütig, wenn er nur daran denkt, bricht ihm schon der Schweiß aus, im Schlüsselloch der Handschellen, hochkonzentriert und hauchfein horchend, so wie Eli Ben-Sikri es ihm beigebracht hat, bis er ihn plötzlich berührt, jenen klitzekleinen Punkt, der dir zuruft, steck rein, steck rein, und er hört den leichten Klick und befreit sofort seine Hände, noch zwanzig Sekunden, flüstert der Direktor draußen ängstlich und streicht mit dem Finger über die lange Peitsche in seiner Hand, und das ganze Publikum rauscht wie die Gischt auf dem Meer, ein fremdes Publikum, aber so ist es immer – fremd; und vielleicht gibt es darunter ein paar, die insgeheim hoffen, daß Aaron diesmal scheitern, für immer eingeschlossen bleiben wird, das sind die fremdesten, ihre Freude wird am Ende, wenn er herauskommt, die allergrößte sein, eine Welle der Freude wird sie gegen ihren

Willen überfluten, denn auch sie werden erlöst, mehr als die anderen erlöst sein, und er kehrt den Gürtel der Hose um, stöbert in ihm, bis er seinen schwarzen Stahlnagel findet, und mit den Fingern eines Künstlers, eines Gitarristen oder eines Malers, steckt er ihn ins große Schlüsselloch des Schrankes, noch fünf Sekunden, vier, drei, zwei – und im letzten Augenblick, als der Sauerstoff wirklich schon ausgegangen ist, als der Krankenhausdirektor schon mit seiner knallenden Peitsche die Luft zerteilt, bricht Aaron heraus, und das Publikum applaudiert wie wahnsinnig, so eine Aktion, so eine Angst, und einen Augenblick steht er da, blinzelt verwirrt ins Licht, und alle rufen seinen Namen, rufen seinen Namen im Takt ihrer klatschenden Hände, und ohne diesen Namen würden sie jetzt stumm dasitzen wie Statuen, mit geöffneten Mündern und voreinander erstarrten Händen, aber sein Name in ihrem Mund erfüllt sie mit Leben, geh und erklär das einem wie Schalom Schaharabani, der ihn verächtlich ansieht, wenn er auf Klassenfeiern auftritt, geh, erklär ihm, wie das ist, plötzlich hervorzustürzen, im ersten Licht zu stehen, geliebt und herbeigesehnt wie ein Baby, den Namen, der ihm gegeben wurde, wie zum ersten Mal aus ihrem Mund, ihrem Atemhauch zu hören und sich wie jemand zu fühlen, dem erlaubt wurde, in den dunklen Kellern eines kühlen Leihhauses einen Blick auf einen geliebten Diamanten zu werfen, der dort verpfändet wurde. Doch Aaron achtet nicht auf den Applaus, seit eh und je hat er diese billige und flüchtige Liebe der Massen verachtet, und er springt mit einem Satz von der Bühne, die Scheinwerfer versuchen ihm nachzujagen, sie tasten, suchen, das Publikum erhebt sich, um ihn zu sehen, auf wen geht er zu, wer ist diese Alte, die im Rollstuhl sitzt, wie hat sie das verdient, sie ist noch immer hübsch, ein klares Porzellangesicht, aber ihre Augen sind leer, und er beugt sich zu ihr, die Hände auf den Lehnen ihres Rollstuhls, um zu sehen, wie die gewaltige Erregung sie zum Leben erweckt, wie ihre Augenlider flattern, ich bin es, Großmutter, ein Finger hebt sich leicht, zittert wie ein Fühler vor seinem Gesicht, ich bin es, schau mich an und du wirst sehen, ihre Lippen runden sich um den Kern seines Namens, denn sie muß sich erinnern, muß die Bewegung seines Namens aus dem trüben, verfluchten Morast ziehen und ihn erlösen, und was ist schon dabei, wenn sie durcheinander ist, entrüstet er sich innerlich, was ist schon dabei, wenn sie den Vater, ihren eigenen Sohn, nicht erkennt, meinen Namen darf sie nicht vergessen, ich bin nicht er, ich bin ich …

Selbst Sima, die Krankenschwester mit dem bösen, pockennarbigen Gesicht, begann Aaron ins Herz zu schließen und lobte ihn vor der Familie, sie habe noch nie so einen treuen und klugen Jungen wie ihn gesehen, und er sei gut, wirklich gut, nicht wie andere Kinder, die sich vor Kranken und Alten ekeln, ein Junge, wie es sie früher noch gegeben hat, sagte sie, und Aaron bemerkte, daß die Mutter ihr Gesicht beobachtete, um sie nachher, zu Hause, nachahmen zu können. Sogar die Ärzte spendeten ihm Lob, und er liebte es, sie auf ihrer Visite um fünf Uhr abends, vor dem Essen, zu begleiten. Er folgte ihnen bescheiden, wartete vor den zugezogenen Vorhängen, hinter denen, mit beruhigendem Gemurmel, die langen und merkwürdigen Wörter zu ihm hinausschlüpften, mit denen sie die verschiedenen Krankheiten beschrieben, die Namen der Medikamente, die Behandlungsmethoden, wie groß und rätselhaft der Tod doch ist, und wie er Tausende von Krankheiten wie lange dünne Arme aussendet, damit die Menschen sie annehmen, und vielleicht unterscheidet sich jede Krankheit in irgend etwas von der gleichen Krankheit eines anderen, wer weiß, vielleicht geben die Ärzte beiden Krankheiten nur irrtümlich denselben Namen, wie kann man überhaupt vergleichen und wissen. Er lugte heimlich durch den Vorhang, die Ärzte und Schwestern umstanden ein Bett und unterhielten sich untereinander, und Aaron sah nur die Finger des Mannes, der dort lag und mit gebrochener Stimme stöhnte, lange, verbogene, mit braunen Flekken übersäte Männerfinger, die sich mit Gewalt, mit Verzweiflung an der Matratze festhielten; vielleicht hat dieser Mann noch nie von der Krankheit gehört, an der er sterben wird, hat sein Leben lang unbekümmert gelebt, ohne daß es ihm in den Sinn gekommen wäre, daß irgendwo eine neue, besondere

Krankheit für ihn geboren wurde, die ganz langsam in die Welt zu ziehen und ihn zu suchen begann, und Aaron wollte schon von dort verschwinden, es war ihm unangenehm, so zu lugen, ihn nervten diese Finger, die sich fanatisch an die Matratze klammerten, als würden sie niemals einverstanden sein, sich von ihr zu trennen, als weigerten sie sich, zuzugeben, was sogar Aaron wußte, daß vor einer Woche ein anderer dort gelegen hatte, und sie in einer Woche vielleicht nicht mehr dasein würden, und plötzlich war ein heftiges Stöhnen vom Bett zu hören, die Kittel der Ärzte regten sich leicht, als fahre ein Wind durch sie, und das Gesicht des Mannes richtete sich mit äußerster Anstrengung auf, erschien einen Augenblick im Fensterrahmen, das hohle, skeletthafte Gesicht eines Propheten; das Gesicht eines Tieres; ein Affenmensch, dem ein Funke der Offenbarung gegönnt worden war. Und siehe da, die wahnsinnigen Augen entdeckten den versteckten Aaron und wurden zusammen mit dem zahnlosen Mund aufgerissen, Aaron erstarrte, er war verloren, der Mann hatte ihn entdeckt, er würde ihn verraten, jetzt werden alle wissen, daß ich es bin, schoß ihm ein kalter, fremder Gedanke durch den Kopf, Quatsch, was können sie herausfinden, und im nächsten Augenblick wurde das skeletthafte Gesicht zur Seite geworfen und verschwand. Nur das Stöhnen war wieder zu hören. Aaron schloß den Vorhang und stand einen Augenblick erschüttert da, floh dann sofort, hastete durch die Zimmer der Station und ärgerte sich über die Patienten, die in den Betten lagen und stöhnten, mit vorwurfsvoller Stimme nach den Schwestern riefen, gar nicht begriffen, daß das ihr Tod war, der da kam, ihr feierlicher und furchtbarer Tod, worüber beschwerten sie sich, daß sie der Hausschuh drückt, daß man ihnen heute kein weiches Ei serviert hat; aber warum dieses Zittern in seinen Händen, Tod, Tod, flüsterte er sich zu, um zu sehen, ob ihm etwas passieren würde, nichts passierte, natürlich nicht, und trotzdem erzitterte etwas in ihm, als er es wieder sagte, sich mit vorgehaltener Hand ›Tod‹ zuflüsterte, damit niemand es sehen und ihn verdächtigen würde, wer wird dich verdächtigen, es ist alles in deinem Kopf;

ihm schien, als habe sein Rabbi auf der Bar-Mizwa so etwas bei ihm bemerkt; und angenommen, du wärst wirklich einer von den Agenten, die der Tod aussendet, um die Menschen nach und nach auf ihr Leid vorzubereiten? »Bist du schon wieder da?« erschreckte ihn plötzlich der nette alte Arzt mit der brüchigen Stimme, der der Familie gesagt hatte, man könne die Großmutter mit Hlfe einer einfachen Drainage der Blutung im Gehirn vollkommen heilen, »ein leichter chirurgischer Eingriff«, hatte er gesagt, aber die Eltern waren nicht bereit, die Großmutter in den Händen der Ärzte zu lassen: »Wenn du dich noch lange hier herumtreibst, mein Kleiner, wirst du, glaube ich, Gott behüte, noch Arzt werden, wenn du groß bist.« Die Schwestern fingen an, mit ihm zu scherzen, und fragten ihn mit Ironie in der Stimme, was er denn wirklich werden wolle, wenn er groß sei, eine von ihnen strich ihm sogar über den Kopf, und er antwortete in unmißverständlichem, dezidiertem Ton: »Ich schwanke noch zwischen Gehirnchirurgie und klassischer Gitarre« und hoffte, daß er die Dinge damit klargestellt hatte; aber als sie weggingen, voller Bewunderung über seinen Verstand, der so erwachsen schien, empfand er eine Spur von Trauer, vielleicht hätte er ihren Irrtum ausdrücklicher korrigieren sollen, damit sie es genau wußten, na wenn schon, sie waren ja an alle möglichen derartigen Erscheinungen gewöhnt, das war schließlich ihre Arbeit, oder?

Er versuchte, Gideon an seinem neuen Erlebnis teilhaben zu lassen: auf dem Rückweg von der Schule schilderte er ihm einmal in allen Einzelheiten das einzigartige Gefühl am Bett der Großmutter, wenn die ganze Familie zusammen war, und die Befriedigung, die echte Befriedigung, die diese Hingabe bereitete, die Sorge um die kleinsten Einzelheiten ihres Essens, um ihre Medikamente und Kleider und sogar um ihren Stuhlgang, so hieße das jetzt, und überhaupt – das ganze Krankenhaus mit seinen Stationen und Gängen, den Telefonen zwischen den Stationen, den Tabellen mit dem Arbeitsplan, alles sei perfekt organisiert, dort herrsche Ernst und Verantwortung und eine absolute Ordnung, sagte Aaron, er wußte, daß Ordnung Gideon anziehen würde; dort hat man ein Gefühl, daß alles im Leben und im Krankenhaus und auch im Körper mit Logik geplant ist, wie in der Mathematik, wie in den Formeln, und wenn man alle kleinen Einzelteile zusammenfügt, erhält man ein großes Bild und beginnt plötzlich zu verstehen, woraus das Leben gemacht ist. Gideon sah ihn von der Seite an, schwieg ein Weilchen und sagte dann, er wäre nicht dazu imstande, sich stunden- und tagelang mit solchen Dingen abzugeben, und Aaron überlegte mit leichtem Hochmut, ja, sicher, selbstverständlich. Und plötzlich sagte er zu ihm, also tschüs, wir sehen uns morgen, man wartet dort auf mich, und verließ Gideon mühelos, ohne zurückzublicken – wer ist schon Gideon? Und wer Zachi? Was kümmert ihn dieser Frühling, der mit Hitze in die Welt hereingebrochen ist, mit goldenem Licht, das alle in der Klasse ein bißchen betrunken aussehen läßt, und die Mädchen, die angefangen haben, die neuen kurzen Kleider zu tragen, Mini, wo man alles sehen kann, und Zachi hat ein besonderes Gerät erfunden, einen Spiegel, der mit einem Gummi an der Sandale befestigt ist – man streckt einfach den Fuß neben dem Mädchen aus; für solche Dinge hat er durchaus Verstand, dieser Zachi, die Mädchen haben es noch nicht herausgefunden, es ist ein Geheimnis der Jungen, sie nähern sich den Mädchen und platzen vor Lachen, die Elenden, er dagegen befindet sich jetzt im Herzen eines gewaltigen Abenteuers, auf dem wahren Schlachtfeld, wo man gegen das Leid und die Krankheit und den Tod kämpft, und er steht Schulter an Schulter mit dem Vater und der Mutter und Jochi, sie marschieren zusammen, im selben Rhythmus, mit strenger, entschlossener Miene, mit der Geduld stummen Eisens.

Wirklich, man kann sich nur schwer vorstellen, mit welcher Hingabe sie die Großmutter pflegten und mit welcher Selbstverständlichkeit sie sich an die Veränderungen und Störungen gewöhnten, die diese Pflege bewirkte: jede freie Stunde verbrachten sie an ihrem Bett. Sie verfolgten jeden ihrer Gesichtsausdrücke, warteten gespannt darauf, ihre stummen Wünsche zu erraten, rollten sie von einer Seite auf die andere, damit sie sich nicht wundläge, gaben ihr während ihrer Schluckauf-Anfälle stundenlang mit dem Löffel zu trinken, erfanden tausend Schliche, damit sie noch ein Krümelchen von dem Ei essen, noch einen kleinen Schluck Tee trinken würde ... ohne eine Spur von Verbitterung oder Vorwurf schoben sie jede andere Angelegenheit von sich und widmeten sich ihr, auch wenn sie sich keinen Augenblick Illusionen machten und genau wußten, was sie bald erwartete. Wenn es soweit ist, dann ist es soweit, das ist von oben bestimmt, ein Wunder, daß es sich überhaupt so lange aufhält. Aber sie taten alles mit Edelmut, und jede ihrer Bewegungen war richtig und präzise, und Aaron spürte stolz, daß er Zeuge einer uralten, komplizierten und peinlich genauen Zeremonie war, in deren Verlauf Großmutter Lili von der Familie den ausgestreckten Armen des Todes übergeben werden würde.

Nur einmal kam es ihm vor, als würde die Strenge der Zeremonie ein wenig verletzt: Er war mit der Mutter allein zu Hause. Plötzlich eilte sie zu ihm, was ist los, was habe ich getan, zog ihn an sich und umarmte ihn so fest, daß seine Knochen knackten. Sie benahm sich selten so, wenn er gesund war. Mit zitternden Fingern hielt sie sein Kinn, hob seinen Kopf zu sich hoch. Da sah er, daß sie den Tränen nahe war, und erschrak, sie ließ es nie zu, daß man sie weinen sah, und sie biß sich fest auf die Lippen, aber es gelang ihr nicht, sich zurückzuhalten, und ihr entfuhr mit einem seltsamen Stöhnen, wir haben schon genug gelitten, Gott im Himmel, wir haben schon genug, mit Zinseszinsen, für alles, und hoffentlich wird alles, was wir jetzt mit Mamtschu durchmachen, eine Sühne sein und sich, wenn es vorbei sein wird, wieder einrenken ... Aaron legte sein Gesicht in ihre Hand, erschrocken über die Dringlichkeit ihrer Stimme, denn sie sprach ja nicht mit ihm, und sie hielt sein Gesicht mit harten Fingern und neigte es vorwurfsvoll, als wäre es ein gerichtliches Beweisstück in irgendeiner Besprechung oder Verhandlung, er wollte sich nur noch in Luft auflösen wegen der Trauer und des Vorwurfs, die in ihrer Stimme lagen, und es ängstigte ihn auch ein wenig, daß es ihm, einem Kind, erlaubt worden war, dem düsteren Prozeß beizuwohnen, der Abrechnung der Familie mit dem Schicksal.

Sie verzichteten auch auf jede Zerstreuung. Sie hörten auf, sich mit den wenigen Freunden, die sie hatten, zu treffen, und der Vater ging Sonntag nachmittags nicht mehr zu Peretz Atias, um im libanesischen Fernsehen Catchen zu sehen, und Aaron war erleichtert, daß sie ihn nicht mehr zwangen, sich den grausamen Ringkampf der Riesen anzusehen, und das auch noch neben Sophie Atias, die nicht aufhörte, mit ihrem Baby vor ihm auf und ab zu gehen und damit anzugeben. Auch das Kartenspielen mit ihren Freunden Freitag abends gaben sie auf, und die Mutter gestand, daß ihr diese Treffen schon seit Jahren keinen Spaß mehr machten, genug, sagte sie, das war gut und schön, als wir jünger waren, die Karten und die Witze und das Gelächter, aber man muß auch auf das Alter und den guten Geschmack achten, sagte sie, und damals begriff Aaron, daß seine Eltern tatsächlich alt wurden und bald fünfundvierzig sein würden. Sie hörten sogar auf, stündlich die Nachrichten zu hören – »was soll schon passieren?« meinte der Vater verächtlich, gleichgültig, und Aaron dachte innerlich, die Abwertung, die Abwertung, spürte jedoch schon, daß das, was sich hier ereignete, anscheinend alle anderen Dinge ersetzte, und nicht nur ersetzte, sondern sie sogar unwichtig und nichtig werden ließ, und daß es eine äußerst reichhaltige Essenz war, die königliche Nahrung des Bösen.

Aber einmal, vielleicht zweimal, als sie zu viert um das Bett der Großmutter saßen und auszurechnen versuchten, wie viele Stunden die Beruhigungstabletten wirken würden, oder wieder über die Nahrung sprachen, die die Großmutter heute zu sich genommen hatte, über die Häufigkeit ihres Stuhlgangs, seit man angefangen hatte, sie mit püriertem Brei zu füttern, über den Freitag, an dem sie ihr die Nägel an Händen und Füßen schneiden würden, über die neue Salbe, die die Mutter bei ihrer Kramerei beim rumänischen Apotheker entdeckt hatte, und über den Araber aus Abu-Gosch, der ihnen die ganze Wohnung anstreichen würde, weil es schon an allen Wänden feuchte Flekken gab, denn trotz allem würden doch bald Leute zur Schiwa, zur Trauerzeit, kommen, ein- oder zweimal geschah es also, daß Aaron aus der Ruhe gerissen wurde, in die er inmitten der Stimmen und Worte versunken war, und dann hob er die Augen zu seinem Vater und seiner Mutter und sah dankbar ihre ernsten Mienen, die Strenge, mit der sie immer wieder über die Fragen nachdachten, in die stets wie bei einem Klagelied ein leiser Seufzer gewoben war, und neben ihnen Jochi, die ebenfalls hingebungsvoll war und die die Großmutter vielleicht mehr als alle anderen liebte, aber wie üblich kaum etwas sagte und ohne einen Ton von sich zu geben und mit verschlossener Miene zuhörte, als lerne sie auch hier etwas Wertvolles, das ihr einmal von Nutzen sein könnte, und wie eine Ethnologin Beispiele jenes monotonen, gebetsartigen Gesprächsverlaufs sammelte, über die böse Schwester, die sich zu ihrem Vorteil verändert hatte, über die weißen Blutkörperchen, über die Formulare der nationalen Sozialversicherung, die sie bei der Berechnung der Rente benachteiligten, weil die Großmutter manchmal noch immer Kontrolle über ihren Stuhlgang hatte, und ein-, zweimal geschah es, daß Aaron plötzlich aufsah und einen Augenblick lang die Spur eines Ausdrucks in Jochis Gesicht auffing, der ihn sehr ergriff – der Gesichtsausdruck eines Menschen, der vor Zorn erstickt, der im Innern hellauf entsetzt ist.

Wie unter einer schweren Last stieg er vom Heizkeller in die Wohnung hinauf, löschte jeden Ausdruck aus dem Gesicht, damit die Mutter nichts merken würde. Mindestens sieben Monate waren schon vergangen, seit er die Großmutter besucht hatte. Kurz bevor die Eltern müde geworden waren, hatte er wie im voraus geahnt, daß es bei ihnen anfangen würde. Er hatte ein Gespür für solche Dinge bekommen, und auf der Stelle entfernte auch er sich von seinem Platz bei der Großmutter. Sie begriffen nicht einmal, daß sie müde wurden. Sie begannen nur, zunächst voreinander, dann auch vor ihm und vor Jochi zu klagen, meinten immer wieder betrübt, daß es keine Hoffnung gebe, es geht nicht hin und nicht her, sagte die Mutter, das ist nicht runterschlucken und nicht kotzen, aber da wußte es Aaron schon, und er schwieg. Und dann begannen sie Gutsche und Rivtsche am Telefon zu erklären, daß die Großmutter ohnehin nicht wisse, ob sie lebe oder tot sei. Ein Wunder, daß sie noch atmet. Denn wenn sie aufwacht, dann nur, um noch mehr Schlaftabletten zu bekommen. Ja, es stimmt, daß sie noch relativ jung ist, aber wenn es soweit ist, dann ist es eben soweit. Es krallt sich fest und läßt nicht los. Und vor Pessach nahmen sie eine kleine Renovierung vor, das Haus sieht schon wie eine Bruchbude aus, sagte die Mutter, sie strichen an und wechselten Vorhänge und Tapeten und kauften ein neues Buffet, anfangs dachten sie daran, das alte aufzumöbeln, aber der Tischler fand einen Wurm darin, und die Mutter, die sich sicher war, daß das Buffet die Würmer nicht in ihrem Haus bekommen hatte, sondern von einem der Schränke beim Tischler, schwor, es nicht mehr zu sich ins Haus zurückzunehmen; auch einen neuen Kronleuchter kauften sie, und all das beschäftigte sie ein paar Wochen, nein, ganze Monate lang, sie liefen von Geschäft zu Geschäft, prüften und verglichen und überlegten halbe Nächte hindurch, und nicht selten hatten sie für andere Dinge keine Zeit. Die Mutter ging noch ab und zu ins Krankenhaus, um die Großmutter zu füttern und zu rollen und ihre wundgelegenen Stellen einzusalben, aber wenn sie von dort zurückkam, erzählte sie nicht einmal, was es Neues gab, und kein Mensch fragte. Was sollte es schon Neues geben. Einmal vertraute sie Jochi an, daß sie der Großmutter, dem Körper der Großmutter, während der Behandlung ihr Herz ausschütte, wie jemand, der an einem Grab redet, sagte sie; vielleicht muß auch ich im Sterben liegen, damit du einmal so mit mir sprichst, dachte Jochi; doch allmählich hörte die Mutter damit auf, sie war ja nicht aus Stein, und die Großmutter wurde sozusagen mit dem Staub des Vergessens und Schweigens zugedeckt; anfangs hatte die Mutter noch jedesmal Herzklopfen, wenn das Telefon klingelte, vielleicht teilt man ihnen aus dem Krankenhaus mit, daß es nun vorbei sei, aber auch das gab sich bei ihr, schließlich lag die Großmutter ja nicht auf der Straße, sie war in einer Umgebung, wo man sie ausgezeichnet pflegte, und manchmal verging eine Woche, ohne daß irgend jemand im Haus das Wort ›Großmutter‹ in den Mund nahm.

Ihre Kammer blieb leer. Sie schlugen Jochi vor, dort einzuziehen, du machst doch bald dein Abitur, schmeichelte sich die Mutter bei ihr ein, und wenn du gute Noten haben willst, damit du Militäraufschub bekommst, um an der Universität zu studieren, mußt du gute Voraussetzungen und deine Privatsphäre haben, aber da fuhr ihr Jochi über den Mund, erstens, wer habe beschlossen, daß sie vor dem Militär studieren wolle, und zweitens werde sie, solange die Großmutter noch am Leben sei, nicht einmal wagen, ihr Zimmer zu betreten; die Mutter verstummte auf der Stelle, sie hatte wieder jenen Blick, den Aaron einmal in ihren Augen gesehen hatte, als erinnere sie sich an eine furchtbare Tat, die sie einmal begangen hatte, an ein altes Verbrechen; die Kammer stand dann tatsächlich die ganze Zeit über leer und geschlossen, nur Aaron spähte manchmal hinein, und so entdeckte er eines Tages, daß der große Gobelin, den die Großmutter gestickt hatte, der mit den Papageien und Affen und Palmen, verschwunden war. Einen Augenblick zog sich ihm das Herz zusammen und er wollte zur Mutter laufen, um ihr zu erzählen, daß etwas Schreckliches geschehen sei, vielleicht war ein Dieb ins Haus eingedrungen, aber sofort fiel ihm ein, was Jochi ihm einmal gesagt hatte, daß er noch lernen müsse, wie man in diesem Haus zu leben hatte, und er zwang sich zur Beherrschung und sagte niemandem ein Wort, und seitdem begann er die Augen offenzuhalten so gut er konnte, und tatsächlich, zwei Tage später war auch der Nagel des Gobelins aus der Wand gezogen, und am darauffolgenden Tag hatte irgend jemand das zurückgebliebene Loch mit weißer ›Elfenbein‹-Zahnpasta gefüllt. Danach begannen die Sachen im Mülleimer aufzutauchen. Kleider der Großmutter, Schuhe, ihre bunten Haarspangen, bunte Bänder fürs Haar, ihr Zopf. Und Aaron sammelte alles stillschweigend ein und versteckte es.

Jetzt stellte er den leeren Eimer in die Speisekammer und bemerkte, daß die Mutter heimlich sein Gesicht verfolgte, Spiegler, Spiegel, Primo, Bello, Drucker, Talbi, Rosenthal und Young, und so gelang es ihm, an ihr vorbeizugehen, ohne daß sie ihm irgend etwas ansah. Der Vater lag im Dunkeln auf dem Bordeaux im Wohnzimmer, die Zeitung auf dem Gesicht. Seit Edna Blum gekommen war, um die Arbeit zu bestellen, redeten sie kaum miteinander. Aaron ging in sein Zimmer. Jochi saß im kleinen Schein der Lampe an ihrem Schreibtisch und schrieb, Hausaufgaben oder Briefe, gleich würde er es wissen.

»Jochi.«

»Ich höre.«

Dem Ton ihrer Stimme nach zu urteilen, waren es Briefe. Wenn sie Hausaufgaben machte, war sie froh, wenn man sie störte. Besser er schwieg. Aber die Erinnerung an die Schuhe, die beschämenden Schuhe –

»Jochi.«

Sie schweigt. Neben ihrem Ellbogen liegt der braune Armee-Briefumschlag. Ein Zeichen, daß sie ihrem Soldaten schreibt. Sie hat sechs oder sieben Brieffreunde, die sie im Laufe der Jahre aus den Zeitungen gesammelt hat, und sie schreibt allen jede Woche, er kennt bereits jeden von ihnen anhand des Kuverts, es gibt einen Studenten, mit dem sie schon Briefe gewechselt hat, als er noch auf dem Gymnasium war, einen Kibbuznik aus Misra und einen aus dem landwirtschaftlichen Internat ›Das grüne Dorf‹, einen, der die Seemannsausbildung macht und Briefe mit dem Briefkopf des Schiffes ›Schalom‹ schickt, einen Religiösen und einen namens Evjatar, einen israelischen Jungen, der in Australien lebt und gelähmt ist.

»Mein tapferer Soldat, du wirst nicht glauben, was mir heute passiert ist ...«, sagt Aaron scheinbar unschuldig, und Jochi dreht sich sofort um und heftet ihre funkelnden Augen auf ihn: »Wenn du auch nur ein einziges Mal meine Briefe anfaßt ...«

»Wen interessieren deine Briefe. Du schließt sie ja sowieso ein. Sag mal, langweilt es dich nicht, siebenmal das gleiche zu schreiben?«

»Ist nicht deine Sache, was ich schreibe.«

»Beantworte mir nur das, und Schluß.«

»Wer hat dir gesagt, daß ich allen das gleiche schreibe?«

»Ich habe gehört, daß man in Amerika einen Roboter erfunden hat, der tausend Seiten in einer Sekunde kopieren kann.«

»Aaron!«

»Schon gut, das habe ich doch einfach nur so gesagt. Schreib du nur deine langweiligen Briefe. Vergiß bloß nicht, jedesmal den Namen zu ändern.«

Er legt sich aufs Bett, wälzt sich hin, wälzt sich her, verschränkt die Arme unter dem Kopf, zieht einen gekräuselten Faden aus dem Loch in der Matratze, kitzelt sich an der Nase, er denkt schon seit einiger Zeit daran, daß er versuchen will, sein Niesen zu ändern, denn Gideon hat so ein starkes ›Happtschiiisss‹, und bei ihm ist es eine Art ›Atschik‹, aber selbst das Niesen will ihm heute nicht gelingen. Was nun. Wie spät ist es. Draußen ist es bereits stockfinster. Es wäre interessant zu wissen, ob Edna Blum sich ab und zu die abgerissene Wand ansehen geht.

»Eigentlich ein schöner Name – Jochi. Das ist wie Jauchzen. Wie juchzen. Wie schluchzen. Wie ...«

»Paß bloß auf.«

»Schon gut. Was regst du dich so auf. Ich habe einfach nur Jochi gesagt. Mein Mund gehört mir.«

Sie dreht sich zu ihm um: »Was ist? Was willst du heute von mir?«

»Mensch, vielleicht schreibst du mir ja auch mal einen Brief. Dann würdest du wenigstens fragen, wie es mir geht.«

Er legt sich wieder aufs Bett. Er ist schon ziemlich müde. Es reicht anscheinend schon das Zusehen, wie der Vater die Wand abreißt, um müde zu werden. Er könnte schon jetzt glattweg schlafen gehen, um am Morgen ausgeruht aufzuwachen.

»Aaron.«

»Ja?« Er wendet ihr schnell das Gesicht zu.

»Was zuckst du so? Ich hatte bloß so einen Gedanken.«

»Über mich?«

»Über uns. Wie kommt es, daß wir uns nie richtig streiten? Ich erinnere mich kaum, daß wir uns je richtig gestritten haben. Stimmt's?«

»Einen Streit mit langem Bösesein? Mit Prügel? Tatsächlich nicht. Ist das nun gut oder schlecht?«

»Weiß ich nicht. Normalerweise streiten sich Geschwister. Und wir, wir sind die ganze Zeit zusammen, sogar in einem Zimmer, und wenn ich auch nur ein bißchen böse auf dich bin, habe ich gleich ein schlechtes Gewissen. Kommt dir das nicht merkwürdig vor?«

»Ich weiß nicht. Egal, sag mal, wenn die da, Edna Blum, einmal heiratet, kann sie dann noch Kinder bekommen?«

»Weiß ich nicht. Wieso fragst du?«

»Überhaupt, bis zu welchem Alter kann man Kinder kriegen?«

»Bis fünfunddreißig. Vielleicht neununddreißig. Ich habe einmal gelesen, daß eine Frau in Ägypten mit siebenundvierzig ein Kind geboren hat.«

»Mit siebenundvierzig?«

»Aber das war in Ägypten.«

»Und wie alt, glaubst du, ist sie? Edna Blum.«

»Weiß ich nicht und interessiert mich auch nicht. Aber bevor du damit anfingst, hatte ich eine Idee.«

»Daß du sie mit einem von deinen Brieffreunden verkuppelst?«

»Blödmann. Nein. Warum wir beide uns nie streiten.«

»Vielleicht schauen wir mal für sie in der Zeitung unter der Rubrik ›Heiratsvermittlung‹ nach?«

»Und jetzt habe ich es schon wieder vergessen. Siehst du, und alles nur wegen deines ewigen Geredes.«

Schweigen. Wie verkrampft ihre Schultern sind. Er versucht sich vorzustellen, wie sie morgens in die Klasse kommt. Sich an die Seite setzt. Und sofort wird ihm klar, wie kann es anders sein, daß irgend jemand ein Schnippgummi auf sie abschießt und sie es ignoriert. Er empfindet Mitleid mit ihr. Wieso sehen die Kinder nicht, daß sie etwas Besonderes ist. Wieso sieht man den Menschen nie ihr eigentliches Gesicht an. Wenn man es sähe, denkt Aaron, gäbe es keine Grausamkeit auf der Welt. Es drängt ihn, ihr etwas zu geben, ein Geschenk:

»Hast du gesehen, daß sie auf der Toilettentür eine Zeichnung hat von einem, der halb Stier und halb Mann ist?«

»Aaron, ist gut jetzt, du nervst.«

»Und nur ein einziges Mädchen aus dem Publikum bückt sich, um ihn zu streicheln. Sag mal, Jochi ...«

»Noch eine Frage, und dann Schluß, dann will ich nichts mehr von dir hören!«

»Was wird aus Großmutter werden?« Wie ist ihm diese Frage in den Mund gesprungen.

Sie dreht sich erstaunt zu ihm um: »Guten Morgen. Wieso fällt dir plötzlich ein, danach zu fragen?«

»Warum gehen wir sie nicht mehr besuchen?«

Jochi überlegt einen Augenblick: »Ich gehe.«

»Du? Lügnerin. Wann?«

»Ich bin zweimal die Woche dort. Mindestens. Direkt von der Schule bis abends.«

»Weiß Mutter das?«

»Niemand weiß das. Und wehe dir!«

»Und – was, wie ist sie?«

»So wie sie war, die Ärmste.«

»Schläft sie noch die ganze Zeit?«

»Nein.«

»Ist sie aufgewacht? Ist sie wach?«

»Sie bekommt keine Schlaftabletten mehr.«

»Dann ... wie kann ... aber sie muß doch!«

»Tatsache, daß nicht. Sie ist wach. Sie liegt in ihrem Bett. Sie sieht den Himmel. Es gibt einen Baum vor dem Fenster. Sie schaut ihn an.« Jochi sprach mit leiser und sanfter Stimme: »Jetzt hat der Baum all seine Blätter abgeworfen. Ich erzähle ihr alles mögliche.«

»Und sie ...«, mein Gott, »erkennt sie dich schon?«

»Nein. Aber ich glaube, sie fühlt, daß ich es bin. Sie hält meine Hand.«

»Sag mal, darf ich auch mitkommen?«

»Komm. Wir sind in einem freien Land.«

»Ich werde wirklich kommen.«

»Du machst mir keine Angst. Komm.«
»Ich werde kommen, Ehrenwort.«
»Das haben wir von dir schon öfter gehört.«
Schweigen. Jochi wendet sich wieder ihrem Brief zu. Aaron denkt über die erstaunliche Neuigkeit nach. Jochi ja und die Eltern nicht? Eine Woge steigt in ihm hoch. Ab jetzt wird auch er hingehen. Ab morgen. Oder übermorgen, wenn der Vater bei Edna fertig ist. Genug. Die Zeit des Verrats ist vorbei. Wie ist es möglich, daß er sich so benommen hat. Er steht fest entschlossen auf. Kramt in seiner Schultasche. Wirklich interessant, daß Jochi und er sich nie streiten. Wer hat Kraft dazu. Er findet den runden, roten Spiegel. Den wird er ihr als Geschenk bringen. Vielleicht versteht sie doch etwas. Vielleicht fühlt sie trotzdem etwas. Das wird ihr Freude machen. Ein Andenken von Aaron. Für seine kleine, in ihre Decken eingemummte Großmutter, die jetzt auf das Fenster schaut und diese Nacht sieht. Ist sie jetzt ein bißchen wie ein Tier, fühlt sie andere Dinge, wenn die Dunkelheit hereinbricht? Er nimmt den Spiegel vor den Mund und hält den Atem an. Der Spiegel bleibt klar. Das ist es. Du bist erwischt worden, Spion. Mit aller Gewalt und Leidenschaft haucht er seinen Atem darauf, der Beschlag verschleiert sein Gesicht.

18

Drei Tage lang zerschlug der Vater die große Wand im Haus der Edna Blum, zerschmetterte und zertrümmerte sie, und durch die aufgerissenen Löcher wurden verrostete Stahlsehnen, zersetzte Eisenschichten und auch ein dünnes Wasserrohr sichtbar, und Ednas zartes Schlafzimmer wurde vor den Augen der im Wohnzimmer Sitzenden freigelegt. Ab und zu hielt der Vater inne, um sich auszuruhen, massierte genüßlich die Muskeln seiner rechten Hand und Schulter und trat ans Fenster. Erst da spürten die Anwesenden, daß sie lange Augenblicke den Atem angehalten hatten. Sie begannen aufzutauen, sich zu räuspern, es sich ein wenig bequem zu machen. Der Vater zündete sich eine Zigarette an und zog schweigend an ihr. Er schaute auf den niedrigen, grauen Himmel, dessen schwangerer Leib die Erde fast berührte, und nickte stumm der kahlen Platane zu. Dann drückte er die Zigarette an seinem Bauernstiefel aus und fuhr fort, die Wand einzuschlagen.

Die Mutter ging täglich mit. Sie nahm ihre braune Stricktasche mit, legte die dicken Wollknäuel zu ihren Füßen und begann mit abrupten Bewegungen, Kreuze in die Luft zu machen. Sie wechselte kein Wort mit Edna, die sich jeden Tag von vier bis sieben in ihrem Sessel zusammenrollte und sich in Gedanken verlor. Der Vater arbeitete mit Konzentration und Eifer, wer weiß, wo diese Kräfte die ganze Zeit über verborgen gewesen waren, und sein Körper begann sich in all seiner Pracht abzuzeichnen: kräftig, massiv, reich an vortrefflichem Fleisch. Er war noch immer dick und schwerfällig, aber Ednas Auge, das Auge der Bildhauerin vom Kursus für plastische Kunst im Kulturhaus, weidete sich gerade an diesem ›noch immer‹.

Er schlug zu, ohne einen Laut von sich zu geben, außer dem rhythmischen Ächzen bei jedem Hammerschlag, das immer kehliger wurde, je mehr er sich von seinem Takt mitreißen ließ. Von Ednas Geld hatte er schwarze Gummieimer gekauft, in die er die Bruchstücke und Abfälle der Wand kehrte. Alle halbe Stunde lud er sich die Eimer auf die Schultern und schüttete ihren Inhalt aus dem Hinterfenster in den Hof, wo sich bereits ein kleiner Berg angehäuft hatte.

Drei Tage. Die Eingeweide der Wand wurden immer weiter aufgetrennt; und Edna rührte sich kaum von ihrem Platz, halb sitzend, halb liegend schmiegte sie sich in das feine, unverfälschte Grauen, das in sie sickerte, sie mit unerträglich scharfer Wonne berührte. Das Grauen, das ein kleiner Junge verspürt, der sich unter der Decke versteckt und die Schritte seiner Mutter hört, die nach ihm sucht, noch einen Augenblick, und sie wird ihn aus dem Nichts erlösen. Ein weißlicher Staub lag nach den Arbeitsstunden im Haus, und ein matter Duft vom scharfen Schweiß des Vaters nistete jetzt ständig in ihrer Nase: sie brauchte nur zu atmen, um sich an ihn zu erinnern. Am zweiten Arbeitstag, als sie allein geblieben war und sich das Abendbrot zubereitete, eine geschälte Orange und eine Scheibe Vollkornbrot mit Magerkäse, hielt sie plötzlich inne: Sie hob den Kopf mit einem listigen Lächeln. Legte das Brot aus der Hand. Mit einem Kichern und Rotwerden und Edna-bist-du-verrückt-geworden trippelte sie ins leere Wohnzimmer, raffte den Saum eines imaginären Kleides auf und setzte sich zierlich aufs Sofa: gleich wird die weiße Wolke verfliegen, und sie wird den festen Arm sehen, die herrlichen Hüften.

Auch Aaron kam jeden Tag, saß schweigend, den Kopf im Ledersessel zurückgelehnt, und beobachtete den Vater mit halbgeschlossenen Augen. Manchmal wandte er träge das Gesicht, indem er den Kopf auf der Rückenlehne zur Seite rollte, und schaute zur Mutter hin. Wie sie strickt. Mit welcher Energie und Kraft. Ihre Ellbogen hüpfen auf und ab. Stoßartig. Und in der Wand wachsen die Löcher. Eine angenehme Schwäche machte sich in diesem Haus in ihm breit. Nach und nach schaffte er es, daß die Hammerschläge zu seinem eigenen Herzklopfen wurden, und danach gelang es ihm, sie in Schritte umzuwandeln, in die Schritte eines Riesen, in die Schritte eines Riesen in seinem Innern, ein Schritt, bumm, noch ein Schritt, bumm, er wendet sich hierhin, wendet sich dorthin, tastet, verzweifelt, Aaron mischt sich nicht ein, er ist nicht da, er ist ohnmächtig, in einer anderen Welt, verfolgt nur von außen die dumpfen Schritte; er kann drei Stunden lang so sitzen, ohne sich zu rühren, er, der immer ein Zappelphilipp war, versank zusammengerollt in sich selbst, er wußte genau, wie er aussah, wenn er so war, ein Sibale, eine Frühgeburt – eine Karikatur, und plötzlich war es ihm egal, wie jemandem, der auf einer einsamen Insel gestrandet ist und jahrelang seinen Stolz und seine menschliche Würde gewahrt hat und nun, da Rettung in Sicht ist, sich selbst ein wenig nachgeben darf. Nur wenn Edna ihm einen Blick zuwendet, richtet er sich ein wenig auf, bläht sich auf, aber sie ist ganz auf sich selbst konzentriert und er wieder frei, zu versinken; er läßt sich verschiedene Nebensächlichkeiten durch den Kopf gehen, vier Deckel der Waschpulverpackung ›Or‹, vergessen Sie nicht, auf einen von ihnen vier Namen von ›Schemen‹-Produkten zu schreiben, zwei Dosen echter jemenitischer Falafel von ›Telma‹ ermöglichen Ihnen die Teilnahme an dem prachtvollen Preisausschreiben, bei dem zweiteilige Jersey-Anzüge sowie Leder- und Wildledermäntel verlost werden, Sammlern bietet ›Artik‹ ein Sonderangebot wunderschöner Schlüsselanhänger, und morgen, am Donnerstag, findet die große Verlosung statt, fünfzigtausend Pfund auf einen Schlag, das Los ist in seiner Tasche, ihn wird man bei keiner Verlosung oder grandiosen Preisverteilung unvorbereitet antreffen, er hat einen Monat im voraus geplant, ach was, einen Monat – sechs Wochen, Anfang April findet die Verlosung aller ›Jitzhar‹-Produkte statt, er hat sich sogar absichtlich geirrt und wegen der roten Etiketten des Preisausschreibens im Lebensmittelladen drei Flaschen Öl gekauft, wer weiß, ob es im ganzen Land noch einen Jungen gibt, der sich so gut auskennt wie er; und plötzlich wurde Aaron ungeduldig, zappelte auf dem Stuhl, als würde die Verlosung gleich hier, in diesem Zimmer, beginnen, und auf einmal stand er auf, so wie gestern und vorgestern, und fragte höflich, wie beiläufig, ob er die Toilette benutzen dürfe. »Ja, bitte«, antwortete ihm Edna auch heute, mit der gleichen Zerstreutheit, ohne ihn anzusehen, die Mutter hob rasch ein Auge, ist ihm doch egal, sie hat schon gemerkt, daß er hier keine Gelegenheit versäumt, hat ihn auch schon gefragt, ob ihm bei dieser Spinnerin Rosen wachsen, sie werde ihm die Haut abziehen, wenn er noch einmal dort mache, und heute hatte sie ihn auf die Toilette geschickt, bevor sie das Haus verließen und zu Edna gingen, und gesagt, sie werde auf ihn warten. Was soll das, warum habe ich die Spülung nicht gehört, fragte sie, als er herauskam; ich mußte nicht, murmelte er mit gesenkten Augen, und die Mutter kniff die Augen zusammen und sagte, das ist schon lange so, oder? Und er antwortete, keine Ahnung, laß mich in Ruhe, und wußte, was sie dachte, daß auch er jetzt ihre Verstopfung bekommen hatte, Jochi hätte wenigstens Vaters Appetit geerbt, aber nach einer Stunde bei Edna konnte er sich nicht mehr beherrschen, und Edna flüsterte, ja, bitte, und schaute dabei den Vater an, und Aaron lief an den Messern in den Augen der Mutter vorbei.

Er schlüpfte in die kleine Toilette, käute jenes sanfte ›ja, bitte‹ wieder, saß da und wippte, blickte ohne zu sehen auf das Bild des Mädchens, das sich zu dem Stier bückt und ihn streichelt, nur sie hat Erbarmen mit ihm, alle anderen haben kalte, gleichgültige Augen, ägyptische Augen, und langsam schließen sich seine Augen wie in der Andacht eines Gebets, und die Schläge hallen in all seinen Gliedern, das Zimmer bebt, und auch in Aaron bebt alles. Erstaunlich, wie stark der Vater ist. Und draußen der Donner, er ist schon ganz nahe, jetzt gleich, sein Körper wird immer lockerer, und er horcht von innen, von den Eingeweiden her, du bist schon vierzehn, hämmert die Stimme des Schlegels in ihm; vierzehn Jahre, drei Wochen und zwei Tage, donnert die Stimme rings um ihn, und die Mutter meint, du tust uns das absichtlich an, aber ich glaube nicht, daß das stimmt; Aaron ist ganz erschüttert und senkt den Kopf vor dem lauten Widerhall, der ihn erfüllt; aber man muß kämpfen, Aarontschik, man darf nicht aufgeben; man muß mit aller Kraft; ja, so! Mit all deiner Kraft! Einen Augenblick verstummt das Hämmern. Aaron lehnt sich nach hinten, holt seinen Atem zurück. Stille. Er hebt den Kopf und wartet. Der Schlegel ist jetzt durch den großen Schraubenzieher ersetzt worden, der behutsam bohrt, den Kalk zerbröselt; und was soll diese Masche, Aarontschik, daß du nicht mehr bereit bist, Fleisch und Geflügel zu essen, raunt die neue Stimme, redet ihm zu, lockert ihn sanft, so etwas hat es noch nie in unserer Familie gegeben, wie sollst du wachsen, wie es sich gehört, wie sollst du Kräfte sammeln, Aarontschik, Aaronlein, hör auf mich, wispert die Stimme und seufzt, ich kann es vielleicht nicht so gut erklären, ich wünschte, ich könnte dir helfen; du bist ja trotz allem mein Sohn, auch ich warte auf den Augenblick, da wir zusammen marschieren werden, Schulter an Schulter, Vater und Sohn, wie das Bild ›Sterben oder den Berg erobern‹; Aaron nickt ergriffen: wie schön der Vater spricht; das Haus wird wieder von einem kräftigen Schlag erschüttert. Mit Gewalt! Fest! Hilf mir, damit ich dir helfen kann! Aarontschik!

Plötzlich hörten die Schläge auf. Schade. Beinahe. Stille. Und ein anderes Geräusch erhob sich und erfüllte die ganze Welt: Regen. Ein gewaltiger Regen, endlich. Kein arktischer Winter. Er blieb noch einen Augenblick sitzen, es regnet, es regnet, wie schön, alles fließt. Er wartete noch ein paar Sekunden, prüfte nach, wie es bei ihm stand, gab auf, und trotzdem – es war ein gutes Zeichen. Der erste Regen war da! Er erhob sich rasch, sehr erregt, als sei dieser Regen eigens zu ihm gekommen. Furchtlos zog er an der Kette und spülte, so ein Überfluß, so ein Wasserschwall. Schade nur, daß es ihm auch heute nicht gelungen war. Ausgerechnet hier, wo es noch nie ein Problem war.

Im Wohnzimmer richtete die Mutter einen lodernden Blick auf ihn, sie hatte die Spülung gehört, ist ihm doch egal, sein Körper gehört ihm. Der Vater stand am Fenster, der halbe Körper draußen, im Regen, und brüllte genüßlich aus vollem Halse. Als er zurücktrat, waren seine Haare naß und gelockt, und Tränen standen in seinen Augen vom Lachen – ganz und gar ein riesiger, glücklicher Flegel. Er kraulte seinen Kopf, der an die Darstellungen Poseidons erinnerte, mit beiden Händen und machte sich sofort wieder mit doppelter Energie an die Arbeit, sprang gegen die Wand wie der ›kaukasische Schlächter‹, der immer beim Catchen auftrat. Aaron eilte an seinen Platz, setzte sich und lehnte den Kopf zurück, und augenblicklich, mühelos, gelang es ihm, wieder dorthin zurückzukehren, in sich hinein, und mit pochendem Blut auf die heftigen Schläge zu horchen, auf die großen, gigantischen Schritte, die nach ihm suchten, ihm besorgt auf der Spur waren.

Eine volle Stunde hämmerte der Vater, ohne einen Augenblick zu ruhen, und Aaron öffnete kein einziges Mal die Augen. Um sieben Uhr abends befahl die Mutter »Genug!«, doch der Vater schüttelte rebellisch den Kopf und hämmerte weiter, und die Mutter rief noch einmal: »Genug!« Aaron öffnete träge die Augen und entdeckte mit Verblüffung, daß eine geschlagene Stunde vergangen war, wo bin ich in dieser Zeit gewesen, und der Vater sprang gegen die Wand, wie betrunken vom Regen, vielleicht hörte er sie nicht rufen, aber auch als sie zum dritten Mal rief, hielt er nicht inne, alle hatten sich aufgesetzt und schauten die Mutter und ihn an, er wirkte wie eine riesige Sprungfeder, die sich befreit hatte, und die Löcher in der Wand wurden immer breiter, manchmal genügte ein Schlag, um zwei Löcher zu einer weiten Lücke zu verbinden, doch zögerte der Vater absichtlich den letzten Schlag hinaus, als spüre er Edna Blums Erwartung im Rücken, und es waren schon zehn Minuten vergangen, ohne daß er lockerließ, Aaron saß gespannt, die Beine aneinandergedrückt, ein erregtes Lächeln auf dem Gesicht, das ist Vater, das ist mein Vater, jetzt kommt er heraus, jetzt ist er ganz ohne Scham und Geheimnisse, wie Samson der Held, wie ein entkommener Löwe, wie ein riesiger Geysir, der plötzlich ausgebrochen ist; und vor dem Monument der schweigenden Mutter, vor Ednas in Wonne vergehenden Augen präsentierte der Vater die ganze Vielfalt seiner Techniken, wie aus den Toren eines Zirkus traten Pferde und Elefanten, Fakkeln, Tiger, Seiltänzer und Clowns aus ihm hervor, das pure Talent ließ er vor ihnen toben, den Körper, den großen Pinsel der Seele, und ohne Scham wandte er seinem Publikum auch die Flicken auf dem Rücken des Narren und des Jongleurs zu: denn alles war er selbst, alles stand ihm jetzt zur Verfügung, er war auch stolz, wenn er sich närrisch benahm: es gab Schläge, bei denen er sich in Rage gegen die Wand warf; es gab andere, die er mit grandiosem Schwung von der Seite landete; einmal war die Wand ein steiniger Fels, ein andermal eine sich verweigernde Frau mit einem flackernden Funkeln in den Augen. Es gab Schläge mit einer Hand, die provozierend und fast lächelnd waren; es gab das Gleiten des Hammers über die ganze Wand, als würde der den Kopf eines geliebten Kindes gestreichelt; und dann gab es plötzlich Sturmangriffe von einem, der die Seele einer Geliebten aus einem verfluchten Felsen befreien will. Schau hin, dachte Aaron, schau gut hin.

Fünfundvierzig Minuten dauerte die Vorstellung, des Vaters prachtvolle Zugabe. Edna Blum saß vorgebeugt und mit starrem Blick da, als schaue auch sie in ihr Innerstes und sehe dort neue Landschaften, die mit der Schar eines großen Pfluges, mit der Riesenschraube eines Schiffes durchfurcht wurden. Selbst der Krach störte sie nicht, sie, die stets mit einer Wattewolke in den Ohren schlief, die einige Jahre zuvor ein zarter indischer Student in London die Geheimnisse der Tantra-Meditation gelehrt hatte, die diese Versenkung jedoch nie hier in der Siedlung gewagt hatte, damit sie auf dem Höhepunkt der Konzentration und der Stille, wenn die weibliche kundalinische Schlange, die in der unteren Chakra wohnt, sich aufrichtet und windet und durch alle fünf Gehirne bis zu dem Auge zwischen den beiden Augen vordringt, der Stelle der Vereinigung, nicht von dem lauten Geschrei von einem der Balkons oder der Spülung einer der Nachbartoiletten aufgeschreckt würde. Jetzt wußte sie, daß es nicht nur das Echo des Schmiedehammers in ihrem Magen war, an dem sie sich weidete und nach dem sie sich schon im voraus sehnte, sondern alles, was es begleitete: die Gerüche der Anstrengung, die Schweißperlen, die knappen Sätze, die in den letzten drei Tagen zwischen ihren Gästen gewechselt worden waren, und das Schweigen zwischen ihnen, das von einem unablässigen Summen geheimer, ihr verborgener Meldungen vibrierte; der Vater und der Sohn, der ihn sehnsüchtig betrachtete; die Mutter und das dicke, pubertäre Mädchen, das die Mutter ab und zu mit einem von Schadenfreude und Rache durchdringenden Blick ansah; wie hatte sie sich stets in ihnen geirrt! Sie rügte sich, schwer enttäuscht über sich selbst, sie waren ihr immer elend und vulgär vorgekommen, wie dumpfe Schafsgesichter; du hast dich geirrt, du hast dich geirrt, Edna, du Schuft, sieh nur, wie die Luft rings um sie kocht, und ziehe eine Lehre daraus fürs nächste Mal, vielleicht hast du dich nicht nur in ihnen so geirrt, vielleicht hast du dich überhaupt geirrt, in allem geirrt, ja, weine nur, weine. Vielleicht warst du kurz davor zu sterben, vielleicht warst du beinahe, sie schluckte und sagte tief drinnen das furchtbare Wort, unfruchtbar.

In stiller Dankbarkeit und mit verschleiertem Blick senkte sie vor der Mutter den Kopf, aber diese wandte den Blick von ihr ab. Da sah sie flehend zu Aaron hin, und seine Augen weiteten sich zu ihr, und einen Moment schwoll ihr das Herz, aber die Mutter ließ einen harten Blick auf ihn los, und er verschloß wie ein Küken, dessen Mutter vor einer Gefahr warnt, das Gesicht vor ihr, damit der lebendige Funke in seinen Augen nicht entdeckt würde, doch sein Gesicht rötete sich. Das ist ein winziger Stamm, hier gibt es klare und sogar grausame Gesetze, frohlockte sie, eine gewalttätige und repressive Kultur. So ein Zittern hatte sie nicht einmal in sich verspürt, als sie die Hefte des *National Geographic* nach Themen und Ländern ordnete.

Abends um Viertel vor acht schwang der Vater den Hammer zum letzten Mal. Ein Kalkzahn, der von der Decke hing, fiel hinunter und zerbröckelte. Die Wand war verschwunden. Und an der Wand gegenüber wurde ›Guernica‹ sichtbar. Der Vater stand mit dem Hammer auf der Schulter da und betrachtete das große Bild, als habe er es erst jetzt bemerkt. Die Mutter atmete tief ein und faltete sorgfältig ihre Strickarbeit zusammen. Erschöpft und mit matten Augen, richtete sich Edna Blum kaum in ihrem verstaubten Sessel auf.

»Schön«, sagte die Mutter. »Zahlen Sie, was ihm zusteht, und dann gehen wir.«

Der Vater ließ den Hammer sinken und stand mit hängenden Schultern da. Er zögerte kurz, bevor er sich umdrehte, um die beiden Frauen anzusehen.

»Ich mache Ihnen ein Angebot«, sagte Edna Blum mit angespannter Stimme.

Die Mutter erstarrte auf der Stelle.

»Ich zahle Herrn Kleinfeld noch fünfzig Pfund, wenn er mir auch die andere Wand einreißt«, sagte sie und zeigte mit schlaffer Hand auf die andere Wand des Schlafzimmers. Ohne die Mutter anzusehen, legte sie ein feuchtes, verschwitztes Bündel gefalteter Geldscheine auf den Tisch. Sie hatte es in den letzten vier Stunden heimlich in der Hand gehalten.

Die Mutter betrachtete die braunen Fünf-Pfund-Scheine mit der Abbildung des Landarbeiters mit den muskulösen Armen und der Hacke in der Hand, der ihr jugendlich und voller Manneskraft und vor Saft strotzend entgegenblickte. »Fräulein Blum«, sagte sie, und ihre Brüste hoben sich, »ich spucke auf Ihr Geld.« Noch nie hatte Aaron sie so hochrot gesehen: »Sie sind nicht richtig im Kopf, Fräulein Blum. Sie machen es so, daß alle sehen, was in Ihrem Kopf los ist. Mein Mann ist ein ehrbarer Mensch, und meiner Meinung nach müssen Sie in die Irrenanstalt, damit man Sie dort behandelt.« Aarons Knie fingen vor lauter Spannung an zu zittern. Er hatte noch nie gehört, daß seine Mutter so zu fremden Leuten sprach und ihnen ins Gesicht sagte, was man sonst nur hinter ihrem Rücken tuschelte.

»Sechzig Pfund«, sagte Edna Blum, zum Vater gewandt.

»Nur über meine Leiche«, sagte die Mutter und rührte sich nicht vom Fleck.

»Siebzig.«

Die Mutter stieß ein flüchtiges Wiehern aus. Vor ihren Augen tanzten ein Paar pelzgefütterte Stiefel, ein neuer Satz Teller anstelle der alten, die sie noch von der Hochzeit hatte und die aussahen, als wären sie im Elendsviertel Mussrara gekauft worden, ein neues Dampfbügeleisen, eine moderne Schaumgummimatratze, um die aus Stroh zu ersetzen, eine neue Marmoranrichte in der Küche statt der zersprungenen …

»Ihr Geld ist unrein«, sagte sie mit gebrochener Stimme, wobei sie kein Auge von den feuchten Geldscheinen nahm, die sich mit Leben gefüllt zu haben schienen und sich träge aus ihren Falten streckten, »ich spucke drauf«, sagte sie schwach und spuckte nicht.

»Hundert«, entschied Edna Blum mit erstaunlicher Kaltblütigkeit.

»Nur wenn Mosche dazu bereit ist. Ich bin es nicht«, zappelte die Mutter und stürzte hinaus, brennende Tränen der Demütigung liefen ihr übers Gesicht, und doch war das die Mutter, die eher sterben wollte, als irgend jemandem die Freude zu machen, sie weinen zu sehen.

Der Vater sammelte sein Werkzeug ein, warf Edna Blum einen hastigen Blick des Dankes und unterdrückter Wonne zu und verließ, gefolgt von Jochi, das Haus. Aaron blieb noch einen Augenblick, verborgen zwischen Klavier und Wand. Da, hier war seine große Chance, einmal mit ihr allein zu sprechen. Es ihr zu beichten. Wie gut es mir hier geht. In Ihrer Wohnung. Ich fühle mich hier wie zu Hause. Und Sie sind auch nett, machen Sie sich nichts aus dem, was man Ihnen gesagt hat. Das sind nur Worte. Aber sie achtete nicht auf ihn. Sie stand mit dem Rücken zu ihm und stieß plötzlich ein ersticktes, zaghaftes Lachen aus. Sofort duckte sich Aaron und versteckte sich. Dann steigerte sich ihre Stimme, und sie wand sich mit einem Wimmern der Wonne, zuckte immer wieder, als ob sie gekitzelt würde und als ob dieses Lachen die Eingeweide ihrer Seele kräftig massierte. Ihr hellblondes, feines Haar flatterte um ihren Kopf. Aaron wagte nicht, sich zu rühren. Einen Augenblick lang erkannte er sie nicht. Als sei eine Fremde in ihre Haut gefahren und schüttele sie. Langsam beruhigte sie sich, hob ihren dünnen Finger und zeigte nachdenklich auf die Schlafzimmerwand. Und dann auf eine andere Wand. Und auf noch eine und noch eine, und vor Lachen rannen ihr unablässig Tränen über die vom Staub weißen Wangen.

19

Die Mutter erklärte, sie setze keinen Fuß mehr über Edna Blums Schwelle, und hörte auf, mit dem Vater zu reden, bis er die Arbeit bei ihr beendet hatte. In den Nächten holte er den schmalen Gandhi, den er einmal aus dem Reservedienst nach Hause gebracht hatte, vom Speicher und schlief im Wohnzimmer auf ihm. Die Mutter verlangte von Jochi, an ihrer Stelle Wache zu halten, aber Jochi mußte sich auf das Vorabitur vorbereiten, und die Mutter gab nach. Dann gehe ich eben, sagte Aaron vorsichtig, und die Mutter schaute ihn an, sie verließ sich nicht auf ihn, vielleicht dachte sie, daß er zu klein sei, andererseits dachte sie vielleicht, daß er schon genau wie der Vater geworden sei. Wenn er sich in diesem Augenblick getraut hätte, sie zu fragen, hätte er sich nicht tage- und nächtelang mit diesem Blick von ihr herumquälen müssen, aber wenigstens hatte sie ihm nicht verboten, hinzugehen, und wenn er hinging, konnte er sehr wohl die Familie repräsentieren.

Wie lange dauert es, eine einfache Wand abzureißen? Das Abreißen einer einfachen Wand dauert drei oder vier Stunden. Wie lange riß Aarons Vater die andere Wand in Edna Blums Wohnung ab? Aarons Vater riß die andere Wand im Laufe von fünf Tagen ab, Gott im Himmel, rief die Mutter lautlos, während sie auf dem Bordeaux lag, ein Handtuch mit Eiswürfeln auf der Stirn, Himmel und Erde, die Sterne und noch viel mehr hätte man in dieser Zeit erschaffen können, und denen, die draußen lauschten, kam es so vor, als zögere der Vater jeden Hammerschlag hinaus, als suche er eine schwache Stelle in der Tiefe der Wand, das zarte Nervenzentrum des Netzes von Stromkabeln und Wasserrohren und Stahlsehnen, damit die ganze Wand auf einmal mit ergebener Resignation einstürzte. Jeden Tag servierte ihm Edna auf einem Tablett ein Glas Orangensaft, den sie eigenhändig ausgepreßt hatte, ein großes Glas für ihn und ein kleines für Aaron, sie ist noch nicht so geübt wie Mutter, dachte Aaron, sie weiß noch nicht, daß man das Glas mit einem kleinen Untersetzer zudecken muß, damit die Vitamine nicht verfliegen, bis der Vater kommt, aber der Saft schmeckte nicht weniger gut, der Saft aller Säfte gluckste und gurgelte die große Kehle des Vaters hinunter, und Aaron neben ihm trank mit gemessenen und höflichen Schlucken, um den schlechten Eindruck wettzumachen. »Zum Wohl«, flüsterte Edna mit freundlichem Lächeln und nahm dem Vater das Glas ab, ihre und seine Finger berührten sich nicht, aber eine heftige Röte schoß in ihre Gesichter, und in seiner Not fragte der Vater, na, wo ist der Hammer, und Edna sagte: »Er ist hier«, und lachte verkrampft, »er hat die ganze Zeit auf Sie gewartet.« Und sofort, noch bevor er sich das Hemd auszog, stürmte der Vater los und schlug rasch ein paarmal zu, vielleicht aus Verlegenheit, vielleicht, um der Wand zu zeigen, wer hier der Herr im Haus war, bis er sich etwas beruhigte und seinen Rhythmus fand, und Edna Blum sank wie hypnotisiert in ihren Sessel.

Volle fünf Tage. Eine Glückseligkeit, die sie sich nie hätte träumen lassen. Schade nur, daß seine Frau nicht mehr kam, dachte Edna, sie dachte wirklich und wahrhaftig so; und trotz der merkwürdigen Beleidigungen, die sie ihr an den Kopf geworfen hatte, und trotz ihrer Roheit tat es Edna leid, daß sie und das Mädchen verschwunden waren: denn auch diese beiden waren zur Ergänzung des Bildes und des Genusses notwendig. Den stillen, bedrückt wirkenden Jungen mochte sie; es kam ihr vor, als hätte die Familie früher, vor Jahren, noch einen Jungen gehabt, einen größeren, aber vielleicht irrte sie sich auch; manchmal schaute er sie mit solchen Augen an, daß sie Lust hatte, zu ihm hinzugehen und ihn zu umarmen, zu trösten. Aber irgend etwas stimmte nicht mit ihm. Vielleicht Bandwürmer: er ging fast immer sofort auf die Toilette, und manchmal hielt er sich eine ganze Stunde dort auf, interessant, was ... Ein überraschtes und listiges Lächeln zeichnete sich auf ihren Lippen ab, unanständige Gedanken! rügte sie sich schmunzelnd, aber wer weiß, vielleicht ist es wirklich wahr, was man von kleinen Jungen in diesem Alter sagt? Sie streckte ihre Glieder mit genüßlicher Überraschung. Bei mir zu Hause? Sie kicherte wieder, verlegen, großmütig, soll er seinen Spaß haben, es ist genug da für alle, und biß sich mit leichtem Staunen auf die Unterlippe, begriff erst jetzt, in der Erregung ihres Fleisches, die Bedeutung der Beleidigungen, die die Frau ihr an den Kopf geworfen hatte, und die ihr gestern noch so absurd erschienen waren; Beschuldigungen, daß ihr Ehemann und Edna – sie brach in ein ersticktes, erregtes Lachen aus, ein sonderbarer Gedanke, eine verrückte Idee, sie *deswegen* zu verdächtigen! Daß sie und dieser Mann?! Aber vielleicht wollte die Mutter mit ihren tierischen Instinkten nur den Jungen beschützen? Sie warf den Kopf mit einer Geste zurück, die sie sich in den letzten Tagen angewöhnt hatte, einer Geste der Freiheit und Unbeschwertheit, die sie von der Wirbelsäule bis ins Mark spürte, und um irgendein heimliches Vergnügen, das anscheinend gerade zu entstehen begann, nicht zu verletzen, hinterließ sie Aaron in dem kleinen Zeitungskorb auf der Toilette ein kleines Geschenk, einen

Freundschaftswink, nichts was billig und unanständig wäre, Gott behüte, sondern ein Buch mit erotischen Zeichnungen aus Indien, sie legte es ihm absichtlich ganz oben auf den Zeitungsstapel, blätterte vorher auch ein wenig darin, sie hatte es jahrelang nicht angeschaut, es gab dort ein Bild, an das sie sich erinnerte, ein Prinz und eine Dame, ein Prinz in einer Dame, die Tee tranken, um die Wonne zu verlängern.

Erschöpft und ein wenig ausgebrannt kehrte er von ihrer Toilette zurück; auf die Schläge des schweren Hammers horchend, beobachtete sie aus den Augenwinkeln, daß er wie im Taumel schwankte, als gehe er im Sturm auf einem Schiffsdeck, und sich mit einem Seufzer auf einen ihrer Teppiche setzte, sie hatte bereits bemerkt, daß er den wunderschönen armenischen Teppich vorzog, und ihm ein großes Kissen hingelegt, eine entzückende bucharische Stickerei, er strauchelte dorthin, als wäre all seine Kraft versiegt, es machte einem beinahe angst, ihn so erschöpft zu sehen, zog die Knie an, und fast sofort schlossen sich seine Augen. Hin und wieder riskierte sie einen Blick zu ihm hin. Ach, die unendliche Schlafkondition der Jugend: mitten in dem furchtbaren Krach, den Hammerschlägen und dem Stürmen draußen, rollt er sich zusammen und schläft wie ein Kätzchen ein. In ihrem Wäscheschrank fand sie eine alte Wolldecke, an der viele Erinnerungen hingen, in die sie die kleine, drei Jahre alte Nonna auf der langen Reise von der Heimat ins Land Israel gewickelt hatten, und mit der sie nun Aaron, nachdem er eingeschlafen war, mit einem Beben und einem Aij li luli zudeckte. Jeden Abend bei Arbeitsschluß weckte ihn der Vater, stets mit der gleichen Verwunderung, was bist du hier eingeschlafen; ich bin nicht eingeschlafen; warum lügst du, schau, wie rot deine Augen sind; aber ich war wach; geschlafen hast du, geschlafen; manchmal gelang es ihm nicht, ihn zu wecken, er schüttelte ihn sanft, rüttelte mit Gewalt, doch der Junge war nicht da. Da stellte ihn der Vater behutsam auf die Beine, sah mit Staunen, wie seine schlummernden Glieder wieder zu Boden sanken, kniete vor ihm, sein großes Gesicht, sein Geppetto-Gesicht wurde ernst, und er nahm ihn mühelos auf den Arm, Edna setzte ihm über die Schulter des Vaters hinweg die Strumpfmütze auf, warten Sie, sie verdeckte ihm die Augen, der Vater flüsterte ihr auf Wiedersehen zu, und sie flüsterte ihm auf Wiedersehen zu, um den Jungen nicht zu wecken, und Aaron öffnete unterwegs ein Auge und schmiegte sich an den Vater, er schauderte vor der Kälte draußen, vor dem Heulen des schwarzen Windes, aber sie waren zusammen, sie beide zusammen im Wald, in der Nacht, in der Kutsche, im Sturm, aber gestern geschah es, schäme dich, Edna, daß sowohl der Vater als auch sie vergaßen, daß Aaron da war, sie vergaßen ihn einfach, sosehr hatte er sich in die Ecke des Zimmers gedrückt und gezwängt, Edna entdeckte ihn erst am späten Abend, als sie Hinda auf dem Balkon seinen Namen rufen hörte; sie erschrak und lief ihn suchen, er lag tatsächlich bei ihr, zusammengerollt und geborgen auf ihrem Teppich, schlief verkrampft, stöhnend, den Kopf unter ihrer Decke versteckt, mit den Händen an die Ränder des Teppichs geklammert, als fürchtete er herunterzufallen, und einen Augenblick – oh, ihn hierbehalten, ihn verstekken; Aaron neben ihren Touristenpuppen, Aaron, der aussieht wie die griechische Soldatenpuppe mit der langen schwarzen Quaste an der roten Mütze, die dem strammstehenden, schnurrbärtigen, glühenden Gendarm so sehr ähnelt, vor dem sie auf dem Großen Platz in Athen gestanden und auf den sie drei schwüle Tage fünf Stunden lang ihren Blick geheftet hatte, bis seine Wache fast zu Ende war und sie floh, um am nächsten Tag wiederzukommen für fünf Stunden; Aaron als, sagen wir, eine Puppe, die sie als Andenken von der Renovierung bei sich zu Hause mitgebracht hat, als Souvenir, sie würde ihn anschauen, würde sich erinnern, was alles passiert ist und wie hier die Wände gebebt haben. Sie weckte ihn sanft, zog ihm behutsam die Uniform an, den dicken grünen Pullover, den zu großen Mantel und die Wollmütze, und so, taumelnd, halb an ihre Schulter gelehnt und im Traum lächelnd, führte sie ihn die Treppe hinunter, brachte ihn bis zu seiner Haustür, legte ihn zusammengerollt auf die Fußmatte, klopfte für ihn an und floh.

Der Vater arbeitete in den Morgenstunden wie üblich im Arbeiterrat. Er sah fast jeden Augenblick auf die Uhr, schob die verhaßten Papierberge von sich und überlegte zum ersten Mal, ob er nicht vielleicht einen Fehler gemacht hatte, als er vor sechs oder sieben Jahren, nach dem Unfall und der Verbrennung in der Bäckerei, auf Hinda gehört hatte; während er noch vor Schmerzen stöhnend im Krankenhaus lag, ließ sie ihre Beziehungen spielen, arrangierte, flehte und drohte drei Tage lang, und als er wieder zur Besinnung kam, erfuhr er, daß seine geliebte Arbeit in der Bäckerei zu Ende war, und daß seine Frau mit ihrem Organisationstalent einen Beamten mit Pensionsanspruch aus ihm gemacht hatte. Von seinen guten Freunden aus der Bäckerei bekam er eine goldene Uhr, die er keinen einzigen Tag trug. Plötzlich war es vorbei, das Leben der Nachtschichten, die schwere körperliche Arbeit, die er liebte, die herzliche Kameradschaft mit den Kollegen, und er vermißte den Duft des gebackenen Teiges, die üppigen, weichen Brötchen, das breite Lächeln unter einem mit Mehl bestäubten Schnurrbart, die glimmende Zigarette in der Nacht auf der Türschwelle der Bäkkerei, das Recht, tagsüber zu schlafen, sich im Halbdunkel vor den glühenden, sengenden Strahlen der Sonne zu verbergen ... ah, das waren Zeiten, und was ist er heute, ein kleiner Beamter aus Papier, der sich alle zwei Tage mit seinen ehemaligen Kollegen über Sonderleistungen und Überstunden streitet und ungeduldig die Minuten zählt, bis er wieder den Hammer in die Hand nehmen kann.

Während der Arbeitsstunden im Büro zerbrachen seine Hände Kugelschreiber und Bleistifte wie Zahnstocher, er war ungeduldig wie vor einer großen Reise. Das eintönige Hämmern versklavte seine Seele nicht, im Gegenteil, wenn er zuschlug, spürte er verwundert und vorsichtig, wie irgend etwas in ihm, in der Tiefe seines Fleisches, zum ersten Mal seit Jahren herausgemeißelt wurde: die winzigen Rundungen einer Seele.

Jeden Tag um halb sieben legte er den Hammer weg und bat Edna mit einem Augenwink, das Radio einzuschalten. Er hörte, wie Reuma Eldar Nachrichten von Überschwemmungen verlas, vom ansteigenden Schikma, dessen Flußarme den nördlichen Negev durchzogen; Aaron, der eingehüllt in der Ecke auf dem Teppich saß, blickte müde auf und sah zu ihm hin, warum hat er aufgehört zu hämmern, und auch Edna schaute ihn an. Sein großer Schädel nickte schwerfällig. Er kam Aaron vor, als entschlüssele er geheime Botschaften, die sich zwischen den einfachen Worten verbargen und nur für ihn bestimmt waren. Nicht verzagen, Moische fragen, dachte Aaron, aber er soll weiterarbeiten; die Nachrichtensprecherin berichtete von Autos, die in den Überschwemmungsgebieten steckengeblieben waren, und von überschwemmten Feldern neben dem Kibbuz Or-Haner – bis der Vater die Lippen zusammenkniff und sich wieder auf die Wand stürzte; Aarons Kopf sank auf die Schulter ...

Eines Tages wurde Edna kühn, bereitete dem Vater ein Riesensandwich mit pikanter ungarischer Wurst zu und legte es ihm schweigend neben das Glas Saft. Auch Aaron machte sie ein Brötchen mit Wurst. Der Vater sagte kein Wort. Nur seine Augenbrauen regten sich leicht, und seine Stirn errötete. Aaron starrte auf das Sandwich. Nein, dachte er, nein. »Bist du denn nicht hungrig?« fragte Edna ihn geistesabwesend, wobei sie den Vater anschaute, nein, nein, schüttelte Aaron den Kopf nach rechts und links, dieses Sandwich, dieses riesige Sandwich mit den üppigen Wurstscheiben, aber sie ist doch Vegetarierin, schrie es in ihm resignierend. Der Vater ihm gegenüber verschlang gierig das Sandwich und stieß dabei tiefe, kehlige Laute aus, wo sind seine Manieren, wo ist seine Kinderstube, er hat Glück, daß die Mutter nicht hier ist und es sieht; und er spürte, wie er in Gegenwart der beiden zusehends blasser wurde, denn ihr Mund, Ednas Mund, schien mit dem Vater zusammen zu kauen und die gleichen Laute von sich zu geben, Aaron taumelte zur Toilette, fühlte sich hin und her gerissen und weinerlich, ich hätte nicht herkommen sollen, seine Hand umklammerte unbewußt das Gelenk der anderen Hand und begann zu drücken, nicht doch, genug, Schluß damit, du hast geschworen, für immer damit aufzuhören, er löste seine Finger und starrte auf den weißen Fleck, der um sein Handgelenk geblieben war; ich darf nicht mehr herkommen, was ist das schon, zu sehen, wie eine Wand abgerissen wird, doch in seinem Innern hallten schon die ersten Schläge seines Vaters, drangen direkt in seinen Kreislauf ein und zwangen ihn auf die Knie, schlag zu, schlag zu, er drückte die Augen zu, bis ihm die Tränen kamen. Vielleicht wird es ihm gelingen, diesen Kloß loszuwerden, der wie eine Riesenfaust tief in seinem Innern steckt, vielleicht wird ein großer Kolben herunterkommen, von oben schlagen, nach unten rammen, spalten, sprengen, der Vater scheint ihn zu hören, welche Kraft er heute hat, die Wurst hat ihm Kraft gegeben, das ist alles nur zu deinem Besten, hör, wie er zuschlägt, gleich wird er diesen Kloß im Bauch heraushauen. Er ist jetzt schon fast zwei Wochen so, es ist ein neues Problem, es ist noch nie so lange so gewesen, fest, fest, ächzt Aaron, die Lippen vor Schmerz zusammengepreßt, und dort, hinter der Wand, füttert Edna den Vater mit immer neuen dicken Scheiben pikanter Wurst, führt sie ihm zum Mund, um die große Maschine seines Körpers zu füttern, und er ißt während der Arbeit aus ihrer Hand, schlägt zu und beißt ab, hämmert und beißt, paß auf, paß auf, und als sie einen Augenblick nicht aufpaßt, schließen sich gierige Kiefer um die schmalen, rosigen Finger, packen ihre kleine Hand, den Arm, sie flieht nicht, die Schulter, den Hals, saugen und kauen und zerfleischen und zermalmen den kleinen Körper …

Am nächsten Tag bat Edna Herrn Lombroso um Erlaubnis und verließ für eine Stunde das Büro. Sie ging ins Viertel von Nachlaot und kaufte dort in einem winzigen, vollgestopften und aromatisch duftenden Laden ein Glas scharfen jemenitischen S'chug. Der Vater verschlang die auf beiden Seiten mit S'chug gewürzte Wurst und lächelte ihr so dankbar zu, daß sich ihr Magen verkrampfte und hob. Zwei Tage später ging sie, statt in der Mittagspause im Büro ihr getoastetes Sandwich zu essen, auf den Machane-Jehuda-Markt und tippelte mit zittrigen Beinen auf einem Sonnenstrahl, der ihr zwischen den finsteren Regenwolken den Weg wies, ins Restaurant ›Der Spieß‹.

Sieh nur, wie schön diese Einfachheit, diese Schlichtheit des Marktes ist. Doch etwas in ihr begann zu kichern, erinnerst du dich an den Kurs für naive Malerei im Kulturhaus, Edna, und sie fing ebenfalls an zu kichern und über sich zu lachen. Sie bestellte zögernd eine Portion gemischten Jerusalemer Spieß und sah entsetzt zu, wie der junge, dunkelhäutige Verkäufer rötliche Fleischstücke auf eine glühende Platte legte, eine Zwiebel hauchfein hackte und bunte Gewürze darüber streute. Dann faltete sie fest die Hände, schloß die Augen und wartete.

Plötzlich tauchte vor ihrer Nase ein mit aromatischem Fleisch gefüllter Teller auf. Edna holte Atem, streckte sich und stürzte sich auf das Fleisch. Hingebungsvoll aß sie die gut gepfefferten Stückchen, und während sie aß und mit ihrem ausladenden Strohhut und dem Gehabe des Touristen, der den Einheimischen allein durch seine bloße Gegenwart eine Gnade erweist, die Aufmerksamkeit der Leute, die über den Markt gingen, auf sich zog – ja, tatsächlich, da erkannte sie es; plötzlich konnte sie sich – ganz ohne Haß – von außen sehen: Nimm den Hut ab, Edna, prima, fahr dir ein bißchen durch die Haare, lächele dem kleinen Jungen zu, der dich anschaut. Ihre hochgezogenen Schultern lockerten sich. Ihr zusammengepreßter Hintern entspannte sich ein wenig und nahm auf dem rundlichen Stuhl die Form einer Birne an. Der Kellner kam und fragte, ob er der Dame mit noch etwas dienen könne. Eine Spur von Spott und Doppeldeutigkeit war in seiner Stimme, aber sie konnte darüber hinwegsehen und bemerkte überrascht, daß der Kellner ein aufgeweckter und lächelnder junger Mann war, der sie an diesen und jenen Mann erinnerte, dem sie auf ihren Reisen durch Spanien, Italien, Griechenland und sogar Portugal begegnet war, wie kam es, daß ihr noch nie aufgefallen war, daß es auch hier, ganz in ihrer Nähe, derart feurige Männer gab. Sie fing an, sich bei dem jungen Kellner ein wenig über sich selbst lustig zu machen, sah, wie er auf sie einging, und war heimlich sogar ein bißchen stolz darauf, wie sehr er ihren volkstümlichen Humor schätzte und wie gut sie in seiner Sprache sprechen konnte, als hätte sie ihr Leben hier, in diesen Gassen, zugebracht. Sie bestellte Pommes frites und Hummus, und der Kellner zeigte ihr, wobei er sie am Handgelenk hielt, wie man das Pitabrot biegen mußte, um den Hummus damit aufzutunken, es war wie die feinfühlige Handbewegung eines Fischers, der sein Netz um ihre Hüften warf. Ein triumphierender Jubel war in ihrer Kehle: sie! Selbstgefällig versuchte sie ihm, ihrem Kellner, im Geiste elegantere Kleider anzuziehen, Pumphosen mit einem goldenen Gürtel beispielsweise, und vielleicht einen hohen Hut mit einer schwarzen Quaste und einen über der Brust gekreuzten Patronengurt; ein seltsamer Teufel erwachte in den Großstädten manchmal in ihr, ein Teufel, der es auf Palastwachen und Leibgarden der Königin abgesehen hatte, sie achtete bei jeder ihrer Reisen darauf, durch eine Stadt zu fahren, in der es einen König gab, manchmal gab sie sich auch mit einer Burg zufrieden, Hauptsache, es stand ein hochgewachsener und prächtiger Wachposten vor dem Tor, der an seinen Posten gefesselt war, und nur der Glanz seiner Augen, die glühend, zornig oder halb wahnsinnig auf sie geheftet waren, verriet, daß er lebendig war, daß er ein lebendiger, aber für fünf oder sechs, in Stockholm vier und in Griechenland fünf Stunden erstarrter Mann war. Der Gedanke, daß dieser junge, dunkelhäutige Kellner am Eingang des Palasts, ihres Palasts stand, denn vielleicht würde sie diesmal selbst die Königin sein, löste ein unterdrücktes Lachen in ihr aus, und sie warf ihren langen Hals zurück und ließ dieses wonnige Gefühl tief in sich eindringen. Der Kellner lächelte ihr zu, wunderte sich jedoch ein wenig. Sie rief ihn, neigte ihren Kopf dicht an seinen Lockenkopf und flüsterte ihm mit süßer Stimme eine Bitte ins Ohr: ob er ihr, ya chabibi, mein Freund, das Fleisch verkaufen könne, das für die Zubereitung von genau so einer Portion nötig sei? Und ob er ihr, ya ejni, mein Augenlicht, das Geheimnis des rassigen, richtigen Würzens anvertrauen könne. Sie zwinkerte ihm spitzbübisch zu und spürte, wie sich ihre Wangenmuskeln bis zum Kinn herunter spannten; er antwortete mit einem zaghaften Blinzeln, wandte sich sofort um, um zu einer dringenden Arbeit zurückzukehren, und sagte etwas zu seinem Gehilfen. Edna war glücklich.

Draußen fiel dichter, strömender Regen, und sie dachte an die zur Hälfte abgerissene Wand, die zu Hause auf sie wartete. Auf den Fensterscheiben des Restaurants zeigte sich mehr und mehr die Kälte, die draußen herrschte, doch Edna zog auch noch den Pullover aus und entblößte ihren dünnen rosigen Hals, fuhr sich wieder mit einer leichten Geste durch das hellblonde Haar, sah ihr Spiegelbild flüchtig in einem vorbeifahrenden Auto, das einen länglichen Spiegel auf dem Dach beförderte, ach, die kleinen Überraschungen, die das Leben manchmal bot, vielleicht hatte sie eine neue Frisur nötig, etwas Keckes, Jugendliches, vielleicht sollte sie ihr Haar rot färben, sie tauchte den Rand des Pitabrots in das Tellerchen mit dem scharfen S'chug, und ihre Zunge brannte. Sie fächerte sich mit der Hand Luft zu und kam sich vor wie eine Französin, die ›oh, là, là‹ sagt.

Sie briet dem Vater die Herzchen, Leberchen und Mägen, und ihr Gesicht glühte, als sie ihm den dampfenden Teller vorsetzte. »Sie brauchen Kraft, Herr Kleinfeld«, flüsterte sie, und ihre Verlegenheit erschien ihr jetzt natürlich und richtig, denn vielleicht wirst du jetzt endlich, dachte sie, mit einer Verspätung von fünfundzwanzig Jahren, eine erwachsene Frau.

Was? Nein! Schon wieder dieses Thema? So ein Unsinn! Es ist doch nicht möglich, daß eine Frau wie sie, die zwei Jahre an der Universität studiert und die Welt gesehen hat, die ins Theater geht und sich mit Bildern und Skulpturen und Büchern der bedeutendsten Künstler umgibt ... Es wollte ihr nicht in den Sinn. Sie kicherte, schön wär's, Edna, wenn dir so etwas mal passierte, es würde dir wirklich nicht schaden, für fünf Minuten den Kopf zu verlieren, so verrückt zu werden wie in den Büchern und sich in einen Esel zu verlieben. Aber es wird nicht geschehen, das weiß sie. Also was ist, Edna? Was ist plötzlich mit dir los? Sie lachte; stieß wieder ihr neues, befreites, hohes Lachen aus, das irgendeine verkrustete Stelle in ihrem Kopf zu lösen begann; so eine dumme Idee, Edna! Daß eine wie du und einer wie er ... ich kann ihn ja mit einem Wink meines kleinen Fingers aus meinem Leben verschwinden lassen, einfach so; aber sie hielt sich zurück, na na na, du böser kleiner Finger!

Ihren Arbeitskollegen schilderte Edna mit klagender Stimme das Durcheinander bei der Renovierung und erbitterte sich über die lästige Anwesenheit der Arbeiter bei ihr im Haus; man hatte sie noch nie so viel reden gehört, einige der Kollegen beschwerten sich sogar beim Direktor, daß sie bei der Arbeit störe, und er bestellte sie in sein Büro und fragte besorgt, ob er ihr nicht irgend etwas helfen könne, doch Edna kicherte nur und meinte, ach, Herr Lombroso, Herr Lombroso, lieber Herr Lombroso, wenn Sie mir nur helfen könnten, die Renovierungsarbeiten endlich zu beenden und diese Arbeiter loszuwerden ... Aber als sie versuchte, sich einen anderen Mann, jeden anderen Mann, den sie gekannt hatte, mit einem Hammer in der Hand und einem unterdrückten Brummen vorzustellen, begriff sie plötzlich, daß das, was sie so irritierte, offenbar von ihm ausging. Nur von ihm. Sie erschrak. Und versuchte, sich zurückzuziehen. Was ist los mit dir, Edna, wo ist dein kleines Fingerchen? Und am nächsten Tag machte sie ihm ein Sandwich mit gelbem Käse von ›Uschi‹ und einer grünen Gurke, und er aß es mit einem solchen Zorn, mit einer solchen Gekränktheit, daß der Junge die ganze Zeit über wach blieb, völlig verwirrt dasaß und sie mit weit aufgerissenen Augen anstarrte. Der Vater verdoppelte und verstärkte seine Hammerschläge, bis sie begriff, daß er die Wand in zwei Tagen vollständig niedergemacht haben würde.

Deshalb bereitete sie ihm am nächsten Tag ein ganzes Brathähnchen zu, das sich auf einer Unterlage aus griechischen Oliven räkelte, die sie im Laden des Einarmigen auf dem Markt gekauft hatte. Man fing dort an, sie zu grüßen und zu mögen und zwinkerte ihr von allen Seiten freundlich zu: »How do you do, Madame«, riefen die Verkäufer, »if you want put very very scharf come to me«, riefen sie und schlugen mit ausgelassenen Juchzern auf ihre Ochsenschenkel, als sie zurückzwinkerte; ihre ganze rechte Wange schmerzte, wenn sie vom Markt zurückkam. Der Vater verschlang das Hähnchen und lutschte mit rührender Dankbarkeit an den Knochen, und Edna versank in ihrem Sessel und widmete sich ganz und gar dem langsamen und vergnüglichen Tanz der beiden, des Mannes und der Wand, die beide Stück für Stück aus ihrer Schale gepellt wurden. Ab und zu, nach einem besonders schönen Schlag, drehte sich der Vater mit Ehrfurcht zu ihr um, als widme er ihr ein bescheidenes Kunstwerk, und sie bestätigte es mit einem Nicken. Seine mächtigen, römischen Muskeln, die sie in ihn meißelte, pochten und schwollen ihr entgegen. Und manchmal geschah es, daß er sie bei seinem unterhaltsamen Tanz mit einem besonderen Blick verschämt und kühn zugleich ansah, als würde er ihr mit zwei kräftigen Fingern das Rückgrat hinunterfahren und es ihr wie eine Fischgräte am Nacken aus dem Körper ziehen, bis nur noch weiche, fleischige Gliedmaßen übrigblieben, die ineinanderglitten und in einem kosmischen, tiefen und alles verschlingenden Schlund zerschmolzen.

Draußen wirbelte ein Sturm, und die Straße lag trotz der frühen Stunde fast im Dunkeln. Lange war nur der Klang der Hammerschläge aus der Wohnung zu hören. In den Nachrichten um halb sieben wurde von einer Überschwemmung im Negev berichtet, zwei Soldaten waren im steigenden Schikma-Fluß ertrunken. Der Vater schaute aus dem Fenster, sein Gesicht war finster. Als er, plötzlich aufbrausend, zuschlug, grollte der Himmel, und das Licht der Glühbirnen wurde schwächer und erlosch.

Edna holte eilig eine Kerze, zündete sie an und schirmte die winzige Flamme mit den Händen ab. Der Vater hämmerte, sein Gesicht war hart wie ein Felsen. Aaron stahl sich im Schutz der Dunkelheit hinaus, setzte sich auf die Klobrille, schloß die Augen, ein einziger Schmerz. Er muß raus und weg von hier. Der Vater schlägt, das ganze Haus bebt, bumm, ein Schlag, bumm, ein Schlag, wie eine gewaltige Maschine, schwer, stur, Hammer und Kolben, Kompressoren, Walzen und Pedale, auf- und absteigend, hämmernd und schlagend; aber vielleicht fehlt noch etwas, spürte Aaron nebelhaft durch die Wellen seines Schmerzes, während er von Masten, Gewichten, Eisenstangen phantasierte, vielleicht fehlt noch etwas, um das Feuer zu entfachen, vielleicht ist die Flamme im Heizkessel noch nicht stark genug, und er krümmt sich vor Schmerz, drückt auf seinen Bauch, preßt mit den Händen von oben nach unten, drückt von vorne, von den Hüften nach innen, was wird sein, der Schmerz wird ihn zerreißen, er drückt mit den Fäusten auf die Pupillen, Fünkchen schießen vorüber, seine Lichtengel, er macht leuchtende Sterne aus ihnen, sucht sich drei mit einem Funken zusammenprallende Sterne, er ist geübt darin, auf jeder Zeitungsseite Anzeigen mit glänzenden Sternen zu entdecken – tausend Preise! Sechs grüne Verpackungen, eine kostenlose Schiffsreise! Und Suppenwürfel, und eine Amphisal-Deluxe-Nähmaschine, und ›Setzt den Bart matt mit Diplomat‹, selbst in dieses Preisausschreiben hat er sich eingeschlichen, eine goldene Uhr hat er nicht gewonnen, auch nicht die Fahrt mit dem Glasboot in Eilat für ›Der beste Tip – Sabrina-Slip‹, nicht einmal einen Trostpreis – drei Pfund klaut er ihr jede Woche aus dem Portemonnaie, und wieder überkommt ihn der Schmerz, wer weiß, was das ist, wie geht noch mal die unglaubliche Geschichte aus dem Buch *Dreihundert verblüffende Fälle*, von dem Jungen, dem der Bauch immer weh getan hat, wer weiß, ob er nicht auch irgend etwas zur Welt bringt, vielleicht sollte er es doch irgend jemand erzählen, Jochi zum Beispiel, denn das ist nicht mehr bloß ein Chejndale, eine Masche, das wird langsam ein richtiges Problem, heute sind es genau zwei Wochen, und wieder überlistet ihn seine Hand und fängt an, die andere Hand zu würgen, die Durchblutung zu hemmen, er schüttelt sie angewidert ab, Schluß, damit haben wir für immer Schluß gemacht, und lehnt sich erschöpft und verschwitzt zurück.

Ein Blitz zerschneidet den schwarzen Himmel. Dann grollt der Donner, und der Vater antwortet sofort, hämmernd und meißelnd. Aaron ist nicht da, er schläft, er ist ohnmächtig, und in seinem Körper geht der schwere Riese um und tastet sich voran, vielleicht ist es der Riese, aus dessen Garten die Kinder geflohen sind; er rennt ihnen nach, er weint, Kinder, Kinder, kommt in meinen Garten zurück, er läuft und stolpert in schweren Schuhen, schlägt sich mit den Händen auf den Kopf und sieht plötzlich etwas unter dem nackten, kahlen Baum liegen, ein kleines Bündel, ein zusammengerolltes Paket, es ist ein Junge, der letzte Junge, der es nicht mehr geschafft hat zu fliehen, ein ohnmächtiger Junge, der nun seinem Erbarmen ausgeliefert ist; der Riese bückt sich und nimmt ihn behutsam auf den Arm, und plötzlich erwacht Aaron, richtet sich auf, hör gut zu, das Klopfen, die Hammerschläge, sie sind anders – was heißt anders? – das ist schwer zu erklären, Aaron kennt jede Nuance, aber das jetzt ist etwas Neues, vielleicht wegen des Sturms heute, so einen Tag hat es in diesem Winter noch nicht gegeben, vielleicht wegen des Hähnchens, das sie ihm heute zubereitet hat, wie er es zerfleischt und zermalmt, mit den Händen in den Mund gestopft, wie ein Tiger verschlungen hat, hör gut zu, irgend etwas ist anders in dem Rhythmus, in dem Tempo, in der Kraft. Aaron beugte sich ein wenig vor und horchte, und plötzlich schüttelte es ihn, und er sträubte sich, als hätte jemand seine Schulter berührt, während er schlief, und ihn geschüttelt und geflüstert, steh schnell auf, es fängt an. Er war mit einem Mal hellwach, zog sich rasch die Hose hoch und lief zurück ins Zimmer, Edna saß in ihren Sessel versunken und lutschte am Finger, ihre Augen waren rund vor Staunen; sie ist wie ein kleines Mädchen, das ein Märchen hört, dachte Aaron, als er zu seinem Platz an der Wand ging und gegen die Schwere ankämpfte, die sich auf seine Augenlider legte, ich schlafe nicht ein, sich in die Decke hüllte, die auf ihn wartete, und versuchte, sich in ihr aufzuwärmen, warum bin ich wieder hergekommen, ich habe doch beschlossen, nicht mehr zu kommen, es stört den Vater bei der Arbeit, wie lange kann man zusehen, wie Wände abgerissen werden, aber hör zu, er hört zu, das Schlagen, ja, Stöhnen, ja ja, das Schlagen, das Stöhnen, das Schlagen, Aarons Kopf fällt zur Seite, als klopfe neben seinem Ohr ein unsichtbarer Hypnotiseur, er schläft nicht, er döst nur ein wenig und sammelt Kräfte, um von hier zurückzukehren, um zurückzukehren. Erst da bemerkte ihn Edna, was ist bloß los mit diesem Jungen, er fällt hin und schläft ein, das ist merkwürdig, das ist vielleicht sogar besorgniserregend, den ganzen Tag scheint er sich zurückzuhalten, um nicht einzuschlafen, und nur bei ihr, auf dem Teppich, mitten in diesem Krach, schläft er auf einmal ein. Die Hammerschläge des Vaters wurden stärker, fordernder, auf mich, auf mich, rief der Hammer, hör jetzt nur auf mich, aber der Anblick des schlafenden Aaron beunruhigte sie, dieser fieberhafte Schlaf irritierte sie, was kann ihn denn so sehr erschöpfen, und warum ausgerechnet hier, bei ihr, als komme er nur zum Schlafen hierher, um irgendeine Schlaftherapie zu machen, eine Operation mit Vollnarkose ... aber der Hammer, hör zu, das Stöhnen, das Schlagen, der Hammer, das Stöhnen, paß auf, das ist anders als sonst, das ist panisch, das ist dringend, das ist auf der Flucht und bittet um Schutz. Sie richtete sich im Sessel auf, neigte den Kopf wie ein ängstlicher Vogel, und der Hammer schrie um Hilfe und schmeichelte sich ein; mal hämmerte der Vater verzweifelt wie ein im Sturm Verunglückter, der mit Schlägen auf einen Telegrafenmasten um Hilfe rief, und mal hämmerte er wie ein Häftling, der herauszufinden versuchte, ob es in der Nebenzelle einen Nachbarn gab; sie nickte fest mit dem Kopf, ja, es gibt ihn, und dann durchrieselte sie ein feiner Schauer, spürte sie die Träne der Wollust, und auch Aaron stieß im Schlaf ein tiefes Stöhnen der Verwunderung aus, sie neigte ihr Ohr in seine Richtung, das kann nicht sein, aber es ist so, ja, es ist für sie bestimmt, es wird zu ihr geschickt, ein verstecktes Zeichen, eine Geheimschrift, ein durchgeschmuggelter Brief, eine verheimlichte Geschichte, und sie spannte ihren Körper und lauschte mit geschlossenen Augen, und ihre zarte, pochende Geckohaut sträubte sich bald vom Scheitel bis zur Sohle.

20 Einmal, am Ende eines Arbeitstages im Lager von Komi, wandte sich ein unbekannter Mann an ihn, der in der Reihe der Holzfäller hinter ihm arbeitete. Der Mann wollte in der Nacht ein Stück von der Wohnbaracke entfernt mit ihm sprechen. Der Vater fürchtete sich ein wenig, aber der Mann war klein und dürr, ein Fertel, und der Vater wußte, daß er ihn notfalls außer Gefecht setzen konnte.

Der Mann hieß Molotschinko und war ein ›Orka‹, ein Strafgefangener. Die ›Orka‹ waren grausam wie Tiere und die einzigen, die es wagten, über die vereisten Steppen zu fliehen. Jedesmal, wenn einige von ihnen ausbrachen, nahmen sie ausgewählte politische Gefangene mit, Glückspilze, und das war, der Vater zeichnete ein bitteres Lächeln an die Wand, die einzige Hoffnung der ›Politischen‹, lebend aus dem Lager zu kommen. Molotschinko verriet dem Vater, daß eine Gruppe der ›Orka‹ in der nächsten Nacht fliehen würde und er ausgewählt worden sei, mit ihnen mitzukommen. Weil er stark sei und ihnen den für den Fußmarsch notwendigen Proviant tragen könne. Große Angst erfüllte den Vater, doch er beschloß sofort, sich den Fliehenden anzuschließen. Er war schon zwei Winter in Komi und wußte, daß er einen dritten nicht überleben würde. Und er wußte auch, daß er, wenn er diese Gelegenheit nicht nutzte, sich jeden Tag mehr mit dem Gedanken zugrunde richtete, daß er nicht geflohen war. So war ich damals, schlug der Vater in die Wand, und seine Rückenmuskeln härteten sich, wie Eisen war ich, einer, der sagte: sofort!

In einer Mondnacht zogen sie los. Um das Fenster ballten sich jetzt große schwarze Wolken, deren wütend aufgeblasene Backen winzige, kindliche Münder verdeckten, die sehnsüchtig aufgerissen waren. Die Flamme der Kerze zitterte. Die ›Orka‹ bestochen die Lagerwachen großzügig, und diese störten sie nicht bei ihrer Flucht. Sie glaubten ohnehin nicht, daß ein Mensch in der Taiga überleben konnte. Nach ein paar Stunden Eilmarsch im erstarrten Mondlicht verstauchte sich Molotschinko den Fuß und konnte nicht weitergehen. Die ›Orka‹ berieten untereinander mit gesenkten Stimmen. Die drei politischen Häftlinge standen abseits, jeder für sich, in dumpfer Angst. Schließlich entschied der Anführer der Bande, ein litauischer Mörder, Molotschinko im Stich zu lassen und weiterzugehen. Keiner diskutierte mit ihm, und die Gruppe machte sich wieder auf den Weg. Aber nachdem sie nicht allzulange weitermarschiert waren, entkam der Vater den anderen und kehrte zu dem Verletzten zurück, was sollte ich machen, es war die pure Tierliebe.

Molotschinko brach vor Dankbarkeit in Tränen aus und klammerte sich mit eisernen Krallen an ihn. Die Wölfe der Taiga hatten ihn bereits gewittert und streunten nicht weit entfernt durch die Dunkelheit. Der Vater trug ihn huckepack und pflegte ihn viele Tage lang. Eines Morgens, nachdem sie fast eine Woche lang ohne Nahrung unterwegs waren, schnitt sich der Vater mit einem Messer in den Arm und ließ den Mann ein wenig von seinem Blut lecken. Molotschinko sog am Arm des Vaters und schaute ihn dabei an wie ein übergroßes Findelkind, seine Augen waren vor Dankbarkeit tierisch geworden, und als er fertig war, verriet er ihm, daß die ›Orka‹ die Politischen mitnahmen, damit sie ihnen unterwegs als Nahrung dienten. Er fiel dem Vater zu Füßen, bat ihn um Vergebung, daß er ihn dazu verleitet hatte, sich der Gruppe anzuschließen, und rechtfertigte sich damit, daß er ihn damals noch nicht gekannt habe.

Der Hammer schlug schwer und rhythmisch auf die Wand ein und übertönte nur mühsam den Lärm des Sturms und des Regens. In dem Gewirr von Geräuschen konnte man sich das Stampfen einer großen, müden Karawane vorstellen, die in der Ferne dahinzog. Wochen-, vielleicht monatelang, wer weiß, wer hat die Tage gezählt, wanderten der Vater und Molotschinko durch die Taiga. Sie verloren die Orientierung, und das Heulen der Wölfe, die ihnen erwartungsvoll folgten, raubte ihnen beinahe den Verstand. Einmal stießen sie auf ein blankes Menschenskelett, neben dem die Mütze eines politischen Häftlings lag. Molotschinko bekreuzigte sich und sah den Vater ängstlich an. Der Hammer hämmerte hart und dumpf, mit langen Pausen zwischen den Schlägen, wie eine ferne Kanone, die Trauersalut abfeuert. So weit das Auge reichte, gab es nur Nadelbäume und Steppen aus Eis. Sie gingen und strauchelten wie Blinde im Kreis, versanken bis zu den Knien im Schnee. Die Natur spielte gleichgültig mit ihnen, und das Gefühl, daß sie, auch wenn ihnen kein Unglück zustieß, in diesen endlosen Weiten immer winziger werden und verschwinden würden, raubte ihnen fast den Verstand. Ohne Molotschinko, sagte der Vater, hätte ich schon längst im Schnee gelegen und auf den Todesengel gewartet.

Ah, Molotschinko, kritzelte der Vater jetzt hastig und etwas versöhnlicher, doch Edna hatte sich schon gänzlich zusammengezogen vor dem, was sie in den Bewegungen seiner Rückenmuskeln las. Molotschinko war ein kleiner Dieb, eine Sardine aus Odessa. Man hatte ihn dort beim Stehlen einer Lieferung von Straßenlaternen erwischt, stellen Sie sich vor, und lebenslänglich ins Hotel Komi geschickt. Der Vater lachte unhörbar, und Edna sah, wie Molotschinko sich vor ihren Augen an der Wand abzeichnete, mit ein paar flüchtigen, groben Linien entworfen wurde, ein formloser, aber lebhafter Mann, ein Lacher, ein Plapperer, ja, ja, brummte der Vater, bestätigte es ihr mit einem Nicken, genauso war er.

Und er erzählte pikante Geschichten, der Molotschinko, und gab hohle philosophische Gedanken von sich und erfand unanständige Witze, verspottete und ärgerte und umgarnte und provozierte den Vater, vor allem aber hielt er mitten im Eis mit großer Mühe eine Art Wirtschaft menschlicher Gefühle aufrecht. Die beiden lernten, mit Hilfe einer selbstgebastelten Schleuder Vögel zu fangen, und aßen sie bei lebendigem Leibe, hübsche Vögel, Fräulein Blum, kräftige Farben, sie sangen so schön, daß es einem leid tat, sie zu essen; und einmal kämpften sie stundenlang mit einem Rudel mutiger wilder Hunde um einen Hirschkadaver. Herden herrlicher kleiner Wildpferde zeichneten sich am Horizont ab, galoppierten leichtfüßig und mit rhythmischen Hufschlägen dahin – und stellten sich Edna wie eine feine Stickerei am Saum des weiten Eisgewands dar. In den Nächten kletterten die beiden auf einen Baum, banden sich mit einem Seil am Stamm fest und schliefen wie zwei lebendige Gehenkte. Eines Nachts wachte der Vater auf, sein Körper glühte vor Fieber, und er sah, daß die im Mondschein strahlendweiße Taiga voller Wölfe war, die auf ihren Hinterläufen saßen und ihn geduldig anschauten wie verkleidete Menschen, deren Augen kalt und gleichgültig waren, vielleicht sogar so kalt wie die der gesichtslosen Genossen in den geheimen Kommissionen, die Menschen wie ihn dazu verurteilten, in der Taiga und in Sibirien, im Herzen der Willkür des Eises zu sterben, und er begann die Wölfe anzuflehen, sie möchten Erbarmen mit ihm haben, er sei doch ein Mensch wie sie und wolle einfach nur leben, er habe noch nicht einmal eine Frau gehabt, aber dann erwachte er von seinem Weinen, begriff, daß er im Fieber phantasierte, und verstummte. Die Wahrheit ist, daß ich mich vor ihm, vor Molotschinko, noch mehr fürchtete als vor den Wölfen, denn wenn er gewußt hätte, daß ich schwach geworden war, hätte er mich sofort geschlachtet, da können Sie Gift drauf nehmen.

Und nach endlosen Tagen der Wanderung trafen sie zum ersten Mal Menschen, ein winziges Dorf. Edna Blum nahm den Finger aus dem Mund und lauschte mit Leib und Seele. Der Brustkorb des Vaters weitete sich langsam und schwoll an wie ein Blasebalg, und Aaron öffnete ein Auge und schaute: die Wolken auf dem Fensterbrett begannen wieder zu sich zu kommen, als hätten sie ein heimliches Warnzeichen bemerkt, blähten sich auf und spuckten los, als versuchten sie, irgendein verbotenes Feuer zu löschen; drei volle Tage lagen der Vater und Molotschinko auf der Lauer und beobachteten die Häuser: sie stellten fest, daß es ein Dorf von armen, ungebildeten Bauern war, die sich mit Rübenzucht und dem Diebstahl von Stämmen, die auf dem nahen Fluß befördert wurden, am Leben hielten. Jetzt arbeitete der Vater mit dem Rücken zum Zimmer, zog die Schultern ein und beugte den Nacken, als wollte er sich vor einer gewaltigen Stimme verbergen, die nach ihm rief. Die ganze Wohnsiedlung ächzte und krachte wie ein Schiff, das durchs Eis fuhr, und die kahle Platane draußen knarrte wie ein Mast; der Vater und der Laternendieb stellten fest, daß in der letzten Hütte im Dorf eine junge Frau eingesperrt war. Ihr Mann arbeitete vermutlich außerhalb des Dorfes und hatte ihr verboten, hinauszugehen. Eine greise Bäuerin reichte ihr zweimal am Tag durch eine winzige Luke im hinteren Teil der Hütte eine Schüssel mit dampfender Suppe. Die beiden Männer verschlangen den schlanken Arm, der sich in ganzer Länge durch die Luke streckte, um die Schüssel entgegenzunehmen, förmlich mit den Augen. Zu ihm hingehen, gurrte Edna plötzlich, ihm den Schweiß von der Stirn wischen, oder ihm einfach ein Glas Wasser bringen. Ohne jede sonstige Absicht. Nur um ihm zu zeigen, daß es noch einen Menschen im Zimmer gibt.

In der nächsten Nacht hockte sich der Vater auf allen vieren auf die kalte Erde, und der dürre Molotschinko kletterte auf ihn und zwängte sich durch die Luke. Der Vater hörte den erstickten Überraschungsschrei der Frau, dann einen harten Schlag und einen Fluch. Danach Schweigen, ein anhaltendes Keuchen und einen tiefen und erschrockenen Schluchzer. Stille. Und das Geräusch leisen Weinens. Der Vater saß im Dunkeln, im Schatten der Hütte, und verscheuchte jeden Gedanken aus seinem Herzen. Nach ein paar langen Augenblicken drang der winzige, zarte Laut einer Mundharmonika aus der Hütte. Zuerst langsam und scheu, dann aber aufblühend wie eine Blume – Aaron setzte sich mit offenen Augen auf, genug, ich muß gehen, ich muß Schulaufgaben machen, was hocke ich hier herum. Sein Vater konnte sich kaum noch auf den Beinen halten und lehnte sich mit der Brust gegen den Griff des in der Wand steckenden Meißels. Der Schweiß lief ihm in Strömen über das Gesicht. Bevor der Morgen dämmerte, klopfte Molotschinko ihm auf die Schulter, weckte ihn und drängte ihn, eiligst in den Wald zurückzukehren. In den Händen hielt er ein Viertel Wurst, eine ganze Kartoffel und ein Hühnerei. Ein selbstgefälliges Lächeln spielte über seine Lippen. Er hielt dem Vater die Finger unter die Nase. Der Vater roch daran, und plötzlich bäumte sich sein ganzer Körper auf, und er packte die Finger und leckte und lutschte, seine Beine begannen ihn zur Hütte zurückzutragen, Molotschinko mußte ihm eins auf den Kopf geben, um ihn zur

Besinnung zu bringen. Das ist die Wahrheit, Fräulein Blum, und entschuldigen Sie, daß ich auch das noch erzählen mußte.

Molotschinko war ganz aufgeregt und erklärte, daß die Hüttentür verriegelt sei und der Schlüssel sich beim Bauern befinden müsse. Daß die Luke zu klein sei und man sie für den Vater nicht aufbrechen und erweitern könne. Aber drinnen, meinte er, gebe es frische und getrocknete Lebensmittel, die sie viele Tage lang ernähren würden, und das Weib, ah, das Weib, mit den Händen machte er zwei sich rundende Wellenbewegungen, als zeichne er eine Gitarre in die Luft. Der Vater schleppte sich zum Wald und fragte den Laternendieb tausendmal, ob es für ihn wirklich keine Möglichkeit gebe, ins Haus zu kommen. Die Taiga erschien ihm wieder wie ein riesiges Gefängnis, das ihn um seine Jugend betrog.

Sein Adamsapfel stieg auf und ab, als schlucke er die bittere Erfahrung hinunter. Dann hämmerte er weiter. Edna lauschte, aber jetzt klangen die Hammerschläge hohl. Ausgerechnet jetzt hat er aufgehört zu reden! Ausgerechnet jetzt! Mit blassem, zusammengekniffenem Gesicht stand sie vom Sessel auf. Schritt auf und ab, trat fast auf Aaron, ging fast auf den Vater zu, wich jedoch wieder zurück, strauchelte rückwärts, bis sie sich an ihrem Klavier sitzen sah, und plötzlich und ohne den Staub wegzuwischen, begann sie nervös und hastig darauf zu spielen, suchte etwas und blätterte in Notenheften. Aaron sah sie erstaunt an: eine merkwürdige, hauchfeine Melodie, eine Reihe zufälliger, langsamer Töne, die plötzlich trillerten, dann wieder jubelten und schließlich mit einer wilden Melodie ausgesandt wurden. Aaron hatte sie schon einmal gehört. Auch der Vater hielt einen Augenblick inne. Sein schwerer, wuchtiger Schädel begann zu nicken, und mit den Lippen versuchte er, der kleinen, flüchtigen Melodie zu folgen, ihr nachzustellen, und war ein wenig überrascht, daß sie, die winzig Kleine, so pötzlich aus der Tiefe des Klaviers gesprüht war, doch dann spürte er, wie sie vor seinem Gesicht schwebte und ihn mit geschmeidigen Windungen neckte, er streckte seine lange Zunge heraus, packte zu und ließ sie über seine Lippen gleiten, lächelte, als sie sich sofort an sie schmiegte, als würde sie von ihnen gepfiffen, schwang seinen Hammer im Takt und schlug wieder zu und pfiff lautlos seine Melodie, die die Mutter so ärgerte, und begleitete sie sogar mit einem Stampfen im Takt, und Edna lächelte still und schloß langsam den Klavierdeckel, wir brauchen dich jetzt nicht mehr, wir haben gefunden, was wir vergessen haben ...

Sie kehrten auch in der folgenden Nacht zu der Hütte zurück. Und alles wiederholte sich: drinnen liebte Molotschinko die Frau, draußen kniete der Vater und preßte sein Ohr an die Wand, um ein Stöhnen oder den Rest eines Wonneseufzers zu erhaschen. Bei seiner Rückkehr füttert Molotschinko ihn mit Worten: wie es lächelt, das Weib; wie zart die Haut ihrer Innenschenkel ist und wie weich und lockig ihr Haar, das die Farbe einer Geige im Licht der Öllampe hat ... Der Vater hört zu und schluckt. Dann streckt ihm Molotschinko ängstlich seine Finger hin: Vergiß nicht, nicht beißen, nur riechen.

Aber eines Abends ... hämmerte der Vater behutsam und mit flatterndem Herzen, und Aaron stand plötzlich auf, warf die Decke ab, was legt sie Decken auf mich, was mache ich überhaupt Tag für Tag hier, wieso ist mir von diesem Gehämmer noch nicht der Kopf geplatzt, wie lange kann man zusehen, wie eine Wand eingerissen wird, und er ging vorsichtig, weil er fürchtete, man könne ihn mit einem Schrei oder einem riesigen Harpunenhammer aufhalten, der ihm in den Rücken gestoßen würde, und ihn zwingen, dazubleiben, dazubleiben und zuzuhören; er ging auf Zehenspitzen bis zur Tür, und einen Augenblick stand er mit der Hand auf der Klinke taumelnd da, vielleicht bin ich zu schnell aufgestanden, es wird gleich vorübergehen, noch einen Augenblick und ich bin draußen und komme nie im Leben wieder hierher zurück, in diese Langeweile.

... eines Abends kam es dem Vater so vor, als würden sie von der alten Frau aus der Nachbarhütte durchs Fenster beobachtet. Er kehrte ohne Molotschinko in den Wald, ins Versteck zurück. Der Laternendieb kam im Morgengrauen, und sein Mund hörte nicht auf, zu schwätzen und zu prahlen. Im Herzen des Vaters machte sich eine rachsüchtige Feindseligkeit breit. Eine uralte, stammelnde Schmach. Er verriet Molotschinko nichts von seinem Verdacht. Der begeisterte Liebhaber erzählte ihm von einer bunten Wollkappe, die das Weib für ihn strickte, von einem Heiligenbild, das über dem Bett hing und dessen Vorderseite sie jede Nacht fromm zur Wand drehte, von ihren vom Mundharmonikaspielen geschwollenen Lippen – bis irgend etwas im Gesichtsausdruck des Vaters Molotschinko aus der Ruhe brachte, und einen Weile redete er langsamer, konnte sich jedoch bald wieder nicht mehr bremsen, und ihre Brüste, sagte er und hob die Hände wie ein Redner, ihre weichen, warmen Brüste, die ich da und da spürte; der Vater wandte kein Auge von ihm und war verblüfft über den mörderischen Haß, den er in sich spürte, den bitteren Haß gegen den Selbstgefälligen, den Haß Kains gegen Abel.

Und in der folgenden Nacht, in der folgenden Nacht kniete ich mich neben der Hütte auf allen vieren hin, als wäre nichts geschehen, ich hatte sogar im Rücken Augen bekommen, und Molotschinko stieg auf mich, und hopp, sprang er durchs Fenster hinein, und ich – wie ein Tiger sprang ich auf und lief in die andere Richtung, wie ein Tier war ich in jenen Tagen, Fräulein Edna, wie ein Tier, im guten wie im bösen, nur so schaffte ich es, dem Eis zu entkommen, der Vater hämmerte jetzt mit dem ganzen Körper, preßte sich mit der Brust, mit den Lenden gegen die Wand, Aaron öffnete die Tür mit einem Ruck und floh, nahm vier Stufen auf einmal, lief im Regen, im Dunkeln nach Hause, in den Kleidern ins Bett, die Decke über den Kopf, und versank sofort ins Training, in den geheimen Trick des Sumo, und ich, Fräulein Blum, Edna, ich floh von dort in die andere Richtung und lief vielleicht die halbe Nacht lang so, bis ich endlich das Kläffen der Hunde und die Schreie der Leute nicht mehr hörte, nur den Rauch aus ihrer Hütte sah ich die ganze Nacht in den Himmel steigen, dabei habe ich sie nicht einmal kennengelernt, nur ihren Geruch.

Er warf sich mit aller Kraft gegen die Wand. Ein letzter Steinbrocken steckte noch zwischen den Ziegeln, und er schwang seinen Hammer. Noch ein Blitz durchzuckte den Himmel, aber eine leise Erschöpfung schlich sich zwischen die Regentropfen, als sei dem Winter in diesem Augenblick das Rückgrat gebrochen. Der Vater brüllte aus vollem Halse und schlug noch einmal auf den Stein. Und noch einmal. Edna lag ausgestreckt da, sie hatte die Augen geschlossen und sah trotzdem alles, und sie spürte, wie eine gewalttätige und erbarmungslose Kraft, die ihr vollkommen fremd war, sie aus der Tiefe heraus packte, ihr kleiner Körper zitterte und zuckte vor ihm, ein Funken sprühte und flog hinaus in den schwarzen Himmel, der Blitz im Fenster richtete sich auf und spie sein Feuer, doch der Regen wurde immer schwächer. Der Vater stieß noch einmal zu, und dann nicht mehr: der Rest der Wand stürzte ein. Der Blitz zischelte feindselig, wich zurück und rollte sich weit hinten zusammen. Einen Augenblick war es still. Dann zogen die Wolken ab, schrumpften zusammen, stiegen nach oben und sammelten sich dort mit dem verärgerten Murmeln alter Leute.

Irgendwo wurde ein Fenster geöffnet. Die Straßenlaternen gingen an. Im Innern des Hauses wurde ein weiches Licht angemacht. Der Vater stolperte und setzte sich entkräftet hin. Mühsam hob er seinen schweren Kopf, suchte nach Edna und war überrascht, als er sie mit um die Knie geschlungenen Armen zu Füßen des Klaviers kauern sah. Ihre Augen streichelten ihn mitleidig. Er lächelte ihr entschuldigend zu, als erwache er aus einem Traum, und dachte, daß sie so jung und zerbrechlich aussähe, als sei sie nicht viel älter als sein Aaron.

»Mit dieser Wand sind wir fertig«, sagte er endlich mit belegter Stimme.

Sie stand auf, schwankte, sank wieder auf den Boden. Faltete mit Gewalt die Hände, bis sie zu zittern aufhörten. Der Vater kam auf sie zu, stand mit hängenden Armen vor ihr und wartete, daß sie etwas sagte. Als er sie anschaute, sah er ihr verschämtes Lächeln, den schelmischen Funken, der in ihren Augen aufblitzte, den Finger, der auf die Küchenwand zeigte.

»Hinda wird Geld wollen«, sagte er. Es war das erste Mal, daß er die Mutter erwähnte, und die Art und Weise, in der er es sagte, erfüllte Edna mit Glück, als hätten sie sich bereits gegen sie verschworen.

Sie überlegte einen Augenblick. Der Angestellte in ihrer Bankfiliale, ein kleiner Mann mit dem Gehabe eines großen Mannes, der stets versuchte, sich ihr zu nähern, hatte sie bereits gewarnt: das Kapital, mit dem sie ihre Reise finanziere, hatte er zu bedenken gegeben, habe dieses Jahr keine guten Früchte getragen; einen Augenblick schauderte ihr, aber dann sah sie *ihn* vor ihrem inneren Auge, die Bewegung seiner Hüften, und irgend etwas in ihr jauchzte und wieherte vor der Brille des verblüfften Angestellten, eine neue Widerspenstigkeit, die Wonne einer kleinen Katastrophe: »Hundertzwanzig«, sagte sie mit einer Stimme, in der Funken tanzten.

»Nein, nein«, sagte Aarons Vater, »das ist zuviel. Es ist eine kleine Wand.«

»Aber eine komplizierte. Sie ist bestimmt voller Leitungen und Stromkabel«, kicherte sie.

»Enschuldigen Sie, daß ich frage, aber woher haben Sie so viel Geld, Fräulein Blum?«

Sie ließ ein kleines, geheimnisvolles, weibliches Lächeln um ihre Lippen spielen, eines von der Sorte, die sie stets verachtet hatte. Das Lächeln war gut gelungen. Sie lächelte es noch einmal.

»Es ist schon spät«, meinte der Vater. Er schaute auf die Uhr und sah, daß sich die schwarzen Wolken entfernten und auflösten, sich mit der bissigen Feindseligkeit von Besiegten stießen und gegenseitig verschlangen. Er wog den Hammer in der Hand und schwenkte ihn vor dem Fenster auf und ab: »Heute werden wir es nicht mehr schaffen, mit der Arbeit anzufangen«, sagte er. »Wir werden morgen anfangen, wenn es dem Fräulein recht ist.«

»Morgen ist Freitag«, erwiderte sie noch immer lächelnd, »und ich heiße Edna.«

Er sah sie zerstreut an, als erinnerte er sich an etwas Fernes, Unmögliches, einen langen Moment heftete er seine wilden Augen auf sie, ein geschmeidiges, gelbes Tier schlug mit dem Schwanz, und Edna sah zu ihrer Verblüffung, daß sogar seine

Pupillen atmeten. Er war riesig, als er so vor ihr stand, und ihre Hüften waren so schmal, ihre Schenkel so dünn; an die Betonwand, die zu ihrer Haustür führte, hatte irgendein Lümmel, vielleicht sogar Zachi Smitanka, einen fiesen Spruch von einem Elefanten und einer Henne geschrieben, und die Unflätigkeit dieses Spruchs leuchtete plötzlich auf und stellte sich zwischen die beiden. Da drehte sich der Vater um, schwang den Hammer und rammte ihn mit voller Wucht in die Küchenwand, Aaron schauderte in seinem Bett im Schlaf, und der Hammer blieb den ganzen Schabbat über wie eine Axt dort stecken und hörte nicht auf, zu vibrieren und kreisrunde Wellen auszusenden.

21

Die Mutter stand in der Küche und kochte das Mittagessen. Während die Hände ihre Routinebewegungen machten wie ein Paar erfahrene Pferde, auf die sich der Fuhrmann verlassen konnte, versank sie in Gedanken über ihr Leben, das plötzlich, durch die Schuld dieser igenmigen-Ungarin, aus dem Tritt gekommen war, und über ihren dummen Ehemann, Mosche, der wie alle Männer den Kopf verlor, wenn er frisches Fleisch roch; sie rechnete nach und stellte fest, daß diese Farce, die sie alle Kraft kostete, schon ganze drei Wochen dauerte, ganz zu schweigen von all den anderen Dingen, die sie deswegen nicht schaffte, wann hatte sie das letzte Mal die Regale der Küchenschränke mit neuem Papier ausgelegt, wann das letzte Mal die Mottenkugeln im Wäscheschrank ausgewechselt, und wann hatte sie sich hingesetzt und mit Aaron geredet, wie es sich gehörte; wie eine Kerze verlosch er vor ihren Augen, was war los mit ihm, es zerriß einem das Herz, der Junge schlief tagelang, wie ein alter Mann, denn auch ihm schlug es auf den Magen, dieses ganze ... sie suchte nach einem passenden Wort, aber da stieg ihr ein fremder, seltsamer Geruch in die Nase und verwirrte den Faden ihrer Gedanken, und sie vertiefte sich wieder in den Topf und rührte langsam in ihm herum.

Wer hätte gedacht, daß uns so etwas passieren könnte, seufzte sie, uns, die wir stets ein Vorbild waren. Ihre Zunge schmeckte mechanisch die Suppe ab, die Finger streuten eine Prise Salz hinein, die Hand rührte lustlos. In den letzten Tagen hatte sie in ihrer Erschöpfung sogar aufgehört, Edna Blum zu fürchten. Wenn noch immer nichts zwischen ihr und Mosche geschehen ist – dann wird auch nichts mehr geschehen; Gefühle und Leidenschaften sind wie Früchte, flüsterte ihr das Spiegelbild zu, das im Topf umgerührt wurde, wenn man sie nicht rechtzeitig pflückt, verfaulen sie auf dem Baum. Wieder stieg ihr ein leichter, fremder Duft in die Nase, und ihre Hände fingen an, energischer zu rühren; und wenn der letzte Schlag endlich getan ist und Mosche mit eingezogenem Schwanz nach Hause kommt ... sie gab eine Knoblauchzehe und einen Löffel Öl in die Brühe und fing an, Gemüse für eine zweite Suppe zu putzen: außer allen anderen Chejndalech, die er eh schon hat, ist er jetzt auch noch Vegetarier geworden. Ihr Essen ist ihm nicht gut genug. Feinschmecker. Mit Hühnern hat er mehr Mitleid als mit ihr, die sich ein Bein ausreißt, um für ihn zu kochen. Aber da verstärkte sich die Fremdartigkeit des Geruchs in ihrer Nase erneut, und sofort schüttelte sie ihre Gedanken ab.

Fünfzehn Jahre wohnte die Mutter nun schon in der grauen Wohnsiedlung des Arbeiterviertels, kannte mit geschlossenen Augen alle Mittagsmenüs und Kuchenpaletten sämtlicher Hausfrauen, die hier wohnten, und konnte aus dem verworrenen Knäuel der Gerüche die Fäden des Duftes trennen, der aus jeder Küche aufstieg; einmal passierte ihr deshalb ein ziemliches Malheur – sie wußte damals kaum, wo sie sich verkriechen sollte –, als sie Esther Kaminer, die im zweiten Aufgang wohnte, um das Rezept für den Sesamkuchen bat, den diese am Tag davor gebacken hatte – noch bevor die Kaminer ihr davon erzählt hatte.

Man kann sich ausrechnen, was sie empfand, wie ein Messer drehte es ihr den Magen um, als sich auf einmal, ohne jede Vorwarnung, neue Nuancen in das wohlvertraute Geruchsallerlei stahlen und ihr in einem nomadischen, ungebärdigen

Rhythmus durch die Nase marschierten – fremde Gewürze, die mit der Entschlossenheit eines kühnen Eindringlings vorwärts stapften. Von der Erinnerung an ihr Unglück aufgestachelt, konnte sich die Mutter plötzlich nicht mehr zurückhalten. Sie verließ die Küche, nahm einen Regenschirm, zog sich den schweren Chruschtschow über und ging hinaus. Flink stieg sie in den matschigen, vernachlässigten Garten vor dem Haus hinunter und wandte den Kopf nach rechts und nach links. Sie schaute hierhin und dorthin. Fand nichts. Grauer, lästiger Regen, es nieselte nun schon einige Tage lang. Sie machte den Regenschirm zu, damit er sie nicht störte, und ging angespannt und mit gereckter Nase, ihr Kropf schluckte wie eine Kröte, bis plötzlich, vor der Eingangstür hinter dem Haus, eine Blase penetranter Gerüche in ihrer Nase aufplatzte und in wilde Geruchsfetzen, in ein wimmelndes Durcheinander zersprang und ihr Herz Böses ahnte.

Es war fast Mittag. Die Kinder waren noch nicht aus der Schule zurück. Der Regen nieselte schräg und eintönig herab. Die Tage der großen Überschwemmungen waren vorbei, irgend etwas hatte diesem Winter tatsächlich den Garaus gemacht, noch bevor er den Höhepunkt erreicht hatte. Rasch kletterte sie auf den hohen Schutthaufen, der sich unter Ednas Fenster aufgetürmt hatte, und riß ihre Nüstern auf. Und dann, als sie auf dem Steinhaufen stand, diesem Grabstein ihres Unglücks, und die Nase in die Luft reckte, schlug ihr wie ein Schock ein eindeutiger Geruch entgegen – nicht nur der von Kochdünsten und besonderen Gewürzen, sondern auch der feine, weiche Duft von Frauenschweiß, der in diese Speisen geflochten wurde, und die Mutter wußte nur zu gut, sie erinnerte sich nur zu gut daran, daß sich dieser Duft nicht unter das Essen mischte, wenn die Köchin nicht auch selbst darin mitkochte und den heimlichen Trank ihrer Begierde in die Töpfe gab. Taumelnd stieg sie vom Schutthaufen, eine Henne, die von ihrem Misthaufen gejagt worden war und kehrte gebrochenen Herzens nach Hause zurück.

Sie stand in der Küche und lehnte in ihrer Schürze an der Marmoranrichte, deren fleckige, zersprungene Oberfläche im

Laufe der Jahre zu einem wahrhaftigen Spiegel ihres Lebens geworden war. Verstohlen und gequält roch sie wieder den neuen Geruch und schauderte: das war nicht nur ein anderer Geruch, das war bereits eine andere Sprache. Sie schnupperte wie ein Tier und verbot sich zu weinen, um das Aroma in ihrer Nase nicht zu trüben. Mehr als alles erniedrigte es sie, daß der Vater nie auch nur andeutungsweise zu erkennen gegeben hatte, daß ihre Speisen ihn nicht zufriedenstellten oder daß er überhaupt dazu fähig war, anderes Essen zu mögen, und plötzlich fiel ihr ein, und ihr Magen zog sich vor Schmerz zusammen, daß der Geruch seiner Fürze nicht mehr der gleiche war wie früher; vielmehr, überlegte sie beleidigt, schien er zu versuchen – und das zum ersten Mal, seit sie sich kannten –, sie vor ihr zu verbergen und nicht überall trompetend abgehen zu lassen. Sie zog wieder die Nase hoch, hob die Nüstern und ließ sie leicht zittern, als sammle sie die streunenden Aromen ein. Und so, mit geballten Fäusten auf die Marmoranrichte gestützt, begann sie, die Sprache der Speisen ihrer Nebenbuhlerin zu lernen. Schwerfällig wandte sie sich wieder der Joich mit Lokschen zu, der wäßrigen Brühe mit den blassen, aufgeweichten Nudeln, die Mosche so sehr liebte. Tfu! Sie spie beinahe ihre grüne Galle hinein. Dann setzte sie sich auf den Moische Grunim, verschränkte die Arme auf der Brust und starrte in die Luft. Erst als sie Aarons nervöses Husten hörte, bevor er die Tür öffnete, schreckte sie aus ihrer Abwesenheit auf und stellte niedergeschlagen fest, daß sie zum ersten Mal, seit sie ein Mädchen, ein junges Hühnchen war, bei der Küchenarbeit saß.

Aaron schlüpfte in sein Zimmer, legte sich aufs Bett und massierte und drückte mit offenen Augen seinen aufgeblähten, schmerzenden Bauch. Vor dem Fenster fiel der Regen. Dumpf, wäßrig und schal. Es regnet schon ziemlich lange so, überlegte Aaron, während er auf die Tropfen schaute, und wie war es am Anfang?, es gab die ganze Zeit Überflutungen und Überschwemmungen, und der Baum vor dem Haus, die Platane, war damals beinahe umgestürzt, das ganze Haus hatte geknarrt. Er gähnte. Schloß die Augen. Vielleicht sollte er vor dem Essen noch ein kleines Nickerchen machen. Vor der großen Mittagsruhe zwischen zwei und vier. Oder der von vier bis sieben. Sie sind wirklich klug, die Erwachsenen, daß sie den Mittagsschlaf erfunden haben. Früher hatte es ihn wahnsinnig gemacht, sich gleich nach dem Essen ausruhen zu gehen, wo doch eine ganze Welt draußen wartete. Jetzt ist er viel ruhiger. Es gibt jetzt ohnehin nicht viel zu tun, es ist eine Zeit, eine tote Zeit, wie der Winterschlaf der Bären, und nach draußen zu gehen hat keinen Sinn in diesem Regen, diesem Tröpfeln, Tag für Tag ein dichter grauer Vorhang, ein nieselnder Regen. Aber der Vater ist ihm hinter diesem Vorhang verlorengegangen.

Seit Aaron die Wohnung Edna Blums zum letzten Mal betreten hatte, waren Tage vergangen. Es war von dort kaum mehr etwas zu hören. Der Vater arbeitete nun mit einem Bohrer, einem kleinen Hammer und einem Stemmeisen, seine Werkzeuge wurden immer kleiner. Manchmal schien es, als arbeitete er überhaupt nicht, sondern sitze vielleicht nur völlig in sich selbst versunken horchend und verblüfft auf dem Fußboden. Passanten sahen ihn zuweilen wie gemeißelt im grauen Fenster stehen und verwundert auf den lauwarmen, einschläfernden Regen starren, dann fuhr er plötzlich auf, strich sich gereizt über die Augen, als habe er im letzten Augenblick irgendeine Intrige gegen ihn entdeckt, und schlug weiter, ließ jedoch nach wenigen Augenblicken wieder von der Wand ab. Ein- oder zweimal am Tag öffnete sich das hintere Fenster, und sein vom Staub weißer Lockenkopf schaute hinaus, als er den Schutt auf den immer höher werdenden Haufen kippte. Gestern nachmittag, als Aaron von den Mülltonnen zurückkam, sah er seinen Vater mit einem Eimer im Fenster stehen. Der Vater blickte ihn erschöpft an, als läge er eingemummt im Bett, sah und sah ihn nicht, erkannte und erkannte ihn nicht. Aaron stand in seinem großen Mantel, dessen lange Ärmel die Hände bedeckten, mit hängenden Armen da, und streckte ein wenig den Bauch vor, seine kleine Schwangerschaft, als wollte er damit sagen: ich bin dir absolut ergeben. Einen Augenblick lang weiteten sich die Augen des Vaters, und es stand ein Funke der Enttäuschung in ihnen. Schon drei Wochen, daß ich so bin, dachte Aaron mit aller Kraft zu ihm hin, du hast keine Ahnung, wie weh das tut. Der Vater schüttelte den Kopf, als glaube er es nicht. Aber vielleicht schüttelte er sich auch nur den Staub aus dem Haar, denn er ging sofort ins Zimmer zurück, das Fenster schloß sich, und der Nieselregen zog wieder seinen Vorhang davor. Dann waren wieder Schläge zu hören, seit langem waren keine so heftigen, wutschäumenden Schläge mehr gehört worden: als hämmere jemand gegen die Türen eines Zuges, der schon abgefahren war. Aaron lief schnell zu seinem Versteck im Wizo-Park und betrachtete angewidert den kleinen, aufgeblähten Bauch, der ihm gewachsen war, rief den Vater und ermutigte ihn aus tiefstem Herzen: fester, noch ein bißchen fester, wir haben es geschafft, aber er spürte sofort, daß das nicht funktionierte, spürte wortlos, daß der Vater schon zu weit weg war, daß er sich mit zwischen die Schultern eingezogenem Kopf im Herzen der weißen Steppe im Kreis drehte und immer weiter und weiter in diesen Winter vordrang, und Aaron richtete sich aus der Hocke auf und trottete matt nach Hause, tauchte unter seine Decke ab und vergaß seinen Vater, der ihm verlorengegangen war, der sich schon jenseits der Stürme befand, jenseits der Blitze und des Donners, mit denen der Winter immer anfing, jenseits des ganzen kindischen Theaters eines Winters-für-Anfänger, aber wer soll ihm erklären, daß er sich irrt, daß er sich die ganze Zeit nur um sich selbst dreht, im Kreis läuft wie ein riesiges, geblendetes Maultier um den Mühlstein, und nur Kreise auf das Eis malt, nein, er hört nicht, der Vater, er schlägt schwerfällig, ohne Seele und ohne einen Funken Licht in den Augen zu, er versucht anscheinend mit aller Kraft, sich bis zu der Stelle durchzuschlagen, wo dieser Winter hergekommen ist, wo es weder Tag noch Nacht gibt, und dort, auf der Spitze eines kahlen Felsens, glänzt in furchtbarer Einsamkeit eine bläuliche, marmorne, eiförmige Kugel, das frostige Herz des Winters, aus dem die Winde die erste Kälte ziehen, und diese Kugel will er vermutlich zerschmettern, um warme Küken herauszuholen …

Aus der Küche ist das Klirren des Geschirrs zu hören. Die Mutter deckt den Tisch. Gleich wird sie ihn zum Essen rufen. Aber wie noch etwas in den Mund stopfen können? Wo ist noch Platz für Essen? Er dreht sich auf die Seite und rollt sich zusammen. Schon seit einigen Tagen wagt er nicht mehr, auf dem Bauch zu liegen. Wenn er ein ganzer Kerl wäre, wenn er Kraft hätte, würde er aufstehen und irgend etwas tun, er hat morgen eine Prüfung in Rechnen und muß eine Arbeit in Bibelkunde schreiben, würde er wenigstens das Durcheinander in seiner Schublade ordnen. Man findet darin aber auch gar nichts mehr vor lauter Stöpseln und Etiketten und Zeitungsausschnitten und Flaschenaufklebern und Eisstielen mit allen Buchstaben und Toto-Formularen, wer hätte gedacht, daß es so viele Preisausschreiben gibt, und er hat sich doch geschworen, jeden Tag mindestens eine Sache zu machen, ein Preisrätsel oder Ergänze das Lösungswort oder ein Kreuzworträtsel oder Finde die sieben Unterschiede, wenigstens das muß er machen, denn was macht er sonst noch, er schläft, er wartet. Verschwendet sein Leben. Er seufzt. Früher, vor Jahren, hat er den Sommer geliebt. Dann fand er den Winter besser. Die schwachen, fernen Farben, den warmen Atemdunst, der sich verdichtet und im wollenen Mundstück seiner Strumpfmütze einen Geruch hinterläßt; außerdem trägt man im Winter dicke Sachen, die einen ein kleines bißchen größer machen. Aber dieser Winter jetzt macht ihm zu schaffen. Der Regen täuscht ein wenig: als wäre nichts, kein Winter, doch die Kälte ist schleichend und läßt einen frieren. Im Radio wird jeden Tag von Tieren berichtet, die auf einer Farm erfroren sind. Enten mit Frost im Gefieder. Auch Aaron ist kalt. Als flösse in ihm nicht genug Blut. Er rollt sich in sich selbst zusammen. Alle Kraft verbraucht. Finito la comedia.

»Was ist los mit dir«, Jochi ist ins Zimmer gekommen, sie ist von der Schule zurück, wirft ihren Ranzen ab. Sofort richtet er das Knie auf. Damit man überhaupt merkt, daß sich ein Körper unter der Decke befindet. »Mach ein Fenster auf, es mieft hier.« Warum gehen alle immer gleich ein Fenster öffnen, wenn er sich im Zimmer befindet. »Aber es ist kalt draußen.« Sie gibt nach.

Legt sich aufs Bett, massiert sich die Schläfen, stößt vor unterdrückter Wut kleine Schnaufer aus, wer weiß, was ihr mit ihren Freunden in der Klasse passiert ist. Wie man sie dort behandelt. Sie spricht nie mit ihm darüber. Erwähnt keine Namen. Sagt nicht, ob sie neidisch ist auf die Mädchen, die schon einen Freund haben. Nicht einmal zu Klassenfesten geht sie. Vielleicht ist sie in ihrer Klasse das, was Schalom Schaharabani in seiner Klasse ist. Schweigsam. Tut sich in nichts hervor. Weiß genau, woraus das Leben gemacht ist. Früher hat sie ihre Gedanken mit ihm geteilt, früher haben sie nachts lange Gespräche geführt, bevor sie eingeschlafen sind. Früher fanden sie es toll, in den Wäscheschrank der Eltern zu kriechen und nur einen schmalen Luftspalt offenzulassen, und dann erzählte Jochi ihm Geschichten, die sie erfand – was für eine Phantasie sie damals hatte! Er erinnert sich nicht, was sie erzählte, nur an die leise, zögernde Stimme, mit der sie sprach, an die erinnert er sich ganz genau, und an den Geruch, der von ihr ausging, als sie ihm gegenüber im Schrank saß, einen scharfen und besonderen Geruch, einen Mädchengeruch, der immer stärker wurde, je mehr sich die Geschichte ihrem Höhepunkt näherte, am Geruch merkte er es und wurde ganz aufgeregt, und einmal, wie viele Dinge es früher gab!, einmal hatten sie einen Geheimkode: wer als letzter aus der Schule nach Hause kam, sollte fragen: IMB? Und das hieß: Ist Mutter böse? Und was ist mit der Freundin, die sie hatte, Sahava, denkt Aaron angestrengt und ohne sonderliches Interesse, als erfülle er eine alte Pflicht: wer und was ist Jochi jetzt für ihn. Wann haben sie angefangen, sich voneinander zu entfernen. Bis vor ein paar Wochen hat es doch noch eine Verbindung zwischen ihnen gegeben. Sogar Liebe. Sind die schönen Jahre als Bruder und Schwester schon vorbei. Vielleicht wird sie trotzdem einen reichen Mann heiraten, der dick und schwerfällig, aber empfindsam ist, und in ihrem Haus ein besonderes Zimmer für Aaron bauen lassen. Das wird ihre einzige Bedingung für die Ehe mit diesem Mann sein, den sie eigentlich gar nicht liebt. Ihre Kinder werden kommen und mit ihm spielen. Eins von ihnen wird ihm sehr ähnlich sein, und sie werden Seelenfreundschaft schließen, aber der Junge wird früh sterben. Der andere Junge und das Mädchen werden ein bißchen größer und wilder und frecher sein. Sie werden ihn abwechselnd austricksen. Sie werden ihm seine ganze Houdini-Ausstattung wegnehmen, ihn in ein großes Konservenglas stekken, das Glas verschließen, sich hinsetzen und die Nasen ans Glas drücken, um ihn von außen zu betrachten – was für ein Glück, daß Jochi im letzten Moment hereinkommen und ihn aus ihren Händen retten wird. Wenn der Vater und die Mutter einmal im Jahr zu Besuch kommen, wird sie Aaron aus seinem Zimmer holen und ihn zu ihrer Rechten setzen. Dann werden alle auf prächtigen Stühlen sitzen. Aaron und Jochi werden sich untereinander in einer schönen, vornehmen Sprache mit feinen, zerbrechlichen Wörtern unterhalten. Der Kaufmann, ihr Ehemann, wird sie mit einem wonnevollen Lächeln betrachten, aber nicht viel verstehen. Die Eltern werden grau und vertrocknet dasitzen, verlegen die Gabeln zurechtrücken und nicht wissen, ob man Huhn mit den Händen essen darf.

»Möchtest du vielleicht eine Massage?«

»Eine Massage?« Ein hohes Kichern entschlüpft ihm. »Warum das denn?«

»Einfach so. Um dich aufzutauen. Du siehst so verfroren aus.«

»Nein ... warum, eine Massage?« Er schrumpft noch mehr zusammen. Kichert. Heftet den Blick stur auf die Zimmerdecke.

»Warte einen Moment. Und pell dich inzwischen aus deinen Kleiderschichten.« Sie steht mit übertriebener Energie auf, geht ins Badezimmer. Ihre Lippen sind aufgeworfen. Er fürchtet sich vor ihrer kampflustigen Stimmung. Genau in dieser Stimmung hat sie ihn einmal mit ins Wohnzimmer genommen, um die Mutter beim Kartenspielen vor ihren Freunden zu blamieren. Er liegt reglos da. Ist leicht erschrocken. Seine Hände halten unbewußt die Ränder seines Pullovers fest. In der Küche werden Schubladen geöffnet. Geschirr klirrt. Die Mutter ist böse. Besser sich nicht rühren. Sich klein machen und warten. Bald wird diese Geschichte vorbei sein. Wie lange kann man eine Wohnung abreißen.

Jochi kommt zurück, in der Hand ein Handtuch, Watte und eine Flasche mit siebzigprozentigem Alkohol. »Du hast ja noch alles an. Los, fang an, dich auszuziehen.« Was will sie von mir. Und sie ist so energisch, so geschäftig, so zornig: »Runter damit, runter damit. Man hat dich hier in letzter Zeit wohl ein bißchen vernachlässigt. Weil hier jeder nur in seinen eigenen Sorgen vergraben ist. In wie viele Schichten bist du denn bloß eingepackt? Wie kriegt dein Körper überhaupt Luft unter diesem ganzen Panzer.« Sie zieht ihm mit Gewalt den Pullover aus, das Hemd, das Leibale – das Unterhemd. Ihm wird kalt. Er deckt sich zu. Paßt auf, daß sie den komischen Bauch nicht bemerkt. »Schämst du dich vor deiner eigenen Schwester«, sie stößt ein nervöses, verärgertes Lachen aus, kitzelt ihn in der Achselhöhle, kitzi, kitzi, kitzi! Ihre Augen glänzen, aber nicht vor Freude. Sie albert herum, stur, mit unbeschwingter Fröhlichkeit. Vielleicht ist irgend etwas passiert, geht es ihm durch den Kopf, vielleicht hat ihr irgend jemand etwas angetan, vielleicht hat jemand sie beleidigt. »Leg dich richtig hin. Na los!« Er wird hingelegt, mit dem Gesicht nach unten gedreht. Der Bauch ist voll und drückt ihn. Er hat so etwas schon gehört! Wie lange kann man so leben, ohne zu platzen. Jochi hockt sich neben seinen halbnackten Körper. Ein frischer Zitronengeruch steigt ihm in die Nase. Ohne die Augen zu öffnen weiß er, daß sie sich jetzt die Finger mit der Handcreme einschmiert, die Onkel Schimek ihr aus Paris mitgebracht hat. Auch mit Zitrone kann man eine Geheimschrift schreiben. Als sie ihn berührt, verkrampfen sich all seine Muskeln. Weil sie so plötzlich seinen Körper berührt. »Was soll das, hör auf, Jochi, ich brauche kei...« »Schhh! Die ganze Welt kann dich hören.« Ihre Hand ist auf seinem Rücken. Neben seiner Wirbelsäule. Eine kühle, glatte, eingecremte Hand. Sie erwärmt sich nach und nach auf seiner Haut, zieht kleine sanfte Kreise, um die Kälte zu mildern. Sein Gesicht ist fest ins Kissen gedrückt. »Dein Rücken ist ein einziger großer Muskelkrampf«, murmelt sie. Sein Finger bohrt sich mit Gewalt in den Rand der Matratze, findet das Loch, berührt die Spitzen der verknäulten Füllung, gekräuseltes algerisches Seegras steht auf dem Etikett, wieviel Kraft sie in den Händen hat, ihre zehn Finger quetschen, rollen und kneten ihn, vielleicht sehnt sie sich einfach danach, eine Massage zu machen, es ist schon fast einen Monat her, daß der Vater nach dem Großreinemachen nicht mehr massiert worden ist, dabei kann man sich an Vaters Rücken wirklich austoben. »Du schnurrst wie ein Kätzchen, das sich wohl fühlt«, flüstert sie ihm ins Ohr und lacht. Und Aaron: »Hab nicht drauf geachtet.« Warum flüstert auch er? Warum flüstern sie beide? In der Matratze, unter seinem vor Ohnmacht und Verblüffung blöden Gesicht, kringelt sich unsichtbar das Gras wie gekräuselte, ineinander verworrene Wurzeln, sein Finger wühlt in dem klaffenden Riß. Jetzt ist nur ihr Stöhnen zu hören. Wer hätte gedacht, daß sie soviel Kraft hat. Sie platzt vor Kraft. Vielleicht muß sie auch ein paar Wände abreißen. Er öffnet in seinem Pfannkuchengesicht mühsam ein Auge, sieht plattgedrückt ihren dicken Fuß an seinem Bett, ihren rosigen, geschwollenen Fuß, atmet die ganze Rätselhaftigkeit ihrer Fremdheit ein, einen Fuß wie diesen kann man sogar essen, ehrlich, einfach in ihn reinbeißen. Jochi setzt sich mit einem Schwung auf seinen Hintern, es tut ihm nicht einmal weh und ist auch nicht allzu lästig, sein restlicher Verstand entweicht mit einem letzten stöhnenden Pfeifen, und die Matratze knarrt und ächzt rhythmisch unter ihm, ihr Keuchen klingt in seinem Ohr heftig und leise, genau wie seines, ihre Finger und Hände sind auf seinem Rücken und seinen Schultern und seinen Hüften, drücken da hinauf, dort hinunter, weichen da auf, kneten sein Fleisch dort wie eine Teigrolle, zerschneiden es der Länge und Breite nach, tun es tatsächlich, irgendwo weit weg fällt ein Messer zu Boden, aber sie hält nicht an, sie galoppiert und versucht, ihm einen wilden Rhythmus in den Körper zu treiben, weiter, weiter, über seine Grenze hinaus, sie reibt ihm ihre Zitronencreme ein, preßt ihm das Geständnis heraus, das er leugnet, noch bevor er es gehört hat, genug, Jochi, genug, was ist hier los, vor einem Augenblick hat er noch im ›I am träuming‹ dagelegen, und plötzlich, und da, und jetzt, was ist das, gleich wird er ins Bett machen wie ein Baby, hoffentlich, endlich, sogar ins Bett, er soll nur endlich davon befreit werden, und plötzlich spannt er sich einem von Honig durchtränkten Schauder entgegen, der ihm vom Nacken über das Rückgrat rieselt, und eine große Kraft fährt ihm in den Hals, in die Schultern, sein halber Oberkörper richtet sich langsam und in scharfen Schweiß gebadet wie von selbst auf, kerzengerade erhebt er sich von der Matratze wie der glänzende, finstere Bauch eines Seeungeheuers, das aus Tausenden plötzlich auffunkelnder Augenwarzen besteht, es kommt, es kommt, woher kommt es, es ist gut, es ist herrlich, nur nichts schmutzig machen, und vor seinem sich verschleiernden, verblödenden Blick zeichnet sich auf einmal scharf eine Gestalt ab, paß auf, schon passiert, die Gestalt der Mutter, seiner Mutter, ein merkwürdiger Blitz flackert in ihren Augen, ein elektrischer Blitz ist in den tiefen Brunnen ihrer schwarzen Pupillen gefahren, ihr Mund preßt sich zusammen, das Handtuch in ihrer Hand peitscht ihn und schlägt Jochi und seinen brennenden Rücken, was ist los mit euch, seid ihr zwei verrückt geworden, mir reicht ein Unglück, müßt ihr euch wie die Fünfjährigen herumbalgen, Jochi schützt ihr Gesicht mit den Händen, schreit und spuckt wie eine Katze, du wirst noch sehen, wie ich meine Einberufung vorverlege; du wirst nichts vorverlegen, Püppchen, du hast dich schon als Studentin einschreiben lassen und sie werden das nicht ändern; du wirst noch sehen, daß ich Soldatin werde, und dann erkläre ich, daß ich eine alleinstehende Soldatin bin und werde nicht mal für einen Tag in dieses Haus zurückkommen; wer will dich überhaupt zurückhaben, du Rindvieh, geh und leb auf Kosten deiner Armee; und Jochi legt sofort ihre Hand auf das rechte Ohr, und die Mutter hält mit einem verzweifelten, erstickten Schrei inne, wir werden ja sehen, wie lange sie dich überhaupt beim Militär behalten, wenn sie sehen, daß du ihnen alles wegißt; aber das Pfeifen ist doch im linken Ohr, wundert sich Aaron plötzlich; ich werde einen Kurden heiraten, du wirst noch sehen, wen ich dir ins Haus bringe; wer wird dich schon nehmen, nicht einmal die Kurden werden sich sonderlich um dich reißen; Aaron vergräbt sein Gesicht in dem Kissen, das die Wärme seiner Kindheit und auch das Raunen und das Zittern birgt, das ihn noch vor einem Augenblick gepackt hat und in der Mitte der Wirbelsäule abgeschnitten wurde und mit kühlendem Zischen zurückgewichen ist, was war dieses große Etwas, das alles in ihm mit einer Hand gepackt hat und es fast geschafft hätte, etwas aus ihm herauszupressen, alle Grenzen zu sprengen, und das verflossen ist, verflogen.

Die Mutter öffnet mit einem Ruck das Fenster, das ganze Zimmer habt ihr mit eurem Getobe verstunken, murmelt sie mit forciertem Zorn, völlig verspannt vor Angst und Verwunderung, die Aaron nicht versteht, sondern nur spürt, was seid ihr, kleine Kinder, daß ihr so herumtobt und euch prügelt? Sie jagt Jochi aus dem Zimmer, sie soll den Tisch decken gehen, beugt sich über Aaron, wer hat angefangen, fragt sie flüsternd, sag mir die Wahrheit, wer hat angefangen. Und Aaron, verwirrt, verwundert, antwortet wie vom Teufel besessen, was sie von ihm verlangt: sie war es, die angefangen hat. Und stößt sogar einen Schluchzer aus: sie. Sie hat angefangen. Die Mutter steht einen Augenblick über ihm, sieh mal, was sie mit dir angestellt hat, diese Mörderin, was für ein Schlachtfeld sie aus deinem Rücken gemacht hat, warum hast du mich nicht gleich gerufen, ein Glück, daß ich es gehört habe, leg dich einen Augenblick hin. Ich habe etwas Großes mit gelbem Kopf gesehen. Leg dich hin.

Er vergräbt sein Gesicht im Kissen. Er ist nicht mehr da. Er hat keine Kraft mehr für dieses ganze Hin und Her. Er wimmert leise über das Unrecht, das Jochi ihm angetan hat, es gelingt ihm nicht, sich zu erinnern, was es war, und trotzdem würgt ein oberflächlicher, falscher und billiger Kummer seine Kehle, ein rasch zergehendes Kummerbonbon gegen die Herzensqual.

Die Mutter drückt die Haut an beiden Seiten des Pickels ein. Die Ränder ihres Kittels streichen über seine gerötete Haut. Er wartet auf den spitzen Schmerz, auf den flüchtigen Spritzer. Sein Rücken wölbt sich mit Gewalt, es soll kommen, es soll aus ihm rausschießen, es soll endlich weh tun und rauskommen, doch plötzlich schreckt die Mutter zurück. Stößt sich ärgerlich von seinen hervorstehenden Rippen, von seinem schmächtigen, unergiebigen Körper ab. Na los, zieh dich an. Ich habe jetzt keine Zeit für dich. Was schaust du mich so an. Schau dich selbst an, warum wäschst du dich nicht. Bis hierher riecht man dich. Und schau mal, was du mit deiner Matratze angerichtet hast! Schau her! Mit gestreckten Fingern stürmt sie los, kämpft sich ab, um die herausgequollenen Graskringel wieder hineinzustopfen, hast du hier nachts einen Ball veranstaltet? Glaubst du, wir können dir jeden zweiten Tag eine neue Matratze kaufen? Sie packt den Saum des aufgetrennten Stoffes und stopft die gekräuselten Knäuel, die sie überlisten und sich gewaltsam zwischen ihren Fingern nach oben ringeln wollen, in die Öffnung, soll sie die Cholera holen, zusammen mit dir und deiner Schwester, schau, wie euer Zimmer aussieht, schau, wie du stinkst, deine Frau wird arm dran sein, überhaupt, was liegst du mitten am Tag da wie im Hotel.

»Ich bin müde.«

»Das sieht man dir an. In deinem Alter solltest du …«, sie sucht nach Worten, »in die Welt hinaus solltest du!« Eine verkehrte Welt, denkt sie, sein Vater ist plötzlich ein Bock geworden und der da – trockenes Brot.

Sie geht in dem kleinen Zimmer auf und ab. Schlägt das Handtuch mit schnellen, sinnlosen Bewegungen auf seinen Tisch. Wischt den Staub ab. Ihre Hand hebt und senkt sich freudlos. Sie tut Aaron leid. Fast unbewußt dreht er sich ein wenig zur Seite, senkt den Kopf, wartet, daß sie endlich sein Ohr bemerkt.

»Heute morgen habe ich Zachi gesehen«, sagt sie in kühlem, zurückhaltendem Ton. Sie faltet wütend eine Bluse von Jochi zusammen, in der Armee wird man schon einen Menschen aus ihr machen, dort gibt es keine Dienstmädchen; sie hat das ihr zugewandte Ohr noch immer nicht bemerkt. »Dieser Zachi, wo bist du und wo ist er!« Aaron schweigt. Er hat schon seit Monaten kein Wort mehr mit Zachi gewechselt. Weder in der Schule noch hier. Und in dieser Zeit hat sich Zachi aus Ersatzteilen, die er gefunden oder organisiert hat, eine Lambretta gebaut. Sein Bruder, Cheskel, hat gesagt, daß er ihn umbringt, wenn er ihn beim Fahren erwischt, bevor er sechzehn ist. Aber wenn Cheskel nicht da ist, fährt Zachi, und wie er fährt. Einmal fuhr er mit seiner Lambretta an Aaron vorbei, es war Abend, und hintendrauf saß ein Mädchen und drückte sich an ihn, vielleicht Dorit Alusch, denn ihre Beine erinnerten ihn an die Beine der Taucherpuppen, die ihr Vater auf dem Markt verkaufte. »Der hat dich schon längst hinter sich gelassen.« Aaron gibt keinen Ton von sich. Er verzeiht ihr sofort und im voraus alles, was sie ihm sagen wird. Er weiß, wie schlecht es ihr geht. Soll sie wenigstens wissen, daß Aaron ihr treu ist. Vielleicht war er am Anfang etwas verwirrt. Die Hammer haben ihn verrückt gemacht. Jetzt langweilen sie ihn nur noch. In dem Augenblick, in dem der Vater zu hämmern anfängt, schläft Aaron ein. Er geht nicht einmal mehr hin, um sich ihre Wohnung anzuschauen. Er ist ihr, der Mutter, auf ewig treu. In Dingen, an die sie niemals denken würde. Zehn Colonel Schams werden ihn in dieser Sache nicht kleinkriegen. »Ich habe ihn mit seiner Mutter zusammen gesehen, mit Malka, sie reicht ihm kaum noch bis zur Schulter. Sie schaut ihn von unten an. Wie ein Pärchen sehen sie aus.« Ein flackernder Neid liegt in ihrer Stimme, es ist jedoch nicht der Neid einer Mutter. Er dreht ihr wieder ein wenig das Ohr zu. Ein Versöhnungsgeschenk und eine bescheidene Erklärung seiner Treue. Und sie steht vor ihm, verhöhnt ihn, breitet verzweifelt die Arme aus, doch plötzlich, zu guter Letzt, geht sie in die Falle: »Was ist das denn! Einen ganzen Jahrmarkt hast du da im Speicher gesammelt.« Er konzentriert sich auf ihre Augen. Sieht ihren dumpf werdenden Blick. Den gläsernen Ausdruck, als sie ihn vergißt und sich ganz auf das Gelbe in seinem Ohr konzentriert. Aber wenigstens denkt sie in diesem Augenblick nicht an ihre Sorgen. Jetzt kann er sie in Ruhe prüfen und studieren: Zuerst macht sie ihren Finger an den anderen Fingern sauber. Rasche Reibbewegungen, wie eine Fliege, bevor sie frißt: »Sitz einen Augenblick gerade. Laß es mich rausholen.«

Sie setzt ihn auf. Biegt seinen Kopf zur Seite. Steckt ihren

Finger präzise in sein Ohr und bohrt. Vertieft sich darin. Redet wie zu sich selbst, er hat dich schon längst hinter sich gelassen, dieser Zachi, was für einen Körper er bekommen hat, oho, und was für einen Gang, schon ein richtiger Mann, einen Moment, halt endlich still; er überläßt sich ihrem Finger, der in ihm bohrt, und geht durch ihn verstohlen zu ihr über, zu ihrem Herzen, das nun zu ihm überfließt, das wie eine riesige Traube ist, die ihm mit ihren roten und schwarzen Säften entgegenplatzt, mit diesem Herzen hat sie ihn umarmt, als er klein war, bevor diese Geschichte bei ihm anfing, und wenn er an ihr Herz denkt, spürt er sofort auch das, was ihr in der Kehle steckt, die Salzsäure, die streng zwischen ihrem guten Herzen und ihren Worten trennt und dämmt. Heute ist sie bitterer denn je. Vielleicht ist etwas passiert. Sie beruhigt sich nicht. Schüttet ihre Verzweiflung aus, nicht über ihn, das spürt er, sondern eher über den Schmutz, ihren uralten, vertrauten Feind, ihren ungeliebten Verbündeten: »Was hast du da bloß alles aufgehoben? Wie lange hast du den ganzen Dreck da drin angesammelt? Vierzehn Jahre, und ich muß ihn noch saubermachen. Wo hat man so was schon gehört. Zeig das andere her.«

Er dreht gehorsam den Kopf. Beobachtet sie. Sie merkt es nicht. Sie bohrt, murmelt. Was für eine Stimme der Zachi bekommen hat. Bööhh! Wie ein Bulle! Als er mit mir gesprochen hat, habe ich es bis in den Bauch gespürt! Erklär's mir, erklär's mir, damit ich es verstehe, wie kommt es, daß du die ganze Zeit pi-pi-pips machst und er schon im Stimmbruch war? Und jetzt bist du auch noch Vegetarier geworden. Als ob dir die Mitgift nicht reichen würde, die du schon hast. Schau dir deine Beine an, alles halbe Portion. Wie willst du bei grünem Salat und Mohrrüben bloß wachsen. Sie wischt sich die Finger mit kreisenden Bewegungen an der Känguruhschürze ab. Vertieft sich in den Ertrag. Plötzlich bemerkt sie seinen beobachtenden, wissenschaftlichen Blick, steht rasch auf. Versteckt die Schürze mit gekränktem Argwohn hinter dem Rücken.

»Schau du dich lieber selber an, Helen Keller.«

22 Fünf Tage dauerte das Einreißen der Küchen- und Korridorwände, die Unterbrechungen miteingerechnet. Während dieser Zeit fuhr Edna zu ihren Eltern nach Bat-Jam, und dort bat sie ihre alte Mutter, sehr zu deren Verwunderung, ihr die Künste der ungarischen Küche beizubringen. Sie saß neben ihr in dem schmalen, düsteren Lebensmittelladen, notierte sich jedes Wort aus ihrem Mund, fügte einige Randbemerkungen ihrer gräulich-blassen Mutter hinzu, weise und traurige Einsichten, scherzte mit ihrem Vater, wie sie es noch nie getan hatte, und am Abend gingen die drei ins Restaurant. Die Eltern stellten keine Fragen und quälten sie nicht. Vielleicht spürten sie auch etwas und wollten diese Zeit mit ihr so angenehm wie möglich gestalten. Edna betrachtete sie mit liebevollen Augen, prägte sich ihre Winzigkeit ein, nahm die Fäden der Vertrautheit in sich auf, die zwischen ihnen und ihr gewoben wurden, den fernen Humor, den sie sich gestatteten. Siebenunddreißig Jahre, seit sie ins Land gekommen waren, verbrachten sie nun in der Tiefe ihres langen schmalen Lebensmittelladens – dicht aneinandergedrängt, wie verängstigte Schafe, und nur so hatte Edna stets an sie gedacht. Jetzt, ohne daß die beiden sie dazu gedrängt hätten, begann sie ihnen Dinge zu erzählen, über die sie noch nie gesprochen hatte: daß sie vor acht Jahren ein Liebesabenteuer mit einem Mann in Portugal, ein Banjospieler aus einem kleinen Lokal, hatte, mit dem sie eine Nacht verbracht hatte, die wie ein ganzes Jahr war, und der daran dachte, alles für sie aufzugeben und sie zu heiraten. Ein begeisterter Narr. Er war so sehr verliebt, daß er von ihr verlangte, ihm einen Ring zum Andenken dazulassen, den roten Ring, den ihr mir gekauft habt, als ich achtzehn war, und jetzt hatte sie ein kleines Juwel in Portugal … Sie zuckte die Achseln, es war eine zarte Geste der Entschuldigung wie der Ernüchterung, und sie nickten still, die Gesichter auf das Wachstischtuch gesenkt. Seitdem schickte sie ihm ab und zu eine Postkarte, anfangs schrieb sie auf englisch, später, als er ihr nicht antwortete, ging sie dazu über, auf hebräisch zu schreiben, aus Sehnsucht, kicherte sie, nicht aus Sehnsucht nach ihm, sondern vielleicht nach sich selbst, wie sie

damals gewesen war, als sie mit ihm zusammen war, und vielleicht auch, begriff sie erst jetzt, während sie sprach, aus dem Wunsch heraus, etwas von sich selbst an schönere Orte zu schmuggeln. Danach erzählte sie ihnen von den Jahren an der Universität und von ihren Enttäuschungen dort. Merkwürdig, daß sie die Eltern nie an diesen Dingen hatte teilhaben lassen; sie hörten auch, was Edna ihnen nicht sagte, hörten von Menschen, denen sie nicht begegnet war, von Beziehungen, die sie nicht geknüpft hatte – wie eine Dorfmaus hatte sie sich unter den anderen dort gefühlt; wie sie es alle verstanden hatten, hochtrabende Worte von sich zu geben, diese gewandten jungen Männer und Frauen; als Edna aber einmal eine Blutspende für eine kleine Operation brauchte, der sie sich unterziehen mußte, war keiner von ihnen bereit, sich auch nur einen Tropfen seines kostbaren Blutes abzapfen zu lassen, und nur ihr Vater – nur du hast die weite Reise nicht gescheut, bist mit dem Bus aus Bat-Jam gekommen und hast mir von deinem Blut gegeben ... Ihre Hand tastete sich auf dem rot-weißkarierten Wachstischtuch vor und nahm seine kleine, krumme Hand, ein trockenes, zerfurchtes Stück Land, das innen weich und warm war. Nachdem Edna geweint und sich vom Weinen ein wenig beruhigt hatte, begannen die Eltern Erinnerungen aus den Tagen hervorzukramen, als sie noch ein kleines Mädchen gewesen war, und erweckten damit Dinge für sie zum Leben, die sie vergessen hatte, die sie nicht gewagt hatte, im Gedächtnis zu behalten, die langen Fahrten mit dem Schiff und dem Zug, und die Länder, die sie gesehen hatte, als sie ein ganzes Jahr lang auf Reisen gewesen waren; noch nie war es ihnen zusammen so gut gegangen wie auf jener endlosen Reise, sie hatten sich beinahe davor gefürchtet, wieder anzukommen, wieder in die Wirklichkeit zurückzukehren; und wie glücklich sie auf dem Meer war, sie war die Schiffsprinzessin, ›Nona del mar‹ nannte sie der Kapitän; und in Italien verliebte sich ein Straßensänger in sie und sang eine ganze Stunde lang nur für sie, während sie mit ihrem breitkrempigen Hut vor ihm stand, drei Jahre alt, eine kleine, goldhaarige Schönheit; und in Athen galoppierte ein Gendarm mit ihr im Sattel auf einem glänzenden schwarzen Pferd, das Pferd ging durch, und nur durch ein Wunder gelang es dem Gendarm, es zu zügeln ... Ein weiches Licht fiel auf das kleine Tischchen, und die drei tauschten Geschenke aus, die sie in ihren Worten verborgen hatten. Einmal in der Woche gingen sie ins Kino; aber warum habt ihr mir das nie erzählt, fragte Edna verblüfft, und sie wußten nicht, was sie antworten sollten: einfach so, wir wußten nicht, wie wir es dir erzählen und erklären sollten, du hättest sicher über uns gelacht; was soll das, zwei alte Leute gehen sich plötzlich amüsieren, und noch dazu in solche Filme, man könnte meinen ... welche Filme, drängte sie die beiden; ach, winkten sie ab, Filme, die du sicher nicht magst, einfache Filme, Filme für Leute wie uns; aber sagt doch, bohrte sie weiter, sie spürte, daß gleich irgend etwas geschehen würde; sich fast ein wenig entschuldigend nannten sie die Namen von zwei, drei Filmen; aber ich auch! rief sie mit Tränen in den Augen, ich auch! Und da, ausgerechnet da, nach all den Momenten und Jahren, fiel die Mauer zwischen ihnen, ja, auch sie hörte sich zweimal die Woche ›Familie Simchon‹ im Radio an, ›es gibt Essen, es gibt Essen, es gab Post, es gab Post, Nava ist zu Hause, Nava ist zu Hause‹, zitierten die drei aus der Sendung, ja, auch sie nahm an dem dummen Rätsel der Markenzeichen in der Zeitung *Jedioth* teil, das hilft, die Wochenenden hinter sich zu bringen ... Und am Ende dieses Abends, dieses viel zu späten Abends, standen die drei in ihre Mäntel gehüllt in der kleinen Wohnung der Eltern und umarmten sich, still und von einem beklemmenden Gefühl ergriffen – dem Glück der Begegnung und der Trennung in einem.

Und siehe da, auch Aarons Mutter legte die Hände nicht in den Schoß. Sie hatte es jedoch um einiges schwerer, weil sie etwas wieder von Grund auf lernen mußte, womit sie schon Ruhm und Ehre erworben hatte. Natürlich erniedrigte sie sich nicht, ein Kochbuch zu kaufen, und natürlich gab es keine Frau auf der Welt, von der sie bereit gewesen wäre, die Kunst des Kochens zu lernen, pschi! Aber all ihre Kräfte und Sinne wurden jetzt für raffinierte Spionageaktionen eingesetzt: aufregende, uralte Erinnerungen überfielen sie, als sie sich wieder zu Erkundungs- und Einkaufsreisen zu fernen Märkten aufmachte, in winzige Läden, in Stadtviertel, in die sie nie einen Fuß gesetzt hätte, in denen kein bekanntes Gesicht zu sehen war. Klug, wie sie war – man hatte sie schließlich nicht unter dem Ofen großgezogen –, änderte sie ihren Kochstil nicht völlig und auch nicht von heute auf morgen: sie begann lediglich, mit Vorsicht, mit der Hand eines Künstlers, ein Körnchen Ingwer, eine Prise Safran, einen Hauch indischen Curry in ihre Hühnersuppe zu mischen, zunächst in winzigen Mengen, wie Tropfen eines kostbaren Parfüms, dann immer kühner, mit reichlich Schwung, wobei sie so etwas wie Dankbarkeit für diejenige empfand, die diesen Eifer des Wettkampfs in ihr geweckt und ihr Blut derart in Wallung versetzt hatte … Langsam, aber stetig variierte sie das bislang fade Mittagessen immer mehr; sie ließ nicht mehr allein ihre Hände die Arbeit verrichten, sondern kehrte zu den ersten Tagen zurück, als sie für ihren abgemagerten Flüchtling in dem kleinen Haus in Kerem-Abraham gekocht hatte, und sie versank mit Leib und Seele im Kochen: sie fügte dem Hühnchen gekochtes Gemüse hinzu, lernte Weinblätter mit würzigem Reis zu füllen und Kraut, Auberginen, Paprikaschoten und sogar Tomaten mit einer köstlichen Füllung zu versehen. Flink legte sie Gurken- oder Gambascheiben neben die Hühnchenportionen, einfach so, als Augenweide, wir sind ja keine Tiere. Und wider jede Vernunft investierte sie einen beträchtlichen Teil des Geldes, das der Vater bei Edna verdiente, in den Kauf verschiedener teurer Lebensmittel. Die Teller strotzten plötzlich vor Leben und Farbe. Der ganze Markt spiegelte sich in ihnen. Der sterbende Winter drückte sein bleiches Gesicht an die Fensterscheiben und riß sehnsüchtig die Augen auf.

Doch dann kommt eine schwere und graue Mittagsstunde. Aaron versucht zu schlucken und kann nicht. Das Essen bleibt ihm in der Kehle stecken. Er darf nicht, darf einfach nicht noch mehr hineinstopfen. Es ist kein Platz mehr. Durch seine gesenkten Lider schaut er zum Vater. Wie seine Kinnbacken langsam und kraftvoll kauen und mahlen. Nichts kann sich ihnen widersetzen. Bring ihnen Fleisch – sie werden es zermalmen. Bring ihnen Plastik, Blech, ein altes Auto, alles wird verschluckt. Er zählt heimlich an den Fingern ab: schon fünfundzwanzig Tage, seit der Vater und die Mutter aufgehört haben, miteinander zu reden. Morgens singt sie nicht einmal mehr ›Der Morgen naht, die Arbeit ruft‹. Was schaust du mich schon wieder an; ich habe dich nicht angeschaut; fang an zu essen, statt dazusitzen und mit offenem Mund zu träumen; ich habe nicht geträumt; du träumst, und inzwischen sind alle ... der Rest ihrer Worte geht in einem unverständlichen, bitteren Murmeln unter. Wütend steckt sie den Kochlöffel in den Goliath-Topf und häuft dem Vater noch einmal schweigend Püree auf den Teller. Der Vater blickt darauf, seufzt, schluckt, greift wieder zur Gabel. Langsam vertilgt er alles, was sie ihm aufgelegt hat. Läßt keinen Krümel übrig. Die Frage ist, ob der Vater noch eine dritte Portion nehmen wird, die ihm die Mutter sicher anbieten wird, wenn er fertig ist. Denn in zwei Stunden wird er eine riesige Mahlzeit bei der anderen essen. Und die Mutter weiß es. Die ganze Siedlung weiß es. Trotzdem stopft sie ihn voll. Ein Uhr fünfundfünfzig. Das ist die genaue Uhrzeit, zu der der Vater das Hühnchen aufgegessen hat. Aaron hat ein wissenschaftliches Interesse daran. Jochi ißt schweigend, ihr weiches, fettiges Gesicht steckt fast im Teller. Aaron beobachtet auch sie, wie sie einen verzweifelten Kampf gegen ihren Hunger führt, den sie vom Vater geerbt hat. Ihre Hand wandert wie von selbst zum Brotkorb und wird zurückgerufen. Das Fleisch, das schon in ihrem Mund ist, wird noch ein paarmal gekaut, dann schleicht die Hand wieder zum Korb. Das nächste, das dritte Mal wird sie aufgeben. Er kaut und schiebt den Kloß in seinem Mund immer wieder von einer Seite auf die andere: wenn er ihn hinunterschluckt, platzt er bestimmt an der Seite. Jeder Krümel, den er jetzt schluckt, wird Teil von dem breiigen, klebrigen Klumpen in seinem Bauch, der sich pausenlos in ihm dreht und wendet. Jochis Hand greift plötzlich nach einer Brotscheibe und führt sie zum Mund – ich habe recht gehabt –, der sie mit Abscheu verschlingt. Alle essen schweigend. Aaron stochert mit der Gabel in dem Gericht, das vor ihm steht. Prüft, ob sie nicht ein kleingehacktes Stück Fleisch darin versteckt hat. Wie in der Gemüsesuppe neulich. Er wird nie mehr etwas essen, was einmal lebendig war. Er kaut mit gesenktem Kopf, damit er die Reste der Knochen und der Flügelchen und der Haut auf ihren Tellern nicht sehen muß. Er stellt die Sodaflasche vor sich hin, damit sie den Teller der Mutter vor ihm verdeckt, dreht heimlich den großen Salzstreuer vom ›Hotel Wellen des Genezareth‹ um und stellt ihn auf das Brotbrett, damit er ihm den Blick auf einen Teil des Tellers vom Vater versperrt. Er kaut Brot und Püree ganz langsam, bis man nicht mehr unterscheiden kann, was Brot und was Püree ist, und legt sich Speicher im Mund an. Fünfundzwanzig Tage. Und Giora sagt, daß ein Mann mindestens zweimal die Woche muß, sonst platzt er. Die Kinnbacken des Vaters heben und senken sich. Unaufhörlich. Und in Aaron dreht sich das ganze Essen des letzten Monats im Magen um. Er fühlt, wie es sich dreht: wie in der schleudernden Trommel einer Waschmaschine. Da sind die Tomaten, da das Püree und da die Auberginen. Da ist der Reis und da das Brot und da sind die Bananen in Sahne, die man ihn vorgestern gezwungen hat zu essen. Jochi bittet ihn, ihr den Borschtsch zu reichen. »Mit dem größten Vergnügen«, stößt Aaron aus. Jochi sieht ihn einen Augenblick fragend an, dann lächelt sie und antwortet mit verschlossener Miene: »Innigsten Dank.« Sie schweigen, sie essen. Die Kinnladen des Vaters sind ständig prall gefüllt. Die Mutter nimmt noch einen gehäuften Löffel Püree aus dem Topf und lädt ihn stumm auf dem Teller des Vaters ab. Auf dem Teller, der gerade erst leergegessen wurde. Aaron hält den Atem an. Der Vater blickt auf den neuen Berg. Der Püreedunst verwandelt sich in Schweißperlen auf seinen Wangen und seinem Kinn. Er holt mit aller Kraft Luft und läßt ein tiefes Stöhnen hören. Brotkrümel fegen über den Tisch. Aaron hält sich an der Tischkante fest. Der Vater öffnet den Gürtel, und sein Körper quillt ins Haus. Aaron sagt rasch: »Reich mir bitte das Brot.« Ein feines Lächeln geht über Jochis Gesicht: »Das Schrotbrot wünscht der Herr?« Aaron lacht: »Ich wäre Ihnen zutiefst verbunden.« Er blickt mit einem

Lächeln um sich. Die Mutter vergräbt ihr Gesicht im Teller, der Vater ist puterrot. Aaron ist verblüfft: Vielleicht denkt der Vater, daß man sich über ihn lustig macht. Daß man ihn mit dieser gehobenen Sprache für dumm verkaufen will. Aber natürlich nicht. Aaron liebt es wirklich, so zu denken, mit solchen Worten, als wäre er im Haus der Adligen, die ihn als Säugling gefunden haben. Vielleicht sollte er anfangen, zu Hause mit Jochi so zu sprechen. Sie kann das gut. Ihr ganzes Leben lang verschlingt sie schließlich Bücher und schreibt Briefe. Aaron möchte ihr noch etwas sagen, prüft jedoch vorher, wie die Lage gegenüber ist: der Vater hat ihn schon vergessen; betrachtet verzweifelt den gehäuften Teller vor sich; nimmt zerstreut eine dicke Scheibe Brot, wiegt sie in der Hand, reißt ein Stück von dem weißlichen Teig heraus, steckt es auf den Finger: damals, als er in der Bäckerei arbeitete, war das Brot noch Brot. Jede Krume war durchgebacken. Er zerdrückt das arme Stückchen Teig und schießt es in hohem Bogen ins Spülbecken. Dann beugt er sich wieder über seinen Teller, stochert lustlos in ihm herum, reißt den Knochen einer Pulke und saugt geräuschvoll daran. Aaron wartet, bis sich der Blick des Vaters völlig in die Pulke vertieft hat, dann wendet er sich mit halblauter Stimme an Jochi: »Ist es Euch wohl bekommen?«, und zieht sich sofort zurück, stopft sich den Mund voll mit Püree, mit Brot, mit saurer Gurke, mit allem – nur nicht aufsehen. Denn der Knochen ist mit der Hand des Vaters erstarrt. Und auch Jochi vergräbt ihr Gesicht im Teller. Etwas tief Verborgenes hüpft in Aaron hoch, die Wonne einer undeutlichen Erinnerung, ein feines, hauchdünnes Zucken wie von einem Fisch schießt durch sein Blut, als er, präzise, wie er ist, zu der einen Chance, der einen von einer Million, zu dem Blitz der Begegnung und dem lebendigen Funken schwimmt und durchkommt und immer weiter vordringt, und der Vater sich dunkel und finster mit seinem ganzen Körper und seinem Fett und seinem Fleisch hinter ihm bewegt und in der Öffnung steckenbleibt – peng!

Die Mutter steht rasch auf, um irgend etwas aus dem Kühlschrank zu holen, eine sonderbare Röte liegt auf ihrem Gesicht, doch Aaron schaut hin und sieht, daß sie sich zurückhalten muß, um nicht zu lächeln. Sie ist auf seiner Seite. Sie versteht, daß er ihr treu ist. Jetzt fühlt er sich ein bißchen wie ein Matador, der zustößt und flieht, während ihm all die Schönheiten auf den Rängen zujubeln. Sie essen. Sie schweigen. Und plötzlich sagt der Vater mit vollem Mund: »Gib mir das Ding mit dem Salz.«

Ohne zu überlegen, stößt Aaron aus: »Den Salzstreuer.«

Eine furchtbare Stille. Man kann das Trommeln des schwachen Regens hören. Der Vater wächst und schwillt an vor ihm. »Was hast du gesagt?«

Aaron schweigt, wird blaß. Man hat ihn erwischt. Schlagartig verschwindet das hauchfeine Zittern. Verfliegt die leise Wonne.

»Sag noch mal, was du eben gesagt hast.«

»Nimm, Vater, nimm schon.« Seine Hand bleibt ausgestreckt. Der Salzstreuer liegt in seiner Hand, die Öffnung nach unten. Er wagt es nicht, ihn umzudrehen. Ein feiner Strahl rieselt heraus.

»Wie, hast du gesagt, heißt das Ding?«

»Das ist ... ein Salzstreuer.«

»Jetzt hör zu, du Klugscheißer, sperr die Ohren auf und hör gut zu: ab heute heißt es ›das Ding mit dem Salz‹. Hast du gehört?«

»Gut. Nimm es.«

»Nein. Zuerst sprichst du mir nach: das Ding mit dem Salz.«

»Nimm es, Vater.« Seine zu dünne, weinerliche Stimme, seine Joselito-Schande. Er verzieht das Gesicht, Tränen treten ihm in die Augen. Das Salz bröselt auf den Tisch. Die Mutter schweigt. Jochi schweigt.

»Sag ›das Ding mit dem Salz‹, oder ich schwöre, ich hole den Gürtel mit dem Eisen.«

»Sag's schon!« schreit die Mutter, die bis zu diesem Augenblick voller Schadenfreude über den Vater am Spülbecken gestanden hat. »Sag's schon, Gott im Himmel, und dann wird Ruhe sein!«

Aaron versucht es. Er versucht es wirklich. Und kann nicht. Es kommt nicht raus. Seine Lippen verziehen sich und zittern. Laß mich laufen, Herr Löwe, und ich werde es dir eines Tages vergelten; wie kann eine Maus wie du dem König der Tiere helfen; ich habe einen Plan: ich werde im Lotto gewinnen, im Toto, und dann wirst du nicht mehr schwer arbeiten müssen im Arbeiterrat. Ich werde unser Heim retten. Licht wird wieder in unser Leben kehren. Jochi sieht ihn mitleidig an. Ihr Mund ist voll. Die Muskeln des Vaters spannen sich, sein Gesicht wird größer und größer.

»Na, gib ihm nach, Mosche«, ruft die Mutter und wirft den Knochen der Pulke in den Müll. »Zum Teufel mit dem ganzen Essen, das ich gekocht habe, was willst du von ihm? Iß, und Ruhe!«

»Er soll sich nicht über mich lustig machen! Was denkt er sich, daß er sich in meinem Haus über mich lustig machen kann? Unser Essen ißt er nicht mehr, es ist ihm nicht gut genug! Reden tut er wie ein Weib! Ti-ti-ti! Sieht auf uns herab wie so ein, na, ein Revisor, und ich soll auch noch den Mund halten? Sag sofort ›das Ding mit dem Salz‹!«

»Na, sag endlich ›das Ding mit dem Salz‹, damit Ruhe herrscht und wir essen können!« schreit die Mutter, und Aaron sieht sie lange an, er hat wirklich Mitleid mit ihr, sie bringt sich ja jeden Tag in der Küche um, damit er ißt und wächst und normal wird. Er verschließt seine Ohren von innen und macht ›I am versinking‹, und sofort sprechen die draußen eine Sprache, die er nicht versteht, sind Menschen aus einem fernen Ort, während er ihnen sein ganzes Leben widmet, um mit ihnen hier zu sein, ihnen in ihrem schweren und mühseligen Leben zu helfen, ihnen ein wenig von dem Licht zu bringen; jetzt verziehen sich ihre Gesichter, als sie ihm aufgeregt von irgendeinem furchtbaren Unglück erzählen, das ihnen zugestoßen ist, jemand Böser und Verhaßter hat sie verletzt; Salzstreuer, denkt Aaron, Salzstreuer – Leuchtfeuer, jubelt er plötzlich: so ein schönes Wort, aber inzwischen geschehen anscheinend seltsame Dinge – ein grausamer Kaiser hat seine Eltern entführt und droht, sie hinrichten zu lassen, wenn Aaron nicht dieses Stück Geflügel ißt, das in seinen Mund gestopft wird, der versucht, sich zu weigern; sein Kopf wirft sich hin und her. Seine Lippen pressen sich zusammen. Eine schwere, behaarte rote Hand drückt an beiden Seiten seiner Wangen, so wie man einem Hund mit Gewalt das Maul öffnet, und stößt ihm das gekochte Flügelchen zwischen die Lippen. Vielleicht wird es ihm endlich aus Versehen den Milchzahn ausreißen. Und seine unglücklichen Eltern stehen daneben, an Pfählen festgebunden, sie wissen von seinem Gelübde und seinen Schwüren, aber sie sind zu vornehm, um von ihm zu verlangen, so etwas zu tun. Seine Augen verschleiern sich mit Tränen. Nur um euretwillen, flüstert er und spürt, wie ihm das weiche Fleisch zwischen die Zähne geschoben wird, und er beißt hinein, in das Hühnchen, das einmal lebendig war, und kaut es, und schluckt, und in der schleudernden Trommel in seinem Bauch kann man jetzt auch gelbliches Fleisch sehen; macht euch keine Sorgen, beruhigt er tapfer seine Eltern, die schluchzen, während die Soldaten des Kaisers ihre Stricke lösen, sie verunreinigen nur meine Lippen, nur meinen Körper, doch was kümmert mich der Körper, die Hauptsache in mir bleibt rein. Es bleibt ein Salzstreuer, es bleibt ein Leuchtfeuer, und Aaron, aus dessen Mund ein Flügelchen ragt, fliegt zärtlich mit dem Funken seines schönen, leuchtenden Wortes davon, klammert sich daran wie an den Rücken eines geflügelten Pferdes.

Alle kauten schweigend weiter. Atmeten schwer. Aaron schluckte. Aber er hatte keinen Verrat begangen, er hatte nicht ›das Ding mit dem Salz‹ gesagt. Der Vater setzte sich wieder auf den Stuhl, knurrte haßerfüllt, stierte auf seinen Teller. Jochis Fuß berührte ermutigend Aarons Knie. Gabeln kratzten auf den Tellern. Mit einem Kloß im Hals und weinerlicher Stimme wandte sich die Mutter an den Vater und fragte ihn, ob er noch eine Portion möchte, das Hühnchen sei ihr heute so gut gelungen. Er hob mit großer Mühe den Kopf, sah sie entsetzt an, wandte seinen Blick langsam zur Wanduhr. Sein kurzer Hals verzog sich wieder zwischen die Schultern. Er schloß die Augen und nickte.

23 Die beiden Küchenwände; die Korridorwand; der kleine Speicher über der Toilette; die Wand zwischen Küche und Speisekammer; die Hälfte der Wand, die Flur und Wohnzimmer getrennt hat ... die Nachbarn, die inzwischen Experten im Entschlüsseln von Vaters Stimmungen anhand seiner deutlich hörbaren Meißelschrift waren, spürten sofort die Veränderung: nach einer langen Zeit der Erschöpfung kam der Vater wieder zu sich, eine neue Kraft schien in seinen Armen zu fließen: er zerschlug die Wände, er zertrümmerte auch mit rasender Wut und Rache die Brocken, die auf den Boden fielen, bis er sie zu Staub zerstampft und zermahlen hatte. Er zerschmetterte das Badezimmer und riß die zarten Kacheln heraus, eine nach der anderen, wobei auch das Waschbecken und der winzig kleine Wäscheschrank zerbrachen und der schöne, reichverzierte Spiegel, in dem Edna früher ihren Körper aus der Badewanne steigen sah. Es fiel ihm schwer, vorsichtig zu arbeiten und seine Kraft zu zügeln. Seine Muskeln, die Muskeln eines Schmiedes, wanden sich auf seinem Rücken und den Schultern und barsten aus seinem blauen Arbeitshemd. Als er eines Tages Holzstützen brauchte, zeigte Edna auf die Reihe ausgehängter Türen, die aneinandergelehnt waren, und ohne viel Worte zersägte er zwei von ihnen. In den folgenden Tagen, als er die Decke des Korridors durchbrach, die als Boden für den großen Speicher gedient hatte, arbeitete er hauptsächlich auf der riesigen Og-Leiter, gleichgültig gegen den seltsamen Regen, der ihm auf Kopf und Arme fiel: bunte Ansichtskarten und Karten aus fernen Ländern, Hefte von der Universität und von der Schule, verschnörkelte Tagebücher und eine Sammlung von Goldpapier, Aufklebern und ›Preisen‹, Mädchenkleider, kaputte Puppen, winzig kleine rote Schühchen und ein kuscheliger Teddybär, an dem noch ein ganz leichter Uringeruch haftete, Dutzende kleiner Schwarzweißfotos, die hin und wieder wie Pfeile hinunterfielen und seinen Nacken und Rücken pikten. Er achtete nicht darauf. Drei Stunden lang bebten täglich die Wände in der gesamten Siedlung, von Botenero bis Smitanka, von Kaminer bis Strasznow, und auch bei ihnen fiel der Putz

von den Wänden, und ihre Möbel ruckelten auf den Fliesen; man mußte Mitleid mit ihnen haben, sie so zu sehen, wie Kraniche im Zoo, die den Flügelschlag ihrer vorbeiziehenden Artgenossen über sich hören, und der Staub, der von der zertrümmerten Wohnung aufwirbelte, fiel herab und bedeckte den Rasen, der fast völlig vertrocknet war, landete auf der Wäsche, die auf den Balkonen zum Trocknen hing, aber keiner der Nachbarn wagte es, sich beim Vater persönlich zu beschweren, Sorgen hatten sie nicht nötig, er sieht ja wie ein Raubtier aus, die arme Hinda, sie ist wirklich aus Stahl, wenn sie ihn noch bei sich hält.

An einem jener Tage geschah in der Siedlung ein plötzliches Unglück, Frau Esther Kaminer, die Ehefrau von Avigdor Kaminer, erwachte eines Morgens nicht aus ihrem Schlaf: sie war gesund zu Bett gegangen und nicht mehr aufgestanden. Alle Nachbarn, außer dem Vater und Edna Blum, standen mit gesenkten Köpfen auf dem Bürgersteig, als man ihre kleine Leiche in den Ambulanzwagen hob. Sie war die erste Tote in der Siedlung, seit diese vor fünfzehn Jahren gebaut worden war. Avigdor Kaminer stand mit hängenden Armen da, die oben ein wenig eingeknickt waren, und alle sahen ihn voller Mitleid an, wer wird ihn jetzt pflegen, wer wird ihn am Leben erhalten. Sie hatte ja wie eine Tigerin um ihn gekämpft. Die Mutter, die Esther Kaminer ganz gern gemocht hatte, kehrte nach Hause zurück und fühlte plötzlich, daß sie alt wurde. Wer kann solche Schläge aushalten? Sie biß die Zähne zusammen, überwand den kurzen Anfall und backte eine Torte und einen Sesamkuchen. Damit der arme Kaminer etwas hat, was er seinen Trauergästen bei der Schiwa anbieten kann, alles muß man ihm erklären, wie einem Baby, nicht mal eine Tasse Tee kann er sich machen; und was ist mit der Wäsche, mit dem Bügeln? Sie stieß einen tiefen Seufzer aus, erinnerte sich mit unerklärlicher Wut an Mamtschu, ausgerechnet an sie, wer weiß, ob es nicht irgendeinen Zusammenhang zwischen der einen und der anderen Seite gab, zwischen der armen Esther Kaminer und Mamtschu, die sich wie ein Tier ans Leben klammerte, weit über die Grenzen des guten Geschmacks hinaus; es gibt Leute, die nicht wissen, wann ihre Zeit gekommen ist, murrte sie, während sie Margarine in die Pfanne gab und mit starrem Blick zusah, wie sie sich langsam auflöste; und wieder dachte sie mit Gewissensbissen über Großmutter Lili nach, die quasi durch ihre bloße Existenz irgendeine verborgene Darmöffnung des Todes verschließt und damit die ganze Weltordnung durcheinanderbringt.

Doch die anderen Nachbarn gaben innerlich dem Vater und Edna Blum die Schuld, ihm wegen seiner Hammerschläge, die vielleicht im Innern der Esther Kaminer etwas erschüttert hatten, sogar ein gesunder Mensch kann ja von diesem tagtäglichen Klopfen platzen, und ihr wegen der angespannten Stimmung, einer Mischung aus Zurückhaltung und Gehemmtheit, in die sie anscheinend den Vater und demzufolge – Tatsache – die ganze Siedlung versetzt hatte. Eine Nachbarin, die geschiedene Pinkus mit dem pockennarbigen Gesicht, die dem Hauskomitee nichts bezahlte, hielt es einmal nicht mehr aus, und als Edna, blaß und schwächlich, die Spitzen ihres neuen Haarschnitts wie Flammen in die Stirn gezogen, im Treppenhaus an ihr vorbeiging, fiel sie mit Geschrei über sie her, sie solle endlich aufhören mit dieser Quälerei, sie solle sich ihm endlich HINGEBEN, um Himmels willen – was für ein kostbarer Diamant wachse ihr denn dort –, und wenn sie nicht imstande sei, ihn zu beruhigen, sollte sie ihn anderen, begabteren Frauen übergeben; Edna blickte schweigend auf die hysterische Frau, wie ein Schwindel packte sie die Erschöpfung, und sie hielt sich am Treppengeländer fest. Ich wünschte, er würde es wagen, dachte sie, während sie sich stumpfsinnig von dem verzerrten Gesicht der Pinkus abwandte und schwerfällig zu ihrer Wohnung hinaufstieg. Warum wagt er es nicht, wovor fürchtet er sich? In ihrem Kopf schwirrten die Gedanken, wovor fürchtet er sich? Eine Blutspur zog sich auf der Treppe hinter ihr her, es tropfte aus dem schweren Korb, den sie trug – seine Mahlzeit für morgen. Neben Atias' Tür blieb sie stehen, um Atem zu holen. Vielleicht schämte er sich vor ihr? Was hat er sich vor ihr zu schämen? Unter ihrem Bett liegt schon seit einer Woche ein verschlossener Brief, ›Herr Lombroso‹ steht auf der Rückseite geschrieben, und ihr Bankangestellter hat ihr mit strenger Miene und schlecht verhohlener Schadenfreude mitgeteilt, daß ihr Konto gesperrt worden sei. Und zarte rote Vögelchen, die von den Strom- und Gasleuten aufgescheucht wurden, schwirren überall im Haus herum, kleben an der Tür, aber kochen kann man auch auf einem alten Petroleumkocher, und wenn das Geld für Petroleum ausgeht, kann man Türen und Stühle zersägen und ein Feuer mitten im Wohnzimmer machen, und wenn das Holz ausgeht, wird sie die nach Themen sortierten und geordneten Hefte des *National Geographic* hineinwerfen, die ganze Pracht ihres bescheidenen Projekts, und danach ihre Bücher mit den großen Seiten, die sind wie geschaffen zum Verbrennen, dann ihre Skulpturen, und schließlich die Puppen, die sie aus aller Welt mitgebracht hat. Sie begann mit schleppenden Schritten weiter die Treppen hinaufzusteigen, als würde sie in sich selbst hineinsteigen, wie ist alles so kompliziert geworden, wach auf, rette dich – aber wohin verschwindet er, wenn er anfängt so zu hämmern, als existiere sie nicht mehr für ihn, wenn er sich in die Wand entfernt; er vergißt sie vollkommen, vollkommen, lachte sie laut, wie eine Flasche hat er sie an die Planke seines Schiffes geschmettert und ist davongesegelt. Sie lehnte sich an ihre Tür, sah ihre dünnen Beine, die sich mit sonderbaren Wunden bedeckt hatten. Vielleicht vom Hunger. Aber essen sättigte sie nicht mehr.

Eines Abends klingelte zu Hause das Telefon. Die Mutter nahm den Hörer ab, lauschte einen Augenblick, Ribojne schelojme, Herr der Welt, und erblaßte. Dann schickte sie Aaron, schnell den Vater von dieser Person zu holen, und ließ sich aufgeregt auf den Puritz fallen. Mutter, wer war das, was hat er gesagt, was ist passiert, aber nur ein Finger bewegte sich, fuchtelte vor ihm herum, geh schon, hol ihn, und selbst wenn er mitten im heiligsten Gebet wäre, holst du ihn mir.

Er stieg langsam die Treppen von Eingang A hinauf, der von den Hammerschlägen im dritten Stock erschüttert wurde. Er ging vorsichtig, mit leicht gespreizten Beinen, jede Bewegung tat ihm jetzt weh, jeder Schritt härtete den Klumpen im Bauch. Vor der geschlossenen Tür blieb er stehen und hustete, um wie üblich vor sich zu warnen, dann klopfte er vorsichtig an. Und klopfte weiter, etwas fester, man kann ja gar nichts hören bei diesem Lärm. Er hustete noch einmal und drückte auf die Klingel, hörte aber kein Klingeln. Vielleicht war der Strom abgestellt. Was soll er jetzt machen, zurück nach Hause kann er nicht, die Tür öffnen kann er jedoch auch nicht. Doch schließlich wagte er es, schloß die Augen und öffnete die Tür einen schmalen Spalt; er wußte, er war sicher, daß, wenn er die Augen aufmachen würde, er seinen Vater mit bis zum Boden herunterhängenden Armen dort stehen sähe und dieses gemeine, trübe Grinsen über sein Gesicht geschmiert wäre, während ein raffinierter automatischer Mechanismus die Hammerschläge ertönen ließ. Aber er sah nur eine Wolke aus weißem Staub, die wie ein Vorhang vor seinen Augen hing, und dahinter konnte er nur mit Mühe den nackten Rücken des Vaters erkennen, seines Vaters, der die Wand des fernen Badezimmers am Ende der Wohnung einschlug.

Das ist nicht hier, dachte Aaron und schreckte zurück, und zum ersten Mal in seinem Leben brach ein entsetzlicher, haßerfüllter Fluch gegen seinen Vater laut aus ihm hervor.

Die Wände waren zerstört. Die Ziegelsteine waren auch an Wänden, die noch standen, wie Knochen in einem Körper freigelegt worden. An der Decke krochen lange Risse, und auf dem Fußboden lag eine Schicht aus Kalk, Staub und Zeitungsfetzen, Stromkabelrollen und Essensresten. Vier oder fünf herausgehobene Türen waren an einer Wand abgestellt, eine an den Rücken der anderen geschmiegt, als würden sie leise wehklagen. Erst nach einigen Augenblicken fiel Aaron auf, daß er die Wohnungsbesitzerin nirgends sah.

Als er seinen Blick wieder den Trümmern zuwandte, entdeckte er sie: sie lag zusammengerollt, wie ohnmächtig, in einem ihrer zerrissenen Sessel, in eine leichte Decke gehüllt. Ihr Gesicht war staubig und weiß wie eine Totenmaske, und ihr Scheitel glühte rot.

Er machte ein paar Schritte. Dann überkam ihn eine Schwäche angesichts dieser Zerstörung, und er sank zu Boden, versteckt vom weiß gewordenen Flügel. Die Außenwände und ein paar Stützpfeiler standen noch, und trotzdem schien die Wohnung nach allen Himmelsrichtungen geöffnet. Was wird hier im nächsten Winter sein. Er zitterte, hüllte sich in sich selbst ein. Bald ist Frühling, dachte er, wer weiß, ob der Frühling dieses Jahr überhaupt kommen wird, der Winter kann ja die ganze Zeit über anhalten, sich im Kreis um sich selbst drehen ... die harten Hammerschläge begannen nun, in seinen Bauch und seinen Kopf einzudringen, und er öffnete sich ihnen einen Augenblick mit schweren Lidern, aber er hat doch eine Aufgabe, er wurde doch hergeschickt, um etwas zu tun, wach auf, beweg eine Hand oder einen Fuß, zeig, daß du lebst – aber vorher ein bißchen ausruhen, sich vom Weg erholen, sich ein wenig gehenlassen, vielleicht jetzt doch, im letzten Moment, wer weiß, er ist ja von oben bis unten wie eine einzige geballte Faust; er lehnte sich an die Wand, gab sich den Schlägen hin, dem dumpfen Echo in seinem Innern, und spürte sofort, das war nicht echt; die Schläge waren zwar stark, aber sie waren nur stark, nicht so, wie sie sein sollten, sie waren ohne einen Hauch von Seele, vielleicht ist der Vater zu mehr nicht fähig, schade, schade, und er schloß die Augen, glitt langsam, an die Wand gelehnt, zu Boden, ruhte sich einen Augenblick aus; wo waren wir stehengeblieben – am Schabbat spielt Hapoel Jerusalem gegen Hapoel Haifa, und er hat 2 hingeschrieben. Jetzt bereut er, daß er seine Stadt verraten hat, er hätte wenigstens ein X machen sollen; und in der Zeitung von morgen werden die Namen der Gewinner des Preisausschreibens der Blue-Band-Margarine stehen, zehn Verpackungen hat er eingeschickt. Er döst vor sich hin, ordnet die Aufgaben der nächsten Woche im Kopf, er muß ihr wieder drei Pfund aus dem Portemonnaie klauen, um ein Lotterielos zu kaufen; wie kommt es, daß er noch nicht mal einen kleinen Gewinn gemacht hat? Wenn er wenigstens endlich den weißen Valiant Nr. 327933 fände, der in Jerusalem gestohlen wurde, oder die große Schäferhündin mit dem braunen Halsband, die auf den Namen Sohar hört, dem ehrlichen Finder wird eine großzügige Belohnung versprochen, das würde ihm ja auch schon reichen; und im *Maariv* stand, daß Coca-Cola dieses Jahr auch hier in Israel die Produktion aufnehmen wird, vielleicht werden sie ein Preisausschreiben veranstalten, um einen hebräischen Namen zu finden, aber vielleicht wird er gar nicht bis dahin warten müssen, vielleicht wird er vorher in der Lotterie gewinnen oder im Toto, oder sogar bei ›Finde die sieben Unterschiede‹, er ist schon kurz davor, er fühlt es in den Knochen, daß er kurz davor ist, vielleicht treffen in diesem Augenblick einer seiner Briefe, eine Postkarte, die markierten Stöpsel oder die Eisstiele in der Redaktion, dem Betrieb oder der Fabrik ein, und der Direktor öffnet den Umschlag, schaut hinein und liest, sein Mund weitet sich zu einem Lächeln und sein Goldzahn schimmert vor Freude, und er steht vom Stuhl auf und schwenkt die Arme, ruft die Arbeiter zusammen, und alle verlassen ihren Platz an den großen, ächzenden und hämmernden Maschinen, die sich ständig auf und ab bewegen; wir haben einen Gewinner, ruft der Direktor glücklich, springt auf seinen schwarzen Zylinder und zertritt ihn vor lauter Begeisterung: Endlich hat jemand die richtige Antwort geschickt! Ihr werdet es nicht glauben! Ein Funke ist von diesem Brief direkt zu der Frage geflogen, die wir gestellt haben! Wir sind alle erlöst worden! Einer von einer Million! Und die Arbeiter kehren mit schallendem Gesang zu ihren Fließbändern zurück, und die Maschinen erwachen plötzlich, ein neues Feuer entzündet sich in den Schornsteinen, Funken sprühen von den grauen Kolben, ein Regen von buntem Feuerwerk schießt aus ihnen in den Himmel – Aaron zuckte zusammen, ihm schien, als habe er einen Schrei an seinem Ohr gehört, er öffnete die Augen, sah sich um, der Vater stand noch immer da und schlug, ein Schlag und ein Ächzen, ein Schlag und ein Ächzen, aber Aaron konnte das alles nicht mehr glauben und spürte, daß er eine große und seltsame Chance verpaßt hatte.

Doch es hatte wirklich einen Schrei gegeben. Die Mutter rief ihn von unten. Er hat seinen Auftrag völlig vergessen. Wie sollte er den Vater mittendrin unterbrechen. Die Mutter rief wieder seinen Namen. Wer weiß, was man ihr Dringendes mitgeteilt hatte. Wie sie weiß wie diese Wand hier geworden war. Wie sie sich ans Herz gefaßt hatte. Plötzlich richtete er sich verblüfft auf: vielleicht war die Großmutter gestorben.

Er stieß einen kleinen Seufzer des Bedauerns aus: seine Großmutter. Wie ... aber ... das kann doch nicht sein ... Doch er zwang sich sofort zur Beherrschung, so ist das: wenn es kommt, dann kommt es, das bestimmt der Himmel, was ist der Mensch wert, heute ist er hier und morgen dort, murmelte er wie ein Gebet, und in seinem Innern begann er etwas Unangenehmes, Kühles zu spüren, du hast auch nichts für sie getan; stimmt nicht, ich war sehr oft bei ihr; sicher: am Anfang, als es ergreifend, als es feierlich war; und ich habe ihre Kleider und ihre Schuhe und ihren Zopf aus dem Müll geholt und sie im Heizungskeller aufgehoben; Verräter, du hast sie im Stich gelassen, du hast Jochi nicht einmal gebeten, dich dorthin mitzunehmen; aber ich dachte daran hinzugehen, ich habe sogar ein Geschenk vorbereitet: einen kleinen Spiegel; sicher, im Schenken bist du stark, und herrliche Widmungen kannst du auch schreiben, nur wenn man wirklich etwas tun muß, bist du nicht besser als die anderen hier, du Verräter, Verräter; so ungefähr murmelte die Stimme in ihm, doch sowohl der Ankläger als auch der Angeklagte waren nicht ehrlich, waren hohl; in Wahrheit dachte Aaron hauptsächlich daran, daß er seinen Vater während der Schiwa, der Trauerzeit, zum ersten Mal mit Bart sehen würde.

Auf einmal war ein heftiges Klopfen zu hören. Der Vater unterbrach die Arbeit und neigte sein Ohr zu den Wolken, er wollte ihnen wie üblich antworten, sie wieder in alle Winde zerstreuen. Aber das Klopfen kam diesmal nicht vom Himmel, sondern von der Tür. Er wandte sich erstaunt um und wischte sich den Schweiß von der Stirn. Seine Augen waren mit blutigem Schaum gefüllt. Da sah er Aaron und wunderte sich nicht einmal.

»Aaron!« donnerte die Mutter draußen. »Sag ihm, er soll sofort rauskommen!«

Aaron sah den Vater fragend an.

»Aaron, ich weiß, daß du dort bist! Sag ihm, er soll sofort von hier raus und nach Hause kommen. Denn ich gehe nie im Leben da rein!«

Der Vater sah Edna Blum an, doch die merkte anscheinend nicht mehr, was rings um sie geschah, sie saß mit fest geschlossenen Augen da, nickte weiter mit dem Kopf, wie im Takt des Hammers. Er ging zu Aaron. Was wollte sie jetzt von ihm? Aaron zuckte mit den Achseln. Der Vater murrte wieder. In Edna Blums Wohnung klang seine Stimme knarrend und rauh, als habe er lange keinen Gebrauch mehr von ihr gemacht. Ungeduldig sah er zu dem Dreieck der freigelegten Ziegel hin, das am Ende der zerschmetterten Wand auf ihn wartete. Dann wies er Aaron an, den Hammer in die Badewanne zu legen, drehte sich um und ging hinaus. Aaron nahm das schwere Werkzeug in die Hand. Etwas regte sich in ihm, in seinem Kopf. Ein schwaches Zirpen erwachte dort. Wie schaffte es der Vater, so etwas zu heben. Edna Blum erwachte aus ihrer Erstarrung und beobachtete ihn erwartungsvoll, um zu sehen, was er machen würde. Er ließ einen verlegenen Blick ringsumher schweifen: stieß auf ausgehängte Türen, aneinandergelehnt wie ein Satz riesiger Karten; sofort kam Bewegung in ihn, und er ging ins zertrümmerte Badezimmer. Seine Schritte waren schwerfällig, er mied den Haufen aus Ziegeln und Erde, stieg vorsichtig über die zerfetzten Reste eines verstaubten Bildes, auf dem er nur eine mitleidige Hand sah, die zum Rand des zerrissenen Papiers ausgestreckt war. Edna erhob sich langsam und stellte sich hin, um ihn besser beobachten zu können. Ihr Kopf mit den rotgefärbten Haaren bewegte sich jetzt langsam nach rechts und links. Nur ein Schlag, dachte Aaron, während er mit dem Gewicht des Hammers kämpfte, gegen das höhnische Zirpen, das immer stärker wurde; der Vater wird sich freuen, wenn ich die Arbeit für ihn beende, sagte er sich, als er versuchte, den Hammer über seinem Kopf zu schwingen. Tz, tz, tz. Aber die Mutter, dachte er. Schwerfällig legte er ihn in die zerbrochene Badewanne. Edna hörte nicht auf, ihm mit dem Kopf zuzunikken, und auch als er herauskam und mit gesenkten Augen an ihr vorbeiging, gehorchte ihr Kopf weiter dem unsichtbaren Metronom. Zu Hause erfuhr er dann die Nachricht aus dem Mund der Mutter.

24

Als die Mutter hörte, daß der Vater vorhatte, in der Wohnung der Edna Blum auch die Fliesen herauszureißen, erklärte sie, daß sie wieder vorbeikommen würde, um die Arbeit zu überwachen. Wieder zog die bedrückende Prozession von Eingang A zu Eingang B, die Mutter marschierte ehrwürdig und stolz an der Spitze, sie trug das glatte Türkise; vernünftigerweise hatte sie das braune Priesterkleid ihres ersten Besuches verworfen, weil es zu streng und asketisch war; sie hatte das Schachbrett-Jersey anprobiert, in dem sie zwar wie die Hausherrin wirkte, das aber auch eine eckige Härte verriet, die sie jetzt lieber verbergen wollte; auch das Flaschengrüne schien ihr nicht das passende, weil es ihr zu fröhlich und leichtfertig für diesen Anlaß vorkam; sie hatte das glatte Türkise gewählt, das ebenfalls die Hausherrin verriet und respektabel war, aber durchaus weiche Züge aufwies, den Busen betonte und glockig über ihre vollen Schenkel fiel, so daß man sich richtig vorstellen konnte, wie sich die Kinder früher an den Saum geklammert hatten; so marschierte sie voraus, die braune Tasche mit dem Strickzeug unter den Arm geklemmt, das spitze Kinn wie Ben-Gurion aufgeworfen.

Edna Blum öffnete die Tür und wich mit der Bewegung eines kranken Tieres vor ihr zurück. Die Mutter warf einen einzigen Blick auf den Trümmerhaufen und erblaßte. Erst jetzt erfaßte sie das Ausmaß der Katastrophe. Eine solche Zerstörung, eine solche Übertreibung forderten Rache. Verlangten ein Opfer. Schlagartig begriff sie, daß das längst keine Privatangelegenheit mehr zwischen drei Personen war, sondern daß hier der große, uralte Kampf zwischen dem Chaos und der guten Ordnung geführt wurde; zwischen der Zivilisation und dem Wahnsinn. Sie trat forsch und mit eisernem Gesicht ein, marschierte über die Trümmer der Wohnung hinweg, ließ sich würdevoll auf einem der zerrissenen Ledersessel nieder und verschränkte die Arme auf der Brust.

»Fang an«, sagte sie zum Vater.

Edna Blum, mit hohlem Ausdruck auf dem Gesicht, verstieß nicht gegen den gewohnten Ablauf der Zeremonie und brachte das zweite Mittagessen des Vaters auf einem großen Tablett aus der Küche. Er blickte abwechselnd auf sie und auf die Mutter. Vor einer Stunde und vierzig Minuten hatte er zu Hause einen ordentlichen Teller Hühnermägen in einer dicken Soße, eine Gemüsesuppe nach marokkanischer Art, ein üppiges, mit Curry gewürztes und gerösteten Zwiebelringen garniertes Stück Truthahn und als Beilage eine große Portion Reis gegessen; nur die Mutter wußte, daß darin die Kienäpfel gefehlt hatten, aber der niederträchtige Einarmige vom Gewürzladen auf dem Markt hatte einen so hohen Preis verlangt, daß er ersticken soll; und als Nachspeise hatte er ein Apfelmus verspeist, aus dem alle Schalen gesiebt worden waren. Die Mutter betrachtete das mächtige Mahl, das Edna Blum jetzt brachte, und war entsetzt. Der Vater zog seinen Stuhl heran, und während er die Mutter mit einem Blick voller ersticktem Trotz durchbohrte, fing er an zu essen.

Als Vorspeise verschlang er Auberginen, die in Tomatensoße gekocht waren, aus der weiße Knoblauchzehen wie Perlen hervorspitzten; dann schlürfte er eine überbackene Zwiebelsuppe, in der knusprige Toastwürfel schwammen; schließlich erlag er auch den Verlockungen einer weichen Kalbszunge, seinem Lieblingsgericht, das nach ungarischer Art gewürzt war und neben dem zwei hohe Häufchen Reis mit Kienäpfeln lagen.

Er aß still, seine riesigen Kiefer widmeten sich mit großer Andacht einem Gericht nach dem anderen. Die Mutter betrachtete ihn mit einem ganz neuen Blick, der voller Anteilnahme und Verwunderung war. Im Grunde glaubte sie keinen Augenblick an eine Liebe zwischen ihm und dieser Frau, sie glaubte überhaupt nicht an die Existenz der Liebe; was ist das, Liebe, hatte sie Jochi während ihres einzigen Geständnisses in der Nacht der großen Verbrennung gesagt, das sind nur ein oder zwei Augenblicke im Leben, der ganze Rest ist lediglich die Geduld des einen für die Macken des anderen. Nun wußte sie die irdischen Ausmaße seines Opfers zu schätzen. Edna brachte den Nachtisch – ein Kompott aus getrockneten Früchten, ein Glas Orangensaft und eine Tafel Schokolade. Der Vater aß, danach wischte er sich den Mund mit einer schneeweißen Stoffserviette ab, die liebevoll in einen Holzring gerollt war, und stocherte mit einem dünnen Zahnstocher in den Zähnen, wobei er die andere Hand diskret vor den Mund hielt; er hat völlig vergessen, von wo ich ihn hergeholt habe, euer Vater, als hätte seine Mutter auf Porzellan von Rosenthal serviert, und nachdem er einen tiefen Rülpser ausgestoßen und sich sofort entschuldigt hatte, ging er an die Arbeit.

Er machte sich daran, die Steinfliesen in Edna Blums ehemaliger Diele auszureißen, nahm dazu einen kleinen Hammer und ein Stemmeisen zu Hilfe, mit denen er auf die Fliesen einschlug und sie zerbrach, als wären es Eierschalen; die Arbeit ging träge voran und war überschattet von einem Gefühl des Untergangs: als die Wände abgerissen wurden, schien es noch wie ein Trost, als wachse und dehne sich hier irgend etwas aus, wie eine große Lunge, die sich aufbläst, wie eine Schwangerschaft, die plötzlich im Stein keimt; aber das Ausreißen der Fliesen, auf denen früher herrliche Teppiche gelegen hatten – Edna hatte sie einem Trödler verkauft, um Aarons Mutter zu bezahlen und um das Essen zu kaufen, das sie dem Vater auftischte –, und der Anblick des nackten, schwieligen Zements, der nun freigelegt war, der verrosteten Eisenstümpfe, und vor allem – des feinen Sandes, der darunter lag, verursachten ein Gefühl von Niedergeschlagenheit und eisiger Kälte. Der Vater hämmerte, drehte und riß langsam die Fliesen heraus, während Edna Blum mit offenem Mund dasaß, den Kopf vor und zurück bewegte und piepsige Laute einer monotonen Melodie von sich gab.

Mit strenger Miene nahm die Mutter Wolle und Stricknadeln aus ihrer Tasche, begann mit raschen Bewegungen zu strikken und hörte während all der kommenden Tage, in denen der Vater dort arbeitete, nicht damit auf, sie bekreuzigte sich und spann alles, was um sie herum schwebte, in ihre feinen Fäden ein, die sich verknüpften und verflochten und schnell in einen dicken, engmaschigen grauen Pullover verwandelten; auch als die Staubwolken, die von allen Seiten aufstiegen, sie zu erstikken drohten, erlaubte sie sich nicht zu husten. Erst jetzt begann sie scheinbar zu begreifen, wie sehr ihre Nebenbuhlerin sie geschlagen hatte, wie sehr es dieser Frau gelungen war, das zu enthüllen, was sie selbst in den neunzehn Jahren ihrer Ehe so eifrig versucht hatte zu verbergen.

Am Vormittag des nächsten Tages, als die Mutter die Winterdaunendecken vor dem Wegpacken zum Lüften auf die Fensterbretter legte, sah sie zwei kräftige Träger das schwarze, verstaubte Bachmeister-Klavier auf dem Rücken hinuntertragen. Ein paar Nachbarn standen auf dem Bürgersteig beisammen und sahen schweigend zu: Sophie und Peretz Atias, Felix und Slata Botenero und Avigdor Kaminer, der seit dem Tod seiner Frau gesünder aussah und sich aufgerichtet hatte, er hatte sogar angefangen, sich das Haar zu färben. Als sie die Mutter bemerkten, wandten sie die Augen feindselig von ihr ab: sie wußten, daß Edna Blum den Flügel wegen der Geldgier der Mutter verkauft hatte. Aber ihnen allen ging gleichzeitig noch ein anderer Gedanke durch den Kopf, daß nämlich das teure Instrument verkauft werden mußte, weil in der kleinen Wohnung kein Platz mehr dafür geblieben war.

Es war der einzige Flügel im Haus, vielleicht sogar in der ganzen Straße gewesen. Und obwohl Edna in den letzten Jahren nur ein- oder zweimal darauf gespielt hatte, erinnerten sich jetzt einige der Nachbarn an die Zeit, als es eingetroffen war und Edna in den Nachmittagsstunden Nocturnen von Chopin darauf gespielt hatte. Die Mutter, die vor den bohrenden Blikken zurückgewichen war, kehrte bald wieder selbstbewußt ans Fenster zurück und klopfte mit gespielter Gleichgültigkeit die Decken aus. Doch dann wurde auch sie traurig. Sie hörte mit der Arbeit auf und knüllte sogar den Lappen zusammen, den sie in der Hand hielt, wie jemand, der zu Ehren eines vorbeiziehenden Sarges den Hut abnimmt. Auch sie hatte damals einen Augenblick in ihrer Arbeit in der Küche innegehalten, sich die Hände am Lappen abgewischt und in Sehnsucht geschwelgt. Als die Träger mit dem Lastwagen davonfuhren, senkten alle die Köpfe, und eine wehmütige Trauer ging durch die Siedlung.

Und während all dieser Vorfälle kehrte überraschend die Großmutter zurück. Monatelang hatte sie reglos in ihrem Bett im Krankenhaus gelegen, bis der alte Arzt, der vor einem Jahr vorgeschlagen hatte, sie auf seine Art zu behandeln, sich eines Abends an Jochi wandte, die am Bett der Großmutter saß: er beobachte schon lange, wie sie für die Großmutter sorge. Er zeigte ihr den Krankenbericht und Röntgenaufnahmen. Das ist ein Unrecht, sagte er leise mit seiner brüchigen Stimme und wartete ihre Antwort ab, die blauen Augen auf den Boden geheftet. Wie unglücklich er ist mit seiner merkwürdigen Stimme, die ihn ständig betrügt, dachte Jochi. Deine Großmutter kann noch leben, flüsterte er wieder; er sieht gar nicht aus wie einer, der für sein Diplom Menschen in Stücke schneiden will. Jochi antwortete, sie brauche ein wenig Zeit, um über seinen Vorschlag nachzudenken, überlegte ein paar Tage lang, wobei man ihr davon nichts anmerkte, und schließlich sagte sie, sie sei nicht fähig, so etwas zu entscheiden. Wie könne sie über eine Angelegenheit von Leben und Tod bestimmen. Er solle selbst zu einem Urteil kommen und das Beste tun. Schon am nächsten Tag brachte er die Großmutter in den Operationssaal und legte ihr eine kleine Drainage, die ihr den Schleier vom Gehirn nahm, und innerhalb einer Woche kam die Großmutter zu sich, öffnete ein Auge, setzte sich auf und lächelte, und als man ihr zeigte wie – erinnerte sie sich wieder, wie man läuft.

So wunderbar diese Heilung einerseits war, so furchtbar war sie aber auch. Die Großmutter kehrte nach Hause zurück, und die Familie wagte nicht, ihr in die Augen zu sehen – ein bißchen wohl aus Scham darüber, daß man sie so im Stich gelassen hatte – ach was, wie einen Hund hatte man sie dort allein liegengelassen, aber auch ein bißchen wegen der Verlegenheit der Großmutter, daß man sie in ihrem Elend gesehen hatte und mit ihrem Körper wie mit dem eigenen umgegangen war. Die Mutter, die mit Entsetzen an all die Dinge dachte, die sie den Ohren der Großmutter während ihrer Krankheit anvertraut hatte, konnte sie jetzt nicht anschauen. Ihren ganzen Zorn ließ sie am Vater aus, beschuldigte ihn, daß er mit seiner Leichtfertigkeit, mit seiner wilden Hämmerei, die Fundamente der Ordnung und der Logik erschüttert habe; sogar die Toten könnten ja von deinem Bummbumm wiederauferstehen, fiel sie über ihn her und biß sich sofort ängstlich auf die Fingerknöchel, wobei sie Aaron einen flüchtigen Blick zuwarf, und die drei erkannten nur zu gut, was selbst die Mutter nicht wagte, über die Lippen zu bringen: das entsetzliche Durcheinander, das anscheinend mit dem Schicksal in die Buchhaltung der Familie geraten war: die Kuverts waren verwechselt worden.

Die Großmutter kehrte mit einem Taxi nach Hause zurück. Der Vater war ins Krankenhaus gefahren, um sie zu begleiten, er hatte sich ihr zu Ehren in seinen einzigen Anzug gezwängt, den europäischen von seiner Hochzeit, und er mußte achtgeben, nicht zu stark zu atmen, damit er ihm nicht auf der mächtigen Brust platzte. Die Mutter servierte Kaffee und eine Torte, die ihr zusammengefallen war, und alle saßen wie erstarrt und hüteten sich, etwas zu sagen. Die Großmutter betrachtete sie mit dem Auge, auf dem sie noch sehen konnte, und ihr neuer, schiefer Blick wirkte spöttisch und durchdringend. Sie ließ den Blick ringsumher schweifen, er blieb auf dem neuen Buffet haften, auf den erst kürzlich gestrichenen Wänden, erinnerst du dich, Mamtschu, was für feuchte Flecken schon an der Decke waren, wisperte die Mutter mit kleingefalteter Stimme, war das noch zu deiner Zeit, als es vom Spülbecken der Boteneros oben hereintropfte. Ein bitteres, ganz leichtes Lächeln zeichnete sich flüchtig auf Großmutters Lippen ab. Die Mutter dachte an die Dinge, die sie ihr in ihrer Torheit ins Ohr geflüstert hatte, als sie bewußtlos im Bett gelegen hatte, es quälte sie, daß sie sich dazu hatte hinreißen lassen, jemandem, und sei es einer Sterbenden, Vertrauen zu schenken. Die Großmutter schwieg noch immer, und die Familie wußte nicht, ob sie überhaupt fähig war zu sprechen. Die linke Seite ihres Körpers war gelähmt, doch war ihr Gesicht während der ganzen Zeit kaum runzlig geworden, und es schien, als habe sie nur eine Weile mit dem Leben ausgesetzt und in einem Nebenzimmer gewartet, außerhalb jeglicher Zeit und fern jedweden Zugriffs. Eines ihrer Lider hatte sich gesenkt und bedeckte das Auge, und von der Seite sah sie wie eine erschlagene Zigeunerin mit hellseherischen Fähigkeiten aus. Der Vater begann, mit seinen Fingerknöcheln zu knacken, und sie wandte sich ihm erstaunlich flink zu. Er erstarrte unter ihrem Blick. Schweigend musterte sie die Festung seines neuen Körpers, das Ausmaß seiner Masse, und sofort, als habe ihr jemand etwas ins Ohr geflüstert, kannte sie die ganze Geschichte. Es bestand gar kein Zweifel darüber, daß sie sie kannte. Langsam wandte sie der Mutter das Gesicht zu und heftete einen langen, biblischen, vom Geist einer uralten Rache beseelten Blick auf sie, den niemand, außer der Mutter, richtig verstehen konnte.

Danach nahm sie sich Jochi vor. Ihr Auge stellte sie bloß und hämmerte ihre versauerte Jugend wie in ein Relief in sie. Jochi wand sich unter diesem Blick. Mit einem ermutigenden Lächeln flüsterte die Mutter: »Das ist Jochi, Mamtschu, du erinnerst dich doch an Jochi. Sie ist bald mit der Schule fertig. Sie wird noch vor dem Militärdienst studieren! Vielleicht wird sie eine Doktorin werden, eine Ärztin!« Jochi widersprach nicht. Die Augen der Großmutter wurden plötzlich heller. Vielleicht erinnerte sie sich an etwas, an irgendeinen Augenblick von den vielen Stunden, in denen Jochi sie gepflegt hatte. Sie lächelte sie an. Jochi weinte leise, ohne sich die Augen zu wischen. Die Mutter reichte ihr ein Taschentuch, doch Jochi beachtete die ausgestreckte Hand nicht. Die Tränen rannen ihr nur so herab, liefen über ihre Wangen und fielen auf den Stuhl neben dem Wichtig, und die Mutter blickte erstaunt auf die Tropfen, während sich ihre Hand mit dem Taschentuch immer mehr in Jochis Gesicht schob, genug, genug, gleich machst du uns noch eine

Überschwemmung hier, da, wisch sie schon ab, es ist doch eine Freude, daß die Großmutter zurück ist; und Aaron blickte auf die winzigen Tröpfchen, vielleicht wird Jochi nie mehr aufhören zu weinen, immer weiter und weiter weinen, ihre Tränen werden sich in einen feinen Strahl verwandeln, dann in einen Strom, in eine große Wasserzunge, die über den Boden kriecht, tastet, nach der Mutter sucht ...

Dann wandte die Großmutter ihren Blick Aaron zu. Ein Ausdruck des Staunens zeichnete sich auf ihrem Gesicht ab, und ihr Mund verzog sich zu einer Frage. Der Vater, die Mutter und Jochi senkten die Köpfe. Sie schien zu versuchen, seinen Namen auszusprechen. Überrascht und voller Hoffnung sahen alle auf. Gott im Himmel, Gott im Himmel. Aarons Finger schwitzten. Er erinnerte sich an den goldenen Faden, den sie ihm einmal gegeben hatte. Vielleicht, dachte er, wird sie mir jetzt, in diesem Augenblick, endlich das wahre Geschenk, das Geschenk von dort geben. Großmutter Lili schüttelte leicht den Kopf, kämpfte gegen das Vergessen, gegen die Müdigkeit an. Ihr Gesicht wurde puterrot vor Anstrengung und schwächlicher Wut. Aaron sank auf seinem Stuhl zusammen.

An diesem Tag ging der Vater nicht zu Edna Blum. Vielleicht glaubte er tatsächlich an das, woran ihm die Mutter die Schuld gab, und war ein wenig über sich selbst erschrocken. Nachdem sie die Großmutter in ihrer Kammer ins Bett gelegt hatten, ging er auf Zehenspitzen durch die Zimmer, und Aaron bemühte sich, ihm auszuweichen. Die ganze Wohnung, die Räume, der Flur, die Türrahmen, die Möbel, alles wirkte so klein neben dem Vater, und Aaron rechnete die Tage nach, die vergangen waren, und wußte, daß jetzt nur ein Wunder das Haus retten konnte, und hoffentlich würde etwas passieren, etwas Gutes oder etwas Schlechtes, aber es soll endlich passieren, denn er platzt bald: das Essen, das er in winzigen Häppchen in sich hineinschiebt, bleibt ihm im Bauch stecken, wer weiß, wie lange sich sein Herz in diesem zähen Brei überhaupt noch wird rühren können, und wirklich, in den letzten Tagen kommt es ihm vor, als schlage das Herz langsamer, schwerer; vielleicht sickert das Essen ja auch in die Adern, füllt die Herzkammern, die Vorhöfe – Aaron sieht alles deutlich vor sich, die kleinen Speicher, berstende Fleischtäschchen, gefüllt mit verdautem, flüssigem Essen, und das Herz kämpft, flattert mühsam, würgt den Brei. In der Nacht gelingt es Aaron nicht einzuschlafen, er dreht sich von einer Seite auf die andere, die ganze Zeit steigt ein kleiner, brennender Schluckauf mit dem Geruch fauler Eier in ihm hoch, und wenn sich auch sein Hals gefüllt haben wird und sein Goider, sein Kropf, hervorgetreten ist, wird alles nach oben, ins Gesicht drücken und es aufblähen; wie ein Trottel wird er dann aussehen, danach wird es ins Gehirn steigen, und dann wird er wirklich platzen. Das ganze Haus verdrecken.

Am frühen Abend, als die Mutter in die Apotheke des Rumänen ging, um der Großmutter die Medikamente zu holen, stieg Aaron in den Heizungskeller hinunter und holte das bunte Kleid, die schwarzen Schuhe, den Badeanzug, den dicken Zopf und alle anderen Sachen herauf. Behutsam trat er zur Großmutter, die aufrecht und steif auf ihrem Bett in der Kammer saß. Er lächelte, zeigte ihr seine vollen Hände. Nicht einen Funken des Erkennens lösten die Sachen in ihr aus. Er bückte sich mühsam, streifte die Schuhe über ihre verbogenen Füße und steckte ihr all die runden Reifen ins Haar. Wie sieben schöne bunte Regenbögen, die alle auf einmal nach dem Regen leuchteten. Sie rührte sich nicht. Ließ mit sich machen, was er wollte. Dann stellte er sie auf die Beine und zog ihr umständlich das bunte Kleid über dem Kittel an. Warum oder wozu wußte er nicht, er fühlte nur, daß es so richtig war und zu sein hatte, und daß Jochi auf ihn stolz wäre. Als er fertig war, ließ er die Großmutter allein, ging in sein Zimmer und legte sich aufs Bett. Um zehn nach sieben kehrte die Mutter von der Apotheke zurück und trat in die Kammer. Aaron hörte einen kurzen, ängstlichen Schrei, dann schloß sie sich sofort in ihrem Zimmer ein, schaltete das Licht aus und kam bis zum Morgen nicht mehr heraus.

An diesem Tag gab es kein Abendessen.

Noch drei Tage lang, jeweils drei Stunden, saß die Mutter auf dem verstaubten und zerrissenen Sessel im Wohnzimmer der

Edna Blum. Sie sprach noch immer kein überflüssiges Wort mit dem Vater, behandelte ihn jetzt aber mit Respekt und ein bißchen ängstlich, wie jemand, der den entsetzlich langsamen Sturz eines riesigen Baumes beobachtet. Es kostete ihn viel Kraft, während der Arbeit den kleinen Hammer zu heben, und ab und zu saß er eine Weile lang nur reglos auf dem zertrümmerten Boden und versuchte sich zu erinnern, wozu er hierhergekommen war. In solchen Augenblicken sah die Mutter von ihrer Strickarbeit auf und schaute ihn schweigend an. Sie wagte es nicht, ihn mit einem leichten Schnauben zu wecken. In den Nächten, in denen er auf dem Gandhi im Wohnzimmer schlief, stöhnte er so sehr, daß die Milch in den Flaschen sauer wurde, und die Mutter war gezwungen, ihm täglich die Kleider weiter zu machen, um für seine immer mehr anschwellenden Muskeln, für die Berge seines Körpers Platz zu schaffen, sie schnitt ihm Schlitze in die Ärmel und nähte gewaltige Stoffplanen in die Hosen, doch es nutzte nichts.

Und es kam der Tag, an dem keine Kienäpfel mehr auf den Reis gestreut waren; die Mutter verlangsamte lediglich einen Augenblick die Bewegungen ihrer Stricknadeln. Edna servierte das Tablett und stand betreten und wie gescholten da. Am nächsten Tag lag anstelle der zarten Kalbszunge das Flügelchen eines Huhnes auf dem Teller. Der Vater aß den Teller leer und stocherte zwischen den Zähnen, wie es sich gehörte, doch die andere Hand versäumte es, den Mund zu verdecken, und ein leichter Rülpser entfuhr ihm. Ednas Gesicht wurde grau. Vielleicht raunte in jenem Augenblick zum ersten Mal eine Stimme in ihr, daß sie betrogen worden war. Daß sowohl der Mann als auch die Frau sie auf eigentümliche Weise, mit irgendeiner komplizierten Logik der Ehe, dazu benutzt hatten, ihre gegenseitige Umklammerung zu verstärken. Daß die beiden sie, vielleicht nur unbewußt, für ihre Zusammengehörigkeit geopfert hatten. Sie stieß ein kurzes, erschrockenes Lachen aus. Der Vater und die Mutter sahen sie mit ein und demselben Blick an.

Am nächsten Tag, es war ein Donnerstag, sah der Vater von der mageren Pulke auf und schaute die Mutter nachdenklich an. Sie erwiderte den Blick und las in seinen Augen, was immer sie las. Als Edna hinausging, um die Nachspeise zu holen – schon seit zwei Tagen servierte sie wäßrige Aprikosen aus einer Konservendose –, sagte die Mutter zum Vater: »Ich bin zu Hause, Mosche, beim Großreinemachen.« Nur das, dann ging sie.

Der Vater wartete auf Edna Blum. Bis sie zurückkam, stand er auf und ging ein wenig zwischen den Trümmern herum, trat zerstreut gegen die zerbrochenen Ziegelsteine, stampfte leicht auf die Staubschichten. An den Ästen der Platane begannen die ersten Knospen zu sprießen. Eine warme Sonne kitzelte sie dort, wo sie am Nachmittag aufgebrochen waren. Auf dem Bürgersteig vor der Siedlung stand Aaron, den mageren Rücken etwas gebeugt, die Beine sonderbar und lächerlich übertrieben gespreizt, und blickte ins Tal. Ein plötzlicher Schmerz durchfuhr den Vater. Wie der Splitter eines Alptraums, der durch die Erinnerung mitten am Tag Wunden aufreißt: einen Augenblick dachte er zurück an die Art seiner Bewegungen, mit der er die erste Wand zerschmettert hatte. An den seltsamen Winter, in dem er wochenlang allein herumgeirrt war. Er versuchte sich darauf zu besinnen, was es war, das er gesucht hatte. Er zuckte die Achseln mit einer Geste, die Versäumnisse und hilfloses Bedauern ausdrückte; was hätte er sonst noch tun können.

Edna kam aus der Küche zurück, ihre Augen suchten nach der Mutter. Einen Moment lang war ein Funke in ihnen zu sehen, aber sie begriff sofort, daß das nichts anderes als ein Zeichen ihrer absoluten Niederlage war. Der Vater nahm ihr das runde Schälchen aus der Hand, und seine Finger berührten die ihren. Nichts geschah. Bis auf das eine, daß Edna ganz langsam versteinerte, so, wie sie da stand. Sie spürte, wie es in ihren Füßen anfing und in die Knie stieg, in ihre Schenkel, ihre Scham, die der Stein füllte und verhüllte. Sie schaffte es noch zu denken, daß Herr Kleinfeld jetzt gezwungen sei, sanft und behutsam vorzugehen, um sie aus der marmornen Steinhülle zu befreien, die ihre einsamen Brüste überzogen hatte, aber da versteinerten sich bereits ihr Herz, ihre Lippen, ihr Gehirn, und sie hörte nicht, wie er ihr mit bedächtiger Stimme und sanften Worten erklärte, daß diese Angelegenheit nun schon viel zu lange dauerte, Fräulein Blum, es hat sich alles zu sehr verstrickt, wer hätte gedacht, daß es so kommen würde; ich nehme von Ihnen kein Geld für den Fußboden in der Diele, und – es war mir eine große Ehre, das Fräulein kennenzulernen, doch jetzt muß ich wirklich gehen.

25

Die Badezimmertür öffnete sich, und die ganze Familie, jeder von seinem Platz aus, spitzte die Ohren. Einen Augenblick lang herrschte Stille. Dann war die gemächliche, etwas heisere Stimme zu hören: »Ahh, das tut Israel gut!«

Mit rotem Gesicht und glänzendem Körper und von duftender Seife erfrischt, schlurfte der Vater in seinen schwarzen Plastiklatschen ins Wohnzimmer und legte sich mit dem Gesicht nach unten auf das Bordeaux. Sein Oberkörper war nackt, und um seine Hüften war ein Handtuch geschlungen. Die Mutter, die inzwischen im Schlafzimmer gewartet und vor dem Spiegel mit ihren Fingerknöcheln geknackt hatte, holte tief Atem, um das Herz zu stärken, und stieß aus: Gott sei Dank sind wir das los. Dann rief sie Jochi, sie solle Mamtschu zum Mithelfen bringen, und ging die Salbe für die Massage holen.

Es fällt Aaron schwer, sich auf das Kartoffelschälen zu konzentrieren. Er hält und wiegt jede einzeln in der Hand. Jede hat ihr eigenes Gesicht, ein merkwürdiges, verzerrtes, unglückliches Menschengesicht, und immer ist da ein Augenblick, wenn das Messer in sie dringt, in dem er eine leichte Verkrampfung spürt. Langsam und vorsichtig he is verschwinding. Aber das Stöhnen des Vaters aus dem Wohnzimmer dringt auch dorthin. In der letzten Zeit fällt ihm auch das Verschwinding schwer. Daß ihm dieses Talent nur nicht verlorengeht. Das Problem ist jedoch, daß er nichts mehr hat, wohin er verschwinden könnte. Sein ganzes Inneres ist bis zum Rand gefüllt. Hinter den Augen ist er voll. Seine Lungen sind vollgesogen mit diesem Dreck. Sein Atem stinkt davon. Seine Gedanken kommen beschmiert damit heraus. Alles drückt und brennt, ist eine einzige große Übelkeit. Und er dort drüben stöhnt. Uchhh, uchhh, so ein Stöhnen hat man schon lange nicht mehr bei uns gehört. Aaron verschließt sich mit aller Gewalt davor. Durch den Kücheneingang sieht er den Arm des Vaters, der vom Sofa hängt, seine dicken, behaarten Finger. Tz tz tz, macht sich das Zirpen in seinem Kopf bemerkbar, spricht es mit seiner dummen, zischenden Stimme durch die zusammengepreßten Lippen der Drüse zu ihm, achte darauf, wie du schneidest, achte darauf, wie deine Finger schwach werden, schau, wie sie sich gleich langsam öffnen und das Messer fallen lassen werden. Aaron kneift den Mund zusammen und schneidet schnell. Das kleine rote Messer, der Mesinik unter Mutters Messern, kommt seinen Fingern zu nahe, und wie üblich – geht die halbe Kartoffel mit der Schale ab. Alle enden sie als Sibale, als Winzlinge. Tz tz tz, schade, daß du so stur bist. Schade, daß du gegen mich ankämpfst. Du hast wirklich keine Chance. Denn alles auf der Welt bin ich. Und es gibt nichts auf der Welt, was ich nicht bin. Ich bin die Gegenstände und ich bin die Menschen, die sie benutzen. Ich bin Eisen und Gummi und Holz und Glas und Fleisch. Ich bin Zahnräder und Hebel und Sprungfedern und Muskeln und Riemen. Ich bin die Messer, die schneiden. Ich bin alle Knöpfe und alle Schrauben, die man auf Anhieb in die richtige Richtung öffnen und schließen muß. Ich bin die Klinken zum Drücken und die Schnürsenkel zum Binden und die Korken zum Öffnen und die Riemen zum Hochziehen der Jalousien. Ich bin alles, verschlüsselte Parolen, heimliche Prüfungen. Wütend wendet er die Augen von dem kleinen Messer ab, das flink und fröhlich hüpft, als sei es auf einmal lebendig geworden. Er versucht, sich mit den Augen auf etwas anderes zu konzentrieren weit weg von ihm, zufällig bleibt sein Blick bei den Fingern stehen, die im Wohnzimmer vom Sofa hängen; so ein Glück, daß der Vater auch große Nasenlöcher hat. Die Mutter reißt den Mund auf und fordert Jochi und die Großmutter auf, sich einen besonders listigen anzuschauen, der sich im Dickicht von Vaters Schulterhaaren verbirgt. Und ich bin der, der straft: mit einem Teller, der zerbricht, mit einer Glühbirne, die in der Hand zerplatzt, und mit einem Glas, das zerbricht, wenn man zu fest daranstößt. Mit einem Pullover, den man verkehrt herum anzieht. Mit Knopflöchern, die man nicht richtig zuknöpft. Und mit einer Tür, in der man sich den Finger einklemmt. Der Mesinik scheint die ganze Zeit zu versuchen, ihn zu schneiden. Ohne es auch nur irgendwie verhehlen zu wollen: er nähert sich die ganze Zeit über wie zufällig seinem Finger. Aaron hält inne und betrachtet die Finger seiner Hände. Seiner winzigen, rosigen Hände, die ihm seit jeher wie ein inneres Organ vorkommen, das nicht zu seinem Vorteil entblößt wurde. Früher hat er Gitarre gespielt. Dann ging sie kaputt, ja, ja, wir hörten bereits davon, und Jochi hat ihm eine neue gekauft; er aber ist nicht fähig, sie aus ihrem schwarzen Futteral zu nehmen, dabei müßte man es doch nur versuchen und wagen, um zu sehen, was ihm in den Händen und im Gefühl geblieben ist. Früher haben sie ihm versprochen, daß er bei einem richtigen Lehrer lernen dürfe, wenn er groß sei. Dann fingen sie an zu sagen, er habe ohnehin keine musikalische Begabung, ein Mozart bist du nicht, sagte die Mutter, aber mit einem Lächeln – was ist er schon. Was schon. Verschwunden ist das Wunder, geblieben ist das Kind. Denn früher hatte er ein Gespür für alle möglichen Dinge. Er hat sogar den Toaster, den die Mutter schon zum Teufel schicken wollte, nach Gefühl repariert. Früher hat ihm der Vater erlaubt, am Freitagabend den Wein für den Segensspruch einzugießen, und jetzt zittert ihm die Hand und er verschüttet alles. Ganz vorsichtig, mit einem Achtelgedanken denkt er daran, wie jemand, der auf dünnem, zerbrechlichem Eis geht. Er weiß ja, wie sein Gehirn ihm trotzt und ihn gegen sich selbst ausspielt. Wie es ihn von oben bis unten verschließt und verriegelt. Schloß im Schloß. Wenn er sich nur daran erinnern könnte, wie er früher alles gemacht hat, ohne nachzudenken.

Im Wohnzimmer sind die Frauen nach wie vor mit dem Körper des Vaters beschäftigt. Ihr Fleisch ist ähnlich, denkt er, als seien sie alle aus einem Stück geschnitten. Selbst die Großmutter gleicht ihnen jetzt ein bißchen. Weniger im Aussehen als im Gesichtsausdruck, wenn sie den Rücken des Vaters bearbeiten: man braucht sich keine Sorgen mehr zu machen, daß sie ihm die bewußten Lieder in den Rücken singen wird; wie lila sein Gesicht bei diesem Streit geworden war, erinnert sich Aaron jetzt, als die Mutter geschrien hatte, du hast es versprochen, du hast es versprochen, wie sein roter Adamsapfel nach oben gestiegen und nach einem sehr langen und beängstigenden Augenblick nur zögernd, mit Gewalt, wieder nach unten gefallen war, Aaron beobachtete hypnotisiert, wie sie sein Polnisch, seine und Großmutters Sprache, unterdrückte; selbst wenn die beiden allein, ohne die Mutter, im Haus waren, wagten sie es nicht mehr, Polnisch zu sprechen, sie saßen da und schwiegen. Warum hast du eingewilligt, regt sich Aaron plötzlich auf, und etwas ihn im sammelt sich und wird zusammengetrieben, warum hast du nachgegeben.

Er steht auf, öffnet den Wasserhahn und spült den Schnitt aus, den er sich geholt hat. Der Hahn geht nicht richtig zu. Er tropft ein bißchen. Er saugt das Blut aus der Wunde. Keine Sorge, bis zur Hochzeit geht alles vorbei. Was heißt vorbei, was heißt Hochzeit. Was ist mit ihm los, daß er jedes dumme Wort auf die Waagschale legt? Jede Redewendung an seinem Problem mißt. Zumindest in den letzten Wochen hat er kaum an sich selbst gedacht. Wo warst du und was hast du gemacht. Nur so. Verschwunden. Winterschlaf gehalten. Hat nachts im Traum eine ganze Vorstellung gesehen, nur für Erwachsene. Aber wie kommt es, daß man ihm erlaubt hat, sie zu sehen, warum hat man es ihm erlaubt. Er schneidet schnell und kräftig. Vielleicht wollten sie sogar – kann nicht sein –, daß er es sieht. Ach was. Aber Tatsache. Sie haben alles vor seinen Augen gemacht. Nichts haben sie verheimlicht. Vom ersten Augenblick bis jetzt, wo der Vater zurückgekehrt ist. Viertelstücke von Kartoffeln fliegen unter dem Messer. Eine senkrechte Falte, in der Zorn, aber auch Verblüffung zu lesen ist, steht zwischen seinen Brauen. Sie wollten, daß er alles sieht. Sie zwangen ihn, zuzuschauen. So, wie sie es mit dem Catchen gemacht haben, dem Ringkampf der Riesen, die sich erbarmungslos festklammern und umeinander winden. Schau zu und lerne, wie man sich prügelt. Er starrt auf seine leere Hand. Die Kartoffelstücke liegen verstreut auf dem Boden. Du bildest dir Unsinn ein. Man hat einfach eine Wohnung abgerissen, der Rest ist nur in deinem Kopf. Aber was wird jetzt aus Edna werden. Vielleicht sollte man jemanden benachrichtigen. Vielleicht ihre Eltern. Aber ich kann kein Ungarisch. Und eine Welle erschrockener Demütigung stieg in ihm hoch, als sei er derjenige, den man zwischen den Trümmerhaufen zurückgelassen hatte, und fast wäre er aufgestanden, fast wäre er, aus seinem Gefühl der Erstickung und Verwirrung heraus, zu ihnen ins Wohnzimmer gelaufen, um sich von ihnen umarmen zu lassen. Aber er lief nicht. Er rührte sich nicht von der Stelle. Zog sich nur noch etwas mehr zusammen, beugte sich vor und spürte, wie sehr er nicht zu ihnen lief. Wie es plötzlich keinen Jungen mehr gab, der von der Küche ins Wohnzimmer läuft, wenn er sich vor etwas erschrickt, vielleicht wird er nie mehr hinlaufen, um sich in ihrem Schoß zu verbergen, wie wird er überhaupt je ihren Körper wieder berühren können, ihr Fleisch, und da kehrt wieder die gepreßte, zirpende Stimme zurück, ich bin eins, sagt sie zu ihm, ich bin eins und alles ist eins, und es gibt kein anderes Gesetz als mein Gesetz: es gibt keine zwei Wege, Stromkabel miteinander zu verbinden. Und in dieses Knopfloch paßt nur dieser Knopf. Und einen Wasserhahn öffnet man auf Anhieb nur in diese Richtung. So ist das, und es gibt keinen anderen Weg. Du sollst dich nicht irren und durcheinanderkommen. Ich habe schon längst ein Auge auf dich geworfen.

Die Mutter öffnet die Tube mit der Creme und beginnt den Vater zu massieren. Sein Rücken ist so groß, daß auch Jochi und die Großmutter Teile davon abbekommen können. Die Großmutter legt ihre Hände auf ihn, und die Mutter schaut sie an, und ihre Augen werden ein wenig feucht. Es ist ein Wunder. Ein wahres Wunder. *Und Aaron muß mal.* Ausgerechnet jetzt fühlt er, daß es bei ihm kommt. Er horcht erstaunt in sich hinein, mit schwacher Hoffnung, solche Gefühle hatte er bereits während der vergangenen Wochen einige Male gehabt; wenn er schlief, fühlte er manchmal, daß es kam. Aber sowie er es fühlte – war es auch schon wieder verschwunden. Sein Gehirn hat es anscheinend sofort zurückgeholt. Vielleicht ist das auch nur jetzt so. Es ist bestimmt nur jetzt so. Jetzt ist es nicht nur so! Sofort richtet er sich auf und spannt sich. Konzentriert sich. Tatsächlich: ein kleines Blubbern in seinem Innern. Irgend etwas wird dort gerührt, fern und tief und verschlungen, und ein klebriger Klumpen scheint an der Spitze zu schmelzen, ein Tropfen löst sich, verdammt, denkt Aaron verblüfft, ausgerechnet jetzt, ausgerechnet jetzt, wenn er hier in der Küche eingesperrt ist; und es wird immer stärker, wird gerührt und gemischt, steigt schlagartig an und geht wieder zurück, bleibt wie ein leises Flüstern zurück, aber es bleibt; merkwürdig, ausgerechnet jetzt, wo das Hämmern draußen aufgehört hat, kommt es, warum hast du es nicht vorher eingeplant, du Trottel, warum ausgerechnet jetzt, wenn es tausendmal komplizierter als sonst irgendwann ist, plötzlich aus dem Haus zu gehen, schnell, mit zusammengepreßten Beinen hinunterzulaufen, und es unheimlich ist, ins Tal oder zu seinem Versteck im Wizo-Park zu gehen, auch den Platz bei Edna gibt es nicht mehr, und man muß anstelle dessen einen neuen finden.

Der Vater stöhnt tief und kehlig, sein ganzer Körper lockert und entspannt sich, während Aaron sich gänzlich zusammenzieht, auf der Kante des Taburetts zappelt, wie eine Welle nähert sich der Schmerz aus der Ferne, man kann fühlen, wann er anfängt, da kommt er, bück dich, zieh dich zusammen, aua, Schultern und Rücken sind schmerzhaft gespannt, diese Welle haben wir hinter uns, und schon fühlt er die nächste, von weitem, vielleicht sollte er trotzdem hineingehen und *hier*, zu Hause, machen, er hilft tatsächlich ein bißchen, dieser Gedanke, er hält ein wenig auf, jetzt nur nicht daran denken, verdammt, solche Dinge kann man doch einplanen im Leben! Er hebt sein blasses Gesicht, kleine Schweißperlen stehen auf seiner Stirn. Er späht vorsichtig ins Wohnzimmer: die Mutter schmiert eine Tonne ihrer Creme auf den Rücken. Eine Tube Creme öffnet man in genau dieselbe Richtung, in die man einen Wasserhahn öffnet. Und einen Löffel Honig dreht man rasch, bis er aufhört zu tropfen. Du hättest nicht gedacht, daß Gegenstände lachen können, eh? Was? Ein leises, pfeifendes Lachen, wie das Gekicher von Michael Karni, wenn er mit Rina Fichman tuschelt, sssi, du machst uns Spaß, du wirst von mir hören. Und einen Schlüssel im Schlüsselloch dreht man so rum und nicht so. Wie den Verschluß einer Zahnpasta. Sssi. Wie den Verschluß der Massagecreme, wie eine Schraube. Und so, wie der Frühling immer nach dem Winter kommt. So, wie dem Pferd nur ein Fohlen geboren wird, das zum Pferd heranwächst. Und die dort drinnen sind mit ihren Dingen beschäftigt. Befühlen und quetschen und stöhnen. Die Gesichter der drei Frauen sind schon völlig dumpf. Jetzt ähneln sie sich wirklich; sie sind verschieden, aber ähnlich; nicht in dem, was in ihnen ist, vielmehr darin, was nicht in ihnen ist. Und jede knetet und erweicht einen anderen Teil von ihm. Ist von den anderen abgeschnitten und abgesondert. Gewaltsam, fast grausam drücken und quetschen sie. Man sieht, daß es ihm weh tut, aber er sagt kein Wort, er nimmt alles schweigend hin. Sie rollen ihn wie Teig zwischen ihren Fingern, nehmen ihn von oben bis unten auseinander. Lösen ihn auf. Und er wagt nur zu stöhnen. Ist mit allem einverstanden. Büßt. Daß sich ihre Finger nur nicht in dem Wald verheddern, den er auf dem Rücken hat, und sie dann versuchen müßten, die Finger zu lösen, und es ihnen nicht gelingen würde; sie würden sich erschrecken, die Hände mit Gewalt wegziehen und damit die Haare samt der ganzen Haut ausreißen. Mit einem Mal umschloß ihn ein schmerzhafter Krampf wie ein Ring, drehte sich in ihm, saugte ihn in sich auf, ein tiefer Wasserstrudel, der ganze Aaron wurde in ihn hineingesogen, ließ sich von ihm verlocken, ergab sich ihm. Nur mit dem letzten Rest seiner Kraft konnte er noch entrinnen, setzte sich auf, lehnte sich an die Wand, verschwitzt, die Augen trübe. Was ist los mit ihm. Ausgerechnet jetzt kommt diese Scheiße. Wie lange wird er sie zurückhalten können? Er steht hastig auf und schließt den tropfenden Hahn mit aller Kraft. Aber ein Tropfen wächst noch dort, und er schaut ihn entsetzt an. Guck nicht hin. Setz dich. Beug dich vor. Nein! Im Gegenteil! Steh auf. Richte dich auf. Heb die Hände hoch. Atme tief ein. Leg das Gesicht an den kalten Kühlschrank. Schh. Beruhig dich. Schh. Woran haben wir gedacht? Wann? Egal wann, woran haben wir gedacht, ach ja, an diesen Jungen aus dem Buch *Unglaublich aber wahr: dreihundert verblüffende Fälle*, der so wie er an furchtbaren Bauchschmerzen litt und beinah gestorben wäre, und als die Ärzte ihn schließlich operierten, fanden sie den unentwickelten Embryo seines Zwillingsbruders in ihm. Was für Ursachen diese Probleme haben. Und man muß im Kopf behalten, daß Chanan Schwiki schon einen deutlichen Schnurrbart hat. Das war der dritte Beweis heute, bei vollem Licht. Und was haben wir bei Gideon Kaplan gefunden? Pickel auf der Stirn und am Kinn haben wir bei ihm gefunden, nein, das war bei Assa Kolodni, du bringst es durcheinander, wo ist dein Kopf, einen klugen Kopf hattest du ja, aber wenigstens ist Gideon noch ziemlich rein. Es stimmt zwar, daß die Sache mit seinem Adamsapfel und seiner Stimme schon gelaufen ist, aber den ganzen Rest haben wir bisher aufhalten können. Aaron kehrt verstohlen, mit vorsichtigen Bewegungen zurück und setzt sich auf das Taburett, nimmt das Messer, sssi. So wie Babys mit einem Jahr anfangen zu laufen. So wie Milchzähne mit fünf Jahren ausfallen. So wie die Söhne stets größer werden als die Eltern. Alle, alle bewegen sich in einer geraden Linie voran und gehen in einer geraden Linie von einem Punkt zum anderen. Von einer Phase zur anderen. Was für einen Sinn hat dieser Sieg mit Gideon überhaupt, vielleicht ist Gideon noch ein bißchen rein, aber wie er sich Aaron gegenüber benimmt, wie er sich ständig über ihn aufregt, und wie er sich schämt, wenn Aaron in Gegenwart von anderen Kindern redet. Worte eines Professors, sagt er, du redest wie die Leute im Radio, sagt er, Gideon, der stets, sein Leben lang, nur dann wie ein Mensch redete, wenn er mit Aaron allein war, und in dem Augenblick, in dem andere Jungen hinzukamen, sofort anfing, Reden zu halten,

Aaron hat nie, niemals eine Bemerkung darüber gemacht. Was ist mir von der Freundschaft mit ihm geblieben, denkt Aaron traurig, es ist so, als sorge und kümmere ich mich die ganze Zeit nur um seinen Körper, und den ganzen Rest habe ich verloren. Und wir fangen blitzschnell Spione, sagte die gepreßte Stimme, stellen ihnen still und leise geheime und listige Prüfungen: testen zum Beispiel, ob sie einen Strohhalm auf Anhieb in die Flasche stecken können. Sssi. Und sehr bald, in der Woche nach Pessach, hat Gideon einen Termin zur Augenuntersuchung bei der Krankenkasse, um die Ursache für seine ständige Müdigkeit herauszufinden. Ein paarmal ist er fast im Unterricht eingeschlafen, es fehlte noch, daß sie bei den Blutproben irgend etwas bei ihm finden, Spuren oder Restbestände oder so was. Auf einmal steht er auf, er erstickt, will hinaus. Wohin. Du bist hier im Haus eingesperrt. Die vier im Wohnzimmer bemerkten seine Bewegung, hoben die Köpfe, sahen ihn alle mit demselben Blick an, er wich zurück, verschwand wieder in der Küche, setz dich, du hast noch nicht mal die Hälfte der Kartoffeln geschält. Früher hatte er ein Tempo drauf, ja, ja, wir haben davon gehört – was will er schon von Gideon, er will ihn doch nur noch eine Weile in einer ruhigen, hermetischen Luftblase und im Present continuous behalten. Wieder stand er auf und wäre fast hinausgegangen – da, es fängt schon wieder an, was ist plötzlich los, daß es kommt? Eigentlich müßte ich froh sein, daß es kommt, und er setzte sich wieder, am ganzen Körper angespannt und aufgebracht, was ist los mit ihm, wie ein kleines Erdbeben arbeitet es in ihm, dreht es sich in ihm, von oben bis unten tobt alles und vermischt sich und verändert die Form, eine große, spitze Pyramide dreht sich langsam in seinen Eingeweiden um – und angenommen, er wäre bereit, einen Kompromiß zu schließen und sich auf irgendeine Lösung zu einigen. Nur mal angenommen. Er wird noch nicht so schnell aufgeben, aber angenommen, er würde ein bißchen – ein bißchen hinken, o.k.? Hinken wäre vorstellbar. Es gibt Menschen, die hinken. Jemand hat einen Schlag bekommen oder wurde sogar so geboren, mit einem kürzeren Bein. Hinkt. Ein etwas loses Bein, wie eine zerbrochene Verschraubung. Aber Hinken ist eine klare Sache. Das ist wie ein Gerät, das kaputtgegangen ist. Das ist kein innerer Fluch. Nicht so, wie wenn innen alles erloschen und tot ist. Tatsache: wie die Pickel auf Binjumins Gesicht. Er versuchte sich vorzustellen, wie er als Hinkender sein würde, und sofort, als habe jemand in seinem Innern eine ordentliche Liste für ihn aufgestellt, sah er sich auf Treppen, auf Ausflügen, beim Fußball, beim Rollschuhlaufen, beim Fahrradfahren, beim Tanzen stolpern, genug, genug, sah er sich überlegen, mit welchem Fuß er aus dem Bus steigt, damit man nichts merkt, sah er sich zu den Wasserhähnen gehen, wenn sie mit dem Hahnenkampf anfangen, sich vor der Ehrengarde drücken, die neben dem Denkmal der im Unabhängigkeitskrieg gefallenen Schüler strammsteht – genug, er gab auf, schüttelte ärgerlich und erschöpft den Kopf; vielleicht ein blinder oder ein tauber Junge, oder ein sehr dicker oder stotternder Junge, oder einer mit einer Brandnarbe auf dem Gesicht – laßt mich, gebt Ruhe; aber innen, was inzwischen in seinem Innern, im Bauch, passiert – woran haben wir gerade gedacht? An nichts haben wir gedacht. Wie damals, am See Genezareth, wo sie in einem arabischen Haus einen Töpfer trafen. Das war die schönste Klassenfahrt, die sie je hatten: sie schliefen zusammen ein und wachten zusammen auf, ein großer Haufen von Kindern, und am Mittag sahen sie zu, wie der Töpfer die Tonklumpen nahm und Krüge aus ihnen formte, lange schmale oder kurze dicke, das Material wird entscheiden, sagte der Töpfer und erlaubte ihnen, den Ton zu berühren, und sie streichelten den Ton, und das Material entschied – aus dem großen, häßlichen Klumpen entstand und rundete sich der Krug: naß, schlüpfrig, gewölbt; ein großer, schöner Krug, mit geöffneten Lippen, *schau nicht in sie hinein!* Der Vater ächzt genüßlich und bittet die Frauen, ihn da, da oben, an dem, na, dem Ding vom Rücken zu kratzen. Wirbelsäule, Wirbelsäule, flüstert Aaron tadelnd. Selbst so einfache Wörter weiß er nicht, sein Vater. Die Mutter und Jochi fangen an, ihn von beiden Enden des Rückens her zu massieren, um sich in der Mitte zu treffen, und der Vater wird vor lauter Wonne regelrecht zweigeteilt. Und was würde sein, wenn der Vater versuchen sollte, wirklich komplizierte Wörter zu sagen: ›Hippopotamus‹ zum Beispiel oder das Wort aus dem Naturkundebuch – ›Hypothalamus‹. Oder einfachere Wörter: ›Glühwürmchen‹ zum Beispiel. Wird es seiner dicken Zunge überhaupt gelingen, so ein Wort auszusprechen? Oder wird es gegen seine dicken Lippen prallen, oder wird es sich – Gott behüte – verwickeln und für immer um sich selbst schlingen: Glühwümpcchhmmp! Wenn es ginge, würde Aaron jetzt aus dem Küchenfenster springen und in den Wizo-Park laufen, um dort im Dunkeln das Notwendige zu tun, aber das Fensterbrett steht voller Gläser: eingelegte Gurken, eingelegte Gamba- und Paprikaschoten, eingelegter Kohl und eingelegte Oliven und Zwiebelchen, sogar Mohrrüben, alles legt sie ein, jedes frische Gemüse ist in Gefahr bei ihr.

Er schneidet schnell, mit hastigen, winzigen Bewegungen, gibt acht, sich nicht zu rühren. Nur die Fingerspitzen stehen nicht still. Und die drei dort draußen kneten und massieren von oben bis unten. Allein bei dem Gedanken kann man ja zerschmelzen. Sie haben ihn noch nie so lange massiert. Von hier aus kann man seinen ganzen Körper nicht sehen, vielleicht gibt es auseinandergenommene Teile, die beiseite gelegt wurden und warten, und gleich werden die drei den Körper neu zusammensetzen, aber diesmal so, wie sie es bestimmen und entscheiden. Wenn man den Kopf ein bißchen zurücklehnt, sieht man zum Beispiel nur ein Stück von seiner Schulter und die Finger der Mutter, die auf seinen Muskeln liegen, die prüfen, ein bißchen mit dem Nagel kratzen, vielleicht versucht sie herauszufinden, ob er echt ist, da, jetzt kratzt sie ihn wieder, es ist ein kleines, rundes Kratzen, hei, das ist gar keine Massage, jetzt kitzeln ihn ihre Finger ein wenig, killekille! Und der Vater windet sich, krümmt sich vor Lachen, und die Mutter kitzelt auch an seinem Arm entlang, stößt unabsichtlich Jochi und die Großmutter beiseite, erlaubt sich ein kleines Lächeln, es ist zum ersten Mal seit Wochen, daß sie so lächelt, und auch der Mund des Vaters, der ins Bordeaux gedrückt ist, lächelt; es ist ein etwas plattes Lächeln, man könnte sich leicht täuschen und es mit einem

Weinen verwechseln; die Frage ist, ob dieser Mund überhaupt fähig ist, so ein hauchfeines Wort wie ›Faden‹ zu sagen. Aaron sieht im Geist einen hauchdünnen, gespannten, in der Sonne schimmernden Faden, honigsüßer Harz tropft von ihm, und der Faden vibriert wie eine Saite, in der die Melodie noch verborgen ist, kurz bevor der Ton erklingt. ›Fa-den‹, spricht Aaron langsam mit dünnen Lippen und großer Andacht, ›Fa-den‹, als würde er selbst aus seinem Inneren, seinen Eingeweiden gezogen, wie die Saite, fein und glatt, aber auch luftig, wie Nebel oder die Aura der Leute in seinen Filmen, und er kann sich behutsam durch jeden Spalt wie durch ein Nadelöhr fädeln. Er hebt das Gesicht, schließt die Augen, und seine Lippen öffnen sich ganz langsam, als er ›Fa-den‹ ausspricht, dem leichten Säuseln eines Windes ähnlich, zart, aber durchdringend, und er lächelt vor sich hin; denn der Vater würde bestimmt im Eingang steckenbleiben wie der dicke Knoten am Fadenende, und nicht durchkommen. Er lacht leise: der fadenhafte Aaron kommt durch, schlüpft durch, und der Vater bleibt am Ende mit dem Gesicht und dem Körper und den ganzen Mitessern stecken – peng! Aaron dagegen ist schon drinnen, er ist allein drinnen, und dort ist alles zerbrechlich und fast durchsichtig, leicht, wie mit feinen Strichen gezeichnet, sanft und rein, und Licht leuchtet von den Worten, das Licht von Glühwürmchen; in jeder Sache ist ein kleines Licht verborgen, sogar in der Putzwolle für die Fußleisten ist ein unsichtbarer Schimmer enthalten, und auch in den Früchten schwarzer Weintrauben mit ihrem dunklen Glanz, und in dem Blutstropfen an der Fingerspitze, der dicht und matt wirkt, aber wenn man seinen Namen mit Andacht und Hingabe ausspricht, ›Blutstropfen‹, dann leuchtet langsam ein fernes Licht in ihm auf, wie von einem Leuchtturm; und es gibt Wörter, die dir sofort ihr Gesicht, ihre rosige Seite zukehren, wenn du sie auf besondere Weise zu sagen weißt; nicht wie jemand, der sie nur so benutzt, oberflächlich, sondern wie jemand, der sie beim Namen nennt; dann drängen sie sich dir entgegen, sie gehören dir, nur dir, sie machen alles, was du willst; ›Glocke‹, zum Beispiel, er läßt es verwundert auf der Zunge zergehen, als koste er es zum ersten Mal, ›Glllocke‹ oder ›Heckenkirsche‹ oder ›Löwin‹, ›Gitarre‹, ›Märchen‹, ›Glut‹, ›Melodie‹, ›Schimmer‹, ›Funke‹, ›Samt‹ – sie schmelzen auf seiner Zunge, entblößen sich langsam von all ihren materiellen, äußerlichen Hüllen, bis nur noch ein leichtes Glimmen zurückbleibt, eine Spur rötlich glühender Asche, und ein warmer Glanz verbreitet sich, löst sich langsam in der Mundhöhle auf – siehe, hiermit sind deine Lippen berührt, daß deine Schuld von dir genommen werde und deine Sünde gesühnt sei.

Er schiebt das rotgepolsterte Taburett – die Mutter hat beschlossen, daß es König Faruk mit dem Fes ähnelt – ein wenig von sich, beugt sich nach vorne, vorsichtig, damit ihm nichts auskommt, und schaut ins Wohnzimmer: die drei schuften auf dem Rücken des Vaters wie Fischreiher auf einem Büffel. Die Großmutter wird bereits müde. Die Kraft, die sie bei Verstand hält, ist auch nach der Operation noch sehr schwach. Die Mutter setzt sie jetzt auf den Franzuski, damit sie sich ausruhen kann. Schnuppert schnell hinter ihrem Rücken, um nachzuprüfen, ob sie gemacht hat. Die Großmutter sitzt nur da, ihre Augen sind mit einem Schleier überzogen. Daß sie uns nur nicht zu Hause stirbt. Und schon fragt auch die Mutter halblaut: wie lange kann man sie noch so im Haus halten. Und wenn die Großmutter jetzt mitten ins Wohnzimmer macht, denkt er, wird man sie umbringen. Und noch dazu nach dem Großreinemachen. Wenn alles glänzt und blitzt. Und noch dazu an einem so festlichen Tag, wo der Vater zurückgekehrt ist. Die Mutter würde sie einfach auf der Stelle fertigmachen. Sein ganzer Körper ist verkrampft und versteinert. Nur die Lippen sind ihm noch geblieben, und er öffnet sie langsam, bis sie das Pfeifen hervorbringen, das geheime, in seiner Frequenz für normale Ohren nicht wahrnehmbare Pfeifen, dieses Pfeifen, das nur die Weiber hören, die dir dann folgen und alles machen, was du willst. Aber wieso probiert er es jetzt? Mit ihnen? Nur aus Spaß. Er glaubt ja nicht daran. Schon als Giora ihm davon erzählte, hat er es nicht geglaubt. Er öffnet die Lippen. Konzentriert sich. Vergißt den Rest. Das, was bei ihm unten häßlich und unmäßig anwächst. Webt mit seinen Lippen den Spinnfaden.

Die drei Frauen richteten sich plötzlich auf. Als habe sie jemand von innen gekitzelt. Als habe jemand mit einem Flüstern ihre Namen gerufen. Sogar die Großmutter fuhr hoch. Nur der Vater rührte sich nicht und merkte nichts. Dick und taub blieb er auf seinem ans Sofa gepreßten Bauch liegen. Aaron hörte sofort erschrocken auf, und sie kehrten zu ihrer Arbeit, zu ihren automatischen Bewegungen zurück. Wieder wandte Aaron ihnen seine Lippen, seinen lockenden Mund zu und wob mit großer Hingabe und Präzision seinen leisen, kühnen Faden. Mit träumerischen Gesten drehten sich die drei Frauen um, dehnten und zogen sich in die Länge wie schwere Tropfen aus einem Wasserhahn, hielten sich taumelnd an den drei bunten Staubwedeln fest, und noch während sich der Vater mit einem bitteren Murren auf den Ellbogen aufstützte und wissen wollte, was los sei, umringten sie Aaron schon kichernd und tapsend, streichelten sein Gesicht mit Wolkenfedern, kitzelten jeden Zentimeter seines sich windenden Rückens, auch sie selbst hatten Spaß daran, kringelten sich vor innerem Kribbeln, vor ergebenem, anbiederndem Kichern, während er ihnen ›Löwin‹ und ›Heckenkirsche‹ und ›Gitarre‹ und ›Märchen‹ zuflüsterte, und jedes Wort wölbte seinen glatten Bauch vor ihm und strahlte ein rötliches Licht aus, und im Herzen des glühenden Scheins vibrierte wie ein Auge eine winzig kleine, glockige Zunge, die nach seiner eigenen geschmeidigen, muskulösen Zunge lechzte, seiner freien Zunge, seinem kleinen Fleischklümpchen, das, wie das gewöhnliche Haar eines Pferdeschweifs, das Geigenspiel hervorbrachte; und Aaron taumelt jetzt in einem Gewirr von geistiger Erhebung und Selbstvergessenheit, und gleich danach, nur einen winzigen Augenblick danach, umhüllt ihn mit düsterer Scham eine naturbedingte stinkende Schmach, und er sinkt langsam vom Taburett, läßt den Mesinik mit einer ihm neuen Kaltblütigkeit wieder über den Schnitt in seinen Mittelfinger fahren, beobachtet, wie sich das Blut in der Wunde fast unbemerkt sammelt, und in seinem Magen ist eine wunderbare

Leere, eine Leere, wie er sich ihrer nicht erinnern kann, die Leere eines anderen Menschen. Eine vergessene und fast unerträglich klare Wonne durchläuft seinen Körper in dem flüchtigen, wie eine Ewigkeit dauernden Augenblick, in dem er strömt und strömt; als gebäre er sich selbst, klein und geliebt und nackt und stinkend; als werfe er ein entsetzliches Joch ab, ein schweres und dunkles Geheimnis – nicht sein Geheimnis, man hat ihn gezwungen, es in seinem Innern zu bewahren. Behutsam legt er sich hin, bis seine Wange auf dem Boden ruht. Der Gestank breitet sich langsam in der ganzen Küche aus. In seiner Hose herrscht eine Feuersbrunst. Das Blut tropft neben seinem Auge, und er betrachtet es: Wie das Blut eines anderen rinnt es in die Ritzen. Und eigentlich – gehört alles einem anderen. Aaron ist so leicht. Er schwebt und wird für immer weiterschweben. Nichts lastet auf seiner unendlichen Seele. Er wird golden werden. Er wird erleuchtet werden. Kein Zweifel: ab jetzt wird sich alles ändern. Die Wahrheit muß gestanden werden: dieser Kampf hat ihn geschwächt. Nicht nur das, was in den letzten Wochen geschah. Das ist bereits vergessen. Aber diese ganzen drei Jahre, die vergeudet wurden. Und auch sein Verstand ist geschwächt. Er vergißt Dinge. Kann seine Gedanken nicht mehr so schnell wie früher fassen. Es fällt ihm schwer, sich zu konzentrieren. Bei den Prüfungen schreibt er Unsinn. Als würde der Klumpen in seinem Innern immer dicker und teigiger werden. Auf den ganzen Rest drücken, sich gegen ihn pressen und ihn zerquetschen. Früher war er auch als Spaßmacher bekannt. Wie er sie alle zum Lachen bringen konnte. Wie er jeden, den er wollte, nachahmen konnte. Und jetzt war anscheinend sogar sein Humor verblaßt. Jetzt war Aaron grau und langweilig. Andere Kinder werden inzwischen erwachsen, und er, was macht er? Er macht Listen von Adamsäpfeln und Achselhöhlen und Beinen und Pickeln und Schweiß. Aber die Mutter merkt etwas. Plötzlich spannt sie sich an. Ihre Stirn runzelt sich vor Staunen. Und er wird erlöst werden. Es muß so sein, es gibt keine andere Wahl. Er wird sich wieder an alles erinnern, was ihm verlorengegangen ist. Sie stößt die Frage auf jiddisch aus, riechst du nichts, Jochile, und Jochi schnuppert und antwortet: nein. Wenn sie mir hier auf den Franzuski gemacht hat, bringe ich sie morgen früh, so wahr ich lebe, ins Krankenhaus zurück und verschwinde, und tausend Doktoren werden es nicht schaffen, sie mir zurückzuschicken; und Aaron muß nicht einmal die Hand ausstrecken und seine Zwiebelscheibe berühren, um es zu hören: seit sie in unser Leben gekommen ist, verdirbt sie mir jede Freude. Aber Aaron wird sich bessern. Er wird sich verändern. Er wird wieder spielen lernen, auf seiner neuen Gitarre wird er spielen, auf einer Flöte aus Gold wird er flöten, er wird die Kinder wieder mit einer Melodie hinter sich scharen, die Krone eines Prinzen wird man ihm aufsetzen. Und er wird Geschichten erzählen, Träume deuten, Hungersnöte abwenden, in durchsichtigen Murmeln wird er die Aura einfangen, die von den Dingen auf der Welt ausgeht. Die Mutter läuft zur Großmutter und hebt sie gewaltsam von ihrem Platz hoch. Mit der Bewegung einer Schlange, die zubeißt, schnellt ihre Nase nach unten, hinter die Großmutter, bleibt einen Augenblick dort stecken. Und Aaron wird jeder Aura einen Namen geben, einen geheimen Namen, und diese Namen wird er auf einen hauchfeinen Goldfaden ziehen, er selbst wird der Faden sein, wird die Seele aus den Worten destillieren und sie zwischen seinen Lippen verbergen ... Die Mutter richtet sich auf. Zerstreut und verlegen setzt sie die Großmutter auf den Franzuski zurück. Ihre Nase irrt erstaunt hin und her, späht, kreuzt, stößt auf die Küche, kehrt zur Großmutter zurück, richtet sich wieder hartnäckig auf die Küche, konzentriert sich, schnuppert, reißt sich langsam zusammen, sie erkennt mit doppelter Verblüffung, mit Ungläubigkeit, mit Entsetzen, und über ihr Gesicht peitscht ein Blitz fassungslosen Grauens.

26 Doch siehe da, im Frühling verliebte er sich trotzdem. Als er eines Abends durch den Wizo-Park ging, sah er, wie Zachi Smitanka und Dorit Alusch auf einer Bank lagen und miteinander schmusten. Sofort, noch bevor sie ihn bemerkten, duckte er sich am Wegrand und lief so, in gebückter Haltung, an der Hecke entlang, bis er seine Lücke fand und hindurchschlüpfte. Er kehrte nach Hause zurück und saß still und ohne einen Gedanken fassen zu können in der Dunkelheit seines Zimmers. Gewaltsam schleppte er sich zum Abendessen. Die Mutter stand plötzlich auf und legte ihre Lippen an seine Stirn, einen Augenblick dachte er, sie wollte ihn küssen, weil sie spürte – das Herz einer Mutter –, was er durchmachte, und er schloß hilflos die Augen und zerbrach fast vor der Sanftheit ihrer Lippen, die an seiner Stirn verweilten, die bebten, sich mit Gewalt andrückten; sie hatte ihn schon lange nicht mehr geküßt, und er hatte nicht geahnt, daß er das so sehr wollte. Nein, Fieber hat er keins, sagte sie trocken und setzte sich wieder; warum sieht er dann so aus, brummte der Vater mit verhaltener Wut, wie – so, fragte Aaron leise, so, wie eine Ohrfeige, meinte die Mutter, wie einer, dem man auf dem Gesicht gesessen hat. Aaron seufzte, zuckte die Achseln und sah in Gedanken das lange braune Bein von Dorit Alusch zappeln, wobei er nicht genau einzuordnen wußte, ob dieser Krampf von Schmerzen oder von der Wonne herrührte, wer weiß, wie viele solche Überraschungen es noch auf dem ganzen schwarzen Jahrmarkt geben wird, der auf ihn wartet. Der Vater schwieg. Auch die Mutter sprach kein Wort. Aaron stand vom Tisch auf und sagte, er fühle sich wirklich nicht wohl, zog sich den Schlafanzug an, legte sich ins Bett und versuchte mit aller Gewalt einzuschlafen, ganz, ganz tief zu versinken, unter dem Verstand und der Erinnerung, und anscheinend gelang es ihm auch, denn in dieser einen Nacht, mit der elementaren Kraft der Verzweiflung, der einzigen Weisheit, die er jetzt noch kannte, keimte am Morgen seine erste Liebe in ihm.

Alisa Lieber; Miri Tamari; Rina Fichman; trunken vor Aufregung, als ob er eine heimliche Sendung zu erfüllen und nach einer Geliebten zu suchen hätte, ging er zwischen ihnen umher. Ariela Blitzky; Osnat Berlin; Tami Lerner; alltägliche Mädchen erschienen ihm plötzlich in einem ganz neuen Licht, hellten sich auf, wandten ihm ihre schamhaften Sonnenblumengesichter von der Seite zu; Ruthi Zuckerman; Chani Altschuler; Chani Hirsch; Orna Agami; er liebte sie trotz der Makel, die er an ihnen fand, eigentlich gerade wegen dieser leichten Unebenheiten, die ihm wie heimliche Andeutungen, wie Signale an ihn erschienen; Ruchama Taub; Gila Schalgi; sogar an der dicken Naomi Feingold fand er Gefallen – allerdings nur zehn Tage lang, bis er herausfand, daß ihr kleiner Bruder sechs Zehen am linken Fuß hat; er liebte manche Mädchen ganz, so wie sie waren, aber er konnte sich auch in einzelne Teile eines Mädchens verlieben: in eine schöne Wange, in einen Hals, in eine Geste, in den Klang eines Lachens, und er übersah dabei, was diese Teile begleitete, das Schwerfällige und Unbeholfene; in die kleine Varda Koppler verliebte er sich in einer Woche voller Halluzinationen und finsterer Eifersucht auf den Soldaten, dem sie Briefe schrieb, nur weil er plötzlich bemerkte, daß sie lispelte. Danach entdeckte er das Grübchen von Malka Schlein und die winzige Mulde, die die Impfung in dem hübschen molligen Arm von Adina Ringel hinterlassen hatte. Er war überwältigt von der Erkenntnis, daß in jedem Mädchen, in das er sich vertiefte, sofort irgend etwas sichtbar wurde, das seine ewige Liebe, seine volle Hingabe verdiente, und er ging wie ein Bote umher, der an dem Geheimnis, das er in sich trug, fast platzte, und lernte sie auf seine stille Art kennen: Esthi Persitz; Aviva Castelnuevo; Nira Vered ... die Glas-Sandale war verschwitzt.

Jaeli Kedmi war ein Jahr jünger als er, sie besuchte die siebte Klasse, und seit etlichen Jahren ging sie zusammen mit den Kindern aus seiner Straße von der Schule nach Hause. Sie war klein, schüchtern und dünn, nur ihre Wangen waren pummelig, und mehr als ihr Gesicht oder ihre Stimme kannte er ihre schwarze Mähne, die sich um ihren Kopf lockte. Seit sie neun war, ging sie mit ihnen denselben Weg, und sie gewöhnten sich an ihr Schweigen, an ihre bescheidene Art, sich hinter ihnen zu halten. Sie sprachen sie fast nie an und achteten nicht einmal darauf, Geheimnisse vor ihr zu bewahren: sie war die ›Wie-heißt-sie-noch-mal-Jaeli‹, auf die man aufpassen muß, wenn man die Beit-Hakerem-Straße überquert, und sie trennte sich an der Bialik-Straße schweigend von ihnen.

An jenem Nachmittag aber begleitete Aaron seine Schwester zum Ballettunterricht ins Tal des Kreuzes, man baute in der Nähe einen neuen Flügel des Israel-Museums, und Aaron interessierte sich für die gewaltigen Felssprengungen, die die Arbeiter jeden Tag um fünf Uhr vornahmen, die ganze Luft wurde um ihn und in ihm erschüttert, und während Jochi ihr Balletttrikot anziehen ging, betrachtete er die jungen Mädchen, die gleich mit dem Unterricht fertig sein würden, und plötzlich sah er unter ihnen Jaeli tanzen. Sie trug ein enges schwarzes Ballett-trikot, ihre Arme und Beine sahen jetzt nicht dünn aus, sondern schlank, sie schwangen elegant wie die Schnörkel aus einer spitzen Feder, und ihre gewaltige Mähne, die immer etwas merkwürdig ausgesehen hatte, so schwer und übertrieben lastete sie auf dem winzigen Körper, umrahmte ihr Gesicht jetzt, wo sie tanzte, ernst und würdevoll. Verwirrt tat er einen Schritt zurück, stand am Eingang des Saals und starrte sie an. Rina Nikowa, die langjährige Ballettlehrerin, klatschte in die Hände, und er erschrak, dachte, sie würde auf ihn zeigen. Er versuchte, eine gelassene Miene aufzusetzen, die jedoch schmolz und ihm über das Gesicht floß, so erhitzt, wie er war. Rina Nikowa unterbrach den Tanz und erklärte den Mädchen etwas in ihrem üppigen russischen Akzent. Jaeli sah nicht in seine Richtung. Die Musik setzte wieder ein, die Mädchen übten die Arabeske, und Aaron verschlang Jaelis Gesicht, ihr hübsches, mit scharfer, prägnanter Linie gezeichnetes Gesicht; ihren konzentrierten Ausdruck, als sie den ›Katzenschritt‹ machte; ihre klare Haut; den hochmütigen, ehrgeizigen Zug um ihre Nase; ihre eifrigen, etwas schräg stehenden, mandelförmigen Augen, bei denen es schwerfiel zu entscheiden, ob sie braun waren wie die seinen oder grün, oder auch braungrün; und das leichte, ruhige Lächeln, das um ihre roten Lippen spielte, deren untere etwas üppiger und vorgeschoben war. Aaron spürte, daß sein Herz heftig pochte, daß es geschah, daß da ein großes Licht war, und Jaeli tänzelte leichtfüßig, frei wie ein Vogel – Vogel Vogel, schlug es wie ein Paar Flügel in ihm, und augenblicklich wußte er, daß sie Vegetarierin war, wie auch er es einmal gewesen war, und er wußte auch, daß er diesmal darum kämpfen würde, Vegetarier zu bleiben, um ihretwillen würde er kämpfen, und das Wunderbarste für ihn war, daß Jaeli plötzlich, durch die Kraft eines Blickes und eines Herzschlags, erlöst wurde und wie ein lebendiger Funken aus der schwarzen Klaue des Fremden, des Banalen sprang.

Jochi kehrte mit schwerfälligen Schritten in ihrem Ballettrikot zurück. Damals war es kaum möglich zu übersehen, daß sie einfach dick war, und nur weil sie ohnehin kurz vor der Einberufung ins Militär stand, entfernte Rina Nikowa sie nicht vom Unterricht. Ihre Beine waren zu breit, und ihr Hintern platzte aus dem Trikot. Obwohl sie die glatten Beine von Großmutter Lili geerbt hatte, hatte sie vor ungefähr zwei Jahren damit begonnen, sich die Haare mit Wachs auszureißen, damit sie wachsen würden und sie sie dann wie alle anderen Mädchen ausreißen könnte. Jetzt, als sie langsam an ihm vorbeikam, sah er die kleinen schwarzen Punkte auf ihren Schenkeln, und einen Augenblick lang packte ihn die Wut auf sie, sogar Feindseligkeit, aber welche Schuld trifft denn sie, die Ärmste, das kommt doch alles von Vaters Appetit und Mutters Verstopfung; und trotzdem war er wütend auf sie, als sie sich in die dritte Reihe der neuen Tänzerinnen drängte, eine Taube zwischen Spatzen.

Rina Nikowa klatschte dreimal fest in die Hände. Der Unterricht ist zu Ende, bestimmte sie, und der Schwarm junger Mädchen lief schwatzend in den Umkleideraum. Aaron wich zurück und preßte sich an die Wand, vor Verlegenheit und Erregung rot geworden, betört von den Gerüchen nach Schweiß und neugeborenen Kätzchen und Orangen-Parfüm. Ein Paar Beine blieb vor seinen gesenkten Augen stehen, Beine, die früher bloß als dünn, sogar als mager gegolten hatten und jetzt eindeutig schlank und federnd waren, und einen kurzen Augenblick lang sah er sie an, sein Herz zitterte wegen seiner schlotternden Knie, und ihr Blick in seine Augen war sanft, aber auch trotzig, amüsiert und selbstsicher: ich habe gesehen, daß du mir zugeschaut hast, sagte ihr Blick, ich habe die ganze Zeit für dich getanzt, hättest du geglaubt, daß ich es bin?

Als sie am nächsten Tag von der Schule nach Hause gingen, wagte er es nicht, Blicke mit ihr auszutauschen. Zachi und Gideon marschierten wie immer an der Spitze der lärmenden Bande und diskutierten miteinander, Aaron ging an ihrer Seite, nur knapp hinter ihnen, und hörte sie mit Jaelis Ohren. Erst jetzt begann er zu begreifen, wie gut sie sie alle, die ganze Meute, kannte, wie vertraut sie ihr alle waren, und er fragte sich, was sie wohl von ihm und von seinem Problem hielt. Zachi erzählte einen Witz, den er im *Vollständigen Buch der Witze über Levy Eschkol* gelesen hatte, und Gideon ereiferte sich darüber und sagte, daß Witze, die dem Premierminister und der Moral schaden würden, zensiert werden müßten, und Chanan Schwiki rief, er solle endlich aufhören, Reden zu halten und Zachi solle noch einen loslassen. Aaron war erschüttert zu hören, wie grob und vulgär sie waren, und wußte nicht, was er machen sollte, um Jaeli in ihrer Unschuld zu bewahren; und als Zachi wie an jedem Tag den blinden Murdoch verrückt machte und ihm statt Geld eine Metallschraube in die Büchse warf, trat Aaron zurück und stand ein paar Schritte abseits, um seinem Protest und seiner Verachtung Ausdruck zu verleihen. Und während der ganzen Zeit ging Jaeli an ihrem festen Platz in der Gruppe, ganz am Ende, die große Schultasche auf ihrem Rücken, ihr Kopf schien ein wenig unter ihrem Haar, das sie wie eine Krone schmückte, gebeugt, und er schaute sie verstohlen an: es sah aus, als würde sie auch jetzt tanzen, ohne sich entsprechend zu bewegen, auch außerhalb von Rina Nikowas Unterricht, und wer war so dumm zu glauben, daß sie einfach nur so hinter ihnen herzog; er schmiegte sich mit seinen Augen an ihre jungen Beine, sie hatte eine rötliche Schramme direkt neben dem Riemen ihrer Sandale, und er zersprang schier vor lauter Liebe. Als die Bande den Supermarkt betrat, hätte er fast zum ersten Mal gewagt, zurückzubleiben und allein durch die automatische Tür zu gehen, er fühlte, daß er jetzt bestehen könnte, daß er sich jetzt, von einem Augenblick zum anderen, von innen her füllte, trotzdem zögerte er, vielleicht ist es noch nicht an der Zeit, und er schloß sich listig einer jungen Frau an, die mit einem Baby hineinging, und beeilte sich, die anderen einzuholen. Die ganze Zeit über lauerte er auf eine Gelegenheit, ihr irgend etwas zu sagen. Kontakt zu knüpfen. Als sie die Beit-Hakerem-Straße überquerten, trödelte er ein wenig, und als sie an ihm vorbeiging, stieß er hart, fast aggressiv aus: »Paß auf, ein Auto«, und sah, daß sich ihr Hals rosa färbte.

Die Liebe machte ihn sanft und froh. Plötzlich erinnerte er sich, wie sehr er sich eigentlich freuen konnte. Morgens, vor dem Anziehen, verschränkte er die Arme im Nacken, schaute ein paar Augenblicke in den blauen Himmel und fühlte, daß er von einem langen Weg zurückkehrte. Dann sprang er voller Begeisterung und Eifer aus dem Bett, dem neuen Tag entgegen. Eines Abends, als er sich mit einem Stachel am Finger verletzt hatte und die Mutter die Nadel zum Desinfizieren über der Herdflamme erwärmte, fing er fast zu weinen an, es würgte ihn, und die Mutter dachte, das sei vor lauter Angst und spottete über ihn; dabei fühlte er doch nur bis hoch zu den Augen Glückseligkeit darüber, daß man sich um ihn sorgte und ihn so sehr liebte. Schlagartig hörte er mit allen heimlichen Experimenten auf, vergaß sie, löschte sie. Als er irgendwann in seiner Schulmappe ein paar Zigarettenstummel fand, warf er sie leichten Herzens fort. Als wären sie irrtümlich dort hingekommen. Er vergaß alles, was einmal gewesen war. Ein neues Blatt. Ein neues Blatt. Wenn man ihn zum Einkaufen in den Lebensmittelladen schickte, bot er sich freiwillig an, bis ins entfernter gelegene Einkaufszentrum zu gehen, um an ihrem Haus vorbeizukommen und verstohlen die Blumen am Strauch der Heckenkirsche zu riechen. Es gab eine Stelle in seinem Bauch, ungefähr unter dem Herzen, die stach und vor Sehnsucht brannte, wenn er an Jaeli dachte; in einer der Pausen war er plötzlich einverstanden, sich dem Fußballspiel der Jungen anzuschließen, und er zeigte ihnen, wie ein echter Champion spielt, und weidete sich an seinem Spiel, am Laufen, er schoß sogar ein Tor, und alle stöhnten, welches Talent hier verschwendet wurde, welche Dummheit es war, daß einer wie Arik Kleinfeld beschlossen hatte, die Schuhe an den Haken zu hängen, und wie man ihn bloß überreden könnte, wieder mit der Mannschaft für die Meisterschaft der achten Klassen am Ende des Jahres zu trainieren. Als er jubelnd und mit gerötetem Gesicht vom Spielfeld zu den Wasserhähnen ging, sah er aus den Augenwinkeln, daß auch sie sich aus der Traube der Mädchen löste und herüberkam, um ebenfalls zu trinken. Sein ganzer Mut verließ ihn. Erschrocken beugte er sich vor und trank aus dem Wasserhahn, und schon sah er ihre Mähne, die schwarze Wolle, über dem Hahn gegenüber, er schloß die Augen und sog mit aller Kraft, bis ihm der sinkende Wasserspiegel des Sees Genezareth einfiel.

Sie schauten sich an, und Aaron, der feuerrot wurde, stieß hervor: »Ich habe dich bei Rina Nikowa gesehen.« Ihre Lippen lächelten ihn an, und ihre Zähne schimmerten wie Perlen. Er verstand nicht, wie sie so ruhig sein konnte. Ruhiger als er. Mit leiser Stimme sagte sie: »Ich möchte Tänzerin werden.« »Ich habe mal Gitarre gespielt«, sagte Aaron, ein einziges zitterndes Bündel. »Und hast aufgehört.« Sie hat nicht gefragt. Sie hat es gewußt. Vielleicht sogar getadelt oder kritisiert. Sie weiß alles über ihn. Es hat keinen Sinn, sich in ihren Augen besser machen zu wollen. Da stehe ich vor dir. Hilf mir. Du hast bestimmt gesehen, was ich durchmache. Gut, daß man nicht mit Worten reden muß. Aber ich fange an, gesund zu werden. Es ist noch geheim, Jaeli, aber ich fühle es schon. Alles öffnet sich bei mir. Und weißt du, wem ich das zu verdanken habe? »Ich werde wieder spielen«, brachte Aaron die Kraft auf, ihr zu antworten. »Man hat mir eine neue Gitarre zur Bar-Mizwa gekauft. Bald fange ich an.« Jaeli lächelte. Sie glaubte ihm. Der Zauber wirkte. Die Hände der beiden lagen auf den Wasserhähnen und ähnelten einander, und Aaron, der genau wußte, wie seine Hände aussahen, zog sie trotzdem nicht weg, mit aller Macht ließ er sie dort, weil sie alles über ihn wissen sollte. Damit er nichts verbergen und vortäuschen müßte, damit vom ersten Augenblick an absolute und vielleicht sogar schmerzhafte Ehrlichkeit und Offenheit zwischen ihnen herrschen sollte: »Ich heiße Aaron«, brachte er töricht hervor, aber es war ganz und gar nicht so töricht, wie es scheinen mochte: er überreichte ihr wirklich seinen Namen; seinen Namen, in dem alles enthalten war. Sie lächelte. Schob die volle Unterlippe wieder vor, als zwinkere sie ihm mit Interesse, mit Zuneigung zu. Der Hausmeister läutete die Glocke.

Und so war es auch am nächsten Tag. Und am übernächsten. Ein feines, durchsichtiges Gewebe entstand. Die Bande marschiert unter dem üblichen Lärm nach Hause, Geschrei und Gelächter, Flüche und Sticheleien, und jedes Wort zwischen ihnen beiden wird zu einer leisen Andeutung, einer gurrenden Brieftaube: Hast du ihn gehört? Woran erinnert dich das? Was verstehen sie, die Fremden, die Stumpfsinnigen, die draußen geblieben sind.

Inzwischen verlangsamt auch Gideon unabsichtlich, unbewußt, seine Schritte, bummelt ein wenig, bis Aaron ihn erreicht, und siehe da, er unterhält sich mit Aaron, er hat schon seit Monaten nicht mehr so vertraulich mit Aaron geplaudert, und noch dazu vor allen anderen; Zachi Smitanka wirft ihnen einen erstaunten Blick zu und verstummt, seine Augen kehren einen Augenblick lang noch einmal zurück, werden düster und dumpf, als sei seine Lebensquelle trockengelegt worden; seine kleinen schwarzen Augen scheinen von der Leere seines Gesichts aufgesaugt zu werden, und er schlägt dem langen, weichlichen Michael Karni mit aller Kraft in den Nacken, wie geht's, Giraffe, wie ist das Wetter dort oben; es entsteht eine kleine Rauferei, doch Gideon bemerkt sie gar nicht, Gideon spricht mit Aaron, blickt neugierig in Aarons Gesicht, spioniert darin herum, so daß Aaron komplizierte Manöver machen muß, um Jaelis Augen einen Moment lang für sich zu gewinnen, aber auch diese Heimlichkeit ist ein Gewürz, ist richtig, ist endlich da, und Aaron fühlt, daß er jetzt dafür belohnt wird, daß er sich während der schweren Zeit reingehalten hat, nicht verroht ist, weder in Worten noch in Taten, er hat sich kein einziges Mal zum Wichsen verleiten lassen; er hat bereits im voraus gewußt, wie er sich fühlen würde, wenn er etwas nicht aus Reinheit und aus wahrem Willen, seinem eigenen Willen, täte, und sogar in den Tagen, als er so große und irrsinnige Angst verspürte, hatte er sich immer wieder vor Augen gehalten, wie sehr er sich hassen würde, wenn er sich aus Schwäche in diesem eisernen, tyrannischen Netz verstrickte, wofür gewisse andere Personen regelmäßig und freudlos Schweigegeld bezahlten, sich mit Lust und Schande verkauften und verblichene Quittungsmarken mit dem schalen Geschmack von Klebstoff dafür bekamen; nicht er: er hat nicht nachgegeben. Nichts entweiht. Nichts beschmutzt. Und daher kehrt jetzt, wie von den Toten auferstanden, seine Freude zu ihm zurück, die Botschaft seiner Kindheit, die verlorengegangen und so lange in Labyrinthen, in Ämtern, in der Willkür des Verwaltungsapparats herumgeirrt war. Vorsicht! Einen Augenblick schien ihm, als stehle sich eine leichte Kälte in sein Glücksgefühl: als öffne sich langsam ein kleines, grausames Auge in seinem Kopf, ein zorniges Zyklopenauge im Zentrum eines undurchlässigen Klumpens, über einem Paar zusammengepreßter fleischiger Lippen und fahnde nach ihm: was soll das, daß man sich hier so freut? Wo war da noch jemand, der sich freuen konnte. Augenblicklich – wie der Spion Eli Cohen, der die Dokumente vernichtete, bevor die Syrier ihn schnappten – verscheuchte er Jaeli aus seinen Gedanken. Und marschierte mit ausladenden, übertriebenen Schritten weiter. Ein leichtes Aufblitzen: der Funke eines Gedankens wurde von hier irgendwohin geschossen. Ein leichtes Brennen in der Tiefe seines Bauches; genau an seiner inneren Stelle, der Stelle, die immer brannte, wenn er an sein Problem dachte, ausgerechnet dort fing jetzt bei ihm das Glück an, Hand vor den Mund, Militärgeheimnis, Aaron wird nicht zulassen, daß irgend etwas diese Liebe verletzt: er wird kämpfen. Oho, und wie er diesmal kämpfen wird.

»Stell dir nur mal vor …«, sagte er mit zu lauter Stimme zu

Gideon, der sich anstrengen mußte, ihn einzuholen (stell dir nur mal was vor? Er hatte nur so zu reden begonnen, um seine Gedanken von der Gefahr abzulenken. Stell dir nur mal zum Beispiel vor), »daß es Leute auf der Welt gäbe, denen man, sagen wir, seine Wunden für eine bestimmte Zeit verkaufen könnte? Was hältst du davon?« »Du mit deinen Ideen«, lachte Gideon, wandte sich zu Michael Karni, der sich zu ihnen gesellt hatte, um sich bei Gideon vor Zachis Handgreiflichkeiten zu schützen, und sagte: »Kleinfelds Ideen!« Das erste Kompliment seit langer Zeit. »Nein, im Ernst, Gideon: angenommen, man könnte solchen Leuten seine Wunden und Schmerzen zur Aufbewahrung geben, und sei es nur für eine Woche. Wenn man mit auf eine Klassenfahrt muß und beispielsweise einen gebrochenen Arm hat, dann geht man zu so einem Mann, übergibt ihm den Arm für eine Woche ...« Gideon lachte wieder und klopfte Aaron auf die Schulter; ergriffen von dieser Geste der Freundschaft, schaute Aaron zu ihr hin und sah, daß sie es gehört hatte, und vor allem – daß sie gesehen hatte, wie Gideons Hand seine Schulter berührt hatte, wie sich der Kreis zwischen dem einen Körper und dem anderen geschlossen hatte; und da war nicht die Spur eines Zirpens gewesen, es war wie eine einfache Frage aus der Physik, über einen Körper A und einen Körper B, nur zwei zufällige Körper, und trotzdem – einer von ihnen ist seiner, ist Aarons, ist sein persönlicher Körper, der jetzt vermutlich so sehr strahlt, so offen und unverkrampft ist, daß ein anderer Junge, ein bestimmter Körper A, einfach die Hand ausstrecken und ihn berühren, ihm auf die Schulter klopfen kann. Und bei soviel Glück konte er sich nicht mehr zurückhalten, er sprang mit aller Kraft hoch, warf den Arm in die Höhe und rief mit der Stimme Schmuel Rodenskys: »Stejt das Gebäude oder stejt es nicht?« Und Gideon, er ihm die ganze Zeit sehr aufmerksam zuhörte, ging sofort darauf ein und antwortete mit hoher, komischer Stimme: »Mann! Heute nacht haben sie das Gewerkschaftsgebäude in die Luft gejagt!« Und nachdem Gideon, der strenge, vornehme Gideon, sozusagen die Erlaubnis gegeben hatte, fing die ganze Bande an zu toben und sich über sich selbst zu freuen, fegte wie ein Sturm über alle Pfade des Parks der Zwanzig, jagte einer Gruppe von Kindergartenkindern Angst ein, schoß Johannisbrothülsen von den Zweigen, Chanan Schwiki und Meirke Blutreich stellten sich mit einer leeren Flasche in der Hand und einem zusammengerollten Pullover anstelle eines Fußballs neben das große Denkmal der Zwanzig, das im Park stand, und alle errieten die persiflierte Reklame sofort und riefen aus vollem Halse, in schallendem Chor: »Die Kumpel nennen das Malzbier!« Jaeli betrachtete das alles in ihrer ruhigen Art, ein hauchfeines Lächeln spielte um ihre Mundwinkel, als errate sie, wem es zu verdanken war, daß sich die Flamme entfacht hatte und wer die Unbekannte war, die allein mit ihrer stillen Gegenwart dieses jubelnde Schiff vom Stapel gelassen hatte. Aber lieber nicht daran denken, nicht im Kopf, nicht unter dem Berg von undurchlässigem Fett und dem bösen, schlummernden Zyklopenauge, nur ein roter Funken pfiff, versengte, flackerte in der Tiefe seines Bauches, unter dem Herzen, und dort würde alles vielleicht ganz von selbst, ohne Hilfe, ohne große Gedanken, mit leichten Stichen, mit Freude, mit Natürlichkeit entstehen, genau an der Stelle, an der Aaron jedesmal ein Brennen spürte, wenn er ein in Öl gebratenes Omelett gegessen hatte, wir wollen nicht näher darauf eingehen; schaut jetzt lieber, wie Chanan auf die Bank springt und seine Nummer aus dem Unterhaltungsprogramm ›Wohin heute abend‹ bringt, die wir gleich zu Hause im Radio hören werden, wenn wir bei der Suppe angelangt sind. »Sie ist nicht schwierig, sondern schwer, die Dame! Wenn sie steht, hält ihr keiner stand –«, Chanan der Spaßvogel bläst die Wangen auf und streckt den Bauch heraus, Aaron murmelt mit ihm zusammen, mit allen zusammen, im Chor; er soll jetzt sofort Stimmbruch kriegen, bitte, lieber Gott, mach, daß es so sein wird, ich bin doch so nahe dran, es muß doch bald kommen, »wenn Sie nur den Körperteil sehen würden, auf dem sie sitzt –«, nicht denken, nicht mit Gewalt wollen, Wissoker, Spiegel, Spiegler, Rosenthal, Miluban Tscheritsch, wenn die Orangen dich mit ihrem Duft betören, wenn

Mond und Sterne dich mit ihrem Glanz beschwören, dann bist du jung, la la la la, frei, ausgelassen, natürlich, ein bißchen nicht für seine Taten verantwortlich sein, »– und wenn sie einmal sitzt –«, »– dann sitzt sie fest!« brüllten alle anderen, und Aaron brüllte mit ihnen, und Gideon schaute ihn verstohlen, besorgt von der Seite an, er wurde auf kleinen Wellen zu Aaron zurückgetragen und -gezogen, und er spürte unbewußt das heimliche Aufblitzen einer hauchfeinen Goldader im Herzen einer tauben Mine.

27

Gideon und Aaron waren wieder Freunde. Er sagt es sich auf alle möglichen Arten und mit verschiedenen Betonungen: Hör mal! Sie sind wieder Freunde! Oder (wie nebenbei): und die beiden, wie heißen sie noch, die zwei, die immer zusammen waren und dann eine Weile nicht mehr so, die sind's jetzt wieder. Er lachte glücklich vor sich hin. Wie im Film liefen sie in einem nie enden wollenden Lauf aufeinanderzu, mit ausgebreiteten Armen, mit ›wer kommt zu mir‹, mit runden Mündern wie auf Kinderzeichnungen, als hätten sie sich in den letzten zwei Jahren nicht Tag für Tag getroffen, als hätte es, auch in der Zeit, als sie sich so weit voneinander entfernten, die Abmachung nicht gegeben, über jene gelbliche Pille zu schweigen, die Aaron Gideon ein- oder zweimal die Woche hingehalten und die Gideon genommen und ohne Wasser geschluckt hatte; hätte er sie bloß nicht geschluckt, jetzt aber trafen sie sich wie zwei Reisende, die von den beiden entgegengesetzten Enden der Welt zurückgekehrt waren und nun ihre Kisten voreinander ausleerten. Natürlich redete Gideon mehr, weil Aaron nichts zu berichten hatte. Aber Gideon war auch so zufrieden: er erzählte von seinen Zöglingen in der Jugendgruppe, von den Übungen seines Bruders Menni in der Flugstaffel der Fougues, von dessen neuer Freundin und von der Lambretta, die Zachi sich ganz allein aus Schrotteilen zusammengebastelt hatte; Aaron nickte nur und hörte genau zu, und wieder sprach Gideon von Mennis neuer Freundin aus dem Kibbuz Beit-Sera, die bei ihnen zu Hause schlief, in seinem und Mennis Zimmer, und er erzählte von den paramilitärischen Luftwaffenübungen und davon, daß man sie nach dem Unabhängigkeitstag mit einem tschechischen Gewehr schießen lassen würde, und wie Menni ihn aus dem Zimmer jagte, wenn das Mädchen zu ihm zum Schlafen kam, und Aaron hörte zu und schwieg. Sie schlenderten zusammen durch die Straßen des Arbeiterviertels, und Gideon erzählte wie nebenbei von einem neuen Pärchen, das es bei ihm in der Gruppe gab, und daß er beschlossen habe, ein ernstes Gespräch und eine Diskussion über das Phänomen von Beziehungen zu initiieren, die der Gemeinschaft schadeten. Aaron war von außen nichts anzusehen. Gideon bemühte sich, das Gespräch in Gang zu halten und erwähnte Anat Fisch, die schließlich mit ihrem älteren Freund, Moisch Sik, an seinen Strand in Eilat gefahren war und mit ihm im selben Schlafsack geschlafen hatte. Es war nicht eine seiner gewöhnlichen Reden, und Aaron spürte, daß Gideon sich wand und ihn mehr oder weniger um Hilfe bat, er wußte jedoch nicht, womit er ihm helfen sollte. Er schwieg. Auch Gideon verstummte und gähnte. Einen Augenblick schien es, als lockere sich der neue Faden der Annäherung, alles wurde grau und versank, aber Aaron brauchte nur ›Jaeli‹ zu denken und die Bauchmuskeln so zusammenzuziehen, daß sie seine neue Stelle kitzelten, die direkt unter seinem Herzen entstanden war – die Wände haben Ohren, wir wollen nicht in Einzelheiten gehen –, und schon flog Gideon wieder auf ihn zu, lebhaft und um Vertrautheit bemüht, er plapperte von einem Mädchen aus der Parallelklasse, die aus der Jugendgruppe ausgetreten war, um frei zu sein und auf Partys gehen zu können, und Aaron dachte, daß sich auch Gideon, trotz der langen Zeit, die vergangen war, noch nicht rasierte, er hatte schon über ein Jahr lang denselben Flaum, nur seine Augenbrauen waren dichter geworden und hatten sich einander genähert, bald würden sie über dem Nasenbein zusammenwachsen, dann würde er noch ernster und strenger aussehen, aber bis dahin war noch lange Zeit, nur seine Stimme hatte sich schon völlig verändert, gut, das ist eine alte Sache, an die haben wir uns schon gewöhnt: wenn Aaron ihn manchmal – in den Tagen, als sie sich auf Distanz hielten – anrief und sofort wieder auflegte, wußte er nicht immer, wer ihm geantwortet hatte, Gideon oder Menni oder ihr Vater. Gleichzeitig mit dem Stimmbruch hatte er sich auch eine neue, gleichgültige Art zu reden angewöhnt, ohne Intonation oder ein Lächeln in der Stimme und ohne Fragezeichen am Ende der Fragen; und dann war da natürlich noch die Sache mit seiner Größe; er war schon beinahe einen ganzen Kopf größer als Aaron, aber vielleicht würde das jetzt eine Weile so bleiben; objektiv gesehen stellt er eigentlich gar nicht so viel mehr dar als Aaron, bis auf seine Selbstsicherheit und die Tatsache, daß er gewissermaßen etwas mehr Knochen im Gesicht hat, und sein Gang ist jetzt wie der eines gelassenen Cowboys mit gespreizten Beinen, kann es – Gott behüte – sein, daß die Tabletten doch wirken, nein, sie wirken nicht, sein Herz zog sich zusammen, sie sind bestimmt schon längst nicht mehr gut, haben keine Wirkung mehr, weder eine gute noch eine schlechte; doch es gibt noch eine Erklärung, aber das ist wirklich nur eine Hypothese, trotzdem denkt Aaron daran, in aller Heimlichkeit und in einer Sprache, die er gar nicht kennt: ob es wohl möglich ist, daß Gideon trotzdem, tief im Herzen, auf ihn wartet. Und in einem Anfall von Begeisterung schlug Aaron vor, morgen zum Mandelbaum-Tor neben der Altstadt zu gehen, um die Kolonne von Polizisten zu sehen, die nach zwei Wochen von der Enklave des Skopusberges herunterkommen würde, er liest immer in der Zeitung darüber, von der Angst und der Spannung beim Durchqueren des jordanischen Feindgebiets, wie sie durch die Luken aus den Panzerfahrzeugen spähen, bis sie unser Gebiet und unsere Truppen erreichen, aber Gideon schien nicht zuzuhören und kehrte mit strenger, beharrlicher Stimme zu Zachi Smitanka zurück, der sich, haben wir schon gehört, haben wir schon gehört, die Lambretta zusammengebaut hatte, doch Aaron weiß selbst darüber Bescheid, jeden Freitag versammelt sich Zachis neue Bande aus den anderen

Siedlungen, Halbstarke mit Lambrettas und Motorrädern und Lederjacken so wie er, die Nachbarn werden alle ganz wahnsinnig von dem Lärm; nur Aarons Vater sagt, sie sollen ruhig ein bißchen Spaß haben, na und, in drei Jahren müssen sie sowieso alle zum Militär, und manchmal, wenn der Lärm unerträglich wird, geht der Vater in kurzen Hosen und Unterhemd zu ihnen hinunter, hei, Jungs, wie steht's, der Kopf brummt uns schon von eurem Lärm, aber sie kennen ihn und fürchten sich nicht vor ihm, umringen ihn wie Welpen, bitten ihn, er soll ihnen helfen, und er bringt ihnen bei, wie man den Vergaser einstellt, wie man die Zündkerzen auswechselt, und am Ende fährt er eine Proberunde, und der Besitzer des jeweiligen Motorrads sitzt hinter ihm, die Arme um seine Hüften geschlungen, und der Vater brettert wie ein Rowdy über die Straße und lacht aus vollem Halse, ganz davon zu schweigen, daß Zachi den Vater die erste Runde auf der illegalen Lambretta fahren ließ. Aaron hatte durch die Gardinen gelugt und gesehen, was für ein Gesicht Zachi in diesem Augenblick machte, wie der Vater ihn ansah und wie Zachi den Vater ansah, wie ein zurückgebliebenes Kind, das endlich ein gutes Zeugnis nach Hause bringt; und Gideon sagte, übrigens habe er aus einer äußerst zuverlässigen Quelle, nämlich von Zachi selbst, erfahren, daß er mit dieser bescheuerten Dorit Alusch etwas gehabt habe, das zwischen den Beinen lag. Er stieß das schnell hervor, ohne ihn dabei anzusehen, flehte Aaron an, sofort irgend etwas zu sagen, die schlechte Luft dieser Worte zu vertreiben, die noch nie zwischen ihnen ausgesprochen worden waren, doch Aaron schwieg und ging nicht darauf ein, darauf hatte Gideon es also die ganze Zeit abgesehen, darum hat er sich so gewunden, und siehe da, es ist schon wieder Gideon, der feine, stillschweigende Abmachungen bricht, der ihre Freundschaft verrät, die ganze Zeit verrät und damit ihre zarten Bande gefährlich dehnt, er hat eine harte Kraft bekommen und wächst von innen heraus; Gideon spürte sofort, daß Aaron distanziert und abweisend wurde, und er versuchte wiedergutzumachen, was er kaputtgemacht hatte, und sagte hitzig, daß Jungen und Mädchen ihres Alters für die Liebe noch nicht richtig reif seien, und daß er sich geschworen habe, sich in niemanden zu verlieben, bis er den Pilotenkurs abgeschlossen habe; dann werde er die erste Freundin heiraten; nicht so eine, die sich leicht hergibt wie Mennis Freundin, nein, Gideon wandte sich zu Aaron, und sein Gesicht glühte vor innerer Überzeugung – das war wieder sein offenes, ehrliches Gesicht –, er schwor Aaron, daß er das Allerheiligste nicht beschmutzen werde, Freundschaft mit einem Mädchen – natürlich, selbstverständlich, aber nichts Schmutziges mit irgendwelchen Absichten. Aaron nickte aus Leibeskräften, zeigte Gideon, daß er auf dem rechten Weg war, und Gideon verfolgte wach und aufmerksam Aarons Blicke, die jetzt die Richtung des Gesprächs bestimmten, und sagte langsam, als lese und entschlüssele er eine geheime Nachricht, die tief in Aaron geschrieben stand, er wünschte, er könnte seine Freunde in der Jugendgruppe davon überzeugen, das zehnte Gebot des *Jungen Wächters* anzunehmen, das die Wahrung geschlechtlicher Reinheit verordnet. Aaron schrie beinah, daß auch er so sei, Ehrenwort, seine Augen glänzten und wurden feucht, und Gideon schaute in sie hinein und sagte zu seiner eigenen Überraschung, man sieht, daß die Kleine, wie heißt sie noch, Jaeli, in letzter Zeit richtig erwachsen wird.

Sofort wandte Aaron die Augen ab und schaute in die Ferne, er fühlte sich wie ein Schüler, der den Klassenkameraden neben sich daran hindert, von ihm abzuschreiben, aber da es Gideon war, sein Freund Gideon, brachte er das Gesicht mühsam wieder zurück und fragte mit matter Stimme, ob Gideon das wirklich meine, und Gideon sagte, klar, hast du es nicht bemerkt, sie kommt mir nicht wie irgendein Mädchen vor, sie schweigt und schweigt, lächelt aber leise vor sich hin, schade nur, daß sie in die bürgerliche Pfadfinder-Bewegung geht und nicht in die sozialistische Jugendbewegung, aber sie ist noch in einem Alter, in dem man sie beeinflussen kann. Aaron konnte die Unmenge von Gefühlen nicht länger für sich behalten: glühend beichtete er Gideon seine Liebe zu ihr, die Blicke, die heimlich zwischen ihnen gewechselt wurden, das Gespräch voller versteckter

Absichten, das sie bei den Wasserhähnen geführt hatten. Er schilderte Gideon die Nächte, in denen er wach lag und sie vor sich tanzen sah. Die Zettel mit ihrem Namen, die er in der Schule, in den Pausen, direkt neben ihr, in sein Sandwich steckte und hinunterschluckte, und wie er unter einem Vorwand das Zimmer der Krankenschwester betrat und die Karte von ihren Zähnen stahl, die er an einem geheimen Ort aufbewahrte, und hier sind Blumen von der Heckenkirsche neben ihrem Haus, hier, in sein Taschentuch gewickelt.

Gideon schlug sich aufs Knie und lachte laut, und auch Aaron brach in ein breites, kehliges Lachen aus und lauschte erstaunt seinem Lachen, und sie liefen zusammen, atemlos, brennend, zu ihrem Felsen im Tal, setzten sich, lachten Tränen, was für ein Lachen aus ihm hervorkam, nicht wie das schmutzige und künstliche Lachen, das er unter der Achselhöhle herausholte, und Gideons Blick war gänzlich auf Aarons Augen geheftet, seine Pupillen wanderten hin und her, warteten auf das Aufblitzen der feinen Goldader, beschreib weiter, erzähl weiter, und Aaron, trunken und edel und großmütig und verschwenderisch wie eine Naturgewalt, erzählte von ihr, beschrieb den Anblick ihres Gesichts, als sie vor ihm tanzte, wie sie plötzlich ihr schwarzes Trikot abzustreifen schien, und wie sie ihre Beine hauchfein streckte, wie sie frei wie ein Vogel war, und wie und wie, und während er sprach, spürte er genußvoll die Stiche seiner neuen, ihrer neuen Stelle, irgendwo im Süden, wie man bei unseren Truppen sagt, das Brennende des Geheimnisses, das schon seit ein paar Tagen die klitzekleine Stelle zum Glühen brachte, die er sich dort eingerichtet hat, Vorsicht! Denn ein grausames kleines regloses Zyklopenauge spioniert, denn ein einsam wehender vernichtender Wind läßt alles erfrieren, und unten schwebt eine neue, winzige Welt, eine runde und volle Welt in ihm, in seinem Körper, eine durchsichtige, welpenhafte Blase, in der ein winzig kleines Mädchen tanzt, auf ihren Schuhspitzen trippelt, noch nicht wirklich existiert, sich noch alle Augenblicke auflöst, vielleicht hat er mit seinen allzu ausdrücklichen Gedanken schon zu sehr übertrieben, vielleicht regt sich bereits ein verschlafenes, mißtrauisches Zyklopenauge unter dem schweren, fetten Lid, das wie in Stein gemeißelt wirkt, und spioniert nach jedem Funken eines verdächtigen Lichts und sucht wie ein Radar nach Wellen der Wärme und Glückseligkeit, purer Unsinn, alles Quatsch, und er erzählte Gideon, was schon verraten werden durfte, malte ihm mit seinen Worten ihre über dem Kinn geschürzten Lippen, die Wölbung des winzigen Muskels in ihrem Schenkel, den reizenden Abstand zwischen dem großen Zeh und dem Zeh daneben ... nach und nach wurden Gideons Augen immer größer und starrten auf Aarons Mund, aus dem die Worte heraussprudelten, die ersten Liebeserklärungen, die er laut aussprach, und auch Gideons Lippen konnten den Geschmack ihrer Haut, das Aufblasen ihrer Wangen, die Süße ihrer kindlichen Trotzlippen spüren, deren untere etwas dicker war und schmunzelte. Einen Augenblick schien es, als versuche Gideon, sich zu fassen, sich zu schützen, aus Kleinlichkeit oder irgendeiner Angst heraus zwischen Aarons Beschreibung und dem Mädchen, das er kannte, zu vergleichen, doch nach und nach hörte er damit auf, vergaß das kleine, dürrbeinige Mädchen, trat vollkommen aus seinen grünen Augen heraus, in denen sich jetzt nur Aaron spiegelte, eine winzige Figur, die sich entschlossen bewegte und voranschritt, und Aaron selbst war ergriffen, als er bemerkte, daß die Worte, die unaufhaltsam aus ihm herausströmten, Jaeli nicht nur ziemlich nahe kamen, sondern sie sogar noch schöner und edler erscheinen ließen, die voraussahen, wie sie bald sein würde, und sie von manchem Makel befreiten, von dem arroganten Lächeln zum Beispiel, das auf übertriebene Selbstsicherheit hindeuten könnte, oder diesem irritierenden Zug von Entschlossenheit und Ehrgeiz auf ihrer Nase, und sogar von ihrer wundervollen Unterlippe, die manchmal, aus einem bestimmten Winkel gesehen, zu dick, zu fleischig wirkte für ein Mädchen wie sie; all das verheimlichte er Gideon gnädig, verwarf es mit einer großen Geste, und schon durfte er Jaeli sehnsüchtig in einer rosigen Zukunft lieben, in die sie sich beide erheben würden.

Schließlich verstummte er, war heiser und atemlos und sah

überrascht, daß der Abend hereingebrochen war. Gideons Augen hingen noch einen Moment an seinem Mund, ein Speichelfaden rann aus seinen geöffneten Lippen, und Aaron erinnerte sich verschwommen an einen anderen Mund, der so offenstand und starrte, und an einen anderen Speichelfaden; und in seinem Innern spürte er einen Hauch von Stolz darüber, daß man ihn so ansah, er und seine Worte hatten das bewirkt, und daß Gideon Speichel aus dem Mund tropfte, war nicht verächtlich, ganz und gar nicht, denn es waren Aaron und seine Worte gewesen, die das verursacht hatten, und Gideons Gesicht wurde wieder zu dem Gesicht des Jungen, den Aaron kannte, und ließ seine neue Härte und sein hageres Aussehen fast vergessen.

»Hör mal«, sagte Gideon schließlich mit leiser Stimme, so leise, daß sie wieder wie seine alte, melodische Stimme klang, »wenn du so verrückt nach ihr bist, was hältst du dann davon, wenn wir sie morgen nach Hause begleiten?«

»Wir beide«, glänzten Aarons Augen, »würdest du das tun?«

Als die beiden am nächsten Tag jedoch mit ihr nach Hause gingen, ergab sich schon in den ersten Augenblicken ein dummer und überflüssiger Streit zwischen Gideon und ihr. Statt, wie Aaron gehofft und es sich bereits dutzendemal in seiner Phantasie ausgemalt hatte, über ihre Eltern, ihre Freundinnen, das Ballett und ihre Pläne zu sprechen, Tänzerin zu werden, und von seinen Plänen zu erzählen, Gitarre zu spielen, begann Gideon wie üblich, Reden zu halten, der ganzen Welt Moral zu predigen, und sah Jaeli dabei kein einziges Mal an. Sie ging wie üblich schweigend neben ihnen, und wenn sie aufgeregt war, weil sich die zwei Jungen aus der Bande gelöst hatten und ihr gefolgt waren, so zeigte sie es nicht. Lediglich am Hals errötete sie ein wenig, doch war das nicht der Farbton, an den Aaron sich erinnerte und den er in sich aufbewahrt hatte, sondern ein grelleres Rosa, in dessen Mitte ein unvertrautes, billiges Rot brannte.

»Die ganze Jugend hat kein Rückgrat!« schloß Gideon seine Rede und schnaubte zornig.

»Du übertreibst ein bißchen«, meinte Jaeli gelassen, und Aaron bewunderte den ruhigen, sicheren Ton ihrer Stimme, »denn wenn ihr stark und selbstbewußt seid, dann müßt ihr eure Leute auch andere Wege ausprobieren lassen.«

Aaron hüpfte das Herz vor Freude: Alle Achtung!

»Andere Wege!« rief Gideon fast entsetzt und hob die Hände wie flehend in die Höhe, wobei er Jaeli immer noch nicht ansah. »Von welchen Wegen redest du! Sie wollen samstags abends auf den Geländern am Straßenrand sitzen und den Mädchen hinterherpfeifen!«

»Das ist ihr gutes Recht. Niemand hat bestimmt, daß man samstags abends in der Baracke der Jugendgruppe sitzen und über die Leute diskutieren muß, die auswandern wollen.«

Aaron lachte innerlich vor Schadenfreude. Wie sie es ihm gegeben hat.

»Sehr schön! Sehr schön!« rief Gideon, und seine Stimme brach zweimal. »Gleich wirst du mir noch sagen, daß auch du vorhast, die Pfadfinder zu verlassen, um völlig frei zu sein!«

»Ich nicht«, erwiderte Jaeli und warf ihm einen forschen Blick zu, »aber ich kann durchaus den Wunsch von anderen verstehen, etwas Neues auszuprobieren.«

»Ppphh! Etwas Neues! Amerikanische Imitationen! Das genau ist das Resultat, wenn der Jugend die Werte und die Ideale fehlen!« rief Gideon, und sein Hemdkragen zitterte. Aaron wartete gespannt auf Jaelis Antwort. Ihre Krone aus schwarzem Haar knisterte, hätten die beiden nicht solchen Lärm gemacht, er hätte es beinahe hören können. Statt zu antworten, lächelte Jaeli leise, und Aaron ahmte es unbewußt nach.

»Und du lachst dir ins Fäustchen«, wandte sich Gideon mit unterdrückter Wut in scheinbar gleichgültigem Ton an ihn, »was lachst du, eh? Vielleicht beteiligst du uns auch an deinen Gedanken, statt die ganze Zeit unter deinem Schnurrbart zu lächeln.«

Er wollte ihn nicht beleidigen. Es war einer der üblichen Sprüche in der Bande. Aber Aaron sank in sich zusammen.

»Ich … ich habe keine … ich habe noch nicht darüber nachgedacht.«

Dummkopf. Trottel. Er hätte etwas erfinden müssen. Jetzt wird sie denken, daß er jemand ohne eine klare Meinung ist. Einer, der oberflächlich ist. Aber er weiß wirklich nicht, was er von dieser Angelegenheit halten soll; am Anfang, als plötzlich alle mit den Jugendgruppen anfingen, hatte er versucht, in eine von ihnen zu gehen, sie jedoch nach ein paar Wochen wieder verlassen. Er konnte die ganzen Appelle und das in Zweier- und Dreier-Reihen-Stehen, die Zeremonien und Hymnen nicht ausstehen, und alles wurde gemeinsam gemacht, sie waren wie Roboter, und er hatte andauernd gelacht und gestört, bis man ihn hinausgeworfen hatte. Und jetzt war es zu spät. Jetzt stand alles fest, war abgeschlossen und entschieden, und es wußten ohnehin alle, daß er – daß er was? Was ist mit ihm los. Er muß sich auf sein großes Erwachen vorbereiten, das sich mit Riesenschritten nähert, wie war es nur möglich, daß er auf solche dummen Fragen keine Antwort wußte, wie war es überhaupt dazu gekommen, daß sie über solche Dinge diskutierten? Er hatte es doch anders, ganz anders geplant. Und jetzt, schau dich an, wie das Phlegma persönlich, wie gelähmt. Aber trotz aller Selbstvorwürfe gelang es ihm nicht, den Mund aufzumachen, nicht nur, weil er sehr aufgeregt darüber war, daß sie es gewagt hatten, sie zu begleiten, sondern auch wegen etwas anderem, einer erstaunlichen Sache, die hier vor sich ging, und das war: wie Jaeli redete, wie sie Gideon antwortete; es stellte sich für Aaron die Frage, wie er sie mit seiner Liebe einholen sollte, wenn Jaeli so schnell voranschritt, wann hatte sie es geschafft, ihre Meinungen und Worte so auszufeilen? Wenn sie so diskutiert, schiebt sich ihre Unterlippe immer wieder angriffslustig und streitsüchtig vor, sie unterhalten sich fast wie zwei erwachsene Leute, dachte er traurig, wahrscheinlich verdanken sie das den Diskussionen und Gesprächen in ihren Jugendgruppen, während er vor sich hingeträumt und mit Pelé und ›Gummi‹ gespielt hat, oder Spionen nachgejagt ist.

Er quälte sich. Mit welcher Selbstsicherheit sie sprachen! Als ob sie es genössen, durch die langen Jahre der Erfahrung die Spielregeln ganz genau zu kennen. Aber warum fiel es ihm so schwer, sich dazu zu zwingen, all diese großen Worte auszusprechen – ›Werte‹, ›Prinzipien‹, ›die Pflicht des Individuums‹, ›Rahmen‹ … »Ich persönlich glaube«, sagte Gideon und wollte damit seine Reife vor ihr zur Schau stellen, »daß du gar nicht begreifst, was in so einer privaten Gesellschaft, die sich absondert, die keinen äußeren Rahmen und keine Einstellung zu Werten hat, tatsächlich passiert.«

»Kannst du tanzen, Gideon?«

Die Art, wie sie seinen Namen ausgesprochen hat! Daß sie seinen Namen überhaupt ausgesprochen hat! Aaron wußte, daß er sich überwinden und sich an diesem Gespräch, das in seinen Augen so falsch lief, beteiligen mußte.

»Man muß keinen Twist können«, sagte Gideon, »um zu wissen, was dort vorgeht.«

»Vielleicht solltest du es mal versuchen zu tanzen, dann wirst du sehen, daß es gar nicht so schlimm ist.«

Ein winziger Zwerg tanzte im Herzen seiner kleinen runden Welt, trippelte auf Zehenspitzen nach hinten und löste sich auf. Ein boshaftes Grinsen blitzte im scheinbar schlummernden Zyklopenauge auf. Alles versank, versank.

»Ich weiß schon, daß das Spaß machen kann«, sagte Gideon. Er wurde vorsichtiger.

»Mir macht es Spaß, Ballett zu tanzen, und trotzdem bin ich imstande, bei den Liedern der Beatles außer Rand und Band zu geraten.«

O nein, dachte Aaron, jetzt wird Gideon wieder ganz von vorne anfangen.

»Denen das Erziehungsministerium Gott sei Dank die Einreise verweigert hat!«

»Mir hat das leid getan!«

»Sicher! Du wärst mit den ganzen dummen Gänsen hingegangen und hättest gekreischt und wärst in Ohnmacht gefallen!«

»Und ich hätte mir auch das Gesicht zerkratzt! Dann wäre

ich nach Hause gegangen und hätte über mich gelacht und mich gefreut, dortgewesen zu sein, denn wann werden wir uns noch so austoben können? Wenn wir vierzig sind?«

»Sicher, und es wäre dir egal, was die Jugend im Ausland über unsere Jugend hier denken würde, die wegen vier Beatniks durchdreht!«

Sie lächelte spöttisch. Wie sie sich anschreien, dachte Aaron mit einer Spur von Genugtuung. Wenn es ihm nur gelingen würde, endlich den Mund aufzumachen. Er muß mit einem Fuß ins Wasser. Noch fünf Schritte, und er schafft es. Bei der nächsten Zypresse. Nach der Kurve. Wieder und wieder schluckte er, bewegte die Lippen, blieb stumm. Was sollte er sagen? Wo anfangen. Anscheinend hat er in letzter Zeit in seiner Einsamkeit alles zu sehr verinnerlicht, hat er alles zu sehr in sein eigenes verschlungenes System übersetzt. Er räusperte sich, würgte irgendein Murmeln hervor, übte im stillen, im Herzen: ›Twist‹, ›Beatles‹, ›die goldene Jugend‹, hatte es dann aber satt und hörte auf, noch bevor die Worte ausgesprochen und an ihre Ohren gedrungen waren. Was soll sein. Er ging mit gesenktem Kopf neben ihnen her und stieß mit der Zunge ärgerlich gegen seinen störrischen Milchzahn. Er redete nicht mit ihnen und hörte ihnen nicht zu, horchte nur auf das trippelnde Mädchen im schwarzen Balletttrikot, das fortwährend erlöst wurde, weil er es auserwählte, wieder und wieder auserwählte; was aber ist mit der Jaeli draußen, und was mit dem Gideon, und wer ist dieser Aaron wirklich, der dort draußen ist, der neben ihnen her geht und Arme und Beine und Kopf wie immer bewegt, warum schauen sie nicht genau hin und sehen in ihn hinein, warum spüren sie nicht, was mit ihm passiert? Erregt und aufgewühlt schleppte er sich ihnen hinterher. Er wird im Toto gewinnen und an der Musikakademie Gitarre spielen lernen, er wird Jaeli vorspielen, und sie wird zu seiner Musik tanzen, seine Finger zupften in der Luft, und Gideon wird auch dasein, natürlich, er wird auch ihn in das neue Leben mit hinübernehmen, den kleinen Gideon mit den grünen Augen, die vor Neugier glänzen, und der feinen, wachen Stimme. Und dem warmen Lächeln für

Aaron. Sie haben in der Höhle einen Bund für alle Ewigkeit geschlossen, murmelte Aaron im Geiste, um seinen inneren Gideon daran zu erinnern, und trotzdem stellte sich die Frage, welchen Preis er zahlen mußte, um jetzt mit ihnen dort draußen in einer unaufrichtigen Welt zu sein, was war die Strafe für eine so verräterische Tat? Seine Lippen bewegten sich, sein Gesicht runzelte sich vor Ärger und Verdruß, und öde, vereiste Steppen schlossen sich über ihm. Wie wird er herauskommen, und was wird sein, wenn er es irgendwann schaffen würde, herauszukommen, wer würde drinnen bleiben, wer würde dort für immer im Stich gelassen werden – er, er selbst würde im Stich gelassen werden, und wieder plapperte er wie ein Papagei Gideons Worte nach, ›Transistor-Generation‹, ›Yeah-yeah-Generation‹, was hat das mit den Dingen in seinem Inneren zu tun? Und vielleicht, wer weiß, vielleicht hat er woanders, dort draußen, gar kein Leben und keine Existenz mehr, wartet auf mich, rief er, was rennt ihr so, was für ein Tempo ihr draufhabt, selbst ein so einfacher Satz hört sich aus seinem Mund wie eine schlechte, sich selbst untreue Übersetzung an. Er kniff den Mund zusammen und lief ihnen nach.

»Ich finde gar nichts Schlechtes daran«, erwiderte Jaeli Gideon gelassen, was für eine Geduld sie mit ihm hat, warum stopft sie ihm nicht den Mund und fängt endlich an zu sagen, was sie mit sanfter Stimme hätte sagen sollen: ›Ich möchte Tänzerin werden‹; ›Ich habe Gitarre gespielt‹; ›Und hast aufgehört‹; ›Das stimmt, aber ich werde wieder spielen‹; ›Ich weiß, ich glaube an dich‹; ›Es fällt mir etwas schwer, dir alles zu erklären‹; ›Ist nicht nötig, Aaron, ich verstehe dich auch ohne Worte‹, so hatte sie in all den vergangenen Tagen mit ihm gesprochen. So hatte es an der Stelle unter dem Herzen geflackert, vielleicht sollte er dieser Stelle, die nach einem in Öl gebratenem Omelett und nach langem Laufen brennt, einen Kodenamen geben, um den Feind zu verwirren. »Ich glaube nicht, daß eine Jugend mit Prinzipien, wie du sie nennst, nur ein weißes oder blaues Hemd und Khakihosen und einfache Sandalen tragen soll. Was meinst du, Kleinfeld?« Was meint er wozu? Sie hatten ihn schon wieder beim Träumen ertappt. Er hat ihnen kaum zugehört. Warum erhitzen sie sich so. Wie hat sie ihn genannt?«

»Kleinfeld langweilt sich immer, wenn man über Werte spricht«, zischte Gideon.

»Das heißt nicht, daß er weniger moralisch ist als du«, entgegnete Jaeli, und ihr Blick blitzte Aaron an und zerstob mit einem Leuchten in seinem Herzen.

»Ich glaube schon, daß es irgendwie egoistisch ist, nicht über Werte nachzudenken«, sagte Gideon mit feindseliger, bissiger Stimme, und Aaron schaute ihn an und schenkte ihm ein schiefes, zaghaftes Lächeln, um ihm zu zeigen, daß er keinen Groll gegen ihn hegte. Einen Augenblick lang tauchte etwas in ihm auf, eine matte Skizze, in der er sich als alten, vielleicht sterbenden Mann sah, an dessen Bett ein verlegenes junges Pärchen trat und ihn um seinen Segen und seine Vergebung bat. »Ich möchte aber doch hören, was Seine Majestät zu sagen hat!« schäumte Gideon, sein Gesicht war plötzlich rot und fremd, und Aaron sammelte all seine Kraft und sagte leise, wie er tatsächlich darüber dachte: meiner Meinung nach begreifen wir noch nicht wirklich, was Werte und Ideale sind, wir werfen nur mit großen Worten um uns, die wir von den Erwachsenen gehört haben, sagte er leise und ehrlich, und er wußte wahrhaftig nicht, was diese Ideale waren, von denen alle sprachen, bei ihm zu Hause wurden sie nie erwähnt, und trotzdem waren seine Eltern ziemlich ehrliche Menschen; sie haben niemandem auch nur einen Groschen gestohlen, mal abgesehen vom Finanzamt, bei dem es sozusagen Pflicht ist; dann war da noch die Sache mit dem ›Wenn man etwas auf der Straße findet, dann schweigt man und steckt es ein‹, oder mit Vaters ganz besonderer Telefonmünze, der mit dem Faden, die ihm schon eine Menge gutes Geld gespart hatte, oder daß sie immer ihn zur Tür schickten, wenn Peretz Atias und seine Frau zu Besuch kommen wollten, damit er sie anlog und sagte, die Eltern seien nicht zu Hause. Aber außer solchen Kleinigkeiten waren sie ehrlich und anständig, taten niemandem etwas Böses und wollten nur, daß man sie in Frieden ließ, was sind diese Werte wirklich, fragte sich

Aaron, und wie erzieht man ein Kind dazu, Werte zu haben, gilt zum Beispiel die Warnung seiner Mutter, daß man den Leuten nicht alles erzählen muß, was sich zu Hause abspielt, gilt das auch als Wert und Erziehung? Und vielleicht fällt die Tatsache, daß sie einem fremden Arzt nichts von seinem Problem erzählen, auch unter die Rubrik ›Werte‹, und wäre es möglich, daß Gideon mehr Werte fühlte als er? »Ich glaube«, fügte er leise hinzu, »erst wenn wir erwachsen und, eh, ausgereift sind, verstehen wir, was diese Werte sind.«

»Ich stimme dir voll und ganz zu«, verkündete Jaeli, und augenblicklich versiegte die Diskussion. Aaron wurde die ganze Zeit zwischen Jaelis verschiedenen Gesichtern hin und her gerissen: wenn sie zu ihm sprach, war sie sanft und ruhig und ausgeglichen, aber wenn sie Gideon gegenüber ihren Standpunkt verteidigte, entzündete sich ein kampfeslustiger Funke in ihren Mandelaugen, und wenn Gideon vor ihr aufbrauste, huschte der Schatten eines Lächelns über ihre Lippen, und auf ihrem Hals erschien wieder dieses gereizte Rot.

Die Jungen begleiteten sie nach Hause, standen noch eine Weile vor dem Haus und unterhielten sich mit ihr, das heißt – Gideon und Jaeli zankten sich wieder, warfen einander Dinge an den Kopf, stichelten und versöhnten sich, während Aaron sich Jaelis Gesten und Redeweise und Lächeln einprägte, um sich seine Jaeli zu erhalten, um sie mit immer mehr Leben zu erfüllen, bis schließlich ihre Mutter aus dem Haus trat und mit einem feinen Lächeln, genau demselben leisen Lächeln wie Jaeli, fragte, ob sie ins Haus kommen wollten oder vorhatten, draußen zu stehen, bis der Messias käme; erst da verabschiedeten sie sich von ihr und gingen nach Hause.

Sie gingen schweigend, Gideon nachdenklich, Aaron erregt, aber auch glücklich: all seine Zweifel waren verflogen bei dem Lächeln, das sie ihm zugeworfen hatte, bevor sie ins Haus gegangen war. Neben der Heckenkirsche war zwischen den drei Paar Augen kurzzeitig ein rasender Sturm losgebrochen, und Aaron wußte, daß er gesiegt hatte, daß er den letzten Blick aus ihren Mandelaugen errungen hatte. Sie ist seine. Sie ist seine.

Innerlich wie äußerlich. Dieser Gideon! Man muß ihm wirklich beibringen, wie man sich einem Mädchen gegenüber zu benehmen hat. Aaron pflückte eine lilafarbene Blume von der Heckenkirsche und atmete ihren Duft ein. Man muß wissen, wie man liebt, dachte er aufgewühlt, und man muß lieben, um zu wissen, was Leben ist. Die Liebe besiegt den Tod. Formvollendete, hehre Worte durchströmten ihn, und er dachte, daß er sich diese Gefühle in einem privaten Tagebuch aufschreiben sollte, um sie für ewig in Erinnerung zu behalten: man muß offen sein für die Liebe und für den Schmerz der Liebe, dachte er. Aber seine Mutter würde das Tagebuch lesen und alles erfahren. Und man muß bereit sein, den äußersten Preis zu zahlen: für die Heiligkeit der Liebe zu sterben. Vielleicht sollte er alles verschlüsselt aufschreiben, um es vor ihr zu verbergen. Er schaute flüchtig zu Gideon hinüber und sah, daß auch er in Gedanken versunken war, sein Gesicht war leicht gerötet, und seine Lippen bewegten sich, als unterhalte er sich mit sich selbst. Aaron lächelte vor sich hin: sogar wenn er mit sich allein ist, hält er Reden, dieser Gideon.

»Wieso streitest du dich so mit ihr«, fragte Aaron selbstgefällig und großmütig, »was kümmert es dich, daß sie anders denkt als du?«

»Ich streite mich mit ihr?« erschrak Gideon. »Wie, sieht es so aus, als würde ich mich mit ihr streiten?«

Aaron lachte. Klopfte ihm auf die Schulter. Gideon wurde noch mehr rot und sah seinen Freund mit funkelnden Augen an: »Hör mal, bringst du es, Jaeli ins Kino einzuladen?«

»Jaeli?«

»Ja, was ist schon dabei? Wir gehen alle zusammen. Es wird ein Spaß.«

»In welchen Film?« fragte Aaron. Denn es gab Filme mit Altersbeschränkung.

»Was immer du willst.«

Da, Gideon hat sofort begriffen.

»Ich habe gesehen, daß im Smadar-Kino *Onkel Toms Hütte* läuft.«

»Was du willst. Sogar den.«

»Zahlen wir zusammen für sie?«

»Halbe-halbe.«

»Sie wird sicher nicht einverstanden sein, daß wir für sie bezahlen.«

»Ja«, sagte Gideon lächelnd, »sie hat Prinzipien.«

»Und wie werden wir es ihr beibringen? Hast du den Mumm, sie einzuladen?«

Gideon blieb stehen, stieß mit seinen Schuhen gegen den Asphalt. Zuckte die Achseln.

»Du wirst sie einladen«, meinte er schließlich, »von dir läßt sie sich überzeugen.«

»Von mir? Was weiß ich denn schon? Du.«

»Nein, du.«

»Nein, du.«

Sie standen da und stießen einander an, schlugen sich gegenseitig sanft auf den Arm, und Aaron verpaßte Gideons Oberarm sogar einen leichten Faustschlag, so wie er es in ›Tel Aviv‹ gesehen hatte, und kicherte; und genau Gideons Verlegenheit und seine Arme, die noch immer ziemlich schwächlich waren, machten Aaron sehr viel Freude, er war noch nicht der Kraftmeier, für den er sich hielt, und ihre Schultaschen lagen zwischen ihnen dicht nebeneinander auf der Straße, wie zwei Hunde, denen es gelungen war, zwischen ihren Herrchen zu vermitteln.

»Was meinst du«, fragte Gideon glucksend, »trägt sie schon einen?«

»Weiß ich nicht.« Er wurde augenblicklich kühler, verärgert über die Roheit dieser unpassenden Frage. Er bückte sich und hob seine Schultasche auf. Gideon tat es ihm nach, er bemerkte nicht, daß sich das Gesicht seines Freundes verfinstert hatte. Wie sollte er auch. Er hatte sich in den feinen, subtilen Dingen disqualifiziert, irgendein Preis kostete es doch, um dort draußen zu sein, irgend etwas mußte man opfern, um es fertigzubringen, einen solchen Satz in einem solchen Ton über Jaeli zu sagen.

»Ich habe nämlich keinen Streifen unter ihrer Bluse gesehen«, erklärte Gideon.

28 Wie lange waren sie nun schon zusammen? Fünf Wochen. Vielleicht sechs. Hängt davon ab, ob man das Pionierlager dazuzählte oder nicht. Und in dieser Zeit schafften er und Gideon es, Jaeli alle Schätze ihrer Kindheit zu schenken, alle Geschichten und Pläne und Geheimnisse, und manchmal spürte Aaron, daß sie ihr Dinge übergaben, die noch nicht dazu bereit waren, dennoch beschloß er, sich in dieser Sache auf Gideon zu verlassen, auf seine Selbstsicherheit, seinen Verstand und seinen Instinkt. Vielleicht spürte Gideon deutlicher als er, was man erzählen konnte und was nicht, wo genau die Grenzen zwischen Menschen verliefen. Gideon erzählte sehr viel. Er ließ fast nichts aus. Und auch die Art, wie er erzählte – man hätte meinen können, daß alles nur ein Jux und nichts ernst gemeint war, außerdem brüstete er sich auch ein wenig auf Aarons Kosten und log sogar manchmal, doch Aaron sagte nichts, denn er wollte ihn nicht bloßstellen.

Jeden Donnerstag begleiteten die beiden Jungen sie wie eine treue Leibwache zum Ballettunterricht ins Tal des Kreuzes und warteten draußen auf sie. Einmal kam die kleinwüchsige und runzelige Rina Nikowa an ihnen vorbei und blieb plötzlich stehen: »Ihr seid immer mit ihr zusammen, ihr zwei, was?« fragte sie in ihrem blumigen russischen Akzent. Die Jungen nickten. Rina Nikowa ließ ihren klugen Blick über die beiden und über Jaeli schweifen. Eine Art amüsierter Respekt blitzte in ihren Augen auf. Ihre mit kräftigem Rot geschminkten Lippen lächelten Jaeli zu, und Jaeli senkte den Kopf auf eine Weise, die Aaron noch nicht an ihr kannte: sie sollte Bescheidenheit ausdrücken, wirkte aber aufgesetzt. Die erfahrene Lehrerin wollte noch etwas hinzufügen, vielleicht stieg eine alte Erinnerung in ihr auf, besann sich jedoch anders und wandte sich von ihnen ab, und einen Augenblick dämmerte in Aaron das unangenehme Gefühl, als habe es solche Dinge immer schon gegeben und als sei diese Beziehung gar nicht so einzigartig und einmalig; als sei das Ende schon bekannt.

Bei ihrer Rückkehr vom Ballettunterricht lud Jaelis Mutter sie ein, hereinzukommen und etwas zu trinken. Jaeli hatte drei ältere, einander sehr ähnelnde Schwestern, und so konnte Aaron durch die Wimpern seiner gesenkten Lider hindurch die vier Meilensteine genießen, die am Rand der kommenden Jahre auf ihn warteten: die Mutter und die Schwestern, Jaeli mal vier.

Auch Jaelis Mutter war hübsch. Sie war genauso klein wie Jaeli, so freundlich und direkt wie sie, manchmal sogar allzu direkt. Ohne Scheu betrat sie Jaelis Zimmer, setzte sich im Schneidersitz auf den Teppich und unterhielt sich mit den dreien. Sie war Bibellehrerin, aber ihre Sprache war die der jungen Leute; sie war anders als seine Eltern. Er stolperte jedesmal ein wenig darüber, wenn sie ›super‹ oder ›piepegal‹ sagte, und einmal sagte sie sogar ›Kacke‹, und er wußte nicht, wo er sich verkriechen sollte. Jaeli nannte sie bei ihrem Vornamen, Atara, die beiden trugen die gleichen Kleider, und sie umarmten und liebkosten sich ohne Scham, und am merkwürdigsten, aber gleichzeitig auch rührend war es für ihn, zu sehen, daß sie erröten konnte, wenn sie von ihren Erinnerungen an die Pionierausbildung sprach oder von den Tagen der Untergrundaktionen und von Freiwilligen und Drückebergern erzählte und sich – natürlich – an ihre alten Liebesgeschichten erinnerte. Und als sie sie zwang, sich alle drei Platten der ›Zauberflöte‹ anzuhören und fröhlich und hüpfend die Rollen von Papageno und Papagena mitsang, glühten ihre Wangen. Manchmal schimmerten auch Tränen der Freude oder der Sehnsucht in ihren Augen, sie versuchte gar nicht, sie zu verbergen, Aaron war verblüfft, als er sich bewußtmachte, daß sie und seine Eltern gleich alt waren. Er beschloß, den Vater und die Mutter zu fragen, was sie in der Zeit vor der Staatsgründung getan hatten, als Jaelis Mutter an paramilitärischen Übungen und Untergrundaktionen teilgenommen hatte. Gideon sagte, er beneide sie und ihre Generation darum, in so schicksalhaften und glanzvollen Zeiten gelebt zu haben, und sie kraulte seinen Kopf und meinte, er solle keinen Unsinn reden, hoffentlich blieben seiner Generation solche schicksalhaften und glanzvollen Zeiten erspart. Aaron spürte instinktiv, daß der Eindruck, den Gideon und er bei ihr machten, Jaelis Wahl stark beeinflussen würde, und bemühte sich, ihr zu zeigen, wie sehr er ihrer Tochter würdig sei, wie ordentlich und sauber und anständig er sei, verantwortungsvoll und aus gutem Hause, und spürte dabei die ganze Zeit, daß sie ihn nicht mochte. Gideon gefiel ihr viel besser, obwohl er die Beine auf den Tisch legte und Dialekte nachahmte, Dinge, die er nie zuvor getan hatte; er erlaubte ihr sogar, ihm beizubringen, wie die arabische Debka getanzt wurde, und sie hüpfte mit ihm durchs Wohnzimmer und lachte und tollte mit nackten, jungen und fröhlichen Füßen vor ihm herum. Aaron senkte den Kopf, schaute auf seine Hände und vertiefte sich in sie; mit welcher Leichtigkeit sie herumspringt, nichts lastet auf ihrer Seele, und ab und zu schielte er beschämt durch seine Wimpern zu ihr hin und sah, wie sie tanzte, wie sie die Geheimnisse einer ganzen Welt, die ihm verschlossen war, vor seinen Augen ausbreitete. Er war frustriert, als er daran dachte, daß auch Jaeli und Gideon dank ihrer Kindheit, der Pionierlager, der Ausflüge, der Tänze und sogar dank der dummen Diskussionen später einmal solche Erinnerungen und soviel Übermut haben würden, und er, was war er – er war wie seine Eltern. Ein Drückeberger. He is Aaroning.

Einmal die Woche gingen die drei ins Kino, die Jungen zahlten gemeinsam für Jaelis Karte, und sie saß zwischen ihnen. Danach luden sie sie zusammen zu einem Falafel oder Schauwarma ein, sie verputzte eine ganze Portion und war auf ihre Frage hin jedesmal sofort bereit, noch eine zu verschlingen, sie kauften ihr auch weiße Kürbiskerne in der Bahari-Gasse und sahen aus den Augenwinkeln die Prostituierten und ihre Kunden, verloren aber kein Wort darüber. Am Ende gingen sie ins ›Allenby‹ und kauften ihr dort ein Softeis, einen Negerkuß und Luftschokolade, sie hatte einen enormen Appetit, vor allem auf Süßigkeiten und insbesondere auf Schokolade und Kandiszukker, und Aaron dachte traurig, daß das langsam aber sicher ihre strahlendweißen Zähne kaputtmachen könnte. Wenn sie mit dem Bus zur Siedlung zurückfuhren, standen sie den ganzen Weg über, damit keiner der beiden Jungen wegen der Zweiersitze im Nachteil wäre. In allem, was sie taten, achteten sie wie selbstverständlich auf absolute Gleichberechtigung und Fairneß: an dem Tag, als Gideon krank war, drückte Aaron sich davor, mit Jaeli nach Hause zu gehen, um den Dreierbund nicht zu brechen; an Schabbatabenden, wenn die Gruppe von Gideons ›Jungem Wächter‹ an der von Jaelis Pfadfindern vorbeikam, taten die beiden, als seien sie sich fremd, und sie taten das nicht aus Treue ihren Gemeinschaften gegenüber. Aaron lag inzwischen auf seinem Bett und tat so, als lese er, während er sich quälte und wußte – auch wenn er sich voll und ganz auf die beiden verlassen konnte –, daß sie sich, obwohl unabhängig voneinander, zusammen an einem Ort befanden, an dem er nicht war. Wenn Gideon und er ohne Jaeli unterwegs waren, hörten sie nicht auf, von ihr zu reden. Sie füllte nun ihre ganze Welt aus, und sie trugen sie mit Vorsicht und Staunen, wie zwei, die eine Wiege tragen. Sie erschien ihnen von Tag zu Tag erwachsener und klüger. Manchmal – erwachsener als sie selbst. Immer wieder grübelten sie über die scheinbar einfachen Dinge nach, die sie sagte, und fanden tief verborgene Bedeutungen in ihnen, unterhielten sich ernsthaft über ihre Lieblingsspeisen, die Filme und Filmstars und Sänger, die sie mochte; jeden Donnerstag lasen sie Jaelis Horoskop in der Zeitschrift *Die Frau*, und jeder von ihnen sah verstohlen, aber peinlich genau nach, was die Zukunft ihm und seinem Freund im Bereich der Liebe bringen würde, und jede Woche hörten sie sich mit Jaeli zusammen die Hitparade an und schickten Postkarten in ihrem Namen, damit sie gewinnen würde; und weil Jaeli den *Maariv für die Jugend* abonniert hatte, kauften sie ihn sich auch und verschlangen ihn sofort, um etwas zu haben, worüber sie mit ihr sprechen konnten, um noch näher mit ihr zusammenzusein, immer noch näher.

Nur eine Sache trübte Aarons Glück: die Wortgefechte und Provokationen zwischen Gideon und Jaeli. Die beiden schafften es, einander auf die Palme zu bringen, wer weiß, was geschehen wäre, wenn Aaron sie nicht manchmal mit seinem Schweigen, seinen Blicken und seinem Ernst besänftigt hätte. Fast jede öffentliche oder nationale Angelegenheit, die Jaeli zur Sprache brachte, ließ Gideon hochfahren, und alle Versprechen, die er Aaron diesbezüglich gab, waren in dem Augenblick vergessen, da sie sein Palaver mit einem zweifelnden, lächelnden Satz widerlegte. Sogar an Gideons Geburtstag, als die drei ins Café Nava gingen und in dem wundervollen Garten saßen, begannen sie zu streiten. Es fing damit an – aber welche Rolle spielt es, womit es anfing, es gab jedesmal einen anderen Grund: Gideon sprach anscheinend von den miserablen Musicals, die zu seinem großen Bedauern hierzulande populär wurden, und Jaeli meinte, sie sei ganz verrückt danach und hoffe, auch einmal in einem Musical mit Kulisse und großem Ensemble tanzen zu können, und als sie damit fertig waren, sich gegenseitig zu ärgern, verstummten sie für kurze Zeit und saßen keuchend und aufgebracht da, jeder schaute in eine andere Richtung, und fünf Minuten später waren sie wieder mittendrin in einem hitzigen Streit, Aaron merkte gar nicht, wie es anfing, er hörte nur, daß Gideon erklärte, seiner Meinung nach sei die Schuluniform der gesündeste Weg, dem Schüler ein Gefühl der Zugehörigkeit und Identifikation mit dem Kollektiv zu geben. Jaeli schürzte die Lippen und stieß ein unangenehmes »Ppfff!« aus; sie fühle sich wie ein Häftling in dieser Brave-Kinder-Kleidung, und dann hörte Aaron nicht mehr zu, sie langweilten ihn, und er schaute in den blauen Himmel, den Abendhimmel über Jerusalem, während er geduldig darauf wartete, daß die beiden sich beruhigen würden, und er versuchte zu überlegen, was sie an Jaelis Geburtstag in zwei Wochen machen würden, sie und Gideon waren dasselbe Sternzeichen, und wie sie im nächsten Winter zusammen seinen Geburtstag feiern würden. Er rührte in dem hohen Glas, das vor ihm stand, und war wütend auf Gideon, der sich einen Kaffee bestellt hatte, weil er wußte, daß Gideon keinen Kaffee mochte, wie kann man überhaupt den Geschmack von Kaffee mögen, was soll diese ganze Lügerei mit dem Kaffee oder dem Bier oder dem Wein oder der Zigarette, es ist doch klar, daß niemand den Geschmack solcher Abscheulichkeiten im Mund mag, und selbst wenn er einmal achtzig ist, wird er sich nicht an diesem Theater beteiligen, und wieso hat Jaeli sich plötzlich Malzkaffee bestellt, ohne Koffein, aber mit Kaffeegeschmack. Er erwachte aus seinen Gedanken, als er merkte, daß sich die Gemüter um ihn herum wieder erhitzt hatten, »ich werde mich nicht schminken«, kochte Jaeli, »aber wenn ein nicht so schönes Mädchen der Natur nachhelfen möchte, warum nicht?« »Geschminktes Gesicht – geschminkter Charakter!« schäumte Gideon. »Ich möchte nicht wissen, wie lange es dauert, die ganzen Schichten abzukratzen, bis man an das wahre Mädchen rankommt!« Sein Gesicht war bleich, und er näherte es dem ihrem erregt, seine grünen Augen leuchteten plötzlich auf, und seine Stimme zitterte ein wenig. »Sprechen Sie aus persönlicher Erfahrung, mein Herr?« Schweigen. Aaron kam zu sich und dachte, daß er jetzt sofort etwas sagen müßte, um die Bedrückung zu verscheuchen, um Gideons Gesicht ein Stück von dem Jaelis wegzuziehen, und er stellte fest, daß irgend etwas mit ihrem Gesicht nicht stimmte, ihre Augen: wie stürmische Wellen, wie trübe braune, grüne Wogen, die sich aufbäumten und wieder zurückwichen; und Gideon wendet sein Gesicht nicht von ihrem ab, seine Augen sind tief in ihren Augen versunken, mit welcher Kraft und Härte, mit welchem Brennen er seinen Blick in den ihren bohrt, bis die Wellen langsam ruhiger werden, die sonderbare Trübheit in ihren Augen nachläßt, vergeht, und ein fremder Glanz sie durchflutet wie die Augen einer Katze; Aaron verstand nicht, was das war und was er sagen sollte, um sie zu beruhigen, dabei kam es ihm vor, als habe er ihnen die ganze Zeit genau zugehört, und trotzdem war er, wie üblich, draußen, das heißt – drinnen, in eine geliebte Erinnerung versunken, gut, es war eine vertraute Erinnerung, und trotzdem; er hatte sich erinnert, wie er sich in dem Augenblick gefühlt hatte, als Jaeli in der Ballettstunde wie ein lebendiger Schmetterling ausgeschlüpft war, und daran, daß man, wenn man in jemanden verliebt ist, ihn ein bißchen vor dem Tod rettet (natürlich wird dann auch der Verliebte gerettet), »und was sagst du dazu, Kleinfeld, vielleicht kriegen wir endlich mal deine Meinung zu hören?« fragte Jaeli ihn und löste ihr Gesicht mühsam von dem Gideons. Eine kühle Ungeduld schwang in ihrer Stimme. »Vielleicht sagst du uns endlich, was du wirklich denkst, statt wie verrückt mit dem Löffel in deinem Milchshake zu klappern?«

Er hörte sofort damit auf. Sah verblüfft auf seine Hand, die noch einen Augenblick zuckte. Dann sah er Jaeli an, lächelte entschuldigend, hilflos. Ihr Gesicht war direkt vor seinem – ihr Gesicht: schön in seinem Zorn, mit dem entschlossenen Zug um ihre Nase, der nun flüchtig hervortrat und fast an einen Raubvogel erinnerte. Und ihre Augen, die jetzt vollkommen grün waren, noch nie waren sie so grün und kräftig gewesen, woher hatten sie diese Farbe, Aaron starrte sie an, versuchte etwas zu begreifen, sich über einen Irrtum klarzuwerden, versank und tauchte in sein Innerstes, verschwand einen Augenblick, und plötzlich brach es mit einer ungeahnten Kraft, auf Leben und Tod, in einem Schwall von Worten und Erklärungen, aus ihm heraus: »Ich würde gerne selbst über das Alter entscheiden, in dem ich sterbe! Versteht ihr? Ich möchte genau mit dreißig sterben! An meinem dreißigsten Geburtstag! Jung und stark, ohne die ganzen Krankheiten des Alters!« Halt den Mund, du machst einen Fehler, schau dir die Gesichter der beiden an und schweig. »Aus eigener Entscheidung Selbstmord begehen! Auf dem Höhepunkt des Lebens! Und glaubt mir, wer das tut, der wird der glücklichste von allen sein, weil er mehr als alle anderen fühlt, wie nahe das Ende ist, und alles in seinem Leben wird stark und intensiv, es gibt keine Langeweile, keine sinnlose Zeitverschwendung mehr …« Seine Stimme erstarb. Er zog sich zusammen und murmelte vor sich hin. Warum habe ich den Mund nicht gehalten. Ein leeres Schweigen trat ein. Auch die Leute an den Nebentischen sahen ihn an, und in der Stille schien sein Fehler nur noch größere Ausmaße anzunehmen, der Fehler von einem, der den Kode der gesellschaftlichen Regeln und einer gepflegten Unterhaltung noch nicht genau kennt. Von einem, der nicht genau abschätzen kann, wo die Grenze verläuft, die Menschen voneinander trennt, die zwischen ihm und jenen unterscheidet, deren Inneres anscheinend anders ist als das seine, und die sich einer solchen offensichtlichen Innerlichkeit gar nicht aussetzen wollen. Von einem Kind. Scham und Schmach erfüllten ihn und Haß über den Verrat, den er an sich selbst begangen hatte, daß er den anderen etwas preisgegeben hatte, das sie nicht annehmen wollten. »Kleinfeld und seine Philosophien«, sagte Gideon, wobei er einen raschen Blick auf die Leute warf, die an den Tischen ringsum saßen, und die drei brachen in ein übertriebenes Gelächter aus, und Aaron dachte, alles ist verloren, alles ist Illusion, er ist nicht gerettet, noch längst nicht gerettet. Unbewußt schloß er die Finger um das Handgelenk und begann, die Adern abzudrücken und innerlich zu zählen – und fuhr sofort hoch, genug, damit ist es endgültig vorbei! Gestorben! Irgendwo, in der Dunkelheit, an einem fernen Ort, regte sich ein großer, finsterer Körper. Schaukelte leicht wie im Wasser.

Vor Jaelis dreizehntem Geburtstag kam Aaron auf die sensationelle, ober-Aaron-sche Idee, einen riesigen Brotkuchen in Form ihrer Gestalt für sie zu backen. Gideon war Feuer und Flamme und gab zu, daß er schon seit Jahren keine solche Bombenidee mehr von Aaron gehört habe. Diese Worte, die ihm sehr kostbar waren, verbarg Aaron an einer bestimmten Stelle in seinem Innern, die rund und durchsichtig war wie eine winzige Erdkugel, in der alles enthalten ist; in manchen Nächten kann man sich dort richtig freuen, und ein matter Nebelfleck mit Pfirsichwangen und braunen, etwas schräg stehenden Mandelaugen wird plötzlich konkret und wirklich, aber – Hand vor den Mund.

Sie baten Aarons Vater, ihnen beim Backen zu helfen, und verrieten ihm nur, daß der Brotkuchen für ein Mädchen aus ihrer Klasse gedacht war, das gerne Süßes as. Nicht einmal ihren Namen verrieten sie. Der Vater lachte und klopfte Aaron liebevoll auf die Schulter, man sah ihm an, daß er zufrieden war. »Nicht verzagen, Moische fragen«, sagte er, und es sei gut, daß sie sich an ihn gewandt hätten, mit seiner Erfahrung, seinen zehn Jahren in der Andjel-Bäckerei, er sei ja nicht immer ein kleiner Beamter im Arbeiterrat gewesen, früher, bis zum Unfall, sei er ein richtiger Arbeiter gewesen, den Rücken habe er sich unter den Mehlsäcken gebrochen und in den Nächten wie ein Teufel gearbeitet. Ein wahrer Stachanowitsch sei er gewesen.

Und so nahmen die drei zwei fieberhafte, mit Mehl übersäte Stunden lang die Küche in Besitz. Sie teilten der Mutter und Jochi mit, daß es für Frauen keinen Eintritt gebe, und versenkten sich in die Arbeit. Pfeifend vermengte der Vater Mehl, Eier, Margarine und Wasser und zeigte ihnen, wie die Masse gerührt werden mußte, bis sie teigig war. Wie es seine Art war, machte er von allem viel zuviel, der ganze Küchentisch war mit weichen Teighäufchen bedeckt. Der Vater fettete das Backblech ordentlich mit Margarine ein, und während er seine geschickten Handbewegungen genoß, formten die Jungen aus einem weichen Teigball Jaelis Gesicht: die runden, frischen Wangen, die kleine, entschlossene Nase und die amüsiert lächelnden Lippen, deren untere etwas vorstand und auf der ein leichtes Aufbegehren stand, ah, Jaelis Trotzlippen, dann steckten sie zwei Mandeln in den Teig, und Aaron betrachtete sie, schüttelte den Kopf, setzte sie ein wenig schräg und lächelte: Jaeli. Fast.

Dann formten die beiden ihren langen, schlanken Hals. Aaron wurde ganz anders zumute, als er ihn zwischen den Fingern fühlte – so zerbrechlich, viel zu zerbrechlich, um Aarons Glückseligkeit auszuhalten. In solchen Augenblicken war seine Seele so weit und tief, daß er sicher war, daß sich diese Weite und Tiefe bald, sehr bald, ausbreiten, an alle anderen Stellen sickern würde. Seine Liebe macht ihn stark, selbst dann, wenn sie schmerzt; und er hat nicht weniger Talent zu lieben als die anderen: diesen Himmel kann ihm keiner verdecken. Der Vater begann zu grinsen und sagte, sie müßten jetzt die Panzer wenden und in Richtung Süden, zu den interessanteren Teilen stürmen, und Aaron, der immer grandiose und phantasievolle Ideen hatte, sich jedoch weniger in ihre Ausführung, ihre umständliche Verwirklichung vertiefte, begann nun hinsichtlich seines Vorschlags Bedenken zu hegen.

Der Vater bemerkte sein Zögern nicht. Er fragte, ob dem Fräulein schon Tittchen gewachsen seien und ob es solche oder solche seien. Oder vielleicht eher solche. Seine Hand formte schnell rundliche, pralle Teigkugeln, hielt sie einen Augenblick und zerdrückte sie wieder: vielleicht solche? Wie Birnen? Wie Pampelmusen? Eh? Was? Seine Finger bohrten und wühlten im Teig, und sein Gesicht glänzte vor Schweiß. Aaron heftete die Augen auf den Tisch, und der Vater sagte in einem belustigten, versöhnlichen Ton: »Was seid ihr so rot geworden, Jungens? Wenn man eine Skulptur macht, muß sie genau sein! Naturalistisch!« Schließlich stieß Gideon aus, sie hat keine, das heißt, sie hat noch nichts, und der Vater zuckte die Achseln und meinte: »Plattfuß?«, schlug fest, mit flacher Hand auf die Teigkugeln und drückte sie glatt. »Ist nicht schlimm«, sagte er tröstend und kniff nette knabenhafte Brustwarzen in den Teig, »ihr werden noch welche wachsen. Sophia Loren ist auch mal ein Brett gewesen.« Sie arbeiteten schweigend. Aaron arbeitete an einem, Gideon am anderen Arm, Aaron formte das zarte Handgelenk und hätte sich beinahe dazu verleiten lassen, mit der Zunge darüberzufahren, um es zu modellieren. Hin und wieder sprang sein Blick unfreiwillig zu den zwei flachgedrückten Teigkugeln auf dem Tisch hin. Der Vater nahm ihm und Gideon die Arme ab und setzte sie präzise am Körper an, wobei sich seine Zunge zwischen die Zähne schob. Am Unterarm des Vaters, auf der Innenseite, schimmerte die rötlichgelbe Brandwunde, die immer frisch aussah, ein Andenken an den Unfall, bei dem er die Hand aus Versehen in den großen Ofen der Bäckerei gesteckt hatte und das Fleisch am Blech klebengeblieben war. Er nahm ein Messer, schliff und hobelte damit die Verbindungen zwischen Armen und Schultern. Dann musterte er zufrieden sein Werk, und Aaron erinnerte sich an die Zeiten, als der Vater noch um zwei Uhr nachts zur Arbeit aufstand, bevor die Mutter einen festangestellten Beamten mit Rente aus ihm machte. Was für eine leise Wanderung dann immer im Haus begonnen hatte! Aaron, der damals vier oder fünf Jahre alt war, schlüpfte sofort an den Platz, der im Doppelbett frei geworden war. Jochi ging mit geschlossenen Augen zu Aarons Bett hinüber, in dem die Matratze dicker und kuschliger war; auch die Großmutter kam schließlich klein und verwirrt aus ihrer Kammer und schlafwandelte in Jochis leeres warmes Bett, rollte sich zusammen und schlief am Daumen lutschend ein. Der Vater stand in seinem blauen Overall in der Tür, blickte sehnsüchtig auf diesen leisen Wirbel, auf die Morgenmäntel, die flatterten und sich aufblähten, auf die Daunendecken, die sich hoben und senkten, auf das Gemurmel der verschlafenen Frauen, er blieb noch einen Augenblick dort stehen, die Hand auf der kalten Klinke, dem Thermometer seiner Verbannung, und weigerte sich, sich von diesem Haus loszureißen, das sich sofort hinter ihm schließen würde, als vernarbe es augenblicklich; er soll endlich gehen, geh schon, geh, dachte Aaron, und ohne das Zuschlagen der Tür abzuwarten, glitt er in die riesige warme Mulde, drückte sich mit verwirrter Heimlichkeit an die Rundungen seiner sanft murrenden Mutter, die ihm im Schlummer ein warmes, anschmiegsames Gesäß entgegenstreckte, und er – ein überwältigter Jakob, der mit Gewissensbissen den Segen des blinden Isaak durch Esau empfängt – drängte sich immer mehr, mit Leib und Seele, an sie, und schließlich war ein leises, elendes und armseliges »Schalom« von der Tür zu hören – er soll endlich verschwinden –, und ein leichter Kälteschauer durchrieselte die Zurückgebliebenen.

Die Küche, deren Tür der erzürnten Mutter verschlossen blieb, war bereits heiß und stickig, die drei sprachen kaum miteinander. Aaron knetete ein Bein in den Teig. Mitleidig formte er das winzige, noch kindliche Knie und strich über den Knöchel, bis er schlank und wohlgeformt vor ihm lag. Ab und zu sah er Gideons prüfenden Blick auf ihn geheftet, und sofort löschte er den Ausdruck, der sich über sein Gesicht gelegt hatte. Der Vater nahm ihnen die Beine ab und lachte: Wie verschieden sie sind! »Du magst sie mollig, eh?« stieß er Gideon mit dem Ellbogen an, »mit viel Fleisch, eh? Was? Sehr gut! Damit es was zum Anpacken gibt!« Aaron hörte nicht hin. Er prüfte nur nach und sah, daß Gideon vergessen hatte, den Abstand zwischen den beiden Zehen an ihrem Fuß zu berücksichtigen, und dachte, daß Gideon nicht so zu lieben verstand wie er. Sich nicht voll und ganz verpflichtete.

»Jetzt nur noch den Hintern, und wir sind fertig«, sagte der Vater und wandte sich zum Ofen.

Aaron blinzelte zu Gideon, und die beiden erröteten. Damit keiner dem anderen zuvorkäme, nahmen beide gleichzeitig einen kleinen Teigklumpen und begannen ihn zu bearbeiten. Aaron hatte das Gefühl, als wölbe sich der Teig unter seinen Fingern, Gideon schien ganz und gar auf die Masse in seiner Hand konzentriert, doch seine Augen waren seltsam abwesend. Aaron modellierte seine Hinterbacke in der Form eines halben Apfels, legte sie stumm auf den Tisch und zog sofort die Hand weg. Gideon legte seine Hälfte dazu. Der Vater lachte wieder: »Ist es dasselbe Mädchen, das ihr da macht?«

Dann sagte er: »Macht einen Moment fest die Augen zu, denn jetzt ist es erst ab sechzehn.« Er legte die beiden Hinterbacken auf das eingefettete Blech, setzte ihnen das Paar Beine an und spreizte sie leicht. Dann beugte er sich ernst und konzentriert über die nackten, froschähnlichen Beine und ritzte mit seinem großen, gelben, gebogenen Fingernagel einen kräftigen Spalt zwischen sie.

»Schoin, gemacht! Und jetzt verdecken wir das alles gut, damit man eurem Fräulein nichts wegschaut!« Er streute den Sesam und die Rosinen mit großzügigem Schwung wie ein Sämann auf den Brotkuchen. Aaron verfolgte die Bewegungen seiner Hand. Der weiche Körper wurde langsam zugedeckt.

Schließlich schob der Vater das süße Brot mit einer ausladenden Geste, der Geste eines Mannes, in den Ofen. Bald füllte der frische, köstliche Duft des Gebäcks die Küche.

29 »Nun, Aarontschik, kann man dir schon einen Anzug nähen?«

Beim Abendessen fingen sie an, ihn zu sticheln. Der Vater hatte ihn mit Jaeli und Gideon am Felsen gesehen. Irgend jemand hatte der Mutter erzählt, er habe die drei im Kino getroffen. Die Gesichter der Eltern strahlten: als sei das Haus auf der Stelle von der grauen Trauer befreit worden, in die es die Ereignisse des letzten Jahres gehüllt hatten; der Vater streckte Aaron das Gesicht entgegen und wollte mit fröhlicher Stimme wissen, was der Mechiten, der Vater des jungen Fräuleins, mache, und die Mutter meinte nachdenklich, Jaelis Nachname – Kedmi – höre sich, eppes, irgendwie wie ein neuer Name an, der vielleicht etwas anderes verdecke. Sie fragte ihn aus, wie ihr Haus von innen aussehe, wann man dort zum letzten Mal renoviert habe, wie groß ihr Kühlschrank sei, und ob Jaelis Mutter jene Kedmi sei, von der man sagte, sie habe sich so ein modernes künstliches Haarteil aus Amerika gekauft, das wie echt aussehe, und das man sogar zum Friseur schicken könne; denn manchmal, erklärte sie streng, und ihre Augen funkelten warnend, manchmal kauft man eine Perücke, damit die Nachbarinnen platzen sollen vor Neid, und manchmal, um Probleme mit Haarausfall zu verbergen, und Probleme solcher Art könnten durchaus erblich sein, schloß sie und kniff die Lippen ausgedörrt zusammen wie jemand, der seine Pflicht erfüllt hat. »Na na, genug, Mamilein«, meinte der Vater tadelnd, »noch ist es nicht an der Zeit, von ihren Haaren und ihrem Haarausfall zu reden. Die Hauptsache ist, daß du deine Puppe nach Hause einladen mußt, Aaron, damit wir sie kennenlernen und sie uns aus der Nähe anschauen können.« Die Mutter stieß dieses Lachen aus, das Aaron so haßte, ihr weibliches, schmutziges Lachen. Der Vater fragte wieder, wie heißt sie noch mal, deine Hübsche, und Aaron wurde rot und zog den Kopf ein aus Angst, sie könnten ihm Jaelis Namen mit ihren vollen Mündern nachsprechen. »Dann iß, iß noch!« drängte ihn die Mutter, während sie ihm einen kleinen Berg Püree auf den Teller häufte, »das ist jetzt deine Zeit! Jetzt mußt du wirklich anfangen zu fressen!« Und der Vater schnitt mit dem großen Messer, dem Killer, eine dicke, fette Scheibe Kümmelbrot ab und drückte sie ihm in die Hand: »Ach, Aarontschik«, jubelte er, »du hast keine Ahnung, wie ich mich freue!« Sie freuten sich wirklich. Sie sahen auf einmal jung, unbeschwert und strahlend aus. Der Vater hob seinen Teller und schüttete eine braune Masse – Bohnen – auf Aarons Teller: »Iß, mein Junge! Du wirst dich ja heute abend nicht mit ihr treffen, eh?« Seine Eltern wieherten vor Vergnügen, sie brachen immer wieder in lautes Gelächter aus und sahen sich mit einem ganz neuen, frischen Blick an, und als die Mutter das Huhn verteilte, ruhte ihre Hand einen Augenblick auf der Hand des Vaters. »Nimm noch eine Pulke!« rief sie und gab Aaron eine Hühnerkeule von ihrem eigenen Teller, »das ist die Zeit, alles aufzuholen, was du verloren hast! Iß! Behalte es nicht im Mund! Iß!« Sie schwirrten um ihn herum, häuften die feinsten Speisen auf seinen Teller, ihre Hände bewegten sich rasch und hin und her, und als sie sich kreuzten, riefen sie einen verächtlichen Blick auf dem Gesicht seiner Schwester hervor, die schweigend aß; und Aaron – auch er wandte die Augen von ihr ab, um sie nicht sehen zu müssen – drückte sich vor ihr; gegen seinen Willen erfüllte ihn ein neuer Stolz, als sei es ihm, ihm und keinem anderen, gelungen, mit einem Ruck ein großes Fenster zu öffnen, an das die ganze Familie vorher in sehnlicher Erwartung ihr Gesicht gedrückt hatte. Einen Augenblick gab er sich diesem Genuß hin, doch dann sah er, wie sich Jochis gesenkter Kopf zur Seite neigte, er sah das Gesicht der Mutter, und die Erinnerung an seine Bar-Mizwa-Schuhe, die aufgedoppelten Schuhe, durchzuckte ihn. Seine Schultern fielen zusammen. Seine Augen suchten Jochis Augen, und seine Zunge bahnte sich einen Weg durch die Speicher in seinem Mund, um den Milchzahn zu berühren. Der Vater und die Mutter kauten und redeten pausenlos, doch er hörte sie nicht mehr. Die Mutter vergaß sogar, die Großmutter zu füttern, die vor ihrem Teller mit dem kleingehackten Huhn saß, und ein Speichelfaden rann auf das Lätzchen auf ihrer Brust. Aaron stopfte sich den Mund voll und konnte nichts hinunterschlucken. Er schob die Masse unablässig von einer Wange in die andere, bohrte in seiner Brotscheibe, riß ein schwarzes Kümmelkorn nach dem anderen heraus, ordnete sie in der Form einer Pfeilspitze an, in der Form eines Schwarms von Störchen, ab jetzt wird er jeden Tag auch Chalva und Püree essen, für die Befestigungen, um seine Stelle, die in ihm glüht, besser zu schützen, und außerdem mindestens sieben Stückchen Schokolade jeden Tag, ungesund für die Zähne, aber das wird seinen inneren Gideon stärken, den Gideon von früher, und er prüfte noch einmal ernsthaft die kleine Liste, die er aufgestellt hatte, die Liste mit dem Freundschaftszucker und der Hartnäckigkeitsstärke und der Treuekohlenhydrate, mit allen seinen privaten Urnährstoffen, und er lächelte innerlich: vor zwei Wochen war dort noch nichts gewesen, eine unbekannte Stelle in seinem Körper, und jetzt fühlt er sie, lebendig und pochend; er fuhr auf, als Jochi plötzlich ihren Kompottteller wegstieß und zum Spülbecken lief, um auszuspucken, iiih, was ist das für ein Geschmack, was habt ihr mir da reingetan. Die Mutter sah sie feindselig an und kostete vom Rand des Löffels, ihr Gesicht färbte sich rot; nichts ist passiert, sagte sie, ich habe wohl die Teller vertauscht. Wenn man mir beim Servieren geholfen und nicht wie eine Prinzessin mit hochgelegten Beinen dagesessen hätte, wäre das nicht passiert, murmelte sie mit hochrotem Gesicht und reichte der Großmutter das Kompott mit den kleingeriebenen Medikamenten, jetzt setz dich her und iß dein Kompott, nichts ist passiert, was hast du dich plötzlich wie ein Truthahn aufgeplustert; und Aaron sah besorgt um sich, er hatte wieder geträumt, ihm kam es so vor, als habe man irgendeine Frage an ihn gerichtet, als habe man irgendeine entscheidende Forderung, die mit der Zukunft, seiner Zukunft, zusammenhing, an ihn gestellt, er schüttelte gequält den Kopf, was wollen sie von meinem Leben, starrte auf den Tisch, entdeckte überrascht die Pfeilspitze aus Kümmel und verwischte sie, zerstreute sie, schüttelte den Kümmel ab, der an seinen Fingern klebenblieb; das fehlte noch, daß der Vater entdeckte, was er mit dem guten Brot anstellte.

Aber weder der Vater noch die Mutter merkten es, so sehr

freuten sie sich, sie schlürften das Kompott in langen, schmatzenden Zügen – wie gerne dagegen schaut er zu, wie Jaeli aus einem Glas trank, in der Flüssigkeit sah er ihren schönen Mund gleich zweifach –, die Lippen der Eltern regten und bewegten sich vor ihm, ihr Gekicher und ihre Grimassen erschienen ihm wie die von Häftlingen, in deren Zelle ein neuer Häftling geworfen wird, der so tun möchte, als gehöre er gar nicht dorthin. Sogar die Wörter, die sie sagten, verdarben in ihrem Mund: schöne Wörter wie ›Wonne‹ und ›Liebe‹; er wird diese Wörter einen Tag lang nicht in den Mund nehmen. Nicht nur einen Tag: volle sieben Tage. Bis sie von allem, was an ihnen haftet, gesäubert sind. Ihre Gesichter drängten sich immer mehr in seinen Teller, »nur eins habe ich noch nicht verstanden«, sagte sein Vater, wobei er seinen Gürtel öffnete, augenblicklich auseinanderquoll und das ganze Zimmer ausfüllte, »du kommst mit Gideon aus der Schule zurück. Du gehst mit ihr zusammen mit Gideon ins Wadi. Ins Kino – schon wieder mit Gideon! Am Ende wird er auch noch mitkommen, um euch die Kerze zu halten!«

Er brach in ein lautes, sattes Lachen aus, aber in den Augen von Aarons Mutter funkelte etwas Hartes, Eisernes: »Wenn du lange wartest, wird er dir deine Hübsche noch wegschnappen«, sagte sie ohne jeden Humor: »In diesen Dingen gibt es weder Freunde noch Gefallen, Aaron. Wer stark und wer der erste ist – nimmt's weg, und wer sich ziert – frißt Dreck!« Sie warf Aarons Vater einen scharfen Blick zu. Schweigen, und plötzlich erfüllte eine bedrückende Erinnerung den Raum, die aus den Wänden und dem Fußboden gekrochen zu sein schien.

»Hör auf mich, Aaron«, warnte die Mutter nachdrücklich, und ihre Stimme wurde schrill und scharf, als wolle sie die Stille in Fetzen schneiden: »Wer in diesen Dingen wie ein Lemmale wartet, wird am Ende mit offenem Mund dastehen, so, bäähh!« Die fleischige Sichel ihres Mundes verzog sich vor seinen Augen, »hast du verstanden, was ich gesagt habe?« Die ganze Zeit über fütterte sie die Großmutter hastig mit Kompott, ihre Hand hob und senkte sich, und jedes dritte Mal streifte sie den Tropfen am Kinn der Großmutter mit dem Löffel ab. Jochi konnte sich nicht länger beherrschen.

»Und du rümpf nicht die Nase, Fräulein Möchtegerne!« brauste die Mutter auf. »Wir haben bereits gesehen, was für eine Expertin du in diesen Dingen bist! Zeig sie mir nur, wo sie sind, deine ganzen Verehrer! Wo sind sie? In den Briefumschlägen? Unter den Briefmarken? Laß sehen!« »Scha, genug, Mamilein. Laß sie!« Jetzt, da sich Jochi auf das Abitur vorbereitete, beschützte und umsorgte sie der Vater mit Ehrfurcht. Er stand sogar mitten in der Nacht auf und tappte leise in die Küche, streichelte ihren Kopf, der über den Heften auf den Tisch gesunken war, er machte ihr eine Tasse Kaffee und ein dickes Sandwich, schwieg, um sie nicht abzulenken, und schlich sich auf Zehenspitzen wieder aus der Küche. »Dann soll sie mir hier keine Vorträge halten, was zu tun ist!« knurrte die Mutter. »Bei ihrem Mann soll sie machen, was sie will. Bei mir nicht.«

Aaron vergrub sein Gesicht im Teller und kaute die teigige Masse in seinem Mund noch einmal durch. Jetzt gehen diese Kartoffeln in mich hinein, und ein Teil wird mit der Scheiße wieder herauskommen, und ein Teil wird drinnen bleiben und ein Stück von mir werden, und eigentlich esse ich mich jetzt selbst, bevor es richtig ›ich‹ wird, es ist seltsam zu denken, daß alle Kartoffeln, die es auf der Welt gibt, am Ende ein Teil von mir werden können, und so kann auch eine Gurke oder ein Ei ein Teil von mir, von Aaron Kleinfeld, werden, und ebenso können sie auch ein Teil von jedem anderen werden. Ich weiß noch nicht, was mir gehört, was ausschließlich meins ist, was ich von niemand anderen bekommen habe und das ich, wenn ich will, niemand anderem gebe, und das in niemand anderem sein kann als in mir; und ich schwöre, wenn ich weiß, was das ist, werde ich es mit aller Macht hüten, denn die anderen Dinge wird man mir wegnehmen, das weiß ich schon, oder ich werde auf sie verzichten, vielleicht gehören sie mir gar nicht richtig, aber das, was wirklich meins ist, werde ich bis zum Tod hüten; er wollte seine Mutter und ihre widerlichen Anspielungen und ihre aufdringliche Stimme nicht hören, als hänge sein ganzes

Schicksal, seine Erlösung oder sein Unglück, von seiner Macht ab, Jaeli zu gewinnen, Jaeli zu erobern, wie kann man überhaupt jemanden erobern, den man lieben will, der so frei und ungebunden ist. Er kaute und stopfte immer mehr in seinen Mund, daß er sie jetzt nur nicht ansehen muß, ihr kropfiges Nicken, und er schwor sich, daß er nie wegen Jaeli auf Gideon eifersüchtig sein würde, das ist ja das Schöne an der Freundschaft zwischen ihnen dreien, daß es wortlos eine faire und ganz spezielle Regelung zwischen ihnen gegeben hat und jeder von ihnen Jaeli ganz für sich bekommt; und trotzdem – es ist für jeden von ihnen eine andere Jaeli, denn Gideon kennt die Jaeli, die alle kennen, die Jaeli, wie sie sich in der Öffentlichkeit gibt, während Aaron die andere Jaeli liebt, die Jaeli, die sie sein möchte, wer kennt sie so gut wie er, er kennt sie in seinem Allerinnersten.

Nein, er war nicht eifersüchtig auf Gideon, allein schon deswegen nicht, weil er wirklich nicht wußte, wer es war, der ihm größeres Glück bereitete – Gideon, dank dem es ihm so leicht gefallen war, sich Jaeli zu nähern und sie kennenzulernen, oder Jaeli, dank derer sich Gideon ihm zum zweiten Mal geöffnet hatte. Vielleicht war sein großes Glück auch die Verbindung von beidem? Er sah verstohlen zu Jochi hin, die finster und völlig in sich verschlossen dasaß, sie wird ihn jetzt bestimmt wegen Jaeli hassen, aber Jochi warf ihm einen flüchtigen Blick der Ermutigung zu, und sein Herz weitete sich: gib ihnen nicht nach, Brüderchen, sagte ihr Blick, weder unserem Vater noch unserer Mutter war ja auch nur eine von deinen beiden Glückseligkeiten beschieden. Sie wissen nichts. Sie wissen nicht einmal ein Körnchen von dem, was du schon weißt. Vielleicht mißhandeln sie dich deswegen so.

Aber seine Mutter spornte ihn unablässig an mit ihrer Zunge, die sie wie einen Stachel benutzte, und wenn man ihre Worte hörte und ihre stieren Blicke sah, hätte man meinen können, sie sei diejenige, die mit Gideon konkurrierte. »Nimm Geld, nimm!« drückte sie ihm plötzlich ein paar Scheine in die Hand, wenn er ins Kino gehen wollte. »Und wenn er ihr ein Falafel kauft, dann kaufst du ihr ein Schauwarma! Spar nicht! Alles auf meine Rechnung!« Und wenn er nach dem Abend nach Hause kam, wartete sie in ihrem Morgenrock auf ihn, aufgeplustert wie ein Kampfhahn, und fragte ihn bis in die kleinsten Einzelheiten aus, was sie und was er gesagt habe, ob es schon zu einer Entscheidung gekommen sei, ob sie schon irgend etwas gesagt habe, das auf einen Entschluß hindeuten könnte? Ihre Finger waren fest ineinander verschlungen, und ihre Lippen bewegten sich analog mit den seinen, wenn er ihr seine knappen Antworten gab. Manchmal, wenn sie ihm diese Mißgunst einimpfen wollte und ihm mit seltsamer Leidenschaft beschrieb, wie drekkig es ihm ergehen werde, wenn er nicht auf der Hut sei, wenn er sich Jaeli von Gideon vor der Nase wegschnappen lasse, hatte er das sonderbare Gefühl, den Verdacht, daß sie irgendein eigenartiges Vergnügen daran fand, ihn zu infizieren, um ihn damit an die Erde, an ihre Erde zu ketten: »Und wenn du mit deiner Hübschen zusammen bist«, ermahnte sie ihn, und ihre Augen sprühten Funken, »dann zeig ihr um Gottes willen nicht, daß du sie willst! Um Gottes willen! Sonst wird sie auf der Stelle damit anfangen, dich zu demütigen!« Sie kniff die Augen zusammen, bis sie nur noch als schmale Schlitze zu erkennen waren, ihre Stimme wurde feierlich und streng und ließ ein uraltes Wissen mitklingen: »Und sei kein Ferzale mit ihr, so wie du es sonst immer bist! Zeig ihr nicht gleich alles, was du denkst. Verkauf dich nicht so einfach, völlig gratis. Spiel ein bißchen mit ihr. Was ist dabei? Frauen mögen solche Männer, damit du's weißt!« Aaron dachte an die unschuldige Jaeli, an das zarte Rosa, das einst auf ihrem Hals geblüht hatte, und fing beinahe an zu lachen.

»Und lach nicht so, du Prahlhans«, erboste sich die Mutter auf der Stelle, »glaub mir, deine Hübsche ist schon längst kein Unschuldslamm mehr, wenn sie so mit euch beiden spielt und euch gleichzeitig um den kleinen Finger wickelt, hör auf mich, Aaron, sie weiß schon ganz genau, wo die Beine anfangen zu wachsen.«

Sie nickte frömmelnd mit ihrem Kopf, und wieder sprang

ihm dieser erstaunliche Widerspruch ins Auge zwischen ihrer scheinheiligen Miene und dem Gesicht selbst, das trotz allem anmutig und lebhaft, ja fast reizvoll war. Aaron verfing sich einen Augenblick in dem trügerischen Labyrinth, dann zuckte er die Achseln und wollte sich verziehen.

»Wo gehst du jetzt hin, halt den Rücken gerade.« Sie senkte die Stimme. »Zu ihr?«

»Laß mich. Ich wollte zur Großmutter. Um ihr aus der Zeitung vorzulesen.«

»Zur Großmutter! Was gehst du zur Großmutter? Ein vierzehneinhalbjähriger Trottel verbringt seine Zeit mit der Großmutter! Was versteht sie überhaupt, daß du ihr jeden Tag vorliest? Warum gehst du nicht zu deiner Hübschen?«

»Weil ... weil Gideon jetzt nicht zu Hause ist.«

Sie prustete los: »Ein wahrer Gerechter! Vielleicht ist er zufällig gerade bei ihr? Vielleicht ist er gerade bei ihr zu Hause, in ihrem Zimmer, und die zwei sitzen zusammen auf dem Bett und lachen über den dummen Dritten?«

»Nicht er.«

»Und wenn doch, wird er bestimmt angelaufen kommen, um es dir zu erzählen, ja? Geh, geh zu deiner Puppe, schnapp sie dir und flieh! Geld hast du?«

»Aber die Großmutter ...«

»Laß endlich die Großmutter! Was hast du von ihr? Mit Großmutters Karriere ist es vorbei! Und glaub mir, sie hätte keine Minute auf dich gewartet, wenn sie die Gelegenheit gehabt hätte!« Sie drückte ihm mit Gewalt ein Pfund in die abwehrende Hand: »Geh und genieß das Leben, denn wenn du es nicht tust – dann wird ein anderer es an deiner Stelle tun!«

Sein Gesicht zog sich zusammen wie die Nüstern eines Kamels im Sturm. Sie versuchte noch einen Augenblick, ihn nach draußen zu drängen, schob ihn regelrecht mit den Händen hinaus, dann ließ sie ihn stehen. Soll er machen, was er will. Sie ist, Gott sei Dank, nicht mehr für ihn verantwortlich. Sie hat sich mit dem Lebn ganz gut arrangiert. Sie zerknüllte den Putzlappen und verschwand. Er wird nicht hingehen. Er wird nicht hingehen. Er trat auf den Balkon, schaute sich um. Sah keine Kinder draußen. Der *Maariv* von gestern lag noch da. Aaron blätterte in der Zeitung, bis er die Traueranzeigen gefunden hatte. Er wählte den seligen Abraham Kadischman – von seinem Leid erlöst. Spielte ein bißchen mit den Buchstaben herum, Kamm, Hand, Bahn, Brand, setzte noch fünf neue Wörter zusammen und ging dann zu Pessia Sternberg ruht in Frieden über, hatte es aber gleich wieder satt, er wird es sich am Abend noch mal vornehmen. Er ging in sein Zimmer, setzte sich auf das Fensterbrett, einen Fuß auf dem Friedman-Kühlschrank, öffnete seine Schachtel mit den Negativen und betrachtete sie. Schon seit Monaten hatte er seiner Sammlung nichts hinzugefügt. Er hielt sich die schwarzen Stückchen Zelluloid vor die Augen, suchte bei jeder Figur den leichten Nebelfleck. Es gibt wilde Stämme, die nicht erlauben, daß man sie fotografiert, weil sie glauben, daß die Fotos einen Teil von ihnen stehlen. Vielleicht sollte er Onkel Schimek bitten, ihm irgendein Negativ von sich, von Aaron, zu schicken. Es würde interessant sein, es genau anzuschauen. Er weiß schon im voraus, wie sein Nebelschatten aussehen wird. Rund und elastisch wird er sein und ein weiches, orangefarbenes Licht ausstrahlen. Was für einen Unsinn die Mutter redet. Gideon und Jaeli, also wirklich. In den letzten Tagen haben sich, Gott sei Dank, sogar ihre Streitereien gelegt. Man kann endlich zwischen ihnen gehen, ohne taub zu werden. Und wenn Aaron nicht endlich den Mund aufgemacht hätte, hätte absolutes Schweigen zwischen den beiden geherrscht. Was versteht sie überhaupt? Er sprang auf, nahm seinen Fußball und ging hinunter. Die Straße vor der Siedlung war leer. Er spielte mal hier, mal dort. Er bemerkte etwas neben dem gefällten Stamm des Feigenbaums und blieb stehen. Er drückte den Ball an sich und trat näher: ein Blättchen. Ein winziges grünes Blättchen war aus dem Baumstamm gesprossen. Seine Augen sprangen wie von selbst nach oben, zu den heruntergelassenen Jalousien. Wo ist sie jetzt. Er drehte den Stamm. Bückte sich und berührte ihn vorsichtig. Der ganze vergangene Winter lebte wieder in ihm auf. Eine der Nachbarinnen, vielleicht sogar die Mutter, hatte Ednas Eltern angerufen und ihnen mitgeteilt, sie sollten sie holen kommen. Die Siedlung stand damals hinter geschlossenen Jalousien und sah zu, wie sie mit gesenktem Kopf, wie versteinert, zwischen ihren winzigen Eltern dahinschritt. Ein Taxi wartete auf die drei, und Edna verschwand darin. Aaron hatte erwartet, daß sich ihr Vater umdrehen und seine Faust gegen die Jalousien erheben, daß er einen furchtbaren Fluch ausstoßen und der Fluch sich erfüllen würde, aber ihr Vater drehte sich nicht um und verfluchte sie auch nicht, sondern die drei stiegen still ins Taxi und fuhren für immer davon, vielleicht in ihre Wohnung, vielleicht zu irgendeiner geeigneten Bleibe für sie – auch sie habe ich verraten; dann sprang er nach hinten und machte schnell vor den brüllenden Tribünen einen Sturmangriff die halbe Straße hinunter und bremste sich plötzlich: Genug! Er braucht dieses ganze ›Als-ob‹ nicht mehr. Dank Jaeli stand er nun richtig im Leben. Er warf wieder einen vorsichtigen Blick zu der verriegelten Jalousie im dritten Stock hinauf. Dank Jaeli hatte er in den letzten Wochen aufgehört, die Leere der verlassenen Wohnung zu fühlen. Und das, was dort für immer gefangen war, was nicht aufhörte, mit den Flügeln zu flattern und gegen die Wände zu schlagen. Er wandte den Blick ab und lief mit bitterer Leichtigkeit und auf einem Bein hüpfend fort, dank Jaeli war er vor allen denkbaren schlimmen Möglichkeiten der Zukunft gerettet. Aber wohin waren all seine Freunde verschwunden. Merkwürdig. Er rief halblaut nach Gideon. Stille. Vielleicht sollte er kurz zum Lebensmittelladen im Einkaufszentrum. Vielleicht braucht die Mutter irgend etwas. Öl zum Beispiel. Gestern hatte sie sich gewundert, daß die Flasche so schnell leer war. Er war es, der jetzt alles mit Öl aß. Plötzlich ertappte er sich dabei, daß er die Treppe von Eingang C hinauflief. Er ging auf Zehenspitzen an Zachis Tür vorbei. Stieg weiter in den zweiten Stock. Legte das Ohr an Gideons Tür. Rief stumm nach Gideon. Drinnen hörte er plötzlich Stimmen mitten in einem Streit und schreckte zurück. Mira, Gideons Mutter, schrie: »Was tust du uns an? Woher kommt diese Lust, alles zu ruinieren?« Und Gideons Vater antwortete in seinem höflichen und bösartigen Ton: »Ich sorge doch nur für dein Glück, meine Liebe. Denn was wäre mir kostbarer als dein Glück?« Schweigen trat ein, dann sagte Gideons Mutter mit erstickter Stimme: »Fahr nicht. Ich flehe dich an. Laß mich nicht mit ihm allein hier. Du treibst mich ja dazu, warum, warum?« Gideons Vater antwortete kalt und amüsiert: »Eine neue Liebe wird sich wunderbar auf deinen Teint auswirken, meine Teure.« Aaron floh, aufgewühlt und voller Ekel. Alles, was diese Erwachsenen anfaßten, wurde versaut. Er setzte sich auf die Stufen hinter dem Haus und verbarg den Kopf zwischen den Beinen. Er wird nicht so werden wie sie. Nie im Leben. Bei ihm wird die Liebe immer rein bleiben. So liebt er Jaeli jetzt, und so wird er sie bis in den Tod lieben. Und hoffentlich stirbt er vor ihr, damit er keinen einzigen Tag ohne Jaeli auf der Welt leben muß. Einen Augenblick lang versuchte er sich eine Welt vorzustellen, in der Jaeli nicht alles in ihm ausfüllte. Seine linke Hand schloß sich um das Gelenk seiner rechten, um das Blut abzudrücken, doch er merkte es sofort, rügte sich und hörte auf. Damit haben wir doch Schluß gemacht. Das sind wir Gott sei Dank los. Jetzt hat er Jaeli. Ohne Jaeli hat sein Leben keinen Sinn. Er weiß, daß es gefährlich ist, so sehr von einer Sache abhängig zu sein. Aber vielleicht kann er nur darum so lieben. Es ist eine Liebe um alles oder nichts. Seine Hand kletterte wieder über das Handgelenk der anderen, um es abzudrücken. Was tut sie ihm an, seine Mutter. Warum ist sie so. Was weiß sie überhaupt von ihm und von Gideon und von Freundschaft. Wie kann man ihr zum Beispiel erklären, daß er, Aaron, ein Gedicht für Jaeli geschrieben hat, ein Gedicht, das an Schönheit und Liebe nicht übertroffen werden kann, mit dem Blut seines Herzens hat er es geschrieben, aber er würde es Jaeli auf keinen Fall geben, er würde ihr nicht einmal dessen Existenz andeuten, denn Gideon kann keine Gedichte schreiben. Aber was ist, wenn sie recht hat. Vielleicht ist er wirklich zu naiv. Vielleicht arbeitet bei solchen schicksalhaften, biologischen Dingen irgendein starker Trieb, der bei ihm noch nicht ausgeprägt ist, und er ist nur deswegen anständig geblieben. Naiv. Angewidert zog er den Geldschein, den sie ihm gegeben hatte, aus der Hosentasche. Befahl sich, ihn in der Erde zu vergraben. Ihre Stimme in seinem Innern versuchte zu feilschen, sägte und surrte in seinem Kopf. Aaron spannte die Bauchmuskeln gegen sie an; Jaeli, dachte er, *Jaeli*, während er mit steifen Fingern bohrte, den Schein vergrub und mit Erde bedeckte. Schön. Das war wie ein Opfer, doch er fühlte sich nicht geläutert. Im Gegenteil. Wie gelingt es ihr, ihn in seinen eigenen Augen abscheulich zu machen. Wo steckt Gideon so lange. Ein Netz von Spinnweben schimmerte zwischen den Zweigen des Rosmarins. Ein paar tote Insekten baumelten darin. Er warf ein trockenes Blatt auf die Spinnweben. Doch die Spinne war nicht zu sehen. Vielleicht war gar keine Spinne dort. Er wird nicht allein zu ihr gehen. Lieber sterben als hingehen. Er liebt seine Jaeli und vertraut ihr. Da, auch das ist eine wichtige Sache: daß er dank dieser Liebe sicher ist, daß er Mädchen mag. Das heißt: Frauen. Denn manchmal hat ihn der furchtbare Gedanke erschreckt, daß er vielleicht, außer all den anderen Einfällen und Erfindungen seines Unglücks im Körper, auch noch anfangen würde, Jungen zu mögen. Das heißt: Männer. Es gibt Leute, die plötzlich, wenn sie in seinem Alter sind, von innen, von irgendeiner Drüse einen Befehl bekommen, geh und rede und heirate. Denn auch das von innen ist ja bekanntlich ein bißchen das von außen, das ist wie Kartoffeln, die auf irgendeinem abgelegenen Feld liegen, wie Gurken und Kopfsalat und Zwiebeln, fremd und ohne daß sie jemandem gehören. Wie spät ist es. Wie kann es sein, daß keiner kommt. Gideon, Gideon. Jetzt, wo er sich ganz sicher ist, daß er wachsen und normal sein wird, kann er wirklich damit anfangen.

Ein blasser, schwächlicher Schmetterling, eine Art graubrauner Nachtfalter, saß neben ihm auf einem Blatt. Aaron streckte die Hand aus, fing ihn mühelos und legte ihn ohne zu zögern und nachzudenken ins Spinnennetz. Die Flügel des Schmetterlings zuckten. Nur eine ganz leichte Bewegung war spürbar. Augenblicklich war die Spinne da. Groß, langbeinig. Aaron stieß einen erschrockenen Seufzer aus: aber bis zu den trockenen

Blättern wird sich die Spinne doch nicht hinauswagen! schrie er und versuchte, sich zu rechtfertigen, was bin ich schuld daran, daß der Schmetterling lebt und sich bewegt und sie angezogen hat? Schon fing die Spinne an, den Schmetterling einzuspinnen, vor seinen Augen. Geschwind, nach einer exakten Methode, hüllten die durchsichtigen Spinnfäden den schwachen, erschrockenen Körper ein, und Aaron suchte keinen Stock oder Zweig, um den Vorgang abzubrechen. Er störte die Spinne nicht. Saß nur da und starrte auf den winzigen Mord, für den er verantwortlich war, wieso greifst du nicht ein; aber die Spinne hätte nichts gemerkt, wenn der Schmetterling nicht so gezappelt hätte; wie – so? So lebendig; du Verrückter, du Quäler, du bist nicht mehr du selbst, schlag die Spinne mit einem Stock, und sie wird ihn in Ruhe lassen und weglaufen; die Spinne berührt ihn nicht einmal, wickelt ihn nur von weitem mit ihren Fäden ein; was hast du getan, schau hin, du wirst auch schon so einer; was für einer; ein Kollaborateur des Todes.

Einen Augenblick später war alles vorbei. Der Schmetterling verlosch aus sich selbst. Seine Kraft reichte gerade noch, um ein einziges und letztes Mal seine Fühler zu bewegen, flehend oder warnend drehte er ihn vor dem erschütterten Aaron, dann war er still. Ruhig und finster stand die Spinne über ihm. Nur die Spinnweben atmeten. Aaron schauderte. Er schlang die Arme um sich und versuchte, sich zu beruhigen. Wie konnte ihm so etwas passieren? Aber was ist, wenn die zwei ihn hintergehen? Wenn sie dort schon über den Dummen lachen. Plötzlich näherten sich rasche Schritte. Eine Hand berührte seine Schulter. Gideons Gesicht war streng, verschlossen, verzweifelt.

»Was läuft, Kleinfeld.«

»Nichts. Ich sitze nur hier.«

»Ich habe dich bei dir zu Hause gesucht. Komm, laß uns zu ihr gehen.«

Aaron erhob sich. Stand vor Gideon. Sprudelte über: »Hör zu, hör zu ...«

»Was ist los, red schon.«

»Laß uns erst mal ... laß uns erst mal etwas tun.« Er wußte selbst nicht, wovon er redete.

»Was denn, was gibt es zu tun.«

»Ich möchte, daß du mir bei etwas hilfst.« Daß er es nur richtig sagt. »Hör zu, mein Zahn ...«

»Welcher Zahn.«

Er lachte entschuldigend: »Ich habe noch einen Milchzahn.«

»Echt? Dir ist noch einer geblieben?« Gideon war so verblüfft, daß er es versehentlich mit einem Fragezeichen sagte.

»Ja. Einer. Der letzte. Ich will ihn ziehen. Jetzt. Mein Vater hat mir erzählt, wie es gemacht wird.«

»Warum jetzt?«

»Darum. Weil, weil er schon richtig wackelt.« Weil du auf mich gewartet hast. Weil wir es verstehen, Freunde zu sein. Weil wir nie wie unsere Eltern sein werden. »Man nimmt einen starken Faden und bindet ihn um den Zahn, und dann bindet man das andere Ende an eine Tür und knallt sie mit einem Schlag zu.«

»Das hat dir dein Vater erzählt.«

»So hat man es gemacht, als er als Junge in Polen war. Hast du den Mumm, es zu tun?«

»Ich ... ja. Aber vielleicht ... das tut bestimmt weh.«

»Er ist schon fast draußen.«

Sie liefen stumm und ernst ins Einkaufszentrum und kauften bei ›Zaddok Baubedarf‹ einen drei Meter langen dünnen Nylonfaden.

»Bei mir zu Hause geht es nicht«, sagte Gideon hastig.

»Bei mir auch nicht. Was ist mit dem Bunker?«

»Und wenn jemand kommt?«

Verdammt. Daß diese Aufregung nur anhält. Wo sind seine Ideen. Sie sollen kommen, seine Ideen, seine Erfindungen. »Los.« »Wohin rennst du.« »Komm, komm mit.«

Sie erreichten keuchend das Schrottgelände im Tal. Den ganzen Weg über hatte Aaron gewaltsam mit der Zunge gegen den Zahn gedrückt. Um ihn ein wenig zu lockern. Damit sich wenigstens ein Wurzelfaden lösen würde, bevor sie ankamen. Aber er, der kleine weiße Zahn, saß fest wie immer. Alle um ihn herum waren schon groß, richtige Zähne, nur er war ein Winzling. Gideon sah ihn nicht an. Er war nervös, fragte schon zum dritten Mal, ob das nicht gefährlich sei. Aaron brannte vor Aufregung. Daß ihn bloß nicht die Angst packt! Was für einen Bund in alle Ewigkeit sie haben würden. O Mann. Aber als er den Faden um den Türgriff des Topolino wickelte, zerfiel der in seiner Hand zu Restgebrösel. Auch mit den anderen Griffen war es so. Gideon schielte besorgt zur Siedlung hin und murrte, daß Jaeli bestimmt schon warte. Aaron sah sich verzweifelt um: Warte. Was für Schwachköpfe wir zwei sind. Ich würde dir raten, das sein zu lassen, sagte Gideon zögernd. Aber Aaron öffnete mit Gewalt den alten Kühlschrank. Er wich vor dem Gestank zurück, der ihm entgegenschlug. Kadavergeruch. Er war seit Jahren nicht geöffnet worden. Er schaute hinein: ein kleiner Kühlschrank. Ein Kätzchen von einem Kühlschrank. Heute gab es solche elenden Dinger nicht mehr. Er band ein Fadenende an den schweren Eisengriff. Stell dir vor, kicherte er, aus einem solchen Kühlschrank Houdini zu machen. Das fehlt dir noch, meinte Gideon und musterte ihn erstaunt. Ich hab nur Spaß gemacht, sagte Aaron. Er war fertig mit dem Festbinden des Fadens. Entfernte sich ein paar Schritte. Er schämte sich, Gideon darum zu bitten, ihm den Faden um den Zahn zu binden. Wickelte ihn selbst herum. Zog ihn dicht an der Wurzel fest, und schon spürte er den Geschmack von Blut. Es wird sehr weh tun. Es wird ihm den Zahn mit einem Ruck ausreißen. Aber es ist genau die richtige Zeit. Und es ist genau der richtige Freund. Vorsichtig trat er nach hinten. Der Faden spannte sich auf seiner Unterlippe. Jetzt schließ die Tür mit einem Ruck, rief er durch seine aufgedrückte Lippe; bist du sicher, daß es in Ordnung ist; ja, ja, los, mach sie zu und Schluß; bist du sicher, daß er schon genug wackelt; ja, sicher, was bist du plötzlich so ängstlich. Gideon strich vorsichtig mit dem Finger über den Faden. Vertiefte sich in den Knoten am Griff. Plötzlich war er ernst geworden und beschützte Aaron, aber nicht wie ein Freund, sondern wie ein Erwachsener, der ein Kind beschützt.

Egal. Man darf keinem einzigen bösen Gedanken erlauben, sich einzuschleichen. Man muß von ganzem Herzen wollen. An die Sache glauben und sich ihr hingeben. Es wird einen Augenblick lang einen furchtbaren Schmerz geben. Es wird sein, als ob man einem Kalb ein Brandmal einbrennt, wenn es sich der Herde anschließt. »Achtung«, sagte Gideon und legte den ausgestreckten Arm auf die offene Kühlschranktür, »auf die Plätze, fertig –« Gideon schloß die Augen. Aaron auch. Er hielt den Kopf ein wenig nach oben. Gideons Kopf war fest auf die Brust gesenkt. Ein heftiger Knall war zu hören. Ein weißglühendes Messer schnitt in Aarons Lippe. Irgend etwas brach seinen Kiefer auf. Ein Schwall von Blut. Vielleicht ist das gut. Vielleicht ist das gut. Er stürzte, sank schwer, verblüfft zu Boden, er fühlte nichts, gleich kommt der Schmerz, was soll das, warum kommt er nicht, woher kommt er, aus welcher Entfernung kommt er, er soll endlich kommen; einen langen Augenblick schwebte Aaron, glitt langsam ab, breitete sich aus und schwand dahin, hing nur noch an dem hauchdünnen Faden, wurde immer weiter nach innen, nach hinten gesogen, noch einen Augenblick und er wäre nicht mehr da; aber er hatte keine Kraft, sich zu retten, er versuchte auch nicht, sich zu wehren, als habe er sich bereits damit abgefunden. Sogar ein feiner Hauch von Neugier regte sich in ihm, was das ist, wie ist es, wenn es kommt, und langsam, wie im Traum, erahnte er ein verschlungenes Wesen, eine Art Gewebe, wie ein feines, aber festes Geflecht, das auf dem Grund in seinem Innern lag, mit der Bewegung dichter Wellen sichtbar wurde und wieder verschwand, etwas, das ausgerechnet aus *ihr*, aus seiner Mutter gemacht war, nicht ihr Gesicht und nicht ihre Stimme oder ihre Blicke, aber trotzdem sie, und wenn er in es hineinfällt, schlingt es sich um ihn, umhüllt es ihn wie eine Ohnmacht, wie ein Zaubergewand, das sich in der Haut auflöst und sich mit einem stummen, nicht unangenehmen Raunen zersetzt, und im Grunde weiß er von vornherein, *daß der Tod das richtige ist*, der ganze Rest ist ein Irrtum, freu dich nicht über das Gefundene, denn es gehört dir nicht, steck es ein und schweig. Als plötzlich der

Schmerz einschlug, empfand er fast Erleichterung. Er lebt noch.

Gideon lief erschrocken um ihn herum, rief seinen Namen, rannte davon, kehrte zurück, kam vorsichtig näher und warf ihm wimmernd vor: »Du hast mich beschummelt! Einfach beschummelt! Er hat gar nicht gewackelt!« Mit blutigem Mund, mit gebrochenem Herzen, mit dem Rest seines klaren Verstandes schüttelte Aaron den Kopf, es hat überhaupt nicht weh getan, er hat sehr wohl gewackelt. Natürlich hat er gewakkelt. Es machte ihm plötzlich angst, so auf der Erde zu liegen und Gideon so aufrecht über sich zu sehen. Kraftlos zog er sich hoch und setzte sich. Sein Kiefer war unerträglich groß und schwer, und irgend etwas stach hartnäckig von der Schläfe ins Ohr. Gideon kniete neben ihm, entschuldigte sich, war böse auf ihn, bat immer wieder um Verzeihung. Aaron wischte sich den Mund mit der Hand ab. Alles war voller Blut. Er berührte die verletzte Stelle mit der Zunge. Noch wuchs ihm dort kein neuer Zahn. Leer. Ein leerer Raum. Und gegenüber, an der Kühlschranktür, baumelte sein winzig kleiner Milchzahn am Ende des Fadens. Nichts war passiert auf der Welt. Nur ein Zahn war gezogen worden. Vierzehneinhalb lange Jahre war er in seinem Mund gewesen. Jetzt hing er draußen, baumelte an einem Faden.

30

»Du bist der Mann. Führ mich!«
So befahl ihm die Mutter, nahm seine abwehrenden Hände, drückte sie auf beide Seiten ihrer fleischigen Hüften und lächelte ihn an: »Führ mich! Führ mich!« Er spürte ihren Atem auf seinem Gesicht, und sein Körper versteifte sich. »Versuch dich zu entspannen! Locker zu sein!« stieß sie schnaufend aus, während sie ihn zu den Klängen von ›Schwanensee‹ wiegte, der Schallplatte, die Jochi früher für ihre Ballettübungen benutzt hatte. »Du führst mich nicht! Eins zwei drei! Du läßt mich

führen!« Jochi saß auf dem Bordeaux, die Arme vor der Brust verschränkt, und verfolgte die beiden mit verschlossener Miene; Aaron fühlte sich auf eigentümliche Weise unbehaglich, als würde Jochi die Gegenwart bereits als Vergangenheit sehen und sich auf diese Weise retten und ihn im Stich lassen. »Versuchen wir es also noch mal«, seufzte die Mutter und wischte sich über die Stirn. »Du mußt deiner Puppe zeigen, daß du weißt, zwei drei, wie man sich einem Mädchen gegenüber benimmt, drei, sonst schnappt sie dir dein Freund noch vor der Nase weg!«

Er spannte die Muskeln seiner Arme und versuchte, die Schweißtropfen zu übersehen, die unzüchtig auf ihrer Lippe schimmerten. Früher liebte er den Duft ihres Atems, als rieche er auf diese Weise ein Geheimnis seiner selbst, »und dreh den Kopf nicht immer wie ein Rasensprenger hin und her«, von ganz ganz tief unten, von ihrem Mittelpunkt holte sie die Luft, daß sie sich nicht schämte, sie von dort auf ihn abzulassen, »der andere kann bestimmt tanzen, was?« So nannte sie Gideon, seit sie erfahren hatte, daß er und Aaron immer gemeinsam mit Jaeli loszogen. Aaron sagte, Gideon tanze nicht. Zumindest keine Partytänze. »Wir sind noch nicht bei den Partytänzen angelangt«, lachte die Mutter Jochi über seine Schulter hinweg zu, »das ist nur ein Walzer. Warte, warte, bis wir zu den Partytänzen kommen.« Jochi zog die Beine an und sah die beiden mit dem prüfenden, ausdruckslosen Blick an, den sie sich angewöhnt hatte; es waren nur noch wenige Monate bis zu ihrer Einberufung, und sie wartete sehnsüchtig darauf. So hatte sie es Aaron in aller Heimlichkeit gesagt: sehnsüchtig; sie hatte jeden Buchstaben einzeln betont; von vollkommen Fremden umgeben zu sein; Leuten, die nicht jeden Furz und jedes Schweigen und jeden Seufzer von ihr deuten würden und auf derart krumme Tour gegen sie ausnutzten. Aber wieso redest du vom Militär, erschrak Aaron, du bist doch an der Universität eingeschrieben; ich werde nicht zur Universität gehen, sie kann platzen, aber ich gehe nicht dorthin; aber man hat dich eingeschrieben, man hat dich eingeschrieben, krächzte Aaron, ohne zu verstehen, in wessen Namen er so beleidigt war; ja, sagte Jochi gelassen, aber ein kleiner Vogel hat mir ins Ohr geflüstert, daß ich beim Abi vielleicht im Aufsatz durchgefallen bin; im Aufsatz? Du bist im Aufsatz durchgefallen? Vielleicht hatte ich zufällig einen schwachen Tag, lächelte sie kalt, und er stellte sich ihre Miene vor, mit der sie die Aufsichtslehrerin bedachte, mach dir keine Sorgen, Brüderchen, klopfte sie mit dem Finger zwischen seine erschütterten Augen, nach dem Militärdienst wede ich das mühelos wettmachen, aber wehe ein Sterbenswörtchen!

Er war erschrocken über den Haß in ihr, und als Jochi sein Gesicht sah, fügte sie, wie um ihm weh zu tun, hinzu, sie fürchte sich nur vor einem: daß sie sich nicht zurückhalten könnte und der Mutter noch vor der Einberufung ins Gesicht springen würde. Daß der ganze Dreck, der in ihr war, explodieren und alles versauen würde, Wände, Möbel, Teppiche, Kacheln; mit all meiner Kraft kämpfe ich jetzt dafür, sagte sie, das ist im Moment meine wichtigste Reifeprüfung, nicht der Wut nachzugeben; und sollte es wieder zu einem Riesenkrach kommen, nein, diesen Ausbruch würde sie der Mutter nicht so leicht gönnen, nein, nein und noch mal nein … sie streckte ihren kurzen Hals mit einer verächtlichen, unschönen plumpen Bewegung vor, diese Freude würde sie ihr im Leben nicht machen. Sie preßte ein krampfhaftes Lachen hervor, und er war überrascht, auch in ihren Augen die blaue Flamme zu sehen; ich glaube nicht, stammelte er, ich glaube nicht, daß du so wütend auf sie sein mußt; sie grunzte verbittert, und einen Augenblick trat ihr weicher Kropf hervor, eine mit dem Speichel von Wut und Schmach gefüllte Blase, und du nimmst sie noch in Schutz, du Dreimalgerechter, nach allem, was sie dir antut, nimmst du sie noch in Schutz; was tut sie schon, murmelte er, sie meint es doch nur gut mit mir, und glaub mir, unter jedem Dach gibt es Probleme; hör zu, Brüderchen, sagte sie und rückte nah vor sein Gesicht, hör gut zu, was die Prophetin Jocheved sagt: der Tag wird kommen, da du sie hassen wirst, deine Mutter mit schwarzer Wut hassen wirst, und du alles nur Erdenkliche tun wirst, um von ihr loszukommen, bis ans Ende der Welt wirst du fahren, in der Sahara wirst du leben, nur um nicht mir ihr zusammenzusein. Sie verstummte einen Augenblick, ihr Gesicht hüllte sich in einen Schleier aus Staunen und Flehen, sie schaute durch ihn hindurch, als sehe sie schon, wie er sich davonmachte, dann schüttelte sie sich, kicherte: und das Allerschlimmste, was man ihr damit antut, sagte sie leise, wie zu sich selbst, ist, daß nur ich ihr bleiben werde. Nein, sagte Aaron mit hartnäckiger, verkrampfter Stimme, ich werde sie nicht hassen. Sie ist meine Mutter. Egal, was sie tun wird, ich werde sie nicht hassen; aber gib acht, sagte Jochi, und ihre Stimme beruhigte sich und kühlte ab, gib acht, wann es für dich eine Ehrensache wird, sie nicht zu hassen. Hinda löste sich aus Aarons Armen: »Du läßt dich ja schon wieder führen! Was träumst du vor dich hin? Wie soll aus dir mal was werden?«

Sie versuchten es noch einmal. Er legte seine verschwitzte Hand leicht auf ihre Schulter, und sie packte sie und drückte sie mit einer herrischen, mächtigen Bewegung auf ihre Hüfte: »So mußt du mich halten! Mit einer Hand! Damit deine Puppe fühlt, daß sie von der Hand eines Mannes gepackt wird! Sonst – psss – läuft sie dir davon!« Fast gegen ihren Willen kam ihr ein leichtes Lächeln der Erinnerung an etwas hoch, ein niedriges inneres Lächeln, das aussah, als sei es in einen trüben Abgrund getaucht worden, und ihr Atem schlug ihm von dort entgegen, er mußte sich zusammenreißen, um das Gesicht nicht von ihr abzuwenden. Er packte sie fester an der Hüfte und führte sie gewaltsam drei Schritte nach links, zwei nach rechts, »nicht wie ein Roboter, zwei drei«, stieß sie keuchend aus, und ihr Busen hob sich, »du mußt es mit Gefühl machen, mit Anmut, wie Butter mußt du mich hin und her führen. Mach ein bißchen lauter, Jochi.«

Das fehlt jetzt noch, dachte Jochi, als sie sich über den Plattenspieler beugte und aus den Augenwinkeln verfolgte, wie Großmutter Lili auf wankenden Beinen ins Wohnzimmer kam und halbblind nach der Quelle der Klänge tastete, die sie aus ihrem Schlaf geweckt und angezogen hatten. Erstaunt ließ die

Großmutter ihr intaktes Auge über das Bild schweifen, das sich ihr bot. Dann machte sie kehrt, wobei der Saum ihres zu großen Morgenmantels am Boden schleifte. Jochi lief zu ihr. Hielt sie am Arm fest. Einen Augenblick lang wollte sie sie in ihr Zimmer zurückbringen, doch dann besann sie sich anders und führte sie behutsam, mit ausdrucksloser Miene, zum Puritz. Sie setzte sie hin, zog ihr die Kleider zurecht, strich ihr über das graue Haar, das nun langsam ein bißchen länger wurde; Jochi erlaubte der Mutter schon seit einiger Zeit nicht mehr, es ihr zu schneiden, vielleicht würde sie ihr sogar irgendwann einmal einen Zopf flechten können, sitz bei uns, Omilein, murmelte sie, um die Stimme ihrer Mutter in ihrem Innern zu übertönen, schau auch zu.

Die Mutter begriff sofort. »Halt mich fester!« knurrte sie Aaron an, der einen Augenblick nachgelassen und geträumt hatte, »nicht wie ein Klotz! Nicht wie ein Trottel!«

Er erschrak von ihrem plötzlichen Geschrei. Führte sie gehorsam, bemüht, sie zufriedenzustellen, aber irgend etwas in ihm gab nicht nach, stritt ohne Unterlaß. Vergiß dich, dachte er, vergiß alles, gib einen Augenblick nach, du bist nicht verantwortlich für das, was du tust, und er entspannte sich, die Schultern und Arme und seine schmerzenden, steifen Beine, siehst du, daß es geht, wenn du willst, kannst du. Er senkte die Lider, lokkerte den Griff seiner Finger, jetzt ist es gut, ein ganz feiner Sprung zog sich von seinen Zehenspitzen bis zum Kopf, irgend etwas löste sich in ihm und wurde klar und rein, wie der Klang von Harfensaiten, ich tanze ja richtig, und verblüfft und voller Wonne spürte er, wie die Mutter augenblicklich aus seinen Händen gehoben und auch sie wie ein Fisch, der ins Wasser gleitet, Teil dieses Tanzes wurde, ihre Augen wurden sanft, ihr Kopf neigte sich nach hinten, als ob jemand an ihren Haaren zerren würde, ihre Hände tasteten sich an seinen Armen hoch, bis sie kraftvoll seine Schultern umklammerten, sie lachte kurz auf wie im Schlaf, hob seine Hand und drehte sich unter ihr hindurch, und ihr Kleid bauschte sich auf, wobei ihre Oberschenkel und der Saum ihres Unterrocks sichtbar wurden, und ihre

Achselhöhlen öffneten sich unter ihren Armen und blinzelten ihm mit ihren gekräuselten Wimpern zu, er sah sie erschrocken und hilflos an, ihre Lippen schoben sich immer mehr hinauf, Aaron packte hastig ihre Hände, zog, übertrieb, kam aus dem Takt, stolperte über ihre Füße ... langsam und traurig kam sie auf den Boden der Tatsachen zurück, und es stieg wieder in ihr hoch, bis der vertraute Blick ihre Augen überschattete. Sie neigte müde ihren Kopf und sah ihn an: »Du kannst dich einfach nicht gehenlassen«, flüsterte sie, ohne den unbeholfenen Tanz mit ihm abzubrechen, und er verstand nicht, warum sie flüsterte, »das Problem mit dir ist, daß du so reserviert und steif bist, so wird dich keine anschauen.« Erfahren und bewandert im komplizierten System ihrer Stimme und Mimik, blickte er sofort über seine Schulter und sah, wie die Großmutter sie mit zur Seite geneigtem Kopf beobachtete, und schon begannen seine Füße zwischen den Schritten der Mutter durcheinanderzukommen und ihr Schande zu bereiten. Die Großmutter richtete sich ein wenig im Fauteuil auf, und ihr Gesicht verfolgte langsam ihre Bewegungen, als versuche sie, dadurch besser zu hören. Ein Glück für die Mutter, dachte Jochi, daß Großmutter den Mund nicht aufmachen kann. »Tanz! Beweg deine Beine, du Klotz!« zischte die Mutter leise, hielt ihn fest, schüttelte ihn, und er erinnerte sich an den Speichelfaden, der zwischen den Lippen des Mannes gestanden hatte, als er die tanzende Lili betrachtete, und kam wieder aus dem Takt. Es war längst kein Tanzen mehr: er zappelte, war verwirrt und verdreht, während seine Mutter ihn die ganze Zeit herumwirbelte, um dem Auge der Großmutter auszuweichen; aber wie sehr sie sich auch bemühte und sie zu überlisten versuchte, trafen sich doch immer wieder Lilis und Hindas und Jochis Augen. Drei Schwerter klirrten. Ein Funke schoß aus dem sehenden Auge der Großmutter, ein Funke voller Spott für beide, für den unbeholfenen, tolpatschigen Aaron, und für Hinda, die so einen Sohn zur Welt gebracht hatte, die ihre Zukunft verdorben hatte. »Und hör auf mich, Aaron«, knurrte die Mutter plötzlich verbittert, er schrumpfte immer zusammen, wenn sie so anfing, »wer mit fünfzehn ein Mauerblümchen ist, der wird sein Leben lang allein sein. Hör auf mich!« Jochi biß sich von innen auf die Wangen. Die Mutter umklammerte seine Hand und streckte ihr Gesicht, das sich plötzlich angespannt hatte, vor ihm nach vorne: sie glich sich wieder bis zur Unerträglichkeit. Verströmte aus ihrem Innern jene unverhohlene Abschätzigkeit, die alles, worauf ihr Blick fiel, wie billige Massenware aussehen ließ; »Denn Partys, Aaron, Partys sind die Haupt-sa-che in eurem Alter!« Sie näherte ihren Mund seinem Gesicht, er konnte den Hauch der Kleinkrämerei spüren, und ihm war bitter zumute, als stünde er nackt auf einer Versteigerung, »denn dort gibt es Mädchen, es wird getanzt, geschmust und geknutscht! Damit du's weißt!« Oij, Gott im Himmel, wenn sie ihn nur mit der Kraft ihrer Erfahrung und Weisheit über diesen Fluß bringen könnte, wenn sie er sein könnte in diesen *entscheidenden* Jahren: »Und hör auf mich, in solchen Dingen gibt es kein Erbarmen! Entweder du bist drinnen oder du bist draußen. Und wenn ich sage draußen, dann meine ich draußen!«

Was will sie von ihm. Wie lange wird sie ihn noch quälen. Er ging zwischen Gideon und Jaeli von der Schule nach Hause. Heute war Gideon an der Reihe, ihr die Schultasche zu tragen. Ein Glück, denn sie hatte Geographie gehabt, und der Atlas und das Geographiebuch waren sehr schwer. Sie gingen schweigend neben ihm, und Aaron erzählte, daß er beschlossen habe, Esperanto zu lernen, wenn er groß sei, und zu helfen, es in der Welt zu verbreiten, damit alle eine Sprache sprechen und einander auf Anhieb und ohne Probleme verstehen könnten und es keine Geheimnisse mehr in der Gesellschaft gebe. Die beiden hörten zu und nickten, und er freute sich und ließ sich dazu hinreißen, ihnen noch eine von seinen Ideen zu erzählen, daß er beschlossen habe, einen Brief an den Generalsekretär der UNO zu schreiben, daß man Esperanto nicht mit den üblichen Buchstaben schreiben sollte, sondern in der Brailleschrift für die Blinden, damit alle sie auf genau dieselbe Weise lesen würden und es keine Diskriminierung jener Menschen gebe, die die gewöhnliche Schrift nicht lesen könnten. Jaeli sagte, das sei eine gute

Idee. Das heißt, eine Bombenidee. Gideon meinte, ja, ja, dieser Arik hat immer Ideen, die kein anderer hat. Aaron wurde rot, ließ sich das Lob langsam auf der Zunge zergehen und ging mit stolzgeschwellter Brust zwischen ihnen. Wenn er mit ihnen zusammen war, wußte er, wie unsinnig das Gerede seiner Mutter über Jaeli und Gideon war. Und in letzter Zeit hatten die zwei sich beruhigt. Man konnte sogar das Gefühl haben, daß sie ein bißchen mehr Zeit für Aaron hatten, ihm gegenüber verständnisvoller waren, ihm zulächelten, ihn in den Mittelpunkt stellten. Auch jetzt gingen sie langsam, nachdenklich an seiner Seite, blickten jeder in eine andere Richtung, streiften an den Bäumen entlang. Aaron spürte, daß er gleich, wenn diese Ruhe nur anhielt, anfangen könnte, jenes verworrene Knäuel in seinem Innern zu lösen, behutsam am Ende des Fadens zu ziehen, ihnen alles zu sagen, damit sie wissen würden, in welch einer Hölle er bis vor kurzer Zeit gelebt hatte. Es war beängstigend, darüber nachzudenken, vor wie kurzer Zeit, wie wenig ihn von dieser schlechten Phase trennte. Gleich. Wenn sie zur nächsten Zypresse kommen. Bei dem Auto dort. Am Nachmittag.

Dicht vor ihrem Haus blieben sie stehen, zerrupften Blätter der Heckenkirsche. Gideon und Jaeli schwiegen. Gideon betrachtete lange seine Schuhspitzen. Aaron sagte, wenn es in ihrem Land die Todesstrafe gäbe, würde Menasche Anwar bestimmt hingerichtet werden, drei Familien hat er ruiniert, stellt euch vor, einer geht plötzlich her und bringt drei Menschen um, doch Gideon und Jaeli schwiegen, sie hatten keine Meinung dazu, und auch Aaron verstummte einen Augenblick, die armen Opfer, sie haben ihr ganzes Leben ruhig vor sich hingelebt, nichtahnend, daß irgendwo ein Menasche Anwar geboren wurde, heranwuchs, die Schule besuchte, und daß all das eigentlich nur Vorbereitungen auf ihren Tod waren; vielleicht gingen sie sogar auf der Straße an ihm vorbei und wußten nicht, daß er ihr Schicksal war; aber er wollte nicht in Gedanken versinken, die ihm die Laune verdarben, also erzählte er ihnen von den Schlüsselanhängern, die die Firma ›Delek‹ als Sonderanfertigung zu Ehren des Unabhängigkeitstages verteilte, Anhänger in der Form von Mirage-Flugzeugen, sein Vater hatte eine große Sammlung von Schlüsselanhängern aller Firmen und Kaufhäuser, und in letzter Zeit, seit die Sache mit Edna Blum vorbei war, widmete er sich ernsthaft diesem Hobby, hatte rote Plastikhaken gekauft und die Schlüsselanhänger an der Wand im Wohnzimmer wie eine kleine Ausstellung angeordnet; die Mutter hatte ihn sehr dazu ermutigt, von all seinen Macken, hatte sie mit einem Lächeln gemeint, sei die noch am interessantesten, sie erlaubte ihm sogar, mit seinen Haken die frischgestrichene Wand anzubohren. Jeden Tag nach der Arbeit beschäftigte er sich damit und machte Tauschgeschäfte mit Peretz Atias und Felix Botenero, doch Gideon und Jaeli schwiegen noch immer, warum sagen sie kein Wort, was sehen sie so traurig aus, und er beschloß, daß er dann eben auch den Mund halten würde, na und, er ist ein Meister des Schweigens. Es ist sein Spezialgebiet. Haha. Aber schon nach einem kurzen Augenblick hielt er es nicht mehr aus, das war kein einfaches Schweigen, das war richtige Totenstille, selbst ihre Streitereien waren besser gewesen; aber worüber sollte er reden, was sollte er jetzt sagen, daß er gerne wüßte, wann genau er sterben wird, das hat er ihnen schon einmal gesagt, und sie waren verlegen geworden und hatten ein wenig über ihn gespottet, aber es ist ihm egal, wenn sie über ihn lachen, Hauptsache, diese Stille hört auf und sie kehren zu ihm zurück. »Wenn ich sterbe«, begann er mit leiser Stimme, und die beiden sahen ihn sofort an, »möchte ich, daß mein Sterben lange dauert.« Sie starrten ihn verständnislos an. »Ja, ja, im Ernst, lacht nicht«, sie lächelten nicht einmal, »ich habe lange darüber nachgedacht: Ich will meinen Tod genau kennenlernen. Ganz langsam sterben. Das ist das Wichtigste im Leben, oder nicht? Oder etwa nicht? Ich meine es ernst.« Sie sahen wieder zur Seite. Halt endlich den Mund. Paß auf. Hier geht irgend etwas vor. »Denn wenn unsere Zeit zum Sterben kommt, sind wir in der Regel zu alt oder zu krank, wir verpassen alles, ich mache keinen Spaß: in den wichtigsten Zeiten unseres Lebens sind wir immer zu sehr mit den kleinen und unbedeutenden Seiten der Ereignisse beschäftigt, und die Hauptsache verstehen und achten wir nicht.« Er sprach schnell, hastig, die Worte überschlugen sich, »so ist es, wenn wir gerade erst zur Welt gekommen und zu klein sind, um zu kapieren, was das ist, geboren zu werden, und was unser Leben eigentlich ist, und auch im Alter ist es nicht viel anders, wir begreifen oft nicht genau, was mit uns geschieht; und ganz bestimmt ist es so, wenn man alt und völlig durcheinander ist; darum möchte ich beim Sterben auf dem geistigen und körperlichen Höhepunkt sein und meinen Tod wie ein Erlebnis kennenlernen, ja, im Ernst: wie das tiefste Erlebnis, das es gibt!« Genug. Er hatte keine Worte mehr, um dieses Schweigen zu füllen, seine Zunge bohrte hastig in dem Loch, das sein herausgerissener Zahn hinterlassen hatte; Verräter, du verkaufst dich selbst, bist jedesmal bereit, einen noch höheren Preis zu zahlen, um etwas noch Billigeres zu bekommen, und er senkte den Kopf und wartete ab, was kommen würde. Gideon stieß plötzlich ungeduldig aus: »Hör mal, Kleinfeld, dieses Pionierlager, also, wir hätten doch vor dem Unabhängigkeitstag mit der Jugendgruppe in ein Pionierlager auf dem Karmel fahren sollen …«

Aaron horchte sofort auf.

»Schließlich wurde aber wegen der Rezession und der Lage in den Kibbuzim alles geändert. Alle Jugendgruppen fahren gemeinsam. Das ist eine Entscheidung der obersten Gremien, nicht unsere. Verstehst du?«

Er verstand nicht. Langsam bat er Gideon, es ihm zu erklären.

»Es hat sich so ergeben, daß alle ins Jesreel-Tal fahren, und dort wird man uns in verschiedene Kibbuzim einteilen. Als Hilfskräfte für die Landwirte.« Gideon hob kurz die Augen und senkte sie wieder. »Das ist, weil Rezession herrscht. Nur deswegen. Wir fahren hin, um zu arbeiten, nicht, um uns zu vergnügen.«

Aaron sah Jaeli an, doch sie war in die Blüte einer Heckenkirsche vertieft, die sie in der Hand hielt, ihre Augen saugten sich förmlich fest daran. Keine Angst, beruhigte er sich und war um Gelassenheit und Ruhe in seinem Inneren bemüht, du wirst es nach und nach verstehen. Doch dort fing das Hin und Her bereits an: Ausreden, Erklärungen; aus welchem Grund kann so ein Lager abgesagt werden; wie soll er sie dazu überreden, nicht zu fahren; was soll er tun, damit sich das alles nur als ein böser Traum herausstellt. Langsam stieg er zu seiner geheimen Stelle hinab, wenn er sich richtig konzentrierte, konnte er sich dort verstecken. Vielleicht lohnte es sich, die Stelle noch mehr zu befestigen, überlegte er, denn es kann wirklich sein, daß eine Stunde der Prüfung kommt. Ein winziges Mädchen in einem schwarzen Balletttrikot tanzte dort, und als Aaron kam und sich erschöpft und finster neben sie setzte, sah sie ihn an und lächelte. Pfirsiche, überlegte er ernst, mindestens zwei Pfirsiche am Tag für ihre Wangen. Und vielleicht auch Schokoladen- und Pistazieneis, braun und grün, für ihre Augen. Diesmal wird er kämpfen. Er wird mit Leib und Seele um sie kämpfen. Bis zum Tod. Nicht einmal Gideon, der draußen steht, wird sie ihm wegnehmen können. Das kleine Mädchen machte den ›Katzenschritt‹. Er lächelte ihr müde zu. Er kann noch nicht so zu ihr sprechen, wie sie beide es verdienen. Dazu sind reine Worte nötig, und seine sind noch nicht soweit. Mit seinen Augen bat er sie, etwas für ihn zu tun: und sie drehte sich langsam um und ließ für ihn eine kleine rosafarbene Welle an ihrem Hals aufsteigen.

»Was Gideon sagen will, ist, daß alle Gruppen zusammen fahren. Für eine Woche. Ungefähr. Das ist alles. Aber wir wollten, daß du es von uns erfährst.«

Wir wollten. Er sah sie lange an, verlor Boden unter den Füßen. Sie schüttelte seinen Blick leicht verärgert ab: »Ich habe Gideon gesagt, daß man darüber reden muß und fertig.«

»Ja?« Er begriff noch immer nicht ganz. »Wann?«

Jaeli sah ihn an: »Was wann?«

»Wann habt ihr miteinander geredet?«

»Ach, darum geht es doch gar nicht«, winkte sie ungeduldig, fast unwirsch ab. »Tatsache ist doch, daß du nicht mitkommen wirst und wir nicht wollten, daß du dir alle möglichen dummen Gedanken machst.«

»Ich bleibe da? Und wo … bleibst du?«

»Hast du nicht gehört? Was ist los mit dir? Alle Gruppen fahren zusammen.«

Schwerfällig wandte er das Gesicht von Gideon zu Jaeli und wieder zurück. Etwas in ihm knarrte und ächzte. Langsam, wie ein schweres U-Boot, tauchte sein Unglück wieder aus der Finsternis auf.

»Und wir wollten nur, daß du weißt, daß alles zwischen uns so bleibt, wie es war«, sagte Jaeli, ihre Stimme klang erleichtert, und sie kicherte schon wieder ein wenig: »Kannst du dir vorstellen, daß wir uns schon eine Woche damit quälen, wie wir es dir erzählen sollen?«

Aaron taumelte nach hinten, bis sein Fuß an die niedrige Steinmauer stieß und er auf sie sank. Was für ein Idiot er war, glücklich gewesen zu sein. Er würde es wohl nie lernen.

»Am Sonntag werden wir in der Kaduri-Schule am Berg Tabor übernachten, und dann wird man uns unter den Kibbuzim aufteilen«, plapperte Jaeli weiter, und ihre Augen glänzten.

»Hör mal, Arik«, unterbrach Gideon sie plötzlich beunruhigt, denn er war mit den verschiedenen Arten von Aarons Schweigen besser vertraut als sie: »Zwischen uns dreien muß volles Vertrauen herrschen, und die Hauptsache ist, daß wir keine Äußerlichkeiten zwischen uns kommen lassen; das halte ich für das wichtigste, Arik.«

Er besticht mich mit ›Arik‹. Alles, was seine Mutter gesagt hatte, wurde Wirklichkeit, wurde wahr. Irgend etwas, das blasse Schimmern eines Lichts sank tiefer in ihm, endlos weit, als habe Aaron keinen Boden mehr. Man hat den Vogel abgeschossen, dachte er. Es ist aus, dachte er, und über seinem Kopf spürte er einen Schatten: ein eiskaltes stählernes Netz, geknüpft aus den Prophezeiungen seiner Mutter, das jetzt rasselnd auf seinen Traum herabfiel. Sie hatte recht behalten. Ja, sie hatte anscheinend gesiegt. Doch die Tatsache, daß nicht nur er besiegt wurde, machte eigentlich alles nur noch schlimmer.

»Hör mal, Arik.« Die Spitzen ihrer kleinen Schuhe standen den seinen gegenüber. Sie hatte ihn noch nie Arik genannt.

»Wenn du darauf bestehst, bin ich bereit dazubleiben. Wir haben auch darüber gesprochen. Gideon muß fahren, weil er Jugendleiter ist, aber ich kann bleiben.«

Er nickte, lauschte aber nur dem vertrauten Ton, in dem die beiden ihre Pläne ohne ihn geschmiedet hatten. »Nein, nein«, sagte er und nahm all seine Kraft zusammen, »fahr ruhig, fahrt beide.« Er war tatsächlich der Alte, der im Sterben lag und dem sündigen Paar seinen Segen gab.

»Versprichst du uns, dich hier nicht schwarz zu ärgern? Wir kennen dich ja ein bißchen.«

Er setzte ein schiefes Lächeln auf. Jetzt mußte seine Kehle wieder den harten Kloß überwinden, der ihn würgte. »Fahrt, fahrt ruhig. Was macht ihr so eine Geschichte draus? Für wie lange überhaupt?«

»Nicht der Rede wert«, antwortete Gideon hastig, »ungefähr acht Tage. Vielleicht ein bißchen länger. Von vor dem Unabhängigkeitstag bis ein paar Tage danach.«

»Aber was ist mit der Schule?« fragte er verzweifelt.

»Ach, alles Quatsch, sie erlauben uns, den Unterricht zu verpassen, weil wir arbeiten müssen. Hör mal, wir fahren hin, um uns abzuschuften, denk ja nicht ...«

Und sie hat eine Woche gesagt, dachte Aaron, und sie werden in Kaduri sein, das ist der Name eines Ortes, den ihre Mutter ein paarmal erwähnt hat, und dort werden Feste und Lagerfeuer veranstaltet. Und dort hat man Hühner gestohlen. Und dort wird nachts zusammen geduscht.

»Fahrt, fahrt.«

»Ich hab's dir ja gesagt!« rief Jaeli Gideon zu und schlug ihm auf die Schulter, wobei sich ihre Unterlippe trotzig und gereizt vorschob, »ich hab dir ja gesagt, daß du aus einer Mücke einen Elefanten machst!«

Seine Finger tasteten und krallten sich in die Ritzen zwischen den Mauersteinen. Eine Schlange soll kommen. Acht Tage. Wenn Gideon mich betrügt, dachte er und schwieg, dann stieß er mit erstickter Stimme hervor: »Wird schon werden.« Die ganze Zeit über drängte sich seine Zunge wie von selbst in das leere Zahnloch. Die ganze Zeit über zog sich sein Herz zusammen. Sie hatten einmal in der Schule eine Geschichte von einer Frau gelesen, die ihre Jahre und Jugend damit vergeudete, den Preis für eine Perlenkette zurückzuzahlen, die sie verloren hatte und die sich am Ende als unecht herausstellte. Plötzlich fühlte er ihre Hand in seiner. Gideon wandte den Blick ab. Fest und flehend drückte Aaron die kleine Hand. Aber da hatte sie sich schon aus seiner gelöst.

Wie sie es versteht, mit euch beiden zu spielen und euch um den kleinen Finger zu wickeln, dachte Aaron, und er liebte sie sehr, mehr denn je.

»Warum stehen wir hier so traurig rum?« flehte Jaeli mit ihrer lieblichen Stimme, »was macht ihr so lange Gesichter! Es bleiben uns doch noch ein paar Tage bis zum Ausflug.«

»Lager«, verbesserten Gideon und Aaron sie flüsternd, jeder für sich.

Sie verabschiedeten sich von ihr und gingen die Biegung der Hechalutz-Straße hinauf. Stille herrschte ringsum, und auch die beiden schwiegen. Gideon ging kurz zurück und brach einen großen Zweig von der Heckenkirsche, den halben Strauch riß er aus, rupfte an ihm, führte ihn wie einen dichten Fächer über Gesicht und Augen, und auf einmal fing er an zu reden, redete ununterbrochen, mit gezwungener Stimme, wobei er sich mit den Blättern des großen Zweiges Luft zufächelte. Plötzlich blieb er stehen, senkte den Fächer, so daß ihn Aaron wieder sehen konnte, und sagte in einem anderen, freundschaftlichen Ton, er hoffe, daß Aaron ihm zwei, drei Tabletten für die Augen mitgeben würde, damit er sie auch im Lager nehmen könne, und Aaron dachte: was für einen Sinn hat das überhaupt. Er hegte schon längst den Verdacht, daß Gideon die Tabletten wegwarf. Daß er nur so tat, als schlucke er sie. Vielleicht war es besser so, doch er wußte, daß er ihm trotzdem welche geben würde – hatte er denn eine Wahl. Gideon hielt wieder eine Rede, sagte, daß er dieses gemeinsame Pionierlager aller Jugendgruppen für den Höhepunkt der Erfüllung des sozialistischen Ideals halte. Aaron kaute an diesem zähen Satz, aber es gelang ihm nicht, die Bedeutung der Worte zu verstehen. Er versuchte die ganze Zeit, sich selbst zu überzeugen, daß er sich auf Gideon verlassen konnte. Daß man sich vollkommen auf Gideon verlassen konnte. Und daß sich die Worte seiner Mutter als falsch erweisen würden. Daß der Lauf der Welt sich als falsch erweisen würde. Daß sich dank dieser Erkenntnis irgendein böser Zauber von der ganzen Welt lüften und auch er, Aaron, Erlösung finden würde. Idiot, Trottel, spottete er sofort, sie haben über den dummen Dritten gelacht, und im selben Atemzug ärgerte er sich über sich selbst und dachte entschlossen, daß, auch wenn er alles verlieren würde, es noch immer eine Sache gab, die man ihm nie mehr wegnehmen konnte, nämlich die Liebe, die ihm in diesen wenigen Wochen vergönnt war, diese Liebe konnte man nicht mehr zerstören. Nein? Konnte man nicht? Kind, Kind. Er trottete mit bleischweren Beinen weiter, merkte kaum, daß Gideon sich bereits von ihm getrennt hatte. Er ging mit immer kleineren Schritten auf seinen Hauseingang zu. Sie ist bestimmt zu Hause, dachte er niedergeschlagen, wartet schon mit dem Essen auf mich. Sie wird mich nur anschauen und schon alles wissen. Er ging leise durch den Hintereingang zum Asphaltstreifen hinter der Siedlung hinaus. Setzte sich auf die schiefen Stufen, die voller Laub waren. Schlug sich mit der flachen Hand auf die Kniescheibe und sah zu, wie sein Bein hochsprang. Seine Lippen bewegten sich rasch. Er redete zu sich selbst, schmiedete Pläne: er hat in den letzten Monaten zuviel Zeit vergeudet. Es muß ganz von vorne angefangen werden. Mit viel mehr Mut. Mit mehr Grausamkeit gegen sich selbst. Wo sind alle deine Ideen? Aber woher soll er die Kraft nehmen, in den nächsten zwei Wochen einen Augenblick nach dem anderen zu überstehen. Wie man sich über dich lustig gemacht hat. Genug mit dem Selbstmitleid. Er schloß gewaltsam den Mund. Notierte sich in Gedanken, nach Zigarettenstummeln zu suchen. Er wischte sich den Schweiß mit dem Handrücken von der Stirn. Diese Geste hat er vom Vater. Wenigstens etwas hat er geerbt, sagte er sich höhnisch. Er schlug sich wieder auf die Kniescheibe. Das Bein sprang hoch.

Das ist nicht vom Bein gesteuert. Das ist ein Reflex. Es ist nicht das Gehirn, das will, sondern Aaron, der das Bein mit seiner Hand betätigt, so wie man ein Gerät betätigt. Er schlug rhythmisch mit der Hand auf die Kniescheibe. Es sprang. Es sprang. Das Gehirn platzt bestimmt irgendwann, weil es das Springen nicht abstellen kann. Er schlug wieder. Kicherte laut. Mit der ganzen Verachtung, die in ihm war. Damit der andere es hören und wissen solle, wie sehr Aaron über ihn lacht. Die Waffe des Schwachen, aber wenigstens etwas. Eine kleine Rache für alles, was er unter ihm zu leiden hat. Er schlug kurz und hart. Präzise und haßerfüllt. Spürte, wie die durchsichtige Blase in ihm, in seinen Eingeweiden, sich mit Leben füllte, wie warmes Blut durch die Fasern ihrer Kruste strömte; es wurde geflüstert, Leben kam in sie, wie in einem geheimen Hauptquartier, das zum Kampf erwacht. Aufstand, Aufstand, ächzte Aaron innerlich, während er schlug und sich zwang, sich vorzubeugen und genau, mit weit aufgerissenen Augen, hinzusehen: nichts Belustigendes war in dem Auf und Ab des Beines geblieben. Er schlug weiter, und eine leichte, ferne Übelkeit begann ihn zu belästigen, aber die Übelkeit war die innere Waffe des anderen gegen ihn, anscheinend um ihm Angst einzujagen und ihn abzuschrecken, damit er seine Nase nicht in einen verbotenen Ort steckte, damit er nicht irrtümlich irgendein Geheimnis entdeckte; wieder und wieder schlug er, führte er seine Hand auf und ab wie ein Dirigent, wie ein Heerführer, wie ein der Liebe treuer Zinnsoldat. Das Bein in der Hose sprang und sprang, schnellte leicht verbogen zur Seite, erst jetzt lernte er, daß es sich so bewegte, es sprang und sprang und wich in seinem Schwung zurück, wich nach hinten, in die Ferne, in die Tiefe, in den Nebel, Hand, Knie, Sprung – er ließ nicht locker, weil sein Bein mit seinem Hochschnellen, mit seiner puppenhaften Bewegung, mit seinem holzbeinigen Militarismus, der in ihm steckte, begann, ein Geheimnis zu verraten, zuzugeben, was es wirklich war, er schlug und schlug, daß er jetzt nur nicht wegen der Übelkeit schlappmacht, denn es ist eklig, es ist ein bißchen eklig, sein Bein sprang und zappelte, Versager, sonderbarer, sündhafte Gedanken gingen ihm durch den Kopf, als spule er mit der Bewegung seines Beines die Rolle eines durcheinandergeratenen Zelluloidfilms ab, und in dem leuchtenden Blau des Tages glaubte er matte, verschwommene Schatten zu sehen, man konnte in ihnen rätseln wie in den Formen von Wolken, vielleicht waren es die Silhouetten einer Kolonne aneinandergeketteter, schwerfällig trottender Neger, und schau, dort peitscht ein Mann einen Sklaven aus, wie in *Onkel Toms Hütte*; und er sah einen in Lumpen gekleideten Mann, der krank auf einer Straße eines fremden Landes lag, und eine gleichgültige Menge marschierte an ihm vorbei, blieb plötzlich stehen, stieß im Chor einen Ruf aus, salutierte und marschierte weiter; und als die Menge vorbeigezogen war, sah man plötzlich, auf einem fernen Feld, ein paar große Männer und Frauen, vielleicht waren es Riesen, vielleicht auch einfach nur wohlgenährte Bauern, die feierten, die sich mit irgend etwas vergnügten, er schlug und schlug, vielleicht irgend jemanden mißhandelten, wen, ein unbekanntes Tier, winzig und scheinbar völlig hautlos, und auf ihren Gesichtern lag ein stumpfsinniges und grausames Lachen, und ihre Ohren wurden länger und länger vor Vergnügen, das keinen Platz in ihrem Körper fand, er wimmerte still, hör auf, hör jetzt auf, doch er hörte nicht auf, wollte mehr wissen, immer noch mehr wissen, seine Hand schmerzte, sein Knie war rot, er schlug und schlug, die Sinne geschärft von einer unbekannten Angst, hör auf, halt an, denn während der ganzen Zeit, der ganzen Zeit seines andauernden Unglücks, hatte ihn stets wie ein tröstendes Licht eine Hoffnung, ein verborgener Wunsch begleitet, aus diesem Tunnel vollkommen verändert wieder herauszukommen, vielleicht irgendwo in der Dunkelheit, in dem Durcheinander, ein Wunder zu erleben: eine unsichtbare Hand würde flink den Koffer in seiner Hand austauschen, ihm einen anderen reichen, mit einem raschen Kritzeln die Schrift der geheimen Sendung verändern, und wenn Aaron das Licht erreicht hätte, würde er plötzlich seinem neuen Selbst begegnen. Ja, ja, Aaron schlug von ganzem Herzen auf die Kniescheibe, vielleicht ist alles ein Traum, vielleicht ist er nur eine Nacht, einen Tunnel lang eingesperrt, und plötzlich würde es ihm wie einem Blinden ergehen, dem der Chirurg den Verband abnimmt und einen Spiegel reicht – schau, das ist dein Gesicht, das Gesicht eines Menschen, so normal wie alle anderen, er hat stets gehofft, daß es so geschehen würde, das hat ihn bei Verstand gehalten; und jetzt – er schlug und klopfte –, jetzt beginnt er in aller Deutlichkeit und mit hilflosem Bedauern zu begreifen, daß das nur die Einleitung war, daß die Nacht anscheinend sein Tag ist, und daß keine Botschaft in der Schriftrolle auf ihn wartet, die sich unter seinen Füßen aufrollen wird, und daß dieser verhaßte Körper, dieses fremde Fleisch mit ihm zusammen aus dem Tunnel kommen wird, er selbst, und nicht dieses feste, jubelnde Stück Leben, das er einmal war und in das er hoffte zurückzukehren, das er wieder sein wollte und mit dem er sich restlos, bis zur Bewußtlosigkeit vereinen wollte, um endlich ein Körper zu sein; und während all diese Gedanken durch seinen Kopf jagten, hörte er nicht auf zu schlagen, schlug dreißig- und vierzigmal, das Bein war nur noch ein Stück Fleisch mit Knochen, schlug fünfzig-, siebzigmal, und immer wieder sprang es hoch, es ist ein Reflex, es ist nicht er, das wurde immer deutlicher, es ist eine Prothese, der ganze Körper ist eine Prothese, der wahre Aaron wird ihn zwingen, es zu gestehen, seine ganze Seele wird er ab jetzt für diesen Aufstand einsetzen, neue Ideen, Erfindungen, Grausamkeit auf Leben und Tod, Verachtung! weinte der innere Aaron und hörte nicht auf zu weinen, und durch seine vom Schweiß getrübten Augen, durch seine zuckenden, verzerrten Gesichtsmuskeln glaubte er zu sehen, wie die Bewegung seines Beines eine traurige, sehr schwache schwarze Wolke enthüllte, eine leichte Enttäuschung über Niederlage und Einsamkeit, und er schlug noch fester zu, schonungslos und mit einem Schrei des Herzens, er mißhandelte die Geisel eines verhaßten Feindes, einen Geliebten, der betrogen hatte, und das Bein wurde von all seinen Verstellungen entblößt, ergab sich allmählich, begann etwas Grauenhaftes zu gestehen – daß es schon immer, seit eh und je und vielleicht sogar noch früher, nicht seines war, doch wessen Bein war es, er schlug es, ohne irgend etwas in seiner Hand oder in seinem Knie zu spüren, trockenes Laub und grauer Staub wirbelten unter ihm auf, wessen Bein war es? Das eines anderen? Es hob sich und fiel und antwortete ihm widerwillig, hatte keine andere Wahl, von einem anderen Wesen? Sag's mir, sag's mir! Ja, ja, von einem anderen Wesen. Von wem, von wem? Ich erinnere mich nicht genau. Und davor? Was warst du davor? Davor, davor, was war er davor, vielleicht, vermutlich, möglicherweise war es der Tod von diesem anderen Wesen. Er stöhnte. Und davor? Was warst du davor? Davor von noch einem, und noch einem. Und noch einem. Es sprach mit leerer Stimme, zuckte ihm seine monotonen Antworten entgegen: und noch einem und noch einem, sein Tod, sein Tod. Plötzlich hörte er auf. Mit einem Mal. Ein langes Stöhnen drang aus seinem Innern. Sein Körper sank zusammen. Was ist los mit ihm? Wenn ihn jemand so sähe. Wie – so. So. Tobend. Vorsichtig blickte er auf sein Bein. Er stand sofort auf, stützte sich auf sein anderes Bein. Er wollte nicht allein bleiben. Mit dem Bein allein bleiben. Er stieß wieder ein erstauntes Kichern aus. Er wollte so sehr, daß ihn jemand rufen würde, ihm zurufen würde: wer kommt zu mir, ihm sogar irgendeine furchtbare Strafe auferlegen würde, eine Strafe, die ungezogene oder dumme Kinder bekommen, sogar eine ungerechte Strafe, über die man sich mit heftigem und gekränktem Weinen aufregen könnte, um sich dann schluchzend und stolpernd ins Dickicht des Schlafes zurückzuziehen, bis man endlich einschliefe, in süße Selbstgerechtigkeit gehüllt, mit dem Finger im Mund, mit einem Stoffhündchen im Arm, von all den schützenden Gegenständen der Kindheit behütet … Erschöpft stieg er die Treppe zur Wohnung hinauf und versuchte, sein Gesicht mit den Händen zu glätten, die Mutter wird sofort wissen, daß die beiden zusammen ins Lager gefahren sind, solche Dinge spürt sie in den Knochen. Er blieb vor der Tür stehen, hustete, bereitete sich darauf vor, ihren Augen auszuweichen und ihrem Blick, der auf der Stelle, ohne Erbarmen, alles begreifen würde.

31 Schließlich dauerte es dann doch eine ganze Woche, bis sie herausfand, was geschehen war. Sie hatte keine Zeit für ihn, wegen der Vorbereitungen für das Fest am Unabhängigkeitstag. Fast ein Jahr war vergangen, seit sie und der Vater aufgehört hatten, am Schabbatabend Rommé zu spielen, aber dieses Jahr waren sie an der Reihe, das Fest zu geben, und die Mutter wollte nicht, daß die Freunde dächten, sie und der Vater seien nur ausgestiegen, damit sie niemanden einladen müßten. Aaron platzte, als er hörte, wie sie darüber sprachen, was sind das für Freunde, rief er bei ihrer Bemerkung, sie werde ein so grandioses Fest geben, daß ihnen die Augen ausfallen würden; was ist das für eine Freundschaft, wenn ihr die ganze Zeit alles vor ihnen versteckt und nur wollt, daß sie euch beneiden, und ihnen nichts erzählt von dem, was euch wirklich wichtig ist, schrie er und stampfte mit dem Fuß auf; sie blickte ihn von der Seite an, erstaunt, ihn so zu sehen; in deinem Alter ist es keine Kunst, gut Freund und putzi mutzi zu sein, erklärte sie ihm, aber wir wollen dich mit deinen Freunden sehen, wenn du so alt bist wie wir; mal sehen, wie ihr dann sein werdet, was du ihnen erzählen kannst und was nicht; sie hielt sich nicht einmal damit auf, richtig mit ihm zu streiten oder über ihn zu spotten, so beschäftigt war sie mit den Vorbereitungen, mit dem Kochen und Backen und Listenmachen, und erst später, zwei Tage bevor Gideon und Jaeli ins Lager fuhren, wurde etwas in ihr wach, und auch dann hatte sie nur einen Verdacht und fragte beiläufig, was ist, warum bist du nicht zusammen mit dem anderen? Ich habe keine Lust heute, ich bin ein bißchen müde, wir sind im Sport tausend Meter gelaufen; sie sah ihn mit einem sonderbaren und durchdringenden Blick an, noch sagte sie nichts; doch am nächsten Tag kam sie in sein Zimmer, als er auf dem Fensterbrett saß und hinausschaute und vollkommen konzentriert war, mit aller Kraft den Sumo-Trick übte, auch Tränen hält das auf, und fiel wütend über ihn her, was soll das, warum sitzt du hier allein wie ein Stein und bist nicht mit dem anderen zusammen, in der letzten Zeit hätte man euch nicht mal mit einem Messer trennen können, und er brachte noch irgendeine Lüge

heraus, wußte jedoch schon, daß es in ihrem Kopf arbeitete; und am Tag darauf, als sie wirklich nicht mehr da waren, schon weggefahren und verschwunden waren, begriff sie sofort. Aaron lag auf seinem Bett und starrte an die Decke, als sie plötzlich hereinkam, um ihn herumstrich, schwieg, wie nur sie zu schweigen wußte, so daß man alles hört, was in ihr brennt, und er lag da und wartete geduldig; und vielleicht sagst du mir bitte schön, wo der andere ist, dieser Freund von dir, preßte sie schließlich durch ihre Lippen hervor, die wie zugenagelt waren, damit nicht alles aus ihr herausbrechen würde, ihr habt ja die ganze Zeit einer im Arsch vom anderen gesteckt, und jetzt – wo bist du und wo ist er, antworte mir; und Aaron atmete tief ein und erzählte ihr alles mit ruhiger Stimme, als ob nichts wäre, als habe er am Nachmittag nicht ein Glas Öl in der Pfanne erhitzt und es bis zum letzten Tropfen ausgetrunken, verbrannt und verstunken, um die wahre Jaeli wieder an jenem Punkt in seinem Bauch zu fühlen. Aber für wie lange sind sie gefahren, flüsterte sie, ihre Lippen wurden weiß, und ihr Gesicht fiel immer mehr vor ihm ein, als würde feiner Staub, die Asche der Niederlage und der Trauer darauf gestreut; für fünf, sechs Tage, antwortete er lautlos und sah, wie der Schlag sie wie eine Steinlawine traf; das geschieht alles aus Liebe und Sorge um mich, sagte er zu sich selbst und hielt die Hand über den Kopf, aber sie dachte nicht einmal daran, ihn zu schlagen, sondern taumelte und wankte nach hinten und schaute ihn mit weit aufgerissenen Augen an, als sehe sie jetzt etwas in ihm, von dem sie sich bisher geweigert hatte zu glauben, daß es existierte, daß es möglich war. Dann schloß sie sich in ihrem Zimmer ein, und als der Vater von der Arbeit nach Hause kam, rief sie ihn sofort zu sich, die beiden blieben eine volle Stunde lang dort, und als sie herauskamen, sahen sie ihn nicht an; und seitdem geht sie schon zwei Tage lang wie eine Wahnsinnige herum, trifft kaum noch Vorbereitungen für das Fest, und es war schon zweimal passiert, daß, als er nach Hause kam, sie und der Vater umarmt in einer Ecke der Küche standen, obwohl er vor der Tür kräftig gehustet hatte. Er spürte sofort, daß etwas anders war, eine neue Situation, daß das nicht einfach so geschah: sie standen da, mit aller Gewalt von oben bis unten aneinandergepreßt und -geklammert, und da wußte er schon, daß es besser war, ihnen in diesen Tagen nicht unter die Augen zu kommen.

Um fünf Uhr nachmittags spielte Aaron mit Pelé auf dem schmalen Asphaltstreifen hinter der Siedlung Fußball, und im Tor der Mannschaft der übrigen Welt stand diesmal der legendäre George Banks, die einzige Barriere, die Aaron und den glänzenden Pokal auf dem Tisch des Präsidenten des Olympischen Komitees trennte. Pelé hatte gerade einen schwachen Tag: mag sein, daß das schmale Spielfeld ihm die volle Entfaltung seines Könnens nicht ermöglichte, besonders die schnellen Durchbrüche an der Linie, aber, stand zu bedenken: als ob Aaron gewohnt wäre, woanders als auf dem grünen Rasen der Stadien von Wembley und von Rio zu spielen. Und trotzdem, als er eingeladen wurde, sein hundertstes Spiel ausgerechnet hier, auf diesem scheinbar bescheidenen Spielfeld zu führen – alle Einnahmen gehen an die Kinderlähmung-Hilfe –, zögerte Aaron keine Sekunde, sollen sie sich alle zum Teufel scheren. Er setzte sich schwerfällig auf die Treppe und schloß fest die Lippen, und als das nicht half, bückte er sich und drückte den Ball in die Bauchmuskeln, preßte ihn völlig in sich hinein. So saß er ein paar Augenblicke, bis er diese Welle überwunden hatte. Ein richtiger Fußball. Aus Leder, mit einer fast neuen Blase, und außen die verblaßten Unterschriften aller Fußballspieler von Hapoel Jerusalem. Durch seine Arbeit im Arbeiterrat kannte der Vater die Spieler persönlich. Jeden Samstag warteten zwei Karten an der Kasse auf sie. Auch Zachi kam regelmäßig mit und blieb bis zur Pause draußen, ging dann kostenlos hinein und setzte sich zu ihnen. Wie alle wie aus einem Mund brüllten, wenn Ben Rimouge den Ball in die Maschen setzte. Wie sie die Mutter des Schiedsrichters verfluchten; und alles war in Schweißgeruch gehüllt, und von unterhalb der Tribünen kam ein scharfer Uringeruch hinaufgeweht, und die riesige Masse von Männern wogte und und schrie ›Schiedsrichter – Hurensohn‹, ›Schiedsrichter – Hurensohn‹, und auch Aaron sprang mit ihnen auf und ab und sagte im Herzen ›Schiedsrichter, so ein Hohn, runter vom Thron, jetzt langt es schon‹, denn wieso sollte die Mutter des Schiedsrichters an irgend etwas schuld sein. Und der Vater, der braungebrannt und verschwitzt, mit einer großen Tüte Sonnenblumenkerne zwischen den Beinen, neben ihm saß, die Schalen ausspuckte und aus vollem Halse brüllte, zwinkerte Aaron und Zachi sofort zu, das ist nicht ernst gemeint, Jungs, das ist nur zum Spaß, eh? Was? Und jetzt herrscht hier, auf Aarons Spielfeld, absolute Ruhe. Totenstille. Als sei die ganze Siedlung leer. Als habe sich die ganze Stadt geleert. Die Kinder sind fort. Weggefahren. Irgend jemand ist gekommen und hat auf einer Flöte gespielt, die nur Kinder hören können. Wieder schlug er unbewußt, nervös, auf die Kniescheibe. Was der Vater wohl mit der zweiten Karte macht, seit Aaron aufgehört hat, mit ihm zu den Spielen zu gehen? Auch darüber wird zu Hause nicht gesprochen. Über nichts wird gesprochen. Er schlug wieder auf das Knie, und auf einmal sprang er auf, brach von links mit dem Ball durch und riß die gesamte überraschte Verteidigung der übrigen Welt hinter sich mit, der Ball klebte an seinen Beinen, und beide verschmolzen zu einer schwungvollen Bewegung, und er sieht nicht zurück, denn sie jagen ihn, verfolgen ihn, um ihn einzuholen, er sieht jetzt nur noch wütende und verängstigte Gesichter um sich herum, alle weichen vor ihm aus, sogar Jochi verschwindet den ganzen Tag lang und kommt erst spätnachts zurück, wenn alle schon im Bett sind; wo kann sie sich bloß herumtreiben, er weiß doch, daß sie weder einen Freund noch eine Freundin für so viele Stunden hat, sie zieht bestimmt nur in den Straßen herum und zählt die Minuten bis zu ihrer Einberufung, bis zu der es noch ein halbes Jahr ist; und was wird er am Abend des Unabhängigkeitstages machen, wo wird er sein und wohin wird er gehen? Früher war er mit Gideon und den Klassenkameraden in der Stadt unterwegs, ließ es dann aber sein; er konnte die Enge und den Krach und die Pöbelei der Leute an solchen Abenden nicht ertragen, er blieb mit Jochi zu Hause und sie spielten ›Scrabble‹, dieses Jahr hatten sie, Gideon, Jaeli und er, geplant, zusammen zu den offenen Bühnen und den Volkstänzen zu gehen; jetzt wird er wegen des Festes der Eltern nicht einmal zu Hause bleiben können, er muß sich schon jetzt einen Ort suchen, an dem er bleiben kann, ein Versteck; wenn er könnte, würde er etwas zusammen mit Jochi machen, aber wo ist Jochi und wo ist er, alles zerbröckelt; und gestern nacht hatte er diesen Traum, den man besser nicht – auf einmal wandte er sich um – der ist ein Idiot, der sich von traurigen Gedanken einlullen läßt –, sprang mühelos über die Beine, die ihm gestellt wurden, um ihn zu Fall zu bringen, wirbelte wie ein Tänzer um seine eigene Achse, die Zuschauer brüllten und rasten auf den Tribünen, und Aaron bewegte graziös seinen Körper, wenn es nötig war, und auch wenn es nicht nötig war – nur um diese Langeweile ein wenig auszuschmücken, um der Welt ein Schnurrbärtchen aufzumalen, er lief um den großen Haufen Ziegel, Kalk und zerbrochener Kacheln, der schon seit zwei Monaten dort lag, wechselte einen flachen Doppelpaß mit dem Gasballon von Atias, verlor den Ball, holte ihn sich wieder, führte die Stürmer der Gegenseite an der Nase herum, dabei ständig wütendes Gebrüll im Ohr, tanzte wie eine Feder über den Rasen, stand direkt vor dem Tor und schoß den Ball mit dem linken Fuß ins Tor, etwas zu fest und zu hoch allerdings, vielleicht, weil er die falschen Schuhe trägt – Ausreden –, und inzwischen, während der Trainer, Sir Alf Ramsey, die Spieler zur Anleitung versammelt, jongliert Aaron den Ball auf seinem berühmten linken Fuß, konzentriert sich ganz und gar auf die automatischen Bewegungen des Fußes, tak-tak, hüpft der Ball auf seinem Fuß, nett dieses Wort: hüpfen, hüpfen. Es gibt eine Sache, ein Problem, das er nicht versteht, aber auch in dieser Angelegenheit kann er niemanden fragen; es ist die Sache mit der Wut, ihre Wut auf ihn, er jongliert ihn mühelos, präzise, er ist gut darin, einmal hat er den Schulrekord im Jonglieren gehalten, siebenundzwanzigmal, einschließlich Schulter und Kopf, und auch jetzt gelingt es ihm, wegen des Wortes ›Hüpfen‹, das wie eine kleine Heuschrecke in ihm hüpft, hüpf-hüpf, die Wut der beiden, der Vorwurf gegen ihn, und auch – ein bißchen – der Haß auf ihn; jetzt braucht er einen ruhigen, starken Ball, mit aller Kraft fest am Bauch, um sich um ihn zu rollen, aber er wird nicht resignieren und vor den Augen der Millionen Zuschauer in die Knie gehen, doch warum diese Wut auf ihn, das ist die Frage, die ihn interessiert; sollen wir wütend sein, du Schlaumeier, wem sonst sollen wir die Schuld geben, ja, ja, eigentlich weiß ich es schon: jeder kämpft für sich, wie auf einem Schiff, das versinkt, das ewig versinkt; aber ihr liebt doch, ihr seid doch eine liebevolle Familie, nicht wie die Schwarzen, die Sephardim oder die Gojim oder die Araber, denen es egal ist, wenn ihre Kinder auf der Straße zwischen den Autos spielen und überfahren werden, ihr paßt doch auf, paßt die ganze Zeit auf, zieh dich warm an, und mach den Knopf oben zu, und iß noch, und Augen auf auf der Straße, und sprich nicht mit fremden Leuten, warum seid ihr dann so? Wie – so? So – daß ihr gleich aufgebt. Nicht um mich kämpft. Und sofort, voller Angst, weil diese Worte in ihm wach geworden und deutlich gesagt worden waren, stürmte er los, überquerte das Spielfeld, täuschte; und als es ihm gelang, den Ball ins Netz der Gegenseite zu schleusen, brach er in großen und übertriebenen Jubel aus, sank sogar auf die Knie und schlug heimlich ein echtes Kreuz, wie die gojischen Spieler es tun – ist ihm doch egal, sind wir etwa besser als die Gojim –, aber es passierte immer öfter, daß Pelé das Tor verfehlte, und Aaron notierte innerlich, daß das ein schwacher Tag von ihm, dem schwarzen Juwel, war.

Und ganz langsam – er kennt das nun schon, wenn das Herz sich verkrampft, noch ehe der Kopf begreift, was los ist – wurde in ihm eine Antwort laut: daß es im Gehirn vielleicht auch so etwas wie beispielsweise das Fußballzentrum gibt, und daß vielleicht auch dieses Zentrum aus irgendeinem Grund anfängt, schwach zu werden und sich zu schließen, und er prüfte sich noch einmal, zitternd und gefaßt, und bemerkte tatsächlich, daß es eine gewisse Abnutzung im Mechanismus des Zentrums des Winkel-Schießens zu geben schien, und er machte noch ein paar Versuche im Doppelpaß mit den Gasballons von Atias und Kaminer und entdeckte, daß er den Winkel, aus dem der Ball zu ihm zurückkommen sollte, tatsächlich nicht immer genau erriet; es wunderte ihn ein wenig, daß sein Gehirn mitten in diesem Krieg noch Zeit fand, ihn auch mit solchem Unsinn zu ärgern, und er ging zur Treppe, setzte sich auf sie und verbarg die Schwäche, die ihn vorübergehend befallen hatte, vor den Augen der vielen Zuschauer.

Er saß da, bemüht, sich selbst zu beruhigen. Schlug dabei nervös auf die Kniescheibe. Nur ein stures Stück Fleisch. Los, aufstehen, noch ein Spiel machen, die Revanche, aber er hatte keine Kraft mehr. Ich sitze auf der Bank, bin Ersatzmann. Schon halb sechs. Um diese Zeit sind sie dort bestimmt schon fertig mit der Arbeit auf dem Feld, dem Acker, der Tenne, dem Silo, oder mit dem Pflügen oder der Obsternte oder der Getreideernte oder dem Weinlesen. Es gelingt ihm nie, sich zu merken, was wann zur Ernte kommt. Jetzt duschen sie miteinander in den Gemeinschaftsduschen, auch Aaron ist dort, er geht zum Leiter und zeigt ihm ernst seine tiefe Wunde am Bein, wegen der er während des ganzen Lagers nicht naß werden darf, weder beim gemeinschaftlichen Duschen noch im Schwimmbecken oder im Wasserturm, es gibt aber auch noch andere Wege, daß er eine furchtbare Allergie gegen das Chlor im Duschwasser hat zum Beispiel, er bekommt davon einen Ausschlag am ganzen Körper, oder er könnte sich noch einmal den Arm brechen, wie er es voriges Jahr gemacht hat, um der Fahrt nach Tel Aviv zu entgehen; und da läuft Aaron mit seinem eingegipsten Arm auf den Pfaden des Kibbuz, trotz seiner schweren Verletzung hat er nicht auf die gemeinsame Fahrt mit den Freunden verzichtet, bunte Zeichnungen und Kritzeleien übersäen den Gips, ermutigende Worte, verwischte Unterschriften von Freunden, deren Namen nur schwer zu erkennen sind, alles ist krumm geschrieben und gemalt, es ist nicht leicht, mit der linken Hand auf dem rechten Arm zu schreiben, zu zeichnen und zu signieren; und nach dem Duschen gehen wir essen, ihr habt keine Ahnung, was man uns hier zu essen gibt, zu Hause hättet ihr mir das nicht erlaubt, aber hier verwöhnt man uns nicht, Gurken mit der Schale, mit allen Vitaminen und dem erdigen Geschmack; in den Nächten stehlen wir Hühner aus dem Stall, fangen vielleicht sogar eine fette Taube und drehen ihr den Hals um, sprehen ihr den Schmalz krumm, brehen ihr den Balz dumm, mit einem Ruck drehen sie ihn um, sie können es, sie können es wirklich schon, ihnen erscheint kein in klebrige Spinnweben gewickelter und erstickter Schmetterling im Traum, der seinen Fühler vorwurfsvoll vor ihren Augen bewegt, er schlug andauernd auf seine Kniescheibe, das arme Fleisch sprang hoch – hopp-hopp; wenn man zum Beispiel mit einer Taschenlampe direkt ins Auge leuchtet, zieht sich die Pupille sofort zusammen, drei Sekunden lang, auch das ist ein Reflex, auch das kann Aaron mit seinem Willen gegen den Körper machen; ›Pupille‹, auch so ein Wort. Gideons Vater hat eine Taschenlampe, die er für seine Münzsammlung verwendet – er faßte sich erschrokken an die hintere Hosentasche, die Münze ist noch da, schon fast zwei Jahre hat er sie jetzt, und es gelingt ihm nicht, sie loszuwerden, und das Bein springt, rauf und runter, was wird sein, wenn sie vom Lager zurückkehren und sein neues Chejndale sehen, seine Macke, dem Reflex Schläge zu versetzen. Jetzt sind sie bestimmt schon im Speisesaal, dort ist Selbstbedienung, dort steht ein Abfallnapf auf jedem Tisch, dort gibt es einen Hausmeister und einen Melker und Bauernstiefel, Schnurrbärte, und die gemeinsame Übernachtung, und man raucht zusammen im Dunkeln, damit die Jugendleiter es nicht sehen, und in den Nächten tobt man herum und malt sich gegenseitig an, aber das kommt erst nach dem Lagerfeuer, und vielleicht nachdem man nackt im Schwimmbecken geschwommen ist – er darf bei diesen Gedanken keinen einzigen Moment überspringen.

Er rannte. Durchquerte den Wizo-Park, lief auf der Chalutz-Straße, der Bialik-Straße, zu ihrem kleinen, von Bäumen umsäumten Haus, ging zwischen den mit kühlen Kleidungsstükken und Laken behängten Wäscheleinen hindurch, die sich um sein Gesicht wickelten, über seine Wangen strichen, durchdrang und teilte sie, und sie reichten ihn herum, führten ihn sanft von einem zum anderen, als versuchten sie ihn hinauszubegleiten, wozu hast du das nötig, Junge, geh nach Hause, hier ist niemand für dich. Atemlos und erschöpft wühlte er sich aus ihnen hervor und schaute einen Augenblick erschrocken auf die Armada der Kleidungsstücke zurück, die mit all ihren vom Wind aufgeblähten Ärmeln flatterte. Er drückte sein glühendes Gesicht an ihr Fenster. Lugte durch die heruntergelassene Jalousie in ihr kleines Zimmer. Es ist dunkel. Keine Jaeli ist dort. Aber er kennt dieses Zimmer auch mit geschlossenen Augen. Hier steht das Bett, da die Kommode, der Schrank und der Schreibtisch. Dort auf dem Regal ist ihre Puppensammlung aus der Zeit, als sie noch ein kleines Mädchen war. Er kicherte. Und oben – die Pappschachtel, in der sie ihre bunte, flauschige Wolle aufbewahrt, Aaron selbst hat mit Hingabe Wolle aus all seinen Pullovern für sie gezupft, aus dem orangefarbenen mit den Sternen, aus dem braunen mit den Karos, aus dem mächtigen von der Bar-Mizwa; als seine Mutter die Mottenkugeln auswechselte, merkte sie, daß sich die Pullover nicht an ihrem millimetergenauen Platz befanden, legte sich auf die Lauer und ertappte ihn auf frischer Tat, sie wird ihm streifenweise die Haut abziehen, wenn er noch einmal auch nur an einem einzigen Faden zieht, sie benutzt schon seit Jahren die gleiche Wolle, sie ist doch kein Rothschild, sie ist eine Balebuste, eine Hausfrau, trennt Jahr für Jahr wieder auf und strickt von neuem, aber er zupfte und rupfte auf Lebensgefahr weiter, sogar aus dem grünen, dem ganz neuen mit den großen Dreiecken, zog er Wolle und brachte sie Jaeli als Geschenk, damit sie sie wie Daunen, wie ein zartes Nest, in einen Hauch weicher Farben gehüllt, in ihre Schachtel legen würde; und durch die geschlossene Jalousie hindurch sah er im Geist ihren unordentlichen Tisch mit dem Tintenfleck in Form eines Apfels, die Seite aus dem *Maariv für die Jugend*, die sie ausgeschnitten und an der Wand gegenüber aufgehängt hatte: »Man muß lieben. Man muß das glühende Feuer lieben, das Liebe heißt. Man muß das Beben der Lippen lieben, die ›Liebe‹ sagen. Man muß auf die kleinen Dinge achten, auf das Lächeln auf sanften Lippen. Auf den verträumten Blick in den Augen. Auf die winzige Träne, die einen leisen und bitteren Schmerz in sich birgt«, las er mit zitternden Lippen durch die Jalousie. »Man muß den Willen haben, auf dieser Erde zu wandeln, die verborgenen Geheimnisse in den Rätseln der Nacht zu suchen. Tief in die Augen des Mädchens zu schauen. Man muß bereit sein, die Wärme der Liebe zu spüren, auch wenn sie schmerzhaft brennt. Man muß alles wollen – ein großes Opfer. Starkes, brüllendes Blut. Tränen, aus heiligen Gefühlen gepreßt ...« Er fürchtete diese Gedanken über die Liebe, die eine Jugendreporterin, eine Ziona Kappach aus Aschkelon, niedergeschrieben hatte, und der Gedanke, daß so etwas direkt vor den Augen seiner unschuldigen Jaeli hing, ließ ihm keine Ruhe; vielleicht ist Jaeli auf so eine Liebe, so eine brennende Liebe, noch nicht vorbereitet und könnte sich von den Worten dieser Ziona zu etwas Billigem und Unechtem verleiten lassen, Liebe ist nicht nur ein Spiel, es ist eine Sache von Leben und Tod, mit der Liebe kann man ein ganzes Leben retten, und möglicherweise sind die Gefühle bei Jaeli noch ein bißchen leichtsinnig, ein bißchen oberflächlich, nicht so restlos verpflichtend wie bei ihm, und er wünschte, auch er könnte ein bißchen diese Kunst des Leichtsinns erlernen. Er wich vom Fenster zurück, irgend etwas strich über seinen Kopf, er erschrak und schaute: wieder die Wäsche. Doch jetzt regte sie sich nicht. Ärmel und Kragen hingen zusammengefallen da, die Laken wie leere Segel. Er ging mit geschlossenen Augen zwischen ihnen hindurch, verlor sich in ihnen; woher versteht es diese Ziona Kappach, so wahre Worte zu sagen. Er teilte Hemden, Handtücher, weiße Bettbezüge, kreiste und irrte und verlor sich im Geisterwald, nahm ›Geheimnisse‹ und ›Opfer‹ und ›Tränen‹ mit zu seiner Stelle hinunter – solche Worte muß er zuerst bei sich läutern, bevor er sie laut und leicht sagen kann; inzwischen kostete er auch heimlich den Namen des fremden Mädchens, Ziona Kappach, kein aschkenasischer Name, kein Name von unseren, fiel ihm überrascht auf, aber wer gehört überhaupt zu ›uns‹, vielleicht bin auch ich keiner mehr von ihnen; und der Anblick einer elenden Blechbaracke, barfüßiger, im Schlamm watender Kinder und eines betrunkenen Vaters blitzte in ihm auf, und dort, in einem Winkel der Baracke, im Licht einer Öllampe, sitzt ein dünnes Mädchen mit ernstem und zartem Gesicht und einer großen Brille vor ihren Augen, schreibt heimlich ihre verborgenen Gedanken auf, und ihr Vater stürzt sich auf sie, um sie zu schlagen, geh arbeiten und Geld verdienen, und die Mutter weint, weil Ziona weder kochen noch nähen kann, zwei linke Hände, wer wird sie zur Frau nehmen, ein sonderbares Mädchen, eine Schande für die Familie; und Ziona hebt flehend, verzweifelt die Augen, woher soll Hilfe kommen, gibt es irgend jemanden auf dieser Welt, der sie in ihrer Einsamkeit versteht. Wenn er nur den Mut hätte, ihr einen Brief zu schicken. Sie würde ihn verstehen. Alles würde er ihr erzählen, ohne überflüssige Einleitungen und Umwege. Sie würde seine Briefe nachts, im Licht der Öllampe lesen, würde aus ihrem Leben zu ihm hingetragen werden. Sie würde bei ihm bleiben. Ja. Sie würde ihn nicht einfach so verlassen. Er erschrak. Über seinen Verrat. Er flüsterte immer wieder ›Jaeli‹, bis er fühlte, wie sich das glühende Raunen wieder in warmen Kreisen in seinen Eingeweiden ausbreitete. Er streckte die Hand aus. Tastete mit geschlossenen Augen die Wäscheleine entlang. Nahm schnell etwas herunter. Steckte es in die Tasche. Floh. Lief um sein Leben. Am Ende der Allee hielt er an. Verkroch sich in die Büsche. Bückte sich. Holte es aus der Tasche: ihr Strumpf. Der dünne grünrote Wollstrumpf. Er schnupperte daran: ein guter Geruch von Wäsche. Er atmete ihn tief ein. Gut. Gut. Alles wird wieder gut. Dann wickelte er den Strumpf um seine Faust und war verblüfft: so klein ist ihr Herz! Wie kann so ein Herz gegen den standhalten, der versuchen wird, es zu erobern? Laufen, Hilfe holen, sofort zum Berg Tabor fahren, Jaeli in einer kühnen nächtlichen Aktion von dort retten. Aber er wußte, daß er selbst zu schwach dazu war, er ist nicht mehr, was er einmal war; was ist er dann, wer ist er dann, wer ist der echte Zwilling und wer hat heimtückisch die Führung übernommen? Manchmal, wenn er pinkelt, legt er sich ein Handtuch über das Gesicht und hört seinen Urinstrahl in einem anderen, tieferen Ton, als wäre es nicht seiner; was bedeutet das, wer pinkelt aus ihm? Er stopfte den Strumpf in die Hosentasche, rannte ohne zu wissen wohin, rannte ziellos herum, schweißüberströmt, landete plötzlich im lärmenden Einkaufszentrum, setzte eine gelassene Miene auf, die Miene eines Jungen, der einkaufen geht. Aber er wurde sofort entdeckt. Er war das einzige Kind. Er und Binjumin vom Friseur, der im Eingang des Frisierladens lehnte und interessiert zu ihm herüberschaute. Aaron ging schnell. Als hätte er etwas zu erledigen. Halt dich gerade, damit man nicht denkt, daß du auch noch einen Buckel hast. Jetzt wird Binjumin ihn verprügeln. Jetzt, wo er einen ganzen Kopf größer ist als Aaron, wird er sich für die Prügel von damals rächen. Doch Binjumin dachte gar nicht daran, ihn zu verprügeln. Er beobachtete ihn lediglich und wies ihm mit den Augen die Richtung. Wohin? Dorthin. Aber dort ist nichts. Nur der blinde Murdoch ist dort, sitzt und wiegt sich. Aaron drehte das Gesicht weg und entfernte sich erhobenen Hauptes. Das Pferd von Mosku, dem Eisblock-Verkäufer, wandte den Kopf zu ihm um und schaute ihm in die Augen. Aaron versuchte sich zu beherrschen, zu widerstehen, aber seine Finger drangen immer tiefer in die Hosentasche und berührten den verfaulten Zwiebelstreifen: im Dorf Aderet wurde ein Kalb mit zwei Köpfen geboren, rief ihm Moskus Pferd durch die Zwiebel zu und fletschte mit wieherndem Lachen die Zähne. Aron schreckte zurück und lief noch weiter von ihm weg, ging vorwärts, ohne zu sehen. Irgend jemand schaltete den Lautsprecher auf dem Platz ein, ein Pfeifen und Piepsen sauste durch die Luft. Ein Lied schmetterte plötzlich los und verstummte sofort wieder. Gedenke ewig unserer Namen. Sie bereiten sich auf den Gedenktag vor. Und da ist Murdoch wieder. An genau derselben Stelle. Murmelt über seiner verrosteten Blechdose vor sich hin. Einer von den Fleischkonservendosen, die immer auf Klassenfahrten mitgenommen werden. Aber wie kommt es, daß er wieder vor Murdoch steht, er geht doch in eine ganz andere Richtung. Er wandte sich schnell um und ging mit besorgtem Blick hinter zwei großen Jungen aus der Elften her, und einer von ihnen, der wie Moische Sik, der Freund von Anat Fisch, aussah, sagte laut: »Kurzum, die Tiere sahen, daß es so nicht ging, und beschlossen, den Hasen noch einmal zum Löwen zu schicken, um ihm zu erklären, wie es gemacht wird.« Aaron blieb auf der Stelle stehen. Es ist eng hier. Er machte noch ein paar Schritte. Blieb vor dem neuen Supermarkt stehen. Ausgerechnet jetzt geht niemand hinein. Und sie steht mit Unschuldsmiene da, als wäre sie einfach bloß Glas. Fordert ihn heraus, durch sie zu gehen. Mal sehen, ob du Manns genug bist, sagte sie mit ihrer Glasstimme zu ihm. Er schaute sich um. Niemand machte Anstalten, den Supermarkt zu betreten. Niemand kam, um ihn vor ihr zu retten. Er hatte keine andere Wahl mehr. Er ging mit winzig kleinen Schritten auf sie zu und wußte, daß der ganze Platz zusah und lachte. Jetzt mußte um Zeit gespielt werden: er bückte sich, um sich den Schuh zuzubinden. Eine alte Frau kam langsam näher. Gott sei Dank. Er wartete gebückt, verfolgte sie aus den Augenwinkeln, richtete sich im passenden Moment auf und trat mit ihr zusammen auf den Gummivorleger. Die automatische Tür öffnete sich, aber sie öffnete sich beiden zusammen, und Aaron hörte deutlich das giftige Zischen, das sie von sich gab, sssi … Er ging rasch zwischen den vollgefüllten Regalen hindurch, lief benommen an den Obst- und Gemüseständen vorbei, bunt und übervoll; jetzt mußte er aber auch wieder irgendwie hier herauskommen. Durch sie hindurchgehen. Niemand außer ihm schickte sich an, hinauszugehen. Er stellte sich vor den Zeitungsstand, blinzelte in ihre Richtung. Menasche Anwars Anwalt wird behaupten, sein Mandant sei zum Zeitpunkt des Mordes geistig nicht zurechnungsfähig gewesen. Was ist das für ein Land: man kann morden, stehlen, ein Spion sein, und es reicht, wenn man sagt, daß man verrückt ist, und schon wird einem alles verziehen. Paß auf, lauf! Er sprang in dem Augenblick los, als sich ein junger, mit Körben bepackter Mann zum Ausgang wandte. Aaron ging hastig neben ihm her. Die Hände in den Hosentaschen. Als sei er einfach ein Junge, der aus dem Supermarkt geht. Doch der Mann blieb stehen. Vorsicht! Eine Kassiererin rief ihn von einer der Kassen, sie winkte mit einem Zettel in der Hand, und er ging zurück, und Aaron stand allein vor der Glastür, vor der automatischen Glastür, die Menschen wahrnimmt, Körper von Menschen.

Man kann sie nicht irreführen. Sie ist grausam, präzise und kompromißlos wie die Waage im Zimmer der Krankenschwester, sie hat unsichtbare Strahlen, mit denen sie die Passanten durchleuchtet und so sieht, ob es ein echter Körper ist oder nicht. Er wich zurück. Bückte sich wieder und band sich den Schuh zu. Der ganze Pulk am Platz leckte sich schon die Lippen. Lieber Gott, mach, daß jemand von der anderen Seite hereinkommt. Und wenn es nur ein Hund ist. Niemand kam. Aaron richtete sich auf. Setzte den Fuß auf den Gummivorleger. Fühlte, daß er schwebte. Daß es ihm überhaupt nicht gelang, in den weichen Gummi einzusinken. Gewicht zu geben. Er zog den Kopf ein. Ging los.

Natürlich öffnete sie sich ihm. Was hast du gedacht, du Dummkopf, daß sie sich nicht öffnen würde? Was ist los mit dir, sag, was ist los mit dir? Müde und kraftlos blickte er auf und traf sofort Binjumins Blick. Binjumin, der nicht redete, der Aaron nur den Weg wies – was will er von meinem Leben –, den Weg, und Aaron ging folgsam, steckte die Hand in die Hosentasche, was soll er dem Bettler hinwerfen, das den Klang von Metall hat, er hat noch Vaters alte Rasierklinge, die unter der Sohle im Schuh versteckt ist, und er hat ein Stück von einer Laubsäge, die er in der Bastelstunde gestohlen hat und das er in seinem breiten Saum verborgen hält, die Mutter steht da, mit Nadeln im Mund, kürzt ihm die Hose, schummelt für ihn, damit man nichts merkt, und dann hatte er auch noch den schwarzen Stahlnagel und all die kleinen Nägel, die er bei sich trägt, die ganze Ausrüstung, die er immer bei sich hat, falls sich zufällig ein Houdini-Auftritt ergeben sollte, schon seit anderthalb Jahren keiner mehr – aber so sind wir hingegangen? Was haben wir hier gewollt? Und Binjumin, ja, ja, wir haben's gesehen, bewegte sein kurzes Bein mit einer abfälligen Andeutung, dorthin, dorthin, und auch der blinde Murdoch verstummte, hob seinen großen, knöchernen Schädel, auf dem sich gewundene Adern schlängelten, suchte etwas in der Luft, spähte, sperrte seinen großen Mund auf und zeigte Aaron seine verfaulten, zerfressenen Zähne. Natürlich! Endlich begriff Aaron! Was für ein

Schwachkopf, daß er es nicht schon vorher kapiert hat, ihm trocknet wirklich langsam das Gehirn aus; und aus der hinteren Hosentasche zog er die abgewetzte Münze, die während der ganzen Zeit, in der Aaron sie besessen hatte, nichts von ihrer eisigen Kälte verloren hatte; und er ließ sie schwer und kraftlos direkt in den Mund der verrosteten Dose in der Hand des Bettlers fallen.

Einen Augenblick lang schien es ihm, als sei der ganze Platz erstarrt. Sein Herz klopfte groß und schwer, einmal nur, als habe jemand einen mächtigen Gong geschlagen, um den majestätischen Einzug eines mysteriösen, gesichts- und namenlosen Gastes anzukündigen, den alle genau kannten. Aaron schloß die Augen und schwankte. Als er sie wieder öffnete, sah er, daß sich alles beruhigt hatte. Anscheinend hatte niemand gemerkt, was geschehen war. Er spähte ängstlich nach allen Seiten: die Menschen waren mit Körben und Taschen unterwegs, machten Einkäufe vor dem Feiertag, eilten nach Hause. Autos fuhren vorbei und hupten wild durcheinander. Beruhig dich, es ist alles nur in deinem Kopf. Du selbst bist derjenige, der sich den Tod macht. Fang lieber an, deine Rübe anzustrengen, dich hinzusetzen und zu überlegen, was du morgen abend mit dir anfangen wirst, wo du dich verstecken wirst, womit du die Zeit totschlagen wirst – schau: alles ist wie immer. Nur der Bettler sah Aaron mit seinen grünen Augen an und nickte immer wieder mit seinem Schädel voller Adern, seine Hände bewegten sich jetzt schnell, hin und her, und Binjumin, im Eingang des Frisierladens, tat es ihm nach, er wiegte sich wie im Gebet, als würden die beiden einen unsichtbaren Knoten von beiden Seiten des Platzes knüpfen. Er floh. Lief um sein Leben, die kleine Allee zwischen den Bäumen mit ihren geneigten Häuptern entlang, nach Hause, nach Hause, schleppte sich gerade noch die Treppe hinauf, blieb an der Tür stehen, hustete, aber als er aufmachte und eintrat, standen sie wieder so da, umarmt und umklammert, klebten sie mit aller Macht aneinander, und diesmal war er sicher, daß das etwas ganz Neues war, das war nicht einfach so, nicht die Spur eines gemeinen Grinsens war dort zu sehen; das Bild eines

Traumes einer der letzten Nächte tauchte kurz in ihm auf, Bruchstücke, die sich nicht zusammenfügten, zwei Tiere, die einander sanft jagten und in ihrer Bewegung Vollkommenheit schufen, einen runden, vollen Kreis; aber zum Glück schläft er sehr tief, er linst im Schlaf hinüber und sieht Jochis Rücken – sie stellt sich schlafend, auch sie hat Angst; es geschehen Dinge, die hier noch nie geschehen sind, gut, daß er nicht leicht aufwacht, daß er sich im Schlaf mit einer unmerklichen Bewegung zusammenzieht und einrollt, auch im Schlaf kann man mit dem Training weitermachen, dadurch kann man verhindern, daß die Angst den ganzen Körper vereinnahmt, man kann die Atemzüge der Eltern zählen und wissenschaftliche Fakten sammeln: hier ist alles regelmäßig, ein ordentlicher Mechanismus, jemand jagt, jemand wird gejagt, sie kreisen umher und keuchen, mit einer vollkommen runden Bewegung, und auf einmal wird alles in Scherben zerbrechen, im letzten Augenblick jedoch wird dann doch nichts kaputtgehen, eine Hand wird schnell hervorschießen und gerade noch alles auffangen; und dann merkten sie endlich, daß er da war, daß er neben ihnen in der Küche stand, und sie trennten sich langsam, sahen ihn feindselig an, aber warum diese Wut auf ihn, er erstickt innerlich, und sie geben ihm auch noch die Schuld daran, als sei er dafür verantwortlich, als sei irgend jemand dafür verantwortlich; und sie sagt, er habe das Alter, in dem man wächst, sowieso schon hinter sich und alles versäumt, Quatsch mit Soße, und trotzdem – wer weiß, im Verspotten ist sie Meister, das ja; wenn sie ihm wenigstens sagen würde, was er machen soll, aber sie hilft ihm mit keinem Wort. Sogar vor dem Arzt schämen sie sich zuzugeben, daß so etwas in ihrer Familie geschehen ist. Sie hassen ihn, als habe er sie betrogen, als habe er die Pest ins Haus gebracht, von der nichts in der Thora geschrieben steht, als habe er ihnen alles verdorben, das ganze ruhige und normale Leben, das alle anderen Menschen führen konnten, sogar Jochi distanziert sich. Er fühlt es: sie und er, das ist nicht mehr das, was es war. Er hat ein feines Gespür bekommen für die, die sich distanzieren. Deren Blick sich verändert. Und er weiß genau, was sie denkt: daß man, wenn sie einmal einen Bräutigam haben wird, Aaron vor ihm versteckten müßte, damit er keine Angst vor den Genen der Familie bekommen würde. Er ist sich sicher, daß sie so denkt. Selbst wenn sie ihn noch ein bißchen liebhat, selbst wenn sie sich wegen dieses Gedankens schämt, so hat sie ihn doch. Man hat es ihr anerzogen, so zu denken. Aber wie soll er allein gegen diese ganze Biologie ankommen, der Teufel soll sie holen, fleht er seine Drüse im Gehirn an, genug, du hast deinen Spaß gehabt, drei Jahre hast du mit mir herumgespielt, wir haben das Prinzip begriffen, jetzt tu was, gib etwas, sei nicht so geizig, du mußt nur einen kleinen Tropfen von hier nach da träufeln, nur ein einziges Tröpfchen muß von einer Stelle zur anderen, eine Strecke von einem halben Millimeter vielleicht, und alles wird sich ändern, die ganze Welt wird sich verändern; mindestens anderthalb Jahre betet er schon so zu ihr, es hat keinen Sinn mehr und er hat keine Kraft mehr, es zu verheimlichen; anderthalb Jahre legt er sich nachts, unter der Decke, heimlich Gebetsriemen an, nur für sie, singt er ihr aus dem Bibelabschnitt seiner Bar-Mizwa ›Siehe, hiermit sind deine Lippen berührt, daß deine Schuld von dir genommen werde und deine Sünde gesühnt sei‹ vor; denn vielleicht hat er tatsächlich gesündigt und muß dafür büßen. Aber worin hätte er gesündigt. Er ist doch vollkommen rein. Der Reinste hier im Haus. Sogar scheißen tut er schon seit Jahren nicht mehr hier, damit er – Gott behüte – nicht so kräftig abziehen muß und es wieder eine Überschwemmung gibt. Er masturbiert nicht einmal mehr. Wer hätte auch schon Lust dazu, wenn nicht einmal mehr Kraft geblieben ist, von einem Augenblick zum anderen zu kommen. Aber vielleicht hat er trotzdem an irgend etwas Schuld. Vielleicht von damals noch, als er Binjumin zusammenschlug, dann über ihn stieg und zu ihm sagte: ›Du sollst nicht wachsen.‹ Vielleicht hat er in seinen Phantasien gesündigt. Wenn er manchmal denkt, daß er gar nicht ihr richtiger Sohn ist, sondern der Sohn von Adeligen oder Königen. Von Leuten aus England oder aus Schweden, die hochgewachsen und schlank sind, sich elegant kleiden, leise englisch sprechen, vergoldete Brillen tragen und auf dem Klavier spielen. Denn manchmal hat er das Gefühl, daß ihm das in einem anderen Haus nicht passiert wäre, daß es irgend etwas hier bei ihnen ist, das auf der Seele lastet und sie zusammendrückt, aber wie sehr er auch zu ihr betet und sie anfleht, sie antwortet nicht, wie fest er seinen Kopf auch auf den Boden schlägt, um irgend etwas in seinem Innern zu erschüttern – sie antwortet nicht, antwortet nicht, murmelte Aaron, während er sich durch die von Menschen wimmelnden Straßen voller Lärm und Geschrei schleppte, Lieder gellten aus den Lautsprechern, und der Geruch nach Versengtem stand in der Luft, nachdem das Feuerwerk abgebrannt war – wie der schwarze Himmel plötzlich in allen Farben aufgebrochen war, was für eine schmerzvolle Sehnsucht er in jenem Augenblick nach Jaeli verspürt hatte; die Leute rempelten ihn an, hej, Junge, paß auf, wo du hingehst, er hat einen anderen Rhythmus als sie, er verdirbt es allen; irgend jemand spielt falsch auf einem Akkordeon: ›ein Strahl der Freude fließt durchs Rohr, durch des Negev Adern‹; ›Strahl‹, ein schönes Wort, aber es gibt einen Wasserstrahl von Gemeinschaftsduschen, und es gibt auch einen Strahl von Blut – behutsam nimmt er das Wort aus dem Gewirr des Lärms, schält es zärtlich, flüstert es siebenmal in sich hinein, mit großer Andacht, rückwärts, vom Ende zum Anfang, mit geschlossenem Mund, damit jetzt nur nichts von dem Schmutz draußen, von dem Lärm, dem Gestank nach Rauch und der Menschenmenge, in ihn eindringe: Lharts, Lharts, Lharts, und so, vollkommen rein, zieht und streift er dem Wort die Staub- und Schweißschichten ab, die abgegriffene und vertrocknete Kruste, alle störenden, unnützen, falschen Töne, er verbirgt es in seinem Innern, in seinem neuen Zentrum, überprüft flüchtig die Worte, die er in den letzten Tagen bereits hineingeschmuggelt hat, ›geschmeidig‹, ›Einsamkeit‹, ›Gazelle‹, ›Geheimnis‹, ›Opfer‹, ›Tränen‹ – Worte, die er völlig unvermittelt aus dem mächtigen, endlosen Strom fischt, und jetzt ›Strahl‹; sieben Tage lang darf er dieses Wort nicht laut sagen, bis es vollkommen geläutert ist, ganz und gar seines ist. Zu ihm gehört. Er geht schwerfällig zwischen den Menschen dahin, es ist eng, es ist drückend, schaut mal, wie der geht und mit sich selbst redet, hat dir jemand Cognac gegeben, Junge? Lharts, Lharts, es fällt ihm schwer, sich zu konzentrieren, es ist schwierig, die Störungen von außen zu überwinden. Wenn sie einen Augenblick verstummen würden, könnte er seine Gedanken ordnen und weiter durch die Straßen ziehen, ohne so nervös zu sein, könnte er die Musik und die Fröhlichkeit der Menschen genießen; wenn er doch nur dieses monotone Zirpen in seinem Kopf abstellen könnte, die ständige mißbilligende Mahnung in seinem Innern, daß sie ihm nicht antwortet, daß er ihr gleichgültig ist, nicht antwortet; es fällt ihm schwer, sich dem Rhythmus der Menschen anzupassen, vielleicht kann man irgendwo lernen, wie man sich innerhalb einer Menschenmenge bewegt, wo warst du, als man es euch beigebracht hat? Wenn er stehenbleibt, gehen sie weiter, wenn sie stehen, rempelt er sie an, und schon fast eine Stunde lang bestimmen sie für ihn, wo er hingeht, er wurde gegen seinen Willen gedrückt und geschoben, wie im Innern eines Darms, bis er schließlich vor einer hohen Bühne stand, um ihn herum ein einziges, andauerndes Gebrüll, und sofort schloß sich die Menge wieder um ihn, kreiste ihn von allen Seiten ein. Er wandte den Kopf um und versuchte zu entkommen, aber das Publikum stand wie in Erz gegossen um ihn herum, eine lebende Festung. Nicht eine Lücke war zu finden, durch die er schlüpfen konnte. Eine Volkstanzgruppe in farbenprächtigen Kostümen führte auf der Bühne die Horra vor, und unten tanzten ein paar Jungen und Mädchen schamlos Twist dazu; er hob mühsam den Kopf, Party-Bande, das geht ja heiter zu bei denen, ein tolles Vergnügen, dufte Bande, murmelte er laut, um irrezuführen, wer irregeführt werden wollte; er verfolgte inzwischen mit dem fachmännisch zusammengekniffenen Blick den heimlichen Passagier unter ihnen – er erkennt seinen Feind sofort – und zählte mit verkrampftem Gesicht Adamsäpfel und Koteletten und Schnurrbartflaum und Brüste – es war gar nicht so leicht, denn sie bewegten sich die ganze Zeit über, hatten wirklich Spaß, weideten sich an ihren vermeintlich neuen Spielzeugen – aber sie gehören euch nicht, ihr Dummköpfe! Ihr werdet billig gekauft! Aber vielleicht gehören sie ihnen doch, vielleicht ist nur er derjenige, der nicht begreift und sich keinen einzigen Augenblick einer Illusion hingeben kann, der keine Sekunde lang vergessen kann; und vielleicht entwickelt sich das Hand in Hand, die Dinge selbst und das Vergnügen an ihnen. Wenn es ihm nur gelingen würde, sich selbst zu besiegen, sich selbst zu umgehen, für fünf Minuten abzuschalten – vielleicht ist das alles, was er braucht, fünf Minuten, in denen sein Gehirn nicht aufpaßt und ihn in dieser Sache sich selbst überläßt, fünf leere Minuten, wir haben es bereits gehört, und was würde geschehen? Plötzlich wärst du so wie sie. Eh? Was? Er stand da, murmelte vor sich hin und trat von einem Bein aufs andere, in seiner Bewegungsfreiheit von den Menschen eingeschränkt, die sich um ihn drängten und ihm ihren Atem ins Gesicht bliesen, und er starrte wie verhext auf die Schuhe der Jungen, die vor ihm tanzten, seine rechte Hand umklammerte und drückte das linke Handgelenk, er begann bereits innerlich, in präzisem Takt die Sekunden zu zählen, ihre Schuhe erschienen ihm so groß, so gewaltig. Schuhe, die dazu bestimmt waren, sehr schwere und stark entwickelte Knochen zu schützen, Knochen, wie man sie im Kiefer prähistorischer Tiere fand, und ein Wort lief durch die lärmende Menge, durch Aaron oder außerhalb von ihm, ›Jugend‹, er fühlte es sofort, ein schönes Wort, dann spring los und hol es dir, ich habe keine Kraft, spring sofort los und hol es, befahl er sich, tauchte lustlos hinein, den Kopf auf die Brust gesenkt, und fischte es heraus, ›Jugend‹, schäumend, tobend, tanzend, lebhaft, frisch wie der Frühling, frei, ›Dneguj‹, ›Dneguj‹, murmelte er lustlos; einen Augenblick stöhnte etwas bitterlich in ihm, aber er hatte doch den Eid des Hippokrates geleistet; schon, aber er ist nicht fähig, alles allein zu machen; sicher, aber er hat eine Verpflichtung; so viele Worte klopfen an die Tore des verborgenen Krankenhauses, das er irgendwo in seinem Dickicht, im Dschungel errichtet hat. ›Dneguj‹. Die ganze Zeit strömen ihm Worte entgegen, von den Leuten, dem Radio, von den Zeitungen, den Schildern, den Schlagern, der Zwiebel. ›Dneguj‹. Er muß es behandeln, entscheidet Aaron kurzerhand, während er innerlich schon bei fünfundzwanzig Sekunden angelangt ist, bei dreißig fängt es bei ihm in der Regel mit einem Gefühl von gleichzeitiger Wärme und Kälte in der abgeschnürten Hand und den Fingerspitzen an. Er versuchte wieder, aus dem engen Gürtel von Menschen auszubrechen, ruderte mit aller Kraft, kam dennoch nicht von der Stelle, hier kann ihm nicht einmal Houdini helfen, er wandte mit Mühe den Kopf um und sah sein Gesicht flüchtig in einem Schaufenster, ein winziges, weißes Gesicht, wie ein heller Fleck im Publikum, wie ein Fehlen – Jaeli, wo bist du, was machst du jetzt? Einunddreißig, zweiunddreißig, er spürt schon, wie das Blut panisch an die Klammer der Finger klopft, die das Handgelenk zusammenpreßt, armes Blut, verwirrtes Blut, Aaron macht es in diesen Tagen ganz verrückt, und schon siebenunddreißig, achtunddreißig, neununddreißig, das Schlimmste ist, wie immer, die Übelkeit: bei all seinen Experimenten setzt der Körper sie als letzte Waffe ein. Aber auch gegen sie trainiert Aaron ständig, steckt sich den Finger eine volle Sekunde lang tief in den Hals, dann fast zwei Sekunden, ist ihm doch egal, der Finger ist nicht seiner, auch die Übelkeit und der Ekel und die Kotze gehören nicht zu ihm, und doch ist er es, trotz all dieser Dinge, er ist es trotz allem, jetzt dreiundvierzig, nur nicht aufgeben, einmal muß er diese Übelkeit überwinden, einmal muß er bis in ihr Jenseits vordringen – denn es gibt etwas jenseits von ihr, der Körper macht das nicht einfach so; jetzt dreht sie sich Welle um Welle in seinem Magen; aber vielleicht ist jenseits von ihr oder unter ihr, auf dem sumpfigen Grund, irgend jemand eingesperrt, in einer Luftblase gefangen, schlägt mit seinem Kopf gegen sie, fleht Aaron an, nicht aufzuhören, bis ans Ende Matador und Partisan zu sein – aber gleich wird er kotzen oder ohnmächtig werden, es kommt schon von unten hoch, einundfünfzig, gib nicht auf, das ist jetzt der Körper gegen die Seele, gib nicht auf! Aber er gab auf. Gab wie immer auf. Seine Hand ließ die andere los. Noch einen Augenblick und er hätte sich über all die Menschen hin erbrochen. Schade, schade. Nadeln stechen in seiner Hand. Schade. Er stand aufgelöst zwischen den massigen Körpern, die ihn stützten, inmitten des warmen Dunstes mit kaltem Schweiß bedeckt, und überwand langsam das Schwindelgefühl: es war ihm trotzdem gelungen, ein wenig Schmerzen zu verursachen und sich zu rächen. Aber als sein Blick sich klärt – was ist das, was ist hier los, er war doch die ganze Zeit über hiergewesen –, entdeckt er erst jetzt ein paar vertraute Gesichter unter den Tanzenden, wieso hatte er sie vorher nicht bemerkt, wie war das möglich, hier ist er doch gestanden, und hier haben sie getanzt, jetzt erkennt er sie, und vorher nicht. Merkwürdig. Als hätten sie ihm einen Streich gespielt: er steht doch schon eine Viertelstunde lang hier, und dieses bildhübsche Mädchen, wie hat sie sich plötzlich in Anat Fisch verwandelt? Er zuckt die Achseln, zu verzweifelt, um zu verstehen: da ist die hübsche Anat Fisch, tanzt barfuß auf der Straße. Er starrt sie an, vermeidet es, die anderen um sie herum anzusehen; Anat Fisch, in ihren schwarzen Stretchhosen, die die Jungen in der Klasse ›Bums-mich-Hosen‹ nennen; wenn man sie genauer anschaut, sieht man, daß sie wirklich verloren hat, daß etwas an ihr verblichen ist, was auch immer, vielleicht war der Grund dafür das, was man über sie und den Jungen erzählt, mit dem sie nach Eilat gefahren ist, ja, ja, wir haben davon gehört, vielleicht ist auch etwas von ihrem Zauber verflogen, seit Dudu Lipschitz nicht mehr da ist, um sie so über die Maßen zu verehren; und da ist auch Adina Ringel, und da Alisa Lieber, alles Partygirls, die nicht mit ins Lager gefahren sind, und, Menschenskind, da ist Michael Karni, was macht der hier, der geht doch sonst weder auf Partys noch in irgendeine Jugendgruppe, er ist nicht Fisch und nicht Fleisch, und auch er tanzt, er tanzt wirklich Twist, zum ersten Mal, tanzt frech neben der blasierten Anat Fisch, stiehlt von ihrem Tanz wie ein hungriger Bettler, aber er wagt es wenigstens, schau zu und lerne, wie seine Drüse bereits den Stoff produziert, dank dem man einen Augenblick in Selbstvergessenheit und Selbstbetrug und Illusionen versinken kann, schau zu, und Aaron zwang sich, den verweichlichten, schleimigen Michael Karni direkt anzusehen, der seine Gliedmaßen ungeschickt in alle Richtungen schlenkerte, schau zu und lerne, wie so etwas passiert, und er stand da und schaute, während er innerlich immer kleiner wurde und dahinwelkte; vor seinen Augen geschah etwas, entwickelte sich die bewußte Sache, Michael Karni stellte plötzlich seinen Körper zur Schau, schaukelte ihn hin und her, mal mit ängstlicher Freude, mal mit seltsamer Aggressivität, als ob er seinen Trotz unterdrückte gegen den, der ihm diesen Körper angetan hatte, er schüttelte sich vor und zurück, als wäre er ein einziges ersticktes Weinen, das ausbricht und gedrosselt wird, schau gut zu und lerne, daß bereits in dem Augenblick, in dem dies gesagt wurde – – Moment! Michael Karni wandte sich während seines linkischen Tanzens an die rothaarige Alisa Lieber und forderte sie auf, sie lehnte ab, natürlich hat sie abgelehnt, wer ist er denn schon gegen sie, aber Michael Karni verzweifelt nicht, wer wüßte besser als Aaron, daß er jetzt nicht verzweifeln durfte, nicht mal einen Augenblick darf er aufhören zu tanzen; Michael wagte sich jetzt vorsichtig weiter, als führe er einen Mondsüchtigen am Rande eines Daches, und präsentierte sich Rina Fichman, die mit Miri Tamari, Esthi Persitz, Osnat Berlin und Varda Kopplen zusammenstand; was war denn das, die halbe Klasse war ja da; und Rina trägt einen ganz kurzen und hautengen Rock, er hat sie noch nie so gesehen, wenn er sie nicht kennen und ihr auf der Straße begegnen würde, würde er denken – Puppe! Wenn die Mutter sie so sähe, würde sie den Vater mit dem Ellbogen anstoßen und sagen: host di gesejn? Hast du gesehen? und würde ihr ganz spezielles Lächeln um die Lippen spielen lassen; aber Rina und Michael sitzen doch nun in der Schule schon jahrelang nebeneinander, tauschen immer Zettelchen aus und kichern wie zwei Mädchen, murmelte Aaron, als erzähle er eine uralte Geschichte. ›Dneguj‹, ›Dneguj‹, und Michael näherte sich der netten Rina Fichman, trippelte und tänzelte so steif auf sie zu, als ob er eine dünne, im Sturmwind flackernde Kerze tragen würde; er berührte ängstlich ihre Hand und sagte etwas zu ihr, man konnte nicht hören was, ringsum war alles ein Geschrei und Gesang und Gejubel, alles war eine einzige Masse, und in dieser Masse sah Rina Fichman überrascht auf, lächelte Michael Karni freudig zu und begann ihren kleinen, geschmeidigen Körper vor ihm zu bewegen, auch ›geschmeidig‹ befindet sich bei Aaron in Quarantäne, zur Läuterung, morgen kommt es an die Reihe, sieben Tage lang hat er sich gehütet, es laut auszusprechen, und morgen wird er es wieder freilassen, morgen wird er es laut und rein benutzen können, dort, an seiner Stelle, bei seinen stillen Gesprächen mit Jaeli und Gideon; und der erschöpfte Arzt hielt einen Moment in der Arbeit inne, lüftete den Korkhut, um sich den Schweiß von der Stirn zu wischen, und kehrte sofort hingebungsvoll zu seiner Arbeit zurück; und er wandte die Augen keine Sekunde von Michaels Gesicht, das plötzlich strahlte – Wörter wie ›Tanz‹, ›Jubel‹, ›Vergnügen‹ –, und zwang sich, weiter dieses Rätsel zu beobachten, den Moment des wundersamen Ausschlüpfens, den Moment des Schmetterlings zu sehen, während sich ganz nahe vor seinen Augen ein hauchfeiner, schimmernder Faden zwischen Michael und Rina spann, doch wie war es möglich, daß die halbe Klasse da war, wann hatten sie sich verabredet; vielleicht hat es eine Mitteilung an der Tafel gegeben, die er nicht gelesen hat. Die ganze Zeit über fürchtete er, plötzlich auf Jochi zu stoßen, er spürte instinktiv, daß sie in der Nähe war, daß sie jetzt auch wie er durch die Straßen irrte, vor dem Fest der Eltern floh. Er starrte wieder, wie hypnotisiert, auf die Schuhe, die vor ihm auf und ab hüpften, die großen Schuhe der Jungen, ihre vor Potenz strotzenden Schuhe; sie besitzen anscheinend das, was man Masse nennt, erklärte er sich das Phänomen, und vermutlich handelt es sich bei ihnen um eine sehr dichte Masse, ja, ihre Knochen sind einfach schwerer. Voller Knochenmark, das ist durchaus möglich; und durch die Schuhe erahnte er ihre Füße, deren Knochen so massiv wie Gestein waren und die die Fruchtbarkeit dieser Erde in sich bargen; aber das bedeutete das gleichzeitig auch, daß sie vielleicht mehr *existieren* als er – wer weiß, wie sollte man so etwas vergleichen? Und trotzdem, ja, so könnte er es sich vorstellen; das ist vermutlich die Lösung, dachte er ungerührt, sie existieren anscheinend mehr als er. Aber welche Konsequenzen hat das für sie und für ihn, was fühlen sie, das er nicht fühlt? Wie spüren sie Empfindungen? Wie einen stahlhart gespannten Muskel in der Mitte des Bauches? Und das Blut in ihnen, schäumt und quillt und birst es die ganze Zeit im Körper? Wie eine sprudelnde Flasche, die vor dem Öffnen kräftig geschüttelt wurde? Vielleicht, vielleicht, mag sein, beruhigte er sich mit einem ungerührten, beiläufigen Murmeln, aber es stellt sich die Frage, worauf sie dafür verzichtet haben? Eh? Was? Eine ausgezeichnete Frage! Ein richtiger Quizmaster! Frag weiter! Haben sie überhaupt verzichtet? Ja! Ja! brummte er fast laut und klammerte sich weinerlich an eine tröstende, dumpfe, ihm unverständliche Hoffnung, daß, wer sich auch immer diesem mysteriösen Grundgesetz der Körperlichkeit, dem Zwang des Fleisches unterworfen hat, schon den Weg der Versklavung, der Trostlosigkeit und Eintönigkeit eingeschlagen hat, und ihn Schritt für Schritt, ohne Umwege und Abkürzungen, bis an sein Ende gehen muß. Das der Tod ist. Und sofort grinste er selbstverständlich und drückte und quetschte ein trübes Lachen aus der Drüse in seiner Achselhöhle, kicher kicher Kichererbse, wer bist du, daß du dich so anmaßt, bildest du dir etwa ein, daß du gerettet wirst, weil du anders bist als sie? Du sinkst immer tiefer. Viel tiefer als sie. Schau, wie du aussiehst. Wie ein lebender Toter. Guck, wie sie dich alle anschauen. Er zog den Kopf noch mehr ein. Murmelte ›Dneguj‹, ›Dneguj‹, er ist Dr. Schweitzer im Dschungel, er ist Dr. Dolittle, der die Sprache der Worte kennt. Nichts wie raus. Schnell, atmen.

Er rettete sich aus dem Gedränge, ruderte in der Menge wie in einem Sumpf, bis er plötzlich in eine fast menschenleere Seitenstraße ausgestoßen wurde. Drei Kinder, die kleiner waren als er, belästigten ihn ein paar Minuten, schlugen ihm mit einem Plastikhammer auf den Kopf und riefen ihm ›Rotkopf‹ nach, aber er drehte sich nicht um, um nicht in eine Schlägerei verwikkelt zu werden, grinste innerlich über ihren Irrtum – sie haben gedacht, er sei so alt wie sie. Zwei große, dünne Halbstarke packten ihn am Arm und versuchten ihn dazu zu zwingen, auf

Karten zu setzen, die auf dem Bürgersteig lagen, du legst ein Pfund hin und kriegst zehn dafür, bei uns gewinnt jeder. Er rannte davon, nahm angewidert ihren Atem wahr, der nach Wein roch. Er lief schnell, verschloß seine Ohren gegen die laute Musik, die von den hohen Häuserwänden zurückhallte, blies mit aller Kraft gegen die in der Luft hängenden Rauch- und Bratendünste an, damit sie ihn nicht innen drin verschmutzen könnten; wie spät ist es? Vielleicht sitzen sie gerade ums Lagerfeuer – aufgespießte Kartoffeln, das Feuer wird durch gemeinsames Pinkeln gelöscht, eine Hand berührt eine Wange und hinterläßt einen rußigen Abdruck, der Geruch von Rauch in Jaelis Haaren, der Klang ihres leisen Lachens, nimm mir die Haare aus dem Mund, meine Hände sind von der Holzkohle schmutzig. Ein älterer Mann, groß, schlank und gesichtslos, löste sich aus dem Schatten einer der Häuser und näherte sich Aaron mit erhobener Hand; ich dachte schon, du kommst nicht mehr, sagte er näselnd, vorwurfsvoll, hat dir Simo nicht gesagt, du sollst um zehn kommen. Aaron blieb stehen, sah ihn an, verstand nicht, sein ganzer Körper sträubte sich, als habe er schon einmal so eine Stimme gehört, und plötzlich fühlte er einen langen, kalten Arm um seinen Nacken, wie die Fänge eines Tintenfischs, und hörte amüsiertes Gelächter an seinem Ohr; laß uns ein bißchen spazierengehen, Simo hat mir gesagt, daß du neu bist. Blitzschnell drehte er sich um, schlug seine Zähne in die glatte Haut des anderen, biß mit aller Gewalt hinein, fühlte lange Finger im Mund, spürte seine Zähne in Haut und Fleisch dringen, ließ nicht nach, Menschenfleisch, biß mörderisch, um zu töten, für immer zu vernichten, aber als er den Geschmack von Blut erkannte, spuckte er erschrocken aus, floh so schnell er konnte, sein ganzer Körper bebte, während der verblüffte, gesichtslose Mann hinter ihm mitten auf der Straße kniete und vor Schmerzen stöhnte; Aaron lief ohne anzuhalten, spie jeden Tropfen Speichel aus, der sich in seinem Mund sammelte, vielleicht hatte der Mann irgendeine ansteckende Krankheit, wer weiß, was das überhaupt gewesen sein sollte, vielleicht wollte der Mann, daß er sich einer Bande von Dieben anschloß, und schon wußte er nicht mehr, wo er war. Von allen Seiten jagten ihn die schrillen Töne der Lautsprecher. Die Gassen hatten keine Namen, die Häuser keine Nummern, er zitterte so sehr, daß seine Hände heftig hin- und hergeschüttelt wurden; hoffentlich geschieht ein Wunder und Jochi kommt ihm plötzlich in einer Gasse entgegen und breitet ihre Arme aus: wer kommt zu mir?

Schließlich stieß er auf eine belebte Straße. Er atmete erleichtert auf und blieb stehen. Bunte Glühbirnen warfen rote und gelbe Lichter auf die Menschen, die aus allen Richtungen kamen und wimmelten und strömten. Er sah im Schein einer Lampe auf die Uhr. Noch sechs bis sieben Stunden, bis er nach Hause gehen kann. Entkräftet ließ er sich auf den Bürgersteig sinken. Menschen stießen gegen ihn, traten über ihn, verfluchten ihn wütend. Er legte den Kopf in die Hände. Zwischen den Beinen der Passanten sah er eine Gruppe von Jungen und Mädchen tanzen und jauchzen. Er prüfte mit scharfem Blick: diesmal kannte er wirklich keinen von ihnen, aber welche Rolle spielte das – wenn sie tanzen, sind sie alle gleich. Mit welcher Ausgelassenheit sie tanzen. Mit welcher Kraft. Er suchte sich das schönste Pärchen aus. Betrachtete es, verschlang es sehnsüchtig mit den Augen. Labte sich lange Minuten daran. Er kam wieder zu Atem. Machte es sich ein wenig bequemer auf dem Bürgersteig. Er war erschöpft, aber er würde sich trotzdem nicht davor drücken, auch sie nach allen Regeln der Kunst zu prüfen. Es gibt keine Ermäßigung. Er räusperte sich. Reckte sich ein wenig. Suchte sich noch einige Paare aus. Schwor, mit sich selbst ehrlich zu sein. Sich die Wahrheit einzugestehen, auch wenn sie weh tun würde. Aber wie sehr er auch suchte, er fand keine wahre Freude in ihnen. Nur ihre Eile spürte er in ihrem aufreizenden Gejauchze, die Eile, einander restlos zu gleichen, etwas kennenzulernen, das Aaron – wie ein Tauber, der die Gesichter der Menschen bei einem Konzert beobachtet – nur in ihren Bewegungen, ihren Vibrationen erahnte, und dem sie sich sofort mit ihrem Gekreische scheinbarer Freude zu ergeben, gänzlich hinzugeben wünschten, ohne zu überlegen und ohne Verstand, bevor die Angst aus ihrem Herzen bräche, das auf einmal entsetzt begreifen würde.

Er starrte auf ihre geschmeidigen, hüpfenden Gliedmaßen, und sein Gesicht war nackt, die Geheimnisse zeichneten sich mit deutlicher Schrift darauf ab. Kinder, die ihn da sitzen und mit den Lippen murmeln sahen, zeigten auf ihn. Irgend jemand kippte ihm die Saftreste aus seiner Flasche auf den Kopf, Tropfen um Tropfen rannen sie ihm in den Kragen. Er ignorierte es. Ignorierte es mühelos. Ist ihm doch egal, daß man ihn naß macht. Da, sie haben aufgegeben und sind gegangen. Gerade in solchen Augenblicken war ihm leicht ums Herz, als habe er sich plötzlich aus einer bösartigen und herrschsüchtigen Umklammerung gelöst. Er streckte die Beine aus und lehnte sich zurück. Einen Augenblick lang legte der Schmerz eine Pause ein. Die furchtbare Last seines Herzens. Einfach so, ohne Erklärung, ein kurzer Urlaub. Wer weiß, was er dafür zahlen wird.

Und plötzlich, in dieser Pause, in diesem unendlich kurzen Moment zwischen Schlag und Schmerz, erfaßte er mit dem scharfen Instinkt eines vierzehneinhalbjährigen Greises, daß sie, die hier tanzten, daß alle Tanzenden ebenso unglücklich waren wie er. Daß, wer einen Körper hat, ein Krüppel ist. Daß sogar das Vergnügen, dem sie sich hingaben, und die Lust ihres Fleisches kindlich, verspielt, oberflächlich und in Wahrheit fremd in ihrem Innern zurückbleiben würden, Aaron spürte es, wortlos in einer geschlossenen, dunklen Kammer seines jungen Verstands: es war eigentlich nur ein wunderbarer, trotz allem aber ein merkwürdiger, stets eigentümlicher und unangemessener Trostpreis, einer, den man mit Eile benutzen, mit Hast verbrauchen muß, aus Scham über die Gier, im Dunkeln, die Spur eines vorweggenommenen Geständnisses der Niederlage schon auf den Lippen; so werden sie ihn, wie einen versiegelten Brief, an die nächsten weitergeben …

Um elf oder halb zwölf Uhr nachts begann er vom Stadtzentrum zur Arbeitersiedlung zurückzumarschieren. Er ging langsam, machte unablässig seine kleinen Experimente, und weil er keine andere Wahl hatte, nahm er sich auch die Blase vor, die er sich am Fuß zugezogen hatte; er maß die Schmerzstiche, wie lange sie brauchten, um das Gehirn zu erreichen, ob sie nacheinander kamen oder wie ein Echo ineinander übergingen; und manchmal sprang er auf einem Bein und zählte, wie viele Schritte notwendig waren, bis der Muskel des Oberschenkels anfing zu zittern, oder er starrte direkt in das grelle Licht der Straßenlaternen, um seine Auswirkung auf die Pupillen zu prüfen; doch was hatte das überhaupt mit seinem Problem zu tun? Vielleicht gibt es aber doch irgendeinen Zusammenhang, vielleicht wird er plötzlich von der einen Sache auf die andere schließen, vielleicht wird von der Pupille ein Geistesblitz auf ihn selbst übergehen. Wieder und wieder prägte er sich all die Daten ein, wollte alles logisch aufeinander aufbauen, um das Rätsel zu lösen, wollte es in seine Faktoren zerlegen und etwas Neues, Gesundes, Lebendiges schaffen. Er dachte daran, was sie jetzt wohl gerade machten, vielleicht hatte man dort beschlossen, um Mitternacht ein allgemeines Küssen zu veranstalten, vielleicht haben sie das aber auch schon längst hinter sich, vielleicht küssen sie sich längst mit der Zunge. Er riß sich ein blondes Haar aus. Drei Sekunden, bis der Schmerz vergeht. Interessant: am Morgen waren es fünf.

Als er schließlich zu Hause ankam, hörte er dort fröhliche Stimmen und Musik. Er trat vorsichtig näher und sah Menachem und Alisa Bergman und Jossele und Channa Stock auf dem Balkon, sie lachten mit heiseren Stimmen über irgend etwas oder irgend jemanden, bestimmt nicht über ihn, es gibt nun einmal Wörter wie ›Ahorn‹ oder ›Ahnung‹, die ähnlich wie sein Name klingen; aber in ihren Stimmen schwang dieser gewisse Ton mit; Aaron wich geübt in die Dunkelheit zurück, und von dort erkannte er, daß sie plötzlich zu einer Kodesprache übergegangen waren: Jossele Stock zündete sich eine Zigarette an, und auf Alisa Bergmans Lippen war plötzlich roter Lippenstift zu sehen. Vielleicht haben sie doch etwas gemerkt. Wer weiß, wie lange ihr Fest noch dauern wird. Er schlenderte ein bißchen um die Siedlung herum – und was würde passieren, wenn er die Treppe hinaufginge, klingelte, allen Schalom sagte und sich auf sein Zimmer zurückzöge? Die Bande hatte beschlossen, sich erst um vier Uhr morgens zu trennen, um gemeinsam den Sonnenaufgang zu sehen; er wandte sich enttäuscht ab und machte sich wieder auf den Weg. Vielleicht sollte er noch ein wenig um die Siedlung spazieren. Vielleicht sollte er sich dazu aufraffen, einen Besuch in dem Krankenhaus zu machen, in dem die Großmutter damals gelegen hat. Jetzt ist dort Nachtdienst. Er könnte sich zum Beispiel freiwillig zum Lakenwechseln melden. Es wäre ja möglich, daß das Fest bis zum Morgen dauerte; als er das Haus verlassen hatte, haben sie ihn nicht einmal gefragt, wohin. Wie dumm, daß er den Dietrich nicht mitgenommen hat. Dann hätte er jetzt in aller Ruhe in den Bunker gehen und ein bißchen dösen können. Oder in die Wohnung von Edna Blum, dachte er, selbst überrascht; er schauderte und lief weg von ihrer Wohnung, die ein klaffendes quadratisches Loch in der Siedlung aufgerissen hatte. Seine Schritte wurden hastig, er blickte zurück, als könnte sich irgend etwas von dort lösen, losreißen, um ihm nachzuschweben, auf ihn herabzusinken und ihn wie in einer Kiste in sich einzusperren, und so ging er fast im Laufschritt, bis er seine Straße hinter sich gelassen hatte, erst dann verlangsamte er das Tempo, der Atem war ihm auch schon ausgegangen, und er bekam Seitenstechen; er wanderte ziellos herum, schlang frierend die Arme um sich und dachte wieder an Jaeli, aber er war so müde, daß seine Eifersucht und sein Schmerz nicht erwachten. Vielleicht war das der geeignete Moment, langsam damit anzufangen, sich von ihr zu lösen. Sei realistisch, sie ist nichts für dich. Und er rief sich sogar ein häßliches Bild von ihr ins Gedächtnis: als sie teigig, gemästet und aufgebläht aus dem Backofen kam und man sich einen Augenblick lang vorstellen konnte, wie sie einmal aussehen würde. Sie ist nichts für dich. Du brauchst ein Mädchen mit anderen Qualitäten. Ein Mädchen, das – das was? Das etwas schwermütiger ist, dachte er. Vorsichtig sagte er mit lauter Stimme: Jaeli, Jaeli. Nichts. Ihn durchzuckte nur ein dumpfer, ferner Schmerz, und darum machte er weiter, wobei er darauf achtete, während der Operation im Halbschlaf zu bleiben; er versuchte, logisch darüber zu entscheiden, wer nach Jaeli seine Geliebte sein könnte, und da er merkte, daß er jetzt so überlegt und berechnend war, begann er, alle Frauen auf der Welt, die niemals seine Geliebte sein könnten, von seiner inneren Liste zu streichen; seine Mutter, zum Beispiel, und Jochi, Großmutter Lili, Gutsche, Rivtsche und Itke, und nachdem er alle Frauen aus der Familie gestrichen hatte, ging er zu den Frauen über, die allein schon ihres Alters wegen nicht mehr seine Geliebte sein konnten, Golda Meir, Indira Gandhi und Henrietta Szold – mach weiter – und er erinnerte sich auch an alle Frauen, die im Krankenhaus oder im Irrenhaus waren, wie Rivtsches Leale, da, siehst du, es gibt eine Menge Frauen, die nicht deine Geliebte sein können, und eine mehr oder weniger wie Jaeli spielt keine Rolle mehr; und was war mit den Millionen Frauen in China und Japan, die er gar nicht kennt und auch nie kennenlernen wird, und was ist mit den Araberinnen, die er als Feinde und stinkend von der Liste strich, und schließlich gelangte er zu dem Schluß, daß seine Geliebte wohl aus dem jüdischen Volk stammen und in Israel leben müsse, nur so würden sie einander begegnen können; und er wanderte im Halbschlaf durch die dunklen Straßen, zwischen den Zypressen entlang, die sich zu ihm herabneigten, und er verwarf alle Kurdinnen und Marokkanerinnen und Türkinnen, so eine käme bei ihr ja eh nicht ins Haus, und er hat jetzt keine Kraft mehr, mit ihr darum zu kämpfen, und nach kurzer Überlegung beschloß er, auch die Bulgarinnen zu streichen, er zögerte ein wenig bei den Rumäninnen, sie hatte ihn stets davor gewarnt, daß die Rumänen ihrem Volk sehr ähnlich waren, aber eben nur ähnlich, daß sie sich immer bemühten, bei ihnen eine gute Partie zu machen, sie hingegen hatte eine sehr komplizierte Liga von Aschkenasim und Sephardim aufgestellt; und schließlich ging er über zu den Mädchen, die er kannte und die in Frage kamen, und sortierte, prüfte und verwarf eine nach der anderen; Rina Fichman zum Beispiel hätte durchaus passen können, aber jetzt ist sie wohl schon besetzt, und Naomi Feingold wäre vielleicht wirklich die geeignetste, aber was ist mit diesem Bruder von ihr? Und schließlich dachte er, während er die schmale Straße, die zur Siedlung führte, zurückstolperte – das Fest ist bestimmt schon zu Ende und sie sind weg –, daß die einzige, die wirklich wie dafür gemacht schien, seine Geliebte zu sein, trotzdem nur Jaeli war; und dieser Gedanke weckte ihn schlagartig mit einem scharfen Schmerz, als würde der Verband von einer offenen, feuchten Wunde gerissen, und die altbekannte Stimme riß die Narbe wieder in ihm auf, sie antwortet nicht, sie antwortet nicht; er hatte schon fast vergessen, wie diejenige war, die keine Antwort gab, und wieder stand er vor der Siedlung, vor der grauen, rechteckigen Silhouette, in der das Fest mit voller Kraft und Lautstärke im Gange war. Wohin jetzt? Vielleicht sollte er ins Tal hinuntersteigen, vielleicht würde er es wagen, im Dunkeln bis zu seiner und Gideons Höhle zu gehen und sich dort zu verstecken, bis das Fest zu Ende war. Er trottete auf einer Seitenstraße, die zum Markt führte, dahin, schreckte jedesmal hoch und preßte sich an Zäune, wenn die Scheinwerfer eines Autos in der Nebenstraße aufleuchteten, aber als er das Ende der Straße, den Rand des Tales erreichte und in absolute Finsternis blickte, bekam er Angst, und er traute sich nicht, weiterzugehen. Er setzte sich auf einen Stein, stützte den Kopf in die Hände und döste. Immer wieder wachte er erschrocken auf – wo bin ich –, quälte er sich, schlug sich auf die Kniescheibe, riß sich ein Haar aus, murmelte halblaut, das ist ein Krieg, ein Krieg um Leben und Tod, und versank wieder in einen unruhigen Halbschlaf; er hat keine Kraft mehr, und das Leben selbst, wenn er es überhaupt leben wird, wenn sein Schicksal nicht auch noch einen sehr frühen, unvorbereiteten Tod für ihn bereithält, dieses Leben wird anscheinend ständige Anspannung und dauerndes Jonglieren von ihm fordern, ohne ein bißchen Stolz, ohne ein bißchen Würde: was ist so ein Leben wert? Aber hast du denn eine Wahl? Er stieß einen bitteren Seufzer aus, beruhige dich, du bist momentan leicht hysterisch, du übertreibst ein bißchen, es gibt viele Kinder in deinem Alter, die noch nicht weiter gewachsen sind, es kann jeden Augenblick bei dir losgehen. Vielleicht ist es jetzt schon auf dem Weg zu dir. Doch wozu dann diese tägliche Prozedur mit dem Maßband, wandte er gegen sich selbst ein, denn er mißt sich ja jeden Morgen – am Morgen ist der Knorpel zwischen den Wirbeln des Rückgrats noch nicht abgenutzt, und die Differenz beträgt ungefähr drei Millimeter zu seinen Gunsten, anhand der Markierungen aber, die ihm der Vater einmal am Türrahmen gemacht hatte, wußte Aaron jedesmal, wenn er sein Zimmer betrat oder es verließ, daß er genauso groß war wie mit zehneinhalb, nicht ein Zentimeter oder ein Gramm war dazugekommen, was soll die ewige Messerei? Wie dumm diese Diskussion ist, er braucht dieses tägliche Messen nicht, um zu wissen, was mit ihm los ist, er weiß es genau: das eiskalte Stechen im Herz, seine innerste Systematik, seine Formel, sein Kode, das ist nicht einfach nur eine vorläufige Verzögerung, sondern – Gott behüte – das ist die Sache an sich; und so wie Aaron einst ein bißchen auserwählt war, bis sein Problem anfing, so ist er auch jetzt auserwählt; die Dinge haben denselben Ursprung, und in dieser Hinsicht lag eine finstere und verschlungene, aber für Aaron durchaus verständliche Logik in dem Unglück: es war *sein* Schicksal, aus dem er gestaltet worden war, als hätte man die Buchstaben seines Namens nur schwarz angemalt.

Ein Auto kam langsam mit abgeblendeten Scheinwerfern heran und hielt dicht neben ihm. Das Pärchen, das darin saß, begann sich zu umarmen und zu stöhnen, doch Aaron wachte nicht auf, er schlief wie erstarrt, wie ein Stein, zählte ihre Atemzüge, bei einundneunzig ist es normalerweise zu Ende, manchmal bei fünfundneunzig, aber nicht länger; er kennt sie schon, sie sind alle gleich, sie können anscheinend nur in Kleinigkeiten etwas ändern – ein langes nacktes Frauenbein streckte und schob sich plötzlich aus dem offenen Fenster –, in den wichtigen Angelegenheiten aber sind sie machtlos, wenn es kommt, dann kommt es, es packt sie mit den Krallen und läßt nicht los, schon fünfundsiebzig, und ein schwerfälliger Rücken bewegt sich auf und ab, warum immer dieses Stöhnen, und wahrscheinlich schiebt es sich dort auch ein paarmal raus und rein, bis es drinnen bleibt, und gleich kommt das Jaulen, einundneunzig, zweiundneunzig, was soll das, vielleicht irgendein Problem, eine organisatorische Verzögerung, schon siebenundneunzig, schon hundert, er zählte verblüfft weiter, wurde völlig wach beim Anblick des nackten, braungebrannten Beines mit den rot bemalten Zehennägeln, das plötzlich anfing zu vibrieren, schon hundertsiebenunddreißig, und da kommt das Jaulen, Gott sei Dank; vielleicht lag der Fehler überhaupt bei ihm, vielleicht hat er vor lauter Müdigkeit schneller gezählt als zu Hause, einmal zweimal dreimal viermal vermischtes Stöhnen, jetzt wird sie ihm zuflüstern, daß er raus soll, fünfmal sechsmal, was soll das, jetzt muß sie doch schreien, daß er raus soll: arois, das geht schon seit einigen Nächten so, und sein Körper klebt mit aller Macht an ihr, will sich nicht trennen, und sie stößt ihn weg und schreit mit einem Flüstern, das alle im Haus hören, arois arois, paß auf, geh raus, charois charois, die Katz fängt die Maus, schmarois schmarois, die Ratz rängt die Kraus; aber die im Auto stößt ihn nicht weg, schreit nicht, daß er raus soll, und die beiden keuchen und stöhnen, steigen auf und ab wie ein großer Kolben, und das nackte Bein zittert und zappelt im Fenster des Autos, und die langen Zehen spannen und spannen sich, gleich sind sie bei ihm, vielleicht hört sie ihn nicht, aber die ganze Welt hört ihn ja schon, Aaron zählt verwundert das Stöhnen von ihm, siebenmal achtmal neunmal, vielleicht wird er später einmal auch diese Details verwenden können, vielleicht wird sich irgendwann einmal die Frage lösen, die ihn schon lange quält – seit er einen mysteriösen gelblichen Schimmer in einem Taschentuch entdeckte –, in welchem Augenblick genau sie sich dazu entscheiden, ihren Samen herauszupissen, und plötzlich richtet er sich erregt auf – wenn sie sich überhaupt entscheiden! Wenn sich hier überhaupt irgend etwas entscheiden läßt! Du Idiot! Und er begann, auf die Kniescheibe zu schlagen, steckte die andere Hand zwischen die Zähne, biß fest zu, um nicht zu wimmern, und die Dunkelheit kreiste und wirbelte vor seinen Augen umher, und ein großes

Tier jagte dort ein anderes Tier, eines hielt den Schwanz des anderen im Maul, ganz schnell drehten sie ihre engen Runden, welche Präzision und Übereinstimmung hier nötig sind, welche vollkommene Harmonie von beiden, um nicht zusammen in Scherben zu zerbrechen, denn sie bersten beinah, doch im letzten Augenblick wird eine Hand schnell ausgestreckt werden, wird scharf und gespannt, stets verantwortlich, stets wachsam, zur Stelle sein, wird all das, was fällt, im allerletzten Moment in der Luft auffangen; aber was ist, wenn die Hand es einmal nicht schaffen wird, rechtzeitig zu fangen, was ist, wenn alles in tausend Scherben am Boden zerspringt – vielleicht ist es sogar schon passiert.

Schlagartig richtete er sich zu seiner vollen Größe auf, vergaß, daß sie ihn sehen könnten, und lief schnell, mit klopfendem Herzen in den Park der Zwanzig, aber auch dort war ein Flüstern und Stöhnen und das Schmatzen der Lippen zu hören – wohin soll er jetzt fliehen, wo wird er sich einen Augenblick ausruhen können, die Angst begreifen können, die sein Herz umklammert – wie lange werden sie dort noch tanzen? Er strauchelte wieder zur Siedlung zurück, schlug sich mit beiden Händen an die Schläfen, um die Stimme zum Schweigen zu bringen, Ruhe, das ist ohne Bedeutung, das kann nicht sein, das ist alles nur in deinem Kopf; er hörte schon von weitem die Musik, auch seine Mutter tanzt, mit wem tanzt sie, wessen Hand hält sie, welcher starke Arm läßt sie im Takt dahingleiten wie ein Fisch im Wasser? Hallo, hallo, flüsterte er ihr aus seinem Versteck zu, was macht ihr da, was habt ihr gemacht, ihr habt doch schon einen Sohn und eine Tochter, so wie es sich nach der Thora und dem Verstand gehört, richtig? Aber sie antwortet nicht, antwortet nicht, murmelte Aaron vor sich hin und zog sich hungrig und schwindlig zurück, müde Straßen schlossen sich hinter ihm, wie sehr er auch versucht hat, sie zu erweichen, sie antwortet nicht. Aber woher diese Wut auf ihn, woher der Haß, er hat doch in diesen drei Jahren alles versucht, saß stundenlang vor einem aufgedrehten Wasserhahn, der darauf eingestellt war, jede Sekunde einmal zu tropfen, vielleicht würde das bei ihr wirken; und er sammelte Zigarettenstummel von der Straße auf und rauchte sie heimlich im Bunker des Hauses, wobei er durch die Nase ein- und ausatmete, damit der Rauch in sie eindringen würde, damit sie plötzlich innerlich ganz kräftig niesen mußte und erschüttert werden würde, und er ging zu Baustellen und riß den Mund und sein ganzes Selbst auf, als die Bauarbeiter die Felsen sprengten, und einmal klaute er einen großen Magneten aus dem Schullabor, eine ganze Nacht lang legte er ihn unter sein Kissen, er wußte zwar, daß er sich vielleicht einen furchtbaren Schaden zufügen konnte, alles Gute könnte sich ja dort mit dem Bösen verheddern und ein totales Durcheinander in ihm anrichten, aber hatte er denn eine andere Wahl? Doch nichts geschah, es war zum Verrücktwerden, wie etwas derart Naheliegendes so weit weg und fremd sein kann, ein kleiner fetter Berg mit einem kleinen, halbgeöffneten Auge in der Mitte und ein paar dünnen, zusammengekniffenen Lippen und harten, trockenen Blasen, die an ihm kleben, das Zentrum der Erinnerung und das Zentrum des Lachens, das Zentrum der Worte und das Zentrum des Sports, vielleicht auch das Zentrum der Liebe und das Zentrum des Glücks, alles klebt an ihm, hängt nur von ihm ab; wir werden diesem Berg weh tun, wir werden dieser Drüse, diesem kleinen Hitler, weh tun, Nadeln in die Adern der Hände und Füße stechen, Eis auf die große Vene am Hals legen, du wirst kein Blut bekommen, du wirst keine Luft bekommen, wir werden dich total belagern, er würgt seinen Hals dreißig Sekunden lang mit beiden Händen, vierzig Sekunden, fünfundvierzig Sekunden – in seinem Kopf kreisen schwarze Ringe, dunkle Vögel, wach auf, du Aas, er geht einige Minuten lang mit gewaltsam offengehaltenen Lidern durchs Haus: Staub dringt ein. Die Augen entzünden sich. Eitern. Er träufelt sich einen Tropfen ihres Nagellackentferners in die Nase. Schreit erschrocken auf, als das ätzende Brennen einsetzt. Gibt nicht auf – wie kann er aufgeben, es geht um Leben und Tod.

Schon sieben Tage waren seit dem Unabhängigkeitstag vergangen, und sie sind noch immer nicht vom Lager zurück, wo bleiben sie? Er steckt sich kleine Gegenstände in die wunde Nase: ein winziges Stückchen Brotteig mit Hefe darin; er schreibt den unaussprechlichen Namen Gottes auf einen Zettel, wie der Golem des Rabbi Löw von Prag, und – nichts. Bitte! Steh auf, wach auf, gib ein Lebenszeichen von dir, sag, daß diesmal alles gutgehen wird, wenn auch erst in zehn Jahren, aber daß am Ende alles in Ordnung sein wird; er schreibt mit dem Finger in den Sand, in die Luft, es ist ihm egal, ob man ihn deswegen für verrückt erklärt, er schreibt flehende Briefe an sie, erklärt, appelliert an ihre Vernunft, und sie, sie schweigt, ignoriert ihn. Hatte er denn eine Wahl? Er setzte sich hin und schrieb ihr zum ersten Mal eine schreckliche Drohung, er schnitt die Buchstaben aus den schwarzen Traueranzeigen der Zeitung aus, *Weder du noch ich sollen es bekommen*, seine Hand zitterte, als er das Blatt zu einem klitzekleinen Bällchen zusammenfaltete, er schob es mit einem Streichholz in seine Nase, sie warf es mindestens zehnmal mit einem Niesen wieder hinaus, bis er es überwand und das Papier hinter den Punkt des Niesens schob, und schon drei Tage lang kriecht er nach oben, der Brief, transportiert von einem Laufburschen, oder dem Schatten eines Laufburschen, oder einem Jungen, vollkommen weiß, blendendweiß, winzig, er hält die Hand hoch, und in der Hand ist der Brief, er dringt und steigt in die verzweigten Nasenhöhlen vor, in all die Windungen, weiter, weiter, Aaron an Aaron, wo bist du jetzt, bitte kommen; Aaron an Aaron, noch immer weit weg von ihr, kommen; und so glüht in den Tagen und in den Nächten, wenn er auf der Straße geht, wenn er schläft, beim Abendessen, beim ›I am versinking‹, und in seinen Eingeweiden die brennende Kohle in ihm, dort tanzt ein Mädchen, und dort ist ein Junge mit grünen Augen und kleinen, ernst und verantwortungsvoll gespitzten Ohren, und auch Aaron ist bei ihnen, drei Freunde, drei, die eins sind, die leise beraten, wie man jetzt vorgehen soll, um den einen zu retten, und inzwischen überquert der Schatten des Laufburschen die weiße, aus einem Gerüst von Knochen bestehende Ebene der Stirn, er setzt seinen Weg nach oben fort, zwischen Knochen und Rohren und Fäden, hält plötzlich ängstlich an: vor ihm, im Zentrum eines rotschwarzen Meeres von kaltem, halbgeronnenem Blut, treibt einsam ein großes, marmornes Ei, oder so etwas wie eine gelblichbleiche Koralle, zerfurcht und öde, in einer Hülle aus Frost; Aaron an Aaron, wie soll ich das Meer überqueren, kommen; Aaron an Aaron, am Steg wartet ein Boot aus Papier auf dich, es hat keinen Namen, kommen; der Schatten des Jungen segelt in einem Boot aus gefaltetem Papier, rudert leise, mit nur einem Ruder, um kein Geräusch zu machen, um das kleine Zyklopenauge im Herzen eines rundlichen, fettigen Berges an der Spitze der Koralle nicht zu wecken; und das Meer ist tief, seine Strömungen sind langsam und träge, und dem Boot gegenüber liegt die schlummernde Koralle, und als es sich ihr nähert, kann man sehen, daß sie gelblich, teigig ist, ihr Atem kaum spürbar; und die drei, die eins sind, warten auf eine Botschaft, murmeln leise die schönsten und reinsten Worte der Welt, ihre Köpfe nähern sich einander und verschmelzen einen Augenblick lang, sie werden sich nie mehr trennen, sie haben eine Sprache, Wärme breitet sich in Kreisen von ihnen zu seinem Bauch, zu seinen Beinen hin aus; und in Nestern, die mit bunten Daunen gepolstert sind, liegen die schwächlichen Kranken, zwitschern mit rötlichen, aufgerissenen Mündern Aaron dem Erlöser zu, heute sind ›Sehnsucht‹ und ›Wanderungen‹, ›Kranich‹ und ›Diamant‹, ›Krone‹ und ›Herbst‹, ›Einsamkeit‹ und ›lila Schal‹, ›liebliche Gazelle‹ und ›goldenes Jerusalem‹ hierhergekommen, alles Begriffe, die er aus der Hitparade aufgeschnappt hat, eine ausgezeichnete Quelle für seine Worte; zwischendurch kamen die Nachrichten, Nasser Kasser Basser Jasser, und am Nachmittag wird er ›Lamm‹ und ›Dämmerung‹, ›Zug‹, ›Mitternacht‹ und ›Abschied am Strand‹ aus einem anderen schönen Lied freilassen, und darum beeilt er sich, Proviant für unterwegs an sie weiterzugeben, drei Würfel Freundschaftszucker und einen Löffel Gelée royale; und er öffnet einen Becher Sahnejoghurt und leckt hastig den fetten inneren Rahm ab, die

Mutter steht hinter ihm und sagt kein Wort, sie sieht, daß er ihren Kühlschrank ohne Erlaubnis öffnet, und schweigt; sie soll bloß wagen, auch nur ein Wort zu sagen. Er geht zum Spülbekken. Dreht den Wasserhahn voll auf. Bis zum Anschlag. Ihre Augen brennen in seinem Nacken. Er stellt den Hahn nicht ab. Geht mit harten Schritten davon, das Wasser strömt, spritzt ihn an, spritzt bis neben die Speisekammer. Auch im Badezimmer gibt es einen Wasserhahn. Und in der Toilette gibt es eine Spülung. Von weit her kommt das Wasser in unsere Hähne, aus Quellen und Abgründen, und elektrischer Strom kommt von fernen Wasserfällen zu uns ins Haus, von Strudeln und Brandungen, und das Gas zum Kochen holt man tief aus der Erde, und am Anfang war die Erde wüst und leer. Er streicht mit dem Finger über den Gashahn, spürt einen gewaltigen Bohrer, der ins Meer, in die Erde drillt, hört ein feines, langes Pfeifen, und ein scharfer Geruch steigt ihm in die Nase; und der Geist Gottes schwebte über dem Wasser – er geht langsam aus der Küche, an ihrem starren Gesicht vorbei, der Wasserstrom ist gewaltig, und der Junge, der in dem Papierboot rudert, hat heimlich bereits das Ufer der korallenartigen, teigigen Insel erreicht, hat sein Boot schon an einem trockenen, ausgedörrten Busch angebunden; Aaron an Aaron, ich habe das Ufer erreicht, ich bin schon auf dem Weg zu ihr, kommen; Aaron an Aaron, was siehst du dort, kommen; Schweigen. Nur ein erstauntes Keuchen dringt aus dem Funkgerät. Aaron an Aaron, ich wiederhole die Frage: was siehst du dort, wie ist es dort, erzähle, erzähle, kommen; und – Schweigen. Und der weiche Schatten eines Jungen, vollkommen weiß, vergänglich, bewegt sich behutsam, beugt sich über die kühle Erde, über die eine feine Schicht aus Asche oder aus trockenem, rauhem Frost gestreut ist, er geht vorsichtig auf der geballten Erde weiter, durch gelblichgraue Krater, ähnlich denen auf dem Mond; Aaron an Aaron, du wirst nicht glauben, wie furchtbar es hier ist, kommen; Aaron an Aaron, ich höre, kommen. Und der kleine Junge kriecht, schleust sich durch Spalten, durch Ritzen, einen schwarzen Brief in seiner hochgehaltenen Hand, trockene

Sträucher zerkratzen sein Gesicht, zerfallen bei seiner Berührung; einst war alles voller Leben hier, Sträucher sprossen und wucherten, vier Flüsse flossen blau und klar – Ideen und Einfälle hatte er, Kinder haben das gepflanzt, was hier keimte; wo bin ich und wo sind die Kinder, überlegte Aaron, während er auf seinem Bett lag und an die Decke starrte, es gibt keine Kinder mehr, die Kinder sind weg, die Stadt hat sich von allen Kindern geleert, schon seit neun Tagen gibt es keine Kinder mehr hier, man hat sie dortbehalten, um die fehlenden Leute beim Pflücken oder Ernten oder Pflügen zu ersetzen; und in den Nächten gibt es dort Lagerfeuer, und ein Akkordeon begleitet ihre Lieder; und es bleibt nur noch eine wichtige Frage, alles andere zählt wirklich nicht mehr, und zwar, ob Gideon ihm trotzdem treu geblieben ist, ob er noch immer auf ihn wartet; und der Laufbursche dringt mit weit aufgerissenen Augen in der Stille vor, berührt mit verwunderter und trauernder Hand alle Erinnerungen, alle Bilder, Gedanken und Späße, die ergraut und verwelkt waren, vertrocknete Früchte, den ganzen Aaron, der dort ihretwegen verflucht und versteinert war, ihretwegen, die so sehr auf seinem Leben lastet, daß sie ihn erstickt; plötzlich begann die Kohle in seinem Bauch zu glühen und zu leuchten, ein rotes Licht breitete sich in ihm aus, erwärmte seine Eingeweide, sickerte und stieg in seine Beine hinunter – eine Idee, eine Idee, er hat eine Idee, Menschenskind, wir sind gerettet, er hat an seiner neuen Stelle schon Ideen, Aaron an Aaron, eine dringende Mitteilung: nimm alles, was du kannst, von dort mit, hast du verstanden, kommen? Aaron an Aaron, ich habe nicht verstanden, bitte wiederholen, kommen; Aaron an Aaron, sammle alles auf, alles, was dort ist. Alles, was mir gehört, alles, was du kannst, nimm es und schmuggle es unverzüglich und ohne Fragen zu stellen von dort nach hier, wir werden alles herausholen, wir werden es schaffen, Ende; verwirrt und verblüfft sprang er vom Bett auf, wieso ist ihm das nicht schon vorher eingefallen, jetzt muß man sich selbst helfen, sofort alle Kräfte mobilisieren, er rief eine allgemeine Mobilmachung der Reserve in seinem Innern aus, Volontäre und Zivilschutz und Notstandshaushalt; an den Fenstern kleben schwarze Klebestreifen, kreuz und quer, der Vater und die Mutter haben gestern alle Fenster vorbereitet, und er hat bloß dagelegen und zugesehen, wie auch der Himmel in Quadrate geschnitten wurde – so sehen Häftlinge die Welt; aber er wird fliehen, er wird aus seiner Zelle ausreißen, wird die Belagerung durchbrechen, die Seeblockade Pomenade Popopade; er läuft in die Küche zurück, alle Wasserhähne sind wieder zugedreht, und die Mutter steht vor dem offenen Kühlschrank, starrt hinein, hält zwei volle Milchflaschen in den Händen, wiegt ihr Gewicht, plötzlich spürt sie ihn im Rücken, dreht sich zu ihm um, stößt vor Schreck einen Schrei aus, fühlt sich ertappt, und ein unbekannter Ausdruck zeichnet sich flüchtig auf ihrem Gesicht ab. Aaron schaut sie an, sieht etwas in ihr verwelken, zerknittern, und erstarrt vor Entsetzen, wer ist sie, wer ist sie, steckt seine Hand in die Hosentasche; und seine Mutter zuckt zurück, als sei er im Begriff, ein Messer zu zücken, er sucht und findet sie nicht – aber auch ohne die Zwiebel hat er begriffen, schimmerte in ihren Augen, ganz tief unten, dort, wo die Schuld Kains begraben liegt, ein Funke von Trotz und Rache gegen ihn; es ist alles nur wegen dir, sagte sie durch die Zwiebel, du hast das alles über uns gebracht, du mußt dir selbst die Schuld geben für das, was mir und deinem Vater passiert ist, und er wich vor dem tierischen Blick in ihren Augen zurück, wich immer weiter zurück, warf die Arme nach hinten – daß er nur nichts umstößt, irgend etwas könnte auf den Boden fallen, jetzt wollen wir mal sehen, wie schnell die Hand ist, die alles auffängt. Er stieß an die Wand, blieb stehen, geh weg, knurrte er mit sonderbarer Stimme und näherte sich ihr, geh sofort von hier weg, und sie machte einen Schritt zurück, aber sie sieht ihn nicht an, ja, plötzlich fühlte er es: daß sie ihn nicht direkt ansieht. Oder vielleicht doch, jetzt hat sie hergesehen, was bedeutet das, sie tastet sich nach hinten, Aaron, Aaron, besinne dich, murmelt sie leise, ihre Stimme – sie hat jetzt Angst vor ihm, sie soll weiterreden – Aaron, ich bitte dich; sie hat Angst, aber sie macht sich auch Sorgen um ihn, gib acht und schau, was in der letzten Zeit aus dir geworden ist. Wenn sie ihn nur weiter ansehen würde, aber sie drückt sich vor ihm, Tatsache; was soll er machen, damit sie ihn ansieht, wie soll er es anstellen, daß sie ihm lange und tief direkt in die Augen schaut; er könnte sich dadurch vollkommen beruhigen und ihr verzeihen, aber wie kann er sie so tief erschüttern? If you want to be a brother, schrie er innerlich, fast hätte er es laut getan, doch er wagte es nicht. Wieso errät sie nicht von selbst, wovor er sich fürchtet, so wie damals, als er noch klein war, bevor das alles bei ihm anfing, als ihr Herz noch riesengroß war und für ihn schlug und er eines Nachts einen furchtbaren Traum von ihr hatte; er konnte ihr daraufhin den ganzen Morgen vor lauter Angst aus Reue nicht in die Augen sehen, und sie fühlte es, natürlich, und sie nahm ihn an der Hand und setzte sich neben ihn auf die Badewanne und fragte, ob er etwas geträumt hatte, und er nickte; hast du etwas Böses geträumt? Ja, und sie hob sein Kinn und schaute in ihn, in seine Augen, wie ein kleiner Ball rollte sie sich in ihn hinein, wie ein Sturm fegte sie durch ihn hindurch, durch seine Höhlen, seine Winkel, und dann stieg und schoß sie wieder hervor und saß wie vorher neben ihm, nur ein leichtes Keuchen war noch in ihren Augen; du hast geträumt, daß ich tot bin, tfu tfu tfu, tröstete sie ihn, und jetzt ist alles wieder gut und ich verzeihe dir. Und er fiel ihr um den Hals und weinte, bis sich alle Knoten in seiner Seele gelöst hatten; wie sie es verstand, ihn zu retten, wie leicht es für sie war; aber schau, auch jetzt versucht sie es, ihre Augen heften sich auf ihn, ihre Lippen zittern plötzlich, sie sucht nach Worten, um ihn zu retten: ins Irrenhaus wird man dich stecken, wenn du nicht zu dir zurückfindest, Aaron, flüstert sie flehend, und er spürt in ihrer Kehle, oder ist es seine, die schmerzhafte Spitze, die dort steckt, das Ende des festen Kloßes, die Salzsäule aller Tränen, die sie hinuntergeschluckt und getrocknet hat – in Wannen mit Eis wird man dich stecken; er weiß, das sind Worte der Liebe; er lauscht nur ihrer Stimme, die zittert, hoch oben, auf einer großen Welle der Tränen – Elektroschocks werden sie dir dort verpassen, Aaron; nur sie und er verstehen diese Sprache wirklich, und wäre da nicht die Säule der versteinerten Tränen, die sie blokkiert und nicht aus den Augen läßt, würden Aaron und sie augenblicklich, immer, ihr ganzes Leben mit einem unaufhörlichen Schrei, dem Schrei eines abgenabelten Neugeborenen, ertrinken; und ich schlage vor, du kommst wieder zu dir und reißt dich zusammen, solange es noch geht; aber warum schaut sie jetzt nicht her, weswegen versteckt sie sich vor mir? Und auch heute noch sieht sie direkt in ihn hinein, es ist zum Verrücktwerden, und sie preßt die zwei Milchflaschen an ihre Brust; mag sein, daß auch ich Fehler gemacht habe, flüstert sie, wir sind momentan alle etwas gereizt – die ganze Sache mit Jochis Einberufung und die Lage überhaupt, und mit dir hat man es ja auch nicht gerade leicht; vielleicht bist du ja wirklich so ein besonderer Junge, wie alle sagen, dein Verstand und deine Talente – unberufen. Wir sind vielleicht nicht klug und gebildet genug, um alles, was mir dir geschieht, zu verstehen, Aaron, wir haben keine Bücher gelesen und haben nicht an der Universität studiert. Aber was stellst du dir vor? Glaubst du etwa, daß ich nicht die ganze Zeit daran denke? Ich denke sogar daran, daß dein Vater selbst keinen Vater hatte und vielleicht nicht weiß, was ein richtiger Vater ist, und manchmal Unsinn macht; und auch ich bin fast mein ganzes Leben ohne Eltern aufgewachsen, aber Mühe geben wir uns wohl – warum schaut sie mich dann jetzt wieder nicht an –, erklärte sie ihm und wandte sich von ihm ab; du weißt doch, daß wir nur dein Bestes wollen, auch wenn wir böse auf dich sind, was haben wir denn auf der Welt außer dir und Jochi? Sie soll das noch mal sagen, sie soll ihm das bei der Thora schwören und bei ihrem Verstand; jetzt waren beide Augen direkt auf ihn gerichtet, groß und voll, sie verschlingen ihn geradezu; was also ist richtig, was ist wahr, sie soll es ihm endlich sagen, sie soll ausdrücklich sagen, ob ja oder nein, dann wird alles bei ihm aufhören und sich beruhigen. Und sie schaute ihn weiter an, saugte ihn völlig in sich auf, ihre Arme breiteten sich aus, um ihn zu umarmen, und auch er stürzte ihr entgegen, alles in ihm brach zusammen und zerfiel, und erst in der allerletzten Sekunde, kurz bevor er in der gewaltigen Woge untergehen würde, rissen sich seine Hände vom Körper weg, flogen wie von selbst nach vorne und schlugen mit aller Gewalt auf die beiden Flaschen; er wußte, daß sie sie auffangen würde, er mußte das einfach vor der vollkommenen Versöhnung tun; ihr Blick versprach bereits, daß sie die Flaschen flink auffangen würde, wozu also brauchte er das; und er brüllte und schlug mit ausgestreckten Händen und mit Augen, die blind waren vor Schmach und Zorn, über sie, über sich selbst, und die Milch floß an ihr herunter, rann über ihren ganzen Körper, Milch und Glassplitter, und er schob sie, stieß sie; raus, hau ab, du Hure, spie und schrie er ihr nach, kehrte in die Küche zurück, fraß direkt aus dem Kühlschrank Käse, Sahnejoghurt, vermischt mit Chalva, stopfte alles mit beiden Händen in den Mund, das ist gut für die Festung, um die neue Stelle zu beschützen, sie zu erweitern, enorm viel Arbeit wartet auf ihn, Aaron an Aaron, was hast du gefunden, kommen.

32 Ein böses Zyklopenauge. Ein regloses Zyklopenauge. Nur halb geöffnet. Und ein kleiner Junge, weiß und still, bohrt mit den Fingern in der toten Erde, gräbt rasch, blickt ängstlich über die Schulter zu dem scheinbar schlafenden kleinen Zyklopenauge; wer weiß, ob es ihn nicht sieht, wer weiß, ob es ihn nicht überlistet, er bricht sich die Fingernägel an den Schollen, die versteinert sind, und ein einsamer Wind heult und klagt in der Ferne, und ein winziger Junge, weiß wie ein Aussatz, ein schemenhafter Junge, ein Junge aus einem Formalinglas, schlägt seinen Kopf drei, vier Jahre gegen die Wände des Glases, sieht verschwommen das Glas seines Nachbarn vor sich, vielleicht nur das Spiegelbild seiner eigenen Gestalt, wie ein heller Fleck, wie ein Fehlen, und wie ein durchsichtiger menschlicher Embryo zerfällt auch er langsam zu einem verwesenden Brei; aber nicht Aaron, Aaron wird kämpfen, wird sich ein neues Leben schaffen, einen neuen, lebendigen Mittelpunkt, er wird dem Land der Verbannung in seinem Gehirn

entfliehen; aber die Lider des Nachbarembryos bewegen sich, seine großen, verklebten Kaulquappenaugen regen sich, enthüllen ein feines, spöttisches Lächeln, Aaron an Aaron, schnell schnell, Mensch, beeil dich, kommen; und im anderen Zimmer, hinter der geschlossenen Tür, schneuzt sich die Mutter mit aller Kraft, sie fürchtet sich vor ihm und traut sich nicht hinaus. Auch jetzt hört man sie nicht weinen. Er erinnert sich, daß er die Reihe der Experimente mit den Tränen völlig vernachlässigt hat, wie sich ein Salzkörnchen im Augenwinkel auswirkt, in welcher Entfernung vom Olivenbaum im Tal genau das Auge zu tränen anfängt, Aaron an Aaron, ich habe etwas gefunden, kommen; denn die Lippen der Koralle schnappen plötzlich nach den abgebrochenen Fingernägeln: Du sollst nichts ausreißen! Einen Augenblick brennt die Blase wie glühende Kohlen in seinen Eingeweiden. Formalingläser schweben verloren im dunklen Raum, geben ein rötliches Licht ab, tote Embryos seufzen in ihrem Tod. Blasse, aufgelöste Nabelschnüre schaukeln matt, suchen nach etwas, woran sie sich klammern, woran sie saugen können – Aaron an Aaron, was hast du gefunden, berichte endlich, kommen; ein aussätziger Junge läuft zwischen den Gräben der Kanäle entlang, zwischen verschlossenen, verärgerten Erdhaufen, zwischen einem elektrisierenden Surren, das hinter ihm herzuckt, um ihn zu fangen, und in seinen Händen blinkt ein langsames Licht, wie ein Diamant, wie ein Leuchtturm, eine deutliche Erinnerung daran, wie er ständig verlorenging, als er klein war, wie er ihr jedesmal, wenn er Gelegenheit dazu hatte, abhanden kam, auf dem Markt, am Strand und einfach so auf der Straße, er ließ ihre warme Hand einen Augenblick los und blieb stehen, um sich etwas anzuschauen, und plötzlich sah er sie nicht mehr, eine Mauer von fremden Menschen war zwischen ihm und ihr, sie wurde von ihm fortgerissen, und sofort hörte er sie verzweifelt, flehend seinen Namen rufen; er stand da und lauschte, wie sie seinen Namen mit all ihrer Mütterlichkeit rief, er klang, als käme er aus einer inneren, in ihr verborgenen Muschel. Nie war ihm sein Name so klar erschienen, wie in diesem Augenblick; er hatte keine Angst, war nie wirklich erschrocken, auch nicht damals, in Tel Aviv, als er wirklich weg war und jemand ihn zu einem Polizisten brachte, der seinen Kopf streichelte, ihm eine Flasche Orangenbrause kaufte und ihn auf die Polizeistation brachte, wo sich alle um ihn kümmerten und auf ihn aufpaßten und mit ihm Späße machten, und genau im richtigen Moment war seine Mutter zusammen mit dem Vater erschienen, und die beiden liefen auf ihn zu und riefen seinen Namen mit einer ganz sonderbaren Stimme, als ob ein Tier wimmerte, und sie umarmten ihn mit ihrem ganzen Körper, und er lachte und weinte mit ihnen, und im Herzen wußte er schon, daß er bei der nächsten Gelegenheit wieder verlorengehen würde; aber seitdem paßten sie mit Adleraugen auf ihn auf, verloren ihn nicht mehr und mußten ihn nicht wiederfinden; und wenn er jetzt verschwinden würde, könnte er im Radio ›... und das ist seine Beschreibung‹ hören und würde endlich genau wissen, wie man ihn von außen sah, denn ›... und das ist seine Beschreibung‹ ist wissenschaftlich, kompromißlos, es verrät einen, wie eine automatische Tür; Aaron an Aaron, belade dein Schiff und such weiter, kommen; Aaron an Aaron, soll ich alles von hier mitnehmen? Auch die schlechten Dinge? Kommen; er überlegt kurz. Zögert. Wozu brauche ich sie? Warum soll ich mir auch die neue Stelle verderben? Mir geht es so schon schlecht genug. Aber Aaron an Aaron: nimm alles. Alles, was du retten kannst. Laß nichts dort. Der komplette Auszug aus Ägypten. Ende.

Er ging nach unten hinter das Haus. Gleich ist es dunkel, und dann wird es kühl. Ob sie wohl einen Pullover für das Lager eingepackt hat? Was wird geschehen, wenn sie zu Gideon sagt, daß ihr kalt ist. Er schlich vorsichtig dahin, im Schatten, damit man ihn nicht bemerkte. Der lange Avigdor Kaminer kam mit dem Müll herunter, er hielt ein Transistorradio am Ohr; was für ein Programm läuft jetzt, daß er sich nicht einmal bis zu den Mülltonnen davon trennen kann? Hei, Aaron, sagte Avigdor Kaminer, der früher mit seiner Frau zusammen Anderthalb Groschen genannt wurde, aber der halbe Groschen war gestorben; was meinst du, was aus dieser Sache wird? Welcher Sache, fragte Aaron zurückhaltend, er hat jetzt keine Lust, sich hier draußen auf ein Gespräch einzulassen, auf dieses ganze Hin und Her, das die Nachrichten auslösen mit ihrem Bericht über die Meerenge von Tiran Schmiran, Aaron sah erstaunt zu ihm auf, lächelte ihm vorsichtig zu – wer weiß, vielleicht versteht der Kaminer irgend etwas, dank seiner Frau, die gestorben ist. Er antwortete ihm langsam und deutlich, wie ein Spion, der seinem Verbündeten im Feindesland die Parole nennt: Tiran Schmiran Biran Liran? Aber Kaminer hörte ihn schon nicht mehr und entfernte sich, wobei er verwundert den Kopf schüttelte. Man muß sehr vorsichtig sein. Das war ein ernsthafter Fehler. Er könnte ausgeliefert werden. Er ging am Zaun entlang, rief halblaut ›Gideon‹. Wer weiß, aus welchem Grund sie wirklich nicht von dort zurückgekommen sind. Ein Glück, daß sie im Unterricht nicht viel versäumen, denn es wird ohnehin kaum neuer Stoff durchgenommen. Alle Lehrer sind fort. Die Klassen sind zusammengelegt worden. Die siebten Klassen teilen freiwillig die Post aus. Die sechsten Klassen helfen Sandsäcke füllen. Alle sind sehr beschäftigt. Die ganze Welt scheint beschäftigt und besorgt zu sein. Seine Klasse hat sich überhaupt in alle Winde zerstreut und ist verschwunden. Manchmal, wenn er morgens in die Schule kommt, guckt er ins Klassenzimmer und sieht, daß es leer ist. Die Stühle sind umgedreht auf die Tische gestellt. An der Tafel sind ein paar Sätze mit grammatischen Ausnahmefällen stehengeblieben. Er probiert verschiedene Stühle aus. Um zu sehen, wie verschiedene Kinder die Klasse gesehen haben. Er sitzt da. Er sitzt dort. Prüft die Standorte: den von Gideon, natürlich, aber auch den von Michael Karni, den von Zachi und den von Eli Ben-Sikri. Sogar den von Dudu Lipschitz. Eine große zerknitterte Landkarte des Nahen Ostens hängt an der Wand, Israel ist kaum auf ihr zu sehen, so winzig klein ist es. Als sei es noch mehr zusammengeschrumpft, vielleicht wegen der Rezession, vielleicht wegen dem ganzen Ärger mit Ägypten und Syrien und Jordanien und Libanon, die sich jetzt um das Land herum aufblähen. Schon beim Anblick dieser Karte wird es einem eng. Er faßt sie widerwillig an, läßt verwundert seine Finger über ihre Risse und Falten fahren: sie fühlt sich an wie eine Haut. Er verläßt das Zimmer schnell, damit man ihn nicht sieht und ihm keine Fragen stellt. An der Meldetafel der Schule hängt ein Zettel von vergangener Woche: Die Klasse 8c, seine Klasse, trifft sich morgen vor dem Supermarkt, um Schützengräben auszuheben. Er war entsetzt: Wozu hebt man Schützengräben aus?

Er hörte Geschrei und lief vor das Haus zum Eingang und sah, daß sich einige der Nachbarn vor dem offenen Bunker versammelt hatten. Der Vater stand zwischen ihnen und brüllte: er sei runtergegangen, um eine Inspektion durchzuführen und nachzusehen, ob der Bunker vorbereitet sei; und was hätte er gesehen? Alles hat man von dort gestohlen! Seht selbst! Das halbe Haus hatten wir hier untergestellt! Stühle, ein altes Buffet und Matratzen! Die Nachbarn standen erschrocken da und linsten hinein, auch sie hatten den Bunker all die Jahre über als Lagerraum benutzt. Malka Smitanka fing an zu weinen, sie hatte ein Klappbett, hatte Matratzen dort gehabt. Alle wurden nervös. Peretz Atias entdeckte, daß das Fahrrad seines Sohnes verschwunden war, und die geschiedene Pinkus schrie: eine teure Daunendecke, die ich hier in einer Plastiktüte in einer Kiste verpackt hatte, ist nicht mehr da; sie war ein Erbstück meiner Mutter. Der Vater lief rot an und sagte, das könne nur jemand aus der Siedlung gewesen sein, jemand, der einen Schlüssel hat, und er begann, die Leute fragend anzuschauen; wenn ich den Verräter nur erwischen könnte, Hände und Füße würde ich ihm abhacken. Scha, scha, beruhig dich, meinte die Mutter, die heruntergekommen war, um zu sehen, was das Geschrei zu bedeuten hatte, sie hatte es inzwischen sogar geschafft, das Kleid mit den Milchflecken zu wechseln, und Aaron sah, daß ihre Augen in den Höhlen eingesunken waren und ihr Gesicht bleich war. Mit einer leisen Bewegung versteckte er sich hinter Felix Boteneros Rücken, auch Botenero hielt sich ein Transistorradio ans Ohr, wer weiß, was man dort sendete. Was hast du von dem Geschrei und der Aufregung, Mosche, sagte die Mutter mit müder, lebloser Stimme. Schau, wie man uns alles ratzekahl geplündert hat, klagte der Vater, wie den Popo eines Babys hat man uns zurückgelassen. Die Mutter entdeckte Aaron. Tat so, als habe sie ihn nicht bemerkt. Auch Mira Strasznow, Gideons Mutter, kam herunter, als sie den Lärm hörte; Deddi, ihr Untermieter, ging neben ihr und schaute sie mit traurigen Hundeaugen an; wo ist Gideon, warum kommt er nicht zurück? Vielleicht hat sie einen Brief von ihm bekommen; wenn Gideon hier wäre, wäre alles klar. Mira stand nur kurz da und blickte auf die aufgebrachten Nachbarn, aber man sah ihr an, daß sie sehr mit sich selbst beschäftigt war, und einen Augenblick später verschwand sie wieder. Ihr Mieter lief hinter ihr her. Die Mutter und Slata Botenero wechselten Blicke. Malka Smitanka rief plötzlich sanft und vertraulich ›Mira‹ und eilte ihr nach.

Die Männer merkten es nicht. Nur Aaron beobachtete es. Wie einer, der vor einem Bild steht und es betrachtet: Die Frauen. Und die Männer. Der Vater beruhigte sich und vertiefte sich in ein Gespräch mit Atias, Sie werden sehen, wie wir's denen geben werden, wir werden ihnen zeigen, wo's langgeht. Mag sein, sagte Atias, ich wünschte, ich könnte es glauben. Was heißt, Sie glauben es nicht, brauste der Vater auf, hören Sie auf mich, Herr Atias, hören Sie gut zu und merken Sie sich, daß Mosche Kleinfeld hofft, daß sich auch dieser Zwerg Hussein anschließen wird, und dann werden wir ihm zeigen, wer hier der Herr ist. Sicher, sicher, murmelte Atias, sein schmaler Schnurrbart wirkte grau und etwas zusammengeschrumpft, aber solche Dinge, Herr Kleinfeld – man weiß, wie sie anfangen, aber man weiß nie, wie sie enden werden; und daß sie uns die Meerenge gesperrt haben …, sagte Botenero leise, und Atias und Pinkus nickten still. Aaron sah, wie sie sich alle fürchteten, und auch er spürte ein Würgen in der Kehle, als halte ihn jemand dort fest und drücke zu; nur Sophie Atias mit ihrer Kleinen auf dem Arm wirkte kampflustig, und während der Vater sprach, nickte sie und sah ihn mit leuchtenden Augen an. Ihr braucht euch keine Sorgen zu machen, schlug der Vater Atias kräftig auf die Schulter, wozu haben wir eine starke Armee und Mosche

Dayan, Sie werden sehen, wie wir ihnen den Arsch aufreißen werden, genau wie in dem Lied im Radio, ›schon zweimal hat er's nicht gekri-i-iegt‹, sang der Vater mit tiefer Stimme, ›und wurde von uns ordentlich gef-i-i-ickt‹, antwortete ihm Atias halbherzig; Aaron sah, daß selbst Atias' Knirps, der dastand und sein gestohlenes Fahrrad beweinte – nicht mal bis zu den Pedalen hatte er gereicht –, daß selbst er es mit den Lippen sang, woher kannten sie es alle; er ging nach oben und legte sich auf sein Bett; er war beunruhigt, räusperte sich, man kann kaum atmen in diesem Land, schaute auf Jochis leeres Bett, schon seit fünf Tagen war sie nicht mehr zu Hause gewesen, Aaron an Aaron, was siehst du, kommen; Aaron an Aaron, ich habe Jaelis erste Tage, aber vielleicht hast du jetzt keine Kraft dazu, kommen; Aaron an Aaron, alles. Alles. Das Schlechte und das Gute. Ihre Augen und ihre Lippen, ihr Lächeln, und wie sie in der ersten Ballettstunde für mich getanzt hat, und der Schweißgeruch ihrer Achselhöhlen, als wir ins Tal liefen und sie aufgab und die Arme hob, und die Lücke zwischen ihren Zehen, und wie sie, als es richtig Sommer wurde, anfing, die neue Minimode zu tragen; ich habe damals gedacht, daß es schon sehr kurz sei, es knipste fast alles hervor, aber andererseits ist es gut, daß sie wie alle anderen Mädchen mit der Mode geht, das ist jetzt ihre Zeit; und er rollte sich ein, zog sich im Sumo zusammen, um den Schmerz etwas abzuhalten, der seinen ganzen Körper in einer Welle durchflutete – bring alles, schmuggle alles heraus, das Schlechte wie das Gute, Luft zum Atmen, alles, was du retten kannst; wir werden uns eine vollkommen neue Stelle aufbauen, du wirst sehen, wir werden es schaffen, einen frischen und reinen und natürlichen Ort, der nicht mein Feind sein wird, und der wissen wird, was zu tun ist – da, jetzt war sie vorüber, die Welle.

So lag er, bis es Abend wurde. Nicht einmal zum Abendessen stand er auf. Er hatte sowieso alles, was er brauchte, bei sich im Zimmer versteckt. Ein kleines Glas Gelée royale, Schokolade, eine Scheibe Weißbrot, eine Flasche Wein für den Segensspruch, eine Aprikose, an der es keine einzige Macke oder faule

Stelle gab. Morgen wird er auch ein paar Kartoffeln für Hartnäckigkeitsstärke aus der Speisekammer stehlen. Er beruhigte sich. Hörte, wie die Mutter die Großmutter schlafen legte und in die Schottische wickelte. Dann trat Stille ein. Wer weiß, wo Jochi jetzt war. Am Abend, bevor sie fortging, küßte sie ihn zum Abschied und flüsterte ihm dabei überraschend ins Ohr, daß sein Haar schon fast ganz braun sei. Wieso braun, ich bin blond, sagte er schwach, und sie brachte ihm einen Spiegel, damit er es sehen konnte. Er wußte nicht, ob er froh oder traurig sein sollte: sein Haar war braun. Vielleicht ist gerade das gut. Vielleicht ist das ein gutes Zeichen. Vielleicht kündigte das das Ende an, das Ende seiner Andersartigkeit. Vom Balkon her stieg Zigarettenrauch hoch zu ihm. Der Vater raucht wieder wie ein Schlot. Und die Mutter schreit, er solle aufhören, das Haus zu verpesten. Seit einigen Tagen erlaubt sie ihm nicht, auch nur eine Zigarette neben ihr anzuzünden. Plötzlich achtet sie darauf. Warum achtet sie jetzt darauf? Das passiert alles nur in deinem Kopf. Nimm dich zusammen. Und nach der Zigarette wird er sich duschen gehen, und danach wird sie ihm erzählen, was heute in der Küche mit der Milch passiert war. Sie wird es nicht erzählen. Sie wird Angst haben, solche Dinge laut auszusprechen. Er liegt da und preßt nacheinander seine Hand- und Fußgelenke ab, zählt innerlich mit, prägt sich die Ergebnisse ein. Dann legt er sich das Kissen auf das Gesicht und drückt mit beiden Händen die große Ader am Hals ab. Reißt im letzten Augenblick das Kissen weg. Atmet mit tiefen Zügen ein. Prüft die Zeit nach. Auch hier stimmen die Resultate mit dem, was er schon wußte, überein. Alles ist so vorhersehbar und regelmäßig. Man hätte meinen können, er wüßte, wie alles an sich selbst von außen zu bedienen sei. Die ganze dumme Maschine. Und trotzdem blieb sie immer noch ein kleines Rätsel für ihn. Tatsache ist nach wie vor, daß er es nicht schafft. Und was ist, wenn die Lösung gar nicht im Körper liegt? Sondern vielleicht woanders? In der Seele zum Beispiel. Aber was genau ist das, diese Seele? Vielleicht ist es, wie in der Thora geschrieben steht, wirklich der Atem Gottes auf Erden – kann sein; und angenommen, Gott ging einen Augenblick die Puste aus? Aaron gelingt ein richtiges Lachen: er stellt sich die Menschen vor, die vielleicht in einem solchen Augenblick geboren wurden. Er lacht. Es ist kein gutes Lachen. Er befiehlt seinen Fingern, sich in die Achselhöhle zu bohren. Drückt dort auf die Lachdrüsen. Lacht, ihr Dreckskerle. Ja, aber vielleicht sind Gott auch umgekehrte Unfälle passiert, daß er einmal zu fest geatmet hat und alles in die Luft geflogen ist, Fleisch und Knochen und Erde, und seitdem hält nichts mehr richtig zusammen, nur ein Teil konnte mit Mühe wieder aneinandergefügt werden, und zurückgeblieben ist vor allem eine große, nackte, zuckende, um Hilfe rufende Seele, wie eine rosafarbene Schildkröte ohne ihren Panzer im Innern des Menschen. Da erinnerte er sich an das große Bild, das in Ednas Schlafzimmer gehangen hatte: an all die zerbrochenen, verzerrten Körper, aus denen eine große und geheimnisvolle Seele mit aller Gewalt hervorbrach. Aaron drehte sich auf die andere Seite und seufzte. Aber die Seele ist doch er. Sie ist er. Sie ist seine innere Stelle. Seine Essenz. Jetzt spürt er sie ganz genau: an den Stichen von innen kann man fühlen, daß dort eine kleine Flamme brennt und Licht und Wärme ausstrahlt, sein Bauch und seine Beine sind richtig warm und voller Leben, und dort, ganz tief, ist seine Jaeli, und dort ist der kleine Gideon, und auch der kleine Aaron ist da, ja, bei ihm ist die Seele das, was er einmal war, sie ist seine Kindheit; und gegen Morgen, wenn er durchfroren und zerrissen aufwachen und alles aus ihm weichen und fliehen wird, wird er sofort aus seinem Bunker unter der Matratze ein paar Würfel Freundschaftszukker und Mutproteine holen und sich im letzten Moment retten; aber wer versteht die Sache mit dem Körper und der Seele wirklich, fragte er sich verzweifelt, während er sich rhythmisch mit einer Heftklammer, die er aus einer Zeitung ausgerissen hatte, in den nackten Bauch stach, die leichte Reizung untersuchte, die rötlichen Punkte, die Haut, die langsam mit einem Blutstropfen aufriß; das sind doch keine gleichwertigen Kräfte, das ist nicht fair, denn bei ihm ist die Seele stets viel stärker vom Körper abhängig als umgekehrt, sie biedert sich regelrecht bei ihm an und fleht, daß er ihr antworten soll, auf sie eingehen soll, aber der Körper pfeift auf sie. Doch vielleicht hatte der Körper recht? Vielleicht gibt es gar keine Seele? denkt Aaron plötzlich, und einen Augenblick erlischt etwas in seinem Innern. Vielleicht irrt er sich ja die ganze Zeit? Denn wer hat überhaupt jemals eine Seele gesehen? Vielleicht haben Winston Churchill oder Albert Schweitzer oder Ben-Gurion eine Seele. Gut, sie sind wirklich Geistesgrößen, aber was ist mit den anderen? Hat sein Vater eine? Und seine Mutter? Und was ist mit der Großmutter, die sowieso eine lebendige Tote ist? Und wenn man ihnen und ihm den Körper öffnen und im Herz und im Gehirn und überall suchen würde, würde man dann etwas finden? Oder etwa nichts? Nicht einmal ein paar verzweifelte Kratzer von innen? Aber es muß eine Seele geben. Es muß einfach eine geben. Ja? Wer hat dir das gesagt? Niemand hat es mir gesagt, ich hoffe es nur, muß es hoffen. Und wenn es eine gibt, dann erklär mir doch bitte, du Genie, wie verbindet sich die Seele überhaupt mit dem Körper? Und wie trennt sie sich von ihm? Und wo steckt sie in diesem Bündel Leben, und wie wird sie vom Leiden erlöst? Eh? Was? Mensch, du, Kleinfeld und seine Philosophien, schlaf, schlaf.

Wie häßlich der Mund von Erwachsenen ist, denkt Aaron, während er sich ihnen leise nähert, stehenbleibt und sie betrachtet: sie schlafen. Es ist ein schwerer, unruhiger Schlaf, der mürrische Schlaf von Erwachsenen, ein Schlaf, der wie harte Arbeit ist. Sie liegen voneinander getrennt, und Mutters geschwollenes Bein schaut unter der Decke hervor. Ihre Lippen bewegen sich ab und zu, als rede sie mit jemanden. Als müßte sie etwas erklären. Wovon träumt sie? Vielleicht hat sie in ihren Träumen andere Kinder? Vielleicht trägt sie schon ein anderes in sich? Zwischen ihr und dem Vater herrscht ein nicht geringer Abstand im Bett. Aaron nähert sich, bis er direkt vor ihrem Gesicht steht. Mit all seiner Kraft und Angst steht er dort wie festgewurzelt. Damit sie ihn im Schlaf sieht. Damit er in ihre Träume eingeht. Ins Blut. Wie ein Fluch.

Aber als sie plötzlich aufseufzt, erschrickt er und flieht. Er steht einen Augenblick im Flur. Schaut wieder hinein. Das kleine, rote Lämpchen des Warmwasserboilers wirft sonderbare Schatten auf die beiden. Der Mund des Vaters ist offen und hängt zur Seite. Er schnarcht laut, sägt vor sich hin. Dieser Mund, dieser rote Mund voller Speichel, der sich nach allen Seiten hin verzieht, wenn er voller Rasierschaum ist, wie ein kleines blutendes Tier im Schnee, wie ein Köder in einer Falle für Tiere. Man kann jetzt alle seine Plomben sehen. Aaron hat keine einzige Plombe. He is läutering. Er geht noch näher heran. Ein Hauch von Todesangst ergreift ihn angesichts ihrer schlafenden Körper. Vielleicht sollte er schreien. Sie sofort wekken. Aber der Vater würde ihm dafür die Knochen brechen. Und sein Mund. Wie er sich die ganze Zeit langsam bewegt, sich mit merkwürdiger Geschmeidigkeit verzieht, als wende er sich lautlos an Aaron, komm zu mir, mein Junge, komm zu mir, mein Süßer, komm rein, komm rein und laß uns mit allem Schluß machen, es wird nur einen Augenblick weh tun und dann ... Aaron weicht erschrocken zurück: wenn nicht ein so schlechter Geruch von dort käme, hätte er sich wirklich schon vergessen und völlig verschlingen lassen. Er tritt noch einen Schritt zurück. Vom Fußende des Bettes her sehen ihre Gesichter noch fremder aus. Ihre Falten, die große Warze unter dem Kinn der Mutter, die ans Kissen gequetschte Wange des Vaters. Ein feiner Speichelsee sammelt sich dort, die Wangenknochen ragen jetzt aus ihrem Fleisch. Er beugt sich ganz vorsichtig nach unten und schnuppert: nach dem Baden haben Vaters Füße immer einen ganz eigenen Geruch. Sauber ursprünglich. Aaron an Aaron: Jetzt! Schnell! Kommen; er geht mit seiner Nase noch näher heran und atmet tief ein. Ein warmer, guter Geruch. Genau das hat er hier gesucht, ohne es zu wissen! Nur darum ist er anscheinend aufgewacht und hierhergekommen! Und jetzt verändert der Vater auch seine Stellung für ihn. Er liegt jetzt ausgestreckt auf dem Rücken, seine Füße sind gespreizt; sie sind groß und am Ende der Zehen abgerundet, wie zwei große Laibe Brot. Aaron riecht ängstlich. Atmet tief ein. Die Zehen sind frisch und knusprig, wie kleine Brötchen. An diesen Geruch erinnert sich Aaron noch aus der Zeit, als er sehr klein war. Das heißt – sehr jung war. Aber da war das geschlossene, schlummernde Zyklopenauge. Er riecht gierig. Fällt am Fußende ihres Bettes auf die Knie. Und ein kalter, schwarzer, schneidender Wind weht über öde Steppen, und ein ausgezehrter, verzweifelter Junge schleicht durch die kahle Landschaft, und ein böses Zyklopenauge, ein ufzeluches, trotziges Zyklopenauge rollt langsam unter dem riesigen fetten Lid – Vorsicht! Sein Vater stöhnt leicht im Schlaf. Die Decke verrutscht ein wenig und die blasse Narbe wird sichtbar, als ob sich von dort die Macht seiner Körperlichkeit zerstreuen würde; vielleicht öffnet sie sich nachts, klafft auf – komm zu mir, Junge – und ein winziger Junge kniet ängstlich nieder, gräbt in Erdklumpen, in blutigem Gewebe, in Fetzen aus schlummerndem Fleisch, läuft zwischen den Gräben der Kanäle entlang, zwischen pulsierenden Erdhaufen. In seinen Händen blinkt ein langsames Licht, wie ein Diamant, wie ein Leuchtturm, ein Zyklopenauge regt sich. Der erloschene Vulkan öffnet sich einen Spaltbreit. Ein boshaftes Lächeln. Und der Junge steigt in ein Papierboot, das keinen Namen hat, fährt schnell, durch die Venen, durch die Adern, Aaron an Aaron, laß dein Herz schneller schlagen, kommen; und das Herz klopft, und das Boot, in dem der Junge mit dem guten Gedächtnis, mit der Erinnerung an den Geruch der Füße seines Vaters sitzt, segelt durch die Kammern, das Herz dehnt sich und zieht sich zusammen, pocht und hämmert, er wird noch einen Herzinfarkt bekommen, und flüchtige, sanfte Atemzüge streicheln die Füße des Vaters, deren Geruch jetzt ein wenig schärfer, deutlicher wird. Der Geruch der Kindheit. Und vielleicht fängt der wahre, der verborgene Vater an den Beinen an und steigt nach unten? Vielleicht ist der, der nach oben gewachsen ist, ein anderer Mensch, ein Fremder, der nur manchmal ein Freund ist, doch meistens ein Feind. Der Aaron gar nicht mehr anguckt. Der Aaron schon aufgegeben hat. Er erreicht atemlos die geheime Stelle, das neue Gehirn, das er sich unten gemacht hat, sinkt auf die Schwelle, streckt die Hand aus und überreicht den Geruch. Jetzt geh wieder nach oben, um noch mehr zu holen. Es ist keine Zeit. Die Zeit ist knapp, und man blockiert uns die Meerengen, man erstickt uns, lauf, hol noch mehr, hol noch mehr, um atmen zu können, es geht jetzt um Leben und Tod. Einen Moment. Ausruhen.

Und Aaron schmiegt sich mit aller Macht an den guten alten Geruch. Wenn man nur von diesem Geruch alles wieder erschaffen könnte. Der Vater seufzt ein wenig und räkelt sich genüßlich auf dem Rücken, wie ein riesiger Kater, und Aaron riecht und atmet mit aller Kraft an den nackten Füßen; und in der Mitte der Decke beginnt sich ein merkwürdiges Hügelchen zu erheben, und Aaron saugt ihn bis in sein Innerstes ein und bewahrt ihn sich dort, den Geruch von Vaters Wurzeln. Doch plötzlich – fliehe, alles ist verloren – erhob sich Vaters Kopf wie ein roter Mond, wie ein feuerspeiender Vulkan hinter seinen Füßen.

33 An einem der letzten Tage des Monats kehrte Gideon aus dem Pionierlager zurück, fast zwei Wochen war er dort gewesen; schon am Vorabend seiner Rückkehr spürte Aaron instinktiv, daß er am nächsten Tag wiederkommen würde, und er nahm ein ausgiebiges Bad, wusch sich die Haare und versuchte, seine Augenbrauen so hinzukämmen, als ob sie über dem Nasenbein zusammenwachsen würden; und er sah sich im Spiegel in die Augen und stellte sich lautlos die einzig entscheidende Frage: hatte Gideon ihn verraten oder nicht, denn darüber hinaus gab es nichts weiter zu besprechen, selbst Jaeli, die Jaeli von draußen, hatte im Vergleich dazu ein wenig von ihrer Bedeutung für ihn verloren; und Aaron hat sich bereits ohne allzu großen Schmerz eingestanden, daß es nicht mehr wichtig war, ob Jaeli ihm treu geblieben war, die Hauptsache war Gideon, ob Gideon trotz allem auf ihn gewartet hat, das war alles, mehr brauchte er nicht zu wissen.

Er ging früh zu Bett und schlief zum ersten Mal seit Wochen

ruhig und tief; am nächsten Morgen zog er sich saubere Sachen an und machte sich auf den Weg in die Schule, ging aber hinter dem Haus, und zwischen den Wohnblöcken sah er Gideon aufrecht dahinschreiten, und ihm fiel auf, wie braungebrannt er war, und daß er sich einen festen, noch etwas arroganteren Gang angewöhnt hatte; aber was heißt das schon, das heißt noch gar nichts.

Im Park der Zwanzig schlossen sich Gideon auch Meirke Blutreich, Chanan Schwiki und Awi Sasson an, Gideon ging in der Mitte und redete und gestikulierte mit den Armen, und alle hörten ihm zu. Aaron zerkratzte sich die Stirn zwischen den Baumzweigen, er wußte auch aus der Entfernung, daß Gideon ihnen Vorträge über den Krieg hielt, nur das interessierte sie jetzt; sollen sie ihn schon führen und Schluß! Er ahnte auch, was Gideon sagte, daß man es diesen Arabern ein für allemal zeigen müsse, er kenne sie doch, und er wußte bereits jetzt, daß Gideon sich heute noch für irgendeine Tätigkeit melden würde, Sanitätsdienst oder Sandsäcke füllen; die Hauptsache aber war, daß Gideon sich sogar während dieser langen Zeit äußerlich nicht sehr verändert hatte, nur sein Schnurrbartflaum wirkte von weitem dunkler und dichter, und seine Augenbrauen trafen sich schon fast in der Mitte, aber eben nur fast, und vielleicht hatte er doch jeden Tag eine Tablette genommen, verkrampfte sich Aarons Herz schuldbewußt.

Er folgte Gideon bis zum Schultor, wobei er die ganze Zeit zögerte, ob er sich ihm zeigen sollte, ob er einfach zu ihm hingehen und, als ob nichts wäre, mit ihm darüber reden sollte, was wirklich passiert war; und wenn – Gott behüte – doch irgend etwas vorgefallen wäre, muß er, Aaron, sich ja nicht schuldig fühlen, dann wird es eine klare Antwort auf eine Million Fragen geben, doch wird es dann nicht mehr nötig sein, noch irgend etwas zu fragen und zu hoffen. Und trotzdem ging er nicht zu ihm hin, kam er nicht aus seinem Versteck hervor, sondern lief ihm nur heimlich von Baum zu Baum, von Strommast zu Strommast nach und spürte, daß sich vielleicht doch etwas an Gideon verändert hatte – schwer zu sagen, was. Er sieht robuster, selbstsicherer, sogar überheblich aus – schwer zu sagen, was. Vor dem Schultor blieb Gideon stehen und drehte sich um, ein besorgter Blick lag in seinen Augen, als suche er irgend jemanden, ja, irgend jemand fehlte ihm, und eine schmerzhaft gespannte Saite riß mit einem lauten Knall in Aaron; fast wäre er aus seinem Versteck gestürzt und hätte sich ihm gezeigt – wenn Gideon tatsächlich auf ihn wartet, will er dasein. Doch im letzten Augenblick durchfuhr ihn ein Zischen wie von einer Schlange: vielleicht bist nicht du es, auf den er wartet, und er erstarrte auf der Stelle, wartete, bis Gideon im Schulgebäude verschwunden war, nahm dann ein paar Würfel Freundschaftszukker aus seiner Hosentasche und steckte sie sich nacheinander in den Mund, zum Teufel mit seinen Zähnen, drehte sich um und kehrte nach Hause zurück, pflückte vom großen Feigenbaum am Rand des Weges, der zu Gideons Haustür führte, die drei unteren Blätter von rechts – Verzeihung, Verzeihung, Verzeihung, sie hatten gedacht, das sei ein ganz gewöhnlicher Tag heute und hatten sich sorglos und froh und grün nach der Sonne gereckt, und plötzlich kam jemand und schnitt sie ohne jede Erklärung ab, warum? – darum; dann ging er nach oben, in sein Bett, und arbeitete ein bißchen mit seinen Lachdrüsen, nur fürs Protokoll, es soll geschrieben stehen, daß er die ganze Zeit über gute Laune gewahrt hat. Danach hüllte er den Mittelfinger jeder Hand in eine kleine Plastiktüte und verglich die Schweißnähte, einfach so, wozu – es hat keinen Sinn, er dreht sich nur im Kreis um sich selbst, er zerlegt nur alles in seine Bestandteile; und jetzt braucht er also doch etwas Neues, Frisches, das in ihm brennen soll, aber er hat keine Kraft dazu, allein kann er nicht; nur allzu gerne würde er wissen, ob Gideon schon nach Hause gekommen war und es gesehen hat. Und um vier Uhr nachmittags, keine Sekunde früher, stieg er zu ihrem Felsen ins Tal hinunter und wartete dort bis sieben Uhr, zog weite Runden um den Felsen, aber Gideon kam nicht; vielleicht war er durch den Hintereingang nach oben gegangen und hatte die abgerissenen Blätter nicht gesehen – erster Versuch.

Am nächsten Morgen drehte Aaron mit Hilfe von zwei Steinen den kleinen Wasserhahn hinter dem Wohnblock auf und stellte ihn so ein, daß er nur ein wenig tropfte, aber das hohle, pfeifende Geräusch machte, das man weithin hören konnte, und um vier Uhr nachmittags stieg er wieder zum Felsen hinunter, ging auf und ab, trottete bis zum Schrottplatz, aber niemand kam; vielleicht hat sich ein Nachbar über den Krach aufgeregt und den Wasserhahn zugedreht, bevor Gideon nach Hause kam – zweiter Versuch.

Am dritten Tag holte Aaron ein wenig Sand aus dem Wizo-Park und füllte ihn in die Hohlräume in allen drei Kanalisationsdeckeln hinter der Siedlung, goß Wasser hinzu, bis ein dikker Brei entstand, dann wischte er die Hände aneinander ab und war zufrieden. Die ganze Zeit über bemerkte er, daß ein sonderbarer Geruch um ihn in der Luft hing; er untersuchte seine Schuhe und sah, daß dort nichts klebte, in das er getreten wäre, doch der Geruch verflog nicht, vielleicht kam er ja auch von der Kanalisation. Er stand auf dem runden Betondeckel und lachte von ganzem Herzen: wie viele Stunden hatten sie hier mit Aprikosenkernen gespielt, wie viele Tausende von Kernen waren hier zwischen ihm, Gideon und Zachi herumgereicht worden – ich bin gespannt, ob Gideon es diesmal bemerken wird; als ich mich damals für diese Zeichen entschied, hätte ich vielleicht größere nehmen sollen, denn als ein Kind sieht man solche Sachen zwar sofort, doch wenn man älter wird, gibt es andere Dinge und man läuft nicht mit dem Kopf nach unten durch die Welt, stets auf der Suche nach irgend etwas. Und wenn Gideon die Zeichen nicht sieht, so ist das eigentlich schon eine Antwort, und er muß ihm gar nichts weiter sagen.

Punkt vier Uhr nachmittags ging Aaron ins Tal hinunter. Er döste ein wenig in der warmen Sonne auf dem Felsvorsprung und fühlte, wie in seinem Innern Jaeli und Gideon von der Wärme erwachten, gesichtslos, aber sie waren da, und er nahm wahr, daß zwischen den beiden etwas schwang, ein Vibrieren, wie von zwei Saiten, und er versuchte, diese Saiten so zu zupfen, daß sie in ihm verschmolzen, und er spürte, wie sie sich ineinander verflochten, und als er den Mund öffnete, erklang ihre

Stimme zusammen mit seiner. Als er erwachte, war es halb sechs, in den letzten Monaten hat er eine ganz schöne Ausdauer im Schlafen entwickelt, wenigstens etwas, und er ging zum Schrottplatz, dachte nach und stellte Berechnungen an, öffnete und schloß die Tür des Kühlschranks im Bunker mindestens zwanzigmal, und entschied, daß das Problem darin lag, daß die Falle des Schlosses zu tief im Rahmen steckte und es ziemlich schwer sein würde, von innen an die Falle und die Feder, die sie schließt, heranzukommen, um sie zu öffnen; außerdem gab es Probleme mit der Beleuchtung, denn wenn ihm eine Schraube oder ein dünnes Eisenscharnier aus seinen verschwitzten Fingern auf den Boden fiele, dann hätte er im Dunkeln einiges zu tun, sie wiederzufinden; ein Streichholz kann er auch nicht anzünden, denn für beides, für ihn und das Feuer, war nicht genug Sauerstoff da; vielleicht sollte er vorher eine kleine Taschenlampe mit einem Pflaster am Boden des Gefrierfachs befestigen; doch inzwischen war es schon sieben Uhr geworden, und Aaron ging nach Hause, er war nicht richtig verzweifelt, eigentlich gar nicht, nur eine leichte Trauer begann an ihm zu nagen, Trauer über den Abschied, aber vielleicht ist Gideon überhaupt nicht hinter das Haus gegangen und hat die Pampe in den Hohlräumen der Kanalisationsdeckel nicht gesehen.

Am nächsten Morgen nahm er einen Kalkstein und ging den mit Kreide auf den Bürgersteig gezeichneten Pfeilen nach, er hatte zunächst gedacht, daß er sie selbst aufmalen müßte, hatte aber dabei vergessen, daß ›Wegweiser‹ in jeder Generation gespielt wurde, und so mußte er nur dem Ende jedes Pfeiles zwei senkrechte Striche hinzufügen, es machte ihm Spaß, als wäre er einer der Mitspieler, einen Augenblick überlegte er sogar, den Pfeilen auch über das Gelände der Siedlung hinaus zu folgen, aber seine Neugier war verflogen, was kümmerte es ihn auch, wo ihr Schatz lag. Am Nachmittag setzte er sich in den kleinen Kühlschrank und sah, daß er wegen des Gefrierfachs gezwungen war, mit auf die Brust gesenktem Kopf zu arbeiten – ein unerwartetes Problem. Er kletterte hinaus, schloß den Kühlschrank und versuchte, eine Hand zwischen die beiden Gummistreifen zu schieben, die die Tür der ganzen Länge nach abdichteten, aber er konnte nur mit viel Mühe zwischen die Gummiteile eindringen, die sich immer wieder mit einem feuchten, modrigen Zischen zusammenzogen, und Aaron überlegte, daß man sie mit irgend etwas behandeln, sie ölen müßte, doch sofort hatte er eine bessere Idee: er würde den großen Büchsenöffner mit den Zahnrädern holen und ihn von innen entlang der Abdichtungsgummis drehen und schieben, so wie man eine Dose öffnet, mit dem einen Unterschied, daß der Dekkel von innen her aufgemacht wird. Er klopfte sich auf die Schulter und meinte zu sich selbst: das ist eine Bombenidee, Kleinfelds Ideen ..., aber das Problem mit der Schloßfalle bestand nach wie vor; er versuchte, den schwarzen Jemeniten, den Mesinik, den kleinsten von Vaters Schraubenziehern, zwischen Falle und Türrahmen zu schieben, und sah, daß es sogar derart feines Werkzeug nicht schaffte, sich dazwischenzuklemmen. Was tun? Einen Augenblick lang saß er ratlos da, seine Beine baumelten hinunter und berührten die Erde nicht, im Autobus war er darin geübt, mit einem Blick die Sitzbänke über den Rädern zu finden, wo der Boden sich nach oben wölbt, und auf einmal erschrak er, als plötzlich eine laute Sirene die Luft zerriß. Vielleicht hat der Krieg schon angefangen. Die Sirene brach sofort ab, setzte wieder ein und brach von neuem ab, sie probierten anscheinend nur die Sirenen aus, aber der schrille, eindringliche und wehklagende Ton irritierte ihn, er sprang wütend aus dem Kühlschrank und schlug die Tür mit aller Gewalt zu; sogar der kompakte Kühlschrank schwankte einen Augenblick, als verdaue er jemanden in seinen Eingeweiden.

Beim Abendessen herrschte absolutes Schweigen. Alle konzentrierten sich auf ihre Teller. Neben der Haustür lag der gepackte Rucksack für den Reservedienst, und Aaron überlegte, was geschehen würde, wenn auch der Vater wegginge und er mit der Mutter allein zurückbliebe. Die Großmutter hustete und spuckte ein bißchen Hühnerbrei auf den Tisch, und die Mutter klopfte ihr kräftig, zu kräftig auf die Schulter. Einen

Augenblick hörten alle auf zu kauen, die Großmutter würgte, und Aaron dachte schon, daß es aus sei. Aber sie erholte sich wieder. Ihre Zeit war noch nicht gekommen. Wer möchte noch Püree, fragte die Mutter mit müder Stimme. Der Vater nickte, sie stand auf, um ihm welches zu holen, und da sah Aaron, daß ihr Gang merkwürdig war, schwerfällig, mit leicht gespreizten Beinen, hör auf, sie geht genau wie immer, und sofort bat auch er um eine weitere Portion, noch Püree, viel Püree, sagte er zu laut. Sie rümpfte die Nase, ist ihm doch egal, sah ihn auch nicht direkt, sondern nur von der Seite an. Er verschlang hastig die Hartnäckigkeitsstärke und wollte noch mehr davon. Jochis Platz war leer, und jeder von ihnen, sogar die Großmutter, sah alle paar Augenblicke hin. Vor ein paar Tagen, in eben einem solchen Moment, mitten während des Abendessens, hatte Jochi plötzlich den Mund aufgemacht und ihnen mitgeteilt, daß ihre Bemühungen und dringenden Bitten der letzten zwei Monate endlich Erfolg gehabt hätten und der Stadtkommandant sich bereit erklärt habe, ihre Einberufung vorzuverlegen, und mit einem Lächeln voller Triumph und Rache erzählte sie ihnen, daß sie tagtäglich, von morgens bis abends, volle drei Wochen lang, wie ein Mahnmal vor dem Eingang seines Büros gesessen habe, bis er ihr nachgab und sich einverstanden erklärte, sie sechs Monate vor dem Termin einzuziehen, und Aaron, dem das Essen im Mund plötzlich schal und zäh vorkam, stellte sich im stillen die Frage, die die Mutter sofort laut äußerte, geht es dir so schlecht bei uns, daß du in die Armee fliehen mußt? Jochi antwortete nicht, sie schwieg, und alle anderen schwiegen mit ihr, tauchten den Löffel in die Suppe, führten ihn zum Mund und schluckten, tauchten und schluckten, und die Mutter seufzte tief, war nahe daran, in Jochis Beisein zu weinen, beherrschte sich aber; vielleicht tat es ihr auch um das Studium leid, das sie so sehr für ihre Tochter gewollt hatte, und er blickte zu Jochi hin und sah, wie sie die Augen hob und scharf und kühl das gesamte Bild überblickte, als drücke sie ihm einen großen Stempel auf, als präge sie ihrem Gedächtnis zur ewigen Schande die kleine Küche mit dem schmalen Tisch und den

Wandkacheln mit den Rosenaufklebern ein, an denen die Mutter Pergamentpapier und Plastiktüten zum Trocknen aufhängt, und die Mutter selbst und den Vater, die Großmutter und ihn, alles verwandelte sie mit ihrem Blick in die Vergangenheit, in Erinnerungen; und dann kamen noch zwei Tage, in denen die Stimmung dermaßen gedrückt war, daß sogar Aaron die Stunde herbeisehnte, in der Jochi endlich das Haus verlassen würde; am Morgen des dritten Tages brachte sie der Vater zur Rekrutierungsstelle, und sie verschwand, als hätte sie sich mit einem Messer von zu Hause abgeschnitten, und rief erst gestern spät am Abend an; die Eltern weckten Aaron und schickten ihn im Pyjama ans Telefon, als es klingelte, er war verschlafen, hörte eine frische, fröhliche Stimme und wußte nicht, wer es war. Jochi erzählte ihm, sie sei wegen der Lage Plage Blage Schmage in eine Feldeinheit versetzt worden. Sie sprach schnell, sagte seinen Namen nicht, sagte nicht ›Brüderchen‹, und als sie fragte, wie es ihm gehe, fühlte er, daß es sie nicht interessierte.

Er lag auf seinem Bett und plante den nächsten Tag, versuchte sich vorzustellen, was Gideon jetzt dachte, angenommen, er hat die Zeichen, die er bisher gemacht hatte, nicht gesehen, kann ja sein, vielleicht war er zu sehr auf seine Vorbereitungen konzentriert – aber warum ist er nach seiner Rückkehr aus dem Lager nicht zu Aaron nach Hause gekommen, wovor fürchtet er sich, was hat er zu verbergen, er braucht doch nur ein Wort zu sagen, ob er treu war oder nicht, und alles wird klar und eindeutig sein, Aaron wird ihm doch nichts antun, er braucht nur diese eine kleine Antwort, und danach ist Gideon ihn für immer los, denn wenn es ein Ja ist, wenn Gideon treu geblieben ist und auf ihn wartet, so wird das der Anfang von Aarons Rettung sein. Das steht außer Zweifel. Wie bei der schlafenden Prinzessin, die nur auf einen Kuß wartet; wie bei der Zeremonie am Unabhängigkeitstag, wenn man den Premierminister darum bittet, den Befehl zur Eröffnung der Parade zu geben. Auch bei ihm ist alles bereit. Ein Wort und alles wird sich mit gewaltigem Schwung in Gang setzen.

Der Rauchgeruch von Vaters Zigarette drang vom Balkon

herein. Zehnmal am Tag ruft der Vater seine Einheit bei der Militärpolizei an, wo ihm gesagt wird, daß man ihn noch nicht braucht, und er platzt bereits jetzt vor lauter Ungeduld. Aus dem Wohnzimmer war ein Murmeln zu hören. Die Mutter. Irgend etwas lag in ihrem Ton, ein Geheimnis, etwas, das sie verbergen wollte, Aaron stand sofort auf – stets bereit –, ging auf Zehenspitzen durch den Flur und lugte. Aber anscheinend hatte er sich diesmal geirrt: es gab nichts Neues dort. Die Mutter setzte die Großmutter auf den Puritz mit den hohen Armlehnen, streckte ihren rechten Arm nach vorne, bog ihn, bis er den gewünschten Winkel erreicht hatte, den linken, gelähmten, legte sie auf eine kleine Stütze, die sie ihr aus zwei Bänden von Churchills Schriften gebaut hatte. Er betrachtete die beiden, versuchte sich zu erinnern, was ihn geweckt hatte. Auf dem Balkon war die Silhouette von Vaters breitem Rücken zu sehen, über dem eine kleine Rauchsäule aufstieg. Die Mutter wickelte den Strang Wolle um die nach vorne gestreckten Hände von Großmutter Lili, jetzt versuch dich zu erinnern, Mamtschu, flüsterte sie so leise, daß er sie nur mit Mühe hören konnte, dein Bruder Lejbale, von dem du erzählt hast, daß er bei den Deutschen umkam, erinnerst du dich? Mach Zeichen mit dem Kopf, ja oder nein – von dem du gesagt hast, daß er nicht ganz richtig war, erinnerst du dich, was er hatte? Was war es? Mach Zeichen mit dem Kopf, war er vielleicht stumm? Hat er nicht geredet? Ist er immer umgefallen? Und wenn ja – mach Zeichen mit dem Kopf –, hatte er Kinderlähmung? War er ein Zwerg? Unterdessen begann sie den Faden, der wie ein doppeltes Paket um die Hände der Großmutter gewickelt war, zu einem Knäuel aufzurollen, wobei sie fieberhaft, in Schüben Fragen murmelte, die Aaron kaum noch verstehen konnte, hatte er alle Finger und Zehen, war er weiß, ein Albino? War er schwachsinnig? Seine Augen waren auf den Wollfaden geheftet, der sich in den Händen der Mutter zu einem Knäuel aufrollte, sie arbeitete schnell, ihre Fragen gingen langsam in ein monotones Gemurmel über, dann bewegten sich nur noch ihre Lippen, bis sie schließlich in ein merkwürdiges Schweigen versank, und es schien, als frage sie immer noch, aber nicht mehr mit Worten; ihre Hände flogen nach rechts und nach links, zogen, faßten auf, rollten, ihr kleines Gesicht wurde immer dumpfer, je mehr sie von der rhythmischen, monotonen Bewegung mitgerissen wurde, und Aaron blickte auf den grünen Faden, der gezogen und gerollt, gezogen und gerollt wurde, er kannte diese Farbe – das war sein Pullover, hei! Das ist der grüne Pullover mit den großen Dreiecken, den sie ihm im letzten Winter gestrickt hat, der paßt ihm doch noch, was macht sie? Ihr Blick wurde zusehends glasiger, hatte einen seltsamen, metallenen Glanz, Aaron machte einen Schritt nach vorne, selbst wenn er sich jetzt vor sie hinstellen würde, würde sie ihn nicht bemerken, sie trat immer mehr aus sich selbst heraus, ihr Körper erledigte die Arbeit selbständig, jetzt, jetzt sollte er sich vor ihr aufbauen und schreien, warum, wie kann man so etwas tun, das ist noch ein guter Pullover, aber er sagte nichts, schaute nur und sah ihre Augen erstarrt über dem grünen Wollfaden, ihre Zunge, die klein, spitz, sehr rosa zwischen den Lippen hervorschimmerte; ihr Atem ging schnell und pfeifend, ihre Hände bewegten sich pausenlos, wie die Teile eines Spinnrades, und es schien, daß, wenn niemand von außen die Mutter bremsen würde, sie endlos so weitermachen würde. Die Großmutter saß ihr gegenüber, ohne sie zu sehen, vielleicht wird sie noch jahrelang in diesem Zustand bleiben, vielleicht hat der Tod sie vergessen, vielleicht ist sie schon tot, vielleicht ist das hier der Tod, und wenn der Wollfaden zu Ende ist, wird die Großmutter selbst anfangen, sich aufzutrennen, und nach ihr der Puritz und der Wichtig, dann der Methusalem und das Bordeaux, und schließlich das Buffet, die Tapeten und Wände, alles wird sich auftrennen, wird nicht sterben, wird sich in einen einzigen langen Faden auftrennen. Doch in diesem Augenblick glitt das Ende des Fadens durch die Finger der Mutter. Ein paar Sekunden zupften ihre Finger noch in der Luft, dann sanken ihre Schultern. Ihr Gesicht fiel ein und erlosch. Sie seufzte.

Am nächsten Tag machte sich Aaron mit der Schultasche, einem Sandwich und einem Apfel auf den Weg in die Schule, versteckte sich eine Weile im Wizo-Park, bis er seine Mutter zum Einkaufen gehen sah, und kehrte sofort nach Hause zurück. Er sah nach, ob die Großmutter unter ihrer engen Schottischen atmete, ging pinkeln, bemerkte den Geruch von Erbrochenem – jemand hat sich hier übergeben, vielleicht hat jemandem einfach der Bauch weh getan, vielleicht war der Hering von gestern verdorben gewesen – ach was, das spielt sich alles nur in deinem krummen Kopf ab, sie sind schon alt, in ihrem Alter kann man nicht mehr, aber was war mit jener Frau in Ägypten, von der Jochi ihm erzählt hat. Er stieg rasch auf einen Stuhl und begann, in den oberen Regalen seines Kleiderschranks zu stöbern. Er vergaß sofort, weswegen er hinaufgestiegen war und was er dort oben suchte, und begann zu tasten und zu wühlen und sich jedes Kleidungsstück anzuschauen, das dort zusammengefaltet lag, lange und kurze Hosen, karierte Flanellhemden, Trikothemden und Schlafanzüge, von vor einem Jahr und von vor zehn Jahren und sogar Sachen aus der Zeit, als er ein Baby war – bei uns wird nichts weggeworfen – in dieser Hose hat er mit zehn Jahren die Meisterschaft im Fußballjonglieren gewonnen, auf dieser Hose ist ein Blutfleck, der nicht rausgeht, in ihr hat er ausprobiert, wie sich ein Blinder fühlt, wenn er Fahrrad fährt, und das ist das Trumpeldor-Hemd, dessen Ärmel wegen des Gipses abgeschnitten werden mußten, und da ist der Schlafanzug, in dem er, als er fünf war, zum ersten Mal bei Gideon geschlafen hat, und jetzt hat er gefunden, wonach er gesucht hat, das rote Hemd aus den Ferientagen in der Schule, als er mit Gideon so zerstritten war; Aaron war damals der Kapitän der Volleyball-Mannschaft gewesen und hatte Spieler für sein Team ausgesucht, wobei er Gideon als letzten aufrief, das war nicht böse gemeint, nicht, weil Gideon ein schlechter Spieler gewesen wäre, sondern um ihn im letzten Moment zu retten, wie damals, als die Araber Jerusalem eroberten und Colonel Schams Aaron aus beruflichem Respekt ihm gegenüber erlaubte, fünf Personen auszuwählen, die ihm nahestanden und denen er das Leben retten wollte, und Aaron ging die Reihen der Jungen entlang, die ihn anflehten, sie zu retten, und wollte Gideons Spannung, seine Erleichterung und Glückseligkeit ein wenig steigern, wie Joseph, der sich im letzten Augenblick Benjamin und seinen Brüdern zu erkennen gab, und so begann ihr großer Streit, einen Monat lang dauerte er, der schlimmste Monat im Leben der beiden, und damals führte Aaron das System mit den Zeichen ein, damit sie beide sicher sein könnten, daß kein Streit von ihnen länger als eine Woche anhalten würde; und er versuchte, so gut es ging, das Durcheinander, das er im oberen Schrank angerichtet hatte, wieder in Ordnung zu bringen, er fragte sich, wie lange sie brauchen würde, bis sie es merkte, dann wusch er das Hemd mit Wasser aus, ging hinunter und hängte es unübersehbar auf die Wäscheleine der Siedlung hinter dem Haus, nur ein Blinder könnte daran vorbeigehen, und ging wieder hinauf.

Er setzte sich an den Schreibtisch, suchte ein wenig in den Schubladen, begann einen Brief an Jochi zu schreiben; er hofft, daß es ihr gutgeht und daß sie auf sich aufpaßt, zu Hause ist alles in Ordnung, es gibt nichts Neues, dein Bett wartet auf dich, und er überlegte, was mit ihren Brieffreunden war, sie waren bestimmt alle eingezogen worden, und mit einer leichten Bewegung, als wäre er nicht er, öffnete er ihre Schublade und wog ihr verschlossenes Kästchen mit den Briefen in der Hand, den Schlüssel hatte sie in die Armee mitgenommen, und als er die Schublade schon wieder schließen wollte, sah er ein Blatt aus dem Kästchen hervorschauen, bis zur Hälfte hing es heraus, er konnte sich nicht zurückhalten und zog es behutsam ganz heraus und las eine merkwürdige Liste, ihre Namen, die Namen der Brieffreunde, und neben jedem standen fast unleserliche Bemerkungen in winzig kleiner Schrift geschrieben, ›in Freund verliebt, der gefallen ist‹, ›Dichterin‹, ›immer in Phantasien versunken‹, ›Sportlerin‹, ›adoptiertes Kind‹, ›fünfundzwanzig‹, ›Selbstmordversuch‹, ›Romantikerin‹, ›krebskrank‹; und nur neben einem Namen, dem Jungen aus Australien, dem Krüppel, stand in deutlicher Handschrift geschrieben: ›die Wahrheit‹. Aaron drehte und wendete das Blatt, verstand nichts und hatte keine Kraft, sich zu wundern. Schnell kritzelte er noch ein paar

Zeilen an Jochi: die Moral wird gewahrt, das ganze Volk ist Armee.

Punkt vier Uhr ging er zum Felsen hinunter und saß dort und wartete geduldig, keiner kam den Pfad ins Tal hinunter, aber vielleicht bereitete sich Gideon zu Hause auf dieses Treffen vor, was hat er sich vorzubereiten, er muß nur sagen, ob er noch immer oder schon nicht mehr, er muß nicht mal reden, muß nur den Kopf bewegen, und alles wird klar sein. In Gedanken überprüfte er alle Zeichen, die er bisher gemacht hatte, vielleicht hat er aus Versehen eines übersprungen und Gideon war darum durcheinandergekommen, aber nein, er hatte sie alle der Reihe nach gemacht. Von den unteren Blättern des Feigenbaums bis zum roten Hemd. Interessant, daß er damals Verstand genug hatte, sich alle diese Zeichen auszudenken, dabei hatte er doch zu der Zeit gar nichts zu befürchten, im Gegenteil.

Er erhob sich vom Felsen und streckte sich, als sei ihm langweilig, ging hierhin, ging dorthin, dachte über die Liste von Jochi nach. Irgendwann einmal, wenn alles vorbei sein wird, wird er Zeit haben, über alles nachzudenken, auch über Jochi, auch über historische Dinge wie die Phönizier und über wissenschaftliche Leistungen wie die Weltraumflüge, über Erfindungen und über Tiere, über das Leben von Thomas Edison und von Abraham Lincoln, das ihn immer schon interessierte, wozu er aber in den letzten Jahren keine Zeit gefunden hatte, auch über Louis Pasteur, über die Entdeckungen neuer Länder und über die Fahrt von Kon-Tiki, über die Zigeuner und die Azteken, über Montgolfieren und Zeppeline, die Welt war voller Wissen, und wieder fand er sich vor seinem Kühlschrank, setzte sich hinein und stellte fest, daß er, wenn er im Kühlschrank war, den schlechten Geruch, der von ihm selbst, von seinem eigenen Atem ausging, weniger spürte, und er machte einen Versuch, ohne die Tür richtig zu schließen; er suchte und fand ein Stück Pappe, um seine Rettungsausrüstung darauf zu legen, befestigte es an einem der Fächer, und mit dem schwarzen Jemeniten schraubte er – eine Schraube öffnet man nach rechts – die beiden kleinen Seitenregale heraus, in die man Eier, Margarine,

Sahnejoghurtbecher und Gläser mit Meerrettich und Mayonnaise stellt, damit sie ihn nicht an den Ellbogen behinderten, er wird sowieso nur die linke Hand bewegen können, mit ihr wird er den Schnürsenkel des rechten Schuhs öffnen müssen, um unter der Einlage Mutters Nagelfeile herauszuziehen, die wohl das feinste Werkzeug ist, das er von innen zwischen die Schloßfalle und die Feder schieben kann. Er ließ sie absichtlich aus scheinbar verschwitzten Fingern fallen und tastete mit geschlossenen Augen auf dem Boden nach ihr – mindestens zehn Sekunden zu lange hat er gebraucht, um sie zu finden, er wird allerhöchstens sechzig Sekunden haben, bis er aufhören würde, klar zu denken. Er versuchte es wieder und wieder, brachte sich bei, ruhig zu bleiben, damit er das klirrende Geräusch hören würde, wenn sie fällt, und sie sofort finden könnte. Dann kehrte er zum Felsen zurück und wartete dort bis Punkt sieben Uhr und dachte daran, daß morgen drei Wochen vergangen wären seit dem Abend des Unabhängigkeitstages, seit er sich von Gideon verabschiedet hatte, ein sehnsüchtiges Warten, Starten Karten Garten, vielleicht hat Gideon ihn überhaupt völlig vergessen, auch in der Schule regt man sich nicht sonderlich darüber auf, daß Aaron schon seit zwei Wochen fehlt, nicht einmal zu Hause hat man es gemerkt. Auf einmal brach der Abend herein, ihm wurde kalt, und er rannte nach Hause, stürzte mitten hinein in ihr Abendessen, sie hatten nicht auf ihn gewartet und ohne ihn angefangen. Er setzte sich auf seinen Stuhl und kaute appetitlos. Der Vater erzählte, man habe ihm auch heute in seiner Einheit gesagt, daß er geduldig warten solle, daß man zuerst die Jüngeren nehme, als wäre ich ein alter Mann, regte er sich auf, ich kann ihnen allen dort zeigen, wo die Beine anfangen zu wachsen, und verschlang mit einem Bissen eine riesige Scheibe Brot, du wirst sehen, Mamilein, wir werden den Arabern noch so den Arsch aufreißen, daß sie wie die Weiber jammern werden, und als er lachte, sprühte Brot und Spucke über den ganzen Tisch und seine leicht gespaltete Unterlippe schob sich vor; die Mutter sah ihn ausdruckslos an: ihr seid alle gleich, sagte sie, Araber, Juden, ihr seid alle gleich. Der gleiche Stoff.

Sie erhob sich mit einem Seufzer und brachte die Großmutter schwerfällig, mit schleppenden Schritten ins Bett. Einige Augenblicke später kehrte sie zurück, schaute flüchtig zu Aaron hin, der allein am Tisch sitzen geblieben war, er versuchte nicht einmal, die lila und blauen Flecken auf seinem Handgelenk vor ihr zu verstecken. Sie räumte den Tisch ab und machte sich daran, einen Kuchen zu backen, den sie Jochi schicken wollte. Sie arbeitete schweigend neben ihm. Mit Bewegungen, die müder waren denn je. Als sie die Stille nicht länger ertragen konnte, schaltete sie das Transistorradio ein. Die Toto-Direktion teilt mit, daß die Ligaspiele und die Verlosung wegen der Mobilisierung zahlreicher Spieler abgesagt werden. Teilnehmer können ihr Geld an den Stellen zurückerstattet bekommen, an denen sie die Scheine ... Ärgerlich schaltete sie den Apparat aus. Aaron war schockiert. Was soll das, eine ganze Spielrunde abzusagen, wie wagen sie es, eine Runde abzusagen? Er schüttelte den Kopf wütend hin und her. Das ist nicht in Ordnung. Das ist einfach nicht in Ordnung.

Als die Mutter das erste Ei aufschlug, stöhnte sie kurz auf und wurde sehr blaß. Aaron schaute sie an und rührte sich nicht. Sie legte ihre Hand erschrocken auf den Bauch. Nahm langsam die Känguruhschürze ab und hängte sie an den Haken. Aaron stand nicht auf, fragte nicht, was los sei. Er sah nur, daß sie mit sehr kleinen Schritten zu ihrem Bett wankte. Er blieb allein in der Küche zurück. Legte die Hand auf Mund und Nase, roch den üblen Geruch und wußte, daß er von innen kam, von seinem Gehirn, das schon halb verwest war, bald werden die Gedanken und Worte, die dort durchgehen, krank herauskommen, mit weißen Flecken in der Mitte, an der Spitze verbogen wie eine ausgedrückte Zigarette. Er schaltete nervös das Radio ein, hörte, wie die Firma Helena Rubinstein den Frauen Israels mitteilte, daß sie alles tun werde, um die Produktion fortzusetzen. Auch in diesen Tagen des Notstands ist es unsere und Ihre Pflicht, Ruhe zu bewahren und auf ein schönes und attraktives Äußeres zu achten. Schminken Sie sich. Machen Sie sich hübsch für ihn, der nationalen Dienst tut. Der Kibbuz Or-ha'-

Ner teilt mit, daß die Hochzeit unserer Mitglieder, die am ... er schaltete das Radio aus. Er wird gleich schlafen gehen. Kraft für den kommenden Tag sammeln. Er suchte ein sauberes Glas, um daraus Wasser zu trinken. Fand keins. Trank aus einem schmutzigen. Im Spülbecken sah er das Ei mit dem großen Blutfleck in der Mitte. Wieder befiel ihn große Müdigkeit, und er mußte sich setzen. Ihm schien, als sehe er den Vater am Bett der Mutter knien und sie umarmen, sein Kopf war in ihrem Schoß vergraben. Wieder und wieder murmelte er zornig, was soll das, so mir nichts dir nichts eine ganze Spielrunde abzusagen, was soll schon passieren, wenn man die Spieler für einen Tag, für ein paar Stunden, von ihrem nationalen Wehrdienst befreit, statt daß sie sich dort mit diesen Weibern von Helena Rubinstein vergnügen. Er schlug die Faust mit aller Gewalt in die Hand.

Was soll dieser Gestank, den du verbreitest, sagte die Mutter plötzlich mit neuer Stimme, laut und dumpf, als sie am nächsten Morgen in sein Zimmer kam, um ihn zu wecken, die Jalousie grob und wütend öffnete und sofort zu ihm zurückkehrte, um ihn bei Tageslicht zu untersuchen, mir fällt das schon seit etlichen Tagen bei dir auf, sagte sie zu ihm. Achte darauf, ob sie dich direkt ansieht, ob sie noch Angst vor dir hat. Sofort rollte er sich zusammen und vergrub sein Gesicht im Kissen – was war mit ihr los, was hat sich an ihr verändert. Sie beugte sich über ihn und begann argwöhnisch an ihm zu schnuppern, von den Füßen aufwärts, so wie sie an der Großmutter hinten roch, und plötzlich kniff sie die Augen verblüfft zusammen – Aaron an Aaron, fliehe, kommen, große Gefahr, kommen; er hatte schon einmal so einen Blick in ihren Augen gesehen, das Aufblitzen unverhohlenen Entsetzens, als es ihm in der Küche, nach dem Großreinemachen, rausgekommen war. Sie drehte ihn mit Gewalt auf den Rücken, stieß seine Hände weg, mit denen er sich schützen wollte, schnupperte kräftig an seinem Gesicht, dann sprang sie ihm an die Nase. Du bist wohl verrückt, was hast du dort in der Nase angerichtet, meschugge bist du, reicht es dir nicht, daß du so bist, wie du bist, mußt du dir noch ein Chejndale einfallen lassen, damit, wer blind ist und nicht sieht, was du bist, es jetzt auch riechen kann? Und der Arzt auf der Erste-Hilfe-Station meinte, es gebe keinen Grund zur Besorgnis, so ein Geruch entstehe immer, wenn etwas irrtümlich in die Nasenhöhle dringt, vielleicht könne Aaron sich erinnern, ob nicht versehentlich irgendein Krümel hineingeraten sei. Aaron schüttelte nur den Kopf und schwieg – Aaron an Aaron, fliehe, fliehe, lauf um dein Leben, Ende. Ringsherum, in allen Zimmern, herrschte großer Betrieb. Tragbahren wurden vorbereitet, Verbandszeug eingepackt, eine Bestandsaufnahme der Medikamente vorgenommen. Aus den Augenwinkeln sah Aaron zwei Jungen aus der siebten Klasse, die er kannte, wichtigtuerisch in weißen Kitteln umhergehen. Alle sahen sehr beschäftigt aus, als wären sie zu einem wichtigen Treffen unterwegs, selbst die Kinder hatten diesen Ausdruck auf ihrem Gesicht. Jetzt sind es nur noch ein, zwei Tage, bis die ganze Geschichte anfängt, brummte der Arzt, während er die feine Pinzette nahm, sie in Aarons Nase schob und mit ihr herumstocherte, aha, da haben wir es schon, oho, das sitzt ja tief, aber da ist es schon, wir werden es zwingen, herauszukommen, beweg jetzt nicht den Kopf, es wird vielleicht einen Augenblick weh tun. Vorsichtig zog er den stinkenden Klumpen heraus und schwenkte ihn in der Luft, doch dann verflog sein triumphierendes Lächeln und er besah sich den großen, von der Druckfarbe der Buchstaben schwarzgefärbten Klumpen aus der Nähe, sich solche Sachen in deinem Alter in die Nase zu stekken, staunte der Arzt und sah Aaron mit zur Seite geneigtem Kopf an, tz tz tz, das paßt zu einem Dreijährigen, aber doch nicht zu einem Jungen von zehn. Schweigen trat ein. Die Mutter erstarrte auf der Stelle. Jetzt, jetzt soll sie es dem Arzt erzählen, jetzt soll sie ihm alles verraten, und der wird ihnen dann sagen, was getan werden muß. Jetzt ist der letzte Augenblick. Vielleicht ist die Lösung ganz einfach. Ein Elektroschock oder so etwas. Ein Augenblick der Qual, und alles ist vorbei. Jetzt, noch vor dem Krieg, denn wer wird nachher auf ihn achten. Er ist zwölf, murmelte seine Mutter beschämt. Aaron sah sie verblüfft an. Sie hatte den Arzt nicht wirklich verbessert. Und gegenüber, an der Pinzette, klebt der Brief, der nicht ankommen wird. Aaron an Aaron, was wird jetzt geschehen, kommen. Er verzog sich in sich selbst. Welches Recht hat er überhaupt, sich über sie aufzuregen. Er selbst steht ja da und sagt kein Wort, so wie er geschwiegen hat, als sie ihm zur Bar-Mizwa die höher gemachten Schuhe brachte. Er hat geschwiegen und sich für sein Schweigen und seinen Selbstverrat gehaßt. Zwölfeinhalb, murmelte die Mutter matt und zog den Kopf immer tiefer ein, ihre Schande legte sich dunkel über ihr Gesicht.

Der nächste Tag war der letzte Tag. Um vier Uhr ging Aaron ins Tal hinunter, er trug eine saubere Hose und ein gebügeltes Hemd, und sein Haar war mit Wasser gekämmt. Er verließ das Haus, ohne auf Wiedersehen zu sagen, damit der Anblick der Eltern ihn nicht aufhalten oder irgend etwas in ihm wachrütteln würde. Er hatte seine ganze Ausrüstung bei sich. Sogar den großen Dosenöffner hatte er nicht vergessen und ihn in der Hosentasche versteckt. Als er den Felsen erreichte, kletterte er zur höchsten Stelle hinauf, lenkte die Sonnenstrahlen mit Hilfe des roten, runden Spiegels auf Gideons offenes Fenster und sandte drei kurze, drei lange und dann wieder drei kurze Signale aus. Das tat er dreimal, seine Hände zitterten ein wenig, doch er achtete genau auf den Rhythmus und auf die Pausen. Danach setzte er sich auf den Felsen, er fühlte sich schwach, rollte sich auf Gideons Felsvorsprung zusammen, versuchte, die Eigenmächtigkeit seiner Blase zu unterdrücken, und schlief anscheinend ein, hoffte sehr, daß jemand an seine Schulter tippen und sagen würde, hast du mich gerufen, aber Punkt fünf Uhr erwachte er, allein. Schwerfällig stand er auf, stellte den Spiegel wieder ein und sandte das Signal dreimal an Gideons Zimmerdecke. Vielleicht hat Gideon beim ersten Mal geschlafen und nichts gesehen, und gleich danach klappten seine Beine zusammen, er rutschte vom Felsen und lag auf der Erde, er hatte schon einmal dieses erschrockene und leere Gefühl gehabt, genau an dieser Stelle, als er sich hier den Arm gebrochen hatte, er war damals wahnsinnig gewesen vor lauter Verzweiflung, viel mehr als er es jetzt ist, jetzt ist es wie nichts, jetzt hat er alles schon fast hinter sich. Er war damals ungefähr eine halbe Stunde lang rauf und runter gesprungen. Vielleicht auch eine ganze Stunde lang. Hatte auf den Moment gewartet, in dem sein trotziges ufzeluches Gehirn nicht aufpassen würde, vergessen würde, den Befehl zu geben, den Arm im richtigen Augenblick einzuziehen. Er hatte sich damals all seine Probleme vor Augen geführt, seinen Cousin Giora, der versucht hatte, ihn zu ertränken, um sich selbst zu retten, die großen Kleidungsstücke von Giora, die Blicke, die überall auf ihn gerichtet wurden, die offenen und versteckten Beleidigungen, aber all das half ihm nicht, bis er sich den kleinen, kugelrunden Onkel Lonio ins Gedächtnis zurückrief, der auf der Bar-Mizwa vor ihm gestanden und ›Kraftmaschine‹, ›Kraftmaschine‹ gerufen hatte, und dann passierte es, plötzlich war das leichte, dumpfe Knacken zu hören, und ein Schmerz, wie Aaron ihn nie gekannt hatte, breitete sich in ihm aus, und mit ihm der Gedanke, daß er es endlich getan hatte, daß er so etwas getan hatte, und daß man ihn nun nicht mehr nach Tel Aviv schicken würde, und er begann sich zu fürchten.

Er schaute wieder auf die Uhr und sah, daß fast eine Stunde vergangen war. Merkwürdig, wie die Zeit jetzt dahinfliegt, schon muß er die Signale zum dritten Mal senden. Mit letzter Kraft kletterte er auf die Felsspitze, bemühte sich, aufrecht zu stehen, seine Beine zitterten jetzt auch, und signalisierte zum letzten Mal SOS, vielleicht hat Gideon ja beim vorigen Mal auch auf dem Bauch gelegen und die Schrift an seiner Zimmerdecke nicht gesehen, denn wenn er sie gesehen hätte, wäre er ja gekommen, er hatte vor kurzem selbst gesagt, daß das ein Signal sei, dem man sich nicht verweigern dürfe, man darf diesen Hilferuf nicht verweigern. Selbst wenn er mitten im schlimmsten Streit ausgesandt wird. Selbst wenn wir erwachsen sein werden, selbst wenn wir in ferne Länder segeln und unser Land und unsere Heimat vergessen werden und eines Tages in einem neuen Haus liegen, und selbst in einem Palast – wenn also dieses Lichtzeichen plötzlich an unserer Zimmerdecke auftaucht

– drei Punkte, drei Striche, drei Punkte –, so werden wir sofort aufstehen, ohne auch nur einen Augenblick zu zögern, ohne uns von irgend jemandem zu verabschieden, die Sachen packen, wir würden sogar zwei Wochen lang mit dem Schiff oder mit dem Flugzeug anreisen, und rechtzeitig, gerade noch, im letzten Augenblick, zurückkommen, um den anderen zu retten. So haben wir es geschworen.

Er lehnte sich erschöpft an den Felsen, versuchte, sich zu beruhigen, ein freundliches Gesicht aufzusetzen. Warum schwach und abstoßend aussehen? Er nützte die letzten Strahlen der sinkenden Sonne aus, um ein bißchen Leben aus ihnen aufzusaugen. Angenommen, er wäre in Komi, bis zu den Knien im Eis versunken, und sehnte sich nach diesem Augenblick am Felsen – aber er hatte keine Kraft mehr für Komi, als seien Komi und die Taiga schon verblaßt, zusammengeschrumpft. Aaron an Aaron, ich habe noch etwas gefunden, kommen; Aaron an Aaron, ich hätte fast vergessen, daß du noch dort bist, kommen; ich bin fast nicht mehr dort, mich gibt es fast nicht mehr, das ist schon das Ende, richtig? Kommen; Aaron an Aaron, was hast du gefunden, kommen; ich habe noch etwas gefunden, ich habe noch etwas tief unten, unter dem Staub, unter der Erde, gefunden, vielleicht wirst du es mitnehmen wollen, ein Geschenk, vielleicht wird es helfen, vielleicht wird es dir wie der Ölkrug der Makkabäer beistehen, sieh her, irgendwann einmal brachte sie einen Karpfen für den Schabbat mit, sie brachte immer einen Karpfen für den Schabbat mit, aber diesmal war es ein besonderer, du hast aus ihm einem besonderen Karpfen gemacht; bis du kamst, schwamm er einfach so in der Badewanne, öffnete und schloß den Mund, fett und dumpf und mit schimmernden Schuppen, du hast auf dem Rand der Badewanne gesessen und ihn angesehen, er kam dir ein bißchen blöd vor mit seinem dicken geschmeidigen Körper und dem Mund, der sich pausenlos wie ein Spielzeug öffnete und schloß, und wie er von einem Ende der Badewanne zum anderen schwamm, kehrtmachte und zurückschwamm, und plötzlich bist du aufgestanden, ja, jetzt erinnere ich mich, du bist zu ihrem Schrank gelaufen, auf einen Stuhl gestiegen und hast ihr Schmuckkästchen geöffnet, Halsketten und Armbänder, Ringe und Broschen lagen darin, bis du gefunden hast, was du suchtest; eine glänzende rote Perle, die sich von ihrer alten Kette gelöst hatte, eine schimmernde Perle, ich war sicher, daß es ein Diamant sei, und du bist mit ihr ins Badezimmer gelaufen, hast die Hand in die Höhe gehalten, als würdest du eine Fackel tragen, ein blitzender Diamant in deiner Hand, und dann hast du den Karpfen mit aller Gewalt festgehalten, er versuchte zu entwischen, sich dir zu entziehen, mit aller Gewalt hast du ihn festgehalten – wie er zappelte und mit dem Schwanz schlug und mit dir kämpfte –, und du hast ihm den Diamanten in den Mund gesteckt, mit dem Finger hast du ihn hineingeschoben, und er sah dich erstaunt und ärgerlich an, aber der Diamant war schon in seinem Bauch, und den ganzen Tag lang bist du stolzgeschwellt über dein königliches Geheimnis herumgelaufen – ich habe einen Fisch mit einem Diamanten im Bauch – und hast gewartet, daß die Mutter ihn am Freitag öffnen und den Diamanten finden und sich etwas wünschen und alles, was sie sich wünschte, sofort in Erfüllung gehen würde; gut, am Ende kam es anders, als ich dachte, es kommt nie so, wie man denkt, nie, besonders, wenn man ein Kind ist, am besten man glaubt nicht an Zaubereien, dann wird man auch nicht enttäuscht; doch schau, auf dem Pfad von der Siedlung ins Tal sehe ich Gideon kommen, genau zur rechten Zeit, gerade noch, im letzten Augenblick kommt er mit seinem komischen Gang, mit den leicht geöffneten Beinen daher, vielleicht träume ich, Aaron an Aaron, vielleicht träume ich, ja, vielleicht träume ich.

Hallo, Kleinfeld, wie steht's?

Guten Tag, Gideon.

Was sitzt du so verkrümmt da?

Hast du mein Zeichen gesehen?

Nein, rück ein wenig. Laß mich auf meinem Platz sitzen.

34 … und es wird die Geschichte eines ganz gewöhnlichen Jungen sein, eines Jungen wie wir, eines Jungen unseres Alters, ich plane das schon sehr, sehr lange, schreibe mir Ideen dazu auf, ja, in ein Heft, ja, habe ich mir extra gekauft, siebzig Seiten, ich schreibe mir die ganze Zeit über neue Gedanken auf, und es kann sogar sein, daß daraus ein Film wird, und er wird wirklich über einen Jungen sein, wie wir sie sind, in unserem Alter ungefähr, ich kann nicht alles verraten, bisher ist alles noch geheim, und er wird bestimmt auch mit Spionage zu tun haben, und vielleicht irgend etwas mit dem Zirkus oder mit Houdini, spaßeshalber, ich habe noch nicht alles geschrieben, es dauert lange, bis man sich so etwas ausgedacht hat, eines steht jedoch fest – Lügen brachen wie brennende Bläschen auf seiner Zunge auf –, daß dieser Junge zufällig auch Gideon heißt, und daß die ganze Geschichte mit Flugzeugen zu tun haben wird, er wird verrückt sein nach Flugzeugen, dieser Gideon, und vielleicht wird er ein Kampfflieger werden wollen, ich habe das alles noch nicht geschrieben, und es ist mir noch nicht gelungen, genau festzulegen, wie das gehen soll, daß ein Junge fliegt, denn angenommen, man macht einmal einen richtigen Film daraus, lach nicht, dann wird er ja ein echtes Flugzeug fliegen müssen, nein, mein Lieber, bei mir kommen keine Doubles in den Film, vergiß es, bei mir ist es nicht wie bei deinem James Bond, bei mir ist alles echt – vom Anfang des Films bis zum Ende, wenn sein Flugzeug schließlich abstürzt, und er sich das Bein verletzt, das Bein, das Bein; Aaron leckte sich hastig die Lippen und schaute wieder auf Gideons nacktes Bein, das auf dem Felsvorsprung lag, und einen Augenblick verschlug es ihm die Sprache. Er holte mit offenem Mund Luft – wie kam es überhaupt, daß er Gideon hier solche Lügen auftischte, er hatte doch vorgehabt, Gideon nur eine Frage zu stellen, diese eine Frage, nicht einmal *ihren* Namen wollte er erwähnen, denn nicht sie ist die Hauptsache, sondern Gideon und seine Treue, das allein kann ihn retten, aber plötzlich war alles total schiefgegangen, und als Gideon zu ihm gekommen war und ihm seine treue Hand hinstreckte und ihm auf die Beine half, dachte Aaron – es ist ein Ja,

er hat gewartet, und ihm zersprang beinahe das Herz vor Freude und Erleichterung, Gideon klopfte ihm sogar liebevoll auf die Schulter, und Aaron fragte mit erstickter Stimme, wie geht es dir, wie ist die Lage, und erinnerte sich zu spät, die Muskeln seiner mageren Schultern anzuspannen, und Gideon sagte, hör zu, heute oder morgen fängt das Ganze an, und Aaron fragte verblüfft, was fängt an, aber Gideon achtete nicht einmal auf die Frage und erzählte mit leiser und feierlicher Stimme, sein Bruder Menni habe ihm heimlich die Parole verraten, die den Streitkräften das Zeichen zum Angriff geben würde, und er sah sich nach allen Seiten um, aus Angst, daß ihnen jemand zuhören könnte, wenn du mir schwörst, wie ein Grab zu schweigen, bin ich bereit, es auch dir zu verraten, Aaron stöhnte innerlich – der Basaltstein –, früher mußte Gideon gar nicht um so etwas bitten, und warum erzählt er mir von der Parole, was interessiert mich das jetzt, warum besticht er mich mit nebensächlichen Geheimnissen, er soll nur sagen, ob er oder ob er nicht, und Gideon sagte eindringlich und voller Bedeutsamkeit – ›Rotes Laken‹. Was, ›Rotes Laken‹, fragte Aaron leise und sank dahin, verging, dann ist es also ein Nein. ›Rotes Laken‹, das heißt nein. Gideon grinste, die Parole, was hast du gedacht, du Dussel, meiner Meinung nach ist das eine Superparole, ›Rotes Laken‹, als ob man einem Stier ein rotes Laken hinhält, und glaub mir, sie werden bei uns nicht anders enden als der Stier in der Arena. Aaron schüttelte den Kopf, begriff nicht, wovon Gideon redete. Was hatten all seine Worte zu bedeuten: bist du es, ja, oder bist du es nicht? Und Gideon meinte, was stehen wir hier herum, und schwang sich auf seinen Felsvorsprung, versuchte vergeblich, seine langen Beine in der Nische zu verschränken, gab es auf, ließ sie ein wenig herunterbaumeln und legte sich auf den Rücken, und Aaron atmete erleichtert auf, Gideon hat von etwas ganz anderem geredet, nur vom Krieg. Und genau in dem Augenblick, als Aaron dachte, daß er eine Chance hätte, bemerkte er flüchtig einen neuen, dunklen, gekräuselten Schatten dort, wo Gideons Beine in die Leisten übergingen. Dort oben am Bein, was erschrickst du so, ich zeige dir nur, wo die Wunde sein wird, wer faßt dich an, stell dir nur vor, daß es eine ernste Verwundung sein wird, vom Splitter des Luftabwehrgeschosses einer Flak, sein Bein wird die Hälfte des Films über verbunden sein, vielleicht sogar in Gips – aber wo sollte er eigentlich in der Wüste Gips auftreiben, was für ein Schwachkopf ich bin, siehst du, ich ändere das sofort, und er zog einen Kuli aus der Hemdtasche und kritzelte sich mit zitternden Fingern und ernster Miene eine kurze Notiz auf die Hand. Gideon betrachtete ihn mit ausdrucksloser Miene. Es war ihm nicht anzusehen, was er dachte. Vielleicht erinnerte er sich, daß Aaron früher einmal, vor langer Zeit, große und verrückte Ideen gehabt hatte, die in Erfüllung gingen. Man mußte nur an sie glauben. Nein: nicht an sie. An Aaron. An den Eifer, der von ihm ausging. Gideon schwieg nur und ließ sich nichts anmerken. Er war schon richtig erwachsen, und Aaron konnte in seinem Gesicht nicht mehr lesen, er hoffte nur auf eines, nicht einmal mehr auf eine ausdrückliche Antwort, auf ein Ja oder ein Nein, jetzt würde es ihm ja bereits genügen, wenn Gideon ihm deutlich, nicht nur so zwischen den Zeilen, zeigte, ob er schon oder ob er noch immer nicht, nur darum bittet er, daß Gideon ihm jetzt ein wahrer Freund sein wird, und genau in diesem Augenblick ist mir eine Bombenidee gekommen, daß du vielleicht dieser Hauptdarsteller sein wirst, ja, du, warum nicht, ja, richtig im Film, aber dafür müßte man dir vielleicht Verband, Gips und die ganze Schose bis obenhin machen, bis hier, wohin gehst du, bleib, hei, warte 'ne Sekunde, Mensch; Mensch, ich rede schon so wie sie, betrüge wie sie und benehme wie sie; laß mich dir das kurz erklären, wo waren wir stehengeblieben? Ja, also das geht folgendermaßen: er fliegt zu irgendeiner Rettungsaktion in den Negev, und plötzlich schießt ihn die Luftabwehr der Ägypter ab, oder noch besser – hör zu –, es ist sein bester Freund, oder eigentlich soll es nur sein Bruder sein, er ist auch Pilot, und dieser Bruder stürzt auf ägyptischem Gebiet ab, und sein kleiner Bruder, Gideon, fliegt hin, um ihn zu retten, denn kein anderer Pilot ist bereit, sich in solche Gefahr zu begeben, na, was hältst du davon?

Er keuchte und forschte fieberhaft in Gideons verschlossenem Gesicht und war erschrocken, daß Gideon zuließ, daß er sich bis ans Ende in Lügen verstrickte, und trotzdem stöberte er in seinem Innern nach neuen Worten, die er ihm sagen könnte, nicht die Worte waren ja die Hauptsache, doch Gideon saß mit zusammengekniffenen Lippen vor ihm und wartete ab, was geschehen würde. Warum spricht er jetzt nicht, warum hält er ihm keinen Vortrag? Warum ist er so vollkommen still? Auch er wird schweigen, wie ein Mann wird er schweigen – aber dieser Junge, dieser Gideon, er hat wirklich ein angeborenes Talent zum Fliegen, und er hat immer schon Modellflugzeuge gebastelt und bei paramilitärischen Übungen der Luftwaffe mitgemacht, und als der Kommandant der Luftwaffe fragt, ob sich jemand freiwillig meldet, mit den Flaks in ägyptisches Territorium einzudringen, um den Piloten zu retten, der auf feindlichem Gebiet abgestürzt war – es würde ja schon reichen, wenn Gideon mit einer kleinen Geste sagen oder andeuten würde, daß er diese fadenscheinige, lächerliche Lüge satt habe, und alles wäre augenblicklich zu Ende, Aaron würde übertrieben lachen und erklären, daß alles nur ein Scherz war, purer Unsinn, um die Spannung dieses alarmierenden Zustands zu mildern; er hat sich die ganze Zeit über die Möglichkeit eines Rückzugs offengehalten, es ist ihm alle diese Jahre über recht gut gelungen, seine Ehre zu wahren, damit fremde Leute nicht merken würden, wie sehr er innerlich schon zerfressen war, aber Gideon sagte nichts, er machte es ihm nicht leicht, zwang ihn, immer weiter zu gehen, bis zu dem Punkt, an dem es fast unmöglich wurde, sich mit einem Lachen, einem Witz aus der Affäre zu ziehen, er saß mit aneinandergedrückten Beinen vor ihm und betrachtete ihn mit kalten, nüchternen Augen, und dann kommt so eine Szene im Film, wo er seinen Bruder, den Piloten, an einer Oase findet, und die beiden baden nackt – natürlich nackt, wie sollten sie sonst baden? Mit den Klamotten? Wie naiv du bist. Nur von hinten. Sicher. Soll vielleicht auch der Kameramann die Augen zumachen? Wieso schämst du dich, für eine Viertelminute die Hose auszuziehen? Die Kinder aus der Klasse? Vorsicht, durchzuckte ihn ein Gedanke, Gideon fragt dich nur so. Gideon tut nur so, als ob er mitmachen würde, aber er macht nicht mit. Er ist schon fremd. Einer von ihnen. Und Aaron sah Gideon mit einem Gesicht an, das ruhig, unschuldig und gelassen aussehen sollte, er wußte, daß er immer weiter in Gideons Falle ging, wußte aber auch, daß er keine andere Wahl hatte, daß es jetzt um Leben und Tod ging wie noch nie zuvor, er tat es nur wegen der winzigen Chance, noch irgendwo ein Körnchen des wahren Gideon zu finden, der bereit sein würde, ihm in diesem Augenblick beizustehen, was kümmern dich überhaupt die Jungens aus der Klasse, kannst du dir vorstellen, wie sie dich darum beneiden werden, daß du eine Rolle im Film hast? Gideon tut nur so, als höre er zu. Man sieht ihm an, daß er daran denkt, wie er morgen allen erzählen wird, daß Aaron völlig verrückt geworden ist, als könnte so etwas bei uns in der Familie überhaupt passieren, aber wenn du darauf bestehst, dich nicht auszuziehen, man kann ihn ja erst ab sechzehn zulassen, du sollst nur wissen, daß dann auch wir den Film nicht sehen dürfen, oder man wird uns vielleicht nur bei dieser einen Szene bitten, die Augen zu schließen, wenn die feierliche Uraufführung mit dem Premierminister und dem Präsidenten und dem Kommandanten der Luftwaffe stattfinden wird, was lachst du, was lachst du denn, sicher werden sie dasein. Jetzt lacht Gideon Tränen. Wischt sich die Augen, stöhnt vor Lachen und schlägt sich auf den Schenkel. Das ist jetzt der Augenblick, den Rückzug anzutreten. Zu sagen, daß alles Quatsch ist, ich hab dich an der Nase rumgeführt, da bleibt dir die Spucke weg, was. Aber er hat nicht die Kraft, es zuzugeben. Er hat nicht die Kraft, einen Rückzieher zu machen. Er muß es noch einmal sehen. Im vollen Licht und mit eigenen Augen. Er muß sehen, wie so etwas mit einem Körper geschieht, den er so genau, fast so gut wie seinen eigenen Körper, gekannt hat. Und wie sehr hat er all die Jahre über daran geglaubt, daß Gideon auf ihn warten würde. Daß er sein wahrer Freund ist. Und jetzt, was war jetzt von diesem Gideon geblieben? Jetzt geht er und bewegt sich, und er redet so, als fürchte er sich vor nichts mehr auf der Welt;

selbst wenn er in China landet, wird er sofort wissen, wie er mit den Leuten dort umgehen muß. Er senkte den Kopf: wirklich, was war von seinem Gideon geblieben? Sogar tief in Aaron drin ist der innere, der alte, der treue Gideon schon fast verschwunden. Eine ganze Tafel Schokolade muß er jeden Tag verputzen, vierundzwanzig Würfel Freundschaftszucker, um seine Erinnerung an ihn aufzubewahren. Und aus der Nähe betrachtet ist es offensichtlich, daß Gideon aufgehört hat, die Tabletten zu schlucken: aus der Nähe sieht man, daß er tatsächlich einen gewaltigen Schub gemacht hat, daß er reifer geworden ist, was für Muskeln er jetzt in den Armen hat, kräftige Adern treten auf seinem Rücken und seinen Händen hervor, und wie tief seine Stimme geworden ist, wie stark sein Adamsapfel vorsteht, als wäre es nur das Fünf-Milligramm-Valium zweimal die Woche, das ihn die ganze Zeit über gebremst hat, und du diskutierst noch mit mir, daß man dir ein Stück von deinem Hintern wegschauen wird, wo ich von einer feierlichen Uraufführung, von Auszeichnungen und von Fotos für die Zeitung rede, daß ich nicht lache, Gideon, du glaubst doch nicht, daß ich mich für einen Schauspieler entscheide, ohne zu prüfen, ob er für die Rolle geeignet ist. Plötzlich spitzte Gideon die Ohren ein wenig. Das war ein ungutes Zeichen. Gideons Ohren, Gideons verantwortungsvolle, ehrliche Familienohren. Es stimmt, daß ich ihn gesehen habe, was lachst du wie ein kleines Kind, aber das ist lange her. Er lacht schon wieder! Was lachst du? Ich spreche jetzt gar nicht als Freund zu dir. Vergiß, daß wir Freunde sind: ich rede vom professionellen Standpunkt aus. Weißt du was? Zeig ihn mir nicht. Tu mir keinen Gefallen. Was soll's. Vergiß es. Laß uns nach Hause gehen. Eigentlich kannst du allein gehen. Ich will noch ein bißchen hierbleiben. Die Dreharbeiten planen. Was interessiert mich dein Hintern überhaupt.

Gideon rührte sich nicht. Er blieb sitzen und betrachtete Aaron mit aufmerksamer Neugier. Wie jemand, der auf die Fortsetzung einer versprochenen Vorstellung wartet, und trotzdem war er gleichzeitig auch ein wenig angespannt und unruhig. Und grausam. Aaron duckte sich unter diesem Blick, in dem flüchtig auch alle boshaften, niederträchtigen Züge von Gideons Vater hervortraten: ja, Gideon machte Gebrauch von allen Mitteln, die ihm zur Verfügung standen. Er beherrschte sie ausgezeichnet. Er war erwachsen. Aaron verstummte resigniert. Von der Siedlung her war ein heiseres Hupen zu hören. Die Lambretta war gekommen. Zachi Smitanka, denkt Aaron mißmutig, Zachi Smitanka. Einst waren wir Freunde. Über ganze Teile meines Lebens hat sich weißer Schimmel gelegt. Was hast du gesagt? Du hast nichts gesagt? Also, bist du nun einverstanden oder nicht? Bist du, ja oder nein? Wir wollen nur kurz sehen, ob es ein richtiges Ja oder Nein ist. Natürlich meine ich es ernst. Sehe ich so aus, als würde ich Spaß machen?

Und siehe da, in dem Augenblick gab Gideon nach. Er tat zumindest so, als gebe er nach. Wie konnte man das in diesem Augenblick wissen? Wer dachte überhaupt nach? Wer machte überhaupt Pläne? Alles geschah von selbst. Gott sei Dank! sagte Aaron. Geh hinter den Felsen und zieh dich aus, ich werde nur eine Sekunde hinschauen. Niemand kommt hier vorbei. Es ist ja gleich dunkel. Ehrlich, Gideon, du bist richtig naiv geworden.

Gideon stieg langsam vom Felsen herunter, stellte sich neben Aaron und sah ihn von der Seite an. Er überlegte einen Augenblick, dann richtete er sich auf, drehte sich gelassen um und ging hinter den Felsen. Bitte, bitte, flehte Aaron innerlich. Was kümmert ihn die Scham und die Schande. Hauptsache, er sieht, ob es wirklich so war oder nicht. Und danach – danach kann die Welt untergehen. Kann die Welt untergehen.

Gideon kam hinter dem Felsen hervor und sah Aaron mit einem neuen, unbekannten Blick an: provozierend und verächtlich. Dann drehte er sich einfach um und wandte sich zum Gehen. Er war angezogen. Er hatte seine Hose nicht ausgezogen. Er hatte die ganze Zeit im stillen über Aaron gelacht. Einen Augenblick erstarrte Aaron. Dann stürzte er sich auf ihn. Gideon lief los, er lief mühelos, ohne sich anzustrengen. Der Abstand zwischen ihnen blieb die ganze Zeit über gleich, obwohl sich Aaron die Seele aus dem Leib rannte.

Aaron lief ihm am Rand des Tales nach und merkte zu seiner Überraschung, daß Gideon ihn fast hinter sich herlockte, als genieße er die Jagd und wolle ihn nur an den Rand der Erschöpfung treiben und ihm zeigen, wie schnell seine Kraft verbraucht wäre und wie kurz seine Beine seien. Eine Zeitlang liefen sie ohne ein Wort miteinander zu wechseln, ohne daß sich der Abstand zwischen ihnen verringerte, um ihr Fußballfeld, an der Höhle und am Schrottplatz vorbei und kehrten in einem weiten Bogen zum Felsen zurück, und plötzlich hielt Gideon an und drehte sich zu Aaron um, und auch Aaron blieb keuchend und rot, mit wirren Augen stehen. Da legte sich ein undurchsichtiger Ausdruck auf Gideons Gesicht: er wirkte keineswegs besonders männlich oder unnachgiebig in diesem Augenblick, aber er zeigte auch keine Gefühlsregung. Er hatte es scheinbar nicht eilig, sich zu entscheiden, und genoß vor Aarons Augen das Recht zu wählen, die Verzögerung und die Gelassenheit, es war einer jener Momente, in genau denen er sich formte und seinen Charakter bildete. Dann ließ er seine kurze Hose mit einer langsamen, eigentümlichen Geste herunter. Entblößte flüchtig den Schatten seiner gekräuselten, herzzerreißenden Behaarung. Zweimal, im vollen Licht, dachte Aaron. In Gideons Augen zeigten sich Bosheit, Schadenfreude und Erleichterung eines Menschen, der schon erlöst worden war, und einen Augenblick regte sich der Verdacht, daß er sich insgeheim von Anfang an nach dieser ganzen Vorstellung gesehnt hatte, daß er ein scheues, unbestimmtes Bedürfnis danach hatte, sich in das zu hüllen, was Aarons Gehirn ausschied. Er drehte sich um und wollte verschwinden, jetzt lief er nicht einmal mehr, doch Aaron stürzte sich mit einem bitteren Schrei auf ihn.

Sie rangen minutenlang miteinander, keuchend, wimmernd und stöhnend, ohne ein Wort zu sagen, und konnten nicht aufhören. Gideon war robuster, aber Aarons tierisches Kreischen und sein Spucken lähmten ihn, und er konnte nicht zurückschlagen. Er erkannte sie nicht wieder, die kleine Bestie, Nägel und Zähne und Schaum vor dem Mund, die sich in sein Fleisch grub und riß, ihm den Atem eines Kadavers ins Gesicht schlug und scheinbar unter seine Haut dringen und sich mit irgend etwas in seinem Innern vereinen wollte. Mit aller Kraft hielt Gideon seine kurze Hose fest, in die sich Aaron versuchte vorzukämpfen. Seine Kraft versiegte zusehends, und kraftlos, unfähig, etwas zu tun, spürte er die Resignation, die sich nach und nach in seinen Gliedern ausbreitete. Hilflos beobachtete er die verschwitzte, besessene Kreatur, die mit verkrampften Fingern in ihm grub und wühlte, sich in sein Gesicht bohrte, in seinem Körper stöberte und so aussah, als kämpfe sie um ihr Leben, und plötzlich brach ein kindliches, erschrockenes Schluchzen aus Gideon hervor, und er rief flehend und mit sich überschlagender Stimme Aarons alten Namen, nicht Aaron, nicht ›Arik‹, sondern den liebevollen Kosenamen der Kindergärtnerinnen aus Chawas Kindergarten, ›Neschume‹, ›Seele‹, doch Aaron antwortete nicht, vielleicht hörte er ihn nicht mehr, und mit seinen Krallen zog er den wimmernden Jungen erbarmungslos aus, riß ihm mit Gewalt die Hose und die Unterhose bis zu den Knien herunter. Er schaute. Betrachtete ihn eingehend. Sein Kopf begann schwerfällig zu nicken. Seine Augen wurden langsam trübe. Gideon lag auf dem Boden, verwundet und erniedrigt unter seinem Blick. Aaron erhob sich, wandte sich von ihm ab und stand gesenkten Hauptes mit dem Rücken zu ihm. Leise wimmernd zog Gideon sich an, wobei er ihm ängstliche Blicke zuwarf. Dann begann er mit kleinen Schritten zurückzuweichen, bis er schließlich loslief und in die Siedlung floh.

Aaron stand noch ein paar Augenblicke in sich zusammengesunken. Dann begann er mit zaghaften, unsicheren Schritten ins dunkle Tal hinunterzugehen, den Blick auf einen blassen Punkt gerichtet, einen hellen Fleck auf der Haut der Finsternis, einen ganz leichten Schimmer. Er entfernte sich immer weiter von der Siedlung, von dem Lärm der Straße, dem Klappern der Töpfe, dem Schreien der Kinder, bis er ankam und auf die Erde sank, sich an die Wand des Kühlschranks lehnte. Langsam, als versuche er sich an etwas zu erinnern, fuhr er mit dem Finger über seinen Körper, von den Füßen bis zu den Schultern und dem Hals. Ohne jegliches Gefühl untersuchte er gründlich, ohne Feindseligkeit, sein Fleisch, erforschte er die Beschaffenheit dieses Teils der Hölle, als sei es das erste Mal. Dann stand er auf, zog am kalten Griff der Kühlschranktür, öffnete sie und atmete den Gestank ein. Er setzte sich auf das unterste Fach, seine Beine baumelten in der Luft, während er den Sternenhimmel betrachtete. Ringsum herrschte vollkommene Stille. Nicht einmal aus der Siedlung drang ein Laut herüber. Er hatte das Gefühl, als halte dort, in der Dunkelheit, jenseits des Lichterscheins der Häuser, das ganze Land den Atem an, senke den Kopf vor einem Schuß, vor einem großen Sprung. Wer weiß, wer gewinnen und wer verlieren wird. Viele Menschen werden sterben. Er versuchte zu überlegen, wer von den Menschen, die er kannte, getroffen werden könnte. Sein Vater, zum Beispiel, und Jochi, die irgendwo weit weg war, und er rief sich die restlichen Verwandten, die nahen und die fernen, ins Gedächtnis, und auch andere Leute, die er kannte, Lehrer und Nachbarn, die großen Brüder seiner Freunde und Fußballspieler, die eingezogen worden waren. Er sorgte sich ein wenig um den Piloten Menni. Bedauerte, daß seine damalige Idee, die Gesichter in den Felsen zu meißeln, nicht geglückt war. Denn wenn irgend jemandem – Gott behüte – etwas passiert, würde wenigstens eine Erinnerung bleiben. Langsam begann er, sich den trüben Schmutz abzuwaschen, der wie Sumpfwasser in seiner Seele stand. Sein klarer Verstand kehrte wieder, wie das prickelnde Blut, das wieder in einen eingeschlafenen Körperteil strömt.

Dann breitete er sein ganzes Werkzeug auf dem Karton neben sich aus: er holte die Nagelfeile und die verrostete Rasierklinge aus der aufgelösten Schuhsohle, drehte den Hosengürtel um und zog den großen Nagel heraus, und aus dem Hosensaum holte er die kleine zerbrochene Laubsäge und das flache Streichholzbriefchen, das Onkel Schimek im Flugzeug bekommen hatte, nach kurzer Überlegung aber warf er es wieder hinaus. Sie sollen Spuren haben, die sie zu ihm bringen. Er fuhr mit der Hand über den unteren Teil des Rückens, riß sich das Pflaster ab, das er ständig zum Schein trug und fing den spitzen, schwarz glänzenden Stahlnagel auf. Dann schloß er die Augen und strich behutsam über die Instrumente, damit er ihren Platz auch im Dunkeln kennen würde. Die ganze Zeit über war in ihm eine Stimme, die immer wieder, wie ein Kind, fragte, ob es wirklich schon soweit sei. Sie glaubte nicht, daß er es tun würde.

Als alles bereitlag, zog er, wie bei einem richtigen Auftritt, mit langsamen und präzisen Bewegungen die Beine an und verschränkte sie, zuerst das linke und dann das rechte, und legte seine rechte Hand auf den Oberschenkel. Ihm ging durch den Kopf, daß, wenn es ihm gelingen sollte – natürlich wird es ihm gelingen –, es sein kühnstes Houdini-Kunststück wäre, und ausgerechnet jetzt hat er kein Publikum, doch er braucht auch keines: Er tritt für sich selbst auf. Und wenn es ihm gelingen sollte – natürlich wird es ihm gelingen – und er herauskäme – sicher wird er herauskommen – würde er niemandem davon erzählen, niemandem auf der Welt. Nicht einmal Jochi. Vielleicht würde er nach zwanzig Jahren noch mal darüber nachdenken, ob es schon an der Zeit war. Aber zwanzig Jahre lang würde er schweigen. Auch die Menschen, die ihm sehr nahestanden, würden es nicht wissen: zwanzig Jahre, von jetzt an.

Als er diese Worte dachte, ›zwanzig Jahre, von jetzt an‹, spürte er plötzlich einen harten Schmerz in seinem Kopf, es fühlte sich an wie Strom, als sei dort irgend etwas nicht richtig angeschlossen, und er drückte fest auf die Augen, bis der Schmerz nachließ, drückte weiter auf die Pupillen und sah, wie Funken in ihnen sprühten und sich langsam zu einem großen leuchtenden Kreis ausbreiteten, sein ganzer Kopf füllte sich plötzlich mit dem Licht einer aufgehenden Sonne, und er beugte sich verwundert über sich selbst und preßte die Augäpfel gegen die Fingerknöchel, sah das Glimmen, das er schon kannte, ging darüber hinaus und drückte weiter, bis er auch die kleinen Lichtengelchen sah, und er ging auch über sie hinaus, er quälte sich noch mehr, denn er spürte, daß er gleich etwas Neues erreichen würde. Und tatsächlich begannen sich seine Augen von innen mit etwas zu füllen, ein großes, leuchtendes Wesen stieg auf und wurde heller, wie eine ferne, sehr leichte, angenehme Explosion, es war, als ob jeden Moment eine Sonne entstehen würde, und unter seinen geschlossenen Fäusten formte sich sein staunendes Lächeln – ein Kinofilm in seinen Augen, und trotz des Schmerzes, trotz der Tränen, die begannen, den Anblick zu verschleiern und an seinen Armen hinabzurinnen, hörte er nicht auf, und er dachte, wie es möglich war, daß er niemals, in keinem seiner Experimente, versucht hatte, einen Augenblick wie diesen von seinem Körper abzuverlangen, ein Geschenk.

Schließlich, als er es nicht länger aushielt, ließ er von seinen Augen ab, ertrug still den Schmerz der Ernüchterung, wischte die Tränen fort und sah, wie sich die vertraute Welt allmählich wieder zusammenfügte. Dann hörte er sie seinen Namen rufen. Seine Mutter trat auf den Balkon und rief ihn. Auch sein Vater kam heraus und rief ihn. Wieso rufen beide ihn? Vielleicht haben sie tatsächlich etwas gemerkt. Vielleicht hat Gideon sie zu Hilfe gerufen. Sein strenger Name schwebte im leeren Raum das Tales, als gelänge es ihm nicht, zu ihm durchzudringen. Man konnte ihn fühlen wie einen dunklen, schweren Mantel, der vor seinen Augen im Wind flatterte, seinen Namen in die Luft schrieb, seinen ungeliebten, düsteren, sonoren Namen.

Müde und ängstlich drangen die Stimmen des Vaters und der Mutter an sein Ohr, verfingen sich in weichen Nebelschwaden, vermischten sich mit ihnen und stiegen in geläuterter Form aus ihm hervor. Es war das reine Stöhnen ehrlicher Trauer. Ein Klagelied. Er verbesserte die Stellung seiner Beine auf dem Regal. Senkte den Kopf unter dem kleinen Gefrierfach bis auf die Brust. Und legte alle fünf Finger der linken Hand auf sein Houdini-Werkzeug.

Glossar

A-schokl: jidd. eine Schaukel; ermutigender Ausruf, Ansporn, hier: gib dir einen Ruck

Bar Mizwa: religiöse Zeremonie im Judentum bei Erreichen der Geschlechtsreife (mit 13 Jahren)

Benkale: jidd. Stuhl, kleine Bank

Chejndale: jidd. chejndel: Anmut, Grazie; Flirt; hier: Masche, Macke

eppes: jidd. etwas; irgendwie

Falafel – Felafel: in Öl gebackene Bällchen aus gewürztem Bohnenbrei

Faruk: König von Ägypten 1936–1952. Im Text (S. 335) wird erklärt, warum die Mutter das rote Taburett Faruk nennt (roter Fes)

Fertel: jidd. ein Viertel, hier: eine Viertelportion (im Deutschen eher: halbe Protion)

Ferzale: jidd. Furz, kleiner Furz

Franzuski: (von Franzose): hier ist ein hoher Stuhl gemeint

Geppetto: Vater von Pinocchio

Glassandale: Glas-Sandale

Hamsin: (eig. Chamsin) heißer, drückender, israelischer Wind aus der Wüste

Hummus: Kichererbsenbrei

igenmigen: igen hießt auf ungarisch ja; igenmigen ist eine Verspottung der ungarischen Sprache

Jesreel: Yisre'el, ein Flußtal zwischen der Rückseite des Karmels und Afula

Lharts: Strahl, von Aaron rückwärts gelesen (wie Dneguj – Jugend)

Mesinik: das jüngste Kind in der Familie

Nacht der großen Verbrennung: gemeint ist die Nacht, in der der Vater einen Unfall in der Bäckerei hatte und sich den Arm verbrannte

Pessach: jüdischer Feiertag zur Erinnerung an den Auszug der Kinder Israels aus Ägypten

Pulke: jidd. Keule (eines Geflügels)

Puritz: jidd. Edelmann, Gutsherr; hier: das gute Sofa

Schabat-Tschulent: schon am Freitag vorbereitete Schabbatspeisen, die für 24 Studen im Ofen bleiben können

Schawarma: Fleisch am Drehspieß

Schiwa: sieben Trauertage, die man sitzend verbringt und an denen alle Trauergäste zu Besuch kommen

schoin: jidd. schön, gut

Sibalech: jidd. sibale, Plural sibalech; ein im 7. Monat geborenes Kind, daher winzig, unreif, auch im übertragenen Sinn

Stachanowitsch: Stachanow-Bewegung; in der UdSSR 1935 in Gang gebrachte Massenbewegung zur Steigerung der Arbeitsproduktivität und Senkung der Kosten; benannt nach dem Grubenarbeiter A. G. Stachanow, der außergewöhnliche Förderquoten erzielte

Taburett: arab.-franz. Hocker (im schweizerischen noch gebräuchlich)

Terylenhosen: Terylene: eine Chemiefaser auf der Basis von Polyester

Trumpeldor: Joseph; 1880 in Rußland geboren; zionistischer Führer und Pionier; Heldenfigur. Verlor seinen linken Arm im russisch-japanischen Krieg 1904; Verteidiger jüdischer nordgaliläischer Siedlungen gegen arabische Überfälle, erlag hierbei 1920 einer Schußwunde

Tschort: jidd. Teufel

ufzeluch: jidd. »aus purem Trotz«

Zerfloigener: jidd. verflogener (Engel); hier: verdreht, ein wenig daneben, verrückt

David Grossman
im Carl Hanser Verlag

Stichwort: Liebe
Roman
Aus dem Hebräischen von Judith Brüll
616 Seiten. 1991

David Grossmans Roman *Stichwort: Liebe* ist ein außergewöhnliches Buch. Es wird sicherlich zu dem kleinen Kanon der ganz großen Bücher nach dem Zweiten Weltkrieg gerechnet werden müssen, die wie Grass' *Blechtrommel* und Marquez' *Hundert Jahre Einsamkeit* eine große Vision vom Menschen und seiner Geschichte mit sehr innovativen literarischen Mitteln neu erzählen.

New Yorker Review of Books

Der Roman stellt ja nichts anderes als die alte und immer wieder neu zu stellende Frage danach, was Leben bedeutet, was Leben ist, in der Erinnerung an die Shoa. Und man muß das so pathetisch formulieren, weil auch der Autor es tut, weil David Grossman, der so fulminant erzählen kann, mit jeder Geschichte sein Können aufs Spiel setzt, in schwer erträglichen Zynismen und noch unerträglicher scheinenden lyrischen Delirien. Weil *Stichwort: Liebe* vor allem ein philosophischer Roman ist. Aber auch das ist nur ein Teil der Geschichte.

Der Spiegel

Was Grossman in seinem großen Wurf anpeilt, was er in phantastischen Visionen skizziert, ist in der Tat eine neue Welt-Anschauung und Welt-Erfahrung, für die das Stichwort *Liebe* stellvertretend steht. Mit *ahawa*, dem hebräischen Wort für Liebe, fängt sein Lexikon an. Von hier aus ist zu verstehen und werten, welche Stellung dieser junge Israeli gegenüber der Shoa, der Massenvernichtung der Juden, einnimmt.

F. A. Z.

Das Lächeln des Lammes
Aus dem Hebräischen von Judith Brüll
376 Seiten. 1988

Es ist ein Buch der leisen Töne. Was sich wirklich zuträgt, schält sich erst allmählich aus den Selbsterforschungen von vier Protagonisten heraus, in die sich märchenhafte Erzählungen mischen, so daß mitunter ein mythisches Geraune mit Zügen aus Tausendundeiner Nacht entsteht. Es ist dieses Element, das an die gemeinsame orientalische Herkunft erinnert, die die sonst so schroff aufeinanderprallenden Israelis und Palästinenser von alters her verbindet.

F. A. Z.

Zwei Handlungsstränge – eine komplizierte Liebesgeschichte und ein Drama um einen alten Palästinenser – werden miteinander verwoben. Insgesamt vier zentrale Figuren, die jeweils kapitelweise sich als Erzähler abwechseln, repräsentieren eine Lebensart und eine Kultur. Die Unterschiedlichkeit der vier Figuren – der alte Palästinenser Chilmi, der israelische Militärkommandant Katzman, der naive Israeli Uri Laniado und seine Frau Schosch – zeigt sich auch in ihrer Sprache, und darin liegt eine der literarischen Qualitäten dieses Romans.

Die Welt

Dieser erste Roman des David Grossman (34 Jahre, Journalist und Reservist der israelischen Armee) ist ein erstaunliches Buch. *Das Lächeln des Lammes* erinnert an die Sprache der Psalmen, an die Dramaturgie der Geschichten aus Tausendundeiner Nacht und ist doch von provozierender Aktualität, abgeschlossen am 9. Mai 1982.

Frankfurter Rundschau

Der geteilte Israeli
Über den Zwang, den Nachbarn
nicht zu verstehen
Aus dem Hebräischen von Barbara Linner
280 Seiten. 1992

Grossmans *Geteilter Israeli* hält sich nicht mit besserwisserischen Schönrednereien auf. Gewissenhafte Recherche verbindet sich hier mit persönlicher Anteilnahme, dem Gespür für menschliche Eigenheiten und atmosphärische Schwankungen. Das Buch könnte Anstoß sein, den Nachbarn verstehen zu wollen. Ein Buch, geschrieben für Israel, das fatal aus dem Gleichgewicht geraten ist – auch wenn dort selbst Liberale Grossmans radikale Schlüsse aus seinen unzähligen Gesprächen und Erlebnissen als provozierend empfinden müssen. Ein Buch auch für Deutschland, das jenen, die gern die eigene geschichtliche Schuld mit der Schuld von anderen zudecken wollen, durch klare Information und differenzierte Reflexion die moralinsaure Belehrung verbietet.

Süddeutsche Zeitung

Israelische Palästinenser, israelische Araber – gibt es die überhaupt? Steht nicht schon das Selbstverständnis der jüdischen Israelis wie das der Palästinenser und der Araber gegen eine solche Vorstellung? Alles nur eine Frage der Semantik? David Grossman, bei uns vor Jahren durch sein Buch *Der gelbe Wind* bekannt geworden, in dem er die Situation der Palästinenser in den von Israel seit 1967 besetzten Gebieten eindrucksvoll beschrieb, hat jetzt nach zahlreichen Gesprächen mit den arabischen Mitbürgern seines Landes und nach vielen Besuchen in ihren Dörfern und Städten ein neues, spannend zu lesendes Buch vorgelegt.

Die Zeit